I0823895

Las que no duermen NASH

Dolores Redondo

Las que no duermen NASH

Dolores Redondo

Ediciones Destino
Colección Áncora y Delfín

Obra editada en colaboración con Editorial Planeta – España

© Dolores Redondo Meira, 2024
Publicado de acuerdo con Pontas Literary & Film Agency

© Cartografía: Salomart
Composición: Realización Planeta

© 2024, Editorial Planeta, S. A. – Barcelona, España

Derechos reservados

© 2024, Editorial Planeta Mexicana, S.A. de C.V.
Bajo el sello editorial DESTINO M.R.
Avenida Presidente Masarik núm. 111,
Piso 2, Polanco V Sección, Miguel Hidalgo
C.P. 11560, Ciudad de México
www.planetadelibros.com.mx

Primera edición impresa en España: noviembre de 2024
ISBN: 978-84-233-6648-4

Primera edición impresa en México: noviembre de 2024
Primera reimpresión en México: febrero de 2025
ISBN: 978-607-39-2163-3

No se permite la reproducción total o parcial de este libro ni su incorporación a un sistema informático, ni su transmisión en cualquier forma o por cualquier medio, sea este electrónico, mecánico, por fotocopia, por grabación u otros métodos, sin el permiso previo y por escrito de los titulares del *copyright.*

Queda expresamente prohibida la utilización o reproducción de este libro o de cualquiera de sus partes con el propósito de entrenar o alimentar sistemas o tecnologías de Inteligencia Artificial (IA).

La infracción de los derechos mencionados puede ser constitutiva de delito contra la propiedad intelectual (Arts. 229 y siguientes de la Ley Federal del Derecho de Autor y Arts. 424 y siguientes del Código Penal Federal).

Si necesita fotocopiar o escanear algún fragmento de esta obra diríjase al CeMPro (Centro Mexicano de Protección y Fomento de los Derechos de Autor, http://www.cempro.org.mx).

Impreso en los talleres de Impregráfica Digital, S.A. de C.V.
Av. Coyoacán 100-D, Valle Norte, Benito Juárez
Ciudad de México, C.P. 03103
Impreso en México – *Printed in Mexico*

Para Leire, por darme la vida.
Para Eduardo, que aún sigue buscando con qué atarla.
Para Naia, por donar un tambor.
Para Javi, que aquella noche tuvo los ojos azules.
Y para mi hermana Esther, por quedarse.

Para mis brujas, para mi aquelarre:
Silvia, Paz, Sonia, Sabrina, Alba y Ester.

—Pero, querida niña, esta manzana no es como las demás... —dijo la anciana.
—¿No? —preguntó Blancanieves.
—No, porque esta manzana tiene magia.
—¿Tiene magia?

Blancanieves,
WALT DISNEY

Los muertos hacen lo que pueden.

Engrasi Salazar

El bosque es bello, sombrío y melancólico.
Pero tengo millas que recorrer y promesas que cumplir antes de dormir.

ROBERT FROST

Los Valles Tranquilos

Las que no duermen NASH forma parte del cuarteto literario «Los Valles Tranquilos», que arrancó con *Esperando al diluvio* y seguirá desarrollándose en las dos próximas novelas.

Mar Cantābrico

Hendaia

Irún

Río Bidasoa

Pasaia

Donostia

N-121-A

Lesaka

VALLE DE
BORTZIRIAK

Doneztebe

VALLE DE
MALERREKA

LOS VALLES TRANQUILOS

Biarritz

Francia

Saint-Jean-de-Luz

Pirineos

Urdax

VALLE DE BAZTAN

Erratzu

Elbete

Río Baztan

Elizondo

Oronoz

Gaztelu
(Sima de Legarrea)

N-121-A

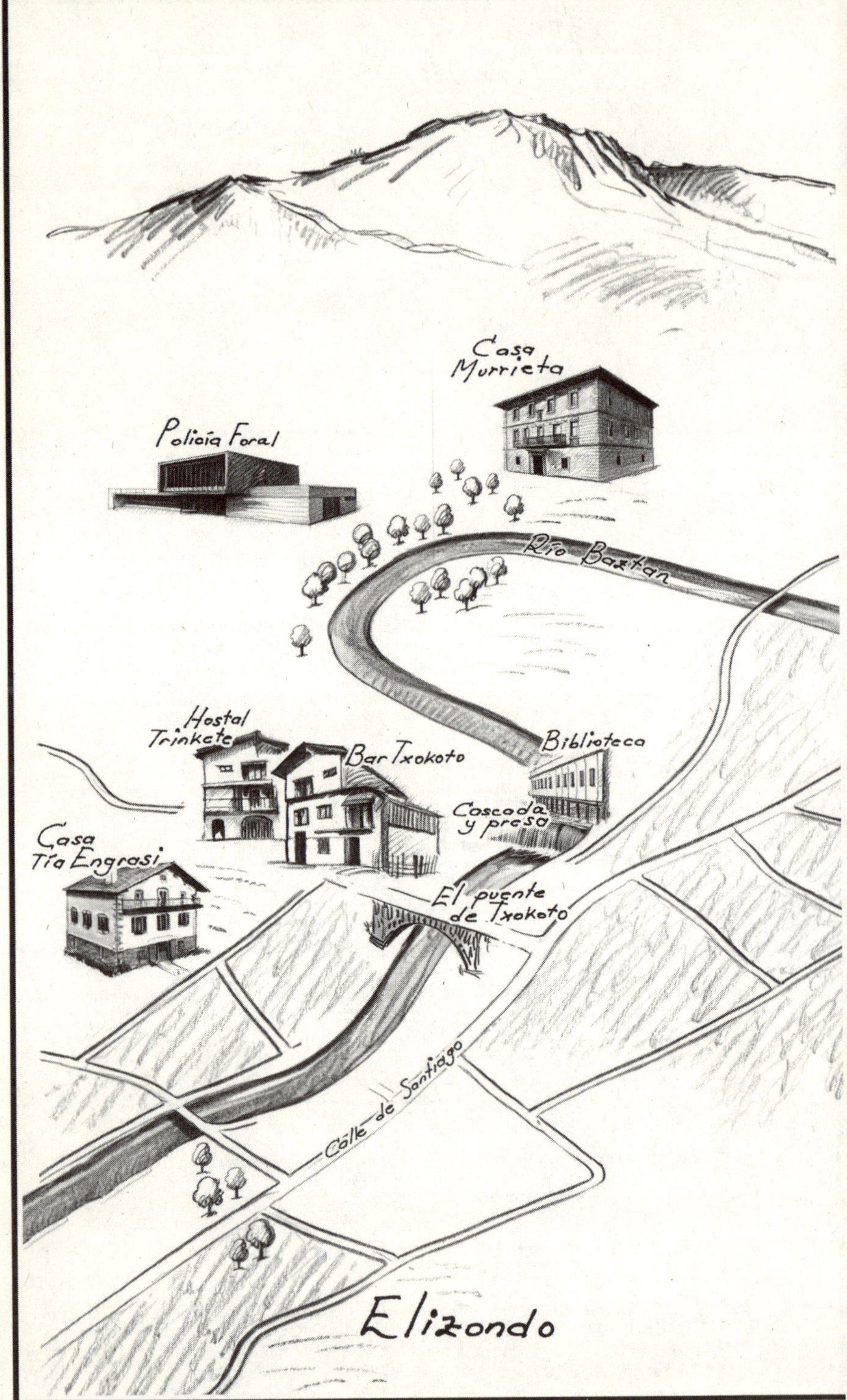

Casa Murrieta
Policía Foral
Río Baztan
Hostal Trinkete
Bar Txokoto
Biblioteca
Cascada y presa
Casa Tía Engrasi
El puente de Txokoto
Calle de Santiago
Elizondo

Elbete

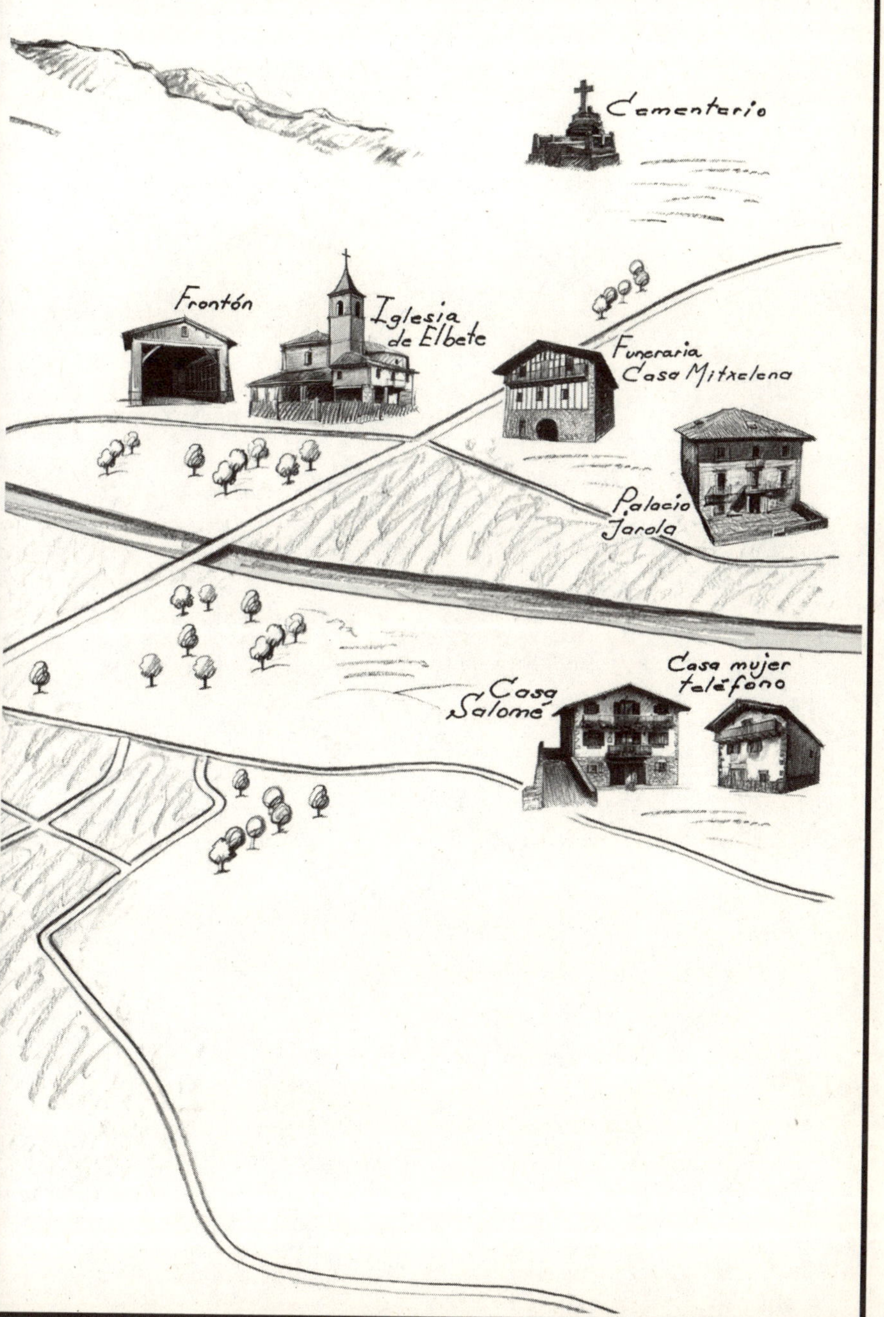

Cementario
Frontón
Iglesia de Elbete
Funeraria Casa Mitxelena
Palacio Jarola
Casa mujer teléfono
Casa Salomé

El trabajo de un psicólogo forense no es siempre necesario, pero en ocasiones se vuelve indispensable. Interviene en aquellos escenarios en los que la autopsia médico-legal resulta insuficiente para determinar la etiología de una muerte, ya sea por el tiempo transcurrido, el estado del cadáver o la ausencia de este. Su objetivo principal está ligado a la posibilidad de aplicar el código NASH, que determina si el fallecimiento se debió a causas naturales, accidentales, suicidio u homicidio. Las iniciales de estas causas componen las siglas del código.

Una antigua leyenda del País Vasco afirma que las grutas más profundas de la Tierra están habitadas por infernales toros rojos, diabólicos guardianes que custodian con su fiereza los tesoros que esta alberga, los secretos allí sepultados y el acceso al inframundo. Se dice que son los legítimos dueños de aquellos lugares, las almas de los que allí han quedado confinados o espíritus guardianes gobernados por la madre Tierra.

La oscuridad acogió a la mujer mientras se precipitaba al abismo, hasta creyó oír los poderosos mugidos de una de aquellas bestias rojas desde las profundidades. Fue sólo un segundo, justo en el instante en que dejó de sentir las manos que la empujaban, y antes de que su rostro chocara con la barriga granítica que formaban las paredes del pozo cerca de su boca de entrada. Después cayó. Su cuerpo se despeñó desmadejado entre las estrechas paredes, golpeándose contra la roca viva y arrancándose jirones de piel que quedaron instantáneamente cauterizados por el roce. El descenso se convirtió en un suplicio interminable, consciente de cómo sus huesos se iban fracturando mientras caía. No tenía aire en los pulmones y ni siquiera podía gritar. El dolor se sumaba al dolor y, a pesar de la absoluta oscuridad, vio cómo una inmensa luz roja explotaba ante sus ojos cuando su cuerpo impactó en el suelo.

En el fondo de la gruta todo era silencio y negrura. Le costó discernir si había quedado bocarriba o bocabajo y, aunque lo intentó, un zumbido creciente le impidió escuchar otra cosa que no fuese el latido de su propio corazón, desacompasado, sonando en su oído interno. Sentía que el frío escalaba sus miembros como una manta mojada, muy pesada, y comprendió que se estaba muriendo. Se concentró de nuevo venciendo al miedo y tratando de escuchar. Silencio, total silencio. Dio las gracias a la madre Tierra por lo que aquello significaba y, mientras abrazaba la muerte, empleó sus últimas energías en levantar la mano para elevar por encima de aquellas paredes, que serían su tumba, una maldición cargada con todo su dolor, con todo su odio, con todas sus fuerzas.

29 de febrero de 2020
Sábado

La doctora Nash Elizondo se ajustó el arnés integral y se volvió para permitir que Gabriel la sujetase al mosquetón después de comprobar el suyo. Observó la boca abierta de la sima. Un corte sepultado en el suelo, de forma alargada, de poco más de dos metros de ancho y unos tres de largo. Desde cierta distancia podría haber pasado desapercibida en la ladera inclinada a un lado del camino. La atención se la llevaba un haya majestuosa que se alzaba al borde del precipicio elevando sus ramas al cielo e internando sus raíces en la propia sima. Levantó la mirada para verla, y se colocó tras la oreja el auricular de la radio y un mechón de cabello rojizo que había escapado de la coleta con la que se había recogido la melena. En las últimas horas, la suave brisa del inicio de la mañana había comenzado a transformarse en un viento moderado y cargado de agua, que cabalgaba sobre los montes desde el mar Cantábrico, trayendo una promesa de lluvia y oscureciendo los cielos sobre el valle de Malerreka.

Dedicó una mirada pensativa a sus botas de *trekking* y a la trasera abierta del vehículo detenido en el sendero. Había aparcado su Ford Mustang a kilómetros de allí. Sabía, cuando lo sacó por la mañana del garaje, que terminaría por arrepentirse de llevarlo al campo; aquella preciosidad no estaba hecha para pistas y caminos. Aun así, últimamente había tenido tan pocas oportunidades de conducir grandes distancias que ir desde Donostia hasta Gaztelu le había parecido una ocasión imperdible. Lo había dejado en la explanada, junto a la fuente del pueblo y los antiguos lavaderos.

Hizo el trayecto hasta donde terminaba la pista acompañando al equipo en el Land Rover, indispensable en el último tramo sin asfaltar que llegaba hasta la boca de la sima. Miró hacia la trasera abierta del vehículo, rebosante de cuerdas, andamios, poleas y trócolas, y hasta una carpa plegable que solían llevar por si comenzaba a llover de improviso. Alzó los ojos a un cielo de nubes revueltas, quizá hoy terminaran utilizándola. Eso la hizo dudar de nuevo sobre lo idóneo de su calzado. Los demás sí que llevaban las botas de goma que usaban habitualmente cuando entraban a cuevas o a grutas desconocidas. Volvió a mirar pensativa las suyas, de *trekking*, y, casi a la vez, captó un furtivo movimiento entre la maleza, colina arriba.

Uno de sus compañeros se plantó frente a ella sonriendo. Hacía un mes que se había unido a Kondairak y era todo un hallazgo. Estudiante de Antropología de último año, no tan buen escalador, pero un experto en telecomunicaciones. Esta era su primera salida con el grupo completo, y las mejoras en el equipo de radio ya eran más que evidentes. Nash tenía reservas. Se le notaba un poco forzado, como si se afanara demasiado en agradar. Vio cómo le miraban los otros dos compañeros, y estuvo segura de que le harían pagar la novatada en algún momento.

—Cuenta hasta diez, doctora Elizondo, vamos a probar el micro.

—Uno, dos, tres, cuatro, cinco, ¿me oyes, Mikel?

—Te oigo perfectamente —sonrió.

Los otros dos eran Julio y Xabier. Julio era el mayor, a punto de cumplir cincuenta años, historiador, etnólogo y lingüista, además de propietario del Land Rover. Xabier era, junto con ella, el más veterano en el grupo: arqueólogo y reconocido en su ámbito. Nash había leído un par de trabajos suyos bastante brillantes. Llevaban más de dos años saliendo al monte, Nash le conocía muy bien, sólo hablaba de arqueología y de equipo técnico, y era un obseso de la seguridad. Pensó que parecía un poco molesto, quizá porque, de no haber estado ella, hoy habría sido el elegido para bajar a la sima con Gabriel.

Gabriel enganchó a su cinturón un viejo candil Fisma de carburo, que llevaba más por tradición que por seguridad, un taladro Hilti y la bolsa que contenía las brocas y los tornillos Parabolt, que utilizarían para asegurar la ruta. Ambos se ajustaron los cascos y comprobaron inclinando la cabeza que la luz frontal funcionaba.

—¿Lista? —preguntó Gabriel.

—Vamos allá.

Gabriel tardó apenas dos minutos en asegurar el primer tornillo en la boca de la sima. Ella se arrodilló junto a la entrada y, antes de deslizarse dentro, comprobó con un suave tirón las cuerdas que pendían de la trócola sujeta a un trípode abierto sobre la boca de la cueva.

Le pareció sentir una gota de agua en el rostro, alzó la cara al cielo y, por segunda vez, creyó ver a alguien entre los matorrales que crecían cerca del pozo, pero sólo eran las ramas movidas por aquel viento que iba en aumento. De modo involuntario frunció el ceño.

Suponiendo que su inquietud tuviera que ver con las cuerdas que pendían sobre su cabeza, Xabier quiso tranquilizarla.

—He comprobado todo el material tres veces, deja de preocuparte, doctora Elizondo.

—Estoy segura, gracias, Xabier.

—Yo también he comprobado todo el equipo, no habrá ningún fallo, doctora Nash —dijo Mikel.

Ella le miró alzando una ceja, pero no dijo nada. Se deslizó en la oscura boca de la gruta siguiendo a Gabriel.

Xabier guiñó un ojo a Julio, que asintió, disimulando la sonrisa; esperó a que Nash hubiera desaparecido de su vista y, dirigiéndose al antropólogo, le preguntó:

—¿Tú eres gilipollas o qué te pasa?

—¿Qué he hecho? —preguntó Mikel extrañado.

—Llamarla Nash —respondió Julio, que fumaba apoyado en el haya.

—Todo el mundo la llama así. Es su nombre, ¿no? Nash Elizondo, eso pone en su ficha —contestó confuso.

Xabier negó incrédulo.

—Pone doctora N. Elizondo. Nash es una especie de mote.

—Pero yo os he oído llamarla así... —rebatió Mikel nervioso.

—Nunca delante de ella —explicó Julio mientras Xabier asentía.

—No lo entiendo. ¿Es un insulto? ¿Una coña?... —dijo encogiéndose de hombros—. Se lo he oído a más gente...

—Créeme, no sois tan amigos como para permitirte llamarla así.

—¿Y cuál es su nombre?

—Para ti, doctora Elizondo.

—Se me hace raro tanta formalidad. ¿Qué tiene, treinta? Y encima, está buena... Ya sé que es profesora, pero doctora Elizondo...

—Ya te hemos advertido, nada de llamarla Nash —concluyó Xabier.

—Pero ¿qué significa?

—Digamos que es un código...

—Y no me lo vais a explicar, ¿verdad?

—Venga —pareció ceder Julio, volviéndose mientras intentaba contener la risa—, díselo tú, antes de que vuelva a meter la pata y la doctora lo eche.

Mikel palideció.

—Tú eres antropólogo forense, ¿no? —le preguntó Xabier.

—Estudiante de último año, pero de Biología, no forense.

—Aun así, deberías saberlo.

—NASH es el código forense, la forma de marcar la causa de la muerte en los informes médico-forenses. Las siglas NASH corresponden a las iniciales de muerte Natural, Accidental, Suicida u Homicida. ¿Crees en serio que alguien se llamaría así?

El tipo sopló preocupado mientras negaba.

Nash dejó de oírlos en cuanto rebasó la boca de la sima y el sonido del taladro lo ocupó todo.

Se inclinó hacia delante y vio que Gabriel descendía a buen ritmo. Excelente escalador, historiador y antropólogo, era además su amigo. Hacía un año que daba clases como profesor suplente en la Universidad del País Vasco, la misma en la que ella impartía su especialidad en Psicología Forense. Cuando se conocieron lo reclutó para el grupo en sus salidas por todo el País Vasco y Navarra, buscando huellas de asentamientos humanos, pero sobre todo desentrañando la raíz antropológica y social que se escondía tras los mitos más extendidos de cada zona.

Gabriel estaba especialmente emocionado con aquella sima porque, en las excavaciones previas alrededor del acceso al pozo, habían hallado una escudilla de cobre, aún sin datar, y varias monedas de poco valor de la época romana. Nash había evitado discutir intentando no ser aguafiestas, pero encontrar monedas, escudillas, restos de frascos con nueces, harina o semillas de manzana era bastante frecuente en la zona. La antigua religión dominante en aquellos valles, antes de la llegada del cristianismo, sostenía que la diosa superior, Mari, moraba entre los riscos de las montañas y en las simas que alcanzaban el corazón de la tierra. Varios antropólogos, como José Miguel de Barandiaran o Julio Caro Baroja, ya mencionaban estas prácticas, y habían llegado a documentar fotográficamente hallazgos de ofrendas, tributos de cosecha, ánforas de sidra, cantos y piedras. Ofrendas y regalos traídos desde muy lejos para ser depositados en la boca de la cueva, y en ocasiones en su interior, como tributo a la diosa madre.

Nash descartó los pensamientos que copaban su mente y se concentró en el descenso agradeciendo que las paredes estuviesen secas, probablemente debido a una especie de panza granítica que la pared formaba a escasos dos metros de la entrada y que habría obstaculizado que el agua de lluvia penetrase en el interior. La falta de humedad no impidió, sin embargo, que el nauseabundo y familiar olor de la muerte reciente llegara hasta su nariz.

—¿Notas el hedor? —preguntó Nash alzando la voz para hacerse oír sobre el sonido del taladro.

Gabriel se detuvo para contestar.

—Un pastor de la zona me dijo que en ocasiones también se usa la grieta para tirar ganado muerto en la montaña, sin ir más lejos hace un par de semanas tiraron una oveja.

Nash lo pensó mientras arrugaba la nariz.

—Dos semanas... ¿Tú qué dices? ¿Huele como un cadáver de dos semanas?

La voz de Gabriel resonó ascendiendo por las paredes como en el interior de un tambor.

—Bueno, todo depende de cuánta humedad haya ahí abajo. En dos semanas puede tener sus partes blandas completamente descompuestas o, por el contrario, más bien resecas. Calculo que en el fondo habrá como poco diez grados menos que en el exterior.

Pasado el resalte rocoso, las paredes eran bastante rectas, una grieta natural, como si la montaña se hubiera desgajado durante una glaciación partiéndose en dos lajas irregulares, cincuenta metros en caída libre, como un edificio de dieciséis pisos. El olor se hacía más intenso a medida que descendían, pero a la vez fue perdiendo las facetas estridentes de la primera putrefacción, sustituidas por un tufo más mohoso, a pelo sucio y lugar cerrado. Nash apuntó la luz de su casco hacia abajo y vio el cadáver de la oveja. La zona del vientre y el ojo que eran visibles desde allí aparecían hundidos y resecos. Una gran rama, casi un árbol pequeño, asomaba atravesada de lado. Gabriel alcanzó el suelo y la ayudó a descender los dos últimos metros. Miraron alrededor alumbrando el espacio y evitando pisar el pelo apelmazado de la oveja.

—No te sueltes aún del mosquetón, no podemos estar seguros de que el suelo que pisamos sea el fondo de la sima. Toda la mierda que han arrojado durante siglos ha podido formar una especie de falso entrepiso.

Gabriel dio un salto para comprobar la firmeza y después clavó en el suelo una especie de punzón junto a la roca que formaba la pared.

—Está blando bajo los pies, es extraño —dijo Nash.

—Ya lo he notado; sin embargo, parece firme —dijo Gabriel mientras comprobaba su altímetro—. Se corresponde con los datos de la cata más fiable, que es de los años ochenta, pero vete a saber...

Nash tanteó el suelo mullido con las botas. Se agachó para coger un mechón suelto de lana que se había compactado y sobresalía amontonado en lo que podía ser el centro de la estancia.

—Hubo una gran crisis de la lana en los ochenta, apenas la pagaban y deshacerse de ella era un problema. Puede que los ganaderos de la zona lo solucionasen así —dijo Nash.

Gabriel habló al micro.

—Mikel, estamos abajo. Enviad la sonda con la linterna grande. El suelo parece compacto bajo nuestros pies, una mezcla de tierra tupida y piedras sueltas, que no creo que se hayan desprendido de las paredes. Apostaría a que las arrojaron, como los troncos, y hay también una ingente cantidad de lana. —Ajustó la llama del candil que tradicionalmente habían llevado todos los mineros del mundo para comprobar la calidad del aire. Apuntando con la linterna de su casco miró alrededor—. El aire es respirable y podemos permanecer erguidos. El espacio forma un rectángulo irregular de unos cuatro por seis metros. No hay rastro de agua, pero lo de la oveja era verdad, el cadáver no está muy podrido, más bien seco.

La doctora Elizondo elevó la mirada. Su aliento ascendió formando una voluta de vaho que fue visible frente a la luz de su casco. Hacía frío allí abajo, y eso al menos amortiguaba el olor del animal muerto. Entre las ramas y la yesca alcanzó a vislumbrar pegotes de escayola y azulejos rotos, un par de latas de cerveza y la vistosa funda rayada de un viejo colchón.

—Por lo visto los restos de animales no son lo único que tienen por costumbre tirar aquí —dijo ella.

—Sí, joder, qué guarra es la gente, ¿qué es eso?, ¿escombros de obra?

—¿Qué veis? —les llegó la voz de Julio a través de la radio.

Nash pasó el pie derecho por encima de la oveja y, agarrándose al tronco atravesado, cruzó al otro lado.

—Sí, escombros, paja quebradiza, mantillo, basura, y esto es un colchón —dijo hundiendo un dedo en la superficie esponjada.

Oyeron como, allá arriba, la parte metálica de la linterna grande golpeaba contra la panza granítica de la cueva.

—Despacio, chicos, os la vais a cargar —advirtió Gabriel apuntando su luz hacia la oscuridad sobre sus cabezas.

Nash sacó el teléfono móvil y comenzó a fotografiar la basura, las paredes e, inclinándose entre las gruesas ramas, apartó un poco la capa de lana con intención de captar la composición del suelo. Había pelos negros y castaños, probablemente restos de la descomposición de otros animales, heno, pequeñas ramitas secas, un polvo blanquecino que podía ser ceniza, y lo que le resultó más curioso: una guirnalda de flores con rosas diminutas de aspecto quebradizo. No era la primera vez que hallaban ofrendas florales en las grutas, pero aquella parecía reciente. Se agachó para verla mejor, tomó entre sus dedos una de las flores, que se descompuso nada más tocarla. La luz del casco era insuficiente, pero consiguió hacer unas cuantas fotos decentes con el móvil. Odiaba usar el flash en espacios tan oscuros y pequeños. El fogonazo la dejaba ciega un instante y una sombra bailaba ante sus ojos durante un buen rato. Apuntó para sacar una nueva foto y, en el momento en que saltó el flash, vio que bajo el colchón había algo.

—Gabriel, ayúdame a mover esto.

Él se balanceó, como había hecho ella, por encima del pelaje de la oveja, aunque tuvo menos suerte y terminó por pisar parte de la lana del lomo. Puso un gesto de asco al sentir que la carne del animal resbalaba bajo la piel como si estuviese rellena de gelatina.

El colchón debía de llevar allí bastante tiempo y, aunque, tal y como había dicho Gabriel, no había agua a la vista, la estructura porosa de su superficie había absorbido muchísima humedad. No era muy grande, pero les costó moverlo tanto como si hubiera estado mojado. Lo empujaron lo suficiente para que por su propio peso venciese sobre la oveja muerta.

Las deportivas eran blancas, y los vaqueros le habían quedado ajustados antes de que los músculos de las piernas se resecasen en su interior. Una sudadera blanca adornada en cada manga con una gruesa liana verde con hojas del mismo color. El cabello oscuro y largo, extendido como una corona flamígera alrededor del cráneo, estaba en parte sobre el rostro, cubriéndolo como un velo ligero. Un atisbo de la mandíbula dibujaba una línea suave. Los brazos aparecían cruzados sobre el cuerpo, casi como si tuviera frío y hubiera muerto intentando procurarse algo de calor. Los únicos huesos visibles eran los de las manos: secos, esqueléticos y amarronados. Entre los dedos de la mano derecha sujetaba un trozo alargado de papel sucio.

—¡Hostia puta! —exclamó Gabriel.

—¿Qué pasa? ¿Estáis bien? —preguntó Mikel desde arriba.

—Mikel, necesitamos esa linterna ya.

—Tiene que estar llegando —respondió Xabier.

Gabriel alumbró hacia la oscuridad y vio que, en efecto, amarrada a una soga descendía la gruesa linterna de ocho pilas que usaban para trabajar en el interior de las cuevas.

Nash sólo tenía ojos para el cadáver.

La voz de Gabriel sonó ahogada, en un susurro.

—Parece...

—Una chica —terminó ella la frase—, o un chico con el pelo muy largo, tendría que verle la pelvis para estar segura.

Gabriel se llevó una mano a la boca, consternado, casi como si temiera que ella fuese a bajarle los pantalones al cadáver.

Nash continuaba absorta.

—El arco de la mandíbula también apunta a una chica, aunque podría ser un chico muy joven... ¿Qué te parece a ti? —dijo volviéndose a mirarlo.

Gabriel estaba pálido, boqueó un par de veces sin decir nada, y la voz de Mikel a través de la radio pareció traerlo de vuelta a la realidad.

—¿Queréis decirme qué coño está pasando?

Nash miró a su compañero asintiendo y animándole a responder. Gabriel lo hizo.

—Hay un cadáver. —La voz le salió estrangulada y muy baja.

A través del micro les llegó la algarabía de arriba.

—Es estupendo. ¿Es muy antiguo? ¿Hay algo que permita aventurar una data aproximada para los huesos?

—No son huesos, Mikel —dijo Gabriel sin apartar la mirada del cadáver—. Es un cuerpo, un cuerpo entero, aunque está seco, como momificado.

—Pero eso es muy bueno... —Incluso a través de la radio percibieron la duda en la voz de Mikel.

Nash intervino.

—No es lo que buscábamos, este cadáver tiene poco tiempo. No soy una experta, aquí abajo hace bastante frío, y eso puede alterar mucho las cosas. Se ha desecado, casi momificado, pero creo que es una chica. Una chica muy joven, una adolescente, podría ser una adulta menuda, pero viste como una adolescente.

—Pero eso es imposible —replicó Xabier desde arriba.

—¡Lo estamos viendo, joder! —respondió Gabriel enfadado.

La voz de Xabier les llegó resolutiva desde el exterior de la sima.

—Llevo semanas viniendo a la zona para la primera prospección, para los permisos, si una adolescente hubiera desaparecido por la comarca nos habríamos enterado. Son apenas tres mil vecinos en todo el valle. No es algo que pueda pasar desapercibido.

La voz de Julio les llegó preocupada:

—Siempre ha habido rumores sobre esta sima, crímenes de guerra y cosas así, bastante increíbles, a mi juicio.

Asegurándose al lado del cuerpo, Nash se acuclilló y se tomó unos segundos para quitarse los guantes de escalada y sustituirlos por unos quirúrgicos que llevaba en la riñonera. Tomó varias fotografías desde todos los ángulos que le permitía su postura. Dejó el teléfono un instante en el suelo y, poniendo el mismo cuidado que si levantase el velo de una novia, apartó los largos cabellos y los dispuso a los lados del rostro. Los párpados cerrados y hundidos cubrían los ojos. La piel, de un beige acartonado, le recordó a las alas de una polilla. Los labios se habían contraído dejando los dientes a la vista en lo que para unos podría ser una macabra sonrisa, pero para Nash era un gesto de contención del dolor.

El cabello se veía oscuro y mate, cubierto de polvo. Imaginó que habría sido castaño. Al colocarlo a los lados de la cabeza quedaron a la vista dos gruesos mechones canos. Iban desde la raíz hasta las puntas y eran tan blancos que sólo podían haberse logrado en un salón de peluquería. Junto a la zona del *calvarium*, y escondido entre los cabellos, Nash vio algo que al principio le pareció una astilla, o una piedra pequeña y afilada como un hacha de sílex. Apartó un poco más los cabellos y comprobó que no estaba en la cabeza: salía de la tierra, bajo el cráneo, aunque sin tocarlo. Al ver de qué se trataba, lo arrancó del suelo con un suave tirón y lo deslizó en su riñonera.

—Quizá... Creo... que no deberías tocar nada —musitó Gabriel a su espalda.

Nash cogió de nuevo el teléfono.

—Dirige la luz hacia aquí, por favor.

Gabriel bajó la mirada hacia la linterna que sujetaba en las manos, todavía atada a la cuerda con la que la habían descendido. Asintió y encendió el foco.

La luz permitió que lo que podía haber sido un sueño tomase todo el cuerpo de realidad.

Nash se irguió retrocediendo un paso, y sintió a su espalda la roca fría. Inclinó la cabeza a un lado y miró fijamente el cadáver.

Nash ya no estaba allí. Gabriel la conocía lo suficiente y la había observado muchas veces mientras cavilaba: dejaba caer la cabeza a un lado en un gesto ambiguo que podía parecer desidia, o desinterés, pero nada más lejos. Estaba pensando.

Los ojos de la doctora Elizondo saltaban de las deportivas a la sudadera, de los vaqueros a los brazos cruzados sobre el pecho, casi como si se abrigase. Y aquellos mechones blancos a los lados del rostro. Respiró profundamente conteniendo el aliento mientras imágenes de la chica que durante meses habían estado pasando en televisión volvían con fuerza. Aquella sudadera, la que llevaba en la última foto que alguien le había tomado el día en que desapareció, las inconfundibles plantas carnívoras que adornaban las mangas, y las dos guedejas de cabello decolorado que enmarcaban su rostro.

—Sé quién es —susurró.

—¿En serio? ¿Cómo es posible? ¿La conocías? —preguntó Gabriel asombrado.

Ella se volvió para mirarle y asintió entristecida.

—Sí, y tú también, todo el país la conoce por la foto que ponían en televisión cuando desapareció. Aparecía a diario en los informativos con su sudadera blanca con plantas carnívoras trepando por las mangas.

La voz de Julio llegó a través de la radio.

—Joder, me acuerdo. La mató la novia de su madre, encontraron la cazadora ensangrentada de la chica en su coche. Fue hace un par de años, puede que tres. Y la tipa lleva todo este tiempo en prisión sin decir dónde está el cadáver.

Nash se acercó la pértiga del micrófono a la boca para asegurarse de que la oyesen con claridad.

—Señores, avisad en casa de que llegaréis tarde. Y ahora sacadnos de aquí y llamad a la policía, decidles que hemos hallado el cadáver de Andrea Dancur.

Veinte minutos más tarde llegaron dos patrullas de la Guardia Civil de Elizondo. Tras tomarles una breve declaración sobre lo que habían visto abajo, los conminaron a esperar junto al Land Rover. El resto del día lo pasaron así, repitiendo su declaración y esperando a que los especialistas fueran llegando a la boca de la gruta. Primero aparecieron los bomberos de Baztán, encargados de bajar y comprobar que, en efecto, había un cadáver. Después, los del Grupo de Montaña de la Guardia Civil, los del Seprona, la Policía Judicial de la Guardia Civil desde Pamplona y, a última hora de la tarde, «alguien» que, se rumoreaba, venía asignado desde Madrid.

De modo unánime habían pactado ceder el equipo que ya estaba instalado, por lo menos para la primera comprobación. Los bomberos lo utilizaron, pero los del GREIM lo rechazaron, mantuvieron sólo parte del andamio, pero sustituyeron las cuerdas por dos de seis milímetros. Aceptaron, sin embargo, la carpa cuando, sobre las cinco de la tarde, la lluvia comenzó a caer suave y helada contribuyendo a entristecer un poco más el escenario y relegándolos al interior del Land Rover.

Nash pasó una mano por el cristal de la ventanilla empañada de vaho y miró hacia fuera. En un mes cambiarían la hora, pero aquella tarde de febrero, y aunque sólo eran las siete y media, ya había anochecido por completo. Además de las luces que los guardias civiles habían instalado alrededor de la boca de la sima y de los faros encendidos de los Citroën C4, había un coche policial con los luminosos azules reflectando al extremo del sendero para evitar el paso. Desde donde estaban, Nash no alcanzaba a ver las grandes furgonetas de las televisiones que desplegaban sus equipos al pie de la ladera, en el lugar donde terminaba la pista asfaltada y aparecía la cinta policial.

Se volvió para mirar al asiento trasero. Gabriel, sentado entre Xabier y Mikel, sostenía sobre las rodillas su ordenador portátil con la pantalla abierta. Nash identificó la música de cabecera de un informativo.

—¿Han dicho algo? Hay bastante movimiento de cámaras y focos en el acceso al camino.

—Han informado de la aparición de un cuerpo en Navarra, aunque dicen que aún está por confirmar que sea el de Andrea Dancur. Y han anunciado una conexión en directo, pero de momento están con lo de la mierda del virus chino, por lo visto se ha contagiado un montón de gente en el norte de Italia.

—Mi padre dice que es un arma química de los americanos para hundir la economía china —dijo Mikel.

—Pues ha errado un poco el tiro, eso viene de China y será una pandemia mundial y, si está en Italia, no tardará en llegar aquí —opinó Gabriel.

Xabier chascó la lengua antes de hablar.

—¡No seáis alarmistas! Y tú, dile a tu padre que no se preocupe —dijo Xabier dirigiéndose a Mikel—. Es poco más que una gripe común, si no está entre los grupos de riesgo habituales no tiene por qué alarmarse. Aquí está controlado. Sólo hay un caso en Canarias, y es un médico extranjero que vino de vacaciones. Han aislado a la gente en el hotel y están todos bien.

Pareció que Gabriel iba a contestarle, pero en ese momento comenzó una conexión en directo con los informativos.

Gabriel giró la pantalla para permitirles ver imágenes de archivo de tres años atrás. La madre de Andrea Dancur, con el rostro demudado pidiendo que no cesase la búsqueda de su hija, y Salomé Aduriz, de pie a su lado con el rostro serio. Salomé Aduriz entrando en el coche patrulla esposada tras su detención. Andrea Dancur con su sudadera con plantas carnívoras, sonriendo serena en aquella última foto que su novio le había tomado el mismo día de su desaparición, y que llegó a convertirse en la imagen más difundida en las televisiones de todo el país. Salomé Aduriz derrumbándose al escuchar la sentencia que la condenó a quince años y un día por la muerte y desaparición de Andrea Dancur. Y, mientras, por la ventanilla veían un revuelo de guardias civiles corriendo en dirección a la ladera para custodiar el avance de un coche policial. Las imágenes se interrumpieron para dar paso a la reportera que, a pie de camino, anunciaba que el coche que traía a la madre de Andrea estaba llegando a la sima.

Nash se volvió hacia la ventanilla del Land Rover justo a tiempo de verla salir del vehículo de la Guardia Civil. Se diría que ni un solo día había pasado por ella desde las imágenes de hacía tres años. El pelo claro recogido en un moño bajo. Ni una gota de maquillaje en aquel rostro deslavazado de santa del Medievo. Prendas de excelente calidad, botas de tacón grueso y bajo y un bolso caro. La acompañaba un hombre que la cubrió protector con un paraguas y se mantuvo a su lado, aunque en un discreto segundo plano, mientras el capitán de la Guardia Civil le explicaba los pasos que darían a continuación.

Las palabras de Gabriel la sacaron de su ensimismamiento.

—¡Joder, mira a quién tenemos aquí!

Reconoció inmediatamente el coche que pasó junto al Land Rover y se detuvo tras el vehículo que había traído a la madre de Andrea. Y fue muy curioso oír cómo la reportera que retransmitía desde el acceso al camino se adelantaba a Gabriel para responder a la pregunta que flotaba en el aire.

«Fuentes de la Guardia Civil nos confirman que acaba de llegar a la sima de Legarrea el prestigioso forense Laurent Herzog. La presencia del reputado antropólogo nos lleva a pensar que se le ha requerido para identificar los restos que aparecieron esta mañana y que podrían ser los de Andrea Dancur, la joven desaparecida hace ahora tres años y por cuyo asesinato fue condenada y cumple pena la que fuera pareja sentimental de su madre, Salomé Aduriz. El doctor Herzog es profesor de Paleontología y Antropología en la Universidad del País Vasco. Alcanzó gran notoriedad al identificar los restos muy deteriorados de las dos mujeres halladas en un incendio intencionado en Asturias, y por ser asiduo colaborador del Gobierno de Israel en la identificación de víctimas del Holocausto nazi.»

—¡Entonemos alabanzas, ha llegado el mesías! —se mofó Xabier.

—¿Herzog? Es imposible, hoy es su cumpleaños, cumple cincuenta.

Nash se dio cuenta de inmediato de hasta qué punto había sonado íntimo y trató de corregirlo.

—Lo contó el jueves en la sala de profesores, nos dijo que iba a celebrarlo con toda su familia en Biarritz, que venía gente de muy lejos.

—Pues habrá olido a la prensa, tiene buen olfato para eso... —apuntó Xabier.

Nash se puso la capucha de su chubasquero, accionó la manija de la puerta y, escurriéndose hacia fuera, cerró a su espalda y se quedó inmóvil junto al coche, mirando a Herzog a distancia. Vestía un traje azul marino, zapatos y un abrigo de lana, del todo inadecuados para aquel lugar, aunque Nash vio que sacaba del maletero un macuto de monte con el equipo.

Los mandos de la Guardia Civil lo rodeaban. Ella habría matado por esa clase de respeto, el que lleva a unos hombres a reconocer a otro por su inteligencia y su valía. Quizá en cien años más una mujer científica podría obtener un trato así.

Nash esperó mientras los policías le informaban, como a un general, y, aunque ni una sola vez sus miradas se cruzaron, estaba segura de que él la había visto, de que habría sabido que ella estaba allí, incluso sin que los agentes le hubieran informado, que lo habían hecho; aunque ella misma no le hubiera contado que pasaría ese fin de semana con Kondairak, buscando una cueva de brujas. Era el tipo de explicación que no le debía, pero le daba: qué libro estaba leyendo, qué había comido, qué haría el fin de semana mientras él lo pasaba con su esposa y sus hijos. Su corazón perdió un latido cuando Herzog salió de entre el grupo de hombres y, rechazando un paraguas, se dirigió decidido hacia ella.

—Así que vienes a buscar a una bruja y encuentras a una princesa perdida —dijo deteniéndose muy cerca.

Nash apreció la oscuridad de sus ojos, que contrastaban con la piel que, aun bronceada, se veía pálida junto a su cabello y su barba.

—Has venido... —musitó ella a modo de saludo con un atisbo de sonrisa que comenzaba a aflorar—. Y estás muy guapo. Felicidades, no imaginaba que terminaría viéndote hoy.

Él bajó la mirada sólo un segundo, y Nash supo que su presencia allí no tenía nada que ver con ella.

—Bueno, menos mal que siempre llevo en el maletero ropa para cambiarme. Hace años que conozco a Lisardo Murrieta, es el abuelo de Andrea. Me ha llamado y he venido como un favor personal.

—Así que estás aquí por tu amigo...

—No somos amigos exactamente, Murrieta es un famoso hombre de negocios, muy influyente, le conozco desde hace años. Me ha pedido ayuda y no he podido negarme.

Después, como si se sintiese en la obligación de decirle algo bonito, añadió sonriendo:

—Pero que tú estés aquí le quita la mitad de horror al hecho.

El intento por contentarla le pareció torpe y oportunista.

—Gabriel y el resto del equipo están en el coche —le advirtió haciendo un leve gesto hacia el vehículo de cristales empañados y tirando de su capucha para que le cubriera por completo el rostro.

Él no contestó, pero la sonrisa se esfumó y ladeó el cuerpo de modo imperceptible, pero suficiente para que su cara fuese invisible desde el interior del coche.

—El capitán de la Policía Judicial de la Guardia Civil dice que la encontraste tú y que desde el primer momento estuviste segura de que se trataba de Andrea Dancur.

—Es ella.

—Categórico —juzgó él.

—Tienes razón, pero es ella, o es una adolescente de unos dieciocho años, con una sudadera idéntica a la suya, unas zapatillas iguales que las que llevaba la noche en que desapareció y el pelo teñido como ella. Si esto fuese Madrid, quizá habría una posibilidad de que se tratase de otra joven con un aspecto similar, pero es Gaztelu. Ciento cincuenta habitantes. Tres mil en toda la comarca.

Él levantó brevemente las manos como pidiendo paz, y aunque acompañó el gesto con una leve sonrisa, Nash fue consciente de que ladeaba la cabeza para evitar que alguien captase el gesto.

—De acuerdo, doctora Nash. Estás muy guapa cuando crees que tienes razón, igual hasta puedes decirme cómo murió.

—En el trabajo soy la doctora Elizondo. Por tu culpa hasta los estudiantes me llaman así —respondió ella mientras observaba cómo el agua, que ahora caía muy despacio, iba calando en el cabello de Herzog hasta gotear por su barba. El efecto era extraordinariamente masculino—. Y sí, tengo una idea bastante clara de sus últimos momentos. La empujaron y estaba viva cuando cayó, y lo estuvo un tiempo después de caer.

—¿Estás segura? Viniendo hacia aquí he estudiado los datos del pozo y tiene más de cincuenta metros de profundidad. No sé si estáis de acuerdo con la cata, pero eso equivale a unos dieciséis pisos, es poco probable que alguien sobreviva a una caída así...

—Sí, unos cincuenta metros. Todo el fondo de la sima está recubierto de una gruesa capa de lana. En el centro hay un montón apelmazado que en su momento debió de tener más de dos metros de altura, suficiente para amortiguar la caída.

El interés en la mirada de Herzog se renovó y ella vio su oportunidad.

—Escucha, podrías hacer que me incluyeran en tu equipo, sólo tendrías...

—No —la cortó él. Después, quizá le pareció que había sido demasiado brusco y trató de explicarse—. Sería algo irregular, tú encontraste el cadáver, lo tocaste, hiciste fotos y, de manera involuntaria, manipulaste el contenido de la gruta. Con lo que has visto ahí abajo sabes que es inevitable que se abra una investigación, y no podemos arriesgarnos a que se cuestionen mis conclusiones...

—Y además te arriesgarías a los rumores —dijo con intención, y observó su reacción atentamente.

«Claro que no habrá reacción, no seas tonta.» Oyó con claridad en su mente la voz de su madre.

Él no respondió, desvió la mirada hacia el grupo que se congregaba junto a otro vehículo que acababa de llegar.

—Tengo que irme. ¿Te alojarás cerca? No creo que hoy os dejen volver a casa. Tendréis que hacer una declaración por escrito y se os hará tarde...

Nash señaló con un gesto el Land Rover.

—Ya les han tomado declaración y los dejarán irse. Únicamente Gabriel y yo debemos quedarnos a declarar en el cuartel, pero yo regresaré cuando terminemos, sea la hora que sea.

—Piénsatelo, Nash, ahora voy a bajar a verla. Haremos las fotos de rigor, preservaremos lo que se pueda y la sacaremos, no creo que nos lleve mucho tiempo. La preliminar de la autopsia se ha programado para las ocho de la mañana en Pamplona, así que yo tampoco regresaré a casa esta noche...

—Laurent... —le reprendió ella. Su voz fue casi inaudible.

—Así que cuando termine aquí podría pasarme por tu hotel... Mándame un mensaje con la dirección.

Nash bajó la cabeza para evitar sus ojos. Si lo miraba perdería una vez más la convicción que tanto le costaba reunir.

—No me quedaré. Regresaré a Donosti, aunque sea tarde; mañana es domingo, ya sabes que paso el día con mi madre.

Ya estaba, ya lo había dicho. Levantó la mirada justo a tiempo de ver cómo el capitán de la Policía Judicial reclamaba la atención de Herzog. El forense susurró un «Te llamo luego» y se fue con el guardia, con aquel desdén suyo que tanto odiaba, como si no hubiera oído nada de lo que ella había dicho.

A lo largo de su vida, Nash recordaría muchas veces aquel día, el hallazgo de los restos de Andrea, el modo en el que aquella sima cambiaría su existencia, y el momento en el que conoció a Amaia Salazar.

La vio venir por el sendero y hubo algo en su forma de caminar que le llamó la atención. Era delgada y grácil, pero se movía con sosegada tranquilidad, sin prisa, lo que atribuyó en un primer momento a las botas de goma que calzaba, pero enseguida advirtió que simplemente se recreaba en el camino. La vio detenerse y mirar alrededor y hasta le pareció que sonreía fugazmente, como si apreciase la magnificencia del terreno, o como si el hecho de estar acercándose al lugar donde se había hallado un cadáver no fuese suficiente como para distraerla de la belleza del paraje. La acompañaba un hombre más bajo que rondaría los sesenta, portaba un antiguo maletín Gladstone que resultaba a la vez insólito y carismático. Todo en su aspecto hablaba de tradición y trabajo bien hecho. Se detenía para esperar a la mujer, que se había rezagado observando todo a su alrededor, con el mismo embeleso de quien contempla la sala de un museo. La vio echarse atrás la capucha del chubasquero sin miedo a la lluvia, que era ahora un suave *txirimiri*, que le mojó el cabello rubio recogido en una tensa coleta. Le calculó treinta y tantos largos. El teléfono que su acompañante llevaba en la mano sonó, y mientras él respondía a la llamada la inspectora fijó su mirada en Nash y avanzó decidida hacia ella tendiendo la mano.

—¿Doctora Elizondo? Hola, soy la inspectora Salazar, de la Policía Foral —dijo de un modo amistoso, aunque sin llegar a sonreír. Sin darle tiempo a contestar agregó—: Usted la encontró, ¿verdad? ¿Le ha afectado?, supongo que no habrá sido agradable.

Era curioso, pensó Nash, nadie se lo había preguntado. Había hallado un cadáver, el de una adolescente, apenas una niña, sin embargo, nadie se había preocupado por ella hasta ese instante.

—Estoy bien —contestó, aunque fue consciente de lo desalentado que sonaba.

La inspectora asintió y retrocedió un paso para dejar sitio a su acompañante, que en aquel momento las alcanzaba.

—Le presento al doctor San Martín, un colega suyo. Del Instituto Navarro de Medicina Legal. He tenido que traerle hasta aquí —dijo sonriendo—, se empeña en conducir un deportivo y no puede llegar a la mitad de los sitios.

Nash le tendió la mano al hombre.

—Le comprendo perfectamente, he tenido que dejar mi Mustang aparcado en Gaztelu, y me temo que no somos colegas, mi especialidad es también forense, pero mi doctorado es en psicología y psiquiatría.

—Un placer, doctora. ¿Lo ves, Amaia? Una mujer con buen gusto para los coches —dijo San Martín volviéndose a mirar hacia la carpa y a los guardias que le salían al encuentro—. Ahora me tendréis que perdonar, me están esperando.

En cuanto San Martín se alejó dos pasos, Amaia miró hacia el interior del Land Rover. Desde dentro no les quitaban ojo. Hizo un gesto a Nash para que la siguiese hacia la parte donde el sendero se abría en una explanada.

—¿Qué sintió al verla?

Aquella mujer volvió a sorprenderla de nuevo. ¿Que qué había sentido? Lo pensó.

—Lástima, una sensación irreparable de pérdida, de derroche. Hasta muerta es evidente que era muy joven. Toda una vida por delante.

—¿Identificó a Andrea de inmediato?

—Pusieron esa foto de la sudadera con plantas carnívoras durante meses en todos los informativos, en todos los programas, a todas horas. La están poniendo de nuevo. Y excepto porque está muerta, está igual.

—¿Entiendo que está completamente vestida?

—Así es. La misma ropa de las fotos.

—¿Había algo sobre el cadáver?

—Estaba parcialmente cubierto con un colchón, pero no tapado, más bien como si lo hubieran arrojado posteriormente desde arriba y hubiera caído así, de cualquier manera.

—¿El cuerpo estaba entero? Ya sé que es raro, pero ¿tenía los dos brazos?

—Sí.

—Usted es espeleóloga, me consta que ya ha bajado a otras cuevas y grutas, leí hace tiempo sobre el hallazgo del cementerio de los héroes por parte de su grupo, Kondairak, ¿no?

Nash asintió.

—Me refiero a que en esos lugares se pueden hallar muchas cosas. ¿Vio algo que le pareciera inusual allí abajo, algo que le sorprendiera?

—Basura, escombros, el colchón que la cubría, ramas

y troncos en gran cantidad, inicialmente hasta pensamos que podían formar un falso piso, sobre el que estaba Andrea. El cadáver de una oveja del que ya nos advirtió un pastor, un par de viejas latas de cerveza y una enorme cantidad de lana apelmazada formando un montículo central. Probablemente, eso amortiguó una caída que era mortal de necesidad. Excepto la lana, lo demás lo he visto en otras cuevas. La gente es muy marrana.

—¿Dulces? ¿Algo como una pequeña empanada? ¿Como un bollo chato de pan? Quizá no estuviera sobre el cuerpo... ¿Vio algo así?

Nash lo pensó.

—Diría que no. Los guardias civiles me han quitado el teléfono, tenía buenas fotos, es una lástima, pero si había algo como lo que describe no lo vi.

—No se preocupe.

—Había... Bueno, había algo que sí me pareció curioso, casi lo había olvidado, una especie de corona, como una guirnalda de flores de esas que las niñas hacíamos en verano en el campo. Parecía llevar bastante tiempo ahí, completamente seca y amarronada, pero bien conservada.

—¿Le dio la sensación de que el cuerpo estaba colocado, dispuesto de alguna manera especial?

—No creo que nadie bajase a la sima con ella. Estaba viva cuando cayó, o cuando la arrojaron, y yo apostaría por la segunda opción. En decúbito supino, el cuello en posición neutra, los ojos cerrados, en dirección al cénit. Tenía un trozo de papel en una mano, lo sujetaba con fuerza como si un espasmo cadavérico la hubiera sorprendido aferrándolo, y el brazo derecho en defensa —explicó mientras ella misma se colocaba el brazo como en cabestrillo—. Es una postura que se adopta de modo natural cuando alguien se fractura la clavícula. Se recogía un brazo con el otro. —Suspiró—. Me sorprende que pudiera siquiera moverse. Tenía la melena sobre el rostro, cubriéndolo como un velo. —Se dio cuenta de que inconscientemente ella misma estaba tocándose la cara—. Debió de morir enseguida.

La inspectora Salazar asintió con cierta admiración.

—Ya sé que le parecerá una observación de mal gusto, pero es una suerte que la encontrara usted.

Una imperiosa voz masculina les llegó desde el sendero que conducía a la sima.

—¡Inspectora Salazar!

Tres guardias civiles, dos de uniforme y un tercero que exhibía el logo en su chaleco, aunque vestía de paisano, caminaron hacia ellas.

—Buenas noches, inspectora —habló el del chaleco—. ¿Qué se supone que está haciendo aquí?

Ella miró alrededor, tomó aire y sonrió un poco.

—Nada, ya me iba. He venido a traer al doctor San Martín, su coche no puede llegar hasta aquí...

Él la interrumpió.

—Sí, ya sé, el deportivo. Pero no me refiero a eso, le pregunto qué hace hablando con mi testigo. Le recuerdo que el caso Dancur es de la Guardia Civil.

—Eso si se confirma que se trata de Andrea Dancur, ¿es ella?

—Aún es pronto para hacer esa afirmación, pero de cualquier modo el caso sería nuestro, hemos llegado primero.

—No si está relacionado con el caso Basajaun, el caso Tarttalo o cualquiera de sus derivaciones.

El guardia civil de paisano se adelantó dos pasos y se inclinó hacia delante invitando a la inspectora a hacer lo propio.

—La madre ha identificado las deportivas y la sudadera por las fotos que han hecho los bomberos. También han subido una pulserita que llevaba puesta. Es una joya familiar, había pertenecido a la madre de Helena Murrieta, ella se la regaló a Andrea cuando cumplió dieciséis años.

Se separó de la inspectora y con voz más alta para que todos pudieran oírle dijo:

—No hay nada aquí para usted, inspectora Salazar, no busque fantasmas, si esa chica es Andrea, y estamos casi seguros, su asesina fue juzgada y encarcelada. Punto final.

La inspectora Salazar sonrió.

—Espero, capitán, que tenga razón. En las dos cosas.

Después se giró hacia el sendero no sin antes despedirse de Nash.

—Gracias, doctora Elizondo, me ha encantado hablar con usted.

Nash se había mantenido junto al coche observando en la distancia a Helena Murrieta. La madre de Andrea estaba delgadísima y parecía tiritar bajo su abrigo. Desde lejos se podía confundir con una adolescente. Sostenía entre las manos un vaso de papel con una bebida caliente cuyo vaho desdibujaba su rostro, un rostro que se había convertido en habitual para todo el país. La había visto muchas veces en televisión en los primeros días tras la desaparición de Andrea, siempre acompañada por Salomé Aduriz, afectada, temblorosa, en la puerta de la casa que ambas compartían. Durante meses, los matinales televisivos se nutrieron del caso de la desaparición y búsqueda de Andrea. Nash la recordaba a ratos llorando, y después de la detención, gritando a quien quisiera escucharla lo mal que Salomé se llevaba con Andrea. Aunque no había envejecido, estaba más delgada y su aspecto era más frágil de lo que recordaba. El hombre que la acompañaba la sostenía por la cintura como si fuera a desmoronarse en cualquier momento, y dos jóvenes, que lucían en sus chalecos la palabra Psicólogo, no conseguían que se sentara, aunque sí había aceptado la manta térmica, que con sus brillos metálicos resultaba totalmente incongruente sobre sus hombros y su abrigo oscuro.

A través de la ventanilla abierta del Land Rover, Nash podía oír los informativos, que reproducían en todos los canales casi una idéntica repetición en bucle de aquellas imágenes de archivo, pero las noticias se iban actualizando. Así supo que el hombre que acompañaba a Helena no era el padre de Andrea, sino su segundo esposo, apenas llevaban casados un año, y había sido su apoyo en los últimos tiempos. Gabriel bajó del coche y se apostó a su lado.

—¿Han dicho algo? —preguntó ella sin mucha esperanza.

—No, pero los guardias civiles de montaña están cambiando las andas de nuestra trócola.

Ella miró hacia la boca de la sima.

—Herzog va a bajar —dijo Gabriel.

Nash no dijo nada. Observaba hipnotizada el comportamiento de la familia bajo la otra carpa que habían dispuesto los bomberos.

—Ese es el abuelo —dijo Gabriel apuntando con su mandíbula al hombre que descendía de un vehículo en ese momento.

Nash lo recordaba, también había aparecido en televisión alguna vez. Declaraciones serias, circunspectas, tajantes. De un dolor sereno y muy alejado del comportamiento histérico de la madre.

Helena y su marido estaban hablando con el forense y el capitán de la Policía Judicial cuando llegó Lisardo Murrieta. Se bajó de la parte trasera del coche, una berlina oscura y brillante de lluvia que a duras penas había avanzado tambaleándose por el pedregal. Con paso firme se acercó a la boca del pozo, como si un imán lo atrajera. Se asomó agarrándose a la barra del andamio y miró dentro. Durante unos segundos permaneció inmóvil, pero de pronto retrocedió un par de pasos y osciló como si sufriera un mareo. Uno de los guardias civiles de uniforme corrió hacia él y lo sujetó por el antebrazo. El anciano se detuvo recobrando instantáneamente el control. Miró la mano en su brazo y al hombre que lo sostenía. Aunque Nash no pudo oír lo que le decía desde donde estaba, era evidente que le preguntaba si se encontraba bien. Murrieta cabeceó afirmando y se recompuso la solapa del abrigo, mientras la mujer que conducía el vehículo en el que había llegado salía rauda del coche y avanzaba apresurada. Se interpuso entre él y la boca de la sima, pero, al contrario que el guardia, evitó tocarle, aunque le ofreció su brazo, señaló la carpa donde los policías y el forense hablaban con Helena y su marido y esperó a que el hombre se agarrara a ella para empezar a caminar. Cuando Herzog lo vio hizo un gesto al jefe de Judicial y ambos salieron a recibirle tendiendo sus manos al anciano. La madre y su marido se quedaron dentro de la carpa, y a Nash no se le escapó el hecho de que Helena se giraba perceptiblemente hasta dar la espalda al grupo que hablaba en el exterior.

La conductora acompañó a Murrieta hasta la cubierta y se detuvo en el límite. El anciano avanzó hasta su hija, que permanecía inmóvil con el rostro un poco bajo. La besó en ambas mejillas y saludó a su marido estrechándole la mano. La mujer que lo acompañaba saludó a la pareja con una leve inclinación de cabeza, después se metió las manos en los bolsillos del abrigo y retrocedió unos pasos hasta quedar detrás del anciano.

—Herzog me ha dicho que el abuelo es un importante hombre de negocios —dijo Nash.

Gabriel hizo un gesto ambiguo.

—Yo hablaría en pasado. Fue un poderoso industrial navarro con diversas empresas dedicadas a la madera y la siderometalúrgica en Navarra y en el País Vasco e incluso tenía alguna planta en el extranjero. Hasta la desaparición de su nieta se mantuvo bastante activo, no dudo de que siga siendo muy rico, pero está retirado de la vida laboral. Hace unos años era habitual verlo en los medios informativos, fue presidente de la Confederación Empresarial Vasca. Cuando Andrea desapareció lo dejó todo y se centró en su búsqueda, detectives, recompensas..., y cuando Salomé Aduriz fue detenida, esta se convirtió en su objetivo hasta conseguir que fuera juzgada por un jurado popular. Quince años y un día. Desde entonces vive apartado de la vida pública y ya sólo dirige una empresa maderera en el valle de Malerreka.

Gabriel había vuelto a entrar en el vehículo, pero Nash se sentía presa de una inquietud y un nerviosismo que, como a la madre de Andrea, le impedían permanecer sentada. Se alejaba unos metros hacia la ladera y regresaba caminando lentamente como para dar más de sí el paseo, y se aventuraba hasta la trasera del Land Rover, consciente de que ese era el límite que el guardia apostado en el camino le permitiría recorrer. Desde allí atisbaba el movimiento alrededor de la boca de la sima. Hacía al menos dos horas que el primer grupo había descendido, y Herzog llevaba unos cuarenta minutos abajo. Nash conocía su método. Era un experto en el estudio de los escenarios y no se conformaría con dejar que la sacaran de allí para trabajar sobre la mesa de acero. Tomaría muestras del cabello, de la ropa, preservaría las manos y recogería fragmentos de las semillas, el polvo sobre el cadáver y la tierra bajo él. Se llevaría la oveja, el viejo colchón, la basura, la lana y buena parte de la tierra que cubría el fondo del pozo en busca de las internaciones de putrescina que producía la ruptura de los aminoácidos en los organismos muertos, responsable, junto con la cadaverina, del fétido olor a podrido. Herzog no se fiaba de los indicios, necesitaba pruebas, y únicamente de ese modo sabría si Andrea había muerto allí o si su cadáver había sido arrojado o depositado en aquel lugar una vez muerta.

El crujido de las piedras sueltas bajo los neumáticos atrajo la atención de Nash hacia el camino. Un vehículo funerario avanzó lentamente y se detuvo a un lado del sendero, justo detrás del Land Rover. De su interior salieron dos mujeres. Vestían el traje oscuro habitual en el personal de las funerarias, aunque con aquella luz no distinguió si eran grises o negros. Se colocaron encima sendos impermeables oscuros. Una de ellas, bastante joven y con el pelo castaño claro sujeto en una coleta, se apoyó en el vehículo y encendió un cigarrillo. La otra, con el pelo corto y aire profesional, avanzó en dirección al guardia civil que ya descendía por la pequeña inclinación que los separaba de la sima.

—Buenas noches —saludó el guardia llevándose la mano al costado del rostro—. ¿Qué hacen aquí?

La mujer se volvió levemente a mirar el coche fúnebre, como si se preguntase si no era suficiente evidencia.

—Servicios funerarios —respondió.

—Eso ya lo veo, ¿quién les ha llamado?

—Helena Murrieta, la madre de la chica.

El guardia civil miró hacia el coche mortuorio y de nuevo a la mujer.

—Aún estamos esperando al juez, pero ya le aviso de que será un levantamiento judicial.

—Lo supuse —replicó ella—. He traído una caja de cinc, bolsas y etiquetas. Conozco perfectamente el protocolo, pero la madre quiere que nosotras nos ocupemos.

—De acuerdo, tendrá que esperar mientras lo consulto. De cualquier modo, no sabemos cuánto tardarán en sacarla.

La mujer de cabello corto asintió como si lo diera por hecho.

Retrocedió hasta donde se encontraba su compañera, se apoyó en el coche y aceptó el paquete de tabaco que esta le tendía. Cogió uno, miró a Nash y extendió los cigarrillos hacia ella.

Nash negó.

—No, gracias, no fumo.

—¿Fue usted quien la encontró? La madre nos ha dicho que fue un equipo de espeleólogos —dijo señalando con el mentón hacia el Land Rover.

Nash asintió.

—Sí. Fuimos nosotros.

La mujer dio una profunda calada a su cigarrillo y dejó caer la ceniza en el tarro de cristal que su compañera había sacado del coche y sostenía entre las manos.

—¿Es Andrea? —preguntó.

Nash creyó percibir emoción en su voz. Como si realmente le importara.

No contestó, pero se acercó hasta ponerse frente a ellas.

—Es pronto para afirmar algo así.

—Pero ¿usted qué cree? ¿Qué le dicta el corazón? —Nash pensó que era la segunda vez que aquella tarde alguien le preguntaba por lo que había sentido, por lo que le transmitían sus sensaciones.

—Que es ella.

La mujer miró a su compañera más joven y asintió entristecida.

Nash murmuró:

—Espero que al menos el hallazgo traiga descanso para alguien.

La mujer miró a Nash casi sorprendida.

—Se equivoca.

—¿Qué?

—Que se equivoca. Si esa criatura es Andrea Dancur, su descubrimiento traerá todo menos paz y descanso.

Nash la miró extrañada por la afirmación.

—¿A qué se refiere exactamente?

—En estos valles no gusta desenterrar muertos ni revelar verdades. ¿Sabe que los llaman los Valles Tranquilos?

—No me refería al pueblo, me refería a su madre. Al menos sabrá dónde está su hija. La incertidumbre es corrosiva, me consta.

La mujer hizo un gesto ambiguo, casi como si se encogiera de hombros. Pareció que iba a contestar, pero Nash percibió claramente cómo la otra la rozaba con el codo y al final guardó silencio.

—Le he oído decir que la madre las avisó —comentó Nash.

—Hay otras funerarias en Baztán, pero en Elbete somos la única. No es tan raro. En los pueblos la gente llama a la funeraria que se ocupó de sus padres o sus abuelos, es casi como una tradición. En el caso de mi familia llevamos cuatro generaciones: mi padre enterró a la abuela de Andrea. También era muy joven. Recuerdo que siempre contaba esa historia. —Se detuvo como si de pronto se hubiera dado cuenta de su torpeza—. Perdón —dijo extendiendo la mano hacia Nash—. Soy Susana Mitxelena, la propietaria de la funeraria Elbete, y ella es Eva.

La chica le había parecido muy joven, y de cerca pudo comprobar que era apenas una adolescente.

—Eres muy joven... —le salió sin pensar, y se arrepintió de inmediato cuando vio la reacción de la chica, que se puso a la defensiva.

—Soy mayor de edad y he realizado los cursillos, puedo hacer este trabajo. Tengo toda la documentación —dijo apartándose el impermeable y buscando en su bolsillo interior.

Nash cerró un instante los ojos, consciente de su desacierto, mientras levantaba las manos como para detenerla.

—No quería decir eso.

La joven la miraba expectante.

—Me refiero a que no es habitual encontrar a personas tan jóvenes haciendo este trabajo. No dudo de tu preparación.

La chica asintió mientras se explicaba.

—No es mi trabajo habitual, soy estudiante de Anatomía Patológica, ayudo a mi madre los fines de semana.

—Claro..., tu madre —dijo asintiendo—. ¿Sois...?

—Sí, Eva es mi hija —contestó Susana.

—Oh, ya... —dijo Nash mientras trataba de disimular su incomodidad girándose levemente hacia la sima.

Helena en pie, en mitad de la carpa. La manta térmica dorada se mantenía sobre uno de sus hombros, el resto colgaba por la espalda como la toga de un magistrado romano. Volvió a pensar en el color del oropel y en lo inapropiado que resultaba en medio del luto.

Un guardia civil venía hacia ellas por el camino. Hizo un gesto a Susana para que se acercasen.

—El capitán quiere hablar con ustedes.

Las mujeres apagaron los cigarrillos en el tarro en el que habían ido echando las cenizas, lo dejaron junto a la rueda delantera del coche y siguieron al guardia en dirección a la sima.

Gabriel bajó del coche y se apostó a su lado. Nash lo miró preocupada.

—Van a sacarla.

No fue un instante distinto a otro, pero la lluvia que había caído incesante durante toda la tarde cedió como si el cielo quisiera colaborar, pero a cambio un frío manto de niebla comenzó a extenderse por la ladera antes de que subieran el cuerpo.

Los guardias civiles cerraron las cortinas laterales de la carpa para impedir que las cámaras que acechaban desde el camino pudieran captar imágenes del momento en que la camilla asomaba por la boca de la sima.

Un rumor, como un ronquido, se extendió por la ladera. Un resoplido profundo y gutural, como el de una criatura bramando desde el interior de la tierra.

Nash miró alrededor mientras consideraba hasta qué punto estaba estudiado o era fruto de la herencia castrense el desolador aspecto de las oficinas en los puestos de la Guardia Civil. El consabido TODO POR LA PATRIA sobre la puerta de entrada, el eco de los pasillos, a pesar del gastado linóleo gris del suelo, que debería haber absorbido buena parte del ruido, y una pequeña hornacina incrustada en la pared, más propia de un cortijo. Como el pequeño altar de una ermita campestre, y una pequeña Pilarica perdida entre la abundancia de un manto de terciopelo y adornada con espigas de arroz y trigo, que alguien había traído desde muy lejos. Había leído varios estudios sobre la idoneidad de ciertos recursos en los espacios donde se llevaban a cabo interrogatorios, pero aquellas eran las oficinas donde los guardias debían trabajar, donde recogían las denuncias de las posibles víctimas, no una sala de interrogatorios, una «galletera», como las llamaban en los ochenta en Escocia.

La Guardia Civil había permitido que Mikel, Julio y Xabier se quedaran en Legarrea para recoger el equipo cuando se levantara el cordón policial, pero a Gabriel y a ella les habían pedido que se trasladasen a Elizondo para hacer una declaración mientras tenían los «recuerdos frescos». Tras recoger los hechos por escrito, habían leído en voz alta las declaraciones de ambos y les habían formulado algunas preguntas rutinarias. Pero ahora acababa de llegar el jefe de Judicial e insistía en hablar con ellos de nuevo, por separado.

Entró en el despacho acompañado de otro guardia que no iba de uniforme y que Nash supuso que era el enviado de Madrid. Saludó brevemente y permaneció en pie justo detrás de ella. El capitán traía en la mano el par de folios con la declaración de ambos, un ordenador portátil que abrió ante sí y un sobre de papel Manila. Se sentó frente a Nash y la miró con interés.

—La doctora Nash Elizondo. Elizondo, como esta población, ¿es usted de aquí?

—Soy de Donosti. Es sólo un apellido, y bastante común.

—Y Nash es un nombre inglés, ¿no?

Ella no contestó. Él la miró caviloso y señaló un párrafo del escrito.

—Leo en su declaración que no vieron el cuerpo inmediatamente al descender a la sima.

—No estaba visible, aparecía cubierto por un colchón que echamos a un lado.

—Si estaba cubierto, ¿cómo supo que estaba allí?, ¿qué los llevó a mover el colchón?

—En ese momento sólo teníamos las luces frontales de los cascos y la lámpara de carburo, no alumbran demasiado. Me pareció que había algo bajo el colchón y decidimos apartarlo para ver de qué se trataba.

—Usted no sabía que allí había un cadáver...

—Claro que sí.

El capitán alzó una ceja.

—Vimos la oveja muerta en cuanto llegamos al fondo, pero ya la habíamos olido mientras descendíamos. Un pastor de la zona había avisado a mi compañero de que en más de una ocasión habían arrojado al interior de la sima restos de animales muertos en el campo. Supuse que podía haber más cadáveres en el pozo. De animales —puntualizó.

—¿Tenía alguna razón para pensar que los restos de Andrea Dancur pudieran estar en la sima?

—Por supuesto que no —dijo con calma.

—Sin embargo, según todas las declaraciones de sus

compañeros fue usted la que insistió en explorar esta sima.

—Así es.

—¿Qué estaba buscando?

—Ya lo he explicado en mi declaración. Tenemos permiso.

Él sonrió.

—Sí, he leído su declaración, pero ¿sería tan amable de contármelo a mí? Esto que hace me parece fascinante —dijo acodándose y apoyando el rostro en una de sus manos.

Nash lo miró perpleja. Eran las tres de la madrugada, que su trabajo pudiera resultarle fascinante como para requerir por tercera vez que lo explicase parecía bastante fingido. Estaba agotada, pero también sabía que con protestar diciendo lo cansada que estaba sólo conseguiría que, amablemente, le trajeran otro café y que le hicieran repetirlo todo desde el principio.

—Soy profesora en la Universidad del País Vasco, como Gabriel. El grupo lo componen, además, un arqueólogo, un historiador y un estudiante de Antropología de último año. Investigamos la raíz antropológica de leyendas ancestrales o, dicho de otra manera, desmontamos leyendas.

—¿Así que una leyenda los ha traído a Gaztelu?

—Según la tradición oral, en ese lugar se pudo arrojar, al menos, a una bruja que tenía atemorizada a la población de la zona.

Él se echó hacia atrás apoyándose en el respaldo de su sillón.

—Supongo que se hace cargo de lo raro que suena. Ustedes vienen a una sima perdida en el monte a buscar brujas arrojadas allí durante el Medievo y encuentran a una chica desaparecida hace tres años. Entenderá que me resulte por lo menos llamativo. Dice que es fruto de la tradición oral, ¿quién le habló de ese lugar?

Nash se encogió de hombros.

—Nadie en concreto, la gente, nadie en particular, es una de esas cosas que se cuentan, aunque si le interesa hay una leyenda, la de la Cueva de la Mora, que encaja con la descripción. Aparece en varios estudios antropológicos.

—¿Mora?

—Sí, a pesar de su uso peyorativo para llamar a los musulmanes, en origen significaba «no cristiano» y se aplicaba a cualquiera que practicase otra religión. La mencionan tanto José Miguel de Barandiaran como Julio Caro Baroja, hay bibliografía abundante. La cueva no tiene una ubicación concreta, la misma historia se reproduce con pocas diferencias en distintos lugares de la geografía del norte. Esta sima es una de tantas *sorginkobak*, cuevas de brujas, esparcidas por todo el País Vasco y Navarra, la cornisa cantábrica y buena parte de los Pirineos catalanes. Aunque popularmente se las conozca así, en la mayoría de los casos no están relacionadas con la práctica de la brujería.

En el rostro del capitán se dibujó un gesto ambiguo.

—Perdóneme, es que todo esto que me explica no me parece serio, no me malinterprete, pero ¿qué hace una psicóloga forense buscando brujas?

—Es etiología, una disciplina sobre el comportamiento humano y las causas de las cosas, bastante cercana a la arqueología y a la etnología. El estudio de culturas comparadas está más cerca de la psicología forense de lo que imagina. Nuestro grupo es el responsable, por ejemplo, del hallazgo del cementerio de los héroes en Berroeta.

El capitán levantó una fotocopia de la noticia que había aparecido en la prensa.

Nash dejó salir el aire por la nariz mientras comenzaba a pensar que aquel tipo era un gilipollas, tenía todos los datos y, sin embargo, se empeñaba en burlarse de ella. No era una novedad, estaban acostumbrados.

No eran arqueólogos tradicionales, y el cementerio de los héroes había sido una feliz casualidad y un hallazgo maravilloso. Y aunque no habían hecho ningún descubrimiento relevante desde entonces, al menos habían conseguido que en la universidad dejaran de llamarlos «los cazafantasmas». Armándose de paciencia abundó en la respuesta.

—Es parte de un estudio de la conducta y el comportamiento de los asentamientos humanos, y de la psicología de las leyendas y su base histórica. Buscamos pruebas de hechos que han estado contándose durante siglos en la zona, para tratar de entender su explicación etiológica.

El capitán compuso un gesto de circunstancias dedicado al otro hombre presente en la sala.

Nash chascó la lengua antes de continuar y recorrió con la mirada el impersonal despacho. Sabía de antemano cómo sonaría aquella explicación allí.

—Antes del cristianismo existía una religión en la zona. Una diosa madre que habitaba riscos y grietas. La gente hacía ofrendas para obtener favores relacionados con el amparo, las cosechas, los hijos, la protección frente a las tormentas y las plagas. Luego llegó el cristianismo. No el de las enseñanzas de Cristo, sino el de la Iglesia con su machismo recalcitrante, y una diosa madre los molestó bastante.

El guardia alzó una ceja. Nash continuó:

—Esas creencias paganas fueron prohibidas, y las personas que practicaban la antigua religión fueron acusadas por la Iglesia de brujería, de ofender a Dios y de ser las causantes de todos los males que asolaban a la población, que eran muchos: la muerte del ganado o de los niños, la peste, la lepra, las ratas, la tosferina o los abortos; aunque esos hechos eran normales y estaban sucediendo en todo el mundo conocido, en algunas zonas se responsabilizó a algunas mujeres de ser las inductoras del diablo. Son datos históricos, se han obtenido pruebas de que en efecto fue así.

—Sí, yo también estudié historia, la Inquisición y todo eso.

—Sí, y todo eso... —repitió ella con intención—. Pero también existe una gran exageración al respecto, y nosotros investigamos la realidad que subyace en ese tipo de historias. Como le digo, no hay una población en el norte sin su cueva de brujas, o su pozo del infierno. En la mayoría de los casos no están ligados a ningún hecho histórico, son cuentos de vieja. Vinimos hace una semana, catamos la profundidad, escarbamos alrededor de la boca del pozo y hallamos pruebas arqueológicas de que en la zona se hacían ofrendas a la antigua diosa, aunque eso puede perfectamente no significar nada.

El capitán extrajo de un sobre el teléfono de Nash y se lo tendió.

—Hemos borrado las fotografías que hizo en el interior de la sima. Bueno, lo cierto es que nos las hemos quedado, son bastante buenas y nos dan una idea de cómo estaba el lugar antes de que movieran el colchón —dijo haciendo un gesto hacia la pantalla de su ordenador.

Ella asintió. No le importaba. En una de sus primeras salidas a buscar *sorginkobak* había tenido un percance con su teléfono, mientras descendían por una pared se le cayó y terminó destrozado. Desde entonces su móvil enviaba cada foto directamente a su ordenador en cuanto tenía cobertura.

Ante su silencio, el guardia se vio obligado a explicar.

—Entiendo que cuando hizo las primeras aún no podía saberlo, pero pertenecen al escenario de un crimen.

—Secundario —apuntó ella.

—¿Qué?

—Que es el escenario secundario. ¿O cree que quien la mató bajó allí con ella?

—Ya sabemos quién la mató. Está en la cárcel cumpliendo pena por ello, pero me interesa escuchar su teoría de cómo ocurrió.

—Piense en las dificultades para llegar hasta las proximidades de la sima. Si se desciende por la ladera, el acceso es difícil. Si se accede por el camino desde Gaztelu, es muy empinado, y está lo suficientemente alejado del pueblo para que no se pase por ahí por casualidad. El suicidio es poco probable, por su cuenta y sin coche no pudo llegar hasta allí. Alguien la convenció, o la engañó, para ir hasta ese lugar, o bien la llevó cuando ya estaba aturdida y la arrojó al interior.

—¿Por qué cree que quien fuera tuvo que convencerla? También pudo haberla matado en otro lado y llevarla hasta allí para arrojar el cuerpo al pozo. Andrea era delgada y de estatura media, no creo que pesara mucho.

—Andrea estaba viva cuando la arrojaron a la sima.

—¿Cómo puede estar tan segura?

—Como usted ha dicho, son buenas fotos, observe la posición de los brazos. Se rompió la clavícula en la caída, aunque debe de tener docenas de fracturas, y es seguro también que las heridas terminaron causándole la muerte, pero estuvo un tiempo viva y consciente. Adoptó una postura de defensa sujetándose el brazo herido como en un cabestrillo con la otra mano. Es algo que se hace instintivamente, por más dolorido que uno esté, incluso aunque esté a punto de perder la conciencia o de morir, por eso tenía los brazos cruzados. Además, el bulto del hueso fracturado bajo el cuello era visible a través de la sudadera.

El guardia encendió la pantalla y pasó varias fotos adelante y atrás. Se mordió el labio superior consiguiendo que algunos pelos del bigote se le metieran en la boca. Después miró al otro guardia civil presente en la sala y, por fin, a ella.

—No puede hablar de esto con nadie, ¿me ha oído?

Ella asintió mientras recuperaba su teléfono. De refilón, llegó a ver las llamadas perdidas de Laurent Herzog antes de deslizarlo en el bolsillo de su chaqueta.

1 de marzo de 2020
Domingo

Amanecía sobre las laderas de las montañas que rodeaban la capital del valle de Baztán. A la luz plateada e hiriente de aquella mañana, apenas se podían discernir los perfiles de los montes festoneados por una niebla densa como espuma de mar. Sin subirse la cremallera, cruzó sobre su pecho los extremos del forro polar y caminó entre los vehículos policiales aparcados frente al cuartel y bajo la atenta mirada del guardia apostado en la puerta. Localizó su Mustang rojo, que resultaba incongruente entre los C4 de la Guardia Civil, y vio que Gabriel la esperaba dentro. Llevaba puesto su plumífero y, a pesar de que se había subido la capucha, que le caía parcialmente sobre la cara, percibió que estaba pálido y ojeroso. Gabriel se inclinó desde el lado del copiloto para abrirle la puerta.

—¿Por qué no has puesto la calefacción? —preguntó ella mientras se sentaba al volante.

—Joder, me ha dado miedo, esto es una casa cuartel, arriba viven las familias de los guardias, y con el ruido que hace este motor y las miradas del de la puerta... —Puso cara de circunstancias—. Vaya, que he preferido chupar frío.

Conocía a Gabriel desde hacía años, y era evidente que estaba nervioso.

Nash arrancó el motor del coche y, en efecto, llegó a

ver la mirada de alarma del guardia civil que vigilaba la puerta. Descendieron por la carretera hasta el centro de la población, que se desperezaba entre jirones de niebla. Maniobrando por las estrechas calles plateadas de rocío salió como por casualidad al puente de Txokoto. Sorprendida, detuvo el coche en mitad del puente. Aquel lugar le impactó por su belleza. El sol perezoso de la mañana no conseguía desplazar la niebla que se desparramaba por las laderas de los montes y se elevaba en hileras de vapor que flotaban sobre el silencio del río que se quebraba sólo en la presa. «El poderoso Baztán», pensó mientras las fuerzas la abandonaban. Sintió de pronto un cansancio extremo y, al mirar las casas medievales que se asomaban al río por sus portillos de madera, imaginó lo agradable que sería observar la luz del amanecer colándose entre las rendijas de una de aquellas habitaciones caldeadas. Deseó meterse desnuda en la cama para dejarse abrazar por las sábanas tibias, mientras el rumor del río cantaba su nana. Iba a decirle algo a Gabriel, pero al volverse vio que se había dormido. Sonrió y, pisando suavemente el acelerador, atravesó el puente de Muniartea.

Cincuenta minutos más tarde dejó a un aturdido Gabriel en la puerta de su casa en Donostia y, atendiendo a una voz maternal, esperó paciente mientras él rebuscaba en sus bolsillos hasta hallar la llave y por fin entraba en el portal. Detuvo el coche frente a una panadería que acababa de levantar la persiana. Compró dos cafés y unos cruasanes y, escuchando cómo gruñía su estómago, condujo hasta el campus de la universidad. Saludó al portero de guardia y se dirigió directamente a uno de los laboratorios. No le había hecho falta llamar por teléfono. Sabía que Eneka estaría trabajando. Eneka Kalo era la directora del área científica y se decía que jamás salía de su laboratorio, a pesar de su aspecto. La bata blanca siempre abierta para dejar patente que vestía exquisita e, invariablemente, de negro. Tenía más de cuarenta, pero conservaba el cuerpo de una modelo adolescente, e iba maquillada como para una sesión de fotos, con la melena rubia meciéndose hasta debajo de los hombros... Contrastaba con su aspecto el hecho de que le encantaban las palabrotas, que defendía, como parte de una terapia antiestrés, cuando alguien se fingía remilgado ante su naturalidad.

—¡No me jodas! La doctora Elizondo, en domingo y cargada de café y cruasanes. Huelen maravillosamente a chantaje.

—Necesito un favorcillo —dijo Nash poniendo el desayuno ante los ojos de Kalo.

—¿Y está relacionado con la que liaste ayer en la sima de Gaztelu?

Nash tomó aire mientras pensaba que, por lo visto y después de todo, Eneka Kalo sí salía de su laboratorio.

—Ya veo que te has enterado. No, no tiene nada que ver, es un hallazgo aparte; un hueso antiguo, pura arqueología vinculada con una *sorginkoba*. No sé de cuándo, pero no está relacionado con esa pobre chica.

Nash sacó el envoltorio de la riñonera.

—Me preguntaba si podrías analizar esto. Creo que es un apéndice humano —dijo mientras lo colocaba en la bandeja que Eneka le tendía.

La mujer lo miró con suspicacia.

—No te sé decir, lo mío es la esencia, no la procedencia, no voy a aventurarme a hacer afirmaciones.

—Claro que es humano —repitió Nash con menos convicción mientras lo estudiaba de nuevo—. Fíjate: tres falanges, distal, media y proximal, y es bastante largo, así que debe de ser un índice, un corazón o un anular.

La doctora observó el apéndice. Las falanges eran normales y aparecían bien definidas y sin malformaciones. La uña intacta se veía larga debido a la desecación, pero estaba entera. Una especie de halo amarronado envolvía parcialmente el hueso casi como algo postizo.

—¿Y cómo puedo ayudarte?

—¿Podrías extraer ADN de este hueso?

—Tendrás una pista aproximada de la antigüedad del enterramiento...

—Pues podría ser muy variable. Es una *sorginkoba*, y como todas está sustentada por la leyenda de una bruja medieval arrojada a su interior para acabar con los males de la población, pero nos hemos encontrado dentro un cadáver de tres años, así que debemos estar abiertas a todo, porque resulta que también hay otro rumor sobre represaliados de la guerra civil.

Eneka Kalo frunció el ceño.

—¿Ya lo ha revisado Herzog? Él es el experto en guerra civil, lo he visto datar huesos con sólo mirarlos.

Titubeó un poco antes de contestar y Eneka se dio cuenta.

—No, aún no, no he querido molestarle con todo esto de Andrea Dancur, y, además, ya sabes cómo es él con estas cosas...

—¿Entiendo entonces que no quieres que trascienda lo de este favorcillo?

—Es nuestro hallazgo, Eneka, del grupo Kondairak.

—¿Y estáis seguros de que no tiene relación alguna con esa chica?

—Estamos bastante seguros. Xabier, el arqueólogo de mi equipo, dice que es hueso viejo —mintió.

—¿Viejo o antiguo?

Nash meneó la cabeza, negando sin saber qué responder.

—Te lo pregunto porque, si existe una posibilidad remota de que sea hueso antiguo, deberíamos ir con más cuidado. El hueso antiguo, de yacimientos arqueológicos, por ejemplo, se considera patrimonio. Has de ser consciente de que para procesarlo tengo que destruirlo. No necesitaré el dedo entero, tan sólo una esquirla, pero, aun así...

Nash no contestó.

—En cuanto a lo que puedo obtener: sin otro ADN con el que comparar, lo único que podré decirte es si es humano y el sexo. Y aun así, si no se ha conservado debidamente puede que no podamos extraer nada. Estas son nuestras cruces.

—¿Sólo el sexo? —La decepción se dibujó en su rostro y no pasó inadvertida a la doctora Kalo.

—Nash, la mayoría de los análisis de ADN que se efectúan se hacen para identificar a alguien, y eso se produce siempre por comparación. Se tiene otro ADN, del padre, de la madre, de un familiar, de un agresor..., y el análisis es relativamente simple. Sólo sirve para establecer que esas personas estaban ahí, que son quienes dicen ser, que son hijos de sus padres, que son el muerto que estábamos buscando, o que su agresor se dejó parte de su identidad en él.

—Sólo el sexo... ¿Te parecería una estupidez si te dijera que tengo la corazonada de que es una mujer? Como si ya lo supiera. No, si ya sé que esto pertenece puramente a la psicología, pero creo que se establece un vínculo entre el cadáver y quien lo halla, del mismo modo que en el momento en que encontré a Andrea supe que era ella, y de alguna manera también supe lo que había pasado, o mejor dicho lo que no había pasado. Como si me hablara.

Kalo la miró maternal, a Nash no le importó. Era consciente de que las cuestiones psiquiátricas y psicológicas a la mayoría de los científicos les parecían una tontería, o más bien una tontería con base científica, pero una tontería que de vez en cuando encendía la bombilla, por eso se impartía Psiquiatría Forense en esa universidad. Era consciente de que a Kalo le caía bien, de alguna manera se podría decir que eran amigas, pero eso no iba a significar necesariamente que sus «corazonadas» tuviesen para ella alguna credibilidad.

—Creo que en lo que estabas pensando es en una secuenciación entera del ADN. Ahí podrían decirte su edad, si es hombre o mujer, si estaba enfermo, si murió de esa enfermedad y, si se da el caso, según la enfermedad, por ejemplo la gripe española, o la peste, podrían datarte con bastante exactitud el periodo de su vida.

—Eso sería perfecto.

—Pues siento decepcionarte, pero yo no puedo hacerlo, siempre que me traen huesos para análisis de ADN son para comparativas, a menudo represaliados de la guerra civil, y siempre hay algún familiar, aunque sea lejano. Suele haber pocas dudas porque los cadáveres aparecen en grupo, en cunetas, fosas o barrancos, en ocasiones la identificación se hace por eliminación. Pero mi laboratorio es limitado, no puedo hacer lo que necesitas, pero sí que puedo procesar el hueso, decirte el sexo y, siempre que obtenga suficiente material, si quieres puedo enviárselo a una amiga mía que trabaja en Nasertic en Pamplona.

—Nasertic es el laboratorio oficial del Gobierno de Navarra, el de referencia de la Policía Foral, ¿no? Eso estaría genial.

—Pero tienes que entender que, si se lo pido como favor, hay que aceptar que lo hará cuando pueda, a menos, claro, que estés dispuesta a pagarlo de tu bolsillo.

—¡Ay, *ama*! —susurró Nash mientras cerraba los ojos y suspiraba sobrepasada.

—Bueno, no te rindas antes de empezar, pero para que tenga por dónde comenzar tienes que decirme algo, darme un margen, un espacio en el que pueda moverme para la analítica.

—Pues lo cierto es que lo que menos me apetece es que sea de la guerra civil, pero también es lo más probable.

—¿Crees que hay más huesos ahí abajo?

—Sí, ya has visto que está en buen estado, todo apunta a que esté bastante entero; por eso te lo pido, para tener un argumento firme sobre el que sustentar mi petición de regresar a la excavación.

—No sé si habrá excavación posible. Ya sabes lo minucioso que es Herzog.

Nash apretó la boca contrariada. Sí, lo sabía. Si había algo más enterrado bajo el lugar donde apareció Andrea Dancur, Herzog lo encontraría.

La doctora Kalo estaba examinando de nuevo el apéndice.

—¿Qué dirías que es lo que lo envuelve?

Nash se acercó.

—Pues esperaba que tú me ayudases con eso, parece piel seca, quizá una acción del desecamiento...

—No, señora.

—No lo sé —se justificó Nash—. Yo no soy antropóloga, y no sé tanto de putrefacción cadavérica.

—Creí que eras forense —se burló Kalo poniéndose los guantes de látex y llevando la muestra bajo el microscopio.

—Y tan capaz de establecer la causa de la muerte como cualquier patólogo, pero digamos que lo mío es un arte espectral.

—Es gasa, doctora espectral, es muy ligera, y se ha oscurecido por efecto de los lixiviados y la tierra, por eso la has tomado por piel. Diría que es de una prenda muy fina. Puede que formase parte de algo que llevaba puesto —dijo cediendo su lugar a Nash con una señal.

Ella observó a través de las lentes y desplazó un poco la bandeja.

—Es verdad, se aprecian zonas más oscuras, como formando un dibujo —dijo Nash separándose de las lentes y alzando la mano en el aire mientras cavilaba—. Me recuerda a un velo de novia, ¿podría ser?

—No lo sé, pero estás de enhorabuena, porque con esto sí que puedo ayudarte, o mejor dicho pueden ayudarnos. Los tejidos de distintas épocas sí que pueden ser un poderoso marcador para determinar la data, y conozco al director de un equipo en la Universidad de Upsala que son unos genios. Ellos dataron el sudario de Nabarniz y estarán encantados de echarle un vistazo al velo, o lo que sea, además, lo harán gratis, te lo aseguro, todo lo que tiene que ver con tejidos, tramas, urdimbre, lana o brocados les fascina. Así que —dijo tomando un sobre y unas pinzas y su teléfono móvil— lo primero que haremos será fotografiarlo, separar la gasa del hueso y mandarles una muestra. Realizarán una datación por radiocarbono. Si estás de acuerdo...

—Sí, claro —asintió Nash.

—Y ahora, a lo mío, yo necesitaré sólo un trocito. No quiero darte esperanzas, porque su aspecto también podría indicar que ha estado demasiado expuesto a la humedad, ya que parece bien hidratado.

Eneka sacó unas tenazas de un estuche y, sin ningún miramiento, seccionó un trozo del tamaño de un garbanzo de la parte inferior del huesecillo. Después volvió a fotografiar la muestra y el apéndice.

—Con esto es suficiente. Te aviso cuando lo tenga, pero tómatelo con calma, un par de semanas.

—¿Un par de semanas?

—Tengo a todo el equipo liado, y esto, oficial oficial no es. No puedo colarlo, sobre todo si deseas que permanezca en relativo secreto.

—Es muchísimo tiempo... —respondió Nash desolada.

—Pues hazlo tú.

Nash la miró desconcertada.

—Lo digo completamente en serio, tienes aquí todo el equipo; iré guiándote en cada paso, yo te ayudo con la obtención, que en el caso de hueso es lo más difícil, nos llevará unos treinta o cuarenta minutos. Deberás vigilarlo tú, mientras calculamos y amplificamos; cuando lo cambiemos a la sala post-PCR me comprometo a echarle un ojo hasta el final, y te llamo en cuanto esté. Antes de las doce estás fuera.

Nash miró el reloj, ya se había hecho a la idea de que no dormiría, y su único compromiso era llegar a tiempo para darle la comida a su madre.

—Me parece bien.

—Y se me ocurre que, siempre que tengamos suficiente cantidad, puedo intentar hacer algo más por ti después: esto totalmente de regalo.

—¿De qué estás hablando?

—Tengo un espectrómetro de masas y un cromatógrafo de gases —dijo señalando dos enormes artefactos que eran visibles al final de la sala—, quizá sirvan para algo, ya que, básicamente, detectan gases y químicos sólidos. Puedo meter un trocito de ese tejido; desde luego yo no soy tan precisa como mis amigos de Upsala, pero si es antiguo no tendrá ningún rastro de los químicos actuales que se utilizan para el blanqueado de tejido. Podemos probar también con la parte externa del hueso, al ser un dedo de la mano, y si es un cadáver relativamente moderno, hay bastantes probabilidades de que haya restos de cosméticos, derivados del petróleo y demás... Quizá no pueda ser muy rigurosa, pero por lo menos te servirá para descartar que haya un pirado en serie tirando chicas a esa sima.

Nash se la quedó mirando. La sola posibilidad le pareció aberrante.

—No me mires así, que hay mucho loquito suelto.

Como respuesta, Nash se desabrochó el forro polar y sacudió los hombros dejando que la prenda cayese al suelo.

—Supongo que tendré que ponerme guantes y una bata.

—¡Ay, incauta, vamos a moler hueso! —dijo tomándola de los hombros y obligándola a volverse para que viera una pequeña cabina acristalada—. Primero, limaremos todo el exterior de este huesecillo con un esmeril y una broca pequeña, hasta arrancarle cualquier impureza; después, lo aserraremos, en distintas secciones, bajo esa campana de vacío —dijo señalando al interior del cubículo—. Cuando acabemos, introduciremos los fragmentos en este precioso contenedor de nitrógeno, congelándolos hasta transformarlos en algo tremendamente quebradizo y, por último —dijo señalando a una máquina que recordaba vagamente a una exprimidora de naranjas—, lo moleremos en esa trituradora hasta obtener la esencia misma del hueso, y entonces estaremos listas para comenzar a preparar la muestra para la PCR, así que —dijo señalándole un equipo EPI— más vale que te vistas de astronauta si no quieres llevártelo para siempre en los pulmones, en el mejor de los casos.

Nash tomó uno de los trajes mientras miraba con recelo hacia la cabina.

—¿Cuál es el peor?

—Que nuestro amigo o amiga haya muerto de la puta peste.

Mientras atravesaba el aparcamiento de la universidad hacia su coche llamó a la clínica en la que su madre llevaba siete meses ingresada. Reconoció la voz de la auxiliar en cuanto contestó al teléfono.

—Maitane, ¿cómo ha pasado mi madre la noche?, lleva unos días un poco rara.

—No te preocupes, todo va fenomenal, ahora están en gimnasia, luego la sacaremos un rato al jardín antes de comer.

—Yo le daré la comida.

—Por supuesto.

La señal acústica de una llamada entrante la interrumpió.

Miró la pantalla y vio que era Laurent Herzog. Suspiró. No podía evitarlo. Esa sensación de que le faltaba el aire cuando veía su nombre en la pantalla.

—Maitane, tengo que dejarte. Hablamos luego. —Colgó y dio paso a su llamada sin decir nada.

—Hola, Nash.

—Hola —contestó ella mirando el reloj del móvil: las 11.40—. ¿Has salido ya? ¿Cómo ha ido?

—Sí, estoy a la altura de Pagozelaia de regreso a Donosti. Hemos hecho sólo una visual, de momento estamos con los tejidos, líquidos, semillas, el barro de las deportivas. La madre ha identificado toda la ropa, aunque no había mucho lugar a dudas, llevaba una carterita con su documentación y bastante dinero. Por supuesto cotejaremos el ADN, pero es ella. Tenías razón, Nash, como casi siempre —concedió displicente—. Regresaré esta tarde a Pamplona, haremos la autopsia esta noche.

—¿Algo sobre el trozo de papel que sostenía en la mano?

—No es papel, es tela, concretamente el puño de una camisa. En la misma sima le hice un test Bluestar para sangre humana, dio positivo. Ya estamos trabajando con ella, pero está bastante degenerada, el color que presentaba es debido a haber estado expuesta a los fluidos de la primera fase de putrefacción del cuerpo. Literalmente, se empapó de ellos. Primero habrá que intentar aislar alguna parte menos contaminada, si lo logramos, haremos una comparativa con el ADN de su madre. Pero ya sabes que eso puede llevar semanas.

—El ADN sí, pero el sexo y el grupo...

—Grupo A positivo, como millones de personas.

—¿Cuál era el grupo de Andrea?

—Cero negativo.

—Así que no es de ella. ¿Y el grupo de Salomé?

Herzog dejó salir todo el aire de sus pulmones antes de contestar.

—No era de Salomé. Lo sabemos con certeza porque pertenece a un hombre. Género masculino.

—¿Masculino? Pero eso lo cambia todo.

—Nash, no seas cría, no cambia nada. Estamos en una fase muy preliminar, es demasiado pronto para hacer conjeturas.

—Pero eres consciente de que hay una mujer en la cárcel por el asesinato de Andrea Dancur, y podría ser inocente.

—Conozco el caso, todos los indicios apuntaban a ella, se llevaban fatal, ese día habían discutido, encontraron la chaqueta ensangrentada de la cría en su coche. No nos volvamos locos, una pequeña muestra de sangre masculina no tiene por qué cambiar las cosas. Puede tener otras explicaciones.

—Una pequeña muestra de sangre masculina en un trozo de tela al que Andrea se aferró con todas sus fuerzas mientras moría.

—No te he llamado para discutir, sólo quería saber cómo estabas, ¿dónde estás?

—En el coche, he dejado a Gabriel hace un rato, y de camino me he acercado a mi despacho en la universidad.

—¿La universidad? ¿A qué has ido ahí, en domingo y sin dormir? —preguntó suspicaz.

—Tengo trabajos que corregir —mintió—. ¿Olvidas que soy profesora? Ahora voy a casa —dijo pensativa, dudando entre contárselo o no—. ¿Estás muy cansado? Hay algo que quiero que veas.

Casi adivinó cómo sonreía.

—Podría pasarme ahora..., si quieres —dijo insinuante Herzog.

—Laurent, ya lo hemos hablado, es mejor así. Eso no va a suceder.

Su voz se endureció y se puso a la defensiva de pronto:

—No sé de qué hablas, Nash, eres tú la que quieres enseñarme algo. Si no tienes prisa y puedes esperar a pasado mañana, podemos vernos en el campus, si lo prefieres...

Ella lo pensó, sabía que no era buena idea que se vieran en su casa, a solas con él todo era más difícil, pero necesitaba su opinión, y su ayuda. «Vas a cometer un error», casi podía oír la voz de su madre previniéndola. Pero también percibía en la cadera la presencia del hueso envuelto en papel en el bolsillo de su riñonera. Finalmente, cedió con un suspiro.

—No, ven ahora.

Nash dejó la mochila en el suelo junto a la entrada de su piso, miró la hora en el móvil mientras calculaba que aún tenía tiempo para darse una ducha antes de que llegara Herzog. Avanzó hasta la barra que separaba el salón de la cocina, donde descansaba su ordenador portátil. De camino encendió el televisor y seleccionó un canal de noticias. El sol entraba a raudales en la estancia caldeando los escasos setenta metros cuadrados, sin apenas divisiones, excepto las que separaban la pieza del baño y del dormitorio. Las paredes blancas y la ausencia de cortinas ampliaban la sensación de espacio. Encendió el ordenador y comprobó la carpeta de las fotos que había enviado desde la sima, seleccionó las del afilado hueso entre los cabellos de Andrea y las pasó a otra carpeta antes de cerrar la tapa. Después se desprendió del cinturón y lo colocó con cuidado sobre la encimera. Abrió la cremallera y sacó el afilado apéndice. Durante unos segundos quedó hipnotizada observando la uña, pulida y puntiaguda, que aún parecía más larga debido a la retracción de la piel que se había secado formando un siniestro mitón sobre el hueso. Abrió un cajón del que extrajo un trapo de cocina, envolvió el dedo y miró alrededor buscando un lugar donde guardarlo. Al fin optó por el mismo cajón.

El informativo parecía una repetición del día anterior: el virus chino, los casos de Italia, una breve entrevista a un experto médico en Milán, y una repetición del vídeo de la tarde anterior, con Salomé entrando primero en el coche policial cuando la detuvieron, después siendo trasladada a prisión tras el juicio. Imágenes de la boca de la sima, y la extraña sensación al ver y reconocer el equipo de escalada que habían cedido a la Guardia Civil. La visión de aquella fotografía de Andrea, que los medios habían difundido sin descanso tres años atrás, la dejó hechizada frente a la pantalla. Los tejanos oscuros y la sudadera con las plantas trepando por las mangas. Miraba al objetivo y sonreía, pero no lo hacía abiertamente. Había en su expresión algo serio, como de adulta. Nash no pudo evitar recordar el gesto con el que se recogía el brazo herido, y la expresión de contención del dolor que se le había quedado grabada en el rostro para siempre. El hechizo se rompió en cuanto la imagen de la chica desapareció de la pantalla.

Se dirigió al baño, pero antes subió el volumen para poder escuchar las noticias desde allí. Se miró al espejo mientras estudiaba su aspecto. No estaba mal para no haber dormido. Apoyó el móvil en el espejo y abrió el grifo de la ducha mientras se despojaba del forro polar y la camiseta. Entonces sonó el timbre del portero automático. Nash comprobó la hora en la pantalla de su teléfono: Herzog le había mentido, realmente se encontraba más cerca de su casa de lo que había dicho. Era imposible que hubiera llegado tan pronto, incluso con el escaso tráfico del domingo. Volviendo a contemplarse en el espejo sopló todo el aire de sus pulmones. Él nunca se rendía, y ahora sabía que su llamada no había tenido tanto que ver con ponerla al día sobre los resultados de los preliminares de la autopsia como con tener una excusa para pasar por su casa. Llevaba cinco años con él, con una relación que sabía que no iba a ninguna parte. Herzog estaba casado y tenía tres hijos adolescentes que estaban ya en la universidad. Era cierto que él nunca le había prometido nada, tampoco ella lo había pedido, sabía, como lo saben todas las mujeres del mundo, que es una mala idea enamorarse de un hombre casado, pero aun así lo había hecho, antes incluso de que comenzase la relación. Cuando él le dijo que la amaba, que sentía lo mismo que ella, había albergado la esperanza de no ser la otra, sino su gran amor. Creyó que entendería la importancia que ella tenía en su vida, que reuniría el coraje para terminar el matrimonio con aquella mujer a la que decía no amar, y empezar una vida a su lado. Cuatro años jugando, hasta hacía siete meses. La misma noche en que su madre sufrió el ictus y lo llamó aterrada desde el hospital. La misma noche en que creyó que la perdería, después de encontrarla desvanecida en su casa. La misma noche en que un médico le dijo aquello de «Podremos valorar alguna posibilidad si supera esta noche». Había marcado como una autómata, con dedos temblorosos y los ojos secos de desolación; al escuchar su voz, un caudal se había liberado en algún lugar allá dentro, y el llanto que había contenido salió como un torrente mientras le explicaba.

—Estoy en el hospital Nuestra Señora de Aránzazu.

Quizá de haber estado más centrada habría percibido la pausa, el rumor de su mano cubriendo el micro mientras musitaba una disculpa y buscaba un lugar tranquilo para hablar. Pero después había sonado tan preocupado, tan auténtico...

—¡Dios mío! ¿Estás bien? ¿Qué te ha pasado?

—No, no, es mi madre, Laurent. Enri, una vecina amiga suya, me llamó asustada, pasó a verla y vio que no contestaba, intentó entrar con su llave, pero la puerta estaba cerrada por dentro. He ido hasta su casa y un cerrajero ha tenido que reventar la cerradura. Me la he encontrado desmayada en el suelo, muy fría, no sé cuántas horas podía llevar allí. El médico de la ambulancia dice que ha sido un ictus.

Quizá de haber estado más centrada habría distinguido la displicencia.

—Lo siento mucho, Nash. ¿Cómo está? ¿Qué te han dicho?

—Aún la están explorando, no me han dicho nada, pero, Laurent, no ha recuperado en ningún momento la conciencia. Estoy muy asustada —dijo atropelladamente, sin dejar de llorar.

Sí, quizá de haber estado más centrada habría reparado en el silencio de él frente a su desesperación. Quizá podría haberse ahorrado el ridículo de llevar aquella charada hasta el extremo. Lo había pensado muchas veces desde entonces, pero también era una firme defensora de que a menudo la buena educación en nuestra sociedad impide que las obras de teatro de nuestra vida culminen con un acto final. Se precisa una caída del telón que lo termine todo, sin posibilidad de vuelta atrás, sin preguntas que queden flotando en el aire, sin nada más que esperar el fin, total y reparador. O quizá sí, quizá sí que hubo un instante en el que se percató de estar interpretando un papel en una obra, una obra de la que ya no podía escapar, y a la que se rindió como una heroína shakespeariana apurando hasta la última palabra su papel.

—Laurent, estoy en la sala de espera de urgencias, necesito que pases por mi casa y me traigas mi bolso, que está en la encimera de la cocina, y una chaqueta, coge la primera que encuentres, da igual. Ven.

Y cuando volvía a pensarlo ya no estaba segura de si, llegados a ese punto, lo había sabido o no. Pero tuvo la total certeza cuando dijo su nombre de aquel modo.

—Nash...

Algo cortocircuitó en su cerebro. El llanto que había salido incontenible cesó de pronto. No iba a venir, le daban igual su dolor, su desesperación y su miedo. El temor y la preocupación que había creído percibir al decirle que estaba en el hospital sólo formaban parte de lo que se esperaba que alguien dijera cuando le contabas que estabas en un hospital.

Consciente, como no lo había sido en los cuatro años previos, se entregó a su papel hasta merecerse un Óscar.

—No tardes, amor mío, estoy desesperada, te necesito aquí.

—Nash...

—Tengo tanto miedo, Laurent.

—Lo siento... Yo...

—Y tengo tanto frío, no olvides la chaqueta.

—No puedo ir, Nash. Quiero hacerlo, pero de verdad no puedo...

—Me han dicho que puede que no pase de esta noche. Es mi madre, Laurent, no tengo a nadie más, sólo ella, y tú.

—Nash, es terrible, lo sé. Y quiero estar contigo, pero de verdad que no puedo ir ahora.

—¿Por qué?

—¿Por qué qué, Nash?

—Quiero que me digas por qué no puedes. Quizá tú mismo estás en una sala de urgencias mientras operan a tu hijo, quizá estás en otro hospital acompañando a tu madre moribunda, quizá tu casa está ardiendo mientras los bomberos suben corriendo por la escalera. Quiero saber por qué, Laurent, por qué no puedes venir.

—Mis suegros están aquí..., justo íbamos a sentarnos a cenar...

Se sentía secretamente orgullosa de no haber colgado el teléfono entonces, cuando cualquier otra lo hubiera hecho.

—Y trae cambio, por favor. No tengo monedas ni para sacar un café de la máquina.

—Nash.

—Pero sobre todo no te olvides de la chaqueta, si no quieres pasar por casa tráeme un jersey tuyo, estoy tiritando, no sé si es de los nervios o de frío, pero hasta me duele la espalda de tanto temblar.

Él no contestó. Se quedó escuchando en silencio al otro lado de la línea, y ella, consciente de que por una vez tenía el mando y el poder, siguió explicándole lo que sentía, hablándole de su miedo, de su fragilidad en aquel momento, y sin concederle la clemencia de colgar. Tardó un buen rato, pero la cena debía de estar enfriándose, así que lo hizo él.

El llanto regresó aquella noche en muchas ocasiones, y lo que más le dolía era reconocer que más de la mitad de las veces no fue por su madre.

El timbre del portero automático volvió a sonar estridente en el recibidor vacío. Era una deferencia, un acuerdo tácito, una especie de puta mierda de pacto, por el que él conservaba la llave de su casa, aunque no la usaba, y ella no había cambiado la cerradura, ni se la había exigido de vuelta. Olisqueó crítica la camiseta antes de volver a ponérsela, era la misma que llevaba la tarde anterior cuando descendió a la sima.

Abrió la puerta justo en el instante en que él salía del ascensor. Sin saludarla entró en el piso y sólo cuando hubo cerrado la puerta la miró sonriendo y dijo:

—¡Qué ganas tenía de verte! —Se acercó a ella inclinándose para besarla.

Ella retrocedió.

—Me viste ayer, ¿no lo recuerdas?

Él formó un puchero con los labios y sonrió mientras avanzaba en su dirección.

Nash levantó ambas manos y retrocedió dos pasos tratando de reunir todas sus fuerzas para decir:

—Laurent, en serio, ya lo hemos hablado.

Y sí que lo habían hablado, docenas de veces, en cada ocasión en que había vuelto a acabar en la cama con él, porque, a pesar del sufrimiento, del llanto y la convicción que parecía inapelable la noche en que creyó que su madre moriría, los sentimientos no se extinguen, por mucho que caiga el telón. Y aunque al menos le había servido para saber que él no la amaba, y para perder toda esperanza de que eso pudiera cambiar, no le resultaba tan fácil sacarlo de su cama. Aun así, mantuvo las manos en alto y los labios apretados.

Él suspiró profundamente y se adentró en el diáfano salón. Se quitó la cazadora y buscó dónde dejarla. Finalmente, la arrojó sobre una banqueta junto a la barra de separación.

—Deberías poner algún mueble —dijo él mirando alrededor.

—No los necesito.

—No parece la casa de una mujer.

—¿Ah, no? A lo mejor es que no soy una mujer, o al menos no la que esperabas. —Se sintió inmediatamente mal al tomar conciencia de que estaba dando salida a su frustración. Los reproches no funcionaban, ya lo había intentado en el pasado. No funcionaba la pasión, no funcionaba el amor.

Escabulléndose de su mirada llegó hasta la encimera de la cocina, cogió el mando de la tele y quitó el volumen, aunque la dejó encendida. De nuevo aquella imagen de Andrea Dancur. Nash se inclinó frente a su portátil, buscó una de las fotos que el teléfono había enviado desde la sima y se la mostró.

—Laurent, en la sima no sólo encontré a Andrea. Cuando vi el cuerpo observé que entre su cabello afloraba un objeto, al principio creí que era una rama seca, o una roca afilada —dijo usando el pulgar y el índice para ampliar la zona en la pantalla—. Lo inspeccioné de cerca para ver si se había clavado en el cráneo.

Herzog se inclinó frente al ordenador para observar mejor.

—Podría ser una esquirla de hueso, pero hemos radiografiado el cráneo de Andrea, presenta una fractura longitudinal, pero está entero. Quizá sea de un animal... Aparte de la oveja muerta encontramos otros huesos que claramente son ovinos.

Nash abrió el cajón y separó con cuidado las puntas del trapo que envolvía el hueso.

—No es un trozo de cráneo, es un dedo, y no pertenece a Andrea, ni a ningún animal —dijo tendiéndole unos guantes.

Él se los puso sin dejar de mirar el hueso, y ahuecó las manos invitándola a que lo depositase en ellas. Nash lo observó, lo hacía con infinito tacto, como si en lugar de un resto inerte fuese a tomar entre sus dedos el frágil cuerpo de un pajarillo. La ternura y el cuidado hacia su trabajo habían sido de las primeras cosas que le habían atraído de Herzog. Volvía a enamorarse de él cuando lo veía trabajar.

—Oh —musitó Herzog mientras lo observaba. Al volver a hablar, su voz adoptó el tono académico que usaba cuando hablaba de huesos—. Es humano, sin duda, las falanges distal y media están enteras, la proximal aparece seccionada por un instrumento, y parece reciente. ¿Pudo producirse al extraerlo? —preguntó, aunque sin esperar respuesta siguió hablando—. Probablemente es el índice, es extraordinario el modo en que se ha conservado la uña, está intacta. —Se inclinó y lo olisqueó, luego con sumo cuidado lo tomó entre dos dedos ejerciendo una leve presión—. Se ha teñido del color del suelo de la sima, pero es viejo, podría ser de la guerra civil, hasta puede que más antiguo.

Levantó la mirada y buscó los ojos de Nash demandando respuestas.

—Cuéntame la historia de ese lugar, ¿por qué os interesó esa sima concretamente?

—Es una *sorginkoba*, con la misma historia que todas, basada en el concepto mitológico de la Cueva de la Mora, un lugar maldito, hechizado por el dolor, la injusticia y la venganza. Una mujer que, torturada por su propia historia, víctima del desamor, la locura o la persecución, se esconde o es arrojada en una cueva en la que llora eternamente. Sólo que en este caso la leyenda habla de una *sorgiña* que torturaba a la población con sus hechicerías y que arrojaron a la sima para librarse de su influjo.

Él la miró pensativo.

—No me interesan las leyendas, Nash. Tendré que hacer algunas consultas, pero no me consta que en la zona hubiese habido represalias de guerra, en esos pueblos de tradición carlista, todos se posicionaron con el mismo bando; además, la sima está demasiado alejada de la población para encajar en el tipo de enterramientos de fusilados.

—Sabemos que en ocasiones las historias que se perpetúan como leyendas tienen una base real. Por supuesto, no era una bruja, pero este hueso prueba que hay otro cadáver, o al menos parte de él, en esa sima.

—De acuerdo —dijo él envolviéndolo—, lo entregaré al laboratorio y veremos de qué se trata, pero hay algo claro, no tiene nada que ver con el caso Andrea.

Nash se lo arrebató de la mano.

—En que no tiene nada que ver con el caso de Andrea estamos de acuerdo, pero es un hallazgo mío y de mi grupo, nosotros nos encargaremos.

Él alzó las dos manos en señal de rendición.

—Nash, tengo a los de Científica de la Guardia Civil trasladando todo el contenido del pozo al laboratorio. Ya conoces mi procedimiento, yo mismo procesé y metí en bolsas todo lo que había encima, debajo y alrededor del cadáver, incluidos unos diez centímetros de tierra hacia abajo, y allí no había nada. He mandado extraer una cata de cuarenta centímetros más por debajo del lugar donde estaba el cuerpo para buscar cadaverina y tener la seguridad de que Andrea estuvo en ese pozo desde el día en que desapareció, y que no fue trasladada posteriormente allí desde otro lugar. Si hay más huesos, los encontraremos. Si me lo entregas ahora, tenemos algo con lo que comparar y así descartar...

—Ni de coña.

Él la miró calibrando su determinación y cuánto podía salir ganando.

—Está bien, doctora Elizondo, es todo tuyo, estoy de acuerdo, y lo estoy porque creo que no hay nada más allí, ya has visto que durante siglos la gente de los alrededores lo usó como vertedero. No me extrañaría que alguien hubiera terminado arrojando en el interior los restos de una urna funeraria; no sé si te fijaste, pero había también bastante ceniza; hasta puede que los despojos de algún antiguo cementerio de la zona hayan terminado allí para ahorrarse problemas burocráticos.

Nash lo pensó mientras él seguía hablando. Ella también había visto la ceniza.

—Aun así, tengo que pedirte algo. Que no trascienda, Nash, los dos estamos de acuerdo en que no tiene nada que ver con el caso Andrea Dancur, y la sola mención de que pueda haber más huesos humanos en el interior de la sima moverá una clase de prensa que no nos interesa para nada, sólo haría daño a la familia, empañaría mi reputación, y sabes que la reputación es clave para presentar cualquier caso ante un juez.

«¿Cómo no? Su puta reputación», oyó la voz de su madre.

Nash terminó de envolver el hueso y retrocedió hasta la cocina, donde lo guardó de nuevo en el cajón de los trapos.

—Estamos de acuerdo —dijo ella—. Si hay más restos óseos en esa sima quiero tener la oportunidad de buscarlos con mi grupo, al fin y al cabo, el hallazgo es nuestro.

Y ahora deberías irte, voy a darme una ducha, llevo más de veinticuatro horas con esta ropa puesta.

Él sonrió acercándose.

—A mí me encanta cómo hueles.

—Adiós, Laurent.

Él alzó de nuevo las manos.

—Como quieras. —Aun así, se inclinó y la besó suavemente en la boca. Nash cerró los ojos entreabriendo los labios. Él repitió el beso, que esta vez fue más cálido y profundo.

—Laurent... —llegó a protestar ella.

Pero sus manos ya estaban bajo la ropa y sobre la piel de Nash y su boca se extendía por su cuello.

—Tengo que ducharme —volvió a protestar.

Él no contestó, sin dejar de besarla ni apartarse un centímetro de ella la fue conduciendo hacia el baño mientras le quitaba la ropa.

Nash oyó correr el agua de la ducha. Sonrió al darse cuenta de que se había quedado dormida unos minutos. Era algo que siempre la sorprendía, quizá porque el sexo era lo único que tenía ese efecto sobre ella. Abrió los ojos y vio la caja de somníferos sobre la superficie de su mesita de noche. Hacía poco que había cambiado de marca, pero llevaba años tomando distintas drogas para conseguir dormir. Cuando él estaba a su lado no las necesitaba. Sonrió de nuevo resistiéndose a abrir los ojos y a terminar con la agradable sensación de desperezarse lentamente del sueño. Se giró y hundió el rostro en la almohada para aspirar su olor. La huella de su presencia entre sus sábanas era una rareza tan peregrina y efímera que debía aprovecharla atrapándola en un instante.

Su teléfono vibró sobre la mesilla y en la pantalla apareció el nombre de Eneka Kalo.

—Doctora Elizondo, tenías razón, humano y mujer.

Mañana a primera hora saldrá para Upsala el supuesto velo. He hablado con Pekka, que además es guapísimo: he tenido que contarle un poco de la historia de la sima y está muy interesado. Y mañana a última hora, cuando el laboratorio esté despejado, intentaré hacer la cromatografía y la espectrografía. Te cuento cuando tenga algo, ¿vale?

Colgó, pero volvió a cerrar los ojos y permaneció inmóvil y pensativa mientras decidía si debía compartirlo con Herzog. Oyó entonces el casi imperceptible clic de la puerta del baño. El agua seguía corriendo. Resistiéndose a abrir los ojos se concentró en tratar de adivinar sus pasos por la casa.

Excepto por el colchón y el sofá, Nash no había visto necesario en todos los años que llevaba viviendo en aquella casa hacer una inversión en muebles, adornos o decoración; sin embargo, la había hecho en la cocina. Había heredado de su madre el gusto por cocinar, y cuando compró aquel piso adquirió un buen colchón y una almohada a su medida, ropa de cama de lino, un sofá donde pudiera tumbarse a leer sin morir sepultada en él y una cocina de alta gama que ocultaba tras sus puertas la parafernalia propia de un chef: un horno de convección, otro de vapor y un sistema de pistones por gas y cajones con freno, que, tanto si los empujabas con un dedo, con la cadera o con todas tus fuerzas, ralentizaban su recorrido y se cerraban suavemente con un pequeño sssh.

Lo oyó con total claridad.

Abrió los ojos y se incorporó en la cama apoyándose en los codos.

—¿Laurent?

El agua seguía corriendo en la ducha. Apartó el edredón y sacó los pies de la cama.

—¿Laurent?

Entonces reconoció el inconfundible clac de la puerta de su apartamento al cerrarse.

Salió de la cama y fue hacia el baño. No estaban ni él ni su ropa. Cerró el grifo y se detuvo a escuchar el familiar sonido del silencio de su casa. No había allí nadie más que ella. Se dirigió a la cocina. Abrió el cajón de los trapos. Todos parecían en su sitio menos el que envolvía el dedo, ahora un poco arrugado. Lo desdobló con cuidado. El apéndice estaba fracturado por su extremo de un modo tosco y afilado por completo, distinto del corte recto producido por las tenazas de la doctora Eneka Kalo.

—Capullo —murmuró.

Nash inhaló profundamente al traspasar el umbral. Lo más desolador de la clínica Ametz era el olor. No olía mal, no era a suciedad, ni a enfermedad ni a farmacia. Recordaba al de un hospital, pero aparecía mezclado con colonia de lavanda y puré de verduras. Su esencia era repulsiva, porque subyacía en él toda la miseria del hospital medieval, un moridero de pobres que en nuestro siglo sólo era asequible para los ricos.

Ella se obligaba a aquel ejercicio de contrición, que era respirar el olor de la enfermedad estancada, como penitencia por tener a su madre allí.

La clínica Ametz no era una residencia de ancianos. De hecho, había adultos de todas las edades ingresados. Era un establecimiento con convenio con el Servicio Vasco de Salud para derivar a los enfermos que estaban suficientemente recuperados como para darles el alta del hospital, pero no para que su estancia en un domicilio particular fuera viable.

Ese había sido el caso de su madre, tras seis días en coma y cincuenta días de hospital, una mañana el equipo médico en pleno entró en la habitación. Explicaron, igual que habían hecho la mañana anterior, que el ictus le había causado una parálisis casi total en el lado derecho del cuerpo. Las extremidades colgaban laxas y la rehabilitación no producía resultados; por suerte, en el rostro los daños no eran tan considerables; conservaba la visión en los dos ojos y el oído, sólo se evidenciaba un permanente gesto mohíno en la boca y un leve temblor en el párpado derecho que antes no estaban ahí. Parecía comprender todo lo que se le decía, y dentro de sus posibilidades colaboraba e intentaba obedecer las órdenes de los médicos aplicando sus protocolos de pruebas. Pero desde que se había despertado no había vuelto a decir una palabra, excepto en la cabeza de su hija. Nash seguía oyendo su voz, aconsejándola, riñéndola, diciéndole las verdades, como lo había hecho siempre.

La diferencia respecto al criterio médico era que consideraban que ya no debía estar en el hospital, su tiempo allí llegaba a su fin. El rostro de Nash debió de ser un poema. En aquel tiempo, apenas había hecho otra cosa que ir del hospital al trabajo y del trabajo al hospital, con algún breve paso por casa para ducharse y cambiarse de ropa. Había pasado cada noche allí, durmiendo en el sillón que se reclinaba lo justo para romperle las lumbares. Aquel ir y venir hospitalario se había convertido en su ritmo de vida en muy poco tiempo y sin que en ningún momento se plantease que podía ser de otro modo. Inicialmente, se había negado, había pasado horas interminables al teléfono buscando soluciones domiciliarias que le permitieran tener a su madre en casa. Pero terminó por rendirse, consciente de que no podría darle, en un domicilio particular, los cuidados que necesitaba, ni con muchísimo dinero.

Dejó salir todo el aire y saludó a la auxiliar tras el mostrador de recepción.

—Buenos días, Maitane.

—Buenos días, doctora Elizondo —la saludó cordial—. Tu madre está en la sala de televisión, hoy ha estado un poco perezosilla con los ejercicios, pero me ha sonreído todo el tiempo mientras la peinaba.

—Siempre le ha encantado que la peinen, cuando yo

era pequeña me pagaba para que lo hiciera. Voy a verla... Y llámame Nash, la doctora Elizondo es mi madre. —Se dirigía hacia el ascensor, pero se detuvo y volvió atrás—. Maitane, ¿se va a establecer algún protocolo respecto al virus chino? En Italia comienza a ser alarmante, y ayer oí que tienen a todos los huéspedes de un hotel en Canarias confinados en sus habitaciones.

Ella se encogió de hombros.

—Por ahora no hay nada, no sé qué decirte. Imagino que si en algún momento comienza a ser importante nos darán los protocolos desde Osakidetza.

Nash miró hacia la puerta cerrada en la que ponía Dirección. Maitane entendió el gesto.

—Hoy es domingo, Laura no está. Pero, si quieres, puedo dejar una nota para que te llame mañana.

—No te preocupes, ya hablaré con ella en algún momento durante la semana.

Vio a su madre nada más traspasar la puerta y, como hacía siempre, se detuvo un instante mientras componía una sonrisa.

Podía resultar absurdo si trataba de explicarlo, pero cada vez que la tenía delante volvía a rompérsele el corazón, como si de algún modo, mientras dejaba de verla durante unas horas, olvidase que la siguiente vez también la encontraría postrada en la cama, o sujeta con un cinturón a la silla de ruedas. Y lo que le resultaba más insoportable entre todas las cosas era hallarla con la mirada perdida, o con aquella otra, furiosa, indignada. Así que fue sorprendente y agradable descubrir que la atención de su madre estaba puesta en las imágenes que transmitía el televisor. Alternaban fotografías de Andrea Dancur con imágenes del juicio a Salomé. La conductora del programa matinal dio paso a una reportera que transmitía en directo desde la puerta de los juzgados de Pamplona.

Destapó la bandeja que había traído un auxiliar y removió el puré humeante alzando una cucharada para comprobar la temperatura en sus propios labios. Su madre abrió la boca en cuanto le acercó la cuchara. Por suerte no había perdido el apetito. Con la tercera cucharada comenzó a toser arrojando todo el puré fuera de la boca. Nash la limpió y le aproximó un vaso de agua con una pajita. La tos cedió, aunque regresó con la siguiente cucharada. Vertió un poco de agua en el plato para hacer el puré más líquido y así consiguió que se tomara un poco más de la mitad, pero desistió cuando, incluso con el puré diluido, su madre tuvo otro acceso de tos y enfurecida apretó la boca negándose a comer más. La miró y reconoció aquella mirada que la prensa había calificado de fría y llena de furia en Salomé. Era la misma que habitaba en los ojos de la primera doctora Elizondo.

2 y 3 de marzo de 2020
Lunes y martes

Aquel fin de semana extraordinario dio paso a una semana que comenzó tediosa y normal de un modo insoportable, como el tiempo que precede a una tormenta. Lo más llamativo había sido el par de mensajes que sendas agencias de detectives le habían dejado en la Secretaría de la universidad; Lorenzo Detectives de Madrid y Lola Bourville de Donostia, ambos buscaban relación entre la sima con mujeres desaparecidas y la posibilidad de que hubiera más restos allí. Quedó resuelto en dos llamadas. Había dormido fatal, incluso con la ayuda del Orfidal, estaba cansada, preocupada y enfadada con todo y con nada.

El lunes por la mañana dio sus clases y por la tarde visitó a su madre. El avance del virus en Italia parecía imparable y llegaban desde allí imágenes de hileras de ataúdes amontonados en las calles, y las noticias hablaban de cómo aquello estaba afectando a los más mayores. Aquella noche tuvo que tomar dos de sus pastillas para poder dormir.

El martes la atención de los programas matinales, tanto en la radio como en las televisiones, se repartía entre las noticias de Italia, un refrito de imágenes, las opiniones de supuestos expertos que admitían no saber nada, y lo que se había transformado en los últimos días en «la noticia». Como tres años atrás, la prensa volvía a acampar frente a la casa de la madre de Andrea Dancur y retransmitía desde allí enfocando sus cámaras hacia las ventanas cerradas. Crecían los rumores de que junto al cadáver podrían haber aparecido nuevas pruebas, incluso ADN, que podrían confirmar o dar un giro a lo que hasta este momento se sabía sobre la muerte de Andrea. Había una remesa de nuevas fotos de la chica, algunas que Nash no recordaba haber visto. De su comunión, de cuando era incluso más pequeña, de bebé, otras con un grupo de amigas a las que les habían pixelado el rostro. Y de nuevo Salomé, Salomé siendo detenida, Salomé durante el juicio. Salomé en el momento en que dictaron sentencia. Salomé derrumbada sobre la mesa y sostenida sólo por su abogado.

Nash removió el puré con demasiado ímpetu y un poco se salió del plato. Intentó sosegarse, consciente de la mirada de su madre, que siempre había sido capaz de distinguir cuál era su estado de ánimo por más que ella se empeñara en fingir. Estaba nerviosa, tenía que admitirlo, víctima de aquella calma tensa que llevaba cuarenta y ocho horas torturándola, y por fin hoy había sabido el porqué.

A media mañana, al final de la última clase que daría el martes, vio que Eneka Kalo la esperaba en el pasillo. Mientras salía, observó cómo los estudiantes se volvían a mirar a la directora del área científica, que consciente del efecto que causaba en los demás hacía cimbrear su cuerpo sobre los altos tacones de sus botas negras. Nash se detuvo con la convicción de que en ese instante se iniciaba algo extraordinario: Eneka Kalo no se prodigaba fuera de sus dominios, si había ido hasta allí, tenía que ser importante.

Se paró ante ella, pero Eneka permaneció en silencio hasta que los estudiantes se alejaron.

—Lo tengo. La muestra era muy buena y hemos obtenido muchísimo ADN —dijo tendiéndole una hoja impresa—. Tenías razón, era una mujer. Te he puesto debajo los resultados de la espectrografía. No ha detectado ningún químico moderno, claro que eso no tiene por qué significar nada.

—¿Existe alguna prueba que permita saber qué edad tenía esa mujer cuando falleció?

Eneka se encogió de hombros.

—Podría... La epigenética permite hacer una estimación bastante aproximada de la edad mediante la metilación del ADN, es una prueba carísima y muy rara. Los últimos avances apuntan a que pronto se podrá datar en función de la presencia de colágeno, leí un artículo en una revista médica. Hay una doctora experimentándolo en la Universidad de Bolonia, creo recordar. Pero de momento..., según tengo entendido, necesitarían el hueso entero.

Las dos mujeres caminaron despacio por los pasillos ahora desiertos.

Nash se detuvo consciente de que Kalo la retenía aposta.

—Pero tú no has salido de tu laboratorio sólo para decirme esto...

—No, claro que no, doctora.

Colocando ante sus ojos la pantalla de su teléfono le mostró una fotografía. Parecían dos secciones de un mismo tronco.

—¿Qué crees que estás viendo?

—Las fotos que tomaste al hueso el domingo por la mañana.

—He pensado que te gustaría saber que esta mañana el ilustre doctor Herzog se ha presentado en mi laboratorio para pedirme, como favor, un análisis no oficial de una muestra de hueso con un sospechoso parecido al que tú me trajiste.

Nash se paró en seco.

—Imagino que lo has comprobado, o no estarías aquí —le dijo a Eneka.

—Uno de los extremos tenía la huella de la herramienta que utilicé para cercenar nuestra muestra, ya sabes que siempre hago fotos, bajo el microscopio no hay ninguna duda.

Nash se sintió muy tonta y se vio en la necesidad de explicarse.

—Digamos que tuvo acceso al hueso y se apropió de un trozo.

—A esta deducción ya he llegado yo sola, y más después de ver lo reacia que eras a mostrárselo.

—¿Qué te ha pedido?

—Que procesase la muestra de hueso para enviarla a dos laboratorios distintos, una mitad a Nasertic, la otra al laboratorio antropológico de Huesca. Ha insistido en que no aparezca su nombre, que sea la universidad la que figure como solicitante. Ha requerido una datación directa y una secuenciación completa a los de Navarra, y a los de Huesca una data de isótopos. Las muestras han salido hace media hora con una agencia de transportes.

Nash apretó los labios contrariada.

Había dado por hecho que Herzog aprovecharía los inagotables recursos del reputado laboratorio de la Guardia Civil. Creía recordar que incluso lo había mencionado como mejor opción para descartar cuanto antes que tuviera algo que ver con el caso Dancur. Ella no tenía otra opción, pero ¿por qué Herzog obraba así? Le parecía lo suficientemente importante como para llevarse una muestra sin permiso, pero prefería mantenerla fuera del canal oficial.

—¿A él también le has dicho que tardarán dos semanas?

—No tanto, Nash, ya sabes que es la mano derecha del rector. Le he puesto todas las disculpas posibles, pero como jefe de Antropología él también tiene acceso al laboratorio. Evidentemente, no quería tenerle enredando por ahí. Herzog es consciente de que, al no hacer solicitud oficial a su nombre y como parte de una investigación, las peticiones van por el canal ordinario, así que al final Nasertic ha estimado una semana, y los de Huesca algo más. Espero que ese lapso te proporcione alguna ventaja.

Nash se detuvo y miró a la doctora Kalo en silencio mientras tomaba una decisión. Suspiró profundamente y le dijo:

—¿Crees que esa doctora de Bolonia aceptaría analizar mi hueso?

—Bueno, tendría que hacer unas cuantas llamadas e intentar localizarla, después no veo por qué no, ya te he dicho que están en una fase experimental, y si sospechas que pueda ser hueso antiguo, seguro que les interesa.

Nash miró a ambos lados del pasillo antes de abrirse la bata y extraer de la cinturita de su pantalón un envoltorio plastificado que la doctora Kalo reconoció de inmediato.

—¡La madre que me parió! ¿Lo llevas encima?

—Digamos que no tengo un lugar más seguro donde dejarlo. Lo que sí tengo es una sensación, que me invade desde que lo encontré, de que es más importante de lo que parece.

La doctora Kalo lo miró recelosa, pero, contagiada por Nash, lo ocultó enseguida en el bolsillo de su bata.

—¿Estás segura de que no tiene que destruirlo para el análisis?

—No puedo asegurarlo.

—Sólo si es necesario, por favor. Tengo el presentimiento de que el resto está en el fondo de esa sima, y sería perfecto poder reconstruirlo.

Se despidió de Eneka y permaneció unos segundos

parada en mitad del pasillo desierto mientras pensaba en cuál sería su siguiente paso. Se acercó a Secretaría. Fotocopió la hoja que Eneka le había dado, introdujo el papel en un sobre, añadió una nota a bolígrafo, lo cerró y, tras escribir el nombre de Gabriel en el destinatario, lo dejó en la Secretaría para que se lo entregaran al final de su siguiente clase. Ella tenía una cita con la otra doctora Elizondo y el médico de la clínica Ametz.

Removió el puré, que seguía estando demasiado denso. Había pedido que lo aligerasen un poco, porque su madre tenía cada vez más dificultades para tragar. Había insistido tanto que por la mañana la había reconocido uno de los médicos del centro, que no había encontrado ninguna inflamación, variación o sequedad que le dificultasen tragar.

—No veo nada físico. Creo que el neurólogo podría echarle un vistazo.

—¿El neurólogo? ¿Quiere decir que puede que su dificultad sea neuronal?

El médico dudó.

—No lo afirmo, pero podría ser, su madre ha sufrido un ictus muy grave, puede haber daños que no se hayan hallado en una primera fase y que terminen por aparecer. Todo apuntaba a que estaba estancada, incluso en algunos momentos diría que ha tenido algunos avances.

El médico se había encogido de hombros saliendo de la habitación mientras apretaba levemente los labios. Nash odiaba que la gente dejase preguntas sin responder.

A través de la puerta que permanecía siempre abierta le llegó desde el pasillo la risa coqueta de dos de las auxiliares, hasta sus voces sonaban más agudas cuando le hablaban. Siempre reaccionaban así cuando Gabriel venía de visita. Gustaba a las mujeres, y suponía que a algunos hombres. Gabriel era rubio, guapo, muy alto, un grandullón simpático, amable, muy dulce, y el noventa por ciento de su atractivo residía en el hecho de que parecía ignorar el efecto que causaba en los demás.

—Hola, doctora Elizondo —saludó entrando en la habitación y dirigiéndose directamente a besar a la anciana.

—Ya, ya sé que hace mucho que no vengo a verla, pero en mi defensa diré que su hija me ha tenido haciendo suplencias y buscando brujas en el corazón de Navarra.

Lo miró impasible, pero Nash observó en sus ojos un brillo que no había unos segundos antes.

—¿No va a terminarse el puré? —preguntó él fingiendo estar decepcionado.

Como respuesta, la doctora Elizondo apretó los labios.

—No, si no la culpo —estuvo de acuerdo él—, pero ya sabe que parte de la recuperación reside en la fortaleza muscular, y eso no va a ocurrir si no come.

Ella hizo un pequeño mohín y abrió la boca a la cucharada que le ofrecía Nash.

Nash sonrió pensativa mientras los observaba en aquella conversación a una sola voz. Era curioso porque, sin saberlo, Gabriel hacía exactamente lo mismo que ella, contestarle como si la hubiera oído perfectamente. Se preguntó si Gabriel también oía su voz dentro de la cabeza como ella. No, claro que no.

—He recibido los resultados del ADN y tu nota, así que he estado ocupado buscando todos los datos que tenemos sobre ese rumor del que hablaba Julio. Resulta que sí, que hay una historia, la historia de una mujer que fue conducida hasta este lugar y arrojada al interior de la gruta en 1936.

—Joder, entonces, ¿estamos hablando de un caso de memoria histórica?

—Bueno, de ser cierto, por el momento en que ocurrió podría encajar perfectamente. Todos los indicios apuntan a los primeros días de la guerra, aunque la mecánica de la historia no cuadra tanto en una ejecución entre bandos.

Nash sopló desalentada.

—Si Herzog se entera no nos dejará investigar. Demasiada publicidad, se lo quedará para él.

—Bueno, depende de cómo se lo plantees.

—No puedo mentirle.

—Claro, olvidaba que él te es absolutamente leal.

Ella lo miró furiosa, pero terminó por bajar los ojos. Gabriel estaba al tanto de al menos dos trabajos investigados por Nash que habían acabado firmados por el doctor Laurent Herzog. Y aún no le había contado lo del trozo de hueso expoliado ni su petición a la doctora Kalo.

Cuando Nash alzó la mirada vio que él también estaba arrepentido, lo notó en su tono de voz cuando volvió a hablar:

—No te he dicho que le mientas, sólo que, según los pocos datos que hay sobre el caso de esa mujer, hay dos versiones, más o menos. Y la segunda no va a interesar en absoluto a Herzog.

—¿Más o menos? ¿Qué quiere decir eso?

—La primera versión podría encajar en la típica animadversión que se generó entre los simpatizantes de los distintos bandos, pero resulta que en la zona todo el mundo era partidario del bando nacional... Por lo visto el marido de la mujer y su hijo mayor se alistaron voluntariamente, así que la animosidad por cuestiones ideológicas no encaja demasiado. Hay otra versión que apunta a la pobreza de esa familia como causa de sus desgracias, y las de sus vecinos, a los que podrían tener bastante hartos con hurtos de poca monta, pillaje y robos menores, huevos, algún pollo, ropa tendida..., fruto de la necesidad y la mayoría de las veces perpetrados por niños de muy corta edad, porque parece que tenían al menos seis críos.

—¿Y crees que aprovechando la cobertura que les daban los primeros días de la guerra pudieron deshacerse de ella?, ¿de una madre de seis niños?

—Algunas versiones apuntan a que sí. Y serían siete, estaba embarazada, y muy avanzada, cuando se perdió el rastro.

—Peor me lo pones. ¿Versiones de quién?

—Bueno, quizá he exagerado al decir versión, son rumores, casi leyendas; una historia que se ha contado una y otra vez y de la que hay un montón de interpretaciones. Una dice que un grupo de vecinos influyentes forzó a que el casero los echara del caserío en el que vivían arrendados, y que algunos prohombres de la zona los invitaron a abandonar el pueblo. Las versiones más creíbles hablan de que se instalaron en una borda del monte durante unos días y después se fueron.

—Eso me resulta más probable, aunque no tuvieran la salvaguarda que les habría dado que fueran del bando contrario, se sabe que durante la guerra en muchos pueblos se sirvieron del conflicto para vengar viejos rencores que tenían que ver con otras cuestiones, amoríos, noviazgos frustrados, y conflictos de caza y lindes. Aprovecharon que el marido y el hijo mayor estaban en el ejército y los largaron del pueblo. Muy ruin, pero no tan raro.

—Pero de lo que sí hay datos es de que el marido y el hijo mayor regresaron a casa durante un permiso, y al no hallar a la esposa ni a los otros hijos hicieron bastante ruido preguntando por el pueblo. Finalmente, fueron detenidos por el altercado, e invitados a largarse —explicó Gabriel.

—¿Crees que por unos pollos, unos huevos y alguna ropa robada de los tendales matarían a una mujer, dejando huérfanos a un montón de niños? Mira que he leído barbaridades sobre las guerras, en Navarra... En los *Episodios nacionales* de Benito Pérez Galdós, algunas de las más crueles. ¿Cómo se llamaba ese pueblo en el que unos vecinos acabaron encerrados en la iglesia y otros les prendieron fuego y los achicharraron vivos?

—Villafranca, uno de los episodios más oscuros, pero es cierto que siempre había de por medio animadversión por el bando al que se pertenecía, aunque eso no justifique las bestialidades que se cometieron en ninguna de las guerras.

—Por eso no me encaja. Esperar a que no estuvieran el marido y el hijo para matar a una mujer que ni siquiera pertenecía al bando contrario, y todo por unos hurtos que ya se habían cometido antes, no me lo creo. Me inclino más porque los largaran del pueblo.

—Es lo más probable. Tras la guerra volvieron a correr rumores que afirmaban haberlos visto en otras ciudades, incluso hay quien asegura que sus familiares recibieron cartas que los ubicaban en zonas industriales de la costa Cantábrica, e incluso en Andalucía. Pero... hay otra versión y tiene directamente que ver con ella, y si la adoptamos te aseguro que Herzog no tendrá ningún interés.

—¿Con la mujer?

—Dicen que provenía de una raza de *belagilek*. Toda su familia practicaba la antigua religión y jamás iba a la iglesia. Decían que en una ocasión fue alcanzada por un rayo que no le hizo nada más que dibujarle en el cuerpo mil tormentas, que ella misma era capaz de desencadenar a su antojo. Que era hermosísima, que todos los hombres de la población estaban prendados de su belleza, y que a pesar de que no dejaba de parir hijos y de su condición humilde, su figura y su rostro no lo delataban, y estaba cada día más hermosa, y también que era una *sorgiña* con capacidad de aojar y que preparaba pócimas y hechizos.

—Sí, claro, la vieja historia de la bruja bellísima o feísima, pero, de cualquier manera, muy malvada y causante de todos los males de la población. Lo que me cuentas me parece más un caso de puta envidia.

—Y probablemente lo fuera, aunque pensé que te gustaría conocer esta versión.

—Bueno, pues la verdad es que es la que más me gusta, y si fuera en torno al año 1600 te la compraba, pero en los primeros días de la guerra me encaja más que la echaran del pueblo, incluso que la asesinaran por pertenecer al bando equivocado, que un ajusticiamiento por brujería.

—Hay más: la versión más *gore* apunta a que una vez fuera del pueblo, y en plena noche, un grupo subió al monte hasta la borda donde se habían refugiado la mujer y los niños. Los apuntaron con un arma y los obligaron a caminar hasta la sima, y uno a uno fueron arrojando a los niños en presencia de la madre, para después obligarla a saltar tras ellos. Al más pequeño tuvieron que arrebatárselo de los brazos y, como te he dicho, llevaba otro en el vientre, dicen que estaba de seis o siete meses.

El revuelo proveniente del pasillo los hizo volverse para ver cómo varios auxiliares empujaban las sillas de ruedas de varios residentes en dirección a la sala de televisión. Gabriel se asomó al pasillo e interceptó a una de las enfermeras.

—¿Qué pasa?

—Dicen que van a dar una noticia muy importante sobre el caso Andrea Dancur, una rueda de prensa en directo. Llevan toda la mañana anunciándolo en «El programa de Ana Rosa» y en «Espejo Público».

Aún tardaron diez buenos minutos en establecer la comunicación con la sede de la fiscalía. Los matinales estaban calentando el ambiente con que, si eran ciertos los rumores de que habían aparecido otros rastros y pistas junto al cadáver de Andrea Dancur, no era descabellado pensar en una reapertura del caso. Incluso en un matinal había visto a los reporteros abordando en la calle al impertérrito abogado de Salomé mientras le interrogaban sobre el modo en que eso afectaría a su defendida. No había sido tan comedida Helena Murrieta.

«La asesina de mi hija está pudriéndose en la cárcel, que es donde debe estar. No hay nada que revisar.»

El desagradable sonido del acople de altavoces y los consabidos golpecitos sobre el micrófono constituyeron todo el aviso de que la rueda de prensa comenzaba.

La mirada del jefe de la Guardia Civil ardía de indignación. El rostro gris y las mejillas caídas como las de un bulldog sumaban a su expresión una mezcla de oprobio y vergüenza que, sin embargo, no se trasladó a su voz.

—Comparezco a petición de la fiscalía para hacer un anuncio relativo al caso Andrea Dancur. A continuación, paso a leerles un comunicado, que estará a disposición de todos ustedes en cuanto termine la comparecencia. No habrá preguntas:

»"El hallazgo del cadáver de la joven Andrea Dancur hace unos días arroja una nueva luz sobre la investigación que la Guardia Civil llevó a cabo tras la desaparición de la joven hace tres años, y que dio con la detención y posterior condena por asesinato en la persona de Salomé Aduriz. Sin embargo, en vista de los indicios y las pistas que se han revelado, nos vemos inclinados a reabrir la investigación afrontando nuevas vías que apuntan a la participación de otro u otros individuos".

Llegado a este punto alzó la mirada, retador. Hizo una mueca despectiva que duró una décima de segundo, y continuó:

—«Sin que eso excluya las conclusiones que se alcanzaron tanto en la instrucción por parte de la fiscalía como en el posterior juicio con jurado popular». Aquí concluye el comunicado, que tengan buen día.

—¿Entendemos que lo que han hallado es ADN?

A pesar de su advertencia de que no contestaría preguntas, lo hizo.

—Así es. ADN masculino, lo que nos lleva a pensar que más personas participaron en...

—¿Han hallado ADN de Salomé Aduriz?

El hombre apretó los labios formando un corte recto y dejó salir el aire por la nariz de forma audible.

—No —respondió tajante mientras se ponía en pie y se disponía a salir.

La sala atronó en un revuelo de comentarios y preguntas.

—¿Tienen algún sospechoso? ¿Van a efectuar alguna detención? ¿Van a poner en libertad a Salomé Aduriz?

El capitán se detuvo, volvió dos pasos atrás y se inclinó hasta que su boca rozó el micrófono. La sala enmudeció.

—Eso tendrán que respondérselo la fiscalía y el juez, que fueron los que la metieron en la cárcel. La Guardia Civil se limitó a hacer su trabajo de investigación.

—¡Toma! —exclamó Gabriel a su lado—. ¡Aquí van a rodar cabezas!

Nash se volvió a mirarle.

—Acabamos de ver cómo reconocen que han metido la pata hasta el corvejón —dijo Nash—. Y acabamos de ver a un capitán de la Guardia Civil muy cabreado porque intentan colgarle toda la responsabilidad, pero, bueno, ya has visto que les ha mandado su recadito a la fiscalía, al juez y hasta al jurado.

El teléfono de Nash sonó sobre la cama de su madre. El nombre de Laurent Herzog apareció en la pantalla y a Nash no se le escapó el gesto de Gabriel al verlo. Se disculpó y salió a hablar al pasillo.

—¿Has visto la rueda de prensa? —le soltó él en cuanto respondió.

—Sí.

—Yo tenía razón —comenzó. «Él siempre tiene razón.» Nash oyó la voz de su madre—. Tu hallazgo ha abierto la caja de Pandora, y ahora necesito que me ayudes.

—¿Vas a incluirme en tu equipo?

—No. —Por un segundo pareció desconcertado—. Todo lo contrario, el plan es que parezca que estás totalmente al margen.

«Sí, ese ha sido siempre el plan», dijo la voz de su madre.

—Conseguiré una autorización para que puedas volver a la excavación argumentando que por tu documentación se advierte la posibilidad de que estés en lo cierto y que haya algo de interés «puramente arqueológico» allá abajo.

Nash contuvo su reacción, estaba deseando volver a la excavación, pero tenía la suficiente experiencia con Herzog para no olvidar ni un instante que si le ayudaba sería siempre para beneficiarle a él.

—No comprendo la relación...

—Necesito que vayas allí, y necesito que te perciban como a alguien inocuo.

—Pero ¿por qué? ¿Para qué?

—Porque ha pasado mucho tiempo, Nash, va a ser imposible establecer la causa de la muerte. El cadáver presenta docenas de fracturas, escoriaciones y aplastamientos. Las lesiones son compatibles con una caída, y pueden enmascarar la causa de la muerte, a menos que tuviera una bala dentro, y eso no ha ocurrido, así que el informe de la autopsia no podrá ser concluyente. Aun así, es innegable la presencia de indicios que apuntan a un varón. Van a tener que poner en libertad a Salomé, no les queda más remedio, y eso va a agitar el avispero. Todo el mundo tendrá algo que decir, pero no se lo dirán a la policía, ese camino es tierra quemada.

Sabía perfectamente lo que él quería, pero necesitaba oírselo decir.

—No sé, Laurent...

—Estamos entre la espada y la pared. Yo creo que fue ella, la familia lo cree, la Guardia Civil lo cree, pero necesito que tú hagas tu magia, y que no quede lugar a dudas. Estoy seguro de que tú puedes acercarte muchísimo más a la solución que toda la Guardia Civil del mundo. La gente habla contigo, Nash, hasta yo lo hago, estoy seguro de que ellos lo harán, de un modo natural todo el mundo termina contándotelo todo.

«Más bien soltando su mierda sobre ti», apuntó su madre.

—Has dicho «estamos».

—¿Qué?

—Has dicho «Estamos entre la espada y la pared». ¿Quiénes?

—Si has visto la rueda de prensa ya sabes quiénes: la Guardia Civil, la fiscalía, el juez, la familia de Andrea, la propia Andrea. Su abuelo va a financiar de su bolsillo una recogida de sangre entre todos los varones del valle para compararlas con el ADN que apareció con el cadáver.

—Eso no suele dar resultado, además la muestra del pozo no es muy viable, ¿no? ¿Le habéis explicado que está degradada?

—Se lo hemos explicado, pero no pierde la esperanza. Te lo cuento para que veas el nivel de desesperación en el que estamos.

—Es muy generoso por tu parte incluirte.

—Nash, yo firmaré ese informe, creo que sabes de sobra lo que la gente espera de mí, lo que significa ser Laurent Herzog en este país. Y mi prestigio.

Ella permaneció en silencio y él debió de interpretarlo como que no le quedaba más opción que rogar.

—Sólo sé que necesito que hagas esto por mí, si estás allí hay más posibilidades de que establezcas la comunicación que necesitamos. El departamento corre con todos los gastos, llévate a tu grupito. He hablado con el rector para que libere a Gabriel de sus clases y así podrás seguir con la investigación arqueológica y eso os dará la coartada perfecta. La Guardia Civil levantará hoy el precinto sobre la sima. El plan es que os trasladéis cuanto antes. Ya han encontrado una casa de huéspedes para que os alojéis. Si haces vida en un pueblo tan pequeño, la interacción es más probable, y urge que te establezcas allí.

—Si accedo a hacerlo será con mis reglas.

—Tus reglas —repitió él.

—Sabes que necesitaré tiempo, no soy policía y no actúo como una policía, no puedo llegar a casa de la gente e interrogarla sin más. Necesito que se dé la situación adecuada, confianza y ganas de hablar, y eso lleva tiempo.

—Por eso deberías salir ya.

—Si voy no me quedaré allí, tendré que ir y volver por lo menos cada dos días, ya sabes en qué estado está mi madre.

—Sería mejor que te quedaras allí, pero si es imprescindible... Es un trayecto de poco más de una hora.

—Y otra cosa...

—Lo que necesites.

—Buscaré la verdad y contaré la verdad, y eso no significa que necesariamente vaya a encajar con tus deseos, ni con los de nadie.

Él sopló impaciente antes de aceptar.

—Y una cosa más, para poder hacerlo necesito conocerla. Debes conseguir todo lo que me permita «escucharla», como si la tuviera ante mí. Desde este momento mi paciente es Andrea Dancur.

Nash entró en la habitación de su madre en el instante en el que en la pantalla del televisor el abogado de Salomé Aduriz se abría paso entre una nube de periodistas en la entrada del edificio donde tenía su despacho, decía:

—Les comunico que en este momento mi equipo prepara la documentación para solicitar al juez la inmediata puesta en libertad de mi defendida.

Miró a Gabriel mientras pensaba cómo decírselo.

Tarde del miércoles, 4 de marzo de 2020

El día se le había escapado entre los dedos, por la mañana organizando las clases con su sustituto, antes de salir presurosa hacia Ametz para darle la comida a su madre. La tarde de cielos cubiertos apresuró la fuga de luz. Las proximidades del camino de acceso a la sima delataban, en la hierba pisada, las rodadas y algún que otro vaso de café abandonado, que Xabier y Julio recogieron mientras maldecían la presencia de las docenas de periodistas que habían cubierto las primeras horas del hallazgo del cadáver de Andrea Dancur. Hoy no había nadie allí, el interés inicial por grabar el lugar donde habían reposado durante tres años los restos de la pobre chica había sido sustituido por la puerta de la casa de su madre y la urgencia de obtener una declaración.

El cabrestante seguía instalado sobre el precipicio, pero faltaban las cuerdas, y alguien había cubierto con unos tableros la boca de la sima antes de rodearla con una cinta policial que prohibía el paso. Nash ya había decidido que empezarían a trabajar al día siguiente, en cuanto amaneciera y hasta mediodía, mientras hubiera buena luz, pero les había parecido prudente ir hasta allí a ver cómo estaban las cosas antes de instalarse en Elizondo. La capital del valle era la mayor población de la zona y la que contaba con más alojamientos. Gabriel tenía una hermana que vivía cerca de Pamplona y había optado por volver cada día hasta la casa de su familia tras acabar el trabajo. Mikel iría cada día a Gaztelu. Julio y Xabier se alojaban en la posada de Elbete, y a ella le habían asignado una habitación en un pequeño hostal llamado Izarra, en el barrio de Txokoto. Sonrió al entrar en el entramado medieval que formaban las casas del viejo barrio y recordó que apenas unos días atrás, cuando salía de la casa cuartel, se había detenido en el puente imaginando cómo debía de ser dormir tras los portillos de aquellas estancias con el rumor de la presa bajo su ventana. La propietaria no le cayó bien. Quizá el modo inquisitivo en que lo estudiaba todo; su pelo, su rostro, su ropa. El dormitorio la decepcionó un poco. Decorado con muebles fabricados en serie, era, sin embargo, amplio y estaba caldeado, y aunque cuando abrió la ventana descubrió que sólo alcanzaba a ver un tramo del río Baztán entre dos casas, el rumor de la presa la trasladó de inmediato a aquella sensación de calma fluida que había sentido la otra mañana. Su teléfono comenzó a sonar. Era Laurent Herzog. Nash dejó caer sus cosas en el suelo de madera y casi empujó fuera a la propietaria, que le informaba de que el desayuno estaría listo todos los días a las ocho y de que, aunque no daban comidas, podía dejarle una tortilla o algo por el estilo en su habitación por la noche.

—¿Te has instalado? —preguntó él sin saludar.

—Acabo de llegar, hemos estado primero en la sima, comprobando el equipo. La hermana de Gabriel vive cerca de Pamplona, y él ha preferido quedarse con ella. Mikel va y viene, Julio y Xabier están en una posada del pueblo de al lado, pero no había más habitaciones, yo estoy en un pequeño hostal, en Elizondo.

—Ya, bueno, me temo que es cosa mía. Creí que estarías más cómoda separada de los chicos, y así quizá pueda ir a verte en algún momento.

No supo qué decir. La voz de su madre respondió por ella en su cabeza: «Cómo no, no da puntada sin hilo».

—Tengo que dejarte, ya hablaremos —dijo evasiva.

Cuando volvió a asomarse a la ventana el río era sólo una intuición oscura, únicamente quedaba el rumor.

5 de marzo de 2020
Jueves

Dicen que en los valles navarros no se chismorrea, como si obedeciesen a un antiguo decreto: están prohibidos los corrillos de comadreo, los cotilleos y las habladurías. Todo lo que debe saberse, se sabe; todo lo que debe contarse, se cuenta; pero las noticias se transmiten de un modo sereno, cómplice y susurrado, con aire de confidencia obligada, como si no quedase más remedio. Ellos lo llaman *ttuku-ttuku*, una suerte de murmuración que se hace casi de modo quirúrgico, en voz baja, sin dejar traslucir el juicio ni la opinión y, por supuesto, sin dar muestras de que hacerlo agrade lo más mínimo, como si asumiesen de modo tácito que se hace porque debe hacerse, aunque no sea agradable, como arrancar una tirita.

Antes del mediodía la noticia de que la mujer que había encontrado a Andrea estaba trabajando de nuevo en la sima había corrido como la pólvora por la población. Los primeros periodistas que montaban guardia frente a la casa de la madre de Andrea empezaron a llegar a Legarrea poco después del mediodía. Ya lo habían previsto. Un cuarto de hora antes Gabriel y ella habían salido de la sima y, cuando vieron aparecer los equipos de televisión, en lugar de obviarlos o invitarlos a abandonar el lugar, se acercaron a ellos. Habló Nash:

—Señores, antes de empezar tengo que advertirles

que el juez ha decretado el secreto de sumario sobre el caso y ninguno de nosotros puede hacer ninguna declaración relativa a Andrea Dancur. Sin embargo, estamos muy felices por su presencia aquí porque la espeleología pocas veces recibe la atención, a nuestro juicio merecida, por parte de los medios. Mi compañero Gabriel Intxausti explicará lo que hacemos aquí, en qué consiste nuestro trabajo y todo lo que quieran saber respecto al apasionante mundo de las cavernas, su origen y formación.

Ni los más osados aguantaron la charla ininterrumpida que Gabriel había elaborado sobre conceptos pretéritos, yacimientos prerromanos y las interesantísimas catas de tierra que delataban la presencia hacía milenios de un río subterráneo que había surcado aquel lugar. La invitación a acercarse a la boca de la sima para grabar cómo cribaban tierra fue definitiva. Desde el asiento del copiloto, en el interior del Land Rover, lo vio regresar a los cinco minutos con aire triunfal. Bajó la ventanilla para poder oírlo.

—Me he deshecho de ellos, y no creo que les hayan quedado ganas de volver por aquí.

Ella lo miró entristecida: le habría gustado compartir algo de aquella euforia. Había estado horas en el fondo de la sima, desde que llegaron poco después de las 8.30 de la mañana, y, aunque se había preparado mentalmente para lo que encontraría tras el paso de Herzog y el equipo de la Guardia Civil por la sima, se sintió desolada. Como la primera vez, descendió tras los pasos de Gabriel, y cuando alcanzó la estancia que durante tres años había sido la tumba de Andrea Dancur, miró alrededor desanimada. Se lo habían llevado todo: el colchón, la lana, la oveja, los troncos, las ramas, los restos de basura y de escombros, y por supuesto a Andrea. Persistía en el lugar un aroma dulzón y cargado que resultaba abrumante, incluso con la baja temperatura. Nash retrocedió hasta que su espalda tocó la pared, consciente de lo que estaba sintiendo.

—Es como si todavía estuviese aquí. ¿Lo notas? Es la misma sensación de estar en un cementerio, o en un templo antiguo, como si hubiese alguien más.

Él asintió.

—Es evidente que estamos sugestionados.

—Sí, si lo sé, pero eso no le resta efecto.

Gabriel se agachó y pasó un dedo enguantado por la marca que la tierra había dejado en la pared.

—Han cavado mucho, al menos cuarenta centímetros. En el lugar donde estaba el cuerpo, más —dijo observando la depresión cóncava de la tierra.

—Durante la fase de descomposición de licuación, la cadaverina puede llegar a penetrar muchísimo dependiendo de la porosidad del suelo —justificó ella.

—No, si lo entiendo, pero también me parece bastante improbable que hallemos algún resto. Si ellos han sacado cuarenta centímetros de tierra y no han encontrado nada, es poco probable que lo hagamos nosotros. Si al menos tuviésemos acceso al resultado de la analítica del contenido del pozo..., puede que haya algo...

Nash dejó salir el aire, vencida.

—Nash, yo vi el hueso como tú, pero los que están arriba no lo han visto. O se lo cuentas o, si no encontramos algo que lo justifique, va a ser difícil convencerlos de que vengan cada día hasta aquí.

Gabriel tenía razón. Debería haberse dado cuenta de que Herzog no le habría dejado volver a la excavación si creyese que había algo interesante allí. Por otra parte, ¿a quién quería engañar? Él había sido todo lo honesto que cabía. No creía que hubiera nada más, ni siquiera había sopesado la posibilidad de molestar al laboratorio de la Guardia Civil con la analítica del hueso hallado. La excavación era sólo una excusa para que Nash pudiera hacer su trabajo como psicóloga forense. Tenían un cometido, tratar de averiguar cómo murió Andrea Dancur. Sin embargo, el hallazgo de aquel dedo de mujer que asomaba entre el cabello de la chica había disparado en su imaginación un millón de posibilidades que ahora perdían fundamento en el fondo de aquella sima, que había dejado de ser la tumba de una princesa para ser sólo un pozo vacío que olía a oveja muerta.

«Debo ponerme en marcha», pensó. Quizá el *ttuku-ttuku* de los valles navarros hubiera llevado el rumor de su presencia allí hasta aquellos con los que necesitaba hablar. Bajó del Land Rover y se acercó a la sima; ese día habían extraído muy poco, los montones de tierra se acumulaban junto a la boca oscura de la gruta. Se volvió hacia su equipo.

—Lo dejamos por hoy, la visita de los periodistas me ha quitado las ganas, y tampoco creo que sea muy seguro permanecer aquí después del mediodía. Retomaremos el trabajo mañana a primera hora.

Antes de subir al vehículo se volvió a mirar la sima. Las cintas de precinto que la Guardia Civil había dejado circundando la boca del pozo serpenteaban suavemente por el suelo movidas por una brisa que no sería suficiente para terminar de llevarse la niebla que persistía a aquella altura. Iba a girarse cuando le pareció percibir una presencia junto al haya que se alzaba a la entrada de la fosa, retrocedió un par de pasos y se detuvo expectante observando la maleza. No había nada allí.

De vuelta en su habitación del hostal Izarra, se dio una ducha caliente y se vistió de nuevo. Gabriel regresaría a Pamplona, pero ella había quedado para comer con los chicos en la posada de Elbete. Antes de salir marcó el número de la clínica Ametz. Su madre había dormido bien, el médico le había recetado un jarabe, y parecía que la tos había remitido un poco, al menos durante la noche. Las molestias habían vuelto a presentarse durante la comida, pero seguramente se debían a la dificultad para tragar propia de la afasia que el ictus le había causado. Ahora dormía la siesta. Colgó mientras accionaba el picaporte de la puerta de su habitación. Se dio de bruces con la dueña del hostal, que se disculpó inmediatamente.

—¡Oh! Justo iba a llamar para preguntarle si tenía suficientes toallas.

Nash tardó un par de segundos en responder. Si hubiera tenido que jurarlo ante un tribunal, habría dicho que la mujer estaba escuchando tras la puerta.

—Sí, está todo bien. Gracias.

La chimenea encendida y el aroma de la leña ardiendo de la posada de Elbete contribuyeron a disipar la tristeza que la niebla le había metido en el cuerpo aquella mañana. Varios parroquianos tomaban café en la barra con la atención dividida entre los titulares que aparecían en el televisor encendido, aunque sin volumen, y la cantidad de forasteros presentes en el pueblo. Mientras daban cuenta de las mejores alubias negras que habían probado en su vida, observaron que al menos dos o tres mesas más estaban ocupadas por periodistas, incluso creyeron reconocer a alguno de los que se habían acercado a la sima por la mañana.

—Por lo visto la casa de la madre de Andrea está cerca de aquí. Montan guardia desde el día en que apareció el cadáver, y ella sí que les ofrece declaraciones jugosas —dijo Julio mirando a Nash con intención—. Sobre todo desde que se ha sabido que Salomé Aduriz será puesta en libertad.

—No me quiero imaginar lo que pasará entonces; por lo visto, la que era su casa también está muy cerca de aquí —apuntó Xabier.

—Os veo muy informados —dijo Nash con cierta sorna.

—No hay mucho que hacer por las noches además de ver la tele, y estos días sólo hay dos temas: el virus chino y Andrea Dancur —justificó Julio.

—¿Qué dicen del virus? —preguntó Nash por cambiar de tema.

—Bueno, ahora la polémica gira en torno a si se celebrará la manifestación del Día de la Mujer o no. Unos piensan que debería suspenderse, otros que no hay peligro puesto que es al aire libre... —explicó él.

—Pues yo creo que de seguir así no tardaremos mucho en alcanzar a Italia —opinó Xabier—. Las últimas cifras ya hablan de más de veinte mil contagiados y sesenta muertos; en los últimos días se están produciendo veinte fallecimientos diarios y ya hay once municipios del norte de Italia con restricciones de movilidad. No es para tomárselo a broma.

—Hace dos días decías que era poco más que una gripe —le recordó Nash.

—Pues he cambiado de opinión. No sé qué es, pero es rápido y mortal.

Nash abandonó a sus compañeros, vencidos por el sopor de la comida y la promesa de una siesta. Cuando salió de la posada, el sol templaba una placita que se extendía hacia el interior del pueblo y se situaba frente a un frontón de buen tamaño y una pequeña iglesia que captó su atención. Con planta de cruz latina, era llamativa la pequeña vivienda adosada que, en el pasado, debió de ocupar la *serora*, una de aquellas abnegadas mujeres que habían dedicado su vida al cuidado de los sacerdotes locales. Tuvo la tentación de pasear hasta allí para poder admirar de cerca la cornisa moldurada que circundaba el perímetro del tejado, pero cuando sólo había dado unos pasos vio una gran cantidad de vehículos aparcados junto al camino al otro lado de la carretera. Supuso que cerca de allí estaría la casa de la madre de Andrea y que aquello sólo era una muestra del acantonamiento de prensa del que Julio y Xabier le habían hablado. Dio la vuelta y se dirigió hacia el puente que separaba Elbete de Elizondo. Las soberbias casonas se alzaban majestuosas a la derecha y, frente a ellas, los prados de un verde imposible se extendían cercados de lajas de sillería. Tres caballos, machos y muy jóvenes, galopaban a la par, trazaban un óvalo invisible que rodeaba toda la pradera. Se detuvo a observar cómo, mientras corrían, mordían las crines de sus hermanos, y se adelantaban levemente poniendo zancadillas a la carrera de los otros. Permaneció extasiada contemplándolos, y estuvo así hasta que el hombre que se había detenido a su lado le habló provocándole un sobresalto y, de inmediato, una risa nerviosa.

—¡Qué susto! Perdón —se disculpó divertida—. Estaba ensimismada mirando los caballos. ¿Qué me ha preguntado?

—Si es usted la mujer que encontró a Andrea.

Al observarlo con calma, Nash tuvo la sensación de que no era la primera vez que veía al hombre. ¿Quizá era uno de los que tomaban café en la posada? Hacía un par de días que no se afeitaba, y aunque iba bastante abrigado se le veía escuálido bajo la gruesa ropa de monte. Las manos en los bolsillos y el cuello hundido entre los hombros, como si tuviera frío.

—No puedo hablar con la prensa, el caso está bajo secreto de sumario, ya debería saberlo.

El hombre meneó la cabeza mientras atisbaba hacia el camino, como si esperara que apareciera alguien.

—No, no soy periodista. Soy Pascal Dancur, el padre de Andrea.

—Oh —exclamó Nash tendiéndole la mano—. Lo siento mucho, señor.

Su reacción no fue la que esperaba: en lugar de recoger su saludo, miró alrededor, incluso hacia los balcones de las casonas cercanas, y sin sacarse las manos de los bolsillos preguntó:

—¿Ha hablado ya con Helena?

—¿Helena? ¿Se refiere a la madre de Andrea?

—Si no lo ha hecho, lo hará pronto. Si no me equivoco, querrá conocerla. Yo hablaré con usted después de que lo haya hecho ella, de lo contrario, no va a entender nada.

Pascal Dancur atisbó de nuevo en dirección a la posada, la alarma se dibujó en su rostro, agachó la cabeza y siguió caminando en dirección a Elizondo. Nash lo vio alejarse y permaneció un rato más en aquel lugar observando la carrera entre los jóvenes caballos y los pedazos de barro y hierba que levantaban con sus cascos al galopar. Pero un par de veces alzó la mirada hacia donde había mirado Dancur y a lo lejos vio a una joven que se había detenido en mitad del camino y desde allí la observaba, inmóvil.

Al entrar en el hostal Izarra percibió algo distinto. Cerró la puerta que daba a la calle y se detuvo en el estrecho portal, con una mano en la barandilla y la mirada en la escalera mientras se preguntaba qué estaba pasando. Subió hasta la primera planta, se acercó lentamente a la puerta de su habitación y se detuvo de nuevo, escuchando. Un suave roce, un crujido y una melodía procedente del televisor. Quizá se lo hubiera dejado encendido, aunque estaba segura de que no lo había hecho. Introdujo la llave muy despacio, la giró de golpe y empujó la puerta desde fuera con tal ímpetu que chocó con la pared y a punto estuvo de volver a cerrarse.

Herzog se había quitado los zapatos y miraba la televisión medio recostado en la cama.

—Joder, casi me da un infarto —exclamó incorporándose.

Ella abrió la boca incrédula mientras oía la voz de su madre clamando en su mente: «Pero ¿qué cojones hace este aquí?».

El enfado se dibujó en su rostro, pero esperó a estar dentro de la habitación y a haber cerrado la puerta.

—¿Qué haces aquí?

—He venido a verte —contestó él sonriendo mientras se ponía en pie y caminaba hacia ella.

Ella se alejó dirigiéndose con largos pasos hacia la ventana. La abrió, con cierta desesperación, casi como si de pronto todo el aire que había en el interior de la habitación no fuera suficiente. Se volvió para mirarle.

—No tienes ningún derecho a entrar aquí, no entiendo cómo..., no te entiendo.

Herzog apagó el televisor.

—Pensé que no te importaría. Yo mismo reservé la habitación por teléfono, de hecho, la pago yo, así que la dueña no ha tenido ningún problema.

—¿Quién habla de la dueña? Hablo de mí, después de lo que hiciste el último día en mi casa.

Él levantó las manos en señal de rendición y se sentó de nuevo en la cama con aire de incomprendido.

—Así que es eso, ¿todavía estás enfadada?

—Me robaste.

—Qué melodramática, Nash. Y antes de que continúes por ahí, deja que te diga que tú te apropiaste indebidamente de ese hueso.

—Todavía no sabía lo que era —se defendió ella—. De cualquier manera, sólo custodiaba un hallazgo de una excavación para la que estaba autorizada.

—Pero te lo llevaste de la escena de un crimen —dijo él displicente.

Nash tuvo que morderse la lengua para no delatar a la doctora Kalo echándole en cara su proceder con el hueso. Él mismo lo había sacado del canal oficial.

—Créeme, cariño —dijo conciliador—, sólo te evitaba problemas. Descartando que el hueso tuviera algo que ver con el escenario en el que apareció el cadáver de Andrea, sólo pretendía adelantarme por si por alguna casualidad hubiera tenido que justificar cómo apareció ese hueso.

Ella tomó aire profundamente y contuvo el suspiro impaciente que crecía en su pecho. Habló muy bajo, con todo el peso del hartazgo y la amenaza.

—No vuelvas a llamarme cariño.

—Perdón —contestó él fingiendo arrepentimiento—, me sale sin querer.

—¿A qué has venido? —preguntó ella sin dejarse ablandar.

Él señaló una bolsa de deporte junto a la entrada.

—He venido a por un beso de despedida, salgo de viaje a Israel, quería decírtelo.

Ignoró aposta la alusión al beso y contestó:

—He visto en las noticias que el Gobierno está aconsejando a todo el que esté en el extranjero que regrese. No parece muy buen momento para viajar.

—Es algo oficial, y será muy rápido, ida y vuelta, no te preocupes.

—No me preocupa, pero para decirme esto no era necesario venir hasta Baztán, y estuvimos de acuerdo en que no es conveniente para el desarrollo de la investigación que te vean mucho por aquí.

—Tienes razón, pero no es necesario que seas tan cruel conmigo —dijo señalando la bolsa de deporte—. Te he traído lo que me pediste. La vida de Andrea Dancur.

Ella fue hasta la bolsa, se acuclilló y abrió la cremallera para ver lo que Herzog iba detallando.

—Un disco duro externo con una copia del contenido de su teléfono y su ordenador. Los vídeos que hicieron los de Judicial de la Guardia Civil del estado de su habitación en las primeras cuarenta y ocho horas tras su desaparición; copia de las fotos y de los mensajes de WhatsApp, y fotografías de todas las pruebas documentadas que se recabaron para el juicio contra Salomé Aduriz.

—Querrás decir indicios.

Él chascó la lengua molesto.

—¿Dónde encontraron su teléfono?

—Estaba en su habitación, se lo dejó en casa. Otro de los indicios en contra de que se fuera voluntariamente.

Nash estuvo de acuerdo, ningún adolescente se dejaría el móvil.

Herzog la miró con intención.

—No hace falta que te diga lo confidencial que es todo el material que hay en esta bolsa. Respondo personalmente.

«Le preocupa su desprestigio, no el tuyo», sonó la voz de su madre en su cabeza.

Ella tomó la bolsa y la puso encima del escritorio. Extrajo del ropero su portátil y un cable con el que lo conectó al disco duro. Inició el dispositivo mientras sacaba las distintas carpetas de la bolsa. Sin volverse siquiera a mirar a Herzog le dijo:

—Deberías irte, tengo trabajo.

Escuchó cómo se ponía los zapatos y recogía su chaqueta. Se acercó por detrás, la besó suavemente en el hombro y caminó hasta la puerta. Antes de que la cerrase, Nash le dijo:

—Quiero tener acceso a los resultados oficiales de los análisis de todo el contenido de la sima.

—Pensaba que para tus conclusiones no te apoyabas en la parte técnica.

—No son para el caso Dancur, puede que para ti sólo sea la justificación por la que estoy aquí, pero voy a bajar todos los días a esa sima hasta encontrar el origen del hueso. Es probable que en la cata que os habéis llevado haya elementos que nos puedan aportar alguna pista para aproximarnos a la data.

Antes de cerrar la puerta él sonrió magnánimo.

—Aún lo están procesando, y te lo haré llegar en cuanto tenga los resultados, pero no hay nada ahí, Nash. Nada.

Nash lo sacó todo de la bolsa y comenzó a ordenar el material que había traído Herzog. Simplemente quería catalogarlo, era pronto para establecer un criterio, y sin duda el contenido del ordenador y del WhatsApp le llevaría mucho tiempo. Decidida a que fuera la propia Andrea la que le revelara su relación con cada una de las personas de su vida, se limitó a comprobar que podía abrir los archivos y se centró en las fotos impresas. Había una primera carpeta con muchas de las imágenes que ya había visto en televisión. Andrea en solitario, seria, o sonriente mirando a cámara, y aquella foto que había llegado a convertirse en el pasquín de búsqueda por todo el país, la que su novio le había tomado el mismo día en que desapareció. Nash la separó colocándola aparte. En la segunda carpeta, la recopilación de fotos que había hecho el investigador le hizo ganarse el respeto de Nash, era la misma que ella habría elegido de estar al frente de la pesquisa. Todas las fotos en las que la niña aparecía acompañada por los otros miembros de su familia, alguna se remontaba a cuando Pascal Dancur aún convivía con Helena y Andrea; otras eran meramente «representativas»: funciones de la escuela, posados de carnaval, cumpleaños y reuniones familiares. Nash las fue seleccionando, colocándolas sobre la cama. Sólo había una en la que la niña aparecía con su abuelo, vestida de primera comunión. Lisardo Murrieta la sostenía cogida de la mano frente a la iglesia que había visto aquella misma tarde. «La Santa Cruz», pensó. Ambos sonreían.

En todas las fotografías de la niña con Pascal Dancur estaba también Helena. Y en todas las fotos en las que salía Andrea con su madre, excepto en una, Andrea miraba a la cámara y Helena miraba a su hija. En todas, el gesto de la madre mostraba distintos grados de lo que le pareció genuina preocupación. Sólo había una foto diferente: Helena sentada junto a una mesa de exterior, probablemente en la terraza de la propia casa. La niña, de unos ocho años, de pie a su lado, ligeramente recostada contra su madre y vestida con un bañador azul. Helena la sostenía en un abrazo flojo por la cintura y Andrea apoyaba un brazo en el cuello de su madre con descuidada indolencia. Las dos llevaban sombreros de paja para protegerse del sol de la tarde, que daba un tono sepia a la foto, y las dos miraban con gesto soñador en la misma dirección. Nash separó aquella imagen de las demás. Había muchas fotos de Andrea con Salomé, y muchas más de las tres juntas. Nash las fue seleccionando, atendiendo a la emoción que mostraban. Salomé y Andrea siempre sonreían, y en las que no lo hacían, se las veía contentas, relajadas. En las que aparecían las tres, Helena también sonreía, pero sin perder de vista a su hija con aquel gesto enigmático. Había muchos archivos más: Andrea con distintos grupos de amigos en los que sólo una chica era constante. Y otro entero de fotos con su novio.

Nash miró hacia fuera y vio que estaba anocheciendo. Le quedaba muchísimo material por catalogar, pero no quería guardar algunas de aquellas fotos, necesitaba una pizarra, un lugar donde exponerlas. Pensó fastidiada en la recurrente presencia de la propietaria de la casa. Entonces reparó en las puertas del armario ropero abierto, y en que tenía llave. Cerró la ventana para evitar que la humedad del río ascendiese hasta su cuarto, se puso un plumífero azul y salió a la calle.

Elizondo había anochecido de repente. Por contraste con los cien vatios de la bombilla de la lamparita de su escritorio, el pueblo se le antojó en penumbras, como si la luz anaranjada que emitían las farolas se filtrase a través de un pañuelo sedoso y rojizo que tamizaba la luz hasta hacerla casi desaparecer. Nada más atravesar el puente encontró una pequeña papelería y compró folios de colores, cinta adhesiva de dos tipos, mientras dudaba de si serían suficientemente fuertes para sostener las fotos pegadas a las puertas del armario. Al final se llevó también unos rotuladores, unos pósits y una caja de chinchetas.

La lluvia prometida no se había presentado, pero la niebla por fin se había esfumado dejando una pátina de humedad por encima de todas las cosas. Paseó por la calle Jaime Urrutia hasta el ayuntamiento. Se detuvo en la antigua casa de la *serora*, e hizo una foto al cartel que señalaba la altura que habían alcanzado las aguas del río en la gran inundación de 1913. Se paró ante casi todos los escaparates tentada de entrar a resguardarse del frío y, finalmente, tomó un café en una confitería que había en las proximidades de la iglesia y que hacía un chocolate delicioso que le dieron a probar.

Traspasaba el umbral en dirección a la calle cuando oyó las campanas que tocaban llamando a misa de siete y media. No se sintió tentada a asistir, así que se dedicó a recorrer las calles arriba y abajo hasta la hora en que los comercios bajaban sus persianas y los parroquianos se refugiaban en los bares. De camino al hostal llamó a la clínica Ametz para saber cómo había pasado el día su madre, y cuando colgó se dio cuenta de que se había detenido ante el bar Txokoto. Entró animada por la luz tenue y la música atronadora, y tomó un bocadillo caliente y una caña.

—Te alojas en Izarra, ¿verdad? —preguntó el hombre tras la barra.

—¿Cómo?

—En el hostal, en Izarra.

—Sí —admitió consciente de que a aquellas alturas todo el pueblo lo sabía.

—Pues ya me dirás mañana qué tal has dormido.

Lo miró desconcertada. Era bastante guapo, llevaba una perilla que afilaba más su rostro de natural alargado. Se cubría la cabeza con un gorro de lana y cuando sonrió la luz iluminó sus ojos claros. Nash decidió que le caía bien.

Él captó su desconcierto.

—Es por la presa —dijo—, es un ruido blanco, sin variación, algunos caen como un tronco y otros no consiguen pegar ojo.

—¿Por el ruido del agua? —se extrañó.

—Yo siempre he vivido aquí arriba —dijo señalando la planta sobre el bar—, pero en una ocasión, mientras hacíamos obras en la casa, estuve unos meses fuera, y cuando regresé no lograba dormir. Y cuando lo conseguí, durante una semana estuve soñando que me ahogaba. Hasta que el río me dejó en paz.

La imagen que le sugirió la hizo enmudecer. Él sonrió como si se tratase de una broma o, por el contrario, de algo muy serio. Se fue hasta el otro lado de la barra a atender a otros clientes. Nash abandonó el dinero sobre el mostrador y regresó al hostal.

Dispuso en el escritorio el material de oficina que había comprado y decidió que trabajaría un par de horas antes de acostarse. Había hecho una clasificación inicial de las fotos y necesitaba ordenarlas antes de que su primer mapa mental comenzara a desdibujarse. Se quitó la ropa, que traía prendida la humedad de la calle, y ya se había puesto el pijama cuando descubrió que había olvidado sus somníferos en casa.

«Mierda», pensó. Y casi a la vez la voz de su madre le respondía en su cabeza: «Eso es, no necesitas esa mierda».

—Sí que la necesito, *ama* —respondió en voz alta.

Con una mezcla de fastidio y urgencia se vistió y salió de nuevo a la calle, visitó las dos farmacias que había localizado en su paseo y que, como ya había supuesto, ahora estaban cerradas. Buscó en el móvil cuál estaba de guardia, resultó ser una en la localidad de Oronoz, a unos once kilómetros de Elizondo. Detenida en mitad del puente de Muniartea y mientras sentía cómo el viento húmedo que remontaba el río se le metía en los huesos, marcó el número de la farmacia. Fue consciente de la ansiedad que transmitía su voz y de lo alterada que parecía pidiendo sus pastillas para dormir, sobre todo en contraste con la parsimonia con la que la farmacéutica le contestó que sólo dispensaban medicamentos con receta.

Como si un imán la atrajese, caminó hasta el centro del puente, miró hacia las aguas oscuras y siniestras del río Baztán y se detuvo a escucharlo. El dueño del bar tenía razón: el rumor de la tarde era un estruendo colosal en la quietud temprana de la noche. Forzó los ojos para tratar de ver algo más allá de la playa de cantos rodados donde dormían una docena de patos, bajo el puente, y percibió cómo el estruendo crecía: cuanto más lo oía, más parecían aumentar los decibelios.

—Déjame dormir —susurró—, por favor, déjame dormir.

—¿Habla con el río?

Se volvió sobresaltada. Había una mujer detenida junto a ella.

La mujer sonrió, tenía algo familiar. Pero la oscuridad que se extendía por el río desde las montañas dejaba su rostro en penumbras. Se giró un poco, lo que favoreció que la luz procedente de la farola de la esquina le alumbrase la cara.

—Doctora Elizondo, soy Amaia Salazar, nos conocimos el otro día junto a la sima de Legarrea, ¿se acuerda?

—¡Oh, sí! Perdona. De tú, por favor, y llámame Nash, la doctora Elizondo es mi madre.

—¿Nash, como N.A.S.H.? —preguntó divertida Salazar. *Natural*, *Accidental*, *Suicide*, *Homicide*...

La miró agradablemente impresionada.

—Sí, ¿cómo lo has sabido? La mayoría de la gente cree que es un nombre ruso, o un mote, como Slash.

—Hice casi toda mi formación en Estados Unidos. La victimología es mi especialidad, y la psicología forense va de la mano. ¿Y es tu nombre?, quiero decir, ¿oficialmente?

—Mi madre es psiquiatra. Trabajó muchos años elaborando esos informes, me contaba los casos, los discutíamos y solía deletrear el código. Empecé a decirle a todo el mundo que me llamaba así, hasta que logré que ella misma lo hiciera. Me parecía muy punki, ya sabes. Cuando cumplí dieciocho me lo cambié oficialmente, y así es como llegué a llamarme como todas las causas de muerte.

—Código NASH... —dijo pensativa la inspectora.

Nash guardó silencio. Las razones de su presencia en Baztán debían permanecer ocultas, pero supo que ya no lo estaban para aquella mujer. Se estaba preguntando hasta qué punto aquel encuentro era casual cuando la inspectora volvió a sonreír.

—Y no te preocupes, yo también hablo con él.

Nash hizo un gesto ambiguo que denotaba su incomodidad.

—Nash Elizondo —dijo Salazar tendiendo la palma abierta de su mano hacia el río—, te presento al poderoso Baztán. No te dejes engañar por su escaso caudal, su influjo empapa las raíces de este pueblo como la sangre de sus venas.

—He visto en algunas calles los carteles de la gran inundación. En 1913, ¿no?

—Sí —dijo Salazar—, pero no me refiero sólo a ese tipo de sangre.

Nash no supo qué contestar. No fue necesario. La inspectora hizo un gesto hacia el interior del barrio y juntas caminaron en aquella dirección.

—He oído que vuelves a cavar en Legarrea.

Nash asintió reservada.

—Pues espero que encuentres lo que buscas. No dudes en llamarme si tienes algún problema —dijo tendiéndole una tarjeta.

—¿Problema? ¿De qué clase? —se interesó Nash.

—No sé, probablemente de ninguna, pero a la gente de aquí no le gusta que se desentierren sus secretos, y tú ya has desenterrado uno muy gordo.

—Diría que me están agradecidos —contestó evasiva.

—Pues aprovéchalo, pocas cosas tienen una vida tan corta como el agradecimiento —dijo mientras alzaba una mano en señal de despedida y se dirigía en la dirección contraria a Nash.

Regresó al hostal Izarra. Temblaba de frío cuando entró en la habitación y admitió de mala gana que probablemente se había resfriado y que además no dormiría, incluso contempló la posibilidad de conducir de nuevo hasta Donostia para pasar allí la noche, pero las fotos de Andrea sobre el escritorio constituían una poderosa áncora. Tomó de nuevo la selección que había hecho por la tarde, abrió el ropero de par en par y comenzó a pegarlas con adhesivo en la parte interior de las puertas, como si del altar de un asesino en serie se tratara, al menos el resultado se parecía bastante. Tenía mucho de obsesión, de disección y de autopsia. Con un rotulador escribió NASH en un folio y lo colocó en la parte superior, inmediatamente debajo de aquella fotografía de Andrea Dancur que se había convertido en la imagen que todo el mundo tenía de ella. Dedicó una mirada al ordenador, aún era pronto para explorar el mundo privado de Andrea; como con una paciente presencial, debía esperar a que ella se fuese abriendo, abordando temas, dándole pistas, indicándole dónde indagar. Después, buscó en Spotify *In A Sentimental Mood*, de Duke Ellington, se puso los auriculares y se recostó en la cama para tener desde allí una vista directa de las fotos pegadas en el interior de las puertas del armario. Andrea, con su sudadera blanca y las plantas carnívoras que trepaban por las mangas, la miraba desde el otro lado de la habitación. Nash volvió a pensar que había en sus ojos una madurez extraña, traspasaba el objetivo como si supiera cosas que al mundo entero le eran ajenas. Intuyó también que aquella paciente sería difícil, y que lo habría sido igualmente de haberla tenido viva sentada frente a ella.

—Sólo quiero ayudarte —susurró.

Su paciente le devolvió aquella mirada descreída. Pero Nash no se amilanó. Siempre era así la primera sesión.

—Me llamo Nash y este es mi trabajo.

En un momento entre dos canciones creyó oír un rumor. Se apartó los auriculares y prestó atención. La presa y el poderoso Baztán. Cerró los ojos y se concentró en el sonido del agua. Cuando a las seis de la mañana sonó el despertador, su primera reacción fue de asombro, después de todo se había quedado dormida. Duke Ellington seguía reproduciéndose en bucle desde los auriculares abandonados y Andrea Dancur la miraba desde la puerta del armario. Paró el dispositivo y cerró de nuevo los ojos para concentrarse en el sonido de la presa, que aparecía ahora contaminado por el canto de una tórtola y un gallo, que a lo lejos anunciaban el alba.

6 de marzo de 2020
Viernes

Excavar el fondo de la sima se complicaría más de lo que había imaginado. La inclinación del centro de la fosa que había resultado de las extracciones del equipo de la Guardia Civil los obligaba a trabajar acuclillados para no caerse en el hoyo. Dedicaron la jornada a trazar las cuadrículas divisorias que les servirían para establecer la posición exacta de los hallazgos, si es que llegaba a haberlos. Apenas quedaba espacio para los trípodes que sostenían los focos y los cubos que irían llenando con la tierra extraída con pequeñas herramientas de jardín y muchísimo cuidado. Instalar las poleas para subir los cubos sin que interfirieran en las bajantes de cables eléctricos desde el exterior les había ocupado casi toda la mañana. Por si fuera poco, el resfriado se confirmó; a cada momento sentía que una pequeña gota de agua resbalaba por el interior de su nariz y se depositaba en la punta. Como una niña pequeña, se limpiaba con la manga del forro polar mientras maldecía. Un zumbido sordo le invadía los oídos, seguramente causado por la profundidad del pozo. No era la primera vez que le sucedía, pero había además una sensación de incomodidad creciente, de compañía indeseada y a la vez perturbadora, y refrendaba su convencimiento de que en aquel pozo había algo, «alguien» más. El pálpito no funcionó.

Fue una mañana descorazonadora de palear porciones ínfimas de tierra que iban extrayendo en lotes de las distintas parcelas que habían trazado con cuadrantes de hilo. Usaban dos espuertas de veinte litros que remplazaban por otras dos cuando estaban llenas. La tierra aparecía más compacta según avanzaban, lo que retrasaba el avance e inmolaba las esperanzas de Nash. Desdeñó los suspiros impacientados de Gabriel, consciente de que contenían una pregunta: ¿qué estamos haciendo aquí? A mediodía sólo habían extraído seis cubos. Cuando salió del pozo pasó un par de minutos observando cómo Mikel y Xabier cribaban las porciones de tierra que Julio iba colocando en los cedazos. Se quitó los guantes y acarició la tierra suave y olorosa del fondo del pozo. Esquivó las miradas cargadas de preguntas y creyó percibir la presencia de alguien que los observaba ladera arriba. Se alejó un poco de las mesas y se encaminó hacia allí. La figura se movió y entonces estuvo segura. Se cubría la cabeza con una capucha, pero habría jurado que era una mujer.

La ladera ascendente propició que las voces de sus compañeros llegasen hasta ella con gran claridad.

—Tienes que decírselo tú, estamos perdiendo el tiempo, aquí no hay nada —dijo Julio.

Se giró hacia ellos y, cuando volvió a mirar, la figura había desaparecido. Aun así, caminó hasta el lugar donde había estado y observó la hierba aplastada que ya empezaba a levantarse con el viento cargado de lluvia que llegaba desde el Cantábrico.

—Lo dejamos, señores, continuaremos mañana —dijo regresando hacia el grupo.

—Doctora, ¿comerás con nosotros? —preguntó Xabier.

—No.

Había perdido el apetito, no estaba segura de si era debido al resfriado o por la desoladora certeza de que allí no había nada, y de algún modo tampoco quería arriesgarse a pasar el suficiente tiempo con ellos como para que se atrevieran a plantearle sus dudas. Decidió que cogería el coche en cuanto llegase a Elizondo y pasaría la tarde con su madre en Ametz.

Bajaban caminando hacia la pista, donde habían dejado el Land Rover, cuando lo vieron.

Había un enorme Audi Q8 gris oscuro aparcado justo en el lugar donde terminaba la pista y comenzaba el sendero pedregoso. Inicialmente, pensaron que podrían ser periodistas, pero Nash reconoció al hombre que bajó del asiento del conductor cuando los vio venir. Jaime Arjona. El marido de Helena Murrieta. Lo había visto de lejos la tarde en que encontraron a Andrea Dancur, sosteniendo a su esposa, taciturno y silencioso, un paso por detrás de ella. El informe de la Guardia Civil decía que tenía cuarenta años, que había nacido en Soria, pertenecía a una familia bien posicionada y destacaba en dos aspectos: su estudio de arquitectura y su matrimonio. Jaime Arjona no era un brillante arquitecto, había terminado montando un mediocre estudio en Pamplona a medias con un socio, pero se había casado hacía un año con Helena Murrieta y, a juzgar por su coche, no le iba nada mal.

—Doctora Elizondo —dijo al verla—, siento mucho abordarla aquí, pero no sabía dónde localizarla, y ayer vimos por televisión que había vuelto a la excavación.

Nash avanzó hasta él y le tendió la mano, el hombre la apretó con sincero aprecio.

—Perdón, no me he presentado, soy...

—Sé quién es —respondió Nash—. Los vi el otro día junto a la sima, pero no era momento para presentaciones.

—Tiene razón —dijo adoptando de nuevo aquel gesto doliente—. A mi mujer y a mí nos gustaría darle las gracias por encontrar a Andrea. A ella le hubiera gustado venir, pero está muy delicada de salud, además de que tenemos un montón de periodistas en la puerta de casa.

—Los he visto, es imposible no verlos. —Sonrió comprensiva.

—Sé que es un atraco, y lo entenderé perfectamente si no puede ahora, pero nos preguntábamos si sería tan amable de acompañarme a casa para que ella pueda expresarle su agradecimiento.

La parte de Elbete que se extendía al otro lado de la carretera trazaba una calle principal plagada de casonas y palacios, que se dividía en dos ramales: la pista que llevaba hacia el molino y la continuación de la misma calle, que se internaba en una zona donde las casas se arracimaban formando el corazón del pueblo. A partir de ahí las edificaciones comenzaban a dispersarse ascendiendo por la colina, que en sus límites alcanzaba los términos de Arizkun y Elizondo. La casa de Helena Murrieta se alzaba en mitad del cerro.

A pesar de las quejas de Jaime Arjona de que los periodistas estuvieran en la misma puerta de la vivienda, distaban mucho de estarlo. Desde la calle principal un camino ascendente llevaba hasta la casa, pero un vallado de madera disuadía a los de la prensa de invadir aquel territorio. Había una docena de coches y furgonetas aparcados a los lados del acceso, y Nash alcanzó a ver un grupo de hombres y mujeres que charlaban animadamente con termos y vasos de café en la mano. Les dedicaron una mirada, pero al ver que se trataba de Arjona, siguieron a lo suyo sin inmutarse. Por lo visto las jugosas declaraciones a los periodistas estaban limitadas a Helena Murrieta.

Presidía el centro de la portada un balcón que recorría la fachada de lado a lado. En el centro y adosado a la pared colgaba un pendón negro, sin ningún distintivo. Dos ventanales, coronados por arcos de medio punto, dominaban la fachada de la soberbia casa, a la que se llegaba por un camino descendente y bordeado por un cuidado césped. Los portillos de ambas ventanas permanecían entornados, y el interior de la casa estaba en penumbras. Jaime Arjona la guio por el recibidor a oscuras mientras se disculpaba.

—Tiene migrañas, la luz le molesta muchísimo.

En el salón y al lado de la ventana, por la que apenas si llegaba a colarse un poco de luz grisácea, Helena Murrieta se recostaba lánguida sobre un sofá, junto a una lamparita, rectangular y plana como una baldosa, que emitía una luz cálida y dorada.

Al ver a la doctora entrar, Helena se incorporó un poco sin llegar a levantarse y extendió la mano hacia ella.

—Es una lámpara de luz solar —dijo mientras estrechaba su mano—. Emite la luz en una frecuencia parecida a la del sol, mi enfermera me obliga a permanecer frente a ella al menos una hora al día, según ella es bueno para la migraña y para la depresión. —Con un gesto le indicó que se sentara en un sillón orejero, y miró a su marido, que en silencio salió de la habitación. Entonces volvió a hablar—. Doctora Elizondo. Es arqueóloga o algo así, ¿no?

—No exactamente, pero algo así —contestó sin sacarla de su error. Estaba en Baztán como espeleóloga, y no iba a cometer el error de presentarse como psicóloga forense, o el modo en que la veían viraría ciento ochenta grados—. Tutéeme, por favor.

—Quería darte las gracias...

—Tu marido me lo ha dicho, pero no es necesario, no hay nada que agradecer...

Helena juntó las manos como si fuera a rezar y apretó los labios hasta hacerlos desaparecer.

—También quería preguntarte... —El tono de su voz había subido una octava, parecía que fuera a romper a llorar.

No lo hizo, pero su voz reveló una inmensa pena.

—No me han dejado verla. Me han enseñado su ropa,

sus deportivas, una pulserita que llevaba con una pequeña *eguzkilore* de plata, pero no me han dejado verla.

—Seguramente han pensado que era lo mejor —contestó Nash.

—Sí, pero yo sé, yo siento, que debí verla, porque ahora no dejo de imaginarla tirada allí, en la oscuridad, durante tres años.

Nash asintió lentamente. Hasta que lo siguiente que dijo Helena la dejó petrificada:

—Soy una mala madre, una madre de mierda. Yo suelo salir a caminar por el monte, ¿sabes? Leí que la madre de una niña que desapareció en Estados Unidos tenía un fuerte pálpito cuando pasaba por el lugar donde los restos de su pequeña estaban enterrados, como si sus huesos la llamaran. Yo he pasado por el camino cercano a la gruta por lo menos un par de veces en estos tres años, y nunca sentí nada, ni lo más mínimo. Nunca la he sentido, nunca he tenido esos presentimientos con ella, ni siquiera cuando estaba embarazada —dijo llevándose la mano al vientre—. Hasta fue una sorpresa que resultara ser una niña. ¿Crees en las corazonadas?

Nash permaneció muy quieta, Helena Murrieta se moría por hablar, y como psicóloga sabía que lo suyo sería un monólogo, que no necesitaba réplica.

—He leído mucho sobre los vínculos entre las madres y sus hijas —dijo muy despacio, tanto que Nash sospechó que estaba drogada—. Tan sólo me funcionó una vez, fue un par de días después de que Andrea desapareciera, todavía estaban buscándola por ahí, me desperté en mitad de la noche y supe que mi hija estaba muerta. Lo supe, no sé explicar cómo, pero así fue. —Suspiró profundamente. En ese momento Jaime Arjona volvió a entrar en el salón trayendo en una bandeja dos tazas de café. Las colocó sobre la mesa, musitó una disculpa y volvió a salir.

Helena Murrieta se inclinó hacia delante para verter leche en las tazas. Le tendió una a Nash y entonces esta vio las moraduras que tatuaban la piel de sus muñecas. Levantó la mirada hacia su rostro. Profundas ojeras rodeaban sus ojos, tonos oscuros y violáceos.

Helena se recostó de nuevo y el efecto se perdió, pero reparó en cómo estiraba las mangas de la bata hasta cubrir de nuevo sus muñecas.

—La encontraste y nunca te estaré suficientemente agradecida, pero necesito que me cuentes cómo estaba, necesito saber cómo apareció mi hija. Los guardias civiles me lo han explicado, pero sé que a veces se ahorran información. Creen que soy débil, creen que soy frágil, por eso no me dejaron verla.

Nash colocó la taza sobre la bandeja antes de responder. Le había hecho una pregunta, la había convocado allí sólo para hacérsela, era muy importante para ella, y supo que debía ser honesta, sin adornos ni subterfugios, evitando ser cruel; pero debía decirle la verdad, porque sobre la base de esa verdad se iba a cimentar la confianza entre ellas.

—Estaba tumbada bocarriba, completamente estirada. Tenía uno de los brazos recogido contra el pecho —explicó imitando el gesto, aunque omitió que evidenciaba una fractura— y lo sostenía con el otro, como si se abrigase, o se abrazase. Estaba completamente vestida y calzada, y tenía el cabello extendido sobre su cabeza, parte le cubría el rostro.

Helena tomó aire sonoramente, Nash tuvo la sensación de que aspiraba mucho más del que le cabía en los pulmones. Después suspiró.

—¿Viste ese trozo de tela del que hablan?

—Sí, lo tenía aprisionado en la mano.

—¿Y es cierto lo de la mancha de sangre? ¿La sangre de un hombre? Me resulta tan increíble.

—Vi el trozo de tela y vi la mancha. Evidentemente, yo no puedo afirmar que fuera de un hombre, pero estaba allí. Aunque no lo hubiera visto, creo que la Guardia

Civil es poco sospechosa de haber colocado una prueba que pudiera exculpar a Salomé tirando por tierra la teoría que han mantenido hasta ahora.

Helena se puso en pie y al hacerlo se tambaleó un poco, se llevó una mano a la frente y entornó los ojos un instante.

—No, claro que no, confío a ciegas en la Guardia Civil, y no estoy de acuerdo en que eso exculpe a Salomé, creo, como ellos, que sólo prueba la participación de un cómplice masculino.

Helena caminó hasta la ventana y miró afuera entre los portillos. El cielo se había nublado mucho y la luz apenas atravesaba los cristales, y dentro también era escasa, pero lo que había bajo sus ojos parecían cardenales.

—Eso es lo que cree el capitán... Me ha llamado esta mañana para que yo fuera la primera en saberlo. Van a soltarla hoy, su abogado ha presentado un recurso y no tienen más remedio. Pero el capitán me ha dado su palabra, da igual lo que diga la prensa y la fiscalía, él me ha prometido que seguirán investigando, y yo creo en él.

«Vaya, no han perdido el tiempo sembrando en la cabeza de la pobre madre aquella justificación que no llegaba ni a teoría», pensó Nash. Pero no la iba a discutir. Decidió ir por otro camino.

—¿Crees que Salomé desarrolló algún tipo de fijación enfermiza con Andrea?

Helena se volvió a mirarla sorprendida, casi como si reparase en ese instante en que Nash estaba allí.

Nash se arrepintió de inmediato, se había pasado rompiendo la primera regla, sólo escuchar, preguntar únicamente lo necesario, dejar que hablaran. Sin embargo, Helena contestó.

—Sí, sí, algo así debió de ser.

—Vosotras erais pareja...

—Amigas —corrigió Helena—. Yo pasaba por un mal momento tras la separación del padre de Andrea. Salomé fue mi apoyo, y todo fue bien, al principio. Andrea tenía entonces tres o cuatro años, y Salomé era maravillosa con ella, pero cuando llegó a la adolescencia comenzó a cambiar, ya sabes cómo son las chicas a esa edad; me contestaba, pequeñas faltas de respeto, tonterías normales de niñas. Salomé a menudo intervenía en las discusiones, que eran de madre e hija, y yo en aquel momento no me supe imponer, pero Andrea se rebeló. Pienso en la primera vez que le recordó que no era su madre, y mucho menos su padre, y que no tenía derecho a meterse en lo que no la incumbía. Las cosas comenzaron a ponerse tensas entre ellas, si Salomé le hablaba, ella no contestaba, había veces que ni la miraba a la cara durante días, como si no existiese.

Helena se acercó de nuevo al sofá y pareció que iba a sentarse, pero en lugar de hacerlo permaneció en pie, frente a Nash.

—Debí darme cuenta de que el rechazo de mi hija tenía mucho significado. Lo peor, y de lo que más me arrepiento, es de que yo discutía mucho con Andrea en esa época, y siempre por culpa de Salomé, ahora lo sé.

—¿Por qué discutían ellas?

—No lo sé, por nada, por todo. Supongo que Andrea se hizo mayor, y no veía bien nuestra... amistad. Los jóvenes tienen la mente muy abierta para todo, menos para lo que concierne a sus padres.

—Y aquel día...

Helena se dirigió de nuevo hacia la ventana. La mirada vidriosa, los pasos lentos. Nash reconoció el estado de rememoración.

—Aquel día discutimos, una discusión terrible, muchos gritos. Andrea salió de casa dando un portazo, solía hacerlo cuando estaba enfadada, se iba a andar por ahí, después de un rato regresaba. Yo tenía una migraña horrorosa y subí a acostarme, pero, antes de hacerlo, me asomé a la ventana y la vi bajar por el sendero a grandes zancadas. Salomé se subió al coche y salió tras ella. La alcanzó a mitad del sendero, se bajó y caminaron juntas, hablando. Después vi a Andrea subir al coche y se fueron. Esa fue la última vez que vi a mi hija. Más tarde Salomé vino a traerme una infusión, me dijo que había hablado con Andrea y que se le pasaría.

—¿Hubo algo que te hiciera sospechar aquel día?

Helena se apartó de la ventana.

—No, lo he pensado muchas veces. Simplemente, esperaba que regresase más tarde, supuse que estaría con su amiga, o con su novio; pero a la mañana siguiente, cuando vi que no había vuelto, comencé a preocuparme, no es que nunca hubiera pasado la noche fuera, alguna vez, muy rara, se había quedado en casa de Zuriñe, eran amigas desde pequeñas, pero si lo hacía siempre avisaba, aunque estuviéramos enfadadas. Yo estaba muy inquieta, llamé a su novio, a su amiga, a su padre; nadie la había visto, y ya no sabía a quién llamar. Andrea no regresaba, pero Salomé estaba tranquila, como si supiese algo que yo no, incluso me disuadió de poner la denuncia cuando fueron pasando las horas. Ella sabía que mi niña no iba a volver, no iba a volver porque mi niña ya estaba muerta, porque ella la había matado.

»Cuando días más tarde la Guardia Civil encontró la bómber de Andrea llena de sangre en el coche de Salomé, simplemente apretó los labios y cruzó los brazos sobre el pecho —dijo imitando el gesto—, como el que cierra una puerta. Una puerta que ha permanecido tres años cerrada, hasta que tú la has abierto encontrando a mi niña.

Dejó que un taciturno Jaime Arjona la devolviese al centro de Elizondo sólo por evitarse pasar frente a los coches de los periodistas. Cuando hubieron rebasado al grupo, Nash reparó en una joven que apoyada en el vallado de enfrente vigilaba la entrada, se había subido la capucha del abrigo para protegerse de la lluvia, pero Nash creyó reconocer a la mujer que había visto la tarde anterior y que tanto había inquietado a Pascal Dancur. Se preguntó si también podía ser la figura que había creído ver junto a la sima, pero no podía afirmarlo, no estaba segura. Como había dicho Gabriel, admitir la sugestión de aquel lugar era básico.

—Jaime, ¿sabes quién es esa chica?, la que está apoyada en el cercado.

La mujer giró la cabeza al paso del coche, con total descaro, casi como si adivinase que estaban hablando de ella. Treinta años como mucho, bastante guapa, labios carnosos y grandes. Llevaba un *piercing* en la nariz, y Nash pudo entrever el cabello castaño y largo, que asomaba por su abrigo abierto.

Arjona alzó tres dedos sobre el volante a modo de saludo. Y como respuesta ella levantó levemente la barbilla.

—Sí, es Ederne Hidalgo, la enfermera, secretaria barra espía de mi suegro, y enfermera de mi mujer. Es increíble que una chica tan joven pueda ser tan odiosa —dijo irritado.

—Lo de espía me cuadra, la vi ayer cuando salía de comer, hoy me la encuentro aquí... Y ahora que lo dices, creo que ella conducía el coche que llevó a tu suegro hasta la sima.

—Sí, era ella, también hace de chófer. Seguramente Lisardo querrá hablar contigo. Igual que Helena, te están agradecidos por haber encontrado a Andrea, pero ¿a ti te parece normal? —dijo disgustado de pronto. Nash se volvió a mirarle, sorprendida por el arranque—. No, no me contestes, no lo es, pero esta es la forma de hacer las cosas de los Murrieta, como si no hubiera teléfonos.

Detuvo el coche frente a la señal de *stop* de la confluencia de Elbete con la carretera de Francia. Se recompuso inmediatamente, como si se censurase estar enfadado. La lluvia comenzó a caer más fuerte.

—Tienes que disculparme, estamos todos un poco alterados con lo que ha pasado en los últimos días.

—¿Cómo lo lleva Helena? Parece estar sufriendo mucho, incluso físicamente.

Él la miró alarmado. Tardó unos segundos en responder, como si calibrase la conveniencia o no de hacerlo.

La lluvia arreció cayendo con tanta fuerza que apartar el agua de la luna delantera se convirtió en labor imposible para los limpiaparabrisas, la visibilidad se redujo hasta el punto en que habría sido imposible ver un coche que se aproximase por la vía principal. El ruido dentro del vehículo era atronador. Como contagiado por el arrebato de la naturaleza, Arjona giró bruscamente a la derecha sacando el coche del camino. Detuvo el motor y se giró hacia Nash. Entonces ella reparó en la marca roja que le cruzaba el lado izquierdo de la cara, y que volvió a ser invisible cuando miró de nuevo al frente, con la vista perdida en la cortina de agua que resbalaba por la luna delantera.

—Amo a mi mujer, la amo más que a nada en este mundo, pero no es suficiente. Helena es infeliz de una manera en que uno sabe que nunca dejará de serlo, hagas lo que hagas.

—Quizá con el tiempo —sugirió ella—, es muy duro lo que le ha tocado vivir.

—No lo entiendes. Ella siempre ha estado así. La conocí hace dos años cuando vine a vivir a Baztán. Nos casamos un año después, y no estoy quejándome de nada, me enamoré de ella y me dio igual tener que aceptar todo lo que traía a cuestas, siempre con sus migrañas, sus depresiones, la fibromialgia, todo le duele... todo el tiempo. Creo que ya era así antes, y la desaparición de Andrea fue la puntilla. Toma un montón de pastillas, prácticamente se mantiene con medicamentos e infusiones. La enfermera Hidalgo viene a casa todos los días por encargo del padre de Helena, se encierran en el dormitorio, en teoría le toma la tensión, le controla la medicación, pero a menudo, cuando se va, mi mujer tiene unas nuevas pastillas, de un nuevo color, y no está mejor. Quizá no debería contarte esto —dijo volviéndose a mirarla suspicaz.

Por un momento Nash temió que parara de hablar. Pero Jaime suspiró vencido, era evidente que necesitaba desahogarse con alguien.

—No tengo suegros, pero de tenerlos no estoy segura de que me llevara demasiado bien con ellos —se compadeció ella.

—No me llevo ni bien ni mal, toda la relación que tenemos con mi suegro es la que has visto: la enfermera Hidalgo vigilándonos a todas horas. Lisardo Murrieta nos hace el honor de visitarnos dos veces al año; en el cumpleaños de Helena y el Día de Reyes, le trae alguna joya que vale más que este coche, me saluda cuando llega con esas manos de cortar árboles, y después no vuelve a poner la mirada sobre mí hasta que se despide del mismo modo.

—Los papás y sus niñas..., nadie es demasiado bueno.

—Sí, justamente es eso. La madre de Helena murió cuando ella era un bebé, ni siquiera guarda recuerdos de ella. El padre lo hizo lo mejor que pudo, pero eso no implica que lo hiciera bien, la sobreprotegió. Ya sabes, eran otros tiempos. Helena se crio con niñeras, una tras otra. Efímeras sustitutas de su madre. Mi suegro debía de tener un carácter terrible, ninguna duraba demasiado, pero Helena las recuerda a todas, todos sus nombres, guarda un baúl lleno de fotos. Una vez me las enseñó, pero le gusta mirarlas a solas. A veces se levanta durante la noche, no sé ni cómo puede hacerlo con todas las pastillas que toma para dormir, se sienta en la sala, en el mismo lugar donde la has visto hoy, y se dedica a mirar esas fotos durante horas. Luego llora desconsolada hasta que se queda dormida. En una ocasión estaba con las fotos del día en que nació Andrea. Me mostró una. Helena era muy joven, lo pasó fatal, fue un parto larguísimo. Tenía ojeras, marcas de esfuerzo, se la veía exhausta, la bebé dormía a su lado y ella la observaba de un modo amoroso y triste. ¿Sabes qué dijo? «Cuando vi que era una niña debí ahogarla, debí hacerlo, pero me faltó el valor.»

Nash hizo todo lo posible por disimular su conmoción. No creía que Arjona estuviera mintiendo, y lo que añadió a continuación reafirmó su opinión.

—Al día siguiente le pregunté de nuevo, pero me contestó que no recordaba nada. Y la verdad, no creo que signifique gran cosa. Ella dice todo el tiempo cosas así, sobre matar a su padre, matar a Salomé, matar a todo el pueblo y matarse ella misma. Y eso es lo que más me asusta, porque Helena no es capaz de matar a una mosca, de eso estoy seguro, y creo que en el fondo toda esa ira es contra ella misma..., ¿lo entiendes? —dijo mirando a Nash sin esperar respuesta—. Y, por si fuera poco, ahora la noticia de la puesta en libertad de Salomé, de verdad que no sé si Helena lo soportará.

—No soy nadie para dar consejos, pero tal vez sería prudente alejarse una temporada de aquí, no digo para siempre, pero llevársela un tiempo fuera del pueblo, quizá no sea tan mala idea.

—No lo comprendes, Helena nunca me lo permitiría, ella no se irá nunca de aquí, es una de esas personas que tienen que estar cerca de la fuente de su dolor, y ella es todo resentimiento: hacia su primer marido, hacia su padre, hacia el pueblo y, por supuesto, hacia Salomé. Pero no estoy seguro de que la razón sea que la odie.

Jaime agarró con las dos manos el volante y apoyó la frente sobre ellas, estuvo así un par de segundos, después se inclinó hacia atrás y soltó todo el aire de sus pulmones.

—Creo que durante un tiempo Salomé lo hizo mejor que yo, desde luego mucho mejor que su primer marido. Esa mujer consiguió mantener a raya a mi suegro. —Sonrió un poco, como si aquello le divirtiese de veras—. Lisardo Murrieta no podía soportarla. Imagínese, un hombre a la antigua usanza, dueño de una serrería, y uno de los empresarios navarros más importantes, lleva toda la vida tratándose con leñadores, camioneros y los del sindicato, ¿cómo cree que puede sobrellevar un hombre así que su hija sea lesbiana?

—Bisexual —puntualizó Nash.

—Bueno, sí, ¿no lo somos todos a la desesperada?

Nash contestó con una pregunta.

—¿Crees eso?

—No, no lo creo, también he visto las fotos en las que aparece con Salomé. Nunca, ninguno de los hombres en su vida hemos conseguido hacerla sonreír así.

Eran las cinco y media de la tarde cuando llegó a la clínica Ametz. Su madre ya estaba acostada. Comía a las doce y media, y después siempre echaba una breve siesta, nunca más de una hora. La levantaban para hacer sus ejercicios de la tarde y sobre las cuatro y media le daban la merienda, y nunca volvían a acostarla antes de las ocho y media. Preguntó a la enfermera.

—Hoy está un poco más floja, ha llegado a la comida muy cansada, y hemos notado que tenía frío, después de la siesta nos ha costado bastante despertarla para darle la merienda, aunque ha comido muy bien. Así que la hemos dejado descansar. No te preocupes, la tensión está bien y no tiene fiebre, pero hoy hay varios internos con catarro, y hemos decidido que por una tarde que no bajara a la sala no iba a pasar nada.

Nash se inclinó para besarla y notó la piel fría en sus mejillas.

—Pues sí que estás fría, espero que no sea la gripe. ¿Quizá te hayas enfriado un poco en el jardín?

La doctora Elizondo abrió los ojos y miró a su hija sin

reconocerla, fue un instante, pero Nash captó el terror, el desasosiego del laberinto y el alivio de haber hallado, por esta vez, la salida. Nash apoyó los labios en su mejilla y permaneció así unos segundos.

Sacó otra manta del armario, la cubrió hasta el cuello y accionó el mecanismo de la cama hasta conseguir dejarla sentada.

—Una cosa es que hoy estés friolera y otra que te pases el día entero durmiendo, además hay un par de cosas sobre el caso que quiero comentar contigo.

Tomó el mando y encendió el televisor. La algarabía de gallinero de un magacín de tarde inundó la habitación. Nash percibió el gesto de desagrado que, hasta con sus limitaciones de movilidad, se hacía evidente en el rostro de su madre.

—Ten paciencia —rogó—, no es esto lo que quiero que veas. Salomé Aduriz ha salido hoy de prisión, mientras venía para aquí he escuchado en la radio que su abogado ha convocado una rueda de prensa.

La pequeña sala de juntas del despacho de Germán Sangüesa estaba atestada. Salomé Aduriz, sentada junto a su abogado, aparecía pálida y sobrepasada, muy abiertos los ojos azules de brillo acerado. Estaba más delgada, y su rostro se veía anguloso. Se diría por su expresión que había perdido el gesto altivo que se convirtió en su seña y su condenación. Nash supo que estaba enfadada, y muy asustada, pero, sobre todo, humillada. Aquello era una vergüenza para ella. Docenas de micrófonos la rodeaban y eran visibles otras tantas manos sosteniendo grabadoras. Su abogado hizo una breve introducción y enseguida le cedió la palabra.

—Yo no maté a Andrea —dijo ella y, como por ensalmo, regresó a su mirada toda la fuerza por la que se había ganado que la juzgaran fría, dura y capaz de matar—. La quería como a una hija, aún la quiero como a una hija —argumentó retadora—. Jamás le habría hecho daño. Espero que la investigación que acaba de abrirse obtenga justicia para ella, ya que fue tan injusta conmigo.

Entre la confusión y el murmullo se distinguió una pregunta.

—Salomé, ¿sabe que el responsable de la investigación dice que la aparición de pruebas, que apuntan a la autoría por parte de un hombre, no la excluye a usted, y que todavía no se ha descartado que no tenga nada que ver?

—Claro, aunque apareciera el ADN de un batallón del Ejército de Tierra en torno al cuerpo de esa niña, la Guardia Civil seguiría manteniendo que yo tuve algo que ver.

El abogado se inclinó hacia delante acercándose a los micrófonos.

—Sólo quiero señalar que si eso que dicen fuera cierto ningún juez de este país habría puesto a mi clienta en libertad, y que si lo han hecho es porque las pruebas la exculpan. Que quede claro.

—El abuelo de Andrea va a financiar una recogida de muestras de sangre para compararlas con el ADN hallado en los restos de Andrea. ¿Qué les parece esta iniciativa?

—Sin comentarios.

Mientras el abogado hablaba, la mirada de Salomé se había perdido a lo lejos, mucho más allá de las paredes de aquella sala. Cuando volvió a intervenir, en sus ojos había brillos de acero.

—Yo era su mejor culpable, fui juzgada en televisión antes que en los juzgados, y fui condenada por las audiencias antes que por un jurado y un juez. Ellos jugaron ese juego y les salió bien, así que cómo van a admitir ahora que se equivocaron. Pero lo hicieron, metieron en la cárcel a una inocente, me han causado un mal irreparable, pero eso no es lo peor, lo más terrible es que la persona o personas que mataron a Andrea siguen ahí fuera. No ha habido justicia para mí, pero tampoco para ella.

Nash estudió el gesto de Salomé Aduriz y su mirada viajó de los ojos de la mujer a los de su madre. La misma mirada, terror y furia, enfado y miedo. Aún quedaba algo de la determinación que en el pasado había gobernado allí. No había atisbo de cobardía, o señales de rendición, pero sí de profunda desconfianza ante lo que ahora sabían: poco importaba que fueran a rendirse o que estuvieran dispuestas a luchar hasta el final, cuando comprendían que nada se podía hacer contra ese monstruo.

Miró a su madre desolada. La vieja doctora Elizondo era consciente de que perdía la memoria, aquel instante de confusión nada más despertar en el que no había reconocido a su propia hija. La afasia que encadenaba su voz en lo más profundo de su ser, y aquel intento desesperado y frustrado de regir de nuevo su cuerpo. Consciente de la devastación que se cernía sobre ella, Nash entendió que aquellas dos mujeres con destinos tan opuestos tenían, sin embargo, un espíritu común.

Uno de los periodistas alzó la voz y, aunque las cámaras no podían enfocarlo, su pregunta sonó clara y algo maliciosa:

—¿Qué razón tendrían la fiscalía y la Guardia Civil para encausar a alguien sabiendo que es inocente?

—Creo que la señora Aduriz ya ha respondido a esa pregunta —dijo el abogado—. La desaparición de una joven como Andrea siempre es perturbadora, la opinión pública reclamaba una detención. Cuando fueron pasando los días y no se encontraba a un culpable, mi clienta fue la mejor opción. Permitieron y contribuyeron a que se iniciase una campaña en su contra en todas las televisiones, periódicos y medios informativos de este país, de modo que cuando llegó el momento del juicio no había una sola persona en España que no hubiera oído hablar del caso Dancur y que no tuviese una opinión sobre Salomé, una opinión llena de prejuicios que ustedes, los medios de comunicación, se habían encargado de difundir.

Un murmullo creciente fue en aumento entre los presentes, pero el abogado lo atajó alzando ante ellos un documento.

—Tengo aquí una lista de calificativos tomados de diversos informativos, programas matinales y periódicos, y todos son de antes del juicio. Paso a leérselos por si los han olvidado: fuerte, segura, fría, con dinero y lesbiana, cara de asesina, mirada gélida, segura de sí misma, silenciosa, altiva, imperturbable, inconmovible, insensible y capaz. «Su mirada da miedo», «Me pone enferma verla», «Parece capaz de cualquier cosa». —El abogado miró a cámara—. Y esto es sólo una muestra. Esta noche, cuando estén de regreso a sus casas, piensen en ello: ¿qué jurado popular habría sido capaz de exculpar a mi clienta después de todo lo que ustedes se habían encargado de sembrar? ¿Quién se habría atrevido a poner en su contra a toda la opinión pública?

—¿Responsabiliza a la prensa?

—Sí —afirmó impávido Sangüesa—, aunque por supuesto no son los únicos culpables. La fiscalía y los responsables de la investigación que filtraron todo tipo de rumores y no los acallaron en su momento tienen la máxima responsabilidad, pero no por eso ustedes tienen menos. Condenaron a Salomé, aunque no había ni una sola prueba en su contra. Recuerden que fue condenada por indicios.

—Salomé, ¿qué va a hacer ahora? —se oyó una voz femenina y lejana.

—Vivir —contestó ella tajante.

—¿Y dónde va a vivir?

—En mi casa.

Una gran agitación recorrió la sala. Varios periodistas preguntaron a la vez.

—¿Significa eso que va a volver a Baztán?

—¿Adónde iba a ir si no? No tengo trabajo, no tengo familia, ni amigos, me lo han arrebatado todo, pero soy una mujer libre y volveré a mi casa con la cabeza bien alta, a ver si todos pueden decir lo mismo.

7 de marzo de 2020
Sábado

Tras la visita a su madre la tarde anterior, se había detenido lo justo en su casa para recuperar los somníferos con los que, aquella noche, pudo dormir cuatro horas y media. «Mejor eso que nada», pensó cuando vio la hora en el reloj. Después de ducharse y vestirse, abrió los portillos de su ventana al silencio —sólo roto por el siseo constante del agua cayendo de la presa de Txokoto— y a una oscuridad en el cielo que aún no presagiaba el amanecer. Salió a la calle y atravesó el puente de Muniartea deteniéndose en el punto donde estaba escrito el nombre. Había un foco encendido que colgaba del techo de la biblioteca y apuntaba directamente al lugar desde el que se derramaba la presa. La visión era hipnótica. No era consciente de haber visto la luz allí antes. Rememoró su regreso a Elizondo la noche anterior, y recordó que había entrado por la parte de atrás y había aparcado en la explanada entre edificios, sin asomarse en ningún momento al río. La mezcla del estruendo y la vista del agua cayendo producía una suerte de euforia contagiosa y heladora, y fue el frío, preñado de agua en suspensión, lo que terminó por convencerla de apartarse del muro y buscar un café caliente y algo de comer.

El bar Mendi abría temprano, quizá porque estaba ubicado junto a la pequeña, aunque concurrida, estación de autobuses. Cuando llegó ya delataba el trajín de los lugares que llevan horas recibiendo a sus clientes.

Los cristales empañados, el aroma del café, un informativo matinal en la pantalla del televisor, que resultaba inaudible por el ruido del molinillo, y el rumor de las conversaciones entre la veintena de parroquianos, todos hombres. Distinguió también la música no muy alta brotando de alguna parte, el lavaplatos funcionando a destajo y un sembrado de sobres de azúcar vacíos rodeando el perímetro de la barra.

Pidió un café con leche y un pincho de tortilla. Dejó un billete de veinte sobre la barra, pero un camarero, que llevaba bermudas y chanclas de piscina, se lo devolvió.

—Pascal lo ha pagado.

Alzó la mirada y vio al padre de Andrea Dancur. Vestía de un modo muy similar al día que lo conoció, muy abrigado, con buena ropa de monte, y volvió a producirle la sensación de frío, o de que la llevaba así sólo para poder esconderse entre las vueltas del cuello de su jersey.

Pascal tomó su platillo con el café en una mano y en la otra el periódico mientras le indicaba con un gesto una mesa vacía en un rincón. Ella hizo lo propio y se sentó frente al hombre, que había abierto el diario e iba pasando páginas. Había varias dedicadas a la rueda de prensa de Salomé Aduriz, una foto de la sima de Legarrea y otra que mostraba un plano aéreo de Elbete.

—No imaginaba que un sábado tan temprano fuera a estar esto tan animado.

—Cazadores —explicó Pascal—, y otros a buscar hongos, aunque para la mayoría es sólo un buen pretexto para salir de casa e ir a almorzar.

Ella se giró un poco para observar de nuevo la parroquia, en efecto la mayoría vestía de un modo muy parecido a Pascal.

—Bueno, ¿qué le ha parecido Helena Murrieta? —preguntó con auténtico interés.

Nash se tomó tiempo para medir sus palabras.

—Parece una mujer devastada por una tragedia. Y tutéame, por favor.

Él la miró valorando el significado y asintió lentamente.

—Eso es exactamente lo que es —dijo mientras tomaba un sorbo de su taza sumido en sus pensamientos; luego, al emerger de nuevo a la realidad, la miró y comenzó a disculparse—. El otro día no estuve muy fino, no sé qué impresión sacarías de mí. Cuando llegué a casa me di cuenta de que no te había dado las gracias, aunque eso era lo primero que quería decirte. No subí a la sima el día que encontraste a Andrea, porque mi suegro me aconsejó que no lo hiciera. Hace años que no me hablo con Helena, y era un momento muy tenso, pensó que sería lo mejor, pero siento que estoy en deuda contigo, te agradezco que encontraras a Andrea. Tú bajaste a ese lugar... —La voz se le apagó—. ¿Cómo..., cómo estaba?

Nash tomó aire, se inclinó hacia delante y mirándole a los ojos, y como había hecho con Helena Murrieta, susurró una descripción de lo que había visto en el interior de la sima. Pascal Dancur escuchó ávido, los ojos muy abiertos fueron humedeciéndose mientras ella avanzaba en su relato. Cuando terminó los cerró, murmuró un «gracias» y dos gruesas lágrimas cayeron sobre las páginas abiertas del periódico, tiñendo de oscuro la foto de la sima.

Esta vez fue Nash la que asintió lentamente. Sabía que ocurriría y, aun así, no dejaba de sorprenderle el mecanismo con el que los humanos repetían comportamientos. Había una obligación que te vinculaba con los bomberos que te excarcelaban de un coche o con quienes te rescataban de un incendio. Había un agradecimiento para el cirujano que le abría el pecho a tu familiar, o para la persona que hallaba el cadáver de tu hijo. Cerraba un capítulo horrible. Por eso la sorprendió lo que dijo a continuación.

—Con el tiempo llegué a convencerme de que se había ido por voluntad propia y que quizá algún día regresaría.

—¿Por qué pensabas eso?

—Porque soy un cobarde, supongo —dijo jugueteando con la alianza de su dedo—. No lo creía al principio, cuando desapareció, pero después ese pensamiento surgió, y supongo que de algún modo me ayudaba a soportarlo.

Ella asintió sin decir nada.

—No lo hice bien como padre, ni como marido para su madre. Volví a casarme hace seis meses, ¿te lo puedes creer? Si llegas a preguntármelo un par de años atrás te habría dicho que ni borracho, y en aquella época estaba borracho a menudo. Mi nueva esposa tiene cuatro críos, y te juro que los quiero como si fueran míos. Vaya mierda de historia, ¿eh? —añadió despectivo.

—¿Demasiado jóvenes cuando os casasteis Helena y tú?

—Ella acababa de cumplir dieciocho y yo diecinueve. Se quedó embarazada. Recuerdo el momento en el que me lo dijo, nunca he visto a nadie tan feliz, estaba eufórica. Ella quería que nos fugásemos, que desapareciésemos sin dejar rastro. Yo era un crío y un imbécil, lo admito, pero también había sido pobre toda mi vida y reconocí la fantasía aventurera de una pija a la que nunca le habían cortado la luz, ni había visto el fondo blanco de una nevera. No iba a fugarme a menos que su padre me persiguiese con un arma. Y con la fama que tenía Murrieta, perfectamente podría haber sido así. Por esa época yo me creía todo un hombre. Fui a hablar con mi suegro y le solté un discurso de machote responsable, de amor por su hija y de compromiso con mis actos. A veces lo pienso y no sé cómo el hombre no se echó a reír en mi cara, pero no lo hizo. Pagó la boda, nos dio la casa en la que vive Helena, me procuró trabajo y nos mantuvo. Y no sé si eso fue bueno o no, el hombre lo hizo lo mejor que pudo.

Tomó un sorbo del café, que ya debía de estar frío. Nash permaneció en silencio, sabía que eso funcionaba.

—Y yo, bueno, yo entonces estaba bastante atolondrado, la mitad de los días llegaba tarde a trabajar, y la otra mitad no iba. Y Helena siempre ha sido pura contradicción. Al principio, pareció desencantada al ver que no huiríamos de Baztán, pero logré convencerla de que era lo mejor hasta que naciese el bebé. Íbamos a necesitar un montón de cosas para la criatura, y su padre podía procurárnoslas; me había ofrecido un empleo en la serrería y yo aprovecharía los contactos con los camioneros y me buscaría otro trabajo. Se decía que los camioneros ganaban un pastón. Nos iríamos entonces, ella viajaría conmigo y con el crío en la cabina del camión.

Sopló y asintió pesaroso mientras componía una sonrisa amarga antes de continuar:

—Sí, señora, fantasías de adolescentes sin dos dedos de frente. Al principio nos fue bien, hacíamos planes, teníamos proyectos, nos largaríamos en cuanto naciese el bebé. A ella le gustaba imaginar que no dependíamos de su padre, pero la verdad es que él nos mantenía. La cosa funcionó, más o menos, mientras duró el embarazo, después dio a luz y se quedó muy débil, y la niña lloraba sin parar. Helena cambió. Siempre triste o enfadada. Hace poco leí un artículo sobre la depresión posparto, ¿sabes lo que es?

Nash asintió.

—Sí, las mujeres lo saben. Mi esposa me contó que ella misma se sintió fatal tras el nacimiento de su segundo hijo. Creo que era eso lo que le pasaba, pero entonces no la supe ayudar. Supongo que le decepcionó que no la rescatara, pero qué iba a hacer, éramos dos críos jugando a las casitas, vivíamos del dinero de su padre, en una casa que era suya. Ni ella ni yo habíamos acabado los estudios. Se desenamoró de mí, y yo..., la verdad es que creí que era el amor de mi vida, pero luego...

Nash pensó que parecía afectarle a pesar del tiempo transcurrido.

—¿Cómo llevasteis el divorcio?, ¿qué edad tenía Andrea, dos años?

Pascal continuó.

—Aún no los había cumplido, y la verdad es que todavía no sé bien qué pasó, pero con Helena todo es así, como una explosión de gas. Yo solía llegar tarde, borracho, supongo que se hartó. Una mañana me despertó hecha una furia y me echó de casa, no me dejó ni vestirme. Me sacó a empujones y me arrojó la ropa desde la puerta.

Nash asintió comprensiva mientras tomaba nota mental.

—¿Cómo se lo tomó tu suegro?

—Lisardo Murrieta es un tipo estricto, pero es un buen hombre, aún trabajo para él. Y cuando ella quiso divorciarse, él no me reprochó nada. Me dijo: «El problema de mi hija es que no sabe lo que quiere». Años después, cuando Andrea desapareció, volvió a darme una lección de humanidad. Yo no reaccioné bien, creí volverme loco, me pasaba el día en batidas y búsquedas, rezando para encontrarla y rogando a la vez no tener que ser yo quien lo hiciera. Luego regresaba a Elizondo y me emborrachaba. Estuve así una temporada, y pasó lo que era de esperar: una noche tuve un accidente cerca de Arizkun, con el coche. Afecté a otro vehículo, por suerte no fue de gravedad, pero dos personas salieron heridas, nada irreparable; hubo un juicio, y mi suegro pagó a un abogado que me sacó las castañas del fuego. Le di las gracias llorando, maldiciéndome por la mierda de padre que había sido para Andrea. «Ser padre no es nada fácil —me dijo—, yo mismo no lo he hecho bien con mi hija, no soy quién para dar lecciones, ni reprocharte nada.» Más tarde, tras la detención de Salomé, él pagó a los abogados de la acusación particular. Lo que quiero decir es que en ese momento podría haberme tratado como una mierda y no lo hizo, me ayudó. Dejé de beber, y aunque me da vergüenza decir esto, trabajo cada día para ser un buen padre y un buen esposo. Así que no seré yo el que hable mal de Lisardo Murrieta.

—¿Y de Helena?

—Ya la has conocido. Helena tiene algo que hace que quieras cuidar de ella y que a la vez sientas que nunca estás a la altura, no sé si me entiendes. Es como si supieras que es, en realidad, la gran duquesa Anastasia; da igual lo que hagas, nunca vas a poder compensar un ápice de lo que le falta.

—La amabas mucho.

—Lo intenté.

—¿Y Salomé? ¿Qué opinión tenías de ella?

Y entonces repitió casi palabra por palabra lo que había dicho Jaime Arjona.

—Creo que Salomé estaba entonces un poco como yo, intentando estar a la altura, y eso con Helena es imposible, pero creo que fue la que más cerca estuvo.

—¿Cómo se llevaba con Andrea?

—Cuando era más pequeña muy bien, supongo que no entendía el tipo de relación que tenían su madre y Salomé, luego en la adolescencia fatal. Discutía mucho con las dos, sobre todo con su madre, por los horarios, los estudios, la ropa, el modo en que se teñía el pelo. —Sonrió tristemente—. Helena la ataba corto, y visto ahora, la mayoría de las cosas por las que discutían eran tonterías. Era como si no admitiese que había crecido, que ya no era una niña pequeña. Estaba obsesionada con la seguridad de Andrea, y eso no era nuevo, como si toda la vida hubiera tenido el presentimiento de que algo terrible iba a sucederle.

—¿Solía tener ese tipo de pensamientos respecto a Andrea?

—¿Qué quieres decir?

—Está diagnosticada de depresión, y dices que es muy probable que tuviera un terrible episodio posparto. Es trágico, pero en ocasiones las madres sumidas en ese dolor tienen ese tipo de obsesión por la seguridad de sus hijos, pero a la vez puede surgir el pensamiento de «liberar» a sus hijos para que no sufran.

Pascal comenzó a mover la cabeza afirmativamente mientras en su rostro se dibujaba un gesto de profundo desprecio.

—Y eso te lo ha dicho el mierda de Jaime Arjona, ¿a que sí? Me revienta mucho ese tío, el prestigioso arquitecto, pero ¿sabes una cosa? Vive sin pegar un palo al agua desde que se casó con Helena, no es mucho mejor que yo, y deja que el viejo le mantenga, ¿has visto el coche que conduce? Mira, yo no le reprocharía nada, porque ser marido de Helena a tiempo completo es en sí mismo un empleo, pero él cree que es mejor que los demás. Pues déjame que te diga que no tiene ni puta idea. Cuando he dicho que Helena cambió cuando nació la niña, no me estaba refiriendo a que no la cuidase, o a que pudiera hacerle daño, todo lo contrario, desarrolló un montón de manías relacionadas con su seguridad. No permitía que nadie viniera a casa. Durante meses sólo la sacaba por el terreno que rodea el caserío; cada vez que teníamos una visita, daba igual, la matrona, la enfermera, un operario que venía a arreglar algo, me hacía cambiar la cerradura. En los dos años escasos que viví con ella después de nacer la niña cambié veinte veces la cerradura, teníamos un armario lleno de bombines inutilizados y de llaves abandonadas. Y siguió cuidando de nuestra hija cuando fue mayor. Esa era una de las cosas por las que discutían. Por ejemplo, Andrea nunca tuvo llave de casa. Helena lo justificaba diciendo que ella siempre estaba allí para abrirle, que podría perderla, que alguien podría encontrarla e ir a hacerles daño. Ese era el tipo de obsesión que Helena desarrolló con Andrea. ¿Sabes que su madre murió cuando ella era pequeña? Se crio sin madre, y probablemente de ahí le venga todo. Créeme: Helena se habría cortado las manos antes de hacerle daño a nuestra hija, y se lo habría hecho a cualquiera, incluso a ella misma, pero nunca a Andrea.

—Pero tampoco creíste que se lo hubiera hecho Salomé...

Sopló y bajó la voz cuando volvió a hablar.

—Todo apuntaba a que había sido ella, o eso me hicieron ver. Dijeron que habían encontrado la cazadora de Andrea llena de sangre en el coche de Salomé, fue la última en verla, y guardaba silencio. ¿Qué quieres que te diga? ¿De quién iba a fiarme, de lo que yo pensaba o de los investigadores? Me consta que la Guardia Civil se dejó la piel. El hermano de mi esposa actual es guardia, y me dice que la instrucción fue impecable. Hasta que Salomé habló y comencé a tener dudas.

—¿Quisiste retirarte de la acusación?

—No podía, Helena no lo habría permitido, y su padre menos.

—Pero ¿lo intentaste?

—Sí.

—¿Qué fue lo que te hizo dudar?

—Alguien, no recuerdo quién, vino entonces a decirme que Andrea había tenido una bronca tremenda con su novio. Además del tema de la cazadora, la Guardia Civil dijo que habían encontrado ADN de Salomé, pero lo cierto es que también hallaron el de Helena, el de su novio, el de su amiga, el único que no estaba era el mío, pero había también ADN de un varón desconocido... La Guardia Civil lo achacó a cualquier roce en un bar, una transferencia accidental, dijeron. Interrogaron a Santy, el novio de Andrea, y lo descartaron, y más o menos por entonces yo encontré en mi teléfono un mensaje de Andrea, una nota de voz en el contestador. Ya te he dicho que por aquella época andaba muy despistado, borracho todos los días. Lo escuché mucho tiempo después.

Nash contuvo el aliento mientras en su mente atronaba la pregunta «¿qué decía?, ¿qué decía?».

—Era de aquel día, estaba llorando, muy angustiada, casi no se le entendía, parecía una niña pequeña. Dijo que la vida era asquerosa, que estaba harta, que todo el mundo le había fallado, su novio, su propia familia.

Nash memorizó cada palabra, no había en el informe de Andrea ninguna referencia a aquella llamada. Pensó que de ser cierto tenía connotaciones nuevas.

—¿Todavía conservas ese audio?

—Se lo mostré al capitán de la Guardia Civil, él hizo una copia, después lo borré.

Nash lo miró tratando de no evidenciar lo que estaba pensando: «¿Quién borra el último mensaje de su hija?».

Pascal apretó los labios como si hubiera leído su mente.

—Ya te he dicho que soy un cobarde. No lo soportaba —dijo mientras se ponía en pie. Se inclinó para garabatear su número en la esquina del periódico y salió del bar.

Nash se quedó un poco más. Necesitaba procesar lo que había escuchado y decidir cuánto de todo aquello era verdad. Tomó la taza de café de Pascal y olisqueó el interior. Apestaba a coñac. Eran las siete y media de la mañana. «O nunca lo has dejado o has vuelto a beber, señor Dancur.»

La mañana transcurrió tan baldía y decepcionante como las anteriores. Ya habían acordado que no trabajarían el domingo, a menos que en esta jornada hicieran un hallazgo importante, pero a cambio les había arrancado la promesa de prolongar las labores hasta primera hora de la tarde. Nash llevaba en el pozo desde las ocho y media de la mañana. No había querido parar ni para tomar un bocado. Trabajó en las primeras horas con Gabriel, que se fue a mediodía porque era el cumpleaños de su hermana, y a partir de ese momento continuó con un irritante Xabier, que por su experiencia como arqueólogo no dejaba de corregirle mientras la veía excavar.

Nash no le escuchaba, lo hacía de modo consciente, apreciaba su conocimiento y era un buen espeleólogo, pero su forma de decir las cosas le resultaba terriblemente pedante, y superado el doctor Herzog, ya había decidido que sólo le toleraría ese grado de altivez a un premio nobel. No le costó demasiado: el rostro hierático de Helena Murrieta se le aparecía como una visión permanente; el cuerpo menudo, la palidez de su rostro, el cabello castaño que llevaba peinado hacia atrás y que le caía hasta los hombros. Todo en su aspecto hablaba de debilidad, pero había también en ella algo que casi parecía estudiado. Recordó que lo había pensado cuando la vio cerca de la sima la otra tarde. Tenía esa mezcla de languidez y exuberancia de algunos de los retratos de las santas en éxtasis. Como si una luz la alumbrase desde dentro. Recordó las palabras de Jaime Arjona diciendo que era una de esas personas que necesitaban estar cerca de la fuente de su dolor, como si se alimentasen de él.

Pero Nash sabía que nadie se alimenta de dolor, al menos no del suyo propio, sino al contrario, pero en lo que sí tenía razón Jaime Arjona era en que, en ocasiones, se daba con el padecimiento emocional una relación de dependencia, y Nash sabía que a ese grado sólo se llegaba a través de la perpetuación: la idea del dolor perenne de un yonqui del sufrimiento resultaba atroz, el tormento aceptado como un martirio. Arjona había hablado también de la delicada salud de su esposa y de que probablemente toda la vida había sido así de enfermiza, la depresión, la fibromialgia, «siempre le duele todo», había dicho.

Nash empujó el cubo lleno hacia Xabier.

—¿Te relevo? —preguntó él—. Estás en mala postura y ya llevas mucho rato.

—No te preocupes, estoy bien.

—Como no hablas...

Se volvió a mirarle.

—Lo siento, necesito pensar, son cosas mías, pero estoy bien. Sigamos.

Volvió a concentrarse en Helena y en el horrible concepto que tenía de ella misma como madre, y Nash presentía que no era únicamente por la culpabilidad propia por que su hija estuviera muerta, por no haber podido protegerla y librarla de la muerte, lo que era común a todos los padres del mundo cuyos hijos habían fallecido, por la razón que fuera. Helena Murrieta hablaba de una carencia, de algo que no tenía o era incapaz de sentir. Por lo menos en dos ocasiones durante su conversación había puesto de manifiesto que le faltaban los vínculos, una suerte de pálpitos e instintos que creía que debía poseer. Nash se preguntaba si aquella anécdota con la fotografía de la que le había hablado Arjona era realmente una manifestación de esa falta de vínculo de la que hablaba. «Cuando vi que era una niña debí ahogarla, pero me faltó el valor.» La anécdota era demasiado tosca para ser mentira, además ¿qué razón tendría el actual marido de Helena Murrieta para inventarse algo así? Si lo que deseaba era sembrar sospechas sobre Helena, una amenaza hacia Andrea más reciente en el tiempo habría tenido más impacto. Y eso llevaba a otra pregunta: ¿era aquella la manera de Arjona de decir que Helena Murrieta había querido matar a su hija desde el momento en que nació? ¿Que quizá lo había hecho?

Y toda aquella historia de las llaves y las cerraduras. El afán desmedido por impedir que alguien entrara en casa, ¿o quizá que saliera? ¿Qué chica de dieciocho años no tenía llave de su casa? ¿Te dejaba salir tu madre, Andrea?

Los dos hombres que habían compartido la vida con Helena estaban de acuerdo en que era frágil y en que siempre lo había sido, también coincidían, curiosamente, y a pesar de que sus relaciones con su suegro eran diametralmente distintas, en que, sin ningún lugar a dudas, Murrieta siempre había cuidado y seguía cuidando de su hija, a su manera.

—Nash, para un poco —dijo Xabier a su espalda—. Tenemos que beber, y quizá comer algo, un poco de chocolate...

—No tengo sed —objetó.

—Es por el frío, no lo notas, pero tienes que beber —dijo pasándole un bidón metálico.

Ella se irguió sintiendo cómo crujía su musculatura entumecida, bebió un poco y, casi por contentar a Xabier, bebió un poco más, pero rechazó la barrita de chocolate.

Cambió de zona hacia la parte más profunda de la excavación y continuó cavando mientras disimulaba el leve temblor de sus manos ateridas. Necesitaba el trabajo físico y maquinal para pensar en el caso.

Mentalmente volvió a viajar a la sala a oscuras de portillos entornados y se preguntó por qué estaban así: si porque Helena huía de la luz, algo frecuente en los depresivos, o por mitigar el impacto de las moraduras bajo sus ojos. Era cierto que podían ser ojeras, cuando el dolor y el llanto se prolongan por mucho tiempo algunos individuos llegan a tenerlas tan marcadas como si se las hubieran tatuado; pero de lo que no cabía ninguna duda era de las marcas en torno a sus muñecas. Pascal Dancur no era precisamente de su club de fans, pero admitía que la situación de Jaime Arjona no era envidiable, «ser el marido de Helena era un trabajo a tiempo completo», había dicho.

Por otra parte, la enfermera pagada por Lisardo Murrieta visitaba a Helena a diario, era poco probable que a una profesional de la salud se le hubieran pasado por alto lesiones de ese tipo. Si algo así estuviera ocurriendo no lo silenciaría, y menos dada la antipatía manifiesta que Murrieta le mostraba al actual marido.

Era demasiado pronto para sacar conclusiones, pero no podía dejar de darle vueltas, pensaba una y otra vez en el modo en que Arjona se había alarmado cuando ella dejó ver que se había dado cuenta de que Helena sufría también físicamente, y de que él mismo presentaba un arañazo en la cara.

Rememoró la actitud displicente y algo despectiva de la enfermera alzando el mentón para responder al saludo de Arjona, con aquel gesto de «te estoy vigilando». El propio Arjona reconocía que le resultaba odiosa.

¿Se debía la vigilancia constante de la enfermera Hidalgo a que ella también sospechaba algo?

Esperaba de verdad que Arjona no se equivocara y que Lisardo Murrieta tuviera tantas ganas de hablar con Nash como ella de conocerle, porque sólo había una cosa que le fascinaba más, otra de las cuestiones en las que los dos maridos de Helena estaban de acuerdo, y era cómo había conseguido Salomé Aduriz mantener a raya a su suegro.

La mano enguantada de Xabier tocándola en el hombro la devolvió a la realidad.

—Son las cuatro y media, tenemos que subir ya.

—¿Qué? —respondió despistada.

—Que son las cuatro y media, Nash, tenemos que salir, ya se está nublando y no tardará en anochecer.

Nash miró el cubo lleno de tierra. No había nada interesante allí. Se quitó los guantes y los colgó en el borde de la espuerta. Vio que el arnés descendía atado a la cuerda de escalada.

—Sube tú primero —le dijo.

—¿Estás segura?

—Sí, sube tú. Llévate la mochila con nuestras cosas, con Gabriel siempre lo hacemos así.

Vio cómo las botas de su compañero desaparecían hacia la oscuridad que reinaba más allá de los límites de los focos que alumbraban el suelo. Apagó uno de ellos e inmediatamente notó cómo el calor procedente de las bombillas se esfumaba. «Esto es una tumba», pensó sin reproche. Se acercó al interruptor del segundo foco y le pareció percibir una esquirla parda entre la tierra amarillenta del fondo de la sima. Se arrodilló para verla mejor. En una de las parcelas en las que había trabajado toda la tarde, la tierra estaba un poco suelta, así que extendió la mano y la pasó suavemente por encima intentando apartar el polvo. Retrocedió sorprendida sujetándose la mano y vio que un reguero rojizo se abría cruzando la palma de lado a lado. Se había cortado. Asombrada, buscó en su riñonera y sacó un pañuelo de papel que apretó en el puño antes de volver a inclinarse. Usando una brocha fue separando el polvo que aparecía amontonado, pero suelto, alrededor de... Reconoció una uña y después la falange distal y la media, y otra uña de otro dedo, y otra uña y otro dedo: a excepción del dedo índice, una mano entera, que asomaba entre la tierra apuntando al cielo invisible, allá arriba, como si pidiera ayuda para salir de allí.

Un intenso crujido de la señal de radio en sus oídos la sobresaltó tanto que perdió el equilibrio y cayó mientras miraba asombrada la mano que surgía de la tierra.

De nuevo el crujido de la radio.

—Doctora, ¿estás bien?

—Sí, sí, sí —respondió aturdida y sobrepasada por el hallazgo—. Perdona, Mikel, el último reporte no se ha oído bien.

—Doctora, tu teléfono no ha dejado de sonar desde que Xabier ha salido. Han llamado de la clínica Ametz, he respondido porque sé que es donde está tu madre. Será mejor que subas.

Conducía bajo la lluvia por la N-121 en dirección a Irún, para dirigirse desde allí a Donostia, se esforzaba por concentrarse en la conducción, recordando que muchos accidentes se producían tratando de llegar a un hospital por una emergencia. Había rechazado el ofrecimiento de Julio de llevarla, quizá habría aceptado de haber sido Gabriel, con él podía pensar en voz alta, y ahora mismo no tenía otra cosa en la cabeza que no fuera su madre y lo que había en el fondo de la sima. Era consciente de que estaba conmocionada, la prueba irrefutable fue que, cuando oyó la voz de Mikel a través de la radio y entendió la gravedad de lo que decía, le había costado decidir lo que debía hacer a continuación. El eco del mensaje aún resonaba en el interior cavernoso y su mirada seguía clavada en los huesos que emergían de la tierra. Oyó el familiar roce del metal contra la piedra cuando el mosquetón del arnés alcanzó el fondo del pozo. Introdujo las piernas en el arnés, lo pasó por los hombros y aseguró todos los cierres, tiró de las cintas, encendió la luz de su casco, colocó un nuevo pañuelo de papel sobre el corte en la mano, se puso los guantes de escalada y, antes de apagar la luz del foco, volcó el cubo con la tierra que había extraído en la última hora, tapando los huesos. Se inclinó y la palmeó con las manos para asegurarla. Pensaría más tarde en por qué lo había hecho, aunque sólo había una razón: lo quería para ella sola. Como si considerase que los cadáveres de aquella sima le pertenecían, por aquel extraño vínculo que le había explicado a la doctora Kalo. Aún no sabía cuál era la gravedad del estado de su madre, pero de alguna manera sentía que lo que había allí abajo la había estado esperando, que el modo en que aquella mano asomaba entre la tierra constituía una llamada, un deseo de la que estaba allí de que fuera ella, y nadie más, quien encontrara sus huesos.

—Nash, ha sido en apenas dos horas, ha pasado de tener unas décimas a casi cuarenta de fiebre. En cuanto la ha visto el médico, ha ordenado que la trasladaran al hospital Nuestra Señora de Aránzazu.

—¿Está sola? —preguntó angustiada.

—Maitane está con ella, ya sabes que no dejan que vaya nadie en la ambulancia. Ha llamado hace un rato para decirnos que la están reconociendo, y por supuesto no la dejan entrar.

Había muchísimos coches estacionados en las proximidades, tuvo que aparcar en la zona reservada al contiguo Hospital Universitario de Donostia, y desde allí atravesó corriendo la acera frente a las entradas principales de los dos hospitales hasta que llegó a la de urgencias.

La auxiliar de la clínica Ametz pareció aliviada al verla.

—Acabo de hablar con el médico, van a trasladarla a cuidados intensivos.

—Pero ¿qué ha dicho que tiene?

—Algo pulmonar. Nash, ha habido unos cuantos casos de gripe en Ametz, puede que sea eso, pero ya sabes. En personas tan delicadas... Lo mejor es que hables con el médico, ya le he dicho que estabas de camino.

Nash le dio las gracias y se dirigió al mostrador de enfermería.

—Soy Nash Elizondo, mi madre ha ingresado hace un rato y me han dicho que la han trasladado a cuidados intensivos, ¿puede avisar al médico?

Las puertas de vaivén que daban a los boxes se abrieron en ese instante y Nash reconoció a Enriqueta Emazabel.

—Enri, ¿qué haces aquí?

La incomodidad de la mujer fue evidente.

Enriqueta Emazabel era la vecina de la puerta contigua en el edificio de la calle Urbieta, donde su madre había vivido toda la vida, se habían llevado siempre muy bien. Cuando Nash era pequeña solía quedarse con ella mientras su madre pasaba consulta. Siempre había tenido llaves de su casa y fue la vecina que la avisó cuando su madre tuvo el ictus.

—Estaba en el hospital visitando a un familiar lejano, y me he enterado de que tu madre acababa de ingresar. No me han dejado verla.

Nash se preguntó por qué mentía. El área de urgencias estaba separada del resto del hospital. Su madre no estaba oficialmente ingresada, no podía constar en ninguna parte. Las puertas de vaivén se abrieron, un médico preguntó por ella, y Enri desapareció.

—Soy uno de los médicos que se están ocupando de su madre. Tengo unas cuantas preguntas —dijo llevándola a un lado—. Según el informe, su madre estaba ingresada en la clínica Ametz, así que tenemos que descartar que haya viajado en las últimas semanas, pero ¿lo ha hecho usted?

—¿Si he viajado?

—Nos interesa saber sobre todo si ha estado en Italia, o si su madre puede haber tenido contacto con alguien que haya estado recientemente en Italia.

—No he estado en Italia, no he tenido contacto con nadie que haya estado allí, que yo sepa. Mi madre no ha recibido en las últimas semanas más visitas que la mía y la de Gabriel, un amigo, él tampoco ha estado en Italia, pero tendría que preguntarle si ha tenido contacto con alguien que sí lo haya hecho. Supongo que ya han preguntado al personal de la clínica.

—Sí, hemos hablado con la auxiliar que acompañaba a su madre. No les consta, aunque van a investigarlo.

—¿Creen que puede ser eso, el virus chino? ¿El COVID-19?

—Pues es lo que tratamos de descartar. Tiene una neumonía muy violenta, que por otra parte no es rara en personas de su edad inmovilizadas y con dificultades para tragar. Aún estamos haciéndole pruebas. Su madre no es tan mayor, pero está muy limitada por el ictus y la infección es muy fuerte.

—Ayer estaba bien —dijo consciente al instante de que eso no significaba nada—. Sólo tenía frío.

El médico inclinó la cabeza.

—Estas cosas suelen ir muy rápidas. La tenemos con oxígeno y le hemos puesto medicación para disminuir la tos, pero está bastante alterada, lo que por otra parte también es normal, ahogarse es muy angustioso.

—¿Va a mejorar?

—Todo puede pasar, pero tenemos que ser realistas. Ya sería complicado si fuera una neumonía, ahora, si es el virus...

—¿Puedo verla?

—Sí, pero tendrá que ponerse un EPI, su madre está en aislamiento.

Aunque tenía los ojos cerrados, supo que estaba despierta. Un gotero con suero salino y otro con lo que supuso que sería el medicamento. Habían colocado las barandillas de la cama para mantenerla semiincorporada, seguramente para facilitarle la labor de respirar. Abrió los ojos en cuanto la oyó entrar.

—... Aaa mi —dijo elevando una mano torpe con la que golpeó la mascarilla.

Nash la miró confusa y maravillada. Estaba hablando, y era la primera vez que lo hacía en siete meses. Sonrió mientras su madre volvía a decir:

—Aaaemi.

Miró en rededor buscando a alguien del personal médico para que vieran aquello.

—*Ama* —dijo Nash sonriendo, aunque el buen juicio le indicaba que debería pedirle que no hablara, que no se esforzara.

—Aaaemi.

—No, no..., no te entiendo, *ama*.

La vieja doctora Elizondo volvió a levantar la mano y golpeó la mascarilla de plástico.

Nash miró hacia la puerta. No había nadie. Necesitaba ayuda. Se volvió hacia su madre. Y, asintiendo, le apartó la mascarilla. La doctora Elizondo tomó aire profundamente, tragó saliva y sus labios temblaron por el esfuerzo. Nash se inclinó hasta que los labios de su madre rozaron su oreja.

—Confía... en mí —susurró.

Nash se irguió de pronto atónita. Abriendo mucho los ojos, le respondió solícita:

—Claro que sí, *ama*, siempre he confiado en ti —dijo apretándole la mano.

La doctora Elizondo tomó aire de nuevo, pareció que iba a decir algo más, pero entonces un terrible ataque de tos le sobrevino, con jadeos y espasmos incesantes. Una enfermera entró corriendo, volvió a colocarle la mascarilla y aflojó un poco la ruleta de la medicación. Los ojos de la doctora Elizondo cayeron como dos pesados telones.

—Será mejor que salga.

La sala desierta en la que esperaba tenía reminiscencias de aquella otra sala de siete meses atrás, pero la desesperación de entonces había sido sustituida por una especie de inevitabilidad clarificadora. Aquellas palabras de su madre, el mero hecho de que hubiera hablado, estaban cargadas de una inercia fatídica. Quizá para otro, el que alguien que llevaba siete meses sin hablar lo hiciera podía significar una mejoría. Nash sabía que su madre se estaba muriendo.

Vio venir a tres médicos por el pasillo y se puso en pie.

—Me ha hablado.

—¿Qué?

—Desde que le dio el ictus hace siete meses no había dicho una palabra.

Vio la compasión en sus miradas y en su tono cuando respondieron.

—Lo siento, en ocasiones, hacia el final algunos enfermos tienen esos rebrotes de lucidez, pero no son una mejoría, su madre ha empeorado mucho, no lo va a resistir y vamos a tener que sedarla.

—Ella no querría —contestó ante la mirada atónita de los médicos—. Siempre quiso morir consciente, ¿saben? Cuando le preguntaban esa tontería de cómo te gustaría morir siempre decía: consciente, quiero saber que me muero. Casi me parece una traición dormirla.

El médico lanzó una rápida mirada a sus colegas y le dijo:

—Siento ser cruel, pero los pacientes con neumonía fallecen ahogados, ¿comprende? Es un ahogamiento de verdad, como estar sumergido bajo el agua, es terriblemente doloroso, y aunque las facultades cognitivas de su madre estén dañadas, el sufrimiento será el mismo. Entienda que tenemos que sedarla.

—Sólo una cosa más... —rogó ella—. ¿Es COVID-19?

—No tenemos modo de saberlo. Lo más probable es que sea una neumonía común.

—¿Harán autopsia?

—No hay necesidad, la causa está clara, y de momento no hay un protocolo de actuación si fuera COVID-19.

Echaron a andar por el pasillo, pero uno de los médicos se detuvo y volvió hasta ella:

—Y si le preocupa el hecho de que su madre sea consciente de la gravedad de lo que ocurre, puede estar tranquila, ella lo sabe, ha pedido un sacerdote. Está ahora con ella. Entre a despedirse cuando él salga.

Mucho rato después de que los médicos se hubieran ido todavía permanecía allí de pie asombrada y maravillada a partes iguales.

8 de marzo de 2020
Domingo

El amanecer la sorprendió con sus luces grises, sentada junto a una máquina de café que le había proporcionado todo el sustento desde que había llegado al hospital. Emitía un ronroneo plácido y cierto calor perfumado de café, que la había atraído hacia ella, como buscando refugio. Una auxiliar le indicó que había una máquina con comida en otro pasillo, pero no podía comer nada y, de cualquier modo, no se habría atrevido a abandonar su lugar por temor a que, justo en ese instante, salieran a llamarla. Pasó el resto del día entre la máquina del café, los breves minutos en los que cada cuatro horas le permitían ver a su madre y media docena de visitas al baño para lavarse la cara y mirar desolada su rostro en el espejo. No estaba cansada, se sentía sostenida por una extraña ingravidez que la distinguía del resto de la humanidad. Esperaba impasible la llegada de la muerte, una invitada díscola a quien le gusta aparecer por sorpresa pero que, a menudo, se muestra reticente cuando es convocada. Aunque comenzaron de inmediato con el protocolo de sedación, para sorpresa de todos la doctora Elizondo se mantuvo aferrada a la vida, regresando de la inconsciencia en breves periodos que obligaron a aumentar la medicación hasta en dos ocasiones.

A última hora de la tarde, dos médicos salieron a buscarla.

—Es cuestión de pocas horas, si quiere puede acompañarla.

Nash los siguió caminando como si lo hiciera hacia el cadalso.

Ya no estaba. La buscó desesperada en cada ocasión en que volvió a abrir los ojos, pero no eran más que leves parpadeos mientras se hundía en el mar de la inconsciencia. Pensó que era mejor así, pero una parte en su interior rogaba que volviera a despertarse, que volviera a abrir los ojos y a decirle una palabra más. No hubo más palabras, su respiración sonaba como un crepitar líquido y, aunque ya no tosía, su pecho se veía agitado por el esfuerzo. Se inclinó sobre ella y la besó en la frente sintiendo incluso a través de la mascarilla su piel en llamas. La doctora Elizondo abrió los ojos y la miró una última vez, y hasta percibió que una leve sonrisa se asomaba a sus labios arrugados y desdibujados por el vaho dentro de la mascarilla.

—Te quiero, preciosa —le dijo—, y te querré siempre. Ahora duerme, por favor, duerme y deja de sufrir.

Estuvo a su lado tomándola de la mano durante las cuatro horas siguientes, ese fue el tiempo que tardó en morir. Y aunque sedada, pudo percibir perfectamente las alteraciones en su respiración y cómo hipaba y se ahogaba hasta que dejó de respirar. La enfermera miró el reloj sobre la cama.

—Hora del óbito, once y cincuenta y ocho del ocho de marzo de 2020.

—Aún es el Día de la Mujer —susurró Nash.

La enfermera asintió apenada.

Pasó el resto de la noche en aquella sala de espera desierta. Durante la primera hora simplemente no supo qué hacer, ni a quién llamar. No tenían a nadie. Siempre habían sido ellas dos solas, las dos doctoras Elizondo, y ahora estaba sólo ella. La sensación de orfandad fue tan sorpresiva y sobrecogedora que le rompió el corazón. Se cubrió el rostro con las manos y sintió cómo la sal de sus lágrimas escocía en el corte que le atravesaba la palma. Estuvo llorando como una cría, consciente de las miradas de las enfermeras que de vez en cuando pasaban por allí. Una se detuvo a su lado.

—Escúchame —dijo serena y sin dejar lugar a discusión—, tienes que llamar a alguien.

Dejó un audio, que más tarde le parecería absurdo, en el teléfono de Gabriel diciéndole que no sabía cuándo podría volver a la excavación porque su madre había muerto. Y después pasó unos minutos repasando su lista de contactos mientras pensaba a quién más podía llamar. Su madre había tenido bastantes amigos entre sus colegas, la mayoría eran tan mayores como ella, estarían durmiendo, y siempre había mantenido una buena relación con las vecinas de la calle Urbieta, como Enriqueta. Marcó su número.

—Acaban de llamarme, cariño, tu madre me tenía entre sus contactos.

—No lo sabía —dijo confusa, mientras pensaba que eso explicaba que la hubieran avisado y que pudiera verla en la UCI—. Enri, es terrible, ni siquiera sé qué tengo que hacer ahora.

—Tienes que avisar a su seguro, llevaba toda la vida pagando los muertos. Es Seguros Preludio. Ellos te explicarán cómo van todos los permisos, los certificados y esas cosas, todo el papeleo, todas las cuestiones del entierro... —En aquel momento hizo una pausa que a Nash no le pasó inadvertida, y en la que pensaría mucho más tarde. Cuando fuese consciente de que su vecina sabía más sobre cómo sería ese entierro que ella misma—. Necesitarás su documentación. Estará en casa, ¿quieres que yo te la acerque?

—Gracias, Enri, en la residencia tenían fotocopias de su documentación y de su tarjeta de la Seguridad Social, cuando ingresó lo trajeron todo, si necesito algo más ya te llamo.

El suspiro de la mujer fue audible a través del teléfono.

—Y, cariño... Si quieres que te ayude con el funeral, aunque suene horrible, me encantaría hacerlo.

—Sí, la verdad es que ahora mismo... —dijo llevándose la mano a la cabeza—, todo esto me parece tan raro.

9 de marzo de 2020
Lunes

Pasó las siguientes horas en una sala desierta de la antigua residencia Nuesta Señora de Aránzazu hablando con una agente de asistencia enviada por el seguro. Para su sorpresa, su madre lo tenía todo organizado. El funeral se celebraría en la catedral del Buen Pastor, la tarde siguiente. La agente prometió hacer todo lo posible para que el entierro se produjese a continuación, aún no habrían transcurrido las veinticuatro horas que algunas comunidades marcaban como plazo legal para autorizar un entierro, pero teniendo en cuenta que la trasladarían para ser sepultada en otra provincia, la situación sanitaria, y que oficialmente había fallecido durante el día 8, esperaba que no lo postergaran un día más.

—¿Otra provincia? No entiendo...

La mujer asintió comprensiva al darse cuenta de que no lo sabía, y se tomó un par de segundos antes de explicarle que su madre había dejado dispuesto ser enterrada junto a su familia en su localidad de origen, en Elbete.

—¿Elbete junto a Elizondo, en el valle de Baztán?

—Antes de venir hacia aquí he revisado todas las disposiciones. Tu familia posee un pequeño panteón familiar, y no tienes que preocuparte. Yo voy a gestionarlo todo: la licencia de enterramiento, el certificado literal de defunción que emite el Ministerio de Justicia para obtener las últimas voluntades, la declaración del último testamento vigente y la notaría en la que se encuentra.

Mientras la mujer hablaba, Nash dejó de escuchar. La veía mover los labios y pensaba que en aquel momento ella habría sido incapaz de hacer nada de todo aquello. Agradeció la serenidad de la profesional que tenía delante. Sensible y cauta, iba atando los pormenores de los mil detalles farragosos que había que resolver cuando alguien moría. Ella se pondría en contacto con el enterrador, la floristería, se ocuparía de las esquelas en los periódicos y del marmolista que escribiría el nombre de su madre en la piedra que la cubriría.

—Sólo hay un pequeño problema, la fotocopia es de un DNI caducado. ¿Sabes si tu madre tenía uno nuevo en vigor?

—Oh, sí, yo misma fui a recogerlo unos días después de que ingresara, lo había olvidado totalmente, y en la clínica Ametz debía de servirles ese...

—Sí, normalmente, vale para casi todo, pero esto es para el Ministerio de Justicia, cuando alguien fallece dan de baja el número y se inicia un protocolo oficial.

—Te lo traeré enseguida.

—Conque sea mañana estará bien, puedo iniciar el resto de los trámites.

Cediendo a un impulso de gratitud, se despidió de ella con un abrazo que no supo muy bien cómo justificar, y después se sentó junto a la máquina de café a esperar a que amaneciera.

Condujo como una autómata por las carreteras que empezaban a llenarse de los conductores más madrugadores en dirección a las variantes que salían de Donostia. Fue hasta la clínica Ametz en el Antiguo, aparcó en la cuesta que separaba la villa de la calle y atravesó la puerta. No había nadie en recepción. Subió a la que había sido la habitación de su madre para recoger sus pertenencias. Por el camino, al imaginar cómo sería enfrentarse a aquel trago, había creído que no pararía de llorar. Sin embargo, mientras amontonaba la ropa y plegaba los pies de los marcos de fotos, sólo podía pensar en la decisión de su madre de ser enterrada en Elbete.

Nunca habían hablado de dónde tendrían que reposar sus restos. Mientras su madre estuvo sana nunca les pareció que fuera un tema que tratar y, después del ictus, Nash no había querido ni pensarlo. Pero estas cosas se piensan, aunque no quieras. Hay cosas que se dan por hechas, y Nash había dado por hecho que sería en Pamplona, junto a los tíos que la habían criado, o quizá, haciendo gala de la independencia que siempre la había caracterizado, en un nicho en el cementerio de Polloe, en Donostia.

Le parecía raro que tuvieran un panteón, una tumba donde reposar, un lugar que ella nunca había visitado. Por supuesto, conocía la historia de cómo los padres y los hermanos de su madre habían fallecido en el incendio de su caserío cuando ella era niña, un incendio que lo había reducido todo a cenizas. Cenizas, su madre siempre lo contaba así. Quizá por eso había dado por hecho que no podía haber cadáveres que enterrar. Cuando alguna vez le había preguntado al respecto, la respuesta había sido que era muy pequeña y no recordaba nada. Su única herencia, una cicatriz sedosa y nacarada que le cruzaba el omóplato. Conservaba una vieja foto con ellos, una imagen familiar tomada en la puerta del caserío el mismo día en que ardió, y creía recordar un poco de ese día, pero no estaba muy segura de si era un recuerdo real o uno creado a partir de mirar tantas veces aquella imagen. De lo que sí guardaba memoria era del resto de su infancia en Pamplona, con sus tíos, y de que, a pesar de todo, había sido una niña feliz, contenta, amada.

A Nash nunca le había extrañado que su madre no le hablara de aquello, no le gustaba demasiado remover el pasado. Siempre que le pedía que le contara cosas de su vida, se ceñía a hechos concretos, días concretos, cuando estudiaba, o sobre el primer novio que tuvo, el día en que aprendió a nadar, a montar, recuerdos de algunas Navidades, o de su graduación. Nash siempre había supuesto que en el fondo le dolía, y que lo evitaba igual que había evitado toda la vida mencionar al padre de Nash.

Recordaba habérselo preguntado tres veces: la primera vez era muy pequeña, cinco o seis años, y supuso que lo había hecho motivada por la curiosidad por ver a los padres de sus compañeras del colegio. La doctora Elizondo le había respondido que algunos niños sólo tienen papá o mamá, y que ella sería los dos para Nash. La segunda vez fue el día en que cumplió doce años. Para entonces ya sabía que, independientemente de que un padre o una madre pudieran criar solos a sus hijos, en algún lugar tenía que haber un hombre y una mujer que hubieran intervenido en la ecuación.

La doctora Elizondo le explicó que desde que era pequeña había sabido que quería tener un hijo, y que cuando fueron pasando los años sin hallar al hombre con el que compartir su vida, simplemente decidió que lo haría sola. Evidentemente, había necesitado genética masculina, y en aquel tiempo no era tan frecuente en España, así que se embarazó mediante un donante anónimo en una clínica belga durante uno de sus viajes.

La tercera vez coincidió con otro de sus cumpleaños, el de la mayoría de edad. Después de comer en un restaurante de Igueldo, su madre condujo hasta la entrada del parque de atracciones, detuvo el coche casi en la puerta del gran hotel, se bajó del vehículo y, apoyándose en la barandilla, extendió su mirada melancólica hacia Tximistarri y a la inmensidad del mar. Nash se colocó a su lado, pero no miró al mar en aquel lugar que su madre adoraba, miró pensativa el torreón huérfano del castillo que dominaba la colina de aquel parque de atracciones que ya estaba anticuado cuando Nash era pequeña, y se concentró en su madre. Estudió cada pequeña microexpresión en el rostro de la doctora.

—*Ama*, he leído que quizá se podría obtener la identidad de un donante de semen si el hijo lo reclama... No sería fácil, pero...

La doctora Elizondo permaneció aparentemente impasible, sólo un suspiro antes de hablar delató que la había perturbado.

—Mi pequeña Nashi nunca está conforme —lo dijo como si fuese el título de un libro, o de una sinfonía. Solía llamarla así, con una i latina al final, cuando planteaba preguntas que no tenían una respuesta sencilla, o cuando simplemente no la había—. Bueno, desde hoy eres mayor de edad, y supongo que lo suficientemente adulta como para soportar que te cuente la verdad pura y dura, pero te advierto que es de todo menos romántica. Siento que quizá debería habértelo contado antes, al menos para no fomentar las fantasías idealistas propias de los niños que no conocen a sus padres biológicos.

—¿Soy adoptada? —preguntó Nash realmente sorprendida.

La doctora Elizondo se llevó una mano al cabello y agarró un mechón rojizo, mientras tomaba otro de la melena pelirroja de su hija, y los mezclaba comprobando cómo se fundían como si pertenecieran a una sola persona.

—¿Lo dices en serio? Yo te parí, criatura, llevo diez puntos ahí abajo, de recuerdo.

—No, claro que no, no sé en qué estaba pensando —se disculpó ella.

—Nash, la historia del donante no es mentira, pero sí una versión adaptada para contarle a una niña pequeña, una versión para no tener que explicarte que aquel donante no llegó a mí a través de una clínica en Bélgica, en un quirófano estéril, y después de rellenar mil formularios y pagar una fortuna, no. Ni siquiera fue un donante como tal, porque para eso debería haber tenido la intención, y aunque es verdad, como te he dicho siempre, que albergaba la ilusión de ser madre algún día, mi relación con él fue puramente romántica, al menos hasta el punto en que un ligue puede serlo. Fue un extraño, amable y guapo, lo conocí en un bar. Ocurrió durante unas fiestas patronales, y lo cierto es que era extranjero, no recuerdo muy bien si suizo, belga o francés, no me siento orgullosa de cómo ocurrió, pero tampoco culpable. Yo era joven, estaba soltera y él era un tipo agradable. Tomamos unas copas, nos besamos y de madrugada, y casi por acuerdo tácito, acabamos en una pensión. Pasamos juntos esa noche, fue un amante cariñoso y gentil. Nos despedimos a la mañana siguiente, como suelen ser esas cosas, sin promesas, ni intercambios, y nunca le he vuelto a ver.

Una gaviota les pasó casi a ras del rostro. Su madre sonrió complacida.

—No sé quién es, Nash, si te sirve de algo ya te he dicho que era amable, dulce y educado, o al menos lo fue todo el tiempo que estuvo conmigo, pero fueron tan sólo unas horas. Cuando al mes siguiente me di cuenta de que estaba embarazada, simplemente me sentí feliz. En ocasiones las cosas ocurren como tienen que ocurrir. Luego naciste y estabas sana, eras preciosa y te parecías tanto a mí... que de algún modo supe que estabas en este mundo para ser sólo mía.

El sonido del teléfono la trajo de vuelta a la realidad. Lo buscó entre las prendas y los objetos que había ido colocando sobre la cama antes de introducirlos en la maleta abierta. Se tomó un instante para terminar de doblar la chaqueta de punto que sostenía entre las manos y la acomodó con cuidado antes de coger el teléfono. Era Laurent Herzog.

—Joder, Nash, esto es un revés terrible. —Su voz transmitía un disgusto que le pareció sincero.

—Sí, lo es. Gracias, Laurent.

—¡Menuda complicación! No sé cómo esta mujer tiene redaños para plantarse en el pueblo.

—¿Te refieres a Salomé Aduriz?

—Sí, claro, ¿de qué crees que estoy hablando? Por eso ahora más que nunca debes estar ahí.

«Vete a la mierda, doctor Herzog», oyó la voz de su madre.

—Vete a la mierda, doctor Herzog —dijo Nash. Y colgó.

Suponía que nadie espera nada de un funeral, porque es una de esas ceremonias que uno no ensaya en su mente con anticipación, o anhelo, como la Navidad, o un cumpleaños. No se proyectan deseos sobre cómo será un sepelio, quizá por eso la sorprendió. A pesar de los informes de que el virus chino se estaba extendiendo, de que ya estaba en España y empezaba a haber afectados, había mucha gente, mucha más de la que habría cabido esperar. Julio, Mikel y Xabier salieron a su encuentro, Gabriel la abrazó muy fuerte.

—Pero qué tonta eres, ¿por qué no me llamaste? Y tómate el tiempo que necesites. Xabier y Julio recogieron todo el equipo exterior, sólo volveremos cuando estés preparada.

—Quiero trabajar mañana —dijo consciente del corte en su mano.

—¿Estás segura?

—Completamente.

Saludó a un par de amigas de su madre, y a los primos de Pamplona, a los que, por lo menos, hacía un par de años que no veía. Algunos compañeros de la universidad, la doctora Eneka Kalo, vecinos y colegas de profesión, vio entre ellos a Laurent Herzog.

Casi agradeció el momento en que comenzó la homilía y por fin todos se replegaron al lugar que ocuparían y la dejaron sola frente al altar y tan cerca del ataúd que podría haberlo tocado con sólo estirar su mano. No lo hizo, pero no pudo dejar de mirarlo mientras duró el funeral. Por momentos, asombrándose de que toda la maravillosa humanidad de su madre cupiese en una caja; a ratos, extrañada ante la idea de que ella estuviera allí dentro y, en algún instante racional y consciente, tratando de autoexplicarse que aquella sensación de absurdo, de incongruencia y de irrealidad era el inicio del duelo. A Nash le gustaba más Santa María la Mayor, pero era algo que no se podía decir a los del «Buenpas». Suponía que el orgullo que había llevado a ubicar su entrada exactamente frente a la de Santa María persistía en los herederos de aquel templo. El Buen Pastor presidía un altar por lo demás desnudo, adornado por unos maravillosos vitrales que resultaban opacados por la intensa luz interior del templo, que impedía admirar su colorido. Daba igual, no podía apartar los ojos del ataúd.

Cuando la ceremonia concluyó, siguió el féretro con la mirada mientras lo sacaban por la puerta hasta el coche fúnebre, que esperaba tras los jardines y junto a la calle principal. Miró hacia fuera y la normalidad del mundo la atrapó. La calle San Martín, a aquella hora muy frecuentada, los escaparates de las tiendas de lujo encendidos bajo los arcos, donde un día estuvo Erviti, con sus vitrinas llenas de instrumentos y partituras, la gente paseando o dirigiéndose a tomar algo con los amigos, el suelo brillante por la lluvia, que había dado una tregua de sólo unos minutos. Nash pensó que era desconcertante que la vida continuara. Al mirar afuera, le habría resultado más asumible ver el mundo feneciendo bajo las cenizas de una lluvia volcánica, o bajo una ola de espuma de mar. A pesar de todo, tuvo que admitir que secretamente habría dado cualquier cosa por pertenecer a aquella normalidad, por ser cualquier mujer paseando bajo los arcos, o apresurada hacia una cita.

Se detuvo en la puerta del templo para saludar a los que se habían rezagado con intención de darle el pésame. Una a una, fue consolando a las vecinas mayores y refinadas, que se habían puesto las perlas sobre el luto para asistir al funeral. Escuchó las gentilezas de antiguos colegas de su madre, despachó con un «gracias, muy amable» a Laurent Herzog cuando se acercó con su aire victimista y su discurso ensayado, pero de entre todos los asistentes tres personas le llamaron la atención. Un matrimonio veterano y muy distinguido: el hombre alto y la mujer mucho más bajita y sonriente. Ella se cogía al brazo de su marido con un orgullo y una coquetería que hicieron saber a Nash que seguían enamorados. El otro, un hombre quizá más joven que ella, elegante de una manera inusual en la mayoría de los hombres, permanecía erguido, pero sin envaramiento, y vestía de modo impecable con traje y un abrigo largo y negro. Nash no había podido dejar de mirarlo, pero justo cuando se dirigía a hablar con él, el anciano y su esposa la interceptaron.

—Hola, somos Noah y Maite, de Bilbao, éramos amigos de tu madre.

—Lo siento, no sé si alguna vez me habló de vosotros, quizá sí, ahora mismo tengo la cabeza...

—Nos conocimos hace mucho tiempo, antes de que tú nacieras, cuando éramos jóvenes, y aunque hacía algunos años que no nos veíamos, mantuvimos contacto habitual hasta hace unos meses.

—Oh, me alegro de conoceros, seguro que le habría gustado que estuvierais aquí —dijo Nash sin poder evitar mirar al hombre que pasaba tras la pareja hacia la salida.

El anciano pareció percatarse y se volvió siguiendo los ojos de ella; al ver al hombre que ya llegaba a la puerta del templo su gesto se transformó. Permaneció unos segundos en silencio con la mirada vacía. Su esposa también se dio cuenta, Nash pensó que quizá era algo que venía pasándole. Maite disimuló tomando las riendas de la conversación y dirigiéndose a Nash:

—Oh, perdona, quizá querías saludar a algún amigo tuyo y nosotros estamos acaparándote.

—Oh, no, no os preocupéis, ha venido mucha gente que no conocía. Mi madre tenía muchos amigos, colegas de profesión, he visto incluso a algunos pacientes que recordaba, los vecinos de nuestro portal, gente de asociaciones a las que pertenecía. Siempre fue muy activa en su trabajo. ¿Vosotros sois psiquiatras también?

Noah sonrió. Y le tendió una tarjeta.

Noah Scott Sherrington y Maite Makazaga.

—No, fui su paciente hace muchos años. Atravesaba una situación muy difícil y tu madre me apoyó muchísimo, su ayuda trascendió bastante más allá de lo profesional, se convirtió en amiga y formó parte del selecto grupo a los que les debo la vida.

Nash asintió, no era la primera vez que oía aquel discurso de agradecimiento de todos los que consideraban que la doctora Elizondo les había ayudado a vivir, y en ocasiones a pasar de largo ante alguna ventana abierta o un frasco de somníferos.

Nash miró hacia fuera y vio que el hombre elegante se había detenido al final de la escalinata como si esperase.

Se despidió de la pareja de ancianos y ya había avanzado dos pasos hacia la salida cuando Enriqueta la interceptó. Tenía los ojos rojos, e iba cogida del brazo de otra mujer, una vecina que recordaba de toda la vida.

—Cariño, ¿te acuerdas de Mari Asun? —dijo mientras se acercaba con la otra señora de la mano.

La mujer se echó en sus brazos.

—Mi niña, no sabes cuánto lo siento, quería mucho a tu madre.

Nash suspiró abrazándola para consolarla. Cuando volvió a mirar afuera, el hombre elegante había desaparecido.

El trayecto hasta el cementerio les llevó poco más de una hora, primero por la autopista hacia Irún y después por la antigua carretera de Bera en dirección a Pamplona. Cuando la agente del seguro le había propuesto ponerle un taxi para que la llevase hasta el lugar del entierro, le había parecido una buena idea: ni su atención ni sus reflejos pasaban por su mejor momento, pero ahora se arrepentía. Sola y en silencio en la trasera inmensa de aquella berlina, la hora escasa de trayecto hasta el cementerio se le hizo eterna.

Ya había anochecido cuando llegaron. Las luces anaranjadas de las farolas de Elizondo iluminaban la calle Santiago. Al pasar frente a la confitería cerca de la iglesia, un atisbo de las mujeres que tomaban café y chocolate, ajenas a su pena, le produjo una mezcla de extrañeza y morriña. El mundo se teñía de una pátina de irrealidad desde la ventanilla de un coche en una comitiva fúnebre. Continuaron hasta que pareció que iban a salir de la población, y de pronto un giro a la izquierda y un profundo bache arrancó una maldición del conductor mientras frenaba bruscamente y todo el coche se tambaleaba.

Había cuatro o cinco vehículos aparcados en la puerta del cementerio, entre ellos otro coche fúnebre. Nash sintió cómo los tacones de sus botas se hundían en el barro nada más bajar del vehículo. Los operarios de la funeraria depositaron el ataúd sobre un anda con ruedas, pero, tras observar la pequeña pendiente hasta la verja y el estrecho camino que sólo llegaba hasta el centro del huerto, se decidieron a cargarlo a hombros. Al traspasar la puerta, notó cómo la penumbra ganaba terreno avanzando desde detrás de las cruces de las pocas tumbas de aquel camposanto. Dos operarios municipales y un cura se congregaban a unos tres metros de donde terminaba el camino de cemento, junto a un gran panteón rodeado por una herrumbrosa baranda. No había nadie más allí, a excepción de un chico de pie ante un sepulcro atestado de coronas funerarias y ramos envueltos en celofán que la humedad había tornado blanquecinos, como si contuvieran niebla. El corazón se le encogió al pasar a su lado. Sollozaba, ronco y acongojado, y aunque era muy joven, lloraba de ese modo contenido en que lo hacen algunos hombres más mayores, y que resulta más angustioso si cabe.

El sacerdote la saludó tendiéndole una mano y palmeándole el hombro con la otra.

—Supongo que es usted la hija.

Ella asintió como si eso fuera una terrible carga, notó cómo el aire se le escapaba entre los labios, y en ese instante lamentó que Enriqueta no estuviera allí. Necesitaba a alguien que actuara de anclaje con su pasado, un pasado que, desaparecida su madre, se evaporaba. Se había acercado al coche fúnebre justo cuando iban a partir.

—Perdóname, cariño, pero no tengo fuerzas para acompañarte, creo que me he resfriado, espero que no sea algo peor.

Se sintió desolada ante la idea.

—Claro, Enri, vete a casa y descansa, esto ha sido un golpe muy duro. No tengo nada que perdonarte. Prométeme que descansarás. Te llamo mañana.

—¿Volverás a Donosti o te quedarás allí? Tienes hotel, ¿verdad?

—Sí, tengo alojamiento en el pueblo de al lado, lo cierto es que no lo he pensado, tengo las dos opciones: coche para regresar o quedarme allí para trabajar mañana. Creo que volver a centrarme me vendrá bien —dijo Nash mientras inconscientemente acariciaba el corte que surcaba su mano.

—Creo que es eso lo que deberías hacer —la aconsejo Enriqueta.

Un traspié en el barro la trajo de regreso a la realidad. Cedió bajo sus pies el terreno reblandecido por las recientes lluvias y que por momentos se levantaba mostrando la tierra fértil del camposanto. Se detuvo ante los funcionarios sintiendo cómo el ante de sus botas se empapaba del agua que guardaba la hierba, demasiado alta, y evitando los abultamientos de tierra batida que proclaman la infestación de topos. Y sólo cuando estuvo suficientemente cerca se dio cuenta de que la de su familia era una tumba en el suelo. Las losas que la habían cubierto estaban apartadas a un lado y en la lápida de cabecera apenas eran visibles las huellas del trabajo del cantero que había grabado todos los nombres hacía mucho tiempo. La arenisca se había descompuesto y sólo resultaba legible el apellido que coronaba el monolito: FAMILIA ELIZONDO.

Uno de los operarios se adelantó dirigiéndose a ella.

—Lamento volver a verla en estas circunstancias, la acompaño en el sentimiento.

Era una mujer, y en ese instante se dio cuenta de que la conocía, aunque no la ubicaba. Nash negó frunciendo el ceño mientras hacía un esfuerzo por recordar.

—De la funeraria de Elbete —aclaró ella—. ¿Se acuerda? Nos conocimos junto a la sima de Legarrea.

—Sí —asintió—. Susana, ¿verdad? —Nash elevó la mirada sobre las tumbas y se volvió hacia la mujer—. ¿Qué hace aquí?

—En ocasiones echo una mano a Martín. —Al oírla nombrarlo el hombre inclinó la cabeza en un gesto respetuoso y solícito, y continuó desatando los nudos de una soga propia de un patíbulo—. Él es el enterrador de Elizondo y de algunos pueblos más en el valle.

Nash asintió mientras miraba desolada a su alrededor. La luz en fuga de aquella tarde de principios de marzo confería al camposanto unas tonalidades grises que contribuían a bosquejar una tristeza de postal antigua.

El responso fue rápido, sin abrazos ni pésames. Nash se preguntó hasta qué punto el temor al virus chino comenzaba a calar entre la gente. Los de la funeraria de Donostia se despidieron, el cura se disculpó y Nash se quedó observando cómo aquel enterrador llamado Martín y la mujer de la funeraria volvían a colocar la piedra sobre la fosa.

Nunca como en ese momento se había parado a pensar en el ritual del entierro. Creyó que no podía haber nada más doloroso que aquel instante en que tuvo que cerrarle los ojos a la que le había dado la vida. El llanto incontenible, el inmediato sentimiento de orfandad, asistir al funeral, escuchar cómo los demás hablaban de su madre en pasado, las condolencias, recibidas con una combinación de agradecimiento y sensación de fraude. Cada kilómetro de aquel trayecto entre la catedral del Buen Pastor y el cementerio de Elbete, cumpliendo con el rito antiguo e interminable, que a la vez la agotaba y al que empezaba a acostumbrarse, y que ahora descubría que sólo había sido un paseo de vueltas y más vueltas para conducirla a aquel instante, el punto en el que la despedida cobraba todo su significado, el momento mismo en que la pesada piedra que cubría la sepultura la separaría para siempre de su madre. Con un suspiro hondo se le rompió el llanto de niña pequeña, y las lágrimas rodaron por su rostro trazando surcos templados sobre su piel fría. El lloro quebrado flotó sobre las sepulturas mezclado con el crujido de la grava bajo las botas de los enterradores, y no le importó que, por momentos, su quebranto fuera el único sonido del cementerio y que ni el áspero ruido de la piedra rodada sobre el metal consiguiera ahogarlo.

Agradeció el gesto con el que Susana apremiaba a que dispusieran las coronas y los ramos. Después, y en silencio, fueron hacia la salida y Nash oyó a su espalda los pasos quedos de los que se alejaban. Llenó los pulmones del aire fresco y limpio del Baztán, preñado de humedad y de un ligero aroma a leña quemada que quizá ardía en las cocinas de los caseríos cercanos y que se mezclaba con el perfume dulce de los lirios. Todo era tan triste...

Miró alrededor para estar segura de que estaba sola.

—Bueno, *ama*, ya estás aquí. ¿Es esto lo que querías? —Recorrió con la mirada el cementerio—. Es un lugar precioso. No es que no te pegue, siempre has sido una caja de sorpresas, es que... ¿Por qué no me lo dijiste? Sí, te gustaban los secretos, siempre te han gustado. Espero que estés satisfecha, me tienes como una tonta de un lado para otro cumpliendo tus mandados y no te dignas a decirme nada. No, no es una tontería. Sí, ya sé que simplemente no es una cosa de la que se hable desayunando, pero joder, *ama*... Que Enriqueta lo supiera y yo no...

«Confía en mí», la oyó en su mente.

Nash cerró los ojos y asintió lentamente.

—Como si tuviera otra opción —susurró.

Se enjugó las lágrimas con el dorso de la mano sintiendo la piel de su rostro tersa y acartonada bajo la carga salobre, y dejó que el aire frío secase el llanto sobre su cara antes de echar a andar. Caminó despacio evitando los abultamientos entre las tumbas y se detuvo ante aquella frente a la que había visto al chico llorando. Un soberbio panteón cubierto por tantas flores que era imposible leer las inscripciones. No le hizo falta. Las cintas de los ramos para Andrea Dancur lo clamaban de cuantas maneras fuera posible.

Al traspasar la verja que delimitaba el dominio de la parca vio que tan sólo quedaban dos vehículos aparcados en la entrada. El coche con chófer que la había traído desde Donostia y el funerario que ya había visto cuando llegó. Apoyada en la puerta del conductor, Susana fumaba mientras sostenía en la mano aquel tarrito de cristal que Nash recordaba haber visto en la sima de Legarrea.

—Creo que nunca he conocido a un fumador tan considerado —dijo mientras recorría con cuidado la leve inclinación de la entrada.

—También es probable que la mitad del mundo nos odie por eso —dijo sonriendo. Hizo un gesto apuntando con el mentón hacia el taxi que esperaba—. ¿Regresa a casa?

Nash se encogió de hombros y suspiró. Movió la cabeza con un gesto ambiguo mientras tomaba conciencia de que ya no tenía casa. Su madre era el hogar, la casa de su madre era la infancia, los recuerdos. A aquel apartamento blanco como una noche islandesa, e igual de frío, no podía llamarlo casa. De pronto se encontró preguntándose para qué iba a regresar.

—¿Aceptaría un café caliente?

—Sí, si me tratas de tú —asintió Nash mirando alrededor. De un lado, las farolas anaranjadas de Elizondo; del otro, la escasa luz que desde un poste alumbraba la entrada al camposanto se extinguía en los campos vacíos, y las luces blancas de una pequeña estación de servicio—. Pero ¿dónde?

—Dile a tu conductor que me siga, mi casa está muy cerca.

No había mentido. Salieron a la general y nada más pasar la gasolinera giraron a la parte de Elbete que se extendía al otro lado de la carretera y que Nash no había querido visitar rehuyendo la presencia de los periodistas.

El número de coches había descendido notablemente, sin duda las noticias estaban en Madrid y en la cantidad de contagios por COVID-19, que algunos achacaban a la manifestación del Día de la Mujer, y que ya comenzaban a ser alarmantes. Giraron a la izquierda nada más entrar en el camino, y el coche fúnebre se detuvo ante un caserío que, incluso con la escasa luz, le pareció de inmensas proporciones. Nash pidió a su conductor que esperara, y mientras bajaba del vehículo vio cómo la puerta principal de la casa se abría y la otra joven que había conocido en Legarrea salía a recibirlas a la entrada.

—¿Te acuerdas de la doctora Elizondo? —dijo Susana quitándose la corbata y la americana, e indicando a Nash que entrara en la casa.

—Sí, la que encontró a Andrea Dancur, hola —saludó la chica.

—Hola —respondió Nash—. Eva, ¿verdad? Creo que el otro día no empezamos con muy buen pie, yo estaba un poco aturdida por el hallazgo. Quizá no me expresé muy bien. Espero que puedas olvidarlo.

La chica asintió sonriendo.

—No te preocupes, tiene el mismo efecto en todo el mundo cuando les digo que estudio Anatomía Patológica o que quiero ser funeraria.

Sonrió, y de nuevo Nash tuvo la misma sensación que cuando la conoció, de que era muy joven. Llevaba el pelo suelto, la melena color miel rebasaba su cintura, y Nash apreció los ojos de un verde intenso, que habría heredado de otra parte de la familia, porque la madre los tenía marrones. Había marcas de acné en su rostro y llevaba un corrector dental, y ni con esas se deslucía ni un poco, una belleza natural del tipo que perdura.

Entraron directamente en una cocina bien pertrechada de muebles de madera y adornos de hierro negro. Susana apartó una silla de la mesa y le indicó que tomase asiento.

—Su madre falleció ayer, es la difunta a la que hemos dado sepultura —explicó a su hija.

—Pero... ¿en el cementerio de Elbete?

—Sí, su madre nació en Elbete.

—¿En qué casa?

—Perdona a mi hija, es un pueblo muy pequeño, conocemos a todo el mundo o su procedencia. Muy pocas casas, menos de trescientos habitantes, ya sabes lo que se dice de los pueblos pequeños.

—No sé lo que se dice —reconoció Nash—. Y no sé en qué casa, hasta ayer no sabía que mi madre quería ser enterrada aquí. Me enteré cuando me lo dijo la agente del seguro.

Susana lanzó a su hija una mirada fulminante que quería decir a todas luces «cierra la boca».

—Infierno grande —respondió la chica—. Pueblo pequeño, infierno grande, es lo que se dice, pero no estoy de acuerdo. A mí me gusta vivir aquí.

—Me alegro —dijo sincera Nash—. Se apellidaba..., bueno, mi apellido es Elizondo.

—¿Era el apellido de tu madre o de tu padre?

—De mi madre, me tuvo sola.

—Oh, ya sé cuál es la tumba. Una que está en el suelo, cubierta por lajas de piedra. No sé cuál es la casa.

—Yo sí —dijo Susana mientras disponía una bandeja y un azucarero sobre la mesa—. Del caserío Elizondo sólo quedan los cimientos, ardió en un incendio hace muchos años, yo no llegué a conocerlo, pero mi padre me contaba la historia. Es el último, después de Leku-eder, cerca de la antigua caseta de la electricidad.

—¡Ah! Donde... —exclamó Eva, y aunque pareció que añadiría algo más, la mirada de su madre la conminó al silencio.

—Creo que me gustaría visitar el lugar. ¿Me lo indicarías?

—Claro. —Susana comenzó a servir el café, pero se detuvo—. Perdona, te he ofrecido un café, porque nosotras lo tomamos a cualquier hora del día, no nos afecta al sueño, pero a lo mejor tú prefieres otra cosa.

—Necesito cafeína, tengo una terrible sensación de aturdimiento, y dormir es lo que menos me importa ahora mismo.

Susana sirvió tres tazas y Nash reparó en que ambas se ponían tres cucharadas de azúcar.

Eva sonrió.

—¿Te parece raro?

—Sí, hoy en día es difícil ver a alguien que tenga una relación tan desinhibida con cualquier cosa que provoque placer. Excepto las drogas.

—Pues nos has definido bien, en esta casa estamos totalmente desinhibidas ante el placer, excepto el de las drogas «duras».

Nash miró alrededor.

—¿Siempre habéis vivido aquí?

—Tres generaciones de funerarios, cuatro con Eva. Nací en esta casa.

—¿Y cómo es criarse en una funeraria?

—Mi abuelo era carpintero, entonces hacían ellos los ataúdes. Recuerdo las tapas colgando del techo para que se secara el barniz. Y antes de que montaran los tanatorios públicos la mayoría de los difuntos se velaban en casa. También nos ha tocado tener algunos aquí, hasta no hace tanto, todavía vivía mi padre la última vez que velamos a uno.

—Ahora no funcionan, pero todavía tenemos cámaras de conservación —dijo Eva.

—¿Y eso cómo lo llevabas? —volvió a dirigirse a Susana—. ¿Te impresionaba, te daba miedo?

—No, para mí era normal, ni lo pensaba.

Nash miró hacia la portezuela por la que se veía el fuego encendido y pensó que se sentía bien por primera vez en todo el día.

—Vuestra casa es preciosa, me encantan las cocinas de la gente que cocina.

—La responsable de la cocina es Beth, mi hija pequeña. Estudia en Donosti, en el Basque Culinary Center.

—¡Qué envidia! Tener a una chef en casa.

—Cocina muy bien y muchísimo, es la hija al revés: en vez de llevarse los táperes llenos, nos los deja repletos cuando se va. Cosa que nos viene de perlas.

—He sacado uno para la cena, pone RAPE ALANGOSTADO —dijo Eva—. Hay bastante. ¿Por qué no te quedas a cenar? ¿Eh, *ama*? Seguro que al chófer no le importa, si quieres hablo con él..., ya le digo dónde puede ir a tomar algo.

Susana sonrió mirando a Nash.

—Claro, si te apetece quédate, ya verás qué bueno, Beth es una cocinera increíble, y tienes aspecto de no haber comido bien en los últimos días.

—Es que tampoco he tenido hambre, ni lo he pensado..., pero creo que me encantaría conocer a tu otra hija, si es la mitad de maja que Eva.

—No nos parecemos en nada —dijo la chica alzando dos dedos en señal de victoria.

—Beth no está aquí ahora —explicó Susana—. Llevo dos días intentando que regrese a casa, no estoy demasiado tranquila con esto del virus, pero es ingobernable. El sábado, que tenía una fiesta, el domingo, que iba a la manifestación de la mujer, y que hoy tenía que entregar un trabajo. Me ha prometido que mañana vuelve a casa.

—Parece que la cosa se está poniendo seria con los contagios. Incluso se habla de la posibilidad de un cierre parcial, como en Italia... —dijo Nash.

—A mí me da igual lo que cuenten las autoridades. Ya sabes a qué me dedico, hablo con otros colegas, por todo el país las muertes se están disparando. No necesito que el Gobierno me diga lo que tengo que hacer. Si Beth no vuelve a casa mañana, iré a buscarla, como que me llamo Susana.

—Tranquila, *ama*, he hablado antes con ella y me ha dicho que vuelve seguro.

Nash extendió la mano para tomar la taza de café y Susana reparó en el corte que le atravesaba la palma formando un reguero rojo y que estaba ligeramente inflamado.

—¡Uf! Qué sitio más malo para cortarse, ahí te va a costar que se te cierre.

—Sí, me lo hice trabajando, justo cuando me llamaron por lo de mi madre. No le he hecho mucho caso.

Susana se puso en pie, abrió uno de los armarios de la cocina y regresó con un pequeño botiquín.

—En el pasado muchos funerarios eran también barberos, sacamuelas y practicantes. Deja que te cure eso —dijo tomándole la mano y limpiándola con una gasa humedecida y Betadine.

—Hoy en el cementerio he visto el panteón de la familia de Andrea, he recordado que en la sima dijiste que su abuela también murió muy joven.

—Sí, mi padre trabajaba con mi abuelo entonces. Debía de tener más o menos la misma edad que ella, diecisiete o dieciocho, ya sabes que antes la gente se casaba más joven y ella para entonces ya tenía una niña, Helena, la madre de Andrea.

—¿Sabes de qué murió?

—No murió, se mató, se suicidó. Depresión posparto. Mi padre solía decir que desde que tuvo la bebé no levantó cabeza, que se la notaba tristísima, la cría tendría cuatro o cinco meses cuando se mató.

—¿Cómo lo hizo?

—Se colgó de una viga de su habitación, dejó a su bebé llorando en la cuna, así la encontraron.

Nash lo pensó calibrando la importancia de aquel dato. La abuela de Andrea se había suicidado a los pocos meses de dar a luz, y Helena había tenido los mismos síntomas de depresión tras el nacimiento de Andrea; era posible que en aquel momento en el que expresó que quizá debería matar a su hija manifestara realmente una intención de suicidio-homicidio. Tenía que averiguar cómo lo había llevado a cabo. A menudo los suicidas de la misma familia repetían las pautas de sus antecesores. ¿Había mostrado Andrea síntomas de depresión en algún momento?

—Tiene que ser raro volver a bajar a la sima después de haber encontrado a Andrea... —dijo Eva.

—Sí —admitió Nash—, es como si todavía estuviera

allí, como la sensación de estar en un cementerio. —Sonrió—. Aunque quizá para vosotras no sea como para el resto del mundo, supongo que estáis acostumbradas.

—Estamos acostumbradas, pero también entiendo perfectamente a qué te refieres —dijo Susana.

—¿Crees que todavía está allí de alguna manera...? —sugirió Eva.

—Haces preguntas muy comprometidas, teniendo en cuenta a qué te dedicas... ¿Qué crees tú? —preguntó Nash.

—Que confío en tu criterio, tú eres la que baja a ese lugar, tú encontraste a Andrea, tú eres la que ha dicho que parece un cementerio. Yo sólo sé que, respecto a las sensaciones, las cosas a menudo son lo que te hacen sentir. Así que si dices que parece un cementerio muy probablemente sea porque lo es —respondió Eva.

—Bueno, también puede ser sugestión, es una *sorginkoba*. Existen varias leyendas que hablan de mujeres arrojadas a su interior. Eso fue al fin y al cabo lo que nos trajo hasta aquí.

—Sí, yo he oído hablar de esa historia de la guerra civil, que arrojaron al interior a una mujer y a sus hijos —dijo Susana.

—¿Qué sabéis de esa historia? —preguntó Nash.

—Oh, pues no mucho más. Que eran una familia que vivía en Gaztelu, y que los primeros días de la guerra los vecinos los condujeron a la sima y los arrojaron dentro —contó Susana.

—¿Y qué credibilidad os merece? ¿Tiene algún fundamento?, ¿o es un cuento de viejas? ¿Qué dice la gente?

Susana dejó caer la cabeza a un lado mientras pensaba. Fue Eva la que respondió:

—De entrada, parece bastante inverosímil. Sobre todo por el tema de los niños. Pero por otra parte casi todas las historias que se cuentan sobre algún lugar tienen una base real. Aquí mismo en el pueblo, hay lugares que reciben nombres curiosos como el Pozo de la Loca, en el río, o el *katu beltz* fantasma, que se aparece en las ruinas de tu casa.

—¡Eva!

Nash la miró sorprendida mientras Susana la reprendía.

—¿Un gato negro fantasma? —preguntó Nash sonriendo.

Eva miró a su madre buscando autorización.

—Ahora cuéntaselo, no la vas a dejar en ascuas... —animó Susana.

—Es una gata. Y la gente dice que, si vas allí y dejas un mensaje entre las piedras, con una petición, o un deseo, y la gata aparece, se cumple. También dicen que algunos han intentado cazarla, que una vez la atraparon y la metieron en un saco, y cuando llegaron al caserío y lo abrieron dentro no había nada.

—Me encantan esas historias —dijo Nash.

—Ya, pero no son historias. Es verdad. Yo la he visto y conozco un montón de gente que la ha visto también —defendió Eva.

—Y no es fantasmal, créeme, a veces le llevo comida, y hasta donde yo sé los espíritus no comen —dijo Susana.

—Bueno, un gato tomando el sol en las piedras de una vieja casa no es tan raro, otra cosa es si se cumplen los deseos.

—¡Vaya que si se cumplen! —murmuró Susana.

Nash la miró sorprendida, iba a preguntar, pero en ese instante sonó su teléfono.

—Hola, soy Naia Rodríguez, de Preludio. ¿Cómo va todo?

—Hola, Naia. Estoy en Elbete, el entierro ha terminado hace un rato, y tengo que darte las gracias, todo ha salido... —iba a decir bien, pero se lo pensó, «bien» no era la palabra para un funeral y un entierro— como debía.

—Tienes el coche a tu disposición para volver...

—Sí, el chófer me está esperando mientras tomo un café. En un rato regresaré a Donosti.

—Pues sobre eso quería hablarte, ya te dije ayer que podía solucionar todo el papeleo con las fotocopias de los documentos, pero necesito un DNI que esté en vigor, porque el Ministerio de Justicia no lo admite así. No te molestaría, pero si no presento el documento en vigor estoy en un lío.

—Se me ha pasado totalmente.

—No te disculpes, es lo normal, bastante entera estás, de verdad que no te llamaría, excepto para preguntarte cómo te encuentras, pero si no lo entrego puedo tener problemas hasta con la cédula de enterramiento.

Dio las gracias por que existiera gente como ella, personas que se encargaban de trabajos como aquel y que eran capaces de llevarlo a cabo con tanto cuidado.

—Eres un cielo, Naia, realmente me haces sentir que soy una psicóloga de mierda comparada contigo.

—No digas chorradas. —Rio—. Hago lo que puedo.

—Escucha, mañana por la mañana paso por tu oficina a llevártelo.

—No es necesario, paso yo a recogerlo por donde me digas.

—Pasaré y tomaremos un café.

—Me encantará —dijo Naia antes de colgar.

Nash se puso en pie y tomó el abrigo, que había dejado en el respaldo de la silla.

—Muchísimas gracias, Susana, de verdad que ha sido un placer compartir este rato con vosotras. Ahora debo volver a Donosti, me falta entregar un documento y no puede esperar. Ya sabes, la maldita burocracia.

—Te esperamos mañana para cenar y así conoces a Beth.

Ya llegaba a la puerta cuando Eva le preguntó:

—¿Quieres que te llamemos Elizondo, o tienes un nombre?

—Nash.

—¿Nash? Qué chulo. ¿Qué significa?

—Nada..., es el nombre de un código, una broma entre mi madre y yo.

Urbieta siempre había sido una de las principales calles de la ciudad y a Nash le encantaba vivir allí cuando era pequeña. Los edificios de inspiración haussmaniana y los frondosos plátanos de sombra, que alcanzaban la altura del segundo o el tercer piso, podían llegar a producir la ilusión de que se paseaba por París. Los pisos de altos techos, y casi tan altas ventanas, que ocupaban la fachada entera y en la mayoría de los casos estaban recorridas por balcones de piedra y oscuras barandillas de forja. Los suelos de madera, las molduras en el techo y la marquetería en las paredes. El portal, coronado con un artesonado de caoba y revestido de anticuado mármol, había sido en otros tiempos señorial, y guardaba como recuerdo y joya de la corona un ascensor de madera con botonera de cobre y un asiento tapizado en ajado terciopelo rojo. Nash lo utilizaba siempre, a pesar de que vivían en el segundo, pero había en el primer piso una academia de ballet y las alumnas tenían prohibido usarlo. Le encantaba entrar en el portal y abrir las dobles puertas del ascensor delante de aquellas ñoñas, a menudo se sentaba antes de pulsar el botón del segundo piso sólo para ver sus caras.

La calle le pareció hoy muy triste, mojada por la lluvia, los comercios ya habían cerrado a aquella hora, y los pocos transeúntes parecían revestidos de una intención familiar, de algo que supo que ella ya no tenía. Se metió en el ascensor, cerró la reja exterior y las dos puertecillas de cabina y pulsó el botón del segundo piso mientras separaba, de entre las suyas, la llave de la casa de su madre.

Se detuvo ante la puerta. En los últimos meses ya se había acostumbrado a la sensación de llegar ante ella sabiendo que su madre no la esperaría dentro, pero ahora se daba cuenta de que en ningún momento había asumido que su madre no regresaría a aquella casa jamás.

Introdujo el llavín en la cerradura y lo giró con cuidado. Lo primero que la sorprendió fue no oír los familiares pitidos de la alarma en su cuenta atrás, estaba desconectada. Comenzaba a pensar que quizá había olvidado activarla en su última visita cuando vio que la luz del despacho de su madre estaba encendida. Un escalofrío le recorrió la espalda. Podía haber olvidado conectar la alarma, podía haber dejado cualquier luz de la casa encendida, cualquiera menos la del despacho de su madre, porque hacía siete meses que no entraba allí, desde la noche en que la encontró desvanecida entre un montón de papeles tirados por el suelo. Permaneció inmóvil escuchando, no oyó nada. Se giró levemente para comprobar si la cerradura estaba intacta. Nadie la había forzado. Intentó dar con una explicación que tuviera sentido. Había en su casa una lámpara led que se encendía sola cada vez que se iba y volvía la luz, pero no había ninguna de esas lámparas en el despacho de su madre. Avanzó un par de pasos sobre la mullida alfombra del pasillo y el aroma del perfume de su madre la envolvió como un abrazo.

—¡Joder! —Casi aspiró la palabra, mientras iba en dirección al despacho. Estaba separado del pasillo por dos puertas batientes, y era con mucho la estancia más grande del piso. Frente a las puertas, una mesa de caoba y una pequeña lámpara Tiffany que proyectaba sus destellos de colores en todas direcciones; el resto de la estancia estaba ocupado por un salón, con sofás y sillones y hasta un diván, y todas las paredes, desde el suelo hasta el techo, aparecían cubiertas de librerías.

Nash sintió cómo se le paraba el corazón cuando vio a su madre.

—*Ama* —dijo. Y sonó como si hablara en un sueño.

Entonces la mujer dejó lo que estaba haciendo, se dio la vuelta muy despacio, y Nash vio que era Enriqueta.

—¿Qué haces? ¿Qué estás haciendo? —preguntó asombrada mientras sentía que el hechizo se hacía añicos.

El rostro de Enriqueta se descompuso mientras palidecía.

—Yo... Mira, Nash. Tú no tendrías que estar aquí...

Nash avanzó hacia ella y vio que a sus pies había un gran saco de basura, como los que usan en hostelería, con bastantes documentos en su interior. Su mirada confusa fue de los papeles a la mujer y de la mujer a los papeles.

—¿Qué estás haciendo? —Se arrodilló y comenzó a revolver el contenido de la bolsa. Reconoció en algunas hojas la prieta escritura de su madre, y en otras el cartón sepia que usaba para sus archivos de pacientes. Había agendas, álbumes de fotos y un montón de periódicos.

Alzó la mirada mientras se ponía de pie y entonces reparó en que varios armarios estaban abiertos, que seguramente ya habían sido registrados.

—Le estás robando a mi madre —sentenció horrorizada.

Enriqueta comenzó a negar.

—Estás robando, ¡hija de puta! —exclamó desconcertada.

—No es lo que crees, Nash, tengo que hacerlo —respondió ella demudada.

—No, no tienes que hacerlo, hay suficiente confianza para que me pidas lo que necesites; por muy desesperada que estés, no tenías necesidad de hacer esto.

La mujer tomó aire profundamente intentando sosegarse para volver a hablar, pero Nash no quería ni oírla.

—Sal de aquí ahora mismo o llamo a la policía.

La otra asintió dirigiéndose hacia la puerta, pero antes se agachó y cogió la bolsa, que ya era bastante voluminosa.

Nash no podía dar crédito a lo que estaba viendo. Salió tras ella temblando de ira e indignación.

—Pero ¿dónde vas con eso? ¿Eh? ¿Estás loca?

La alcanzó a mitad del pasillo y agarró la bolsa tirando de ella. Le sorprendió la fuerza con la que la mujer la aferraba.

—Nash, no lo entiendes, tengo que llevármela.

Nash soltó la bolsa y Enriqueta, por inercia, retrocedió dos pasos golpeándose contra la pared. Entonces Nash volvió a tirar de la bolsa, que por fin se escurrió de los dedos de Enriqueta sin que opusiera resistencia. Parte del contenido quedó desparramado por el suelo. La miró. Parecía aturdida, probablemente se había hecho daño, pero a Nash no le importó.

—Vete, Enriqueta, o te juro por Dios que hoy sales de aquí esposada.

La mujer se sujetó un brazo de una forma que le recordó al modo en que Andrea sujetaba el suyo en el fondo de la sima. Estaba tan pálida como un fantasma. Llegó a la puerta, la abrió y salió del piso cerrando a su espalda. Nash corrió hasta la entrada y echó el pestillo.

Cuando consiguió dejar de temblar, recorrió toda la casa comprobando que el expolio de la vecina se había limitado al despacho. Revisó el joyero de su madre, que siempre había estado sobre el tocador de su habitación, y un par de cajitas de nácar donde acostumbraba a guardar dinero. Todo estaba allí. De entrada, no parecía que le hubiera dado tiempo a llevarse nada importante. Y mientras pensaba seriamente en la posibilidad de poner una denuncia, comenzó a hacer algunas llamadas. Con la compañía de la alarma fue fácil, por teléfono y facilitando las claves de seguridad, consiguió rearmar el sistema con un nuevo código en apenas media hora, pero el cerrajero de emergencia, que le cobró setecientos euros por cambiar un bombín que valía doscientos en cualquier ferretería, tardó más de dos horas.

Daban las doce de la noche mientras recorría el piso

apagando las luces. Recordó de chiripa que tenía que llevarse el DNI de su madre.

Miró la foto del documento y pensó que estaba muy guapa, pocos podían decir eso de su foto de carnet. Conteniendo las lágrimas, agarró el saco de basura mediado de papeles que había dejado junto a la puerta y cerró poniendo cuidado en que la alarma quedase bien armada.

Cerró con dos vueltas de llave y oyó el eco extendiéndose escaleras arriba. Cuando se giró vio que Enriqueta había entreabierto su puerta.

—Escúchame, Nash, sé que ahora estás muy enfadada y no quieres atenderme, pero lo que tengo que decirte es importante.

—En eso tienes razón, Enriqueta, no quiero escucharte. Todavía estoy pensando si denunciarte. Te advierto que he cambiado los códigos de la alarma y la cerradura. Ya he avisado a la compañía de un intento de robo esta noche. Con sólo tocar la puerta, la alarma saltará y te juro que no voy a tener piedad.

—Nash, no estaba robando. Te lo juro por Dios.

—Ah, ¿no? ¿Y qué hacías?

Enriqueta titubeó.

—Digamos que estaba limpiando.

Nash se indignó.

—Tú no tienes nada que limpiar en mi casa.

—Tu madre me lo pidió.

—Si mi madre hubiera querido que limpiaran algo, me lo habría pedido a mí, no a ti.

—Me lo pidió a mí porque no quería que tú vieras esas cosas. Tú no ibas a estar aquí, me cercioré. No pensé que vendrías.

Nash la miró negando incrédula.

—Hasta me preocupé por ti cuando me dijiste que estabas resfriada... ¿Y por qué razón no iba a querer mi madre que yo viera algo que hay en su casa?

El gesto de Enriqueta se endureció.

—No es asunto mío explicarte por qué no quería que lo vieras. Durante años he sido amiga de tu madre, creo que durante mucho tiempo he sido la única, y lo que lamento de todo esto es que le he fallado, porque le prometí hacerlo y no voy a poder cumplir mi palabra.

—¿Le prometiste expoliarla en cuanto muriera?

—Nash, tu madre sabía que eres muy lista, estaba segura de que en cuanto vieras lo que hay en esa bolsa deducirías muchas cosas, pero por razones que no me atañen ella prefirió ocultar esa parte. Veo que te lo llevas, saca tus conclusiones, Nash.

—No te preocupes, lo haré —dijo abriendo la puerta exterior del ascensor.

Enriqueta dio un paso hacia ella.

—¿Qué te dijo tu madre en el hospital?

Nash se detuvo congelada. Enriqueta supo que había acertado.

—¿Por qué crees que me dijo algo?

—Porque ayer, cuando se estaba muriendo hizo un esfuerzo descomunal para hablar conmigo, y yo no era tan importante en su vida, estoy segura de que lo hizo para hablar contigo, que eras la razón de todos sus desvelos. ¿Qué te dijo?

«Confía en mí», la oyó con claridad dentro de su cabeza. «Confía en mí.»

—Lo que me dijo no es asunto tuyo.

Enriqueta asintió y retrocedió hacia la luminosidad de su recibidor.

—Espero tus disculpas —dijo antes de cerrar.

Condujo hasta su apartamento y entró en el piso arrastrando el pesado saco de papeles. Cerró la puerta y dejó la llave puesta en la cerradura, consciente de que su actitud respondía a la paranoia generada por lo ocurrido en la casa de su madre. Sin soltar la bolsa, encendió todas las luces y se detuvo en mitad de la sala analizando todo a su alrededor, como si lo observase a través de un periscopio. No había mesa en su sala, y la encimera de la cocina no le pareció lugar adecuado, así que fue hasta su dormitorio y volcó el contenido de la bolsa sobre la cama.

Lo que más le sorprendió fue que el revoltijo de papeles parecía haber sido tomado de distintos lugares. Reconoció algunos de los cuadernos de toscas tapas marrones que su madre usaba para tomar notas durante las sesiones psiquiátricas. Las fichas color sepia con los datos de los pacientes y que Nash había aprendido a no tocar jamás bajo ningún concepto desde que tenía uso de razón.

Obedeciendo a su modo de selección, fue colocando los documentos en distintos montones atendiendo a su categoría.

Había dos cuadernos de notas con los nombres de los pacientes escritos sobre la tapa superior. Noah Scott Sherrington. A su mente vino de inmediato la imagen de la pareja que había conocido durante el funeral de su madre. El nombre era suficientemente llamativo como para recordarlo, a pesar de la confusión mental que había dominado el día. Fue hasta la entrada y buscó en el bolsillo de su abrigo la tarjeta que le habían dado. Noah Scott Sherrington y Maite Makazaga. Regresó al dormitorio y tomó el otro cuaderno. El nombre del paciente estaba rayado con rotulador negro. Ojeó el interior y vio que en las páginas en las que aparecía el nombre su madre había aplicado el mismo procedimiento hasta hacerlo desaparecer. Había también una veintena de periódicos viejos, la mayoría había amarilleado hasta adquirir un color parduzco. Al tocar las páginas reconoció el tacto del papel en descomposición. La mayor parte de los diarios eran de los años ochenta. Llamaba la atención la docena de ejemplares innegablemente modernos. Miró las fechas y comprobó que eran del año anterior. Mientras los amontonaba se preguntó qué interés podía tener Enriqueta en llevarse una pila de periódicos viejos.

Un objeto le resultó particularmente familiar, un viejo álbum de fotos de tapas de un azul desvaído que al tocarlo le pareció tejido y que recordaba haber visto alguna vez. Atrapados entre las gruesas hojas de cartón había recortes de noticias. Asesinatos ocurridos cuarenta años atrás. No le pareció llamativo. Su madre había ejercido como psiquiatra hasta el día en que un ictus le voló la cabeza, y le constaba que, en los inicios de su carrera, cuando ella era pequeña, había colaborado con la policía trazando perfiles de diversos criminales. Así que estudiaba con afán cualquier comportamiento aberrante en torno a un crimen. Ver a su madre armada con unas tijeras y recortando sucesos de los periódicos no era nada raro. Colocó el álbum delante de la pila de periódicos. El último objeto fue quizá el más sorprendente. Era una vieja libreta de ahorros de color naranja con un orbe en la portada. Caja de Ahorros Municipal de San Sebastián, rezaba. En la primera página, en la línea punteada reservada a los titulares, aparecían escritos con las inconfundibles letras de una máquina de escribir electrónica su nombre y el de su madre.

La primera imposición, en pesetas, se había hecho el 12 de febrero de 1987. El día de su nacimiento. Y con una periodicidad mensual, el día 12 de cada mes. De entrada, no le llamó la atención una cartilla de ahorro de las que era común abrirles a los niños cuando nacían, y en la que su madre había ido poniendo diversas cantidades, once operaciones por página. Pero cuando fue pasando las hojas hasta la última actualización en 2002 vio que el saldo era de cuarenta y seis millones de pesetas. Hasta en tres ocasiones contó los ceros para estar segura. Volvió atrás desde la primera imposición y comprobó que las cantidades habían ido aumentando de modo considerable. Sacó su móvil para hacer la suma con la calculadora, y cuando llegó a la misma cantidad buscó en Google un convertidor de euros a pesetas: 276.465,568, casi trescientos mil euros. En euros era bastante menos impresionante que en pesetas, pero aun así era una cifra muy considerable. Le constaba que a su madre le había ido bien el negocio. El piso de la calle Urbieta estaba pagado y tenían un apartamento en Zarautz, diminuto pero en primera línea de playa, al que solían trasladarse en verano. Hacía seis años, cuando consiguió la plaza en la universidad y se decidió a comprarse un piso, su madre le había prestado cincuenta mil euros para la entrada. Cuando fue a devolvérselos su madre se rio, «No seas tonta», le dijo. Poseía además un Mercedes Kompressor en perfecto estado, pero que tenía al menos ocho años, y un garaje cerca de la catedral del Buen Pastor, que valdría una pasta. También algunas joyas buenas, y suponía que algo de dinero en el banco, no podía estar segura, porque se había negado a solicitar la incapacitación de su madre para tener acceso a las cuentas. Todos los gastos ocasionados por sus tratamientos en la clínica Ametz los había pagado de su bolsillo.

Repasó de nuevo las inscripciones. En todos los ingresos como concepto aparecía «Transferencia». Distintas tintas, distinta nitidez, distintas cantidades siempre en aumento.

Fue repasándolas una a una y sólo encontró un par en las que además de «Transferencia» aparecían dos iniciales: B. N. ¿Banco Nacional? Tecleó en internet Caja de Ahorros Municipal de San Sebastián para asegurarse y comprobó que, desde su fusión con otras cajas y bancos, ahora era Kutxabank. Dejó la cartilla sobre la mesita y fue recogiendo en orden todos los documentos de nuevo en la bolsa de basura. Pensó en Enriqueta y en lo que le había dicho sobre sacar sus propias conclusiones.

—¿A que va a resultar que no soy tan lista?

Se tragó dos somníferos sin agua y apagó la luz de su

habitación dejando que el resplandor procedente del resto de la casa completamente iluminada entrara en la estancia. Puso una alarma en el móvil, y después mandó un audio de WhatsApp a Gabriel.

—Gabriel, tenías razón, es un poco pronto para regresar, yo estoy bien, pero hay un montón de cosas que todavía tengo que hacer: ir al banco, llevar unos documentos a los del seguro. Tomaos el día libre, paga Herzog. Si no hay novedad, retomaremos la excavación pasado mañana a primera hora.

Cuando terminó puso su teléfono en modo avión por primera vez en los últimos siete meses.

«No te dormirás si no apagas la luz», oyó en su cabeza la voz de su madre.

—No voy a dormir —susurró—. Sólo voy a descansar un poco.

10 de marzo de 2020
Martes

Se despertó mucho antes de que sonara la alarma y comprobó que se había quedado dormida sin quitarse la ropa ni taparse. Permaneció unos segundos mirando fijamente la bolsa negra llena de papeles. Después de ducharse preparó café y, aún con el albornoz puesto, se tomó dos tazas y devoró medio paquete de palmeritas mientras veía las noticias y se daba cuenta de que llevaba casi un día completo sin tomar nada sólido.

Los contagios continuaban creciendo, las atestadas salas de espera de distintos hospitales abrían los noticiarios y se alternaban con los datos que llegaban desde otros países, el cierre que seguía extendiéndose, de provincia en provincia, por toda Italia, el primer ministro acababa de anunciar el cierre definitivo y los políticos aprovechaban para tirarse los trastos a la cabeza unos a otros culpándose de la situación. El otro gran bloque de noticias de actualidad lo acaparaba el inminente regreso a Baztán de Salomé Aduriz, con imágenes del momento en que salía de la cárcel, la rueda de prensa que había concedido junto con su abogado, y otras de la localidad de Elbete, de la casa de Helena Murrieta y la sempiterna foto de Andrea y su sudadera.

De vuelta en su dormitorio se vistió sin apartar la mirada de la bolsa negra mientras pensaba qué hacer con ella. A pesar de lo que le había dicho Enriqueta, la revisión inicial de la bolsa no le había aportado demasiada información. Así que decidió que se la llevaría con ella a Baztán. Guardó la libreta de ahorros en el bolso y dio un fuerte tirón al edredón para alisar la superficie de la cama. El contenido de la bolsa se desmoronó en su interior, resbaló y el álbum repleto de recortes cayó con un ruido sordo, quedando abierto y con todo esparcido por el suelo. Nash se detuvo helada observando la escena mientras su mente viajaba a una noche siete meses atrás, cuando, tras la alerta de su vecina, consiguieron entrar en casa y encontró a su madre inconsciente en su despacho. Era allí donde había visto aquel álbum, y aquellos eran los recortes que aparecían diseminados a su alrededor. Cuando al día siguiente había regresado al piso a buscar algunos objetos personales de su madre, todo estaba recogido. Recordaba habérselo agradecido a Enriqueta. Se arrodilló para tomarlos mientras los estudiaba uno a uno. La mayoría de ellos hacía referencia a desapariciones de jóvenes que faltaban de su domicilio, y otros a hallazgos de cadáveres, a veces identificados, otras sin identificar, todos correspondientes a mujeres.

—No entiendo nada, *ama* —susurró.

Condujo hasta la oficina de la compañía de seguros para entregar el DNI de su madre, se disculpó brevemente por no quedarse para el café y dio de nuevo las gracias a Naia. Luego pasó una hora y media esperando para poder hablar con el director en la oficina central de Kutxa en la calle Garibay.

—Es increíble —dijo al ver la libreta—. Yo mismo tuve una de estas cuando era pequeño, pero hacía muchísimos años que no veía una. Ya me han dicho que eres una de las titulares.

—La otra era mi madre, falleció antes de ayer.

—Lo siento mucho, espero que no haya tenido nada que ver con esto del virus.

—No, llevaba un tiempo enferma —contestó evasiva.

—Lo siento —repitió él—. Me han dicho que has insistido en hablar conmigo, ¿en qué puedo ayudarte?

—Pues seguro que en varias cosas. Lo primero que quiero saber es por qué nunca supe de la existencia de esta cuenta. Y lo segundo, si todavía sigue activa, aunque veo que los apuntes sólo llegan al año 2002.

—Lo primero es muy sencillo, eras menor y era común que uno de los tutores, en este caso la madre, apareciese como cotitular —dijo pasando las hojas hasta el último apunte—. Y veo que llegó a haber una cantidad importante. Todas las notificaciones relativas a esta cuenta se le enviarían a tu madre a su domicilio. ¿Me permites un instante? —dijo volviendo a la primera página mientras tecleaba los números de la cuenta en el ordenador.

—Aun así, desde que fui mayor de edad no he recibido ninguna comunicación al respecto, ¿puede ser porque la cuenta ya esté cerrada?

Nash observó el gesto apreciativo que se dibujó en la boca del director al ver la pantalla.

—La cuenta sigue activa. La razón por la que no hay más apuntes después de 2002 es que en ese año se adoptó la moneda única europea, el euro. Y a partir de ese momento muchos clientes optaron por recibir en sus domicilios los saldos sin volver a usar libretas. Tu madre recibía puntualmente correo en su domicilio, a menos que hubiera indicado que prefería que se lo enviasen por correo electrónico. Hace unos años se dio esa opción a los clientes, ya sabes, ecología. Si no se notificó otra dirección a la que enviar el correo, seguiría recibiéndolos en la misma.

Nash asintió.

—En este caso la cuenta sigue abierta, y tengo que decirte que el saldo ha aumentado bastante desde entonces —dijo girando la pantalla para que ella pudiera verla—. El saldo hoy asciende a 1.182.321 euros.

Nash miró la pantalla y al hombre.

—¿Es en serio?

El director asintió.

—¿Cómo es posible? —murmuró para sí misma. Sabía que a su madre le había ido razonablemente bien, había conseguido pagar su piso, hasta recordaba el día que fueron a comer para celebrar que había terminado de pagar la hipoteca, después volvió a contraer una deuda para pagar el pequeño apartamento de Zarautz y el garaje, pero una cosa era ir pagando poco a poco y otra cosa muy distinta era ahorrar más de un millón de euros. Y, sobre todo, ¿por qué nunca se lo había dicho?

—He visto que acompañando a algunas de las transferencias aparecen unas iniciales, imagino que el banco de procedencia.

El hombre volvió a pasar las páginas hasta hallar los apuntes a los que se refería Nash.

—Umm, no, creo que son una identificación, algo así como el concepto por el que se hace la transferencia. B. N.

—¿Y todas las transferencias proceden de la misma cuenta?

—Sí, tendría que comprobarlas todas, pero de entrada parece que sí.

—¿Tenía mi madre otra cuenta en esta entidad?

—En teoría por la ley de protección de datos no podría decírtelo...

—Soy su única heredera, pero lo entiendo, hasta que no lleguen las últimas voluntades y esas cosas. De todos modos, sólo quiero saber desde qué cuenta se hizo la transferencia. ¿Eso me lo puedes decir?

—Sí, siendo titular tienes derecho a saberlo, pero por la numeración ya te puedo decir que procede de otra entidad —dijo tecleando de nuevo en el ordenador—. La última transferencia se recibió puntualmente el día doce de febrero, va a hacer un mes, el titular de la cuenta ordenante se corresponde con las iniciales B. N. Benedict Newman. ¿Sabes quién es?

Nash movió negativamente la cabeza.

—Pues no sé si será el mismo, pero se llama como el famoso escritor —dijo el director.

Estaba llegando a Behobia cuando sonó el teléfono. Se alegró sinceramente cuando vio que era Eneka Kalo.

—Hola, cariño —resonó la voz de la doctora en el interior del Mustang.

—Hola, cielo.

—¿Cómo estás?

—Bueno, triste, confundida, hecha polvo, vaya, que he tenido días mejores.

—Ya, no sabes cómo lo siento.

—Supongo que una tarda en hacerse a la idea. No te di las gracias por venir ayer al funeral. Me gustó verte.

—No digas tonterías, no tienes que darme las gracias... ¿Estás conduciendo?

—Sí, en este momento voy en dirección a Baztán.

—¿Puedes parar? Tengo noticias y me gustaría contar con toda tu atención.

Giró en la rotonda de Zaisa y, en lugar de continuar hacia Bera, se dirigió hacia los depósitos aduaneros y detuvo el coche.

—Tienes toda mi atención, dime que se trata de la genetista de la Universidad de Bolonia —pidió Nash.

—No, lo siento, me escribieron para decirme que lo habían recibido, pero no saben cuándo tendrán los resultados, ni siquiera están seguros de si podrán tener el laboratorio abierto mucho más tiempo. Las cosas se están complicando mucho con el virus. Se trata de nuestros amigos de Suecia, ¿te acuerdas? Los expertos en tejidos.

Nash asintió, escuchándola atentamente.

—Tienen una data para la muestra textil que les enviamos, el informe es bastante extenso teniendo en cuenta que la muestra era muy pequeña. Está acompañado de fotos y no te vas a creer la magia que han hecho con ese fragmento. Dicen que es urdimbre de lino blanco o crudo: cuarenta y seis hilos por centímetro cuadrado. Lo que significa veintidós unidades de urdimbre y veinticuatro de trama por centímetro cuadrado. Es un tejido de gran calidad. Debió de tratarse de una prenda selecta elaborada de modo artesanal en un telar, para que te hagas una idea, los tejidos contemporáneos fabricados en telar industrial no superan los veinticuatro hilos. Apuntan a que, sin embargo, y a pesar de la gran cantidad de hilos, era un tejido muy ligero. Creen que podría tratarse de una *anda izara*, una mortaja ritual vasca. Tras someterla a carbono 14 arroja una data en torno al año 1600, más menos cincuenta años.

—¿Están seguros?

—Son una autoridad en esto. Como te dije, llevaron a cabo la data del sudario de Nabarniz del Museo Vasco de Bilbao. Y hay más: han conseguido limpiarlo bastante revelando una impresión del estampado, que se tiñó con tintura de carbón. Es parte de una cruz *immissa quadrata*, apuntan también a inscripciones en latín cuya morfología se corresponde con el periodo de la data. Te lo acabo de enviar a tu correo.

Nash escuchaba con atención mientras con la punta de su índice recorría el corte longitudinal que le atravesaba la palma de la mano derecha.

—Cuatrocientos años —repitió.

—Entiendo que esto abre un mundo de posibilidades, pero recuerda que se trata únicamente de la data del textil.

—Sí, sí, soy consciente.

—Antes las cosas se cuidaban, y se heredaban generación tras generación, sobre todo las de buena calidad. Puede que la mujer de la sima llevara esa prenda heredada de un antepasado.

Nash no lo creía. ¿Quién llevaría puesta de modo voluntario una mortaja?

—Gracias, Eneka, de verdad no sé cómo agradecerte este favor.

—No hay nada que agradecer, tenía ganas de volver a hablar con el profe sueco —dijo riendo—. Esperaremos los resultados de Bolonia, o los que Herzog pidió a Nasertic, o a Huesca, los que lleguen primero. Te cuento en cuanto sepa algo, y por favor, cuídate mucho.

Acababa de colgar cuando el teléfono sonó otra vez, miró la pantalla y vio que se trataba de un número desconocido. Colgó sin contestar. Siempre lo hacía, si era alguien que tenía su número y de verdad quería ponerse en contacto con ella podía enviarle un wasap o un SMS. Las llamadas de números desconocidos eran fraudes o teleoperadores, y ahora mismo no estaba interesada en cambiar de compañía de luz ni de gas.

Al entrar en el hostal Izarra se dio de bruces con la propietaria, que estaba limpiando los cristales de la puerta que daba a la calle.

—Ah, hola, ya he visto que no ha pasado la noche aquí. Esta mañana cuando entré a hacer la cama vi que no estaba deshecha.

—Muchas gracias —contestó evasiva, apañándoselas para pasar por el estrecho espacio entre la pared y la mujer, con la ropa que había traído de casa y la voluminosa bolsa de basura.

Había subido tres escalones cuando la mujer se dirigió a ella de nuevo.

—Si quiere puedo llevarle a su habitación una bolsa de tela, no es molestia, tengo un montón, por si quiere cambiar de bolsa.

Se ladeó un poco en la escalera para contestar.

—Gracias, está bien así.

Subió los escalones notando en su espalda el peso de la mirada de aquella mujer. Por Dios que no la soportaba. Nada más entrar en la habitación echó el pestillo de la puerta recordando su gesto de la noche pasada cuando al entrar a su casa dejó la llave puesta. Empezaba a estar un poco harta de sentir que su intimidad podía ser violada en cualquier momento. Dejó que la mochila cayera al suelo, puso la bolsa de plástico negro sobre la cama, y tal y como había hecho la noche anterior organizó el contenido en distintos montones.

Mientras, recordaba la conversación que había tenido con el director de Kutxabank y la enigmática predicción de Enriqueta sobre las respuestas que hallaría. De momento las preguntas se multiplicaban en su cabeza. Lo cierto es que una vez repasado el contenido de la bolsa no tenía ningún sentido que nadie lo robase. ¿Por qué era tan importante como para ser una petición de su madre en el lecho de muerte? ¿Quién era Benedict Newman y por qué había estado pagándole a su madre durante todos aquellos años? No estaba segura de que Enriqueta tuviera las respuestas. Lo que sí sabía era que, aunque las tuviera, no iba a dárselas. Por supuesto, había hecho una búsqueda en internet de Benedict Newman en cuanto salió del banco. Como había pronosticado el director, la Wikipedia la dirigió al Benedict Newman más famoso, decía que era uno de los escritores que más vendían en todo el mundo y que estaba traducido a un montón de lenguas. Las fotos eran los típicos posados sosteniendo ejemplares de sus libros, y un par de retratos bastante decentes de los que suelen aparecer en las cubiertas. De cualquier modo, había muchísimos Benedict Newman en el mundo, su búsqueda la llevó a un abogado, dos profesores, un físico nuclear, un cantante de country y un modelo de ropa interior. Sus rostros le resultaron tan anodinos como el de cualquiera. Terminó por rendirse cuando vio que en Facebook había más de setenta perfiles de hombres de todas las nacionalidades y edades que respondían a ese nombre. De todos los implicados en aquella historia sólo había uno que tenía nombre y apellido y suponía que buena disposición; él mismo le había dado su tarjeta invitándola a que le llamase si necesitaba algo: Noah Scott Sherrington. Colocó la tarjeta sobre la cama y tecleó los números en su teléfono.

—¿Sí? —respondió una voz de mujer al otro lado de la línea.

—Hola, buenas tardes, quisiera hablar con Noah.

—Soy su esposa, ¿quién es?

—Maite, soy la hija de la doctora Elizondo, nos conocimos ayer por la tarde en el funeral de mi madre.

—Claro, la joven doctora Elizondo. ¿Cómo estás?

—Bueno, no muy bien, pero esperaba poder hablar con tu marido. Ocurre que ayer por la noche, tras el funeral, encontré unos documentos que hacían referencia a él, y bueno... No sé gran cosa de la vida de mi madre antes de mi nacimiento, y me gustaría, si no es molestia...

—Oh, lo siento mucho, querida, pero tras el funeral Noah no se sintió demasiado bien, esta mañana le ha visto su médico y lo han dejado ingresado, y lo peor de todo es que no me dejan estar con él.

—Oh, Dios mío, lo siento mucho, espero que no sea grave.

—A nuestra edad todo lo es. Noah está trasplantado de corazón desde hace muchos años, y estamos acostumbrados a estos ingresos preventivos siempre que existe la sospecha de una infección.

—Entiendo... —respondió Nash, quizá demasiado decepcionada.

—Puedo decirle que te llame cuando se encuentre mejor, ¿quieres?

—Sí, me encantaría.

Colgó tras despedirse de la amable mujer y suspiró profundamente.

Comprobó que la puerta del armario seguía cerrada. Buscó en el bolsillo de su plumífero la llave y lo abrió de par en par. El mundo de Andrea Dancur entró de pleno en la habitación, después se volvió hacia la bolsa sobre la cama mientras pensaba que necesitaba otro armario para su propia vida. Lo arrojó todo al interior y se puso un calzado adecuado para andar sobre las toperas del camposanto antes de volver a cerrar la puerta.

Encaró el camino del cementerio conduciendo en primera para evitar rozar los bajos del Mustang, y mientras lo hacía entendió las maldiciones del conductor que la había llevado hasta allí la tarde anterior. Detuvo el coche a un lado del sendero y recorrió el último tramo a pie.

El cementerio estaba desierto, el viento creciente con su promesa de lluvia hacía crepitar el celofán y las cintas de los ramos, y hoy, con más luz, los abultamientos de la acción de los topos conferían la sensación de que alguien estuviera intentando salir del fondo de la tierra. A su mente acudió la imagen de los huesos de aquella mano que asomaba desde el fondo de la gruta, señalando el cielo abierto y abriéndose camino hacia la superficie.

La luz se fugaba en un grado muy similar al de la tarde anterior, comprobó la hora en el reloj y vio que en efecto faltaba poco para que anocheciera. Caminó evitando los desniveles de la tierra y se detuvo frente a la tumba desolada; las lajas de distintos tamaños provocaban una sensación de abandono y ruina. Pensó que quizá debería hablar con un cantero para que colocase una lápida entera. Permaneció varios minutos mirando fijamente la piedra con forma de arco que constituía la cabecera de la cama pétrea en la que dormían sus antepasados.

—¿No vas a decirme nada? Nunca te has callado en mi cabeza y, ahora que necesito oírte, ¿no me dices nada?

Sintió una presencia y se sobresaltó, se volvió hacia la entrada del cementerio y vio a Santy Metz, el novio de Andrea. También él se había detenido, como si dudase entre entrar o darse la vuelta. Nash entendió por qué era incómodo para los dos, el pequeño tamaño del camposanto, de apenas ciento veinte metros cuadrados, no era lugar para confidencias si había alguien más allí. Al final, Santy se decidió, traspasó el umbral y se dirigió al panteón donde estaba enterrada Andrea.

Nash se entretuvo unos segundos fingiendo colocar las flores y después se dirigió hacia la verja pero, en lugar de atravesarla, se sentó en las escaleras laterales que ascendían hasta superar el muro del cementerio, en actitud de espera. Pretendiendo ser lo menos intrusiva posible, intentó no mirar, pero percibió cómo al menos en un par de ocasiones Santy se giraba comprobando que ella seguía allí. Se mantenía inmóvil plantado frente a la tumba, estático; finalmente, alzó la mano, depositó un beso en la punta de sus dedos y después tocó la losa con suavidad. Metió las manos en los bolsillos de su plumífero y caminó hacia la salida.

Nash buscó su mirada mientras se aproximaba, y él no la eludió.

—Hola —saludó ella—. No me conoces, soy...

Él la interrumpió:

—Sí te conozco, sé quién eres, además te vi aquí ayer por la tarde —dijo volviéndose a mirar hacia la tumba de los Elizondo—. Era tu madre, ¿verdad? Te acompaño en el sentimiento.

Nash lo miró a los ojos.

—Gracias. Yo a ti también, la tuya es una pérdida terrible.

Él suspiró y mientras asentía apretó la boca, inmensamente conmovido. Por un instante Nash pensó que rompería a llorar. El «gracias» le salió ahogado, y ella estuvo segura de que hasta ese momento nadie le había dado el pésame por la muerte de Andrea.

El joven bajó la mirada tratando de recomponerse.

Nash aprovechó para intentar establecer un vínculo.

—Cuando te he visto parado en la puerta no estaba muy segura de si terminarías por entrar o no. Lamento si mi presencia te ha importunado. Pensé que no habría nadie a esta hora —mintió.

—Por eso precisamente vengo al anochecer, durante el día acude mucha gente, y este cementerio es muy pequeño, no suelo entrar si veo a alguien dentro, pero al ver que eras tú... Te vi en los informativos el día que apareció Andrea, pero no sabía que eras de aquí.

—Y no soy de aquí, ni siquiera sabía que mi madre lo era, bueno, sí sabía que este era el lugar donde había nacido, lo ponía en su DNI. Pero pensaba que era simplemente eso, el lugar donde había venido al mundo. Nunca tuvimos ningún vínculo con este sitio, nunca me trajo aquí, no me habló de su familia, ni de Elbete, ni de esa tumba.

—El lugar donde naces nunca es sólo eso, es como otro de tus padres, uno invisible, pero te marca como los reales.

—Nunca me lo había planteado así, pero supongo que tienes razón, aquí estoy, soy la prueba de tu teoría.

Él intentó componer una sonrisa. No le salió bien.

—Yo tenía pensado hablar contigo, ayer cuando te vi aquí no era el mejor momento, pero dicen que estás cavando de nuevo en Legarrea, esperaba verte por el pueblo y..., no sabía muy bien qué decir, o cómo hacerlo, pero bueno, ya sabes, que gracias por encontrar a Andrea. Durante un tiempo tuve la esperanza de que se hubiera ido.

Nash pensó que era curioso porque el padre de Andrea había dicho lo mismo.

—Cuando la encontré, pensé que al menos saber dónde estaba traería paz para todos los que la habíais conocido, y alguien me dijo que quizá no, que incluso podía ser todo lo contrario. Supongo que mientras no aparecía teníais cierta esperanza. Lo siento.

—No —dijo él—, no tienes que disculparte, sólo era una trampa del cerebro, algo para no afrontar lo que había ocurrido. Supongo que de alguna manera todos sabíamos que estaba muerta. Andrea era una energía, una fuerza, como el sol o el viento. Yo sabía que ya no estaba en el mundo, como si se hubiera apagado el sol.

«Como si se hubiera apagado el sol.» Tomó nota mental del símil.

—Tengo la sensación de haberla conocido, sé que es un vínculo artificial que se está creando por haberla encontrado, y porque en estos días he hablado con varios miembros de su familia, pero lo cierto es que yo no la conocí, y no sé si hubiera sido posible en ella algo como largarse sin más. ¿Lo había hecho antes?

Él no contestó. Suspiró cansado y se sentó dos escalones más abajo de Nash. Ella en parte lo lamentó, porque así no podría verle el rostro más que parcialmente, e iba a confesarse, siempre sabía cuándo lo iban a hacer.

—¿Has conocido a Helena Murrieta? No digo que no sea alguien de quien dan ganas de huir, pero ¿crees que lo habría permitido? Tenía a Andrea atrapada en su tela de araña.

Nash pensó que esta metáfora también era potente. Sólo que las arañas no se conformaban con atrapar a su víctima. También las devoraban.

—Recuerdo la primera vez que la vi: Andrea me enredó para llevarme a su casa, entramos en el salón y ella estaba allí sentada, como la reina de Inglaterra. Uno se espera que sea así el padre de la chica. Me preguntó si estudiaba, qué estudiaba, qué quería estudiar después, cómo me veía en el futuro y qué opinaba de tener una familia. Sólo faltó que me preguntara qué intenciones tenía con su hija mientras limpiaba una escopeta, para ser el típico padre de película. Me puso muy nervioso. Ya había salido con otras chicas y conocido a sus padres, nunca es que sea muy agradable, pero con esta fue increíble.

Hasta me preguntó si era un caballero, y si sabía que Andrea tenía una hora fija para volver a casa.

—¿Qué edad teníais?

—Andrea dieciséis y yo diecisiete.

—¿Y cuál era la hora con dieciséis?

—Antes de las doce, como Cenicienta, pero con dieciocho las cosas no habían cambiado mucho. En fin de semana podía volver a las dos de la mañana, no sé si a ti te parecerá mucho o poco, pero ya te digo que, en un pueblo y en ferias, eso es casi la hora de salir. Recuerdo que Andrea se puso a mi lado y me dijo: «Anda, dile la verdad, cuéntale tus proyectos». Y eso hice, le dije que estudiaba bachillerato técnico y que mi padre era un pequeño empresario, pero que yo quería construir barcos. Entonces el modo en que me miraba cambió.

»"¿No irás a hacer barcos en Baztán?", me preguntó. Le contesté que seguramente tendría que vivir en la costa. "¿En Donosti?". Yo le respondí que en Zumaia, en Guetaria, o hasta puede que en la costa de Andalucía, hay mucha demanda de barcos allí. Bueno, el caso es que pareció satisfacerle la respuesta.

—¿Conociste ese día a Salomé?

—Sí, ella era la que actuaba más como una madre. Cuando estábamos saliendo de la casa me dijo refiriéndose a Helena: «No te la tomes muy en serio, es sólo que es muy protectora con su hija, pero le has caído bien».

—¿Y cómo te pareció que era la relación entre Salomé y Andrea?

—Típica: «Llévate una chaqueta, come algo antes de irte, no hagas enfadar a tu madre y llama si quieres que vaya a buscarte, ¿llevas dinero?». Y Andrea en plan: «Vale, sí, de acuerdo...». Ya sabes, lo típico.

—¿Crees que Andrea aceptaba bien la relación de ellas?

Se encogió de hombros.

—Normal.

—Quiero decir que no habrá muchas parejas lesbianas en la zona.

—No, pero quizá la única ventaja de un pueblo pequeño es que una noticia es novedad un día y después se acabó, ya todo mundo lo sabe, ya está.

—Me han insinuado que tal vez no lo llevaba tan bien...

—A mí nunca me dijo nada, se quejaba de su madre y de Salomé, lo normal en cualquier chica, casi siempre por los horarios, y la libertad.

—¿Y el padre de Andrea? ¿Cómo se llevaban ellos?

—Pascal, bueno, la verdad es que no creo que nunca ejerciera mucho de padre, se separaron cuando Andrea tenía dos o tres años, y se comportaba más como si quisiera ser su amigo que su padre. A Andrea le reventaba, porque por esa época Pascal bebía mucho, siempre estaba en los bares y Andrea odiaba encontrarse con él cuando había bebido; pero por lo demás era enrollado y comprensivo con ella. Un día antes de su desaparición, durante ferias, entramos en el bar Futbolín, sería la una de la madrugada, el bar estaba abarrotado, y ahí estaba Pascal, completamente borracho. Uno de nuestros amigos hizo algún comentario, ella se dio la vuelta y salió llorando del bar. Ya no quiso seguir de fiesta, la acompañé a casa. En un pueblo pequeño pasan estas cosas, pero la verdad es que a mí me caía bien, cuando le conocí me aceptó el que mejor, era amable conmigo.

—¿De qué modo?

—No sé, creo que de alguna manera me veía como un reflejo de él, algo ajeno a esa familia. Otra vez estábamos en un bar tomando algo y entró el padre de Andrea, un poco perjudicado, tampoco muy borracho. Andrea se enfadó al verlo y salió hacia la calle sin decir nada. Fui detrás de ella y él me dijo: «Tranquilo, chaval, no es tu culpa, es que con estas mujeres es imposible estar a la altura, pero tú lo haces bien».

—Entonces, Andrea se llevaba mal con su padre.

—Tampoco es eso, cuando nos lo encontrábamos en la plaza o por la calle la cosa iba bien. Siempre se acercaba y nos preguntaba qué tal y esas cosas. A ver, Andrea se avergonzaba de su padre cuando estaba borracho, es normal, yo nunca he tenido que encontrarme al mío así por los bares, pero no me habría hecho gracia. Ya sabes, la gente habla y es cruel. Y para Andrea tenía que ser muy difícil, sus padres eran como dos polos opuestos: su madre, todo control, y su padre, haz lo que quieras, hasta que desapareció. No había término medio, la normalidad en su familia la ponía Salomé, yo entonces era más joven y no sé si lo entendía, pero creo que ella era una buena madre. La cuidaba bien. Aun así, me sentí aliviado cuando la detuvieron.

—Pero me has dicho que al principio pensaste en la posibilidad de que Andrea se hubiera ido voluntariamente, ¿crees que se habría ido sin ti?

Pensó detenidamente la respuesta, tanto que Nash no estuvo segura de que fuera a contestar.

—No sé, Andrea a veces hablaba de irse, de ser libre, de vivir, no son cosas raras, supongo que todos los adolescentes hablan así, yo también lo decía, pero ella lo decía de verdad y supongo que la decepcionó comprobar que en el fondo yo estaba muy a gusto en mi casa, me llevaba bien con mi padre y mi madre es mi mejor amiga. A veces me lo echaba en cara: «No creo que nunca te vayas de las faldas de tu madre». Así que cuando desapareció pensé que podía ser que se hubiera ido, al menos los primeros días.

Nash comprendió por qué Santy sentía que Pascal se identificaba con él: su discurso era tan parecido, la sensación de haber decepcionado a alguien con quien no has estado a la altura.

—¿Qué te hizo cambiar de opinión sobre Salomé? ¿Por qué creíste que ella había tenido algo que ver?

—Porque era lo más fácil, y cuando empecé a pensar que Andrea no regresaría, no había otra explicación. Y ahora dicen que no fue ella, que han encontrado pruebas de que fue otra persona. Siento de verdad todo lo que habrá tenido que pasar, porque yo en esos días, hasta su detención, pasé un infierno.

—¿Recuerdas aquel día?

—¡Cómo no! Aunque me quede senil cuando sea viejo y se me vaya la flapa por completo, estoy seguro de que podré recitar de memoria todo lo que ocurrió ese día. Eran ferias, ¿sabes cuáles? Son ferias del ganado y del comercio, mucho más importantes que las fiestas patronales, hay música todo el día y toda la noche, vienen miles de personas de todo el valle, desde Pamplona, desde toda la provincia. Quedé con Andrea por la tarde, ya te he dicho que ella tenía que volver a casa a las dos, pero yo no tenía hora, y en ferias todo el mundo sale hasta bien entrada la mañana. Vino a mi casa aquella tarde y fue cuando le hice esa foto, la que ponen todo el tiempo en televisión. ¿Sabes que realmente esa sudadera era mía? Andrea me la regaló por nuestro aniversario, pero aquel día la cogió y se la puso, estaba guapísima. —Santy se detuvo, guardó silencio unos segundos, como si se diese cuenta de algo, y miró hacia el panteón—. Dicen que cuando la encontraste la llevaba puesta. ¿Crees que la habrán enterrado con ella?

—No, es una prueba, estará bajo custodia con el resto de sus cosas.

Un escalofrío recorrió la espalda del chico y fue perceptible para Nash. Había anochecido y la temperatura estaba descendiendo rápidamente.

—Habíamos quedado en dar una vuelta por Elizondo, pero yo quería dormir un poco para recuperarme y poder volver a salir por la noche. Se mosqueó, no sé, por alguna chorrada, al final se fue a su casa y quedamos en que nos veríamos en Elizondo, en la plaza, más tarde. Pero yo me quedé dormido.

Santy se giró levemente para mirar a Nash y se encogió de hombros. Su consternación le pareció sincera.

—Me despertó mi madre al día siguiente. La Guardia Civil estaba en la puerta. Andrea no había regresado a casa. Miré el teléfono y tenía un montón de llamadas perdidas de Helena Murrieta. A partir de ese momento y hasta la detención de Salomé, la Guardia Civil me interrogó todos los días. Que si por qué no había ido a la cita, que si le había hecho algo... Venían cada día a buscarme a casa con el coche patrulla, siempre lo mismo: «No estás detenido, sólo queremos hablar». Luego salía a la batida de búsqueda y me decían: «¿Sabes que los asesinos van a las batidas?». Había días en que no sabía qué hacer, estaba desesperado. Una vez unos de la tele me pusieron una cámara de televisión delante y me dirigí a Andrea pidiéndole que, por favor, llamara para comunicarnos que estaba bien. Al día siguiente me dijeron que eso también lo hacían los asesinos, fingir que la víctima se ha ido voluntariamente. Si no llega a ser por mi madre, no sé cómo habría superado esos días, así que cuando detuvieron a Salomé fue un alivio.

Nash permaneció en silencio decidida a no interrumpir el flujo, conteniéndose para no preguntarle por la discusión que según el padre de Andrea habían tenido aquella tarde. Nash se daba cuenta de la necesidad que Santy tenía de hablar, se sentía un paria, había sufrido y se consideraba tan damnificado como cualquier miembro de la familia, pero se cerraría como una ostra si interpretaba la mínima hostilidad en cualquiera de sus palabras. Optó por comentar la noticia del día.

—Hoy ha vuelto al pueblo, ¿has visto cómo está todo de periodistas? Están frente a su casa, los coches llegan a la calle principal de Elizondo.

Él asintió muy lentamente, cavilando.

—Podría ser mi casa, ¿sabes? Necesitaban encerrar a alguien y a veces pienso que les habría dado igual a quién detener.

—¿Has mantenido relación con sus padres en este tiempo?

—Helena casi no sale, creo que la última vez que la vi fue en el juicio. Y después de lo de Andrea el padre dejó de beber, supongo que ya tiene el cupo lleno, como todos los alcohólicos, así que ya no anda por los bares. Alguna vez lo he visto de lejos.

—¿Y el abuelo?

—El señor Murrieta es el típico señor a la antigua. Con su bigotón blanco, como ese detective de Agatha Christie.

—Poirot —apuntó Nash.

—Sí, pero él es alto y delgado, y con el bigotón blanco. Siempre muy bien vestido con traje, elegante de otros tiempos, muy tieso. Nos cruzamos alguna vez, no era muy cariñoso, quiero decir, de la manera habitual. No sonreía mucho, ni era como otros abuelos de esos que consienten a los nietos, pero le soltaba cincuenta euros cada vez que la veía. Andrea le daba un par de besos y nada más. Pero ya se notaba que no tenían mucha relación, en plan: «Hola, Andrea, ¿cómo estás? ¿Cómo está tu madre? ¿Qué tal las notas?». Andrea le respondía a todo «bien», entonces el hombre abría la cartera, le daba los cincuenta euros y le decía: «Pórtate bien, no des disgustos a tu madre». Como si fuese un pariente lejano. Nada que ver con mi relación con mi abuelo.

—Bueno, por lo visto siempre se ha dedicado a sus negocios, a viajar...

—Pues supongo que es eso. Andrea me dijo que no había estado nunca en casa de su abuelo, es raro, ¿no? Él las visitaba un par de días al año, en Navidad, los cumpleaños. En una ocasión coincidí con él. Entregó los regalos, se tomó un café y se fue. Andrea me comentó que su madre decía que siempre había estado más pendiente de sus negocios que de su familia, pero cuando desapareció Andrea, todo cambió.

»Salió todos los días a buscarla al monte, se convirtió en su trabajo. Dicen que se retiró de los negocios para encargarse de la acusación. A veces aparecía en televisión, y se le veía destrozado, encorvado, cansado. Por esa época, más o menos cuando comenzó el juicio, empezó a llevar bastón, daba lástima verle, como si hubiera envejecido de golpe. No debe de estar muy bien de salud desde entonces, a veces le he visto pasar en su coche, pero ni siquiera conduce, le lleva esa enfermera.

—Y a ti, ¿cómo te ha ido la vida, qué has hecho en este tiempo?

—Acabé el bachillerato y empecé una ingeniería náutica, en Pasaia.

—No me refiero a eso, ¿cómo estás?

Santy bajó la cabeza y se inclinó hacia delante, Nash no podía verle el rostro. Tardó unos segundos en darse cuenta de que estaba llorando. De aquel modo, como la tarde anterior junto a la tumba. Aquel llanto contenía otros ingredientes además de pena y dolor, ¿podía ser culpa? Nash se puso en pie y se agachó para estar a su altura, contuvo el aliento, y entonces él dijo lo que menos se esperaba:

—Estoy acojonado. —Levantó la mirada de ojos arrasados—. Ahora que han soltado a Salomé, ¿a por quién crees que vendrán?

La promesa de lluvia que el cielo llevaba preparando toda la tarde comenzó a caer cuando arrancaba el motor del coche. En cuanto avanzó unos metros en dirección a Elizondo vio que los vehículos aparcados en la entrada de Elbete llegaban hasta la carretera de Francia, e incluso había algunos en las inmediaciones de la iglesia. Dos patrullas de la Policía Foral se apostaban a ambos lados del cruce. Cuando giró hacia la funeraria, un policía la detuvo.

—¿A dónde va?

—Aquí mismo, a la funeraria —dijo señalando la gran casa a la izquierda.

—Está bien, acceda al camino, y no deje el coche en la calle principal.

Dudaba mucho de que hubiera podido hacerlo aunque hubiera querido. Ignoraba cuál era la casa de Salomé, pero la hilera de vehículos se prolongaba más allá del palacio Jarola. Giró a la izquierda y avanzó hasta detener su Mustang frente al portalón ante el que Susana había dejado el coche fúnebre la noche anterior.

Paró el atronador motor del Mustang y miró hacia fuera. No se veían luces en el gran caserón, sólo dos pequeñas lamparitas de granja, una sobre el gran portón verde y otra sobre la puerta de la cocina. De pronto las dudas la asaltaron. ¿Qué estaba haciendo? Realmente no había ninguna razón que justificase su presencia allí. Y tenía trabajo atrasado. La muerte de su madre, el funeral, el entierro, y la jornada de hoy dedicada a intentar montar el rompecabezas que suponía todo lo que había en el interior de aquella bolsa de basura la habían alejado mucho de su trabajo. Alzó la mano derecha y acarició el corte longitudinal sobre el que se había formado una postilla seca que comenzaba a picar. Debería irse al hostal Izarra, quería buscar las declaraciones de los familiares en televisión, las intervenciones del abuelo y aquella en la que Santy había pedido a Andrea que regresara a casa. La conversación con el chico había abierto nuevas perspectivas sobre Andrea. La repasó mentalmente, había un par de cosas en las que había mentido, y otra que la preocupaba sobremanera. Dijo que no recordaba la razón por la que Andrea se había enfadado aquella tarde. Era imposible que hubiera olvidado el motivo, por nimio que fuera, por el que su novia se había disgustado la última vez que se vieron. Nash sabía que a menudo las personas arrastraban de por vida el peso de la culpabilidad por un enfado sin importancia que alguien se había llevado a la tumba. También había un pequeño embuste sobre la hora a la que habían quedado en la plaza de Elizondo, o más bien en el hecho de que no hubiese una hora fijada. La madre de Andrea era muy estricta con el horario, eran ferias, y él iba a pasarse la tarde durmiendo. No creía que tras haber declarado ante la policía en tantas ocasiones y haberlo rememorado un millar de veces más, la hora a la que habían quedado fuese simplemente «más tarde». Pero la tercera cosa era la más inquietante, porque tenía que ver con aquella sudadera.

Estaba a punto de claudicar al arrepentimiento cuando vio a una chica que la observaba desde la entrada. Fumaba resguardada bajo el saliente del tejado de la casa y se abrigaba con un plumífero que le quedaba grande y la hacía parecer más menuda de lo que era. La miraba fijamente, dio un paso hacia fuera y pareció que saldría de su refugio, pero la lluvia arreciaba y retrocedió hasta quedar resguardada de nuevo bajo el alero. Con un gesto le indicó que se acercase. Nash salió del coche y se apresuró a llegar junto a la chica. Era más baja que su madre y su hermana mayor, el rostro de facciones pequeñas y boca generosa. Sonrió y el gesto subió a sus ojos castaños mientras saludaba.

—La doctora Elizondo, supongo.

—La chef Beth, supongo —contestó Nash.

La chica rio.

—Perdona por la tontería, pero es que siempre había querido hacerlo, y mi médico de cabecera es un sieso, dudo que sepa quién era Livingstone.

—Puedes llamarme Nash. —Le tendió la mano y ella le devolvió el apretón con fuerza. Tenía la mano fría—. Estás helada.

—¡Ay, amiga! Es el precio que hay que pagar por el vicio, nadie fuma en mi cocina —dijo alzando el cigarro que sostenía en la mano—. Y eso que en teoría aún estoy en casa, en Baztán el *itxusuria* es el límite de la casa

—añadió señalando la marca que las gotas que caían desde el alero del tejado habían dibujado en el suelo.

—Y el lugar donde se enterraba a los niños que morían sin bautizar cuando la Iglesia no permitía que se hiciera en el suelo sagrado.

Los ojos de la chica brillaron de entusiasmo.

—La *ama* me ha dicho que eres una especie de arqueóloga, o algo así, y que estabas cavando en Legarrea.

—Soy profesora en la Universidad del País Vasco —dijo evitando mencionar su especialidad—, y mi campo es la etiología, aplicada al comportamiento de los grupos sociales en distintas épocas. Eso era lo que hacíamos en la excavación, estudiamos las causas sociales de las leyendas.

—Mira tú, qué interesante —dijo de tal modo que Nash no pudo estar segura de si lo decía sinceramente o se estaba mofando. Una furgoneta de la unidad móvil de Televisión Española se detuvo al inicio del sendero. Susana y Eva se asomaron a la puerta.

—Será mejor que entréis si no queréis salir en el telediario —dijo Susana.

La cocina parecía transformada. La mesa estaba puesta para cuatro, todas las luces encendidas y sobre los fogones de una cocina de leña, en la que no había reparado la noche anterior, una colección de cazuelas humeaban derramando su aroma por la estancia, que comunicaba con la sala contigua.

—¡Dios mío, qué maravilla es esta! —exclamó Nash realmente reconfortada acercándose a la lumbre.

Ya había notado que la chica era más bajita que su madre y su hermana, pero cuando se desprendió del plumífero vio que su cuerpo era grácil y proporcionado, como el de una bailarina. Se movía con la misma gracia que si lo hiciera sobre las puntas de los pies; la melena, que llevaba hasta la mitad de la espalda, estaba teñida de un brillante color naranja.

Beth se acercó al fogón y con una cuchara de madera removió el contenido de uno de los cazos.

—Oh, esto no es para hoy, adelanto cosas que necesitaré mañana, y tendré que salir a comprar, porque estas mujeres no tienen de nada en casa. Acabo de llegar y no me ha dado tiempo a mucha cosa, unos fritos al estilo de Baztán y un plato sencillo de pescado, lenguado *à la meunière*. ¿Tomas vino? Tenemos un tinto de Ribeira Sacra, a mí me encanta y creo que va genial con este plato. Espero que te guste —dijo mientras Eva vertía el vino en las copas.

—¿Que esperas que me guste? Es una gozada. Gracias por la invitación —dijo mirando a Susana—. Me alegro de haber venido.

—Sí, creo que la he pillado justo cuando empezaba a arrepentirse —dijo Beth.

Nash miró a la chica con interés. La había calado por completo.

—Oh, lo olvidaba, doctora Elizondo, mi pésame, la *ama* me ha dicho que acabas de perder a tu madre. Lo siento mucho.

—Así es —contestó—. Gracias, pero llámame Nash, mi madre era la doctora Elizondo.

—¿Estás bien? —preguntó la chica como si de verdad le importara.

Nash la miró desconcertada, sin embargo, respondió sinceramente y sin tener que pensarlo mucho.

—No.

—Tranquila —contestó Beth mirándola a los ojos. Y fue como si realmente le transmitiera serenidad. Y añadió con media sonrisa—: Y encima vas y encuentras a Andrea.

—Pues sí... —reconoció Nash—, ha sido una semana completa.

—La que has *liao*, pollito. Hay periodistas por todas partes.

Nash sonrió resignada alzando su copa en dirección a la calle.

—*Mea culpa*, lo siento.

—No, no te disculpes, se ve que este año la Navidad será en marzo y todos estamos volviendo a casa: vuelve Andrea, vuelve Salomé, vuelvo yo, «a la fuerza» —añadió el último comentario mirando a su madre.

—No vamos a seguir con el tema, Beth —advirtió Susana.

—A la fuerza —repitió Beth susurrando en dirección a Nash—. Mi madre cree que voy a morir del virus chino y me hace abandonar los estudios en mitad del trimestre, y todo por una gripe *random*.

—No voy a seguir discutiendo —dijo la madre poniéndose muy seria—. Sabes a qué me dedico. Estoy en contacto con funerarias de toda España, y todos están de acuerdo en que algo raro está pasando. Está muriendo más gente de lo habitual, y los de mi oficio no se impresionan por cualquier cosa. La gente está cayendo como moscas. Y los médicos no les hacen ni la autopsia.

—Viejos que estaban enfermos, como todos los inviernos.

—No, Beth, no sólo mayores —intervino Eva—, gente muy joven, sin patologías previas. Empieza como una gripe, después llegan las dificultades para respirar y, en cuarenta y ocho horas, fuera.

Pareció que oírlo de su hermana le causaba más impresión.

Susana miró de nuevo a su hija pequeña.

—Los funerarios luchamos en el frente de cualquier evaluación que tenga que ver con la muerte. El Gobierno se contiene, no quiere ser alarmista porque no sabe a qué se enfrenta, y lo primero, ya lo sabéis, es siempre la economía y los votos. Pero está pasando algo grave, y sabes que yo no bromeo con estas cosas. En otros países ya se están confinando, y si eso llega, te quiero aquí, en tu casa.

Beth tomó aire profundamente y lo dejó salir muy despacio.

—Tranquila, señora, ya estoy aquí, ya lo has conseguido, y no me voy a ir a ninguna parte hasta que tú lo digas.

Susana asintió a la vez satisfecha y apesadumbrada. Beth se acercó hasta colocarse a su lado y depositó un fugaz beso en su mejilla. Levantó su copa:

—¿Y qué me decís del vino?

—Buenísimo —contestó su hermana.

—Pues coge la botella y conduce a las damas a la sala, que ahora mismo os llevo los fritos, mientras, yo termino de emplatar el pescado y os aviso para que vengáis a la mesa.

Probó una especialidad de cada frito, el de queso, el de jamón y uno de marisco que estaba delicioso. Con la copa en la mano, Nash se dedicó a revisar el contenido de la amplia librería. Había una buena colección de clásicos, novela histórica, fantástica y, sobre todo, negra. Vio que tenían varias obras de Manuel Ortigosa, su escritor favorito, pero de entre todos un nombre llamó su atención: Benedict Newman. Tomó uno de los ejemplares y lo volteó para ver la fotografía. Benedict Newman no sonreía a la cámara, aun así, su rostro se veía amable y relajado. Pero pecaba de vanidad; sin duda la foto tenía ya unos años, porque entre los datos se indicaba que había nacido en Los Ángeles y que tenía sesenta y ocho años. En la foto se le veía bastante más joven, ¿podía ser él? El director del banco recitando el mareante saldo de la cuenta que compartía con su madre le vino a la memoria. Cerró los ojos y tomó aire intentando calmarse.

Susana se volvió a mirarla.

—¿Lo has leído? —preguntó refiriéndose al libro que Nash sostenía en la mano.

—No, no —contestó dejándolo en su lugar, quizá

con demasiada precipitación—. ¿Cuál de vosotras lee tanto?

—Las tres —respondió Eva.

—Pues felicidades, mi madre no logró que yo leyese en serio hasta que terminé la universidad. Y veo que hay de todo.

—Sí, sobre todo histórica y novela negra, que es lo que más nos gusta a las tres.

Beth asomó la cabeza.

—Señoras, a la mesa.

Nash probó el pescado y sonrió.

—Gracias de verdad por invitarme a esta cena, está todo delicioso, los fritos me han parecido de lo más fino que he probado en mi vida; el pescado es sublime, y tenías razón: el vino le va de maravilla.

—Te he dicho que es de la Ribeira Sacra, ¿verdad? De la zona de Belesar, en Lugo —dijo Beth—. Se llama Heroica, como homenaje a ese tipo de viticultura en la que cultivan las cepas en terrazas inclinadas sobre el río. En ocasiones vendimian desde el agua usando unas barcazas.

—Pues está delicioso —contestó Nash estudiando la etiqueta de la botella.

Beth observaba a Nash con curiosidad y de pronto dijo:

—He buscado la sigla NASH y es una enfermedad hepática muy grave, una tienda de pesca táctica de Minnesota y un código de causas de la muerte en clave forense. Apuesto por lo último, y mi hermana también.

Nash la miró.

—Bueno, estoy estudiando Anatomía Patológica —dijo Eva como disculpa mientras se encogía de hombros.

Nash se giró hacia Susana, que compuso el típico gesto de «a mí no me mires» mientras pensaba cómo lo iba a decir sin decirlo.

—Tenéis razón —se rindió.

—Sí —corearon las dos chicas mientras chocaban los puños.

—Mi madre era psiquiatra y psicóloga forense. Trabajó muchos años para patología forense, y en ocasiones para la policía. El código NASH es internacional, enumera las causas de muerte a las que debe llegar un forense tras la autopsia: natural, accidental, suicidio u homicidio. Hay también un montón de subclases; dentro de las naturales están las enfermedades, dentro de las accidentales entran algunos tipos de homicidio, luego está suicidio y dentro de los homicidios varios tipos de asesinatos con distintas agravantes.

—¿Y te llamas así o es un seudónimo? —preguntó asombrada Susana.

—Cuando nací, mi madre me puso otro nombre, pero desde pequeña veía el código NASH, le preguntaba a mi madre y a veces me explicaba las características de los casos y por qué iba a adjudicar una causa u otra. Su trabajo se presentaba cuando el patólogo no era capaz de llegar a una conclusión por los medios habituales, la autopsia, las analíticas, los interrogatorios de la policía y el relato de los testigos. Entonces entraba ella. Desde cero componía toda la psique de la víctima, lo que ahora se llama hacer un perfil de comportamiento, pero de un muerto. Entrevistaba a todas las personas que habían tenido relación con ella o con él, leía su correspondencia, repasaba sus compras, sus lecturas, la música que prefería, hasta conocerle como si le hubiera tratado en persona, hasta que proponía una causa de la muerte.

—¿Y eso es a lo que te dedicas?

Nash asintió.

—Es fascinante —dijo Susana—, es ser el psicólogo de un muerto.

—Claro —estuvo de acuerdo Eva—. El estado psicológico de una persona que se suicida, de una que muere por enfermedad o de alguien propenso a los accidentes es totalmente distinto.

—¿Y cómo llegamos al nombre? ¿Por qué tu madre aceptaba llamarte así? ¿Y cómo te llamabas antes? —insistió Susana.

—No voy a decíroslo, ese nombre no me representa, y el cambio no lo decidió ella. Tendría diez años más o menos cuando empecé a anunciarle a todo el mundo que me llamaba Nash; cuando tenía quince, ya nadie me llamaba de otra manera, ni siquiera mi madre. Nada más cumplir la mayoría de edad fui al juzgado y lo cambié. A ella no le pareció mal. Creo que el otro nombre tampoco le encantaba.

—¿Te pareces a ella?

—Sí, bastante, soy pelirroja y atlética gracias a ella, los ojos azules supongo que son el legado de mi padre... Y el nombre que me puso, no sé de dónde saldría. No sé de nadie de su familia que se llamase así.

—Bueno... Nash suena muy bien, pero si te pones a pensar lo que significa y todas sus interpretaciones —dijo Eva.

—Claro, Eva suena muy bien, pero si te pones a pensar lo que significa y todas sus interpretaciones... —dijo sonriendo Nash.

—Tocada y hundida —reconoció la chica.

—Además, por esa época yo era muy punki, no en el sentido literal, no llevaba crestas de punta, pero era una adolescente subversiva, o al menos quería serlo, y llamarme Nash me parecía lo más.

—Tú con cuatro años querías llamarte Titeuf —dijo Susana señalando a Beth.

—¿En serio?

—Sí, era un personaje de unos dibujos animados franceses, un crío bastante gamberro.

Beth miraba a Nash muy interesada, y de pronto preguntó:

—¿Cómo fue encontrar a Andrea?

Su madre y su hermana la miraron disgustadas.

—No, Beth, tía...

—No, no, no me importa —respondió Nash, dejó el tenedor y tomó un sorbo de su copa mientras lo pensaba—. Iba a daros la respuesta técnica, la que le he dado a todo el mundo cuando me han preguntado estos días. Pero me parece, Beth, que tú quieres otra.

La chica dejó también su tenedor y apoyó el rostro sobre una mano, atenta.

—Sentí miedo, es lo que se debe sentir, es una alerta primitiva, hay una aversión y un temor universal cuando hallamos un cadáver que nos avisa de la presencia de un depredador. Así que el primer impulso es gritar para alertar a los demás y el segundo correr, y no tienen por qué ir siempre en ese orden. He encontrado restos humanos otras veces, en las excavaciones —aclaró—. Normalmente, produce euforia, son hallazgos, pero encontrar un cadáver es diferente. Andrea me produjo una gran sensación de lástima, de pena, y a la vez, en el mismo instante en que la vi, tuve una curiosa impresión de predestinación. Ella llevaba tres años allí, y la encontraba yo. Creo que se establece un vínculo entre el que ha estado esperando a ser hallado y el que lo descubre, como Howard Carter y Tutankamón, ¿entendéis lo que quiero decir?, ligados para siempre; así que sentí todo eso, pero también una especie de satisfacción y de responsabilidad por haberla encontrado. Aunque luego vengan diez antropólogos, ocho forenses y la Guardia Civil entera.

—¿Te dio mucho el coñazo la Guardia Civil? —preguntó Eva.

—Pues imaginaos, después de iros vosotras, nos trasladaron hasta Elizondo y estuvimos hasta las seis de la mañana declarando, una y otra vez lo mismo. Amanecía cuando salí, me paré un poco en el puente a ver cómo los primeros rayos del sol levantaban la niebla de la superficie del río. —La mención le trajo a la memoria la conversación con Salazar en aquel mismo lugar—. ¿Os suena una inspectora de aquí que se llama Salazar?

—No es de aquí, es de Elizondo, sí —dijo Susana mientras sus hijas asentían—. Amaia Salazar, la inspectora de la Policía Foral, ¿no sabes quién es? Todo el mundo la conoce.

—Es la de las novelas de la Redondo —dijo Beth—. La Redondo contó el caso Basajaun, en *El guardián invisible*, y en su trilogía de novelas, y lo mejor de todo es que ha conseguido convencer a la gente de que es un personaje de ficción, incluso cuando vienen visitas guiadas, que hay un montón, y van a ver la comisaría, hasta los forales les dicen que es un personaje de ficción. Pero es real, a veces vemos a los turistas con el libro en la mano visitando los sitios y buscando la casa de la tía Engrasi; la que aparece en la novela es otra, claro, no es la verdadera. Estuvo hábil ahí la Redondo.

—Ah, leí esa novela cuando se publicó hace unos años... ¡Qué fuerte! —exclamó Nash—. ¡O sea que es real!

—Y los casos también —apuntó Eva—. En el caso Basajaun, los crímenes de los niños están inspirados en un caso real, una secta satánica que se estableció en un caserío cerca de Lesaka y asesinó en un ritual a una bebé de catorce meses. Era hija de dos de los miembros del grupo. Todo muy turbio.

—¿La conocéis mucho?

—No, sólo de vista. Yo la verdad es que no la conocía. A sus hermanas sí, a su madre, su padre, pero a ella no. Se fue muy joven del pueblo, y luego ya se supo en la novela por qué —dijo Susana.

Nash las miró interesada.

—Lo de la novela... Su madre estaba loquísima, pertenecía a una secta como la de los que se cargaron a la niña de Lesaka, hasta no sé si sería la misma, mató a una de sus hijas recién nacida, e intentó matar a Amaia durante toda su infancia, una vez casi lo consigue. Entonces la alejaron del pueblo, la mandaron a estudiar a Estados Unidos. Volvió cuando se puso al frente de los casos, y por la calle no se deja ver mucho. Es jefa de algo criminal, e imagino que está siempre en Pamplona, aunque vive aquí, con el marido, un artista estadounidense, dicen que es muy rico, a él sí que le veo, siempre con el crío que tienen, es una monada —dijo Susana con intención y mirando a sus hijas—. El crío también.

—Está bueno —confirmó Eva—. Pero la Salazar es rara, no sé si me cae bien.

—A mí sí. Tiene una de esas miradas de mil yardas. ¿Sabes lo que es? —dijo Beth dirigiéndose a Nash.

Rememoró el encuentro con la inspectora en el puente y el modo en que su mirada se extendía hacia la oscuridad sobre el río.

—Sí, la mirada de combatiente. Es algo propio del estrés postraumático, dicen que las personas que han vivido situaciones de esas que nadie tendría que vivir jamás tienen esa mirada.

—Ah, pues la Redondo también la tiene —dijo Eva provocando que todas se volvieran hacia ella.

—A ver, es maja; pero también es rara, ¿no? Mirad las cosas que escribe —dijo Beth.

—Por esa regla de tres, la mayoría de los escritores de novela negra son psicópatas de manual —rebatió su hermana.

—Una vez la vi en una entrevista —contó Susana—. Un periodista hizo esa misma observación, le preguntó que cómo podía escribir cosas tan sórdidas. Ella le sonrió y le dijo: «¿Ha oído alguna vez esa frase que dice "el crimen no compensa"?». El periodista dijo que sí, y ella le contestó: «Pues a mí el crimen me compensa». Dijo que escribía para cribar realidades insoportables, y que encontraba bastante más sórdido comer viendo un informativo sobre la guerra que escribir una ficción criminal.

Eva asintió convencida.

—¿Sabéis si Amaia Salazar vive cerca de Txokoto? —preguntó Nash—. La vi allí la otra noche, y era tarde.

—La casa de su tía está por ahí y la suya también, detrás de Antxitonea. Me alegra que esté de vuelta por el pueblo.

Beth miró a su madre.

—Pues voy a tener razón en lo de que todo el mundo está regresando a casa, ¿sabéis a quién he visto en la estación de Pamplona? A otra que vuelve al pueblo: Zuriñe.

—Agg —contestó Eva—. Zuriñe, zorriñe.

—Os he dicho un millón de veces que no me gusta que os refiráis a otras mujeres usando esas palabras —sentenció la madre.

Eva miró a Susana y compuso un puchero de fingido arrepentimiento.

—Vale, perdón por haber dicho zorriñe. Putiñe ha vuelto a casa.

Las dos hermanas rieron a coro.

—No tiene gracia —las riñó Susana.

—A ver, *ama*, ¿cómo llamas a una tía que va de que es tu mejor amiga, pero intenta comerle el pito a tu novio?

—¡Beth, tía! —rio su hermana.

Susana puso los ojos en blanco mientras negaba. Nash las miró un poco perdida.

—Zuriñe Gartzain, la mejor amiga de Andrea —explicó Beth.

—La única amiga de Andrea —puntualizó Eva.

—Eso es, siempre estaban juntas, desde pequeñas. Después de desaparecer Andrea se fue a estudiar fuera. Cuando me la he encontrado en la estación, me ha dicho que venía de Italia, Milán lleva días cerrado y por lo visto van a confinar a todo el país, pero miente más que habla, así que vete tú a saber.

—¿Y eso de que quería comerle... se refiere al novio de Andrea? —preguntó Nash intrigada.

—¿Ves cómo a la doctora también le interesa el *ttuku-ttuku*? —dijo Beth mirando a su madre.

Dejó a las tres mujeres de la familia Mitxelena fumando bajo el alero de la casa. Y se despidió llevando bajo el brazo dos de los libros de la «Trilogía del Baztán» que le habían prestado. Cuando estaba llegando a su coche vio que una figura oscura avanzaba por el camino en su dirección. Por su modo de andar supo que era una mujer. No llevaba paraguas y se cubría la cabeza con un gorro rodeado de pelo que le resultó familiar.

—Buenas noches, doctora Elizondo —dijo antes de llegar a su altura—. Soy Ederne Hidalgo, trabajo para el señor Lisardo Murrieta.

—Sí —dijo Nash por toda respuesta. Desde la primera vez que la vio, tuvo la impresión de que Ederne Hidalgo no iba a gustarle; y tenerla delante sólo lo confirmaba.

—Llevo un buen rato esperándola —dijo la enfermera mirando hacia las mujeres bajo el alero—. Espero que la cena haya sido agradable.

—¿Por qué? —preguntó cortante Nash.

La joven se encogió de hombros confundida.

—¿Por qué, qué?

—¿Por qué ha estado esperándome?

—Como seguramente sabrá, el señor Lisardo Murrieta es un hombre ya mayor y se encuentra un poco delicado de salud, tiene mucho interés en hablar con usted, y me envía a pedirle que, por favor, le visite en su casa.

—De acuerdo —contestó Nash—, dígale que iré a verle mañana por la tarde.

Ederne Hidalgo sonrió y bajó la mirada, como impacientada.

—Quizá no me he explicado bien: el señor Murrieta la espera ahora.

—¿Ahora? —contestó sorprendida volviéndose a mirar a las tres mujeres, que habían acabado sus cigarrillos pero seguían observándolas sin perderse detalle—. ¿No es un poco tarde? —dijo comprobando en su teléfono que eran más de las doce.

—El señor Murrieta no duerme mucho desde que desapareció su nieta.

—Está bien —aceptó Nash abriendo la puerta de su coche—, deme la dirección.

—Deje su coche aquí, yo la llevaré, tengo el mío ahí mismo —dijo haciendo un gesto hacia el camino principal y, ante las dudas de Nash, añadió—: No tenga miedo, después la devolveré sana y salva a su coche.

Nash la miró de frente, había en su voz un tono burlón que daba ganas de partirle la cara. Solía parecerle divertido cuando alguien le provocaba ese efecto. Tiró de la portezuela de su coche mientras con estudiada calma respondía:

—Iré en mi coche. La sigo.

La joven adelantó una mano, que puso sobre el Mustang. Nash se quedó mirándola como si fuese un objeto insólito.

—Perdone de nuevo, no me he explicado bien —dijo la enfermera Hidalgo abandonando el tonillo socarrón y apartando su mano lejos del coche—. El señor Murrieta sufre una afección nerviosa: los ruidos, las alteraciones, los estruendos y un motor tan potente como el de su coche pueden perturbarle mucho. Sé de qué hablo, soy su enfermera. Si es tan amable de hacerme el favor, la llevaré en mi coche y después la traeré de regreso aquí para que pueda recoger el suyo.

Nash arrojó los libros dentro del vehículo, accionó el mando y se despidió con un gesto de las mujeres Mitxelena mientras seguía a la enfermera Hidalgo. Entendía ahora las maneras de hacer las cosas de los Murrieta a las que se había referido el marido de Helena.

La enfermera Hidalgo atravesó con su coche el cruce que dividía Elbete en dos mitades, superó los lavaderos, la iglesia de Santa Cruz, la posada de Elbete, y pasó frente al campo donde Nash había visto a aquellos jóvenes caballos galopando. Por momentos se temió que atravesaría el puente que separaba Elbete de Elizondo, pero antes de llegar redujo la velocidad y giró hacia un camino que se internaba entre una hilera de árboles de troncos espigados y blanquecinos cuyas copas se perdían en la altura y a los que las luces del coche les conferían un aspecto casi artificial. El corredor natural desembocó en una especie de plaza diáfana en cuyo centro se alzaba una mansión imponente.

La fachada aparecía iluminada estratégicamente por puntos de luz que ponían de manifiesto su pasado señorial y que hicieron más evidente el negro pendón que colgaba de ella. Desde que había subido al coche no había cruzado una palabra con la enfermera Hidalgo, pero no pudo resistirse a preguntar cuando vio aquellas telas sedosas que cubrían parcialmente la fachada.

—En señal de luto. Cuando muere un miembro de la familia se cubren los escudos y los honores de la casa, y se dejan así hasta que acaba el luto. Es una costumbre muy antigua, ya casi nadie lo hace, pero el señor Murrieta tiene un gran arraigo a la tradición. Ahora lo conocerá y entenderá lo que le digo.

Accedieron por la entrada principal a un recibidor con suelo de mármol que dibujaba un damero en blanco y negro, un símbolo de Baztán que era común en los escudos que había visto en muchas casas. Había en el centro una gran mesa de madera oscura como la de las puertas que brindaban acceso a otras estancias, y de frente un ramal de anchas escaleras, hacia las que la dirigió la enfermera.

—Hay un ascensor, el señor Murrieta lo hizo instalar hace un par de años, pero supongo que usted preferirá las escaleras.

En el primer piso, Ederne Hidalgo se detuvo ante una puerta, llamó suavemente con los nudillos y abrió sin esperar. Lisardo Murrieta estaba sentado en un sillón orejero frente a la chimenea, en la que ardía un fuego vivo. Hasta que no entró no se dio cuenta de que estaban en un dormitorio. Una gran cama con dosel de medallón presidía la estancia, que ocupaba buena parte de la fachada principal.

—¡Ha venido! —exclamó al verla mientras apoyaba las manos en los reposabrazos del sofá e intentaba ponerse en pie. Lo logró cuando Nash llegaba a su lado.

—No se levante, no es necesario.

—¿Cómo no? —dijo parándose ante ella y mirándola atentamente mientras le tomaba la mano. Sus dedos eran largos y huesudos, se notaba que había perdido mucha masa muscular—. Le doy las gracias por venir a estas horas, pedí a mi enfermera que intentara localizarla días atrás, pero nos dijeron que se había ido del pueblo, después supe lo del fallecimiento de su madre, la acompaño en el sentimiento. Siéntese, por favor —dijo indicando un sillón frente al suyo.

»Ederne, querida, ¿serás tan amable de traernos un poco de vino dulce?

—No debería, ya lo sabe —contestó seca la enfermera.

—No seas desagradable, tenemos una visita, y a la doctora seguro que le apetece.

A Nash no le apetecía, pero estaba deseando perder de vista a la enfermera, así que asintió. En cuanto Hidalgo abandonó la estancia, el anciano se inclinó hacia delante.

—Le pido disculpas. Ederne Hidalgo proviene de una larga estirpe de médicos y enfermeras, muy eficaces, muy buenos profesionales, pero me temo que suspende en el trato con las personas, me disculpo si ha sido grosera con usted.

«Grosera», la sola palabra ya ponía de manifiesto aquello de lo que le había hablado Santy Metz, un señor de otros tiempos, el bigote blanco ya no se veía tan poblado como para poder llamarlo bigotón, pero aparecía peinado y bien recortado. Llevaba un batín de seda sobre el pijama, que contrastaba con los gruesos calcetines de lana sin teñir con los que se abrigaba los pies.

—No se preocupe —respondió Nash.

—Antes de nada, quiero darle las gracias por lo que ha hecho por mi familia.

—No tiene que darme las gracias, cualquiera en mi lugar lo habría hecho.

—Pero lo hizo usted. Devolvernos a Andrea ha sido lo más grande que alguien podía hacer por nosotros. Porque, aunque desde que detuvieron a esa horrible mujer sabíamos que Andrea estaba muerta, la crueldad de que se negase a decirnos dónde estaba el cuerpo no nos ha dejado iniciar el duelo. Usted nos ha devuelto a nuestra niña y, aunque pueda sonar horrible, nos ha hecho un gran regalo: darnos la oportunidad de llorar.

—Lo entiendo.

—Habría preferido recordarla viva, ahora tengo su rostro muerto grabado en el alma.

—¿Le dejaron...? ¿Vio el cadáver?

—Su madre no iba a hacerlo, y su padre menos. Necesitaba estar seguro.

—Lo entiendo, pero quizá con la ropa y sus objetos personales... Yo no lo habría recomendado.

—Soy Lisardo Murrieta, no he creado un consorcio empresarial siguiendo todas las recomendaciones que me hacen. Decido, en ocasiones son decisiones difíciles, pero tenía que hacerse.

Bajó la mirada.

—Aun así, hubiera preferido recordarla viva, como la última vez. Yo la vi aquel día, ¿sabe? Por la mañana, hacia el mediodía. Yo estaba tomando el aperitivo en la plaza con un matrimonio de amigos. La vi pasar sola, seria, como yo. Siempre he pensado que mi nieta se parecía en eso a mí, desde que era pequeña. Los amigos que estaban conmigo se dieron cuenta: «Mira, tu nieta». Yo la llamé. Le pregunté por su madre, por los estudios, si lo estaba pasando bien en ferias, le di la paga. En estos últimos tres años he recordado esa mañana un millón de veces, tengo grabada cada respuesta de ella, no eran cosas importantes: «La *ama* bien, los estudios bien, sí, no...». Ya sabe cómo son los adolescentes, no tenía mucho interés en hablar con un viejo, estaba distraída, buscando a sus amigos. Y yo tampoco sabía cómo hablar con ella, quizá si hubiera sabido, habría podido preguntarle cómo le iban las cosas de verdad, en casa... Qué opinaba de esa mujer, cómo se sentía.

—No se torture, establecer conexiones con los adolescentes no es tarea fácil.

—Ni con los adolescentes, ni con las mujeres, ni con los niños. A los hombres de mi época no nos enseñaban nada de lo que realmente importa en la vida, solamente a trabajar, a levantar una gran casa, a tener una gran empresa, a triunfar en la vida, a casarse con una mujer guapa y buena y a tener hijos. Pero no te explicaban nada, no te enseñaban a entender a esa mujer, a ayudarla, a cuidar de tu hija.

—Creo que tomar conciencia de ello es lo importante, y sin duda un paso indispensable para aprender.

—Demasiado tarde para mí. Lo he perdido todo por el camino, y lo tuve todo, ¿sabe?

Nash permaneció en silencio, parecía que Murrieta también tenía ganas de hablar. Justo en ese instante la enfermera Hidalgo entró de nuevo en la habitación llevando una bandeja de cristal con dos pequeñas copas y una botella de moscatel. Vertió un poco en una de las copas, la otra la llenó hasta arriba y la puso frente a Nash. Después retrocedió, pero en lugar de salir de la habitación se entretuvo abriendo la cama y disponiendo las almohadas.

A Lisardo Murrieta parecía no molestarle su presencia y continuó como si fuera invisible.

—Nací en un pequeño pueblo del valle de Malerreka, en una familia humilde, mis padres eran buenas personas, muy trabajadores, nos enseñaban modales, pero no nos educaban, ¿entiende lo que quiero decir? Nos enseñaron a trabajar, a cumplir, a ser responsables, ordenados, puntuales, pulcros, y bastante hacían. Ni mis hermanos ni yo sentimos que necesitáramos nada más, pero eran otros tiempos. Si alguien tocaba un acordeón, o un chistu, había fiesta. Si la comida era suficiente, había fiesta; si había buena cosecha, había fiesta; si tu madre te dejaba quedarte algo del dinero que ganabas y te podías comprar unos zapatos nuevos, eras el rey del mundo.

Nash asintió comprensiva.

—Emigré a México junto con mi padre y dos de mis hermanos mayores cuando tenía cinco años. Mi madre y mis dos hermanas se quedaron en el caserío. Tardé seis años en volver a verlas, sólo durante quince días, y regresé a México de nuevo, allí todos trabajamos como mulos, pero yo además aprendí a hacer negocios. Era ya *mutilzahar* cuando regresé y me establecí en Baztán, fundé mi primera empresa, me compré esta casa, e hice lo que me habían dicho que tenía que hacer: me busqué una esposa joven, guapa y buena, me casé con ella y tuvimos una hijita, y entonces todo comenzó a ir mal. No salía de la cama, no cuidaba de la niña, no se lavaba, no se peinaba, se levantaba de madrugada a comer, como si lo tuviera prohibido. Ahora para cualquiera sería evidente que estaba sufriendo, pero yo entonces no supe cómo ayudarla, no entendía lo que le pasaba, tenía una casa grande, una hija preciosa, vestidos, muebles, perfumes, y ni siquiera tenía que trabajar. Tuve que contratar a una niñera para que se hiciera cargo de la criatura, a una mujer que limpiara la casa, a una cocinera, pero nada era suficiente. Siempre metida en su habitación, medio a oscuras con los portillos cerrados. Mi mujer estaba sufriendo, pero yo estaba enfadado con ella, creía que era una caprichosa, una tonta sin fuerzas, una floja. No dejé de ir a trabajar ni un solo día, ¿sabe? La empresa iba muy bien, teníamos la posibilidad de expandirnos al País Vasco y en esa época yo viajaba mucho, pasaba dos y tres días fuera. Un fin de semana cuando regresé encontré toda la casa a oscuras, no había nadie del servicio que yo había contratado. Desde la entrada oí a la niña llorar en su cuna, me enfadé muchísimo con mi esposa, me da vergüenza reconocerlo. Entré en su habitación para reñirla, y me la encontré colgando del techo.

Lisardo Murrieta elevó la mirada y negó con la cabeza casi como si estuviera viendo el fantasma de su esposa colgando al extremo de la cuerda. Después cerró los ojos y se quedó así unos segundos. Una lágrima rodó por su mejilla cayendo sobre aquellas manos huesudas que permanecían entrelazadas, como si rezara.

Nash no se atrevió ni a moverse. Percibía la presencia de la enfermera en algún lugar en la parte oscura de la habitación, y rogó mentalmente que no hiciera ningún ruido que sacara a Murrieta de su trance. El hombre levantó la cabeza y abrió lentamente los ojos.

—Está enterrada aquí, en Elbete. El día del entierro de Andrea, cuando abrieron la losa no pude evitar mirar hacia dentro, su ataúd estaba intacto, un poco más polvoriento que el día en que la enterré, pero nada más. —Suspiró—. Y ahora a su lado, mi nieta, y no puedo dejar de pensar que tengo parte de culpa de que estén ahí las dos, no supe cuidar a mi mujer y tampoco supe cuidar a mi hija y, como consecuencia, mi hija no supo cuidar a la suya. Ya sé que la ha conocido, ya ha visto cómo está, lo hice lo mejor que pude, pero Helena heredó la mente débil de su madre, en ella empezó a manifestarse muchísimo antes, siendo aún pequeña, pero ya le he dicho que yo era un imbécil por entonces, y no me di cuenta. Cuando volví del cementerio después de enterrar a mi esposa me senté junto a la cuna de la niña, que apenas tenía cuatro meses, y la miré como si me hubiera caído una maldición: ¿qué iba a hacer yo con una niña? Estaba completamente perdido, contraté a una niñera, y después a otra, algunas para que pasaran las noches. Yo no tenía idea de cómo criar a una niña, pero sí creía saber todo lo que ellas hacían mal. La niña era débil, enfermiza y llorona, siempre estaba llorando. Delegué su cuidado en aquellas personas. Pasaba poco tiempo con mi hija, y cuando lo hacía, la mimaba, la consentía, le compraba todos los juguetes, y así creía que la protegía. Cuando tuvo edad de aprender, vino llorando un par de veces del colegio, así que decidí que no fuera más. Le puse tutores en casa, y la niña fue aprendiendo, y tampoco es que eso me preocupara mucho, Helena iba a heredar todos mis negocios, que en ese momento ya me posicionaban como uno de los empresarios más relevantes de la zona norte, ya tendría un marido que dirigiera las empresas.

Lisardo Murrieta se detuvo y miró a Nash.

—Sí, ya sé lo que está pasando por su cabeza, que esa manera de pensar es retrógrada, machista y estúpida, y tiene razón. Ahora lo sé, pero no lo sabía entonces, y por más culpable que me sienta no puedo cambiar el pasado. Maleduqué a mi hija, lo que yo creía que eran cuidados y protección sólo contribuyó a debilitarla más, y aunque sé que la culpa es mía, todavía me pregunto por qué no me quiere. Porque, créame, daría cualquier cosa por que ella me quisiera como cuando era pequeña, como cuando estábamos los dos solos. Después, siendo muy joven, empezó a salir con un chico, se quedó embarazada, tuvo a la niña, y fue como si toda la pesadilla que había vivido con su madre volviera a empezar. No es que para entonces yo hubiera aprendido gran cosa, pero al menos procuré que no estuviera nunca sola. Contraté a una enfermera que prácticamente vivía con ella, porque estaba decidido a evitar, aunque fuera por la fuerza, que mi hija se suicidara como su madre. Durante mucho tiempo supe que mi hija estaba viva por obligación, ese es mi delito, cargo con él y asumo mi culpa, la he obligado a vivir, y como pago no puede tolerar mi presencia, y sigo cuidando de ella. La enfermera Hidalgo la visita a diario, controla que se tome la medicación, le va variando la dieta y procura que le dé el sol, si no, viviría en la oscuridad como un vampiro. A ella le hace caso, tiene autoridad, pero quizá ya sepa que apenas sale de casa, así que en ocasiones he estado dos y tres años sin verla. Es terrible que fuera por esa razón, pero volvimos a recuperar un poco de trato cuando desapareció Andrea, ahora la veo tres o cuatro veces al año, como mucho. La última vez fue en las proximidades de la sima. ¿Sabe que ni siquiera fue al entierro de su hija?

Nash no supo qué decir, ¿qué se le decía a alguien que acababa de reconocer su culpa, sus errores, todo lo que había hecho mal? ¿Que sus pecados estaban perdonados? ¿Que todo mejoraría?

Lisardo Murrieta tomó la pequeña copa y de un sorbo se bebió todo el contenido. Destapó la botella y se sirvió de nuevo hasta rebosar. Parecía necesitar realmente el trago, que apuró de nuevo antes de dejar la copa y reclinarse hacia atrás como si se hubiera quedado totalmente vaciado.

Nash había observado ese gesto muchas veces, se trataba al fin y al cabo del efecto de la confesión, contarlo era la expiación en sí misma. Murrieta no era la clase de hombre que necesita una palabra de perdón, y parecía que él mismo se había impuesto la penitencia de aceptar no ser amado.

—Debe de estar aturdida de oírme hablar tanto, perdóneme, sólo soy un viejo solitario —dijo casi sin aliento.

—Me ha gustado escucharle —contestó Nash sinceramente.

—Vuelvo a disculparme por las horas, pero, como le he dicho, intenté que Ederne la localizara días atrás, y entonces supe lo de su madre. Yo no duermo demasiado bien, y cuando Ederne me dijo que la había visto en la funeraria, pensé que era mi última oportunidad antes de que usted regresara a su casa.

Nash sonrió, tomó la copa y bebió un pequeño sorbo.

—No se preocupe, no me ha molestado en absoluto, tampoco duermo demasiado bien, y no suelo acostarme temprano, pero aún estaré unos días por aquí. Mañana regresaré a la sima. Mi trabajo allí aún no ha concluido.

En su rostro se dibujó una expresión de auténtica sorpresa.

—¿Va a volver a la sima?

—Bueno, es mi trabajo, somos un grupo de espeleólogos y arqueólogos, investigamos el origen de algunas leyendas ligadas a lugares concretos, eso es lo que hacíamos allí el día en que encontré a Andrea. La investigación policial ha concluido y hemos regresado a nuestra búsqueda.

—Sí, lo leí en la prensa, pero ya llevan días y no han encontrado nada, ¿no? Me dijeron que habían desmontado todo el equipo, las mesas, las andas.

—Es cierto, tras el fallecimiento de mi madre pedí a mis compañeros que lo desmontaran, pero fue por una cuestión de seguridad, es un lugar bastante inaccesible, pero aun así dejar las poleas, las cuerdas y el cabrestante puede ser una tentación para alguien con poco criterio, que puede llegar a tener un accidente.

—Me consta que la Guardia Civil cavó mucho. ¿Qué cree que va a encontrar allí?

—No lo sé, por eso debo continuar.

—Preferiría que no lo hiciera.

—¿Qué? —Estaba realmente sorprendida.

—Ese lugar está maldito —dijo afligido.

—Bueno, entiendo que lo crea así, es parte de la leyenda...

—No me refiero a eso; después de lo que le pasó a mi nieta, dese cuenta, ha sido su tumba durante tres años. ¿Sabe que hay más de cien pozos parecidos a ese abiertos por toda Navarra? Tengo los datos y la ubicación de todos.

Ella asintió.

—¿Y no cree que, si lugares así no existieran, Salomé Aduriz no habría terminado convirtiendo uno en la tumba de mi nieta?

Nash no contestó, de qué servía decirle que, si no hubiera pozos, simas o cuevas, los asesinos encontrarían otro lugar en el que deshacerse de sus víctimas. El enfado del anciano iba en aumento, apretaba la boca y respiraba ruidosamente por la nariz. No se atrevió a contestar.

—He presentado una instancia al Ayuntamiento de Gaztelu para cegar ese lugar, todavía no sabemos de qué modo. He pedido a un ingeniero que lo estudie, no sé si con una piedra, una losa, una verja, pero en la vida que me quede voy a dedicarme a cerrar todos esos pozos para evitar que terminen siendo la tumba de alguien de modo accidental, o que una asesina como Salomé Aduriz decida arrojar a una pobre niña dentro.

La energía que parecía haber escapado del cuerpo del anciano había regresado. Nash estuvo segura de tener en frente al hombre que había levantado un imperio empresarial, al que había luchado contra los sindicatos, al implacable con sus trabajadores, y al hombre cruel que fue una vez para la madre de Helena Murrieta. Aun así, entendía su dolor y sabía que tratar de hacerle ver que Salomé Aduriz había sido puesta en libertad porque había nuevos indicios y pruebas que apuntaban a otra persona, a un hombre, no iba a servir de nada. Se puso en pie y le tendió la mano al abuelo de Andrea.

—Veo lo que trata de hacer, y me parece una iniciativa maravillosa —dijo.

Lisardo Murrieta se quedó helado. Por un momento Nash pensó que le estaba dando un ataque. Miraba fijamente la mano de Nash tendida en el aire, como si no entendiera nada, o como si una visión se apareciera ante sus ojos. El hombre emitió un sonido, más bien un gañido, como el que habría hecho un cachorro.

La enfermera se acercó corriendo y se colocó ante el hombre.

—Salga de aquí —le ordenó a Nash—. Fuera.

Nash bajó las escaleras y se detuvo en la entrada. Había sobre un taquillón un enorme pez espada disecado. Sin poder evitarlo se acercó hasta él y pasó un dedo por su piel rugosa. Un escalofrío recorrió su espalda. Retrocedió hasta la puerta abierta y permaneció allí mientras veía llover y dejaba que la humedad de Baztán entrara en la casa. La enfermera Hidalgo apareció diez minutos después.

—¿Está bien? No es necesario que me acompañe, puedo irme sola.

—No se preocupe, está bien. Le ocurre cada vez con más frecuencia. Se lo advertí antes, recuerde. Pero ahora está acostado y descansando. La llevaré hasta su coche y regresaré enseguida. No pasará nada.

Subieron al vehículo y Nash esperó hasta que enfilaron el sendero de árboles para preguntar.

—¿Es alzhéimer? ¿Qué edad tiene?

—Casi noventa, y, bueno, ahora a todo lo llaman alzhéimer. Alzhéimer, demencia senil... No está diagnosticado, pero es un anciano, el sufrimiento de los últimos años le ha hecho mella. Desde la aparición del cadáver va cuesta abajo y la puesta en libertad de esa mujer ha sido la puntilla.

Nash la miró, si no fuera por el tono impersonal con el que decía las cosas podría haber parecido piadosa.

—¿Cuánto hace que trabaja para Lisardo Murrieta?

—Desde que salí de la Escuela de Enfermería: como le ha dicho el señor Murrieta, él conoció a mi padre, y mi tía había trabajado para él antes que yo.

Nash se percató de que cuando Murrieta le había dado esa explicación se suponía que la enfermera estaba buscando vino dulce por alguna parte.

—¿Cuidando a Helena?

—No siempre, al principio mi tía entró como enfermera de empresa en uno de los aserraderos. Con el tiempo se encargaba más de Helena, y cuando mi tía falleció, yo la sustituí.

—Jaime Arjona me ha dicho que va todos los días a ver a Helena. ¿No se ha fijado en las marcas que tiene?

La pregunta la sorprendió tanto que se giró para mirarla.

—¿Quién?

—Helena —dijo Nash—. No sé cómo no se ha dado cuenta, tiene hematomas y marcas bastante visibles.

—Ah... Apenas sale de casa y, en ocasiones, le administro anticoagulantes que, combinados con algunas de las medicaciones que toma, provocan que cualquier pequeña presión produzca un hematoma. No es nada grave.

Nash asintió mientras pensaba que acababa de pillar a la enfermera Hidalgo en una mentira. Pero qué razón tendría alguien, aparentemente tan fiel a su jefe, para encubrir los que parecían claros signos de maltrato.

—Puede dejarme aquí —dijo accionando la portezuela y bajándose en el cruce frente a la funeraria Elbete.

Al llegar a su coche, que había dejado aparcado frente al caserío de las mujeres Mitxelena, la puerta se abrió. La cocina se veía tan iluminada y activa como cuando había salido de allí. Y esta vez sí que se sorprendió.

—Pero ¿qué hacéis levantadas? ¡Son las dos de la madrugada! —exclamó Nash.

—No nos gusta Ederne Hidalgo —dijo Eva.

—No creo que le guste a nadie —respondió Nash—, pero tampoco es que sea Jack el Destripador.

—Entra y te tomas un café caliente —propuso Susana.

Nash rio de buena gana.

—¿En serio? ¿Un café a estas horas?

—Un café cuando apetece —contestó Beth.

—Ya sabes que en esta casa no le ponemos límites al placer —dijo Eva.

Nash asintió mientras cruzaba la puerta.

—Vale, pero yo no tomaré café. Y tenéis que contarme lo que sepáis sobre la enfermera Hidalgo.

Susana la miró muy seria.

—¿Sobre cuál de las dos enfermeras Hidalgo? ¿La que acaba de dejarte en el cruce o la que pertenecía a una secta que mataba niños y se suicidó cuando iban a detenerla?

Nash constató que, a pesar de que casi no había dormido, su mente estaba clara y se encontraba bien. Al final claudicó al café de Susana, y eran cerca de las cuatro de la madrugada cuando llegó al hostal Izarra. Consciente de que no dormiría, y resuelta a no pensar, abrió uno de los libros de la trilogía y leyó unas cuantas páginas, aunque le costaba concentrarse. Luego repasó la reciente conversación con Lisardo Murrieta y todo lo que las Mitxelena le habían contado sobre la familia Hidalgo, pero no fue suficiente para olvidarse de lo que había dentro de la bolsa de basura cuando abrió el armario ropero. Todo lo que contenía demandaba respuestas: los cuadernos de sesiones con pacientes, los viejos periódicos, el álbum de recortes y el saldo de la cuenta que compartía con su madre y de la que no había sabido nada hasta el día anterior.

«Confía en mí.»

Suspiró profundamente mientras descartaba dedicar energía a pensar en aquello, consciente de que estaba procrastinando, y justificándose a la vez con el hecho de que estaba allí por Andrea Dancur. Se sentía espabilada y con la mente despierta, así que se dio una ducha, se puso el pijama, dejó sobre la cama los libros que le habían prestado las Mitxelena y tomó algunas notas mientras aún tenía los datos frescos en la memoria.

Escribió el nombre de Zuriñe, la «única» amiga de Andrea, que por lo visto quería tener algo con su novio.

¿Cuánto se parecía Andrea a su abuelo?

Debía encontrar a alguien que conociera a los Murrieta de Gaztelu antes de que el apellido Murrieta estuviera ligado a Lisardo y su éxito empresarial.

El hecho de que Lisardo Murrieta se acordara con detalle de todo lo que Andrea le dijo aquel día, en contraste con Santy, inclinaba más la balanza a que Nash pensara que el novio ocultaba información.

Casi podía dar por hecho que Andrea estaba «seria y sola» aquella mañana de ferias por Elizondo, había otros testigos con el abuelo, seguro que en su momento les tomaron declaración. «Seria y sola.» Estaba convencida de que eso era verdad, también había dicho que parecía distraída, que iba buscando a alguien. No era a Santy, ya sabía que estaba en casa durmiendo, y sólo tenía una amiga: ¿buscaba a Zuriñe? Nash estaba deseando conocerla, a pesar de que el criterio de las Mitxelena sobre las personas que les gustaban o no empezaba a parecerle más que fiable.

Escribió también una nota para no olvidar preguntar a Herzog por qué no le había dicho que Lisardo Murrieta había reconocido el cadáver de Andrea Dancur. Le habría sido de gran ayuda presenciar ese momento.

Buscó en su ordenador todas las declaraciones que el

abuelo, la madre, Salomé, Santy o cualquier vecino habían hecho a las televisiones, antes y después de la detención de Salomé Aduriz por el asesinato de Andrea Dancur. Los archivos de vídeo aparecían bien ordenados, bajo el nombre de cada uno. Vio dos vídeos: una declaración del abuelo después de la detención de Salomé Aduriz y otro en el que aparecía entrando en los tribunales durante el juicio. Que había sufrido en los últimos tres años era evidente. El hombre de la pantalla estaba poseído por una determinación que sólo había visto en Lisardo Murrieta al final de su conversación, cuando le habló de su intención de cegar todos aquellos pozos para evitar que fueran convertidos en tumbas. Pero el hombre con el que había hablado aquella noche en el palacio era un anciano, débil, enfermo y un tanto amargado.

El archivo correspondiente a Santy Metz sólo tenía un vídeo, el de aquella petición desesperada a Andrea para que regresara o se pusiera en contacto. Lo vio en bucle una docena de veces, después se puso los auriculares, subió el volumen y lo reprodujo de nuevo cerrando los ojos para concentrarse en la voz. La desesperación y el ruego eran auténticos, faltaba averiguar por qué al novio de Andrea le resultaba más plausible que ella se hubiera ido que que le hubiera ocurrido algo. Recordó que tenía pendiente oír el mensaje que Pascal Dancur había borrado y la Guardia Civil recuperó de su teléfono. Buscó entre los archivos hasta hallarlo. Antes de dar al *play* se preguntó una vez más si era el momento de escuchar a Andrea. Decidió que sí.

«[Ininteligible, sollozos]...*Aita*, ha pasado algo... [Sollozos. Ininteligible] ...todo el mundo me ha fallado..., todos... y la *ama*... Estoy sola, no tengo a nadie. [Ininteligible]... Y no sé a quién recurrir, porque creo que es verdad, tienes que ayudarme, *aita*, porque si no, si no tienes familia... [Llanto]... Si no sabes quién eres... Y la *ama*... [Ininteligible]... ¿Te das cuenta? No hemos entendido nada. Todo es mentira... y es lo más espantoso. Yo necesito que tú... [Ininteligible].»

Había escuchado todo el mensaje con la boca abierta, sobrecogida por la angustia que transmitía la voz. «Parecía una niña pequeña», había dicho Pascal Dancur. Nash no podía estar de acuerdo: era una mujer herida, muy triste, defraudada, pero si se sustraía la voz aguda por el llanto, los sollozos y el esfuerzo, se podía percibir que estaba razonando, tratando de asimilar, poniendo en orden lo que sabía. Andrea Dancur tenía dieciocho años la noche en que envió aquel mensaje. Y era una mujer.

Lo escuchó otra vez, y otra vez, y otra vez... mientras volvía a preguntarse cómo Pascal Dancur había sido capaz de borrarlo. La voz rota de Andrea la había conmocionado. Cerró el ordenador, consciente de que definitivamente no podría dormir y no podría culpar de ello al café. Abrió de nuevo uno de los libros que las Mitxelena le habían prestado y el amanecer la sorprendió leyendo las desventuras de la inspectora Salazar.

11 de marzo de 2020
Miércoles

El lavadero de Gaztelu estaba muy cerca del acceso al cementerio de la población. Nash dejó su coche aparcado junto a las artesas y encaró el camino levemente descendente hacia el camposanto. Rodeado por un muro, era incluso más pequeño que el de Elbete, y no le costó localizar la tumba de los Murrieta de Gaztelu. Reposaban allí los padres y varios de los hermanos de Lisardo, y algún difunto más de apellido diferente, que supuso habría sido familia política. El panteón era soberbio, recordaba al que Lisardo Murrieta tenía en el cementerio de Elbete, y era con mucho el más lujoso del camposanto. Pensó en las palabras del anciano la noche anterior sobre la educación en el orgullo de ganar mucho dinero, levantar una gran casa y, por lo visto también, un gran panteón. La vanidad y el lucimiento llevados hasta su última morada, y no pudo evitar pensar en el lastimoso estado que presentaba la tumba de su madre.

Al salir, junto a la puerta del cementerio encontró un panel cubierto con cristal, donde aparecían varios números de teléfono, el del enterrador, que era Martín, el mismo que en Elbete, el del alcalde de Gaztelu, y un marmolista de la zona. Fotografió los números.

Cuando regresó hacia los lavaderos vio que los chicos la esperaban en el Land Rover en el que harían el último tramo hasta la sima de Legarrea. Aceptó de nuevo los pésames de sus compañeros y su interés sobre cómo se encontraba y si estaba segura de querer volver al trabajo tan pronto. Después se mantuvo en silencio, necesitaba pensar y el recorrido resultaba casi onírico: el todoterreno remontaba hacia la sima de Legarrea atravesando volutas de niebla que se rasgaban hechas jirones a su paso.

De repente, el Land Rover aminoró la marcha para encarar la leve inclinación pedregosa que conducía hasta la sima.

—¿Qué es eso? —exclamó Julio frenando el vehículo.

Todos pudieron ver a qué se refería. El estrecho acceso hacia la pista se veía parcialmente desmontado. Las inconfundibles huellas dentadas de rodadas de grandes neumáticos habían aplastado los bordes del camino machacando la hierba en una amalgama de pasto y barro. Por todo el sendero había terrones sueltos que delataban el paso de un camión, un tractor o una máquina por el estilo. Bajaron del todoterreno y echaron a correr en dirección a la boca de la sima siguiendo el rastro mientras la sospecha de que algo terrible había ocurrido se veía confirmada. Incluso antes de llegar a la boca del pozo pudieron ver las ramas de varios troncos que sobresalían de la grieta.

Julio y Gabriel se detuvieron en seco y se echaron las manos a la cabeza. Mikel se acercó un poco más. Y Xabier fue el que exclamó:

—¡Hijos de puta! ¡Lo han cegado!

A la mente de Nash volvieron las palabras de Lisardo Murrieta la noche anterior cuando le dijo que preferiría que no continuara con la excavación. Pero, por más que tratara de imaginarlo, le parecía demasiado bizarro, incluso para un hombre como Murrieta acostumbrado a lograr lo que se proponía. No tenía mucho sentido que él mismo le hubiera anunciado un proyecto para cerrar los pozos si maquinaba un sabotaje, y la emoción con la que lo había planteado hablaba de homenaje, de tributo a la memoria de su nieta. Era el tipo de persona de la que esperabas recibir un requerimiento judicial para detener la excavación, no un camión de mierda. No encajaba que alguien que consideraba aquel lugar la tumba de Andrea lo mancillara llenándolo de porquería, pero tampoco conseguía apartar de su cabeza el modo en que Murrieta había descrito que ya no estaban las mesas, ni las andas, ni los andamios. Con todo detalle.

Pasaron buena parte de la mañana tomando decisiones sobre qué iban a hacer a partir de ese momento. Tras la desesperación inicial, en la que Mikel, Julio y Xabier llegaron a hablar de abandono, y Nash se negó tajantemente, fue, como siempre, Gabriel el que puso la nota de sensatez proponiendo hacer una evaluación de daños antes de tomar una decisión definitiva. En un momento llevó a Nash aparte y le dijo:

—Escucha, Nash, no sé lo grave que es esto, si lo han obstruido hasta abajo, sacar todo lo que cabe en ese pozo puede llevarnos semanas, y no mantendremos a estos tipos aquí durante tanto tiempo sacando mierda de ese pozo si creen que no hay nada ahí abajo. Piénsalo. Además, los rumores de que habrá un confinamiento van en aumento, esta mañana Julio habló de irse al pueblo con sus padres, y Xabier también se lo estaba pensando...

Montaron las andas, el cabrestante y el motor y en la primera media hora consiguieron sacar dos troncos y varias ramas que habían quedado atascadas en la boca. Cuando el primer tramo de unos cuatro metros quedó despejado, Gabriel y Xabier se introdujeron en la grieta.

—Atención, os lo recuerdo de nuevo, descended sólo hasta donde esté despejado, no se os ocurra meteros entre los troncos, aunque parezca que están atascados podrían deslizarse y aplastaros ahí abajo —advirtió Nash—. Entrad sólo hasta donde podáis y a partir de ahí la sonda; no será tan precisa como el ojo humano, pero nos dará una buena lectura de lo que tenemos ahí abajo.

Los vio descender y en la siguiente media hora ataron y subieron otros dos troncos. Justo cuando el segundo asomaba por la boca de la grieta sonó el teléfono de Nash.

Miró la pantalla y al ver que era Herzog se alejó para poder hablar.

—Es mal momento —dijo al contestar.

—Pues lo siento, pero necesito saber si estás avanzando en el caso.

—He hablado con Helena, con su marido, con el padre de Andrea, con el novio y con su abuelo.

—Son excelentes noticias, sabía que funcionaría.

—Sí, todo va de perlas —dijo mordaz.

—Diría por tu tono que aún estás enfadada conmigo —dijo burlón.

—Sí —contestó ella rotunda.

Él rio como si le divirtiese, e inmediatamente adoptó aquel tono de papaíto hablando con una niña recalcitrante, que quizá, para su sonrojo, alguna vez le había hecho gracia.

—Bueno, tal vez si tuvieras un poco de piedad y me perdonaras podría darte un regalo que tengo para ti.

Nash tomó aire sonoramente.

—Escucha, Laurent, dime lo que tengas que decirme, porque me pillas en un mal momento de cojones, y si has llamado para hacerme perder el tiempo voy a colgar y hablamos en otro rato...

—Vale... —se rindió—. Voy a enviarte el informe del contenido del pozo, ya te dije que no había nada importante, pero creo que va a hacer las delicias de tus cazafantasmas.

—Gracias.

—¿Vas a decirme qué te pasa?

—Alguien ha arrojado un montón de troncos y ramas

en la sima. Estamos ahora valorando cuánto nos costará sacar todo eso para poder seguir trabajando.

—¡Paletos ignorantes! Bueno, ya sabes que en algunas excavaciones pasa, a veces cuando he estado recuperando cadáveres que tienen que ver con la guerra civil nos hemos enfrentado a cosas parecidas. Aunque si lo piensas bien, no es tan grave, con la excusa de que tardarán unos días en quitar los troncos puedes quedarte en Elizondo más tiempo.

—No quiero una buena excusa, quiero continuar cavando, y en este caso no hay ninguna razón política o ideológica para ponernos la zancadilla. Encontramos a una niña perdida, sólo buscamos leyendas.

—¿Habéis avisado a la Guardia Civil? ¿Quieres que lo haga yo?

—No, no, lo hemos considerado, pero el pueblo está lleno de periodistas, y ya me imagino el morbo que despertaría algo así. No quiero tenerlos aquí.

—¿Qué quieres que te diga? Si necesitáis una grúa...

—Tenemos la nuestra, y olvidaste mencionar que Lisardo Murrieta había reconocido el cadáver de Andrea.

—Así es, no pensé que tuviera importancia.

—Sabes que la tiene. Es el único miembro de la familia que la vio, y sabes también que los asesinos no suelen querer ver a sus víctimas. Deberías habérmelo dicho.

—Lo siento —se disculpó Herzog, y pareció sincero—. Yo estuve acompañándole, pregúntame lo que quieras.

Ella rebajó un poco el tono.

—De acuerdo, ¿qué razón te dio para hacerlo? Disponíais de la ropa y de objetos personales, y en unas horas habría llegado la confirmación del ADN, no había necesidad.

—¡Joder, Nash, era su nieta!

—Por eso mismo imagino que le advertirías del estado del cadáver.

—Me dijo que Andrea era el final de su estirpe, y que con ella terminaba su familia, y que creía en las tradiciones, que nadie más iba a hacerlo y debía hacerse. Quería despedirse.

—¿Cómo reaccionó al verla?

—La normal impresión inicial cuando descubrimos la sábana. Pero después calmado, emocionado pero muy entero.

—¿Hay algo más que hayas olvidado contarme? Piénsalo, Laurent, es importante.

—Que te echo de menos. Si quieres, yo...

Nash colgó. Se quedó mirando el teléfono dudando si estrellarlo contra el suelo o no. Una campanita avisó de que acababa de recibir un correo. Lo abrió y leyó varias veces los resultados de las analíticas mientras su mente iba a mil por hora y entendía del todo el comentario de Herzog sobre lo mucho que le iba a entusiasmar a su equipo. Con el teléfono en la mano se detuvo a mirarlos desde lejos. Debía tomar una decisión, porque no iba a poder pedirles más si no les daba algo a cambio. Era consciente de que en los últimos días le había costado mantenerlos a su lado. Después de todo lo que había cavado el equipo policial no parecía tener mucho sentido que continuasen en la sima y, por si fuera poco, estaba lo del confinamiento. Ahora el resultado de las analíticas de todo lo que había en el pozo podía ser un balón de oxígeno, pero no suficiente si quería lealtad, y la necesitaba porque tenía que sacar lo que había allí abajo.

Se acercó a la boca de la sima en el momento en que Gabriel y Xabier salían de la grieta y rodeaban las pantallas para seguir el descenso de la sonda. Nash contuvo el aliento hasta que Mikel se volvió para decirle:

—No tan malas noticias, parece que los primeros troncos quedaron atascados al caer y han formado una especie de entarimado a unos diez metros de profundidad, el resto está por encima, y creemos que hay muy poco por debajo.

—Lo que no puedo entender es por qué alguien haría algo así. No sé de qué manera lo que hacemos puede molestar a nadie —dijo dolido Gabriel.

—Quizá sí —dijo ella alzando el teléfono—. Escuchad, hay algo que tengo que contaros, acaban de enviarme los resultados de todo el contenido del pozo que se llevó la Guardia Civil.

Los cuatro hombres se volvieron a mirarla.

—Además de lo que era evidente a simple vista: la lana de oveja, los escombros y un montón de basura, en las capas por debajo del cuerpo de Andrea había una llamativa cantidad de sal marina, y mezclados con el sedimento han encontrado trazas de ruda, estramonio, caléndula y romero, además de al menos doce *eguzkilork* en distintos estados de conservación, hay también restos de tela de gasa tintada con carbón, ¿sabéis lo que significa?

—Todos son ingredientes habituales de un hechizo de protección contra el mal —dijo Julio.

—Sí, pero ¿por qué arrojarían todo eso dentro de la sima? —apremió Nash.

—Porque no es un hechizo de protección, es un hechizo de contención. Para evitar que algo o alguien saliera de esa sima. La sal, el estramonio, la ruda y el romero han sido utilizados como remedios contra el mal de ojo y la brujería desde el principio de los tiempos —contestó Gabriel—. No sé qué significado puede tener la tela de gasa pintada con tintura de carbón.

Fue Julio el que contestó.

—La tela de gasa de lino se usaba tradicionalmente en la antigüedad para hacer mortajas, era habitual que las jóvenes elaboraran un paño de muertos como parte de su ajuar antes de casarse. Solía ser un lienzo de gasa que se bordaba con las iniciales de la familia, los apellidos o símbolos que los representaban: animales, flores, la heráldica de su escudo si lo tenían. Se utilizaba durante el velatorio y después se retiraba, se limpiaba y se volvía a guardar hasta el siguiente fallecido en la familia. Pero esto, y en este lugar, diría que es simbología destinada a contener una fuerza maléfica.

—¿Puede ser que se usara este lugar para un enterramiento? —preguntó Mikel.

—Yo diría más bien para una reclusión —opinó Julio.

—Sí. Aglutina todos los elementos típicos de la *sorginkoba*, un cautiverio a la fuerza para llorar sus penas, cumplir su penitencia —añadió Nash.

—Sólo que parece que en esta ocasión alguien estaba convencido de que en el interior había algo que era imperativo mantener encerrado —dijo Julio—. Sobre todo por la gasa tintada. Lo que daría por ver las inscripciones.

—Sabemos que era una mujer —dijo Nash.

—¿Te refieres a Andrea Dancur, o a la leyenda sobre esa mujer a la que habrían arrojado al pozo al inicio de la guerra? —preguntó Xabier.

—No, eso no estaba aquí para Andrea, si no habría estado sobre ella; estaba por debajo, para alguien arrojada antes que Andrea, y creo que muchísimo antes de la guerra.

Los tres hombres la miraban expectantes, excepto Gabriel, que bajó los ojos.

—Escuchad, hay algo que tengo que contaros, y espero que entendáis que, si no lo he hecho hasta ahora, ha sido porque no tenía pruebas, los datos han tardado días en llegar. El día que encontramos a Andrea Dancur hallé también un pequeño trozo de hueso. Era evidente que no tenía ninguna relación con Andrea, hueso viejo, hueso antiguo.

—Pero ¿por qué no nos dijiste nada?

—Preferí protegeros, al fin y al cabo me estaba llevando algo de la escena de un crimen, ¿lo entendéis? Y ni siquiera estaba segura de que fuera humano —mintió—. Ya sabéis que había restos de animales ahí dentro, Gabriel y yo pasamos horas declarando. El trocito de hueso resultó ser humano y me alegro de haberlo cogido, porque Herzog se lo habría quedado y no nos habría dejado ni olerlo.

—Imagino que te las habrás apañado para datarlo —dijo Julio.

—Es más complicado de lo que imagináis, no puedo utilizar los canales oficiales de la universidad. Nuestra labor debe seguir siendo autónoma, o en caso de un hallazgo tendríamos que compartir con ellos la autoría, así que sigo esperando una data del hueso, de momento lo único seguro es que se trata de una mujer, pero lo que sí he obtenido ha sido la data aproximada de un trozo de tela que envolvía el hueso.

—¿El sudario?

—Sí, la fecha aproximada nos lleva a cuatrocientos años atrás.

—¿Están seguros? —preguntó Julio interesado—. Eso cambiaría las cosas.

—Sí, bastante seguros. Son una autoridad en cuanto a tejidos, de la Universidad de Upsala.

Julio y Xabier se miraron asintiendo impresionados.

—Entonces ¿podría ser que hubieran enterrado a alguien aquí, y que llevase ese sudario? —preguntó Gabriel.

—A ver —reclamó Julio—, que no se nos vaya la flapa, los entierros se hacían en cementerios, arrojar a alguien vivo o muerto ahí dentro no tiene nada que ver con un funeral. Sólo se me ocurren casos de peste, en los que había que alejar el foco de la población, hay documentados casos de enterramientos en vida en minas, cuevas y lugares por el estilo, y solían llevarse a cabo con grupos grandes de contagiados. Y por hacer un llamamiento a la cordura, un dato: que la tela tuviera cuatrocientos años no significa que el hueso tenga cuatrocientos años.

—Los expertos en tejidos me advirtieron de lo mismo. Sólo tenemos la data del sudario. Pero es imposible no hacer conjeturas, no se os escapará que cuatrocientos años atrás nos lleva a un periodo de auge de la brujería. Por esa fecha teníamos en Elizondo, al menos, al inquisidor Salazar buscando al demonio y a Pierre de Lancre queriendo procesar por brujería a todo lo que se movía, y os recuerdo que la jurisdicción eclesiástica no entendía de fronteras: Baztán estaba bajo la tutela de la diócesis francesa. Siento que es muy ilusionante, pero tenéis razón y debemos mantenernos en los márgenes de los datos que tenemos hasta ahora.

—Nos lo has contado hoy porque hemos hablado de abandonar —dijo Mikel, que hasta este momento se había mantenido en silencio—. Me jode un poco, doctora, hemos estado viniendo aquí cada día, siempre que nos lo has pedido, y no has confiado en nosotros. Me pregunto si nos lo habrías dicho de no habernos encontrado esta sorpresita.

Nash suspiró y cerró la mano derecha para sentir la rugosidad del corte que cruzaba la palma.

—En mi plan de esta mañana no entraba decíroslo, tienes razón en parte, soy consciente de que lo que ha pasado podría ser suficiente como para abandonar, pero también es cierto que acaban de enviarme esto, mira la fecha en el correo —dijo tendiéndole el móvil. Él lo comprobó y se lo devolvió—. Hemos bajado ahí todos los días y ya veis lo que hemos sacado: nada. Mi ilusión inicial se fue a la mierda cuando comenzamos a cavar y vi que el equipo de Herzog se lo había llevado todo. Os aseguro que perdí completamente la esperanza, llegué a pensar incluso que el hueso que hallé hubiera llegado aquí de modo accidental, quizá con un depredador, o como parte de la limpieza de un viejo cementerio. No podía contaros nada porque no tenía nada.

—¿Desde cuándo sabes lo de la tela? —preguntó Mikel de nuevo.

—Desde ayer, cuando estaba regresando de Donosti recibí la llamada.

Xabier la miró alarmado.

—Estás sangrando —dijo acercándose a ella—. La mano.

Nash levantó la mano derecha y vio que el corte que cruzaba la palma se había abierto. La sangre había chorreado hacia la punta de sus dedos.

—No es nada —trató de quitarle importancia mientras cerraba el puño y lo cubría con la otra.

Julio la tomó por la muñeca e inspeccionó la herida.

—Es un buen arañazo, te lo habrás hecho al agarrar alguno de esos troncos, no parece muy profundo, pero hay que hacerte las curas, puede que tengas clavada una astilla.

—De verdad, no es nada —dijo apretando un pañuelo de papel contra la herida—, pero no voy a poder seros de mucha ayuda esta mañana, así que se me ocurre, Julio, que podrías bajarme hasta Gaztelu. Ayer supe que hay una propuesta para cerrar este pozo y quiero enterarme bien.

—¿En serio?

—Lo promueve la familia, y es un proyecto para poner tapas a todos los pozos abiertos en Navarra. Una especie de homenaje a la memoria de Andrea que evite accidentes o acciones delictivas.

—¿Y crees que eso puede tener algo que ver? —preguntó Julio extrañado.

—No, no, claro que no, pero se me ocurre que puedo hablar con el alcalde y preguntarle por el proyecto oficial, quiero ver si, tras la propuesta, alguien más se ha quejado, o le han hecho llegar que les moleste que estemos aquí. Es un pueblo muy pequeño, la gente habla directamente con el alcalde.

Tres arcos de piedra se abrían en el frente del ayuntamiento ocupando casi el total de la fachada. Habría podido pasar por un caserío más de la población de no ser por el tablero de corcho que, junto a la puerta, tenía expuestos todos los bandos municipales y teléfonos de interés. Traspasó la puerta y subió al primer piso. El despacho que con una placa se adjudicaba al alcalde estaba abierto. Se asomó y golpeó en el marco suavemente con los nudillos.

—*Egun on*, ¿en qué puedo ayudarte?

—Hola, busco al alcalde de Gaztelu.

—Pues ya lo has encontrado, soy Aitor Bazterrika, alcalde jurado de Gaztelu. Ya me dirás en qué puedo ayudarte.

—Soy Nash Elizondo, dirijo el equipo que está trabajando en la sima de Legarrea.

—Sí, sé quién eres —dijo asintiendo con consideración mientras le tendía la mano—. Bienvenida a los Valles Tranquilos.

Ella puso cara de circunstancias.

—Bueno, lo que me trae aquí tiene y no tiene que ver con eso. Lisardo Murrieta me ha dicho que lidera un proyecto para cegar pozos peligrosos parecidos a la sima, y que quiere empezar por Legarrea, lo que es perfectamente entendible.

—Así es, su abogado ha presentado un escrito pidiéndonos autorización, porque como ya sabes el territorio es comunal. El apoyo del ayuntamiento es unánime, lo propuse a los grupos y todos estuvieron de acuerdo en autorizarlo, estamos a la espera del proyecto que tenga menos impacto ambiental. El señor Murrieta lo ha encargado a un estudio de arquitectura paisajística.

—Algo así me dijo, pero mi pregunta no tiene tanto que ver con Lisardo Murrieta. Querría saber si alguien más, algún vecino, cazadores o pastores, te ha hecho llegar quejas, que le moleste que estemos trabajando en la sima.

—No, para nada. —Hizo una pausa—. A ver, supongo que conoces la leyenda, de ese lugar siempre se ha dicho que estaba maldito, historias de brujas y esas cosas.

—Supongo que te refieres a la historia de que una mujer represaliada al principio de la guerra pudo ser arrojada allí...

—Cuando yo era pequeño oí contarlo, unos decían que era verdad y otros que no, pero está claro que era una historia para asustar a los niños. En esos años vino gente en un par de ocasiones a investigar en los archivos, y en los años ochenta un equipo de ingeniería de caminos hizo una cata del pozo, y no había nada. Pero es que, además, en este pueblo no hubo represaliados, todo el mundo aquí era carlista, y cuando se produjo el levantamiento el apoyo fue unánime, tanto que consta en los archivos de reclutamiento que el esposo de esa mujer estaba en el bando nacional, lo que terminó de desmontar el argumento de la represalia. Según los historiadores, en los primeros días de guerra hubo muchos desplazados. Si quieres puedo buscarte los documentos del estudio.

—Creo que uno de mis compañeros obtuvo una copia...

—Pero más allá de eso, la gente quedó muy impresionada en los primeros días tras el hallazgo de la chica Dancur, incluso diría que la sensación era de agradecimiento... Ya sabes, por haberla encontrado. ¿Ha pasado algo?

—Te pediría que fueras discreto, porque lo último que nos apetece es que todos esos periodistas que están en Elizondo se trasladen a la sima, pero esta mañana, cuando hemos llegado, la boca estaba cegada con troncos y ramas.

Frunció el ceño pensándolo.

—Bueno, se me ocurre que quizá no haya sido con mala intención.

—¿Cómo podría ser?

—Me consta que durante siglos la gente de por aquí ha usado la sima como vertedero natural, puede ser producto de una poda, es primavera, y no toda la madera sirve para leña, si está contaminada, tiene bicho o moho, es mejor no juntarla con la buena. Te lo digo porque mi trabajo de alcalde es por nombramiento en un Batzarre, pero mi trabajo es de guarda forestal, y sé que la gente hace esas cosas. Hace unos días oí el rumor de que habíais recogido el equipo, quizá alguien pensó que no ibais a regresar y la usó sin mala intención.

Nash lo observó, se veía a la milla que era buena persona, o una de esas que sin creer del todo en la especie humana prefieren confiar.

—Sí, es lo más probable —contestó Nash sin convicción—. Otra cosa, que no tiene nada que ver. He visto en el cementerio el teléfono de un marmolista de la zona, ¿sabes si sigue en activo? El anuncio en el panel del cementerio parecía bastante viejo.

—Es por la humedad, ya hemos cambiado dos paneles, y el agua sigue entrando. El marmolista es primo mío —dijo sacando su teléfono—, si quieres puedo llamarle ahora.

—Pues si eres tan amable, me gustaría hablar con él. El trabajo que ha hecho con la tumba de los Murrieta es magnífico.

—Eso lo hizo su padre, o puede que hasta su abuelo.

—Supongo que es un orgullo para el pueblo que un vecino proveniente de una familia humilde haya logrado ser un importante empresario.

—Bueno, tanto en Malerreka como en Baztán ha

habido hombres que han destacado en ese aspecto, quizá el más famoso sea Braulio Iriarte, de Elizondo, que fundó en México la cerveza Corona; pero, en el caso de Murrieta, su familia ha tenido fortuna desde antiguo. Siempre han sido la familia más rica del pueblo.

Nash le miró confundida.

—No sé por qué me había hecho otra idea, creía que había emigrado con su padre y sus hermanos para trabajar.

—Bueno, pues yo no te puedo dar más detalles, pero mi padre, que también emigró a México, coincidió con ellos en el D. F. Si quieres podemos ir a hablar con él, está ahora en el bar, y quizá hasta vea a mi primo, el marmolista, a esta hora —dijo consultando su reloj— suele estar en el bar para el *amaiketako*.

—Bueno, *normala da* —respondió ella haciendo el gesto de mirar un reloj que jamás llevaba y asumiendo que el bar en un pueblo es el lugar donde buscar a la gente que te interesa.

Después de una fructífera conversación con Alfredo Bazterrika, Nash regresó a Elizondo, estacionó su coche en las proximidades de Giltxaurdi y cruzó entre los edificios por un sendero que daba a su calle. Estaba llegando al hostal Izarra cuando vio a la dueña hablando con una anciana ante el portal. Se apresuró y pasó de largo, saludando con un breve gesto y sin apenas mirarla para no propiciar que la parase. Cruzó el puente de Muniartea y fue caminando por la calle Santiago hasta la funeraria de Elbete. El número de coches aparcados en la calle principal parecía inferior a días pasados. En el informativo que había visto a las siete de la mañana mientras se preparaba para salir hacia la sima, la noticia era que, en efecto, Salomé Aduriz había regresado a su casa de Baztán el día anterior. Las imágenes de un coche con los vidrios tintados entrando en el garaje de la casa era todo lo que atestiguaba el reportaje. Después, carreras atropelladas para alcanzar a su abogado mientras salía de la propiedad y confirmaba una vez más que Salomé estaba bien, muy cansada, y que no haría declaraciones. Se imaginaba que muchos reporteros desistieron tras ver al abogado volviendo a entrar en la casa cargado de compras, y optaron por trasladarse a las urgencias de los hospitales, donde en aquel momento estaba la noticia de última hora.

Accedió al camino de la funeraria sintiendo cómo el sol le templaba el rostro. La puerta de la cocina estaba entreabierta y del interior salía música y aroma de comida.

Empujó la puerta y vio que Beth estaba trabajando frente al fogón.

—Buenos días, ¡qué bien huele!

—Hola, Nash, pasa, por favor, creía que estarías en la sima. Mi madre y mi hermana han salido a trabajar —dijo mientras limpiaba unas conchas enormes bajo el grifo abierto de la fregadera.

El gesto de Nash cambió, consciente de lo que suponía tener trabajo para Eva y Susana.

—¿A trabajar?

—Sí, una viejecita de la residencia. No te preocupes, era muy mayor, casi cien años. ¿Sabías que las mujeres en Baztán vivimos un montón?

—No me extraña —dijo sonriendo—. ¿Eso son vieiras?

—Sí, son para la noche, las haré al horno con chalotas y besamel, espero que no seas alérgica. ¿Comerás también con nosotras? —preguntó mientras cortaba gruesas rebanadas de pan, que introdujo en la cazuela.

—Huele de maravilla. ¿Qué es esto?

—Carrilleras de ternera en salsa cazadora.

—Ay —se lamentó Nash—. Tengo trabajo que hacer, pero disponía ahora de un rato y me preguntaba si podrías indicarme dónde están las ruinas del caserío Elizondo.

La chica apartó la cazuela del fuego.

—Mucho mejor que eso, voy a acompañarte, pero antes... —dijo mientras sacaba las rebanadas pringadas de la salsa del guiso y las disponía en sendos platillos—. Prueba esto.

Dejaron atrás la huerta del cura y el palacio Jarola, llegaron a la casa que tenía una fuente y un abrevadero justo donde se dividía el camino hacia el molino y siguieron por el que se internaba en el pueblo, atravesaron los campos, dejando la casa Maisternea a la derecha. Excepto cuatro o cinco coches aparcados en hilera frente a la casa de Salomé Aduriz, el resto había desaparecido gracias a la labor de desaliento del abogado que ya había visto en las noticias. Al pasar frente al acceso a la casa de Helena Murrieta, Nash levantó la mirada para comprobar que los portillos que daban al exterior seguían entornados. A partir de allí, el camino se estrechaba hasta dificultar bastante el paso de un vehículo. Sólo había un par de caseríos más, uno de ellos al otro lado del río.

—Ese caserío es Leku-eder —explicó Beth—. Hace unos años ardió hasta los cimientos, fue una pena terrible, la familia lo perdió todo, pero al menos el dinero del seguro los ayudó a reconstruirlo.

Cuando alcanzaron los restos de la que había sido la antigua caseta de la compañía eléctrica, y antes de que la chica se lo indicara, Nash vio las ruinas del caserío Elizondo. Había sido una gran casa, al menos en cuanto a superficie. El solar de recia piedra se mantenía libre de hierbajos, la planta rectangular delataba el lugar que había ocupado la chimenea, un cúmulo de gruesas piedras que aparecía derrumbado pero aparente. Al otro extremo de lo que un día fue una pared exterior sólo quedaban las dos o tres primeras hileras. Nash observó que entre las piedras se veían restos de papel reducido a pulpa. Había pesadas rocas desperdigadas por toda el área como si alguien las hubiera colocado para sentarse al sol, y en uno de los extremos una columna de madera rodeada de cantos redondos se erguía retando al tiempo y a los elementos.

Nash se paró en medio de las ruinas notando el calor que emanaba de las piedras y concentrándose en sentir. Le producía una extraña sensación pensar en su madre como una niña pequeña que vivía en aquel lugar. Miró más allá de donde un día estuvieron las paredes. El entorno era precioso, el verdor esmeralda de los campos se extendía hasta el río, a cincuenta o sesenta metros a lo sumo. Tras el corte del río, las colinas se elevaban desde los límites de Elizondo a Erratzu o Arizkun. Y por el otro lado, más allá de la carretera, donde estuvo en el pasado una antigua tejería, se alzaba la ermita de Santa Bárbara, cuya campana alguien había robado mucho tiempo atrás. Escuchó arrobada el relato que la joven hacía de cada uno de los lugares, y pensó en lo insólito y mágico de aquel paraje, donde cada hondonada tenía nombre, cada piedra, dueño, cada casa, familia, y cada árbol, tradición. Había algo paradójico y extraordinariamente fascinante en las anécdotas narradas por aquella suerte de ninfa de cabello naranja. Pensó que podría ser la aparición mística de un hada del bosque de no llevar una sudadera gigante con la cara de Cancerbero y unas Dr. Martens en los pies. Reflexionó sobre ella misma. Después de vivir durante veinticinco años en la misma calle de Donostia, no sabía quién era el arquitecto que había construido la casa de enfrente, o desde dónde habían traído las piedras, o las maderas que conformaban la suya, y, sin embargo, aquella cría iba contándole al detalle la historia de las familias, la procedencia de los animales, el pasado de las casas.

Aspiró profundamente el frescor que subyacía en el aire caliente que emanaba de las lajas y se sentó en una de las piedras, en dirección al lugar que un día había ocupado la chimenea.

—Dicen que este sitio es poderoso, ya sabes, mágico —le recordó Beth.

—¿Cuál es el ritual? ¿Cómo funciona?

—Si tienes una petición debes escribirla en un papel, traerla aquí y meterla entre las grietas de las piedras, después colocarás sobre el montón una piedra que habrás traído desde tu casa, o que hayas escogido por el camino. Para que funcione tienes que entrar por donde estaba la puerta y salir por el mismo lugar, después sólo hay que esperar.

—La liturgia se parece bastante a la de las cuevas de la diosa Mari, con la excepción del papel, a Mari no se le escribe —dijo Nash levantándose para inspeccionar con interés el montón de piedras que se alzaban donde un día estuvo la chimenea. Había una docena de guijarros de distintos tamaños y cuyo color delataba también distintas procedencias. Beth indicó varios lugares en los que alguien había insertado entre las piedras papeles que se veían amalgamados y erosionados hasta pegarse a la roca, en contraste con otros que parecían más recientes.

Beth le tocó en el hombro y sin hablar le señaló los restos de la pared exterior.

Una gata pequeña, negra y escuálida se había sentado sobre las piedras que un día conformaron el muro y las miraba con interés desde detrás de sus pupilas amarillas.

—¿Es esta la gata de la que hablabais? —susurró Nash para no asustar al animal.

La chica asintió.

—¿Y la gata qué pinta en la fórmula mágica?

—Si la gata aparece mientras estás aquí, el deseo está concedido. Creen que es lo que se llama un «espíritu familiar». ¿Sabes lo que es?

—Sí, pero pensaba que estaban ligados a una persona, el brujo o mago al que servían, como los enemiguillos.

—Pues en ese caso, ahora es tuya —dijo sonriendo.

—No sé si esas cosas se heredan, pero me la había imaginado diferente... —admitió. Era una gatita joven, pequeña y desnutrida, con el típico aspecto que presentan las hembras callejeras que tienen crías muy pronto y no viven demasiado tiempo.

Beth caminó muy despacio hacia el animal mientras bisbiseaba adelantando sus manos, como si fuera a ofrecerle algo. Cuando estaba a punto de llegar hasta ella, el felino dio un salto y se escabulló detrás de las piedras. Beth se dio la vuelta y se encogió de hombros mientras alzaba las manos sonriendo. Emprendieron el camino de regreso tras atravesar el umbral invisible, que se suponía que se había alzado, más o menos, frente a la chimenea.

—Ahí detrás hay un *putzu* en el río, el Pozo de la Loca, es un buen lugar para bañarse en verano —dijo Beth señalando—. Por el otro camino llegas al molino, hay una presa que es como la de Txokoto, pero en pequeñito. En San Juan los mozos vienen a la orilla a buscar un tilo que ponen en la plaza para seguir la tradición —iba explicando—. A muchas casas de Elbete llegaron príncipes de la Iglesia, obispos, arzobispos y cardenales que venían aquí a pasar el verano. Dicen que también pasaba temporadas aquí Valle-Inclán, hay una placa en el palacio Jarola que da fe. Y no ha sido el único, además de la Redondo, otros autores han escrito sobre Baztán, algunos incluso se establecieron en Elizondo, un par de ellos están enterrados aquí, otros han acabado en el psiquiátrico Benito Menni, como el escritor que vivía en Txokoto. Ese burrito de ahí —dijo señalándolo— se llama Luigi, todo el mundo lo conoce, le traemos pan, churros, cruasanes, lo tenemos malcriado, tiene un montón de años. Dicen que fue un regalo de bodas para los dueños de la casa. En esa otra casa de ahí vivió el inventor de la lotería nacional, Miguel de Múzquiz y Goyeneche, fue un tío importante, hasta Goya le hizo un retrato.

Nash se fijó en una casa que llamaba la atención entre las demás por el penoso estado en el que se encontraba. El tejado y una ventana del piso superior eran lo único que se mantenía en la casa, por lo demás desvencijada. Las ventanas se veían desencajadas, la pintura se había desprendido hacía mucho, algunas carecían de cristales. Por los huecos asomaban jirones de las cortinas agrisadas por el tiempo, una estaba abierta de par en par, y el interior se adivinaba ruinoso. Sobre la puerta, una placa con el número borroso. La fachada se veía gris, aunque conservaba restos de pintura que la hacían parecer arañada por las garras de una criatura mítica.

—¡Qué lástima! Debió de ser una casa preciosa —dijo deteniéndose a observarla mientras intentaba atisbar el interior.

Percibió entonces un movimiento tras una de las ventanas y una mujer se acercó hasta el lugar donde debería haber habido cristales y la miró con dureza.

Incómoda por la situación, Nash la saludó con una leve inclinación, sintiéndose torpe y desafortunada. La mujer no le devolvió el saludo, pero la miró con más dureza si cabía.

Nash bajó la cabeza y siguió caminando visiblemente azorada.

—No te preocupes, ella es así, mira igual a todo el mundo —dijo Beth.

—No quería molestarla, he sido muy torpe.

—No es tu culpa, créeme, está muy atormentada, su hija tiene mi edad y lleva dos años en coma, ella es enfermera y se encarga de su cuidado, no hace otra cosa.

—Y yo criticando el estado de su casa, bastante tiene la mujer.

—Ya, pero lo más raro es que es ahí donde tiene a su hija, en la habitación del piso de arriba.

—¿Ahí? ¿En esa casa? ¿Cómo es posible?

—Mi madre sabe bien toda la historia, ven a cenar esta noche y que te la cuente.

—Pues vaya, mi primer día en el pueblo y me enemisto con los vecinos.

—Bueno —dijo la chica volviéndose a mirar atrás—, parece que a alguno le has caído muy bien.

Nash se volvió y vio que la gata las había seguido desde las ruinas de la casa. Caminaba a unos cuatro metros de distancia y, cuando ellas lo hicieron, se detuvo también, y al reemprender la marcha, siguió caminando sin perderlas de vista.

Cuando llegaron a la funeraria, coincidieron con Susana y Eva, que llegaban también en ese momento y estaban aparcando el coche fúnebre frente al portón verde.

—¿Qué haces tú aquí, no tenías que estar en la sima?

—Os lo cuento por la noche, no os lo vais a creer...

La gata saltó sobre el banco de piedra junto a la puerta de la cocina y se quedó allí, esperando.

Beth se adelantó y comenzó a hablar como un torrente.

—Es alucinante, *ama*, hemos ido a las ruinas de su casa, la gata ha aparecido en cuanto hemos entrado, he intentado tocarla, pero se ha escabullido, y luego de pronto estábamos paradas frente a la casa de Garbiñe y vemos que nos seguía, en cuanto ha llegado aquí se ha subido al banco como si fuera su casa.

—¿Qué vas a hacer con ella? —preguntó Eva dirigiéndose a Nash.

—¿Yo? ¿Por qué me lo preguntas?

La chica sonrió.

—A ver, está claro, estaba en tu casa, te ha seguido, es tu gata.

—No es mi gata —respondió Nash sonriendo incómoda—. Ni siquiera me gustan los gatos.

—Pero te ha seguido —dijo Beth como si eso fuese la prueba irrefutable.

—Yo creo que te ha seguido a ti porque ha creído que ibas a darle algo, y si le das de comer volverá a diario, es un clásico, pasa con todos los bichos, ciervos, osos polares o jabalíes.

Susana se sentó en el banco y muy despacio estiró la mano hasta tocar el pelaje de la gata.

—¿Cómo se llama?

Las tres miraron a Nash.

—Que no es mi gata —dijo mientras se daba la vuelta dirigiéndose al camino—. Lo siento, pero tengo cosas que hacer, nos vemos por la noche.

La gata saltó y comenzó a caminar tras ella.

—Nash —la llamaron las Mitxelena.

Nash se volvió superada. Estiró una mano hacia la casa y le habló al animal.

—No me sigas, quédate aquí.

La gata se detuvo, levantó la cabeza, lo que le dio un aire de estar un poco ofendida, pero después se sentó y la observó mientras se alejaba.

Se arrepintió de no haber llevado el coche. Para acceder al cementerio tuvo que caminar por la carretera general desde la gasolinera, no había mucho tráfico a aquella hora, pero un camión pasó demasiado cerca. Cuando encaró el sendero vio que el gran Audi de Jaime Arjona venía en sentido contrario. Santy le había dicho que iba cada día a llevar las flores de la madre de Andrea. Nash se apartó a un lado del camino, con la esperanza de que tal vez Arjona se detuviera, pero él se limitó a levantar cuatro dedos del volante a modo de saludo. Había otro coche detenido frente a la puerta del cementerio, y se preguntó si la prisa de Arjona tenía que ver con el otro visitante. Cuando traspasó la puerta comprobó que se trataba de un hombre mayor. Llevaba un perrito pequeño sujeto con una correa, y había retrocedido hasta quedar apoyado en el panteón que lindaba con el de la familia Murrieta, pero Nash no tuvo dudas cuando vio que sostenía un ramo de flores sin envolver que depositó junto a la cabecera de la tumba. No sabía quién era: tenía una colección bastante nutrida de fotos de todos los familiares de Andrea, de sus profesores, compañeros de bachillerato y entrenadores, pero no le resultaba familiar. Parecía más joven que Lisardo Murrieta, pero no podía ser ninguno de sus hermanos, ya que todos habían fallecido y estaban enterrados en el cementerio de Gaztelu. Quizá un profesor que hubiera dado clase a Andrea en el instituto de forma temporal, o incluso en primaria.

Nash odiaba presentarse, sabía que no había nada tan contraproducente como saludar y tener que preguntar quién era el otro. Decidió arriesgarse, al fin y al cabo, la forastera era ella, mucha gente en el pueblo sabía quién era. Caminó hacia el interior del camposanto, se detuvo ante la tumba de Andrea y, sin apenas mirar al hombre, susurró un saludo y se quedó mirando fijamente un ramillete de rosas diminutas, que se veían muy frescas. Supuso que eran las que a diario dejaba allí Jaime Arjona. Sobre el celofán una pegatina remitía a una floristería de Elizondo. La memorizó mientras permanecía inmóvil.

Surtió efecto. Al cabo de treinta segundos de miradas de soslayo, el hombre carraspeó y se dirigió a ella.

—Discúlpeme, señora.

—¿Sí? —contestó Nash como si no esperase en absoluto que él fuera a hablarle.

—Usted es..., es la mujer que encontró a la niña.

—Sí —contestó Nash tendiéndole la mano—, ¿y usted es...?

—Oh, no soy nadie..., quiero decir que no soy de la familia.

—Como yo, un amigo entonces..., soy la doctora Elizondo —dijo consciente de que el doctorado inspiraba confianza a las personas mayores.

—Sebastián Andía, pero no lo soy —dijo el hombre jadeando un poco, parecía que le faltara el aire.

—¿Que no es... qué?

—Amigo de Murrieta —contestó el hombre mirándola fijamente, casi provocador.

Nash necesitó contenerse. Tenía delante a un hombre que se declaraba abiertamente enemigo de Murrieta. Debía ser prudente con lo que dijera a continuación.

—No trabajo para Murrieta —dijo ella—, si estuviese al servicio de alguien, en todo caso sería de la pobre Andrea.

La respuesta pareció satisfacerle. Apretó los labios mientras asentía.

—Y de la verdad —añadió Nash como si dejase caer una granada.

Dio de pleno en su objetivo.

—Pues más le vale estar atenta, porque con Lisardo Murrieta una cosa es la verdad y otra su versión. Es un puto oligarca y un fascista.

Nash compuso una sonrisa de circunstancias.

—... Y veo que tiene una opinión formada sobre él.

—Trabajé treinta años en sus empresas, y siempre me tuvo enfrente, luchando en los sindicatos, intentando quitarle la careta. ¿Sabe que mucha gente aún le considera un benefactor de Baztán?

Nash se preguntó qué hacía un sindicalista resentido dejando flores en la tumba de los Murrieta.

—¿Conoció usted a Andrea?

—La había visto por Elizondo, pero nunca hablé con ella.

—Pero le trae flores.

—No son para la niña, son para su abuela. Irene Legasa.

Sólo había otro nombre inscrito en el panteón además del de Andrea Dancur. Irene de Murrieta. El hombre señaló la losa.

—Lisardo Murrieta quiso proclamar que era suya hasta después de muerta, pero nunca lo fue. Cree que la gente es de su propiedad, a unos los compra y a otros los esclaviza. —Se notaba que respiraba trabajosamente.

—Usted la conoció...

—Iba a casarme con ella, sólo estábamos esperando a que yo regresara del servicio militar. Pero entonces se nos cruzó Murrieta.

—¿Le dejó por él?

El hombre frunció la nariz.

—La sedujo con su dinero. Bien vestido, vivido, viajado y muy rico. Nosotros éramos gente humilde, trabajábamos de sol a sol ayudando a nuestros padres en los caseríos. Cuando conoció a Murrieta, la obnubiló con su dinero, la tenía todo el día de paseo en su coche, a Hondarribia y a Zarautz a cenar al Euromar, y al Arzak, a Pamplona a comer a la Perla, al teatro, a los toros. Vestidos nuevos, joyas. Vaya, el completo cuando quieres comprar a alguien.

«O cuando te enamoras», pensó Nash.

—Yo no me lo tomé muy bien, me presentaba en su casa todos los días, a todas horas, intenté hablar con su madre, pedirle explicaciones, pero sus padres estaban encantados con su nuevo novio. Su hermana mayor vino a hablar conmigo y me dijo que tenía que comprenderlo, que Irene estaba enamorada, y que era una oportunidad extraordinaria, que me apartara y la dejara ser feliz. Y lo hice. Se casaron un mes después, aquí en Elizondo, el convite se hizo en el casino, y seguro que es una de las bodas más ostentosas que se recuerdan. Estuve borracho una semana para poder soportarlo, cada vez que se me pasaba, me volvía a coger otra curda para no pensar.

—Lo siento —murmuró Nash—. Debió de ser terrible.

—Irene me rompió el corazón y Murrieta se lo rompió a ella, y no tardó mucho. Se fueron de viaje, bastante tiempo, la clase de lujo que yo no hubiera podido darle, y cuando regresaron corrió el rumor de que estaba embarazada, y ahí empezó su infierno. No a todas las mujeres les sienta bien el embarazo, ¿sabe? Y mi Irene fue una de esas. Comenzó a engordar, tenía los pies y las manos inflamadas, y le salieron por el rostro unas manchas oscuras, como si se hubiera quemado.

—El paño —apuntó Nash.

Él asintió, su respiración era cada vez más agitada.

—Lisardo Murrieta perdía el interés por ella en la misma medida en que el embarazo avanzaba. Hacia el final, Irene apenas salía a la calle, estaba siempre encerrada en casa, y allí dio a luz, antes era algo habitual. Había una matrona, era la que atendía casi todos los partos. Yo tenía noticia de todo por una prima mía, Gregori, que trabajaba sirviendo en la casa, y a través de ella un día me llegó una carta.

Irene me contaba que era muy desgraciada, que Murrieta no había vuelto a tocarla desde que se había quedado embarazada, que la trataba con desprecio y se burlaba de su aspecto, llegó a decirle que se avergonzaba de lo gorda y fea que estaba.

Nash pensó en las palabras de Murrieta la noche anterior: «Nadie te enseña a ser un esposo, a cuidar de tu mujer».

—Yo seguía enamorado, me volví loco de alegría al recibir su carta. Le propuse una cita y ella acudió. Volvimos a vernos, e inmediatamente todo estuvo bien entre nosotros. Ella se daba cuenta de su error, y de que me quería, y yo nunca había dejado de hacerlo, seguía pareciéndome guapísima, estaba distinta, como más mujer, no sé si me entiende.

Nash asintió.

—Empezamos a vernos a escondidas y, mientras, las cosas para ella empeoraban cada vez más. Estaba recuperando su figura, pero él seguía dirigiéndose a ella como si fuera una porquería. Para mí la situación era insufrible, quería que fuera mi mujer, quería sacarla de aquella casa, y estaba dispuesto a hacer cualquier cosa, lo que ella me hubiera pedido. Le juro que hubiera matado a Murrieta con mis manos si ella lo hubiera deseado. Le propuse que nos fugáramos, yo estaba seguro de que querría a la niña como si fuera mía, y el día más feliz de mi vida fue cuando Irene aceptó. Junté un poco de dinero y lo planeamos todo. Él iba a estar fuera unos días, en un viaje de trabajo, y yo compré billetes de tren para Barcelona, tenía unos primos allí que iban a acogernos en su casa. Todo estaba planeado. Pero Irene no apareció. Cuando iban pasando las horas no sabía qué pensar, me presenté en la casa, pero estaba cerrada a cal y canto, y completamente a oscuras. Hasta llegué a pensar que se había ido de viaje con él, burlándose de mí. Y entonces vinieron a decírmelo. —El hombre hizo una pausa, cuando volvió hablar su voz sonó muchísimo más aguda—. Murrieta las encontró cuando regresó de viaje, a las dos, la criatura llorando desesperada, e Irene ahorcada, colgando de una viga del techo. —Jadeó intentando dominar su angustia. No lo consiguió, los ojos se le humedecieron y apretó el índice y el pulgar en los lagrimales para intentar contener el llanto.

Nash movió lentamente la cabeza, participando del dolor del hombre. Era evidente que creía todo lo que decía, y que incluso tantos años después seguía doliéndole.

—Me volví loco —dijo casi sin resuello, y Nash estuvo segura de que no exageraba, su ira iba en aumento y el tono de su voz se había alzado notablemente.

»Me presenté en el funeral, grité a quien quisiera oírme que Murrieta la había matado. —Cerró el puño y golpeó la lápida—. ¿Y sabe qué conseguí? Acabar detenido en el cuartelillo de la Guardia Civil y pagar una multa de doscientas pesetas de la época por insultar al hijo puta ese. Me dijeron que mi Irene se había suicidado, que tenía el mal de las paridas, que un médico había firmado el certificado y no había duda, se había matado. Hasta había dejado una nota. ¿Y qué cojones me importaba a mí, si sabía que Murrieta tenía comprado a todo el mundo? —Nash observó que Sebastián estaba muy colorado y sudoroso, parecía el perfecto candidato a sufrir una apoplejía.

—Debería calmarse un poco —le aconsejó Nash.

El hombre se la quedó mirando como si fuera la primera vez que la veía, frunció el ceño con una mezcla de extrañeza y estupor.

—No me pida que me calme, ¡puta de mierda!, seguro que también trabaja para él, y si quiere la verdad, deje de tocarme los cojones, abra esa tumba y hable con esa niña, porque sólo las que están ahí dentro saben la verdad.

Dio un fuerte tirón a la correa del perro y se fue en dirección a la puerta del cementerio. Antes de perderlo de vista, Nash vio cómo le daba una patada al animal, que chilló dolorido, mientras ella apretaba los puños y se preguntaba qué acababa de pasar.

Frente a la entrada del hostal Izarra había una mujer. Se inclinaba sobre un crío de unos tres años que llevaba en una sillita.

—Discúlpeme, voy a entrar —dijo Nash rodeándola para accionar la entrada automática del portal.

—Es usted la doctora Elizondo, ¿verdad?

—Sí.

—Soy la mujer de Pascal Dancur.

Nash la miró esperando a que añadiera algo más.

—Quería... Si no le importa... Quería hablar con usted. Quería preguntarle... —titubeó.

—Dígame.

—Sé que el otro día habló con mi marido, y me gustaría saber qué pasó, porque desde ese día está fatal, bebe un montón y no quiere decirme nada.

Nash vio que un grupo de gente se acercaba por la calle y esperó hasta que las hubieron rebasado.

—No fui yo, sino Pascal el que me abordó para hablar conmigo, es normal, sabe que yo encontré a su hija, y quería hacerme algunas preguntas al respecto, me preguntó si había hablado con la madre de Andrea. Me contó algunas cosas de cómo habían sido aquellos días tan difíciles. Nada más.

La mujer la miró como si la respuesta no fuese lo que esperaba.

—No sé qué le pasa... No quiere hablar conmigo, yo entiendo que son cosas dolorosas, que pertenecen a su vida anterior, siempre ha preferido no hablar del pasado. Es muy duro para él. Lo que más me preocupa es que ha vuelto a beber, llevaba dos años sobrio.

Nash calibró su respuesta.

—Escúcheme, lo que le voy a decir es difícil, pero el día que Pascal me abordó en la calle noté que había bebido, y el día que hablamos en el bar también. Quiero decir que no guarda relación con nuestra conversación.

—Sí, lo sé, no le echo la culpa, volvió a beber el día que supo que iban a poner en libertad a la asesina de su hija. Él no lo admitió, pero es algo que no se puede esconder —dijo entristecida empujando la sillita en dirección a Giltxaurdi—. Siento haberla molestado, sólo quería saber...

—No me ha molestado, no se preocupe —dijo mientras la mujer se alejaba.

Subió las escaleras hasta su habitación de dos en dos.

Justo abría la puerta cuando la propietaria del hostal salía de allí.

—¿Qué hacía aquí? —espetó a la mujer dirigiendo una mirada preocupada al armario ropero.

—Umm... Dejar toallas —respondió.

—No es verdad.

La mujer enrojeció hasta la raíz del cabello.

—Claro que sí, ¿qué está insinuando?

Nash la rebasó y cerró la puerta frente a su cara mientras pensaba que ya había superado la cantidad de desencuentros que podía tolerar en un día.

Dedicó un rato a revisar el estado de la habitación, sacó la llave de su bolsillo y abrió el armario. No podía estar del todo segura, pero creía que la bolsa de basura no estaba como la había dejado. Repasó sus movimientos de aquella mañana, quizá al sacar el forro polar del armario la hubiera movido un poco, y si lo pensaba, también tenía toda la lógica que la propietaria de la casa tuviera copia de todas las llaves, por si alguien se las llevaba accidentalmente.

Examinó las fotos expuestas en la puerta del armario buscando una de Andrea de cuando era más pequeña, aquella en la que aparecía con su abuelo el día de su primera comunión. La estudió durante unos minutos y después la abrió en el ordenador para poder ampliar los detalles. El modo en que la niña sonreía, la manera en que lo hacía su abuelo, la sutileza con la que le cogía la mano, el pomposo vestido, la corona de flores que adornaba su cabeza.

Pasó el resto de la tarde poniendo en orden sus notas sin decidirse por dónde catalogar a Sebastián Andía. Necesitaba algunas referencias más sobre él para saber si aquel era su comportamiento habitual o había sido hablar de Irene lo que lo había puesto así. Odiaba a Murrieta, estaba claro, pero antes de aceptar que hubiera algo de verdad en todo lo que había dicho, más allá de que él mismo lo creyera, debía entrar en algunas consideraciones. Parecía la clase de hombre que aborrece a los que tienen más dinero que él sólo por eso. Por otra parte, no dudaba de que Lisardo Murrieta se hubiera comportado como un cacique todopoderoso en otros tiempos. Se podían contar con los dedos de una mano los empresarios de la época que admitieran de buen grado los derechos de los trabajadores, pagar horas extras o ajustarse a las medidas de seguridad de la ordenanza laboral. Estaba segura de que, si abría una oficina para que todos los que habían trabajado a sus órdenes pusieran quejas, la cola llegaría hasta Pamplona; sería lo mismo con cualquier empresario coetáneo de Murrieta. Pero no era la parte de su odio al capitalismo la que le interesaba. Si analizaba bien las palabras de Andía, pervivía en ellas el mismo afán de posesión del que acusaba a Murrieta, con la diferencia de que Murrieta la compraba con dinero, y él creía poder justificarlo porque amaba a aquella mujer. Según sus propias palabras, durante días había acudido a casa de Irene, acosando a sus padres y a su hermana hasta que le habían rogado que la dejase en paz. Aún la llamaba «mi» Irene, lo cual podía ser muestra de un amor más allá de la muerte, o de un machismo recalcitrante que tampoco era tan raro en la época. Ni siquiera su aceptación de poder criar a la hija de Murrieta estaba completamente a salvo de sospecha, con ese acto se lo estaría quitando todo. Murrieta había admitido haber sido un mal esposo, no haber sabido bregar con la depresión de su mujer, no estar siquiera capacitado para criar a su hija, remordimientos y contrición. Y lo que le habían contado en Gaztelu quizá fuera el origen de aquel afán por medrar. Había encontrado al anciano padre del alcalde almorzando en la taberna con el primo marmolista. Dos por uno. Al padre del alcalde le brillaron los ojos cuando su hijo le dijo que Nash quería que le contara historias de cuando trabajó en México y coincidió con los Murrieta.

—En mi casa éramos muchos hermanos y, con el mayorazgo, el caserío lo iba a heredar mi hermano Txomin, así que todos los demás para México a trabajar. Era muy común en la época, también había gente que iba a Argentina, pero sobre todo a México, porque había más gente del Baztán y de Malerreka establecida allí, y te ayudaban a encontrar trabajo o a salir adelante las primeras semanas. Favor con favor se paga, luego tú tenías que hacerlo por otro. Yo llegué un par de años antes que los Murrieta, primero entré a trabajar en un hotel, de botones, no levantaba tres palmos del suelo por entonces. Luego me cambié a una fábrica de tejas, y ya en los últimos años trabajé en una harinera de los Murrieta, tenían varios negocios allí.

—O sea, que les fue muy bien en México.

—No digo que no haga falta talento para que te vaya bien un negocio, pero tener dinero para empezar ayuda —dijo el hombre.

—Creí que eran de origen humilde.

—Esos no saben lo que es la humildad. La mayoría de la gente que iba de aquí a trabajar era pobre, vaya, no pobres de solemnidad, pero las cosas aquí no estaban muy bien, el caserío no daba para todos, y si querías levantar tu propia casa tenías que ganar dinero. Pero no en el caso de esa familia. Los Murrieta eran los más ricos de Gaztelu, si pasa por la calle principal todavía puede ver algunas de las casas que les pertenecieron, y ya las tenían entonces. Venían de casa grande, no sé si sabe lo que es, un caserío importante que dentro de sus terrenos tiene otras casas que arrienda a personas con menos posibles, es una vieja costumbre, también el mayorazgo. A veces, en esas casas vivían los hermanos más pequeños, que se quedaban a trabajar para el mayor. Pero en este caso era todo de Octavio Murrieta. En cuanto se casó, echaron a los hermanos y arrendaron todo, la mujer se llamaba Imelda, le decían «la bermeana», así que imagino que sería de la costa.

Nash recordaba haber visto el nombre escrito en piedra en el panteón de la familia en Gaztelu aquella misma mañana.

—Ella no es que fuera pobre, lo suyo tendría también —dijo removiendo de nuevo su café con leche—. Yo no la conocí muy bien, pero sí recuerdo oír hablar a mi madre, decía que era seria, sota y muy ambiciosa, de esas que siempre quieren más. Trataba fatal a las criadas, mi prima Goretti servía en su casa, ella te podría contar cosas. Los Murrieta fueron a México a trabajar, pero no como los demás, ellos llevaban capital, así que enseguida montaron negocios, yo terminé trabajando para ellos en los últimos años en la harinera Castillo. Castillo, ¿comprende? Como Gaztelu, pero en español para que entendieran allí. Creo que todavía está activa en el D. F.

—Pues he debido de entender mal la historia, porque creía que el padre y los tres hijos se fueron para allá a trabajar, y que se pasaron años sin poder regresar a casa. Además, ¿por qué se llevarían a un niño tan pequeño lejos de la madre y las hermanas? Tuvo que ser por necesidad.

Alfredo se encogió de hombros.

—Bueno, yo no era mucho mayor, pero en su caso, por necesidad no fue, ellos vivían allí en una buena casa, los hijos mayores trabajaban con el padre, pero el pequeño iba a un buen colegio. Será verdad que estuvieron muchos años sin volver a casa, pero no era por necesidad, era por ambición, y toda la culpa era de la madre, esa mujer tenía a toda la familia trabajando. Era una avariciosa y todo el mundo en Gaztelu le tenía miedo entonces. Mi madre solía decir que mandaba más en el pueblo que el cura y el alcalde.

Nash se preguntó hasta qué punto había podido influir en el carácter de Lisardo Murrieta criarse sin madre, o más bien bajo la influencia de una madre así.

Como había dicho el padre del alcalde, muchos habían tenido que partir lejos para ganarse la vida, pero Imelda de Murrieta no lo había mandado a trabajar, lo había apartado de ella. «A los hombres de mi época no nos enseñaban nada de lo que de verdad importa, solamente a trabajar.»

A las seis de la tarde, antes de que empezase a anochecer, llamó Gabriel.

—¿Qué te ha dicho el alcalde?

—Que no ha recibido ninguna queja de nadie a quien molestemos particularmente, apuesta a que ha sido algo sin intención, simplemente algún *nekazar* de la zona que se deshizo ahí de los restos de una poda, por lo visto había corrido la voz de que nos habíamos ido. No sé...

—Bueno, tan raro no sería, cuando llegamos ya viste la de mierda de toda clase que había en el interior.

—¿Cómo ha ido el día?

—Hemos avanzado bastante, pero aún no hemos eliminado esa especie de techumbre que se ha formado. Hay trabajo como para dos o tres horas más, pero vamos a dejarlo ya, estamos muy cansados, y quiero recoger todo el material.

—No es necesario, empezaremos mañana muy temprano.

—Ah, no, señora. No voy a arriesgarme a dejarlo aquí. Si hemos cabreado a alguien y regresa esta noche, puede que en lugar de troncos tire nuestro equipo dentro, y entonces sí que estaríamos jodidos.

—Vale, como queráis, a las ocho en el lavadero. Y gracias.

Supo que sonreía mientras decía:

—Has hecho lo correcto, Nash. Mañana llegaremos hasta lo que sea que esté ahí abajo.

Cuando salió a la calle su humor había cambiado, hablar con Gabriel había conseguido mejorar notablemente la media del día. Se detuvo un instante en el puente, en el lugar donde aparecía escrito el nombre, y siguiendo un impulso acarició la piedra, que comenzaba a perder la calidez de los pocos rayos que habían lucido aquella jornada. El viento creciente volvía a anunciar lluvia, pero en la terraza del bar Txokoto los parroquianos no parecían temerle al clima del Baztán.

Reparó en una chica que llegaba en ese momento, y ella no fue la única. Se fijó en que varios hombres la miraban con disimulo. La melena larga y rubia, pantalones ajustados y botines de tacón. Llevaba una cazadora corta y abultada. No vestía como la mayoría de las jóvenes de Baztán. Algo en ella le resultó familiar. La vio ocupar una de las últimas mesas y pedir una cerveza. Nash se acercó.

—Discúlpame, eres Zuriñe, ¿verdad?

—Sí, y tú eres la que encontró a Andrea. Pascal me habló de ti. —La invitó a sentarse señalando una silla a su lado.

Nash hubiera preferido sentarse enfrente para ver mejor su rostro, pero aceptó porque no quería hablar muy alto, y había gente en las mesas próximas.

—Acabas de regresar, ¿verdad? ¿Estudias en Milán?

—Sí, Diseño. Mis padres insistieron en que volviera a casa, por lo del virus y eso, y además en Italia ya lo han cerrado todo, se rumorea que pronto se decretará la alerta aquí también.

—No sé qué te habrá dicho Pascal... —comenzó Nash.

—Que Helena quiso conocerte y que te contó un montón de mentiras, y su marido igual, y que luego Pascal habló contigo, y ya te digo yo que también te contó un montón de mentiras. Van buscando desesperados a quién endosarle su puta historia sólo para sentirse mejor.

—Creo que sólo querían darme las gracias.

—Para dar las gracias se manda chocolate y una tarjeta. Que no te engañen, a la gente le gusta contar una y otra vez su puta historia hasta que ellos mismos se la creen.

Nash pensó que el argumento de Zuriñe era toda una declaración de intenciones. Sabía que, muy a menudo, detrás de esa animadversión hacia los demás se ocultaba un flagelo personal. Los que se habían perdonado a sí mismos solían sentir más piedad hacia los demás. Zuriñe estaba enfadada, descreída, y no tenía un ápice de clemencia. Nash se preguntó qué sería lo que Zuriñe no se perdonaba.

—Yo no lo veo así, creo que de alguna manera prolongan la despedida de Andrea a través de mí. Todos me preguntaron cómo estaba cuando la encontré. Es algo doloroso, pero ayuda en el proceso de duelo.

El rostro de la chica se descompuso. Los ojos se cerraron, palideció y toda la musculatura de su cara mostró tal languidez que, por un instante, Nash pensó que se estaba desmayando.

Volvió a abrir los ojos, y poco a poco fue recuperando el tono.

—¿Estás bien?

—No es nada, apenas he dormido en los últimos días, estoy un poco cansada, pero no te preocupes, todavía tengo tralla de sobra para repasar a esos hipócritas.

—De acuerdo, qué tienes que decirme de Helena, ¿cómo se llevaba Andrea con su madre?

—De puto culo. Si la conoces ya te habrás dado cuenta de que está como un cencerro. Era superobsesiva con su hija desde pequeña. Yo la conocí en el pueblo, antes incluso de ir a la escuela, y ya era así. Lo controlaba todo: cómo vestía, cómo se peinaba, vaya, que mientras eres pequeña y vas con los vestiditos y las trencitas que te hace la *ama*, estupendo, pero llega una edad en que todas las niñas quieren ir a su manera. Andrea ya lo empezó a pasar mal. Lo mismo con los horarios para salir y volver, la esperaba despierta siempre. La pobre chavala no tenía ni llave de su casa.

—¿Por qué crees que era así?

—Para tener más control sobre ella, está claro.

—He visto fotos de Andrea justo de antes de que desapareciera y parece una adolescente más.

—Te refieres al pelo y a la ropa. Teñirse el pelo le costó un disgusto, su madre se horrorizó cuando la vio —dijo sonriendo—. Pero, bueno, ya estaba hecho, y con la ropa tuvo que tragar. Al principio Andrea se la compraba por internet pidiéndola a mi dirección, porque una vez puso la de su casa y su madre tiró el paquete a la basura, luego fue cediendo. Recuerdo cuando me saqué el carnet de conducir, mis padres me lo regalaron al cumplir dieciocho, Andrea le dijo a su madre que le gustaría sacárselo y a Helena le dio un chungo, como si le hubiera dicho que se iba a inyectar heroína. Lo vi con mis ojos.

Nash la miró pensativa. Zuriñe no le estaba contando nada que no fuese común en cualquier casa entre una adolescente y su madre. Los cambios, el pelo, la ropa. Podía parecer una catástrofe para una joven, pero Nash había conocido a otros padres que se cerraban en banda a la posibilidad de que sus hijos condujeran, por el temor a que les pasara algo, o por la ruptura del cordón umbilical que significaba.

—¿Crees que su madre la quería?

—Bueno, Andrea te habría dicho que no, pero yo creo que sí, a su manera enferma la quería.

—¿Y Salomé?

—Salomé era la única normal de esa casa, ¿me entiendes? Mientras estuvo con su madre, las cosas fueron más o menos bien, pero en cuanto cortaron la madre se volvió más loca todavía.

—¿Cómo que cortaron? ¿Te refieres a cuando detuvieron a Salomé? —preguntó Nash realmente extrañada. Todo lo que había leído sobre el caso apuntaba a que vivían juntas cuando Andrea desapareció.

—Ellas habían roto unos días antes. Andrea lloró ese día lo que no había llorado por el divorcio de sus padres. Aun así, Salomé siguió cuidando de ella, iba a casa a diario e intermediaba en las broncas con Andrea.

—¿Qué pensaste cuando detuvieron a Salomé?

—Que se estaban equivocando. Salomé quería a Andrea de forma serena. A ver, que a veces también discutían, al fin y al cabo era como su padre, pero se llevaban bien. Cuando la detuvieron, de algún modo fue un alivio.

Nash tomó nota de que ya era la segunda ocasión en que alguien admitía que la detención de Salomé había supuesto un alivio, y la tercera que desmentía la mala relación entre esta y Andrea. Primero su novio, y ahora su mejor amiga: los dos decían que no creyeron que Salomé le hubiera hecho daño a Andrea, y, sin embargo, reconocían que su detención les quitó un peso de encima, incluso Pascal lo admitía de algún modo. Se preguntó por qué. ¿Tenían razones personales o era la pesadumbre de algo que compartían? Era pronto para averiguarlo.

—¿Y con Pascal?

—Mira, en mi opinión Pascal siempre ha sido un mierda.

Nash se hizo la sorprendida.

—Sí, sí, no sé qué te habrá contado, desde que se convirtió a la iglesia de los zumos va por ahí lleno de contrición y arrepentimiento, como si reconocer que uno ha sido un mierda borrase todo el pasado.

—Es verdad que admite sus errores...

—Me sopla los cojones, su hija está muerta. ¿Sabes que ahora está con una mujer que tiene cuatro hijos, los lleva al parque, no bebe y se va a casa después del trabajo?

—¿Le culpas de lo que le pasó a Andrea?

—Yo no he dicho eso, ¿vale?, no lo he dicho porque no lo sé.

Nash permaneció en silencio reconociendo el instante en el que alguien va a decir algo importante.

—Cuando Salomé y su madre se separaron, y Salomé regresó a su casa, las cosas se pusieron insoportables para Andrea. Me dijo que ya no lo aguantaba más. Metió cuatro cosas en una mochila, llamó a su padre por teléfono y le anunció que se iba con él. Era imposible convencer a su madre de que la dejara dormir una noche en casa de Pascal, pero pasábamos muchas tardes allí, entonces creíamos que era majo, nos dejaba beber un par de cervezas, fumar, y como éramos unas crías pensábamos que era un padre enrollado.

»Fuimos a su casa, entonces vivía en las casas baratas de arriba, en el camino al cementerio. Estuvimos sentadas en el portal toda la tarde hasta que anocheció, pero su padre no aparecía.

»Entonces el teléfono de Andrea empezó a sonar. Era Helena. Le dijo a su madre que no iba a volver, que se quedaba con su padre. De igual modo siguió llamando, pero Andrea ya no lo cogió. Llamó a su padre, que lo tenía apagado o fuera de cobertura. La pobre Andrea lo disculpaba, quizá se había quedado sin batería, o se le había roto, ya no sabía qué inventar para justificarlo. Estuvimos en ese puto portal hasta la una de la mañana, y entonces su padre llegó con un pedo impresionante, ni siquiera la miró cuando pasó por su lado, se fue a la puerta, abrió y ella entró detrás de él. Me dijo que esperara fuera. Y al cabo de cinco minutos Andrea estaba de nuevo en la puerta llorando como una Magdalena. Salió corriendo hacia la calle y yo detrás de ella preguntándole qué había pasado. Me dijo: «Nada, que mi padre es un gilipollas». Así que acompañé a Andrea a casa. Nunca la había visto llorar así, y llevaba viéndola llorar desde que tengo memoria.

No quiso contarme nada, pero sollozaba de una manera que le sacudía todo el cuerpo, tuvimos que parar un par de veces porque casi no podía ni caminar. No sé qué pasó con su padre, pero le rompió el corazón. Llegamos a su casa y la loca de su madre no la recibió precisamente como al hijo pródigo, me quedé en el camino escuchando los gritos de Helena. Una hora después todavía no se había callado.

—¿Y no tienes idea de qué pudo decirle su padre?

Zuriñe negó con la cabeza muy despacio.

—En aquella época bebía mucho, ¿sabes? Una noche, antes de todo lo de Andrea, me lo encontré en un bar, estaba bastante perjudicado, y le acompañé a su casa, casi no podía abrir la puerta del pedo que llevaba. Lo guie hasta la habitación y, cuando estaba tratando de que se acostase, me besó.

Nash la miró alarmada.

—No pongas esa cara, no es una puta historia de abusos, fue solo un beso, pero... entonces me llamó Andrea.

—¿Te confundió con su hija?

—Me confundió con su hija después de meterme la lengua hasta la garganta.

Nash calibró la gravedad de aquella insinuación.

—¿Estás diciendo que crees que Pascal...?

Zuriñe la interrumpió.

—Sólo digo que es un mierda.

Nash decidió cambiar de tema.

—¿Viste a Andrea el día en que desapareció?

—No. La última vez que la vi fue la tarde y la noche anterior, estábamos con un grupo de amigos, pero ella tenía que llegar temprano a casa, a las doce se fue, Santy la acompañó.

—¿Qué me dices del novio?

Fue perceptible cómo se ponía a la defensiva.

—¿Por qué?

—Porque Pascal asegura que alguien le contó que

Santy y Andrea tuvieron una bronca tremenda antes de su desaparición. Dices que estuvisteis todo el rato juntos, hasta que se fue a llevarla a casa. Creo que quien se lo contó fuiste tú.

—¿Pascal ha dicho eso?

—No, pero creo que fuiste tú.

—Pues te equivocas. Estuvimos por lo menos con diez personas más, y nadie vio que discutieran en ningún momento. Hace tres años ya nos lo preguntó la Guardia Civil. Pregúntales a ellos. Ya intentaron colgárselo a Santy entonces.

—¿No vas a decirme nada de él?

—Santy no pintaba nada en la vida de Andrea, se limitaba a estar ahí.

Nash la miró reflexiva. O lo pensaba de verdad o intentaba protegerlo. Se preguntó cuánto había de cierto en aquel rumor de que Zuriñe siempre había querido algo con el novio de Andrea.

—¿Me lo dirás a mí? —preguntó desalentada la chica. Su tono había mutado. Parecía de pronto más joven e indefensa.

—¿A qué te refieres?

—A cómo estaba Andrea cuando la encontraste, ¿me lo dirás, o es algo que sólo le cuentas a la familia?

Nash se inclinó hasta casi rozar con su boca los cabellos de la chica.

—Estaba tumbada bocarriba y tenía los brazos cruzados sobre el pecho, como si se abrazase, o como si tuviera frío..., el pelo extendido por detrás de la cabeza, y una parte le cubría el rostro. —Se separó un poco para ver su reacción, no esperaba que la turbara tanto.

—¿Cómo iba vestida? —susurró.

—¿Tiene eso importancia? —preguntó aposta para forzar su reacción.

—Dímelo —exigió.

—Deportivas blancas, unos vaqueros ajustados y una

sudadera, muy parecida a las fotos de entonces —dijo evitando los detalles deliberadamente.

—¿Qué sudadera? —reclamó.

Nash se encogió de hombros.

—Yo conocía toda su ropa, ¿cómo era? —La ansiedad se delataba en su voz.

—Era la que llevaba en la imagen que ponen en los informativos, en la foto que le hizo su novio, blanca, con plantas carnívoras trepando por las mangas.

Zuriñe dejó el dinero de la consumición sobre la mesa y se puso en pie.

—¿Qué me dices de ti? ¿Cómo era vuestra relación? ¿Erais las mejores amigas? —preguntó Nash reteniéndola.

Volvió a sentarse y miró a Nash a los ojos, cuando habló había recuperado su impulso habitual.

—No tienes ni idea, yo quería con toda mi alma a Andrea, mataría con mis manos a quien le hizo eso. —Nash la creyó. Lo decía de verdad.

—¿Y quién crees que fue?

—No lo sé, pero la mataré en cuanto esté segura. —Se levantó y se marchó.

Nash tomó nota del pronombre femenino que Zuriñe había usado.

Nash encaró la calle Jaime Urrutia y, más o menos hacia la mitad, localizó la floristería que buscaba. A través de las amplias cristaleras pudo ver que sólo había un cliente en su interior, y ya parecía servido, sostenía entre sus brazos un gran ramo de rosas. Sólo cuando atravesó la puerta y el hombre se giró se dio cuenta de que era Sangüesa, el abogado de Salomé Aduriz.

El hombre sonrió al verla.

—Hola, me preguntaba cuánto tardaríamos en cruzarnos.

—¿Sabe quién soy? —contestó Nash mirando de soslayo al dependiente y evitando los nombres.

—Sí.

—¿Y ella? ¿Sabe quién soy y que estoy aquí?

El hombre asintió.

—Y créame que le está muy agradecida.

—Querría hablar con ella —le soltó sin esperar. Sabía que no tendría muchas más oportunidades.

Sin dejar de sonreír, el abogado apretó los labios e inclinó la cabeza.

—Va a ser bastante difícil, no porque sea usted: no quiere ver a nadie. Entiéndala: ahora mismo no se fía ni de su sombra.

—Puedo entenderlo, pero no voy a rendirme —dijo sacando una tarjeta en la que sólo aparecía su nombre y su número—. Voy a darle mi teléfono y usted tendrá que darme el suyo, porque yo no contesto a llamadas que no estén en mis contactos.

—¡Viva la paranoia! —contestó él sonriendo—. Se entendería bien con ella.

—Eso pretendo —contestó Nash mientras grababa en sus contactos el teléfono del abogado. Luego señaló las flores—. ¿Son para ella?

—Sí, no ha sido una bienvenida muy cálida, trato de mitigarlo.

—Llámeme con la respuesta, por favor —le dijo mientras salía.

—Haré lo que pueda, pero no le prometo nada.

Nash lo vio alejarse por la calle y se volvió hacia el dueño de la tienda.

—Querría unas rosas, pero de esas pequeñas, en ramillete, no sé cómo se llaman...

—De pitiminí, de *petit* y *menue*, en francés: pequeña y menuda —explicó señalando unas varas coronadas por un racimo de rosas rosadas y muy pequeñas—. Ha tenido suerte, no es una flor muy habitual, la gente prefiere las grandes, pero las traemos para una clienta que nos las encarga y nos han sobrado estas.

—¿Esa clienta es Helena Murrieta?

El dueño de la tienda se detuvo dubitativo.

—Supongo que no tiene nada de malo que lo diga. Sí, las traemos para ella, eran las flores favoritas de su hija.

Pagó el ramo y un ovillo de cordel para atar flores y se dirigió a Elbete, entrando desde la calle Jaime Urrutia a través del puente de Habans. Al pasar frente al camino de acceso al palacio donde vivía Lisardo Murrieta atisbó entre los árboles y fue capaz de adivinar la presencia ondulante del pendón de seda negra que cubría el escudo de la familia.

Fue mientras se acercaba a la casa de las Mitxelena cuando tomó conciencia del hambre que tenía. No había comido nada desde el *busti* que Beth le había preparado a mediodía, y pensar en las vieiras al horno que le había prometido hizo rugir su estómago. Cuando vio la puerta de la cocina se acordó de pronto de la gata. Se detuvo y miró alrededor, pero no la veía por ningún lado. Se sintió en parte aliviada, segura de que había regresado a las ruinas de la casa.

Llamó a la puerta de la cocina y, en cuanto Eva abrió, el animal se coló por la abertura y se restregó contra las piernas de Nash.

—Pero ¿qué hace aquí?

—Hacía frío —justificó Eva—, además, se porta muy bien, ha estado toda la tarde durmiendo frente al fuego. Se diría que estaba agotada, la pobre.

—Después de comerse su peso en higadillos —matizó Beth.

—¿Y vuestra madre está de acuerdo?

—Me temo que esto es una democracia, han ganado por mayoría —dijo Susana entrando en la cocina—. Aunque dormirá en el garaje —aseguró levantando las manos para atajar las protestas de sus hijas—. No me apetece despertarme en mitad de la noche con sus ojos amarillos mirándome desde la oscuridad. Se queda hasta que decidas qué quieres hacer con ella.

—No quiero hacer nada con ella, esa gata no es mía, es un animal medio silvestre, ya sabéis dónde vive, seguro que está acostumbrada a alimentarse de pájaros, lagartijas y ratones.

—Hasta que ha probado mi comida. Tienes que reconocer que os pasa a todas: vais por ahí comiendo cosas raras hasta que probáis la comida de la chef Beth —dijo mostrándole una bandeja llena de conchas de vieiras rellenas con el cremoso contenido.

—Pues de ti es de la que más me sorprende, no dejas que tu madre y tu hermana fumen en tu cocina pero metes aquí a un animal que a saber por dónde ha andado.

—Por eso la hemos bañado.

—¿La habéis bañado? —preguntó Nash sonriendo, mientras le daba las flores a Susana—. Sois increíbles. Haced lo que queráis, pero esa gata no es mía.

—¿Y estas flores?

—En realidad, me gustaría secarlas, y vuestra cocina es suficientemente cálida y oscura para que funcione.

Nash las ató con el cordel que había comprado en la floristería hasta formar una tosca corona y observó cómo Beth las colgaba sobre la cocina de leña.

—Antes de que se me olvide, ¿conocéis a un hombre del pueblo que se llama Sebastián Andía?

—No me suena... —repasó Susana—. ¿Cómo es?

—Unos setenta años, delgado, una buena mata de pelo gris, tendencia a ponerse rojo. Va con un perrito, creo que es un terrier, y me ha dicho que su prima se llama Gregori.

—¿Uno que habla como jadeando?

—Ese.

—Ya sé quién es —dijo mirando a sus hijas—. El sindicalista.

Beth puso cara de no saber.

—Sí —dijo su hermana—, un viejo que siempre está hablando de la patronal, de los sindicatos y del capitalismo y de los jóvenes que no nos enteramos de nada.

—¡Ah, joder! ¡Qué señor más pesado! Si te pilla no te suelta...

—¿Qué me podéis contar de él?

—Creo que vive en el barrio Nuevo Baztán, y que es soltero, y jubilado. A su prima no la conozco, lo siento, y a él sólo de vista. Sé quién es, claro, esto es un pueblo, pero no es que sea muy sociable, y, como dicen las niñas, es un poco plasta. Todo el mundo le llama el «sindicalista». Estuvo en la lucha obrera en los años setenta y ochenta, y ahora no rige bien del todo, sospecho algún problemilla con el alcohol. Una de esas personas que no tienen demasiada medida, pero inofensivo.

—No para su perro, le dio una patada sólo porque se había molestado conmigo.

—¡Qué imbécil! —dijo Eva.

—¿Y eso que nos ibas a contar? ¿Por qué no estabas en la sima por la mañana? —recordó Susana.

—Cuando llegamos a trabajar nos encontramos con que alguien había cegado el pozo arrojando un montón de ramas y troncos dentro.

Las tres se volvieron a mirarla sorprendidas.

—¿Qué dices? ¿Lo habéis denunciado? ¿Sabéis quién lo ha hecho?

—He hablado con el alcalde de Gaztelu y cree que puede haber sido algo accidental, dice que la gente ha tirado porquería dentro de ese pozo desde siempre. De eso puedo dar fe. Cuando llegamos, antes de encontrar a Andrea sacamos un montón de troncos, pero también basura. No sabemos quién ha podido ser, y no lo hemos denunciado, porque no nos apetece que todos los que están acampados delante de la casa de Salomé vengan a molestarnos a la sima.

—¿Y qué vais a hacer?

—Mientras yo hablaba con el alcalde y me enemistaba con la mitad del pueblo, el resto del equipo ha estado trabajando, sacando las ramas. Creemos que mañana podremos retomar el trabajo. Ya os contaré...

—¿Con quién más te has enemistado? —preguntó Eva divertida.

—La dueña de mi hostal. Tengo la sospecha de que revuelve mis cosas cuando no estoy, ya es la segunda vez que me la encuentro en la habitación sin una justificación creíble, siempre me dice que ha ido a dejar toallas, pero me da la sensación de que lo registra todo. Hoy he sido un poco borde con ella, y por la mañana con tu vecina, y en ese caso por mi culpa —dijo cubriéndose la cara con las manos para representar cuánto la abochornaba. En ese momento la gata saltó a su regazo y se ovilló en sus rodillas. Las cuatro miraron al animal sorprendidas.

—Bueno, pues parece que al menos con una de las vecinas has hecho buenas migas —dijo Susana.

Nash puso una mano sobre el pelaje suave de la gata y ella le correspondió cerrando los ojos e iniciando un suave ronroneo. Beth continuó el relato mientras observaba la reacción de Nash, que parecía realmente superada por la atención del animal:

—Cuando volvíamos de visitar las ruinas de su caserío, a Nash le llamó la atención la casa de Garbiñe. Y justo en ese momento la mujer se asomó y miró, ya sabéis cómo. Nash intentó arreglarlo, pero fue peor. Ya le he dicho que no se lo tome muy a pecho.

—No —dijo Eva—, no se lo tengas en cuenta. No está bien.

—Beth me ha contado que Garbiñe cuida de su hija en coma, y que la tiene en esa casa...

Beth miró a su madre.

—Si vas a contárselo hazlo ahora, antes de la cena. No quiero que esa historia estropee mis vieiras.

—Hay una cosa que tienes que saber, Nash, y es que en este pueblo hay gente bastante particular —empezó Susana.

—Rara —dijo Beth.

—Como quieras —concedió Susana—. Pero es mejor que te vayas acostumbrando, y que abras tu mente si quieres que las cosas que ocurren aquí te cuadren. En primer lugar, Garbiñe no es la mujer que viste por la ventana, Garbiñe era su suegra, la dueña de la casa y abuela de la chica en coma. Garbiñe sólo tuvo un hijo, que yo sepa era viuda desde muy joven. No trabajó nunca, pero no le faltaba el dinero. La casa de Garbiñe era la más bonita de Elbete, no por tamaño ni arquitectura, sino porque la cuidaba muchísimo. Cada año hacía que la pintaran, tenía en las ventanas y en los balcones unas jardineras amarillas repletas de flores, y todo el mundo sabía que cada poco tiempo cambiaba muebles, cortinas, lámparas. Todo precioso. Garbiñe estaba distanciada de su hijo desde hacía muchos años, no se sabe muy bien por qué, pero dicen que no fue ni a su boda, y cuando nació su nieta fue a verla al hospital y nunca más. Ni-una-sola-vez-más —enfatizó Susana—, ni siquiera cuando su hijo murió, hace cinco años.

Nash, que seguía acariciando a la gata en silencio, asintió para que supiera que tenía toda su atención.

—Hace dos años...

—Todavía no —interrumpió Eva—. El dos de abril.

—Hace casi dos años —retomó Susana—. La chica que ahora está en coma recibió una llamada mientras cenaba con su madre. Escuchó y se quedó demudada. Después, sin dar ninguna explicación se levantó de la mesa y se fue. Su madre no entendía nada, las dos se llevaban muy bien, y aquel comportamiento no era normal. Entonces vio que se había dejado el móvil, y al repasar las llamadas descubrió de quién se trataba, era Garbiñe, y no sólo eso: al mirar el teléfono vio que había montones de llamadas entre ambas. Se sorprendió, porque ni siquiera sabía que se conocieran. El modo en que se había ido su hija la asustaba mucho, así que cogió el coche y vino a Baztán, y aunque sabía dónde vivía, esa sería la primera vez que iba a casa de su suegra. Cuando llegó y aparcó frente a la puerta, pensó que algo terrible estaba ocurriendo dentro. Cuenta que oyó gritos, voces, como si hubiera mucha gente en la casa, una multitud, y golpes terribles. Empujó la puerta, que no estaba cerrada, y entró. Subió hasta la planta de arriba, que era de donde procedían los ruidos, y dice que mientras subía la escalera de pronto todo quedó en silencio y sólo oyó un golpe. Cuando alcanzó la planta superior vio a su suegra en la cama, acababa de morir, y a su hija, que le sostenía la mano, con los ojos muy abiertos, como catatónica. Le habló, pero no respondía, le pasó la mano por delante de los ojos y no hubo reacción, entonces de un tirón la separó de su abuela y la chica cayó al suelo desmayada. Ella era enfermera, así que sabía lo que tenía que hacer: llamó a una ambulancia, comprobó que su suegra estaba muerta y colocó a su hija en posición de defensa mientras esperaba la llegada del médico e intentaba que recuperase la conciencia. El médico decretó que había entrado en coma. Estaba estable, así que intentaron sacarla de la casa para trasladarla al hospital, según su madre lo intentaron docenas de veces. Cada vez que traspasaban el umbral de la habitación se le paraba el corazón, volvían atrás, la estabilizaban, todo recuperaba la normalidad, y cuando intentaban sacarla de nuevo, le fallaba el corazón. Lo intentaron muchas veces..., hasta que el médico entendió que la matarían si insistían, así que al final optaron por no moverla. Se montó un cirio importante de ambulancias y equipos médicos durante días. La chica sólo estaba estable mientras se encontraba en el interior de esa habitación. Sacaron a la suegra, la enterraron, y desde ese día están ahí. Garbiñe le había dejado la casa a su nieta, así que la madre hizo que le llevaran todo el equipo necesario para cuidar de ella, abandonó su casa, su trabajo, todo. La chica está bien, dentro de su estado, está estable, y continúa en coma.

—Dices que se van a cumplir dos años.

—Sí.

—Y que la casa era preciosa...

Las tres asintieron.

—¿Y la casa ha sufrido ese deterioro en sólo dos años? Sin que la haya alcanzado un rayo, sin que haya habido un incendio...

—Sí. Ya sabemos que parece imposible, pero hemos sido testigos, cada día está peor —contestó Susana.

—¿Podría ser algún hongo o termitas? Una vez vi un documental sobre un tipo de espora que destruye la materia, hasta podría ser la explicación para lo que le ocurre a la chica.

Susana continuó:

—Hace ocho meses más o menos, un grupo de vecinos, yo entre ellos, pensamos que el estado de la casa no era el adecuado para tener a una chica enferma, la madre no quería hablar con nadie, y no teníamos intención de perjudicarla, pero creíamos que era lo mejor, y lo pusimos en conocimiento de los servicios sociales. Una trabajadora social se presentó en la casa con la policía y un médico. Nos dijo que no se podía hacer nada, es cierto que la casa está fatal, pero la habitación donde tiene a la chica está en perfecto estado, como si perteneciera a otra casa. ¿Qué te parece?

—Alucinante.

—Lo es —asintió Susana.

—¿Y todo eso comenzó a ocurrir a partir de la noche en que murió Garbiñe?

—No exactamente, no creemos que esté relacionado con que muriera Garbiñe, bueno, igual lo de que su nieta esté en coma sí. Pero lo de la casa...

—Vale ya —advirtió Beth.

—Pero ¿cómo? ¿No vais a contármelo? —protestó Nash.

—Ya vale, *ama* —repitió Beth mirando a su madre—. Por hoy es suficiente. —Después relajó el gesto y miró a Nash—. Otro día. Vamos a cenar. —Se puso en pie y alineó sobre una bandeja las conchas de vieira rellenas—. Gratinar me lleva diez minutos a lo sumo. Y para cuando estén quiero la mesa puesta, el vino abierto y esta conversación acabada.

Nash no se rindió.

—Escuchad, es una historia fascinante, en vuestro pueblo hay una chica en coma atrapada en una habitación de la que no puede salir porque, si sale, se muere, y a la que cuida su madre mientras la casa se descompone.

—Dos —dijo Eva—, y también es tu pueblo.

—¿Dos qué?

—Dos chicas en coma —continuó Eva—, la otra tiene catorce años, y su casa no se descompone. Viven en la casa que hay entre el frontón y la iglesia. No es de aquí, nació en Donosti, como toda su familia, y no tiene una historia tan alucinante, quedó en coma durante un viaje a Galicia, creo. Estuvo meses hospitalizada, pero no podían hacer nada por ella; los padres tienen dinero, solían venir en verano y a pasar temporadas. Cuando ocurrió lo de la chica adaptaron la vivienda para poder cuidarla y la trajeron aquí, pero el cambio no les fue bien a todos. Se separaron, el padre se volvió a Donosti con el chaval y la madre se quedó aquí con la chica.

—Así que tenemos dos bellas durmientes en una población que no llega a trescientos habitantes —declaró Susana.

—Tienes razón —dijo Nash mirando a Beth—. Aquí hay gente muy rara.

—Eso o, como dices, un hongo o una espora —replicó la chica.

El teléfono de Nash sonó estridente. Era el abogado de Salomé.

—Escuche, lo lamento, pero no quiere. Me pide que le transmita su agradecimiento. Y créame que ha dudado, de hecho, ha cambiado de opinión dos veces. Pero es demasiado pronto, y ahora necesita calma.

Nash le dio las gracias y colgó.

12 de marzo de 2020
Jueves

Cuando abrió los portillos de madera de su ventana aún no había amanecido. El estruendo constante del agua rompiéndose en la presa de Txokoto inundó la habitación. No llovía, aunque la calle se veía mojada, como si hubiera estado horas cayendo, y al mirar hacia la luz anaranjada de las farolas vio que casi flotaba en el aire una suave llovizna, como agua en suspensión. Nash esperó que no fuera en aumento. Activó el sonido de su teléfono y comprobó que tenía una llamada perdida de la doctora Kalo. Se la devolvió de inmediato, pero Eneka no contestó. Después escribió un mensaje a Gabriel preguntándole si estaba despierto, y veinte segundos después su teléfono sonaba como respuesta.

—Gabriel, me ha surgido algo. Hay una persona a la que tengo que ver en Elizondo antes de subir a la sima. Adelantaos vosotros, yo iré en mi coche en cuanto termine.

El bar Mendi parecía algo más tranquilo que la otra mañana, el rumor del molinillo de café dificultaba oír con claridad las noticias del matinal que emitía el televisor y que captaban toda la atención de los clientes. Uno de los parroquianos pidió al camarero de las bermudas y las chanclas que subiera el volumen. Cruces de acusaciones políticas sobre la responsabilidad de la gestión del avance imparable del COVID-19, presuntos expertos, médicos sobrepasados en urgencias, colas en las salas de espera de los hospitales, y la sensación de que en el resto de Europa tampoco les iba mucho mejor. Nash pidió un café y un pincho de tortilla y se sentó a esperar en la misma mesa que había ocupado con Pascal.

Le vio aparecer diez minutos después, envuelto en su inmensa chaqueta y en el cuello vuelto de su jersey. Nash entendió a qué se refería su mujer: se le veía notablemente demacrado en comparación con la última vez.

La saludó con un gesto al traspasar el umbral, y esperó de pie en la barra hasta que el camarero le sirvió un café y un chupito de aguardiente. Nash se dio cuenta de que ya no se molestaba en disimular.

Pascal rechazó el periódico que el camarero le tendía y, tomando la taza en una mano y el vasito en la otra, se sentó frente a Nash.

—Estuve con Zuriñe anoche, me contó que hablasteis.

—Pues no sé si te contó también el contenido de nuestra conversación, pero no te dejó en muy buen lugar —dijo ella.

Pascal pareció genuinamente sorprendido.

—No es mala chica, pero está cabreada con el mundo entero, yo sé cómo va eso, y acaba mal —dijo Pascal.

—¿Fue ella la que te contó que Andrea y Santy habían discutido antes de que tu hija desapareciera?

Pascal sopló rindiéndose.

—Sí, fue ella.

—¿Y te dijo cuál fue la razón?

—Cuernos —dijo consternado—. Me contó que la noche anterior, después de llevar a Andrea a casa, por lo visto Santy estuvo con otra chica. Esto es un pueblo, alguien le fue con el cuento, así que Andrea se presentó en casa de Santy la tarde siguiente, discutieron y rompieron.

Nash lo valoró, mientras anotaba mentalmente comprobarlo.

—Eso no aparece en el informe policial, ¿se lo contó a la Guardia Civil?

—Cuando Zuriñe me lo dijo ya habían detenido a Salomé, el chaval lo estaba pasando francamente mal, no vi la necesidad. Ya tenían a la culpable.

—Pero el otro día me dijiste que no pensabas que Salomé lo hubiera hecho, y tienes conocimiento de que tu hija ha tenido una bronca terrible con su novio, ¿y no se lo cuentas a la Guardia Civil? Sin duda eso le hacía sospechoso.

—No sé qué contestarte, ya te he contado que en aquellos días estaba borracho casi todo el tiempo.

—¿Por qué no me dijiste que sólo unos días antes Andrea había querido irse a vivir contigo?

Pascal dejó salir lentamente el aire de sus pulmones mientras negaba.

—Yo qué sé —dijo derrotado—, supongo que no he perdido la capacidad de avergonzarme de mis actos.

—¿Y eso se lo contaste a la Guardia Civil en su momento?

Pascal negó.

—Zuriñe dice que, cuando Andrea te llamó para avisarte de que se iba a tu casa, inicialmente estuviste de acuerdo.

—Eso no es así...

—Tu hija te llamó y te dijo que quería vivir contigo, después de que hablarais Andrea preparó una mochila y se presentó en tu casa, pero tú no estabas, esperó allí toda la tarde, según Zuriñe hasta la una de la madrugada. ¿Por qué haría algo así si no había quedado contigo? Zuriñe dice que estuvo llamándote durante horas y que tu teléfono estaba apagado. Y que cuando por fin llegaste, discutisteis y la mandaste de vuelta con su madre. ¿Qué fue lo que pasó?

—Me lo pensé mejor. Ya he explicado cómo vivía entonces, apenas podía cuidar de mí, mi casa no era el lugar adecuado para una adolescente.

—¿Y qué te hizo cambiar de opinión?

—Cambié de opinión y ya está —dijo cortante.

—Zuriñe dice que...

—Zuriñe no sabe nada —la interrumpió—. Yo que tú no le haría mucho caso, ya te he dicho que no es mala chica, pero está un poco pirada, lo lía todo, creo que Freud lo llamaba «furor uterino».

—Ah, ¿sí? Pues también dice que una noche te acompañó a casa después de encontrarte en un bar y que ocurrió algo bastante desagradable para ella.

—Pues en aquel momento no pareció desagradarle, ni esa vez ni la veintena de ocasiones en que se acostó conmigo, entre ellas ayer.

Nash se contuvo para disimular la sorpresa. Sabía que estaba diciendo la verdad.

—Me da igual tu vida sexual y Zuriñe era mayor de edad, pero ella dice que la llamaste por el nombre de Andrea en ese momento. En un momento de apasionamiento a la gente se le ocurre decir muchas cosas, excepto el nombre de sus hijos. Y eso me lleva de nuevo a aquella noche. ¿Qué fue lo que le dijiste a Andrea? Estaba tan devastada que casi no podía caminar. De vuelta a casa, no dejó de llorar un instante. ¿Qué le dijiste para hacerle tanto daño? Tuvo que ser algo realmente terrible como para no dejarle otra opción que regresar a casa de su madre... ¿O quizá no fue algo que dijiste? Quizá fue algo que hiciste...

Pascal tomó el vaso de chupito, se bebió de un trago el contenido, se puso en pie y se fue del bar dejando el café intacto. Nash salió tras él y vio sorprendida que huía a la carrera. «Como si el mismo infierno lo persiguiese», oyó en su cabeza la voz de su madre.

Regresó al hostal abrumada por la deriva del caso. Quería tomar notas mientras mantenía frescas las sensaciones de la entrevista. El declive de Pascal era innegable, estaba bajo presión y el proceso había comenzado con la aparición del cuerpo de su hija. Admitía haber ocultado información a la Guardia Civil, y seguía haciéndolo. Pero Nash sospechaba que era de los que les cuesta mentir, son conscientes de que lo hacen mal, ceden a la presión fácilmente, así que optan por callar. Debía admitir que no se lo había olido ni por asomo, pero creía que decía la verdad respecto a las relaciones sexuales con Zuriñe. Era la clase de revelación extravagante que solían obtener los investigadores cuando sondeaban la vida privada de la gente. Era un hecho que algunos hombres fantasean con las amigas adolescentes de sus hijas, pero ¿cuántos daban el paso? ¿Su gusto por las jovencitas se limitaba a la edad legal? ¿Había murmurado el nombre de su hija durante el sexo? Por otra parte, estaba segura de que Helena no había dejado de llamar por teléfono a su hija. Cuadraba con un carácter neurótico y obsesivo, pero se preguntaba qué as guardaba para usar contra Pascal, capaz no sólo de hacerle echarse atrás, sino de acojonarlo hasta tal punto que dilató su regreso a casa, probablemente esperando que Andrea desistiera y se fuera. Pero Andrea lo había esperado, y en el breve lapso desde que entró en casa con él y volvió a salir, sucedió algo horrible, ignoraba de qué índole. Se preguntó si, más allá de sus paranoias, el temor de Helena por la seguridad de su hija estaba fundamentado, y si tenía que ver con Pascal. Recordó sus palabras respecto a cómo sobrevino el divorcio. «Una mañana me despertó hecha una furia y me echó de casa, no me dejó ni vestirme.» Subrayó esas palabras.

La otra gran revelación había sido la cuestión de los cuernos por parte de Santy. Ocurrió después de que Andrea se fuera a casa. «Al día siguiente alguien le fue con el cuento.» Buscó en el archivo en el que la Guardia Civil había volcado el contenido del móvil de Andrea. No había hecho ni recibido llamadas aquella noche, ni la siguiente mañana. No le sorprendió, los adolescentes apenas llamaban, y si las recibían solían ser de sus padres.

Buscó las conversaciones de WhatsApp: en efecto allí estaba todo. Con Santy, muy cariñosos, quedando por la tarde con Zuriñe, acordando la hora y el lugar donde intentarían comer algo hacia las diez. Mensajes cortos, tan crípticos, superficiales y mal escritos como se pueda esperar de unos adolescentes. Buscó las fotos del móvil de Andrea y fue hasta las de la noche de ferias en Elizondo.

Tres fotos en las que aparecía Santy sonriendo, llevaba puesta la sudadera de plantas carnívoras. Nash recordó que en realidad era suya, Andrea se la había regalado, pero le gustaba ponerse la ropa de su novio. Había cuatro selfis en los que se los veía juntos, en uno besándose, cuatro selfis más con Zuriñe, riéndose, sacando la lengua, media docena de fotos tomadas en el interior de un bar mientras bailaban, con el móvil en alto, y dos grupales, en las que había más de veinte personas. Nash reconoció el lugar. Casi frente a Santxotena, en la curva que trazaba el río había unas mesas de piedra. Algunos de los chicos se habían subido en ellas para posar. Era un buen lugar para hacer fotos durante el día, pero de noche había quedado oscura. La editó lo justo para aclararla. Andrea le había pedido a alguien que la tomara, porque aparecía en las dos. Había al menos diez chicas además de Andrea y Zuriñe en aquella imagen.

Abrió otra carpeta en la que prácticamente aparecían las mismas fotos. Se preguntó si estaban repetidas, pero vio que el investigador las había guardado como «compartidas en WhatsApp». Revisó las horas y comprobó que todas habían sido compartidas unos segundos después de ser tomadas. Excepto una, de un grupo, todos revueltos, apelotonados y con poses gamberras. Andrea la había recibido a las cuatro y treinta y seis de la madrugada en un chat individual, desde un contacto que aparecía como «Lide». Andrea había visto la imagen a las nueve y media de la mañana. Era una repetición de las otras, excepto porque estaba tomada en el interior de un bar. Andrea llevaba puesta la sudadera de plantas carnívoras y no se veía a Santy. La amplió y fue revisando los rostros. Efectivamente, Santy no estaba en el grupo, y cuando llegó hasta Andrea se dio cuenta de que no era ella. Nash se quedó helada mirando el rostro de la chica. Entendía por qué se había equivocado: llevaba el mismo corte de pelo que Andrea, la melena larga hasta la cintura, del mismo color castaño, pero no tenía aquellas dos guedejas blancas que enmarcaban su rostro y que Andrea se había decolorado para berrinche de su madre. No había muchas posibilidades de que alguien tuviera una sudadera igual. Andrea la había encargado a una diseñadora alternativa especialmente para su novio, por eso al verla había dado por hecho que debía ser Andrea, pero era Zuriñe.

Había presentido desde el principio que aquella prenda encerraba una clave. Ahora ya sabía «quién le había ido con el cuento», y ni siquiera había tenido que decir una palabra. Pensó en la insistencia de Zuriñe por saber qué ropa llevaba puesta Andrea, y el modo en que la había afectado, y cómo Santy había preguntado si la habían enterrado con ella. Cobraba sentido la sensación de Lisardo Murrieta cuando vio a su nieta a la mañana siguiente, dijo que parecía distraída, como pensando en otra cosa, y tuvo la sensación de que buscaba a alguien.

Buscaba a Zuriñe. No sabía si llegó a encontrarla, pero después fue a ver a Santy.

Nash cogió aquella foto que se había convertido para siempre en la imagen de Andrea. Se la había tomado su novio aquella última tarde. Desde la primera vez que la vio le había impactado su gesto. Entendía ahora la sombra de madurez prematura que había captado el objetivo, y se sobrecogió ante los redaños de la chica insistiendo para posar ante la cámara llevando aquella prenda. Nash suspiró impresionada por la cantidad y gravedad de frentes abiertos ante Andrea Dancur en las horas previas a su muerte.

Su teléfono sonó mientras se dirigía a su coche. Era la doctora Kalo.

—Buenos días, doctora, espero que sean buenas noticias.

—Han llegado los resultados del laboratorio italiano. La doctora Giovanna Ferretti me llamó anoche, me tuvo un cuarto de hora al teléfono dándome explicaciones. Nunca he visto a nadie tan cumplido...; total que medio en inglés, medio en italiano, Ferretti se ha disculpado por activa y por pasiva por la tardanza. La situación en Italia es tan terrible que el Gobierno les ha pedido que pongan el laboratorio a disposición de la gestión de la crisis por el COVID-19. Por lo visto la primera analítica la realizaron nada más llegarles el hueso, pero como cuentan con bastante material han querido repetirla para estar seguros. No lo he entendido muy bien, pero parece que han realizado unos cuantos estudios y pruebas complementarios, Nash, te va a encantar. La analítica confirma la data inicial que los expertos en tejidos dieron para el retal de lino. La doctora Ferretti dice que tu hueso tiene cuatrocientos años.

—¡Dios mío!

—Sí, es maravilloso. Supongo que esto os da nuevas alas para seguir en la excavación, aunque los rumores apuntan a que el presidente va a decretar un cierre por alerta sanitaria en cuestión de días.

—Sí, yo también lo he oído, por eso tenemos que darnos prisa, hay indicios suficientes como para pensar que estamos a punto de llegar a ella. Ayer sufrimos una especie de sabotaje, todavía no estamos muy seguros de qué es lo que pasó.

—¿En serio?

—Bueno, todo apunta a que no fue intencionado. Si hoy todo va bien avanzaremos mucho. Y una cosa más, doctora Kalo: que Herzog no se entere, por favor.

—Tienes mi palabra —dijo Eneka.

Nada más colgar marcó el número de Gabriel, estaba tan entusiasmada que no podía esperar a llegar a la sima para contárselo.

—Gabriel, tengo noticias.

—Yo también, ahora mismo iba a llamarte. Han vuelto a cegar el pozo, Nash. Han arrojado al interior casi todo lo que sacamos ayer.

Nash avanzaba por la calle calándose bajo la lluvia y sintiéndose cada vez más incómoda, era una sensación provocada por la precipitación, lo sabía, lo odiaba, y se lo había buscado ella solita.

Mientras hablaba con Gabriel y escuchaba su demanda de hacer algo al respecto, pensó en llamar a la inspectora Salazar.

Metió las manos en los bolsillos para preservarlas del frío, estrujando la tarjeta impresa con el número de teléfono que ella le había dado. Reconocía que de alguna manera había estado deseando usarla desde que Salazar se la había entregado, no tenía otra explicación para el hecho de que la hubiera llevado encima desde aquel momento. Marcó el número y cuando oyó su voz no vaciló. Sin embargo, ahora que avanzaba por la calle Braulio Iriarte buscando la dirección que la inspectora le había dado, comenzó a albergar serias dudas sobre si podía estar equivocándose. No sabía por qué le había parecido la mejor opción molestar a Salazar con aquello, pero tampoco se le ocurría a quién pedir ayuda sin que la noticia trascendiese. Se justificó pensando que al fin y al cabo había sido la inspectora quien le había proporcionado su número y le había dicho que la llamara si tenía algún problema,

«A la gente de por aquí no le gusta que se desentierren sus secretos, y tú ya has desenterrado uno muy gordo».

Comenzó a explicarse en cuanto la inspectora Salazar respondió a la llamada, pero esta la interrumpió:

—¿Estás en Elizondo?

—Sí.

—Perfecto, yo también. Hablemos en persona. —Le dio una dirección y colgó.

La casa era preciosa. Dos bancos de piedra recorrían el interior del gran arco que abría la fachada. El suelo estaba cubierto de cantos rodados a la antigua usanza, y en las paredes exteriores pendían argollas que se usaron en otro tiempo para atar los caballos. Un gran portalón oscuro reinaba en medio del pórtico. Antes de llamar a la puerta reparó en el estado de su ropa, que chorreaba, se quitó el plumífero y estaba sacudiéndolo cuando el portón se abrió. Una mujer mayor se asomó sonriendo. Llevaba el cabello claro recogido hacia atrás en un moño, no era muy alta y Nash se vio en dificultades para calcular su edad, de entrada, hubiera dicho más de setenta, pero excepto por las arrugas alrededor de los ojos su piel se veía tersa y rosada. Vestía un jersey lila y pantalones oscuros.

—Tú debes de ser la doctora Elizondo.

Nash sonrió asintiendo.

—Soy Engrasi, la tía de Amaia. Pasa, cariño, mi sobrina llegará ahora, y no te preocupes por el chubasquero. Excepto yo, en esta casa nadie usa paraguas, y llegan todos siempre chorreando —dijo mientras se echaba a un lado para franquearle el paso.

Frente a la entrada se abría el ramal de una escalera de madera. Nash llegó a ver a un hombre alto que en ese momento alcanzaba la planta superior, la mujer obvió su presencia y no hizo ningún comentario al respecto. Había un pequeño vestíbulo que daba a una amplia estancia y a un pasillo. Colgó allí su plumífero y siguió a la mujer hacia el salón. Nash sintió de inmediato que era uno de esos lugares que te producen bienestar con sólo traspasar el umbral. Había dos grandes sofás dispuestos uno frente al otro, el fuego encendido en la chimenea y dos sillones orejeros colocados a los lados. El hogar estaba flanqueado por dos librerías que llegaban hasta el techo. Y en el aire flotaba un aroma a bizcocho de limón y café recién hecho que le hizo sentir que acababa de llegar a casa. La mujer tomó una mano de Nash y la envolvió con las suyas. Eran firmes, cálidas y fuertes.

—Amaia me contó que tu madre acaba de fallecer, lo siento mucho. He estado tratando de recordar si la conocí, pero yo me fui muy jovencita del pueblo, y la verdad es que, entonces, lo que tenía que ver con Baztán me interesaba muy poco. Me suena lo del incendio..., una familia entera. Aquí todo el mundo recuerda los caseríos que ardieron.

Nash prestó atención.

—Si conoces a alguien que lo recuerde, me gustaría que me lo contara, mi madre era muy pequeña cuando ocurrió, y no le gustaba hablar de ello.

Engrasi la condujo hasta uno de los sofás y la invitó a sentarse mientras ella se acomodaba en el de enfrente.

—Oye, pues que me alegro mucho de que hayas venido a mi casa, ya tenía ganas de conocerte, ¿qué tal te han recibido en los Valles Tranquilos?

Nash no contestó, porque realmente no sabía qué decir.

—Amaia me ha hablado de ti y de tu trabajo.

—Ah, ¿sí?

—Bueno, no creo que haya nadie en todo el pueblo que no sepa quién eres, por lo de la niña. Pero ya me ha dicho mi sobrina que has venido a ayudar —dijo Engrasi.

Nash sonrió perpleja.

—¿Te ha dicho que estoy ayudando?

—Es lo que haces, ¿no? Ayudar con lo de la niña...

—Bueno, la verdad es que no...

Un fuerte estruendo se oyó en el piso de arriba, como si hubiera caído un objeto pesado.

—No es nada, tenemos un invitado, y en los suelos de madera todo retumba muchísimo —dijo, y después añadió—: Bueno, y en lo tocante a lo de tu trabajo en Elizondo, por mí no te preocupes, estoy acostumbrada de toda la vida a que Amaia me cuente cosas de sus investigaciones y de aquí no sale nada —dijo la mujer poniéndose en pie y cruzando la estancia hacia la cocina.

En las mesitas cercanas al sofá había muchas fotos enmarcadas, de Amaia con un hombre muy atractivo, que supuso que sería su marido, de un niño pequeño muy sonriente, en algunas fotos era un bebé y en las más recientes rondaría los dos o tres años. Fotos familiares, con las que debían de ser las hermanas de Amaia que Susana había mencionado, pero también algunas en las que Engrasi aparecía con grupos de mujeres de su edad. Un pensamiento cruzó su mente y pensó que debía preguntarle algo.

—Voy a buscar el café, que Amaia llegará enseguida —dijo Engrasi mientras casi a la vez se oía la llave en la cerradura.

La inspectora Salazar dejó su abrigo en la entrada y atravesó la sala tendiéndole la mano.

—Bueno, ya veo que has conocido a mi tía —dijo yendo al encuentro de la mujer, a la que besó cariñosamente para luego arrebatarle de las manos la pesada bandeja que llevaba.

»Tienes que probar su bizcocho de limón —dijo mientras servía el café y ponía un trozo de bizcocho delante de Nash—. Cuéntame, en qué puedo ayudarte.

Nash titubeó un par de segundos mirando a la tía Engrasi y Salazar la tranquilizó.

—Por mi tía no tienes que preocuparte, si te he pedido que vengas aquí es porque nada de lo que digas saldrá de estas paredes.

—Pues no sé si podrás ayudarme, pero como te he dicho por teléfono no sabía a quién recurrir. Ayer cuando llegamos a la sima nos encontramos con que alguien había arrojado gran cantidad de troncos y ramas al interior del pozo. Mi equipo trabajó toda la jornada para volver a abrirlo. Hablé con el alcalde de Gaztelu, por si le habían hecho llegar alguna queja, me dijo que no, y apostó a que habría sido sin mala intención, según él porque la gente tradicionalmente ha usado ese lugar para deshacerse de restos de poda, lana, animales muertos... Pero hoy cuando han llegado mis compañeros se han encontrado con que han vuelto a tirar dentro casi todo lo que sacamos. Ayer descartamos avisar a la Guardia Civil, pero lo de hoy nos preocupa, en este momento están sacando de nuevo el tapón del pozo, pero no podemos arriesgarnos a llegar mañana y que lo hayan obstruido de nuevo. Parece que nos están saboteando.

Salazar asintió pensativa.

—Sí, eso parece, pero aun así es raro. ¿Cuánto tiempo lleváis en la sima? Quiero decir que, si hubieran querido sabotear la excavación porque a alguien le molestara que estuvierais ahí, lo hubieran hecho hace días. ¿Ha cambiado algo en las últimas horas?

—Bueno, tuve una conversación con Lisardo Murrieta, cuando le dije que seguiríamos con la excavación se incomodó un poco. Me contó que lidera un proyecto para cerrar todos los pozos abiertos en Navarra, pero están haciendo un estudio medioambiental para ver de qué modo condenan cada pozo causando el menor impacto. El alcalde de Gaztelu me lo confirmó, no me cuadra para nada que alguien que pide permisos para un proyecto y contacta con un experto para llevarlo a cabo opte por ir a las bravas complicándose con un sabotaje.

—No, no cuadra —estuvo de acuerdo Salazar. Después miró a Nash directamente a los ojos y le dijo—: No sé si querrás contármelo, pero ¿cuál es la verdadera razón para que sigáis cavando en la sima?

Nash vaciló prudente.

—Bueno, explorábamos la sima porque está ligada a una leyenda, es a lo que nos dedicamos y es exactamente lo que hacíamos cuando encontramos los restos de Andrea.

—Tía —dijo dirigiéndose a Engrasi—. La doctora y su grupo son los responsables del hallazgo del cementerio de los héroes en Berroeta, fue hace unos meses.

—Lo recuerdo. Leí el reportaje en el periódico, debió de ser muy emocionante —dijo mirando a Nash.

Salazar continuó:

—En la entrevista se decía que el grupo estaba formado por profesores y estudiantes de último año, un grupo de aficionados a la espeleología y las leyendas, y que salíais a explorar las grutas los fines de semana. Pero regresasteis a la sima en cuanto se retiró el precinto judicial, y únicamente detuvisteis los trabajos el día que falleció tu madre, así que no puede ser sólo como disculpa para poder quedarte en Elizondo.

—¿Una disculpa para quedarme? —repitió fingiendo extrañeza.

Amaia tomó su móvil y le mostró la pantalla.

Nash reconoció la fotografía. Era de un par de años atrás, y no muy buena. Extraída del fotograma de un vídeo, era un momento de su declaración en el estrado durante un juicio bastante mediático en el que había intervenido como experta; lo peor, con mucho, era el titular. Nash lo odiaba.

«Doctora Elizondo. La psicóloga de los muertos.»

Nash suspiró y con un gesto de desagrado le indicó que se la quitase de delante.

—Creo que es una de las pocas veces que he concedido una entrevista, cuarenta preguntas sobre mi trabajo, más de dos horas explicando en qué consiste, y como resultado ese titular de chiste. —Miró a Salazar claudicando—. ¿Desde cuándo lo sabes?

—Desde el día en que te conocí en la sima de Legarrea, yo iba con el doctor San Martín, que es el jefe de Patología Forense de Navarra, y participó en la autopsia. Claro que en aquel momento entendí que tu presencia allí era accidental, pero luego se han ido sumando puntos: la aparición de nuevos indicios en el cadáver, una autopsia no concluyente, la puesta en libertad de la única condenada por el crimen, y tu grupo regresando a una excavación en la que es imposible que quede nada tras el paso de la unidad científica de la Guardia Civil. Nuestros amigos de verde son la eficiencia pura.

—Tienes razón, en parte —reconoció Nash—. De alguna manera, que la hallase yo fue providencial; se establece un vínculo emocional muy fuerte entre el rescatador y el rescatado, o en este caso, entre la persona que halló a su hija, su nieta, su amiga perdida y todos los que la conocieron. Tras el resultado no concluyente de la autopsia y al verse obligados a tener que poner en libertad a Salomé, la fiscalía consideró necesaria la intervención de un psicólogo forense, y el modo en que yo estaba vinculada facilitaba mucho las cosas. No se equivocaba, los miembros de la familia me buscan para hablar, sienten la necesidad de hacerme partícipe de toda su vida y aprecian que me importe, como si formase parte de ellos. Consideran que soy el último lazo con Andrea...

Salazar asintió complacida y Nash levantó la mano derecha pidiendo tiempo.

—Pero mi interés por seguir cavando en la sima es genuino; hicimos un hallazgo arqueológico, un fragmento de hueso antiguo, y el análisis de lo que obtuvimos apunta a que hay más ahí abajo.

—¿Incluso después de pasar la científica?

—Tenemos la sospecha de que, debido al hecho de que durante siglos han estado arrojando rocas, tierra y ramas, más lo que haya caído de modo natural, han podido formarse una especie de cámaras, en distintas capas, que han preservado lo que pueda haber ahí abajo.

—Hay una antigua historia sobre una mujer y sus hijos, durante la guerra... —dijo Engrasi.

—Pues me temo que no tiene ningún fundamento, y los datos y vestigios que nosotros hemos hallado apuntan a cientos de años atrás —respondió Nash.

—¿Y quién más conoce este dato? Y lo que es más importante, ¿desde cuándo? —quiso saber Amaia.

—Los miembros del equipo que trabajan conmigo en la sima, y saben que tiene cierta importancia desde ayer. Coopera conmigo una investigadora de la universidad, pero confío en ella totalmente, por supuesto los laboratorios que han realizado las analíticas, y el doctor Herzog, él dirigió la extracción de los restos de Andrea, es un reputado antropólogo.

—Sé quién es. ¿Y crees que alguna de esas personas tendría razones para querer sabotear tu trabajo?

Nash no pudo evitar pensar en la insistencia de Herzog en que aparcase la excavación en la sima, incluso el modo en que restó importancia al sabotaje del día anterior planteándolo como una ventaja para justificar su presencia en Elizondo. Le veía perfectamente capaz de apropiarse de un hallazgo si eso le iba a procurar prestigio, pero le costaba mucho imaginarle ordenando tirar un camión de troncos al interior de la sima con el riesgo de dañar el yacimiento.

—No sé —admitió molesta—. Me parece completamente descabellado plantearme siquiera que alguien de mi propio equipo pueda hacer algo así. Recordé que me ofreciste tu ayuda el otro día, y no quería avisar a la Guardia Civil, porque hay muchos periodistas en el pueblo por el regreso de Salomé Aduriz, ya estuvieron en la sima el primer día, cuando vieron que no había nada interesante se largaron y ni siquiera lo mencionaron, pero si se rumorea que estamos a punto de hacer un hallazgo, en ese mismo lugar... Sería de locos. Me preguntaba si puedes ayudarme de alguna manera. Quizá una patrulla de vigilancia discreta...

—Va a ser difícil. Tenemos bastantes efectivos, pero la comisaría de Baztán cubre un territorio amplísimo. Los policías forales siempre están patrullando. Lo que la gente suele entender por criminalidad es peculiar en esta zona: conflictos de lindes, ganado, animales salvajes, desbordamiento de ríos y la frontera; contrabando, entrada de drogas, tráfico de personas, todas las ventajas y desventajas de una muga. Puedo pedirles que vayan en algún momento hasta allí a echar un vistazo, pero asignar una patrulla toda la noche a la sima de Legarrea supone informar al comisario, y que pongas una denuncia. No puedo hacerlo sin que trascienda.

Nash exhaló contrariada sopesando las consecuencias de una denuncia cuando Salazar le dijo:

—Pero se me ocurre una idea: ¿has hecho labores de vigilancia alguna vez?

—No —contestó Nash sonriendo inspirada.

—Pues si te parece bien la tía nos preparará esta noche unos termos de café y un poco más de bizcocho y podrás probar los placeres de aburrirte como una ostra.

Antes de salir de la casa de Engrasi, Nash se volvió a mirar hacia la agradable estancia y recordó lo que quería preguntarle a la mujer.

—Discúlpame, Engrasi, ¿conoces a un hombre que se llama Sebastián Andía?

—Sí, ¿por? —dijo de inmediato intrigada.

Nash sonrió, le encantaba aquella mujer.

—Mi madre está enterrada en el cementerio de Elbete, le conocí allí, me dijo que en otros tiempos fue novio de Irene de Murrieta, la abuela de Andrea. Me contó una historia muy fea sobre Lisardo Murrieta y las circunstancias en las que murió su mujer. No es que le conceda demasiada credibilidad a lo que dijo, quizá porque no es un hombre muy agradable...

—Conozco a Sebastián, y no, no lo es.

—Antes de irse me habló de que su prima trabajó muchos años en el palacio de Murrieta, ahora dime que conoces a su prima, Gregori Andía.

—Gregori es una de mis mejores amigas, suele venir todas las tardes a echar la partida. ¿Quieres conocerla?

—Sí, me gustaría, ¿crees que le parecerá bien?

—¿Parecerle bien, dices? Hoy está de médicos en Pamplona, hace seis meses que la operaron de la cadera y tenía revisión, pero mañana por la tarde estará aquí.

—Y... espero no parecer pesada, pero quizá puedas ayudarme con algo más...

—Si está en mi mano, encantada.

—Y sé que tú eres mucho más joven, pero no conocerías por casualidad a Irene, la mujer de Murrieta. Me gustaría ver una foto. Para hacerme una idea.

Engrasi negó.

—Yo no tengo, pero quizá Gregori tenga una. Voy a tratar de conseguírtela para mañana.

Nash se despidió, tomó su plumífero y salió de nuevo a la calle. Desde la ventana de la sala, Amaia Salazar y su tía observaron cómo avanzaba de nuevo en dirección a Txokoto.

El hombre que había permanecido oculto en el piso de arriba entró en la estancia y se les unió junto a la ventana.

—¿Qué os ha parecido? —preguntó con voz nasal.

Fue Engrasi la que le contestó.

—Que más vale que ayudéis a esa pobre chica, lleva compañía, y no la que ella querría.

El hombre miró a Amaia y asintió pesaroso.

Había dejado de llover, y Nash se sentía demasiado tensa para volver a la pensión Izarra, además calculaba que hacia esa hora la propietaria estaría limpiando las habitaciones, y no le apetecía nada encontrarse con ella. Pasó por su coche para tomar el paquetito que había preparado con la guirnalda de flores, hizo una breve visita a la oficina de correos y al salir echó a andar en dirección a Elbete mientras repasaba mentalmente lo que tenía hasta el momento. La conversación con Pascal Dancur la había dejado descolocada, habría esperado cualquier reacción excepto que saliera corriendo. Las acusaciones eran demasiado graves como para que no optara siquiera por defenderse. Por otra parte, encajaba en el carácter evasivo y cobarde que mostraba. Tenía que hablar de nuevo con el novio de Andrea, ¿o debía decir exnovio? No tenía modo de localizarle excepto en el cementerio al anochecer, y hoy a esa hora debía estar en la sima de Legarrea con la inspectora Salazar.

Hizo una breve visita al cementerio, que estaba desierto. Detenida frente a la tumba de su madre fue sintiendo cómo el frío, la humedad y la tierra batida por los topos y empapada de la lluvia de las últimas horas traspasaban sus botas ateriendo sus pies.

«Ayúdame, *ama*», pensó.

«Vete de aquí —dijo la voz de su madre—. ¿Qué haces en un cementerio?»

Al salir se detuvo un instante frente a la tumba de Andrea y observó las pequeñas flores rosadas del ramo que a diario mandaba su madre. Cruzó frente a la gasolinera y fue caminando hasta entrar en la parte norte de Elbete, pasó de largo ante la funeraria, decidida a llegar hasta las ruinas del caserío Elizondo. Dirigió una mirada hacia la puerta de la cocina, que estaba cerrada, y entonces por el camino vio llegar a la gatita. Se detuvo a esperarla, y cuando se dirigió a ella, lo hizo con esa mezcla de recelo y ridículo que experimentan los que no están acostumbrados a hablar con los animales.

—¿Qué te parece si volvemos al solar y te quedas allí? ¿Qué me dices?

La gata no contestó, pero dio a entender que aceptaba acompañarla en su paseo. Nash superó el palacio mientras observaba el verde de los huertos brillando con los escasos rayos de sol que se abrían paso entre las nubes. Le complació no encontrar ningún coche frente a la casa de Salomé Aduriz, miró alrededor preguntándose si al fin los periodistas se habrían rendido ante el mutismo de la mujer. O quizá las noticias del inminente cierre gubernamental, del que todo el mundo hablaba, los había llevado de vuelta a Madrid. Al contrario que en la de Helena Murrieta, en la casa de Salomé todos los portillos estaban abiertos de par en par, había jardineras de madera que ocupaban todo el ancho de la ventana, pero las plantas que un día las habían adornado delataban el abandono de tres años, y los pocos tallos que sobresalían le recordaron a huesos secos y retorcidos surgiendo de la tierra. Su mente viajó como por ensalmo al fondo de la sima y a lo que esperaba allí abajo, mientras una sensación cálida recorría la palma de su mano en el lugar donde se había cortado. Levantó la mano, extrañada. El reguero rojo que había formado el arañazo casi había desaparecido. Le pareció percibir un movimiento tras los visillos de una de las ventanas. Y alzó el rostro en aquella dirección con la esperanza de que Salomé la viera. Nada. Sólo quietud.

—*Egun on* —oyó una voz a su espalda, y se giró para ver de dónde provenía. Una anciana la saludaba desde la puerta de una casa—. No se moleste, no sale de casa, y no quiere hablar con nadie. Los periodistas han estado aquí durante días y no le han sacado ni una palabra.

—*Egun on* —respondió Nash mientras pensó que la mujer le era familiar de alguna manera. Quizá la había visto al pasar con Beth, el día anterior.

—Yo la conozco bien, de toda la vida. Esta casa era

de sus padres. Los cuidó hasta que fallecieron, una buena hija —explicó solícita la mujer.

Nash se volvió a mirar hacia la casa de Salomé, incómoda ante la posibilidad de que viera cómo hablaba con su vecina. La anciana también pareció percatarse.

—¿Por qué no entra? —dijo echándose a un lado y haciendo un gesto hacia el interior—. Aunque ha dejado de llover, hace un día muy desapacible.

Nash dudó. Dirigió de nuevo una mirada a la casa de Salomé y finalmente se decidió.

Empujó la cancela mientras daba las gracias a la mujer, que endureció de pronto el gesto.

—Ella no puede entrar —dijo mirando con verdadera aversión a la gata.

—Por supuesto —se disculpó Nash mientras hacía un gesto al animal para que se alejase. La gata no se inmutó, plegó sus cuartos traseros y enroscó la cola sobre las patas delanteras en un gesto tan estoico que provocó una sonrisa en Nash.

Lo primero que sintió al entrar fue que hacía tanto frío como fuera. La mujer la condujo al fondo, dejando a un lado una coqueta salita y llevándola hasta la cocina, donde había un hogar encendido.

Frente al fuego, un banco largo y estrecho, que Nash supuso que había recuperado de alguna vieja ermita, era el único lugar donde poder sentarse. La mujer le indicó que lo hiciera y Nash vio con alivio que ponía a calentar un hervidor de agua mientras disponía dos bolsitas de infusión en sendas tazas.

—¿Conoce bien a Salomé?

—La trataba cuando era pequeña, luego se fue a estudiar cosas de empresas, supongo, porque cuando volvió montó la suya.

Nash recordaba haber leído en el informe sobre Salomé que había regentado un obrador de patés artesanos a medias con un socio francés, en Saldías, un pueblo perteneciente al vecino valle de Malerreka.

—No hablo con ella —dijo en tono confidencial—, nos saludamos, claro, pero cuando volvió de la universidad ya empezó el *ttuku-ttuku* de que se había convertido en lesbiana..., ya sabe.

«Se había convertido en lesbiana», repitió Nash mentalmente para grabarse bien la expresión.

—Yo respeto todo, ¿sabe?, pero no quiero tratos con esas...

Nash tomó aire profundamente y esquivó la mirada de la mujer dirigiéndola hacia el techo artesonado mientras ideaba una disculpa para irse. La mujer creyó que mostraba interés por la casa.

—Ni sé cuántas generaciones de mi familia habrán vivido en esta casa. Siempre he vivido aquí, nací en la planta de arriba, y seguro que me moriré aquí.

—¿Vive sola?, ¿tiene familia?

—Tengo una sobrina, pero vive en su casa. Yo estoy bien aquí, y siempre tengo compañía —dijo de un modo que a Nash le pareció bastante enigmático, incluso malicioso—. Desde que existe el teléfono, ya nadie está solo —añadió tendiéndole una de las tazas, que eran de metal. Advirtió el gesto apreciativo de Nash al tocar el recipiente—. No uso tazas, son potes, como los que llevan los marinos en el mar. En el mar no pueden usar tazas, se les romperían. Mi padre era marino, iba a Canadá a pescar bacalaos, en ocasiones estaba casi todo el año fuera de casa, y antes lo había hecho mi abuelo. Claro que en los tiempos de mi abuelo todavía no había teléfono en Elbete, la gente iba a llamar y a recibir llamadas a un ultramarinos que había en la calle Santiago, donde ahora está la pastelería Malkorra. Yo tenía tres años cuando instalaron este teléfono —dijo señalando la pared—. Y aunque parezca increíble, me acuerdo como si fuera ayer del día que vino el técnico a ponerlo.

Nash lo admiró, era un modelo antiguo de pared, completamente negro, de un material que parecía ébano, aunque por su aspecto mate podía ser baquelita negra. El auricular se apoyaba como un brazo entre las dos horquillas que lo sujetaban, y el lado destinado a hablar formaba una boquilla abultada.

—Supondría una gran diferencia en sus vidas, sobre todo si su padre estaba fuera —dijo Nash dándose cuenta de que la mujer no iba a contarle nada más interesante que su propia vida.

—Mi padre me quería mucho, llamaba una vez al mes, y conmigo era siempre con la que más hablaba, ni con mi abuela, ni con mis tías, ni siquiera con mi madre, y yo creo que ellas me tenían celos, fíjese lo que le digo. Me encantaba hablar con él, las llamadas a alta mar se hacen por radiotelefonía, ¿ha hablado alguna vez por radiotelefonía? El sistema va lanzando la señal de las antenas de un barco a otro, así que la conferencia es pública, todos los barcos que están en ese caladero pueden oír la conversación, así que no se pueden decir cosas privadas. —Soltó una risita casi infantil—. Suele haber mucho ruido de fondo, además de que llega con un poco de retraso, así que cada vez que terminas de hablar tienes que decir «cambio» para que la otra persona sepa que ya has terminado, porque en ocasiones cuando haces una pausa no se sabe si te has callado o si se ha perdido la señal. «Hola, *aita*, ¿cómo estás? Cambio», «Hola, preciosa, estoy muy bien, tengo muchas ganas de verte. Cambio», y cuando terminabas de hablar había que decir cambio y corto. Y así sabían que se había terminado la conversación.

Nash removió la infusión deseando que se enfriase cuanto antes, la probó y vio que estaba hirviendo.

—Siempre llamaba el día cinco, puntual cada mes, porque el día cinco es mi cumpleaños. Pero, entonces, de pronto un día no llamó. Yo ni comí, me pasé toda la tarde y toda la noche sentada aquí mismo, envuelta en una manta, junto al fuego, sin quitar la mirada del teléfono.

Nash volvió la vista al lugar que indicaba la mujer y al oscuro teléfono colgando en la pared de enfrente.

—Pero al día siguiente tampoco llamó, ni al otro, ni al otro, ni al otro..., y entonces llegó un telegrama, y me dijeron que mi *aita* había muerto en un accidente, en el mar. Pero ¿qué cree que hice yo? Pues me quedé aquí plantada, delante del teléfono, esperando a que me llamara.

Nash la miró compasiva. Asintió lentamente.

—Lo siento —dijo sincera—. Debió de sufrir mucho.

—Mucho —estuvo de acuerdo la mujer—, pero no me rendí y ¿sabe qué ocurrió? —preguntó sonriendo hasta mostrar entera su dentadura postiza—. Que llamó.

Nash abrió la boca desconcertada. Dejó salir el aire e intentó sonreír. «Pobre mujer», pensó.

—Hablé con él durante horas, hablamos muchísimo, cambio, cambio, cambio. Y entonces se despidió. Cambio y corto. Se despidió de mí. Sólo de mí.

La mujer suspiró aliviada, y Nash lo hizo también, esperando que aquello sólo hubiera sido una anécdota de infancia como las de quienes recuerdan haber hablado con sus perros o haber tenido un amigo invisible.

—Llevo esperando desde entonces a que vuelva a llamar, pero nunca más lo ha hecho. Mi *aita* ya no llamó, pero entonces comenzaron los otros.

—¿Otras personas?

—Otros muertos —dijo con aplomo—. Empecé a recibir llamadas de gente que quería hablar, y yo hablaba con ellos. Al principio mi familia creía que me había vuelto loca, o cosas peores. Hicieron venir al cura —dijo poniéndose en pie y yendo hasta el aparato—, hasta mandaron cortar el cable. —Alzó el resto de un cable negro envuelto en cordón, y que había estado apoyado en la horquilla del teléfono—. No sirvió de nada, siguieron llamando. Así que, como le he dicho antes, nunca me siento sola. Siempre tengo a alguien con quien hablar.

La mujer volvió a sentarse. Sonriendo.

—¿Usted los oye?

—Por supuesto, y no sólo yo, la mayoría llama para hablar con otras personas, como hoy.

—¿Qué quiere decir?

—¿Qué voy a querer decir, querida?

En ese momento el teléfono sonó con un ring metálico que produjo un gran sobresalto en Nash, que miró incrédula hacia el aparato. Dos segundos de pausa, y sonó de nuevo.

La mujer sonreía beatíficamente mientras contemplaba el aparato. Se puso en pie y caminó pizpireta hacia él sin dejar de sonreír y creando en Nash la sensación de que estaba viendo a una niña disfrazada de anciana. Tuvo claro que la mujer estaba senil, aquel cable que pendía del teléfono no podía tener línea.

La mujer descolgó el auricular y contestó feliz.

—¿Quién es? Oh, sí, está aquí, ahora se la paso —respondió solícita. Después cubrió el auricular con una mano mientras con la otra tendía el teléfono en dirección a Nash—. Es para usted —dijo sonriendo tanto que su dentadura pareció a punto de salírsele de la boca.

Nash se puso en pie provocando que el pote cayera al suelo con un ruido metálico y apagado.

—Dese prisa —apremió la mujer sin dejar de sonreír, tendiéndole el teléfono.

En los siguientes días, cuando volviera a pensarlo, se cuestionaría muchas veces por qué había preguntado.

—¿Quién es?

—Es su madre —respondió la anciana con toda naturalidad.

Como en un sueño, caminó al encuentro de la mujer y tomó el auricular, que pesaba como una criatura dormida. No sabía por qué lo había hecho, pero lo alzó hasta apoyarlo en su oído y escuchó. Apenas un susurro. «Nash.»

Dejó caer el auricular igual que había dejado caer la taza, y al chocar con el suelo produjo un ruido parecido, con la diferencia de que el auricular quedó colgando del cable en espiral que lo sostenía y osciló de un lado a otro, como algo vivo. Nash corrió hacia la puerta y cuando iba a alcanzarla tuvo la visión de que cuando lo hiciera estaría cerrada, fue sólo un segundo, pero suficiente para entrar en pánico. Tocó el picaporte, lo accionó y la puerta se abrió sin ninguna resistencia. Trastabillando, bajó los dos escalones que la separaban de la altura de la calle y cruzó la cancela que, a pesar de que seguía abierta de par en par, su gata no había atravesado. Cuando alcanzó el camino jadeaba como si hubiera corrido los cien metros.

—Vámonos de aquí —le dijo a su gata mientras alzaba la mirada hacia las ventanas de Salomé, donde antes había percibido un movimiento. Vio a la mujer que sólo conocía por las pantallas de televisión y, a través de los cristales, percibió el gesto preocupado y a la vez aliviado en su rostro mientras asentía como si supiera por lo que acababa de pasar. Nash tomó a la gata en brazos y echó a andar en dirección a la funeraria sin volverse a mirar ni una sola vez hacia la casa que acababa de abandonar. Cuando había caminado diez o doce metros oyó el impacto de la puerta de la casa al cerrarse, como si un huracán la hubiera empujado desde dentro.

No había nadie en la funeraria Mitxelena, así que optó por esperar sentada en el banco de piedra, junto a la puerta de la cocina. Volvía a llover y arrebujó a la gata dentro de su plumífero y se quedó muy quieta, contemplando el agua que caía, tratando de entender lo que había pasado y sintiéndose tan desamparada como la pequeña cerillera de Andersen. Nunca había soportado aquel cuento, la niña sola, helada, huérfana y moribunda, la niña que tenía a todos los que la amaban del otro lado.

Odiaba aquella historia, porque la hacía llorar. Supo que era como aquella niña, encendiendo cerillas en mitad de la ventisca para intentar ver a sus muertos en la llama efímera de un fósforo. Tuvo en ese instante una visión clara y desoladora de cómo iba a ser el futuro sin su madre, se dio cuenta de que estaba llorando, y ni siquiera había sido consciente de cuándo había comenzado. Notó cómo las lágrimas se enfriaban mientras recorrían su rostro trazando un río salobre. Abrazó a la gata y estuvo así mucho rato.

No sabía cuánto tiempo llevaba sentada en el banco de piedra junto a la cocina de las Mitxelena. Repasó su estado. Estaba calmada y exhausta, aunque en su pecho persistía la sensación de tambor vacío que queda tras llorar desde el fondo de los pulmones. Ilusa, creía que había llorado la noche en que vio a su madre cerrar los ojos para siempre, o la tarde oscura en que el enterrador de Elbete colocó las piedras sobre su tumba. Hoy había descubierto aterrada que la compuerta que contenía la profunda pena se estaba resquebrajando en el fondo de su alma. Cuando el llanto cesó, dejó que el frío húmedo del Baztán le secase las lágrimas sobre el rostro, convirtiéndolas en una máscara tersa e inexpresiva. Sentía el calor amigo que desprendía la gata contra su cuerpo, y la abrazó mientras pensaba que estaba cansada de un modo que no experimentaba desde su infancia, y que podría echarse a dormir y hacerlo por cien años. Permaneció allí, mientras esperaba a que alguna de las Mitxelena regresara a casa.

Sonrieron al verla, y rieron cuando la gata asomó la cabeza por la apertura de su chaqueta.

—Amy —dijo como retándolas—. Le he puesto nombre. Amy, como la Winehouse. Adoraba a la Winehouse, y tiene algo que me la recuerda.

Les pareció bien. Abrieron la puerta y entraron en casa.

«En ningún lugar anochece como en el monte, el bosque se traga la luz, la devora como un agujero negro», pensó Nash mientras ascendían en dirección a Legarrea. Cuando alcanzaron el lugar, el ocaso en fuga aún recortaba los bordes de las colinas cercanas. Habían optado por llevar el coche de Amaia, un Porsche Cayenne que solía usar su marido, y que tenía acoplada una sillita de bebé. Por mucho que adorase su Mustang, debía reconocer que no era el mejor coche del mundo para pasar sentada diez horas en su interior. El equipo había avanzado mucho con la extracción de troncos, y el estado del pozo se asemejaba al de la tarde anterior, con la diferencia de que hoy no desmontarían los andamios ni la grúa. Debido a la lluvia, habían abierto también la carpa blanca, que, iluminada desde dentro, irradiaba un extraño fulgor en mitad de aquel anochecer. Salazar aprovechó la pista abierta por el camión que había llevado los troncos hasta la sima para llegar hasta muy cerca de la boca del pozo. Cuando bajó del coche retrocedió caminando por la senda mientras tomaba fotos de las huellas dentadas que el vehículo pesado había dejado impresas en el barro. Después pareció interesada en los troncos que habían rodado hacia un costado del camino frente a la sima. Se entretuvo en fotografiarlos con detalle mientras Nash saludaba a cada uno de los miembros del equipo. Estaban cansados, pero de mejor humor de lo que había esperado. Descubrir a primera hora los troncos de nuevo dentro del pozo había supuesto un jarro de agua fría, pero sin duda la noticia llegada desde Italia y la promesa de que la Policía Foral vigilaría la sima aquella noche habían contribuido a levantar de nuevo el ánimo, aunque se dio cuenta de que parecieron un poco decepcionados al verlas llegar sólo a ellas.

—Creo que, con los focos encendidos, la carpa se verá desde lejos, quizá sirva para disuadir a quien pretenda acercarse —les explicó Gabriel, no muy convencido—. Pero estoy pensando que deberíamos quedarnos...

Julio no fue tan sutil.

—Cuando has dicho que la policía vigilaría la sima creí que vendría un coche oficial, y... —dijo mirando dudoso a la inspectora.

Salazar se abrió la chaqueta para que pudieran ver el arma que portaba.

—Tranquilos, tengo esto, una radio policial y algo todavía más disuasorio —dijo sacando una sirena portátil que colocó sobre el techo del vehículo mientras la accionaba—. No hay nada tan eficaz como las luces azules V-1, se ven a la legua, he visto a delincuentes darse la vuelta a kilómetros, en cuanto las detectan. La dejaré activada toda la noche si es preciso.

Gabriel y Julio les prometieron relevarlas al amanecer. Nash los vio partir sintiendo cómo la invadía la gran melancolía que la acompañaba desde la mañana. Apoyada en el coche y mirando hacia la boca de la sima, la noche la fue envolviendo mientras un *txirimiri* muy fino iba mojando y oscureciendo el rojo de su cabello.

—Será mejor que nos metamos dentro, empieza a hacer frío —sugirió la inspectora.

Nash rodeó el coche y se sentó silenciosa, mirando pensativa la mochila que tenía a sus pies. Antes de salir hacia la sima había pasado por el hostal para abrigarse. Miró la estancia aprensiva. La sensación de intimidad violada se había disparado con el encuentro de aquella mañana con la mujer del teléfono. Guardó el ordenador en la mochila, miró abrumada la bolsa de basura con los papeles de su madre, no podía llevárselo todo, pero en un arrebato recogió las fotos que cubrían la puerta del armario y las metió entre las tapas del ordenador. Cerró las puertas y se guardó la llave mientras se preguntaba cuándo aquel lugar se había vuelto tan hostil. La inspectora Salazar la sacó de sus pensamientos:

—¿Estás bien? ¿Te pasa algo?

Nash contestó con otra pregunta.

—¿Por qué lo dices?

—No sé, te noto distinta, diferente a como estabas esta mañana.

Nash asintió afligida, pero no añadió nada más y apartó la mirada.

—¿Es por tu madre?

Nash se giró hacia ella sorprendida por su perspicacia.

—Sí, supongo que sí. De alguna manera, hoy me he dado cuenta de cuánto la voy a echar de menos, como si de pronto hubiera tomado conciencia de que me va a faltar el resto de mi vida. Ya sé que es absurdo, pero me siento como si hubiera despertado a la realidad en que mi madre ha muerto.

Salazar asintió condolida.

—El duelo es jodido, aún arrastro algunos. Si te sirve de consuelo, con el tiempo se va transformando. No creo que se mitigue, como dicen por ahí, creo que se convierte en otra cosa, en algo que incluso puede ser poderoso.

—¿Tus padres?

—Mi padre murió cuando yo tenía veinticinco años, estaba en Estados Unidos, atrapada en Nueva Orleans por el huracán Katrina...Y mi madre...

Nash cerró los ojos mientras se daba cuenta de que había metido la pata.

—Perdón, no debí preguntar.

Salazar le restó importancia.

—No te preocupes, es lo normal. —Tomó aire profundamente—. El duelo que arrastro es por mi compañero.

—No, no, si lo sé: después de conocerte mis amigas me prestaron las novelas, he leído la historia. Perdóname, no sé qué decir, pero es que hoy ha ocurrido algo que me ha dejado un poco descolocada. No pienso con claridad. —Miró hacia fuera y sus ojos se nublaron.

—¿Quieres hablarlo?

Nash la observó mientras lo pensaba.

—Es que te va a parecer una estupidez, es una estupidez. Ni siquiera se lo he contado a mis amigas.

—Las Mitxelena.

—Sí, son maravillosas, ha sido una verdadera suerte conocerlas, pero creo que no quiero oír lo que me dirían.

Amaia se extrañó.

—Son una familia increíble, inteligentes, prácticas, mujeres empoderadas, sólo que tienen una visión un poco distinta del mundo —explicó Nash—. Bueno, la madre, Susana, dirige y gestiona su propia empresa funeraria, sus hijas estudian fuera de aquí, y, sin embargo..., a veces dicen unas cosas..., es como si tuviesen un concepto místico del mundo en el que dan cabida a un tipo de sucesos, sin cuestionarlos, quizá esté relacionado con el hecho de que sean funerarias. ¿Te puedes creer que su hija mayor quiere continuar con el negocio? ¿Cuántas adolescentes conoces que quieran ser funerarias? —Intentó sonreír—. Confieso que me fascinan, se pasan el día cocinado, bebiendo un vino delicioso, un café cargadísimo, y sospecho que nunca duermen.

—Si no dormir te hace sospechoso de algo, me confieso culpable. El insomnio y yo somos socios desde mi infancia —dijo Amaia.

—Bueno, he de reconocer que yo sólo duermo bien cuando hay pastillazo por medio, pero lo de estas mujeres es otra cosa, y no se limita a su originalidad, o su hedonismo. Me contaron una historia sobre una vecina cuya hija está en coma, bueno, de hecho me contaron dos, a cuál más extraña. Tienen explicaciones de lo más barroco para justificar cosas que según ellas ocurren aquí. Todo lo que hacen está revestido de sensualidad, de misterio y de un misticismo que ellas aceptan con la misma naturalidad con la que yo acepto la tabla periódica.

Amaia asintió sonriendo.

—Créeme, hay mucha gente así por aquí.

—Si las hubiera conocido en otro lugar y en otro momento diría que son un grupo de chifladas, ¡si hasta me han obligado a adoptar a una gata mágica! —dijo levantando las dos manos en un gesto de impotencia—. Curiosamente, las cosas que dicen, sus juicios, su anarquía, me parecen lo más sensato que he oído jamás, pero quizá por eso no podía contarles lo de hoy.

—Te han obligado a adoptar a una gata —dijo divertida.

—No se puede discutir con ellas, no sabes cómo son. Mis antepasados tenían un caserío en Elbete. Es el solar que está pasando la caseta de la hidroeléctrica. Ardió hasta los cimientos cuando mi madre era pequeña. Toda su familia murió en el incendio y tuvo que vivir con sus tíos en Pamplona. Fui con la hija pequeña a visitar el solar y la gata nos siguió a casa desde allí. Ellas están empeñadas en que es un espíritu familiar y ha decidido quedarse conmigo. Llevo dos días diciéndoles que están locas y que de ninguna manera voy a quedármela..., hasta esta mañana.

La inspectora Salazar no abrió la boca, se limitó a mirarla esperando a que continuase. Nash reconocía en ella su propio método de interrogación pasiva, que casi siempre daba resultado para incitar a alguien a hablar. Apretó los labios en clara señal de duda entre contener lo que guardaba dentro o soltarlo. Se decidió, mientras su concepto de Amaia Salazar subía enteros como el Nikkei.

—Hay una mujer en Elbete. Su casa está enfrente de la de Salomé Aduriz. Esta mañana mientras paseaba por allí me ha invitado a entrar. Al principio fue amable, comenzó a contarme una historia sobre su infancia y cómo su padre solía llamarla y hablaban por radiotelefonía desde los caladeros de Canadá. Él murió en el mar y ella estuvo esperando la llamada, y de pronto la historia mutó... Me dijo que habló con su padre después de que falleciera.

Se detuvo para ver la reacción de Amaia, que la escuchaba atentamente y asintió para animarla a continuar.

—Pensé que era la fantasía de una niña, pero después me aseguró que durante toda la vida ha seguido recibiendo llamadas de gente que está muerta, hasta me mostró el cable arrancado de la línea. Y cuando estaba allí, de pronto, el teléfono sonó, ella lo cogió, pareció hablar con alguien y me dijo que era para mí, que era mi madre. —El rostro de Salazar se mantuvo inmutable—. Ya sé lo que estás pensando, que es una estupidez y que no son más que los desvaríos de una pobre mujer...

—Entonces ¿qué es lo que te atormenta? —preguntó con calma la inspectora.

Nash se paró a pensarlo. Apretó los labios y movió la cabeza afirmativamente antes de responder.

—Amaia, lo que me atormenta es que yo soy una mujer cabal, estudié Medicina, me especialicé en psiquiatría y psicología forense, admito cualquier subterfugio de la mente humana, creí conocerlos casi todos, porque una de las cosas que mejor se le dan a nuestro cerebro es el autoengaño. —A través del parabrisas del coche miró hacia la carpa iluminada y el modo en que la luz apenas tocaba la boca de la sima—. Ni siquiera cuando exploramos lugares como este pierdo la perspectiva. En la universidad nos llaman los cazafantasmas, pero no somos cazafantasmas, somos mataleyendas, lo único que me importa es entender la etiología de los hechos, las razones sociales, emocionales e históricas para interpretar el comportamiento humano, ¿lo entiendes?

Salazar asintió.

—Y no estoy juzgando a esa mujer, pobrecilla, estoy juzgándome a mí, porque cuando ella me tendió el teléfono lo cogí y escuché...

Amaia la miró de hito en hito.

—¿Crees que estoy loca? —preguntó Nash.

La mirada de Salazar viajó muy lejos, permitiendo que Nash presenciase aquella fuga a mil yardas de distancia de la que habían hablado las Mitxelena.

—Tenía doce años cuando me enviaron a Estados Unidos, he vivido allí tantos años como aquí. Hice entera la secundaria, fui a la universidad y me formé en el FBI. Cuando regresé a Baztán era ya inspectora de homicidios y me puse al frente de la investigación del caso Basajaun. Tenía una excelente técnica, una formación impecable y un procedimiento la mar de profesional. Llegué aquí y traté de aplicarlo; casi me cuesta la salud mental y la vida. No te habría dicho esto en aquel entonces, porque estaba convencida de que las técnicas policiales podían adaptarse a cualquier lugar, y que daban resultado con sólo aplicar el protocolo, lo había hecho infinidad de veces. Pero estaba equivocada. No estás loca, creo que hiciste lo que había que hacer.

—Lo que hay que hacer, ¿aunque sea una majadería como contestar al teléfono? ¿Aunque escape a la lógica como se cuenta en los libros? ¿Cuánto es verdad de todo lo que aparece en esas novelas? ¿Están tan vivas esas leyendas como se da a entender?

—Bueno, evidentemente, hay licencias literarias, pero el grueso está pegado a los hechos.

—Me refiero al basajaun, los silbidos en el bosque, los relatos de los testigos... Los miembros de esa secta, obtener favores de una entidad que reclama muertes para nutrirse.

—No cabe una respuesta de sí o no. José Miguel de Barandiaran dijo: «Hace cien años era más fácil encontrar en Baztán quien creyera en la existencia de brujas que en la Santísima Trinidad». Barandiaran no estaba hablando de estadísticas, era como dices tú: pura etiología, la razón por la que ocurren las cosas, la justificación de que el comportamiento está ligado aquí a este lugar. Y si los baztaneses de hace cien años creían en brujas, es porque lo propiciaba el entorno. ¿Lo entiendes?

—He leído a Barandiaran, hace cien años no había electricidad en los caseríos, y mucho menos internet. Puedo entender que, sometido a unas condiciones de aislamiento y misticismo, la parte incógnita del mundo tome más peso, la noche es larga en Baztán. No hay más que ver cómo el bosque devora la luz, entiendo el temor a la incertidumbre.

—Ya, pero es que no hablo del siglo pasado. Esas personas creían en un poder al que servir, y les funcionaba.

—¿Estás tratando de decirme que estamos bajo el influjo de una especie de síndrome de Jerusalén? ¿Una alucinación pegada a un lugar concreto?

—Con la diferencia de que aquí nadie se cree Moisés o Abraham, y da igual que te niegues con todas tus fuerzas a admitirlo. Ocurre.

—¿Oíste aquellos silbidos en el bosque?

—Sí —contestó Salazar con serenidad.

—Y estarás dispuesta a admitir que tienen muchas explicaciones lógicas...

—Tantas como que los muertos llamen a ese teléfono.

Nash la miró sobrepasada.

—Entonces, tú crees que es verdad...

—Nunca he entrado en su casa, pero ya había oído hablar de la mujer que tiene un teléfono al que llaman los muertos. Ana Lazcano. Conozco a un par de personas que juran haber recibido una de esas llamadas en casa de Ana. A pocos kilómetros de aquí hay un curandero al que directamente llaman «el brujo», quita las anginas apretándote en la muñeca, y las pesadillas envolviéndote la cabeza con una piel de serpiente. Dudo mucho que pueda darte hora antes de un mes, la gente hace cola para que los reciba. Oh, y hay una chica en Amaiur que puede aliviarte de cualquier carga de culpa, como un sacerdote en la confesión. Hay una señora que fabrica un queso buenísimo, cerca de Lekaroz, te quita el mal de ojo murmurando una plegaria mientras dice tu nombre, recita un hechizo sagrado que sólo puede compartir con otra persona el día de Navidad. Mi propia tía echa las cartas, y es muy buena.

—¿En serio? —preguntó fascinada.

Amaia asintió.

—Y conozco a las dos mujeres cuyas hijas están en coma. Los de Donosti tuvieron un percance en un cruce de caminos en Galicia, en la zona de Costa da Morte. El coche se les averió en un área boscosa. La chica de catorce años bajó del vehículo, se adelantó hasta el cruce y cayó fulminada. Estuvo un año entero en el hospital sin que los médicos pudieran hacer nada. Los padres tenían opiniones diferentes sobre lo que debía hacerse, acabaron litigando en los juzgados. El padre vive con el hijo pequeño en San Sebastián, y la madre aquí, con la niña en coma. Y si le preguntas, te dirá que habla todos los días con su hija y con los espíritus que la atormentan mediante escritura automática. Y luego está la casa de Garbiñe. ¿Te han contado toda la historia?

—Algo, pero sé que falta una parte, porque cuando Susana iba a contármela, su hija le pidió que parase.

Salazar inclinó la cabeza hacia un lado.

—Pues entonces dejaré que sea ella la que la termine, pero yo te contaré la parte de la que fui testigo. Hace unos meses, algunos vecinos preocupados por el estado de la casa, y teniendo en cuenta que dentro había una chica enferma, pusieron una denuncia en el ayuntamiento y en los servicios sociales.

—Sí, Susana me lo dijo.

—Pidieron una patrulla para acompañar a los servicios sociales, por una cuestión de seguridad, porque a veces las personas en riesgo no son capaces de admitirlo y reaccionan violentamente ante los trabajadores sociales.

Más por curiosidad que por otra cosa, acompañé a los policías asignados. Hay lugares de la casa cubiertos de moho, y como una especie de resina que supura por las paredes. El papel pintado se ha desprendido, y la madera está porosa, como carcomida, pero la habitación en la que está la chica está intacta. Limpia, luminosa, como si acabaran de reformarla, cuenta con toda la maquinaria y el equipamiento para atenderla, y además la madre es enfermera. Duerme en un colchón a los pies de la cama de su hija en esa habitación, que es lo único que se mantiene en buen estado en la casa. La higiene y la alimentación intravenosa de la paciente eran intachables. Revisaron los cimientos y no hay riesgo de derrumbe, así que no hallaron justificación para intervenir.

—¿Cómo explicas eso?

—No puedo explicarlo, Nash, y no tengo que hacerlo, es la única manera de no perder la cordura, aceptar que, si todo lo que tiene nombre existe, lo que no puedes explicar también existe. La versión de esa mujer es que tanto la casa como su hija están bajo el influjo de una maldición. Una maldición, Nash. ¿A que es increíble? Una majadería sin sentido, una estupidez paleta... Pero esas dos mujeres, las madres de las dos chicas, y por distintas razones, se vieron obligadas a pasar un tribunal médico, que dictaminó que están perfectamente cuerdas. ¿Te parece lo bastante serio un tribunal médico?

Nash permaneció en silencio.

—Lo que trato de exponer es que ese mundo paralelo es una realidad. En varios países de África, las personas albinas son secuestradas y asesinadas en rituales mágicos, y aunque te resulte fantástico, ridículo o increíble, la razón por la que se siguen matando rinocerontes es para obtener las propiedades mágicas de su cuerno. Los furtivos entran en las reservas protegidas por francotiradores autorizados por su Gobierno para repelerlos a tiro limpio, y todo porque en algún lugar del mundo hay alguien dispuesto a pagar millones para tomar polvo de cuerno, que no tiene ninguna propiedad, excepto la magia.

—Lo sé, entiendo las creencias y hasta qué punto pueden sugestionar, hice mi doctorado sobre el fenómeno de la regresión. Alejandro Amenábar dirigió hace años una película sobre un caso real en el que una chica denunció haber sido víctima de una secta satánica de la que su familia formaba parte. Ella superó en múltiples ocasiones la prueba del polígrafo, porque creía estar diciendo la verdad, igual que la superaría alguien que narre un sueño o una pesadilla que ha tenido la noche anterior, estaría diciendo la verdad, aunque todo lo que cuente provenga de su imaginación.

Amaia la miró con verdadero afecto. Dejó salir el aire por la nariz como si se armase de paciencia.

—Doctora Nash Elizondo, me parece estar oyéndome a mí misma cuando me puse al frente del caso Basajaun. Conozco el sumario de regresión del que hablas, se estudia en el FBI como alteración e implantación de recuerdos.

—Entonces, estarás de acuerdo en que es pura imaginación...

—Yo usé ese mismo argumento durante algún tiempo, hasta que un sacerdote amigo mío me reveló un axioma sobre la fe y las creencias de los demás. Te equivocas si te planteas la fe de los demás desde tu lógica. Millones de personas viven su vida en torno a la fe, pero también hay quien está dispuesto a morir por ella, y a matar también. Ergo, la fe es poderosa.

Se detuvo de pronto, se llevó el dedo índice a los labios reclamando silencio. Amaia escuchó atenta y abrió con cuidado la puerta del coche.

—¿Hay alguien? —susurró Nash tratando de ahondar en la oscuridad que se extendía más allá de la carpa.

Amaia activó los reflectores azules y dejó que la sirena ululase en un par de cortas señales que se perdieron en la noche y regresaron menguadas en forma de eco y mezcladas con el sonido de un motor que se alejaba.

—Bueno —dijo sentándose y asegurando la puerta—. Si había alguien ya le ha llegado el mensaje. No se acercarán. ¿Has pensado en por qué querría alguien que dejases de buscar en la sima? ¿No notasteis nada días atrás?

—Está claro que hemos molestado a alguien, pero no sé por qué. No hacemos nada diferente del primer día. —Hizo una pausa mientras valoraba hablar de las distintas ocasiones en las que le había parecido que había alguien espiándolos desde las cercanías de la sima. Lo cierto es que no había descubierto a nadie, aunque estaba bastante segura de que, por lo menos en una ocasión, alguien estuvo observando. Tampoco significaba nada, cualquier vecino curioso o morboso: los escenarios de un crimen solían tener ese efecto—. Ya te hablé del abuelo de Andrea, mi propio jefe no tenía demasiado interés en que continuase tras hallar el cuerpo, creía que provocaría una atención indeseable de la prensa que no era conveniente, pero tras las conclusiones de la autopsia cambió de opinión y lo propuso como coartada que justificase que permaneciéramos en el pueblo.

Nash abrió el termo y sirvió un café que ofreció a la inspectora, puso otro para ella y esperó a que Amaia volviera a levantar la mirada antes de llevar el tema en otra dirección.

—Leí hace tiempo la primera novela, sobre los crímenes del basajaun, entonces creí que se trataba solamente de eso, una obra de ficción, pero después de conocerte les pedí a mis amigas las otras dos. Debí leerlas hace mucho tiempo, quizá me habría dado cuenta antes de algunas cosas, como lo que me preguntaste en la boca de la sima el día que encontré a Andrea. La primera novela está centrada en los asesinatos de las adolescentes, pero parece que el interés primero de la secta eran los recién nacidos...

—Sí, preferentemente debían ser niñas, las mataban nada más nacer si podían, debían convencer a los padres, al menos a uno de ellos, pero en ocasiones, si la suerte, o la vida, se interponían en su camino, lo hacían cuando eran mayores, adolescentes, incluso mujeres adultas. Para ellos eran ofrendas, promesas que habían hecho y tenían que cumplir tarde o temprano.

—Por eso me preguntaste cómo había aparecido Andrea. Creíste posible que hubiera sido una de esas niñas que había que sacrificar.

—Dímelo tú.

—¿Recuerdas la guirnalda que te mencioné cuando nos conocimos, una especie de coronita de flores secas que encontré también en la sima?

—Sí.

—Tengo una foto de Andrea el día en que tomó su primera comunión, llevaba una coronita de flores, unas rosas pequeñitas, su madre envía todos los días un ramo a su tumba. No estoy segura, y podría ser casualidad, pero creo que se trata de las mismas flores.

—¿Qué estás tratando de decir?

—La Guardia Civil borró las fotos del móvil que hice en la sima, pero ya las había enviado a un archivo externo. ¿Querrías verlas?

—Claro.

Nash abrió la mochila depositada a sus pies, encendió el ordenador y le mostró las fotos.

Salazar las estudió con interés, pasándolas adelante y atrás.

—Podre chica —dijo Amaia mirando el cadáver—. Respecto a las flores, son rosas mini, hay una variedad de rosa silvestre muy similar, pero no es común por aquí. Parece que llevaban allí bastante tiempo, el modo en que los pétalos se han descompuesto hasta transparentarse hace pensar en eso. Por otra parte, si te dedicas a desmantelar leyendas sabrás quién es la diosa Mari.

—La diosa de las tormentas que se traslada volando y vive en los riscos.

—En los riscos y en las cuevas, que son las entradas al inframundo custodiadas por infernales toros rojos. Bueno, pues, aunque te parezca raro, y como parte de la idiosincrasia de este lugar, por aquí hay gente que sigue realizando ofrendas a Mari, son completamente inocuas, piedras, monedas, semillas, flores, para pedir buenas cosechas, o lo que es lo mismo, hijos. Yo misma llevé una piedra hasta un lugar en una ocasión, así que no me extrañaría que alguien de vez en cuando lanzara una piedra o unas flores al interior de esa sima.

—Sí, también lo pensé.

—Pero seguro que no fue sólo ver las flores y leer las novelas lo que te hizo establecer esa relación. ¿Sugieres que alguien que sabía que la chica estaba allí le llevó flores? ¿Su asesino? ¿Su propia madre?

—A ver, no es una hipótesis siquiera, es sólo algo que me ronda por la cabeza... Tanto el primer marido de Helena Murrieta como el segundo, e incluso su padre, aseguran que Helena tuvo depresión posparto diagnosticada. Según Pascal eso sólo derivó en una precaución extrema por la seguridad de su hija, pero el marido actual me contó que en una ocasión Helena le mostró una foto de la niña recién nacida. Le confesó que debió matarla aquel día, pero le faltó valor.

Amaia Salazar se irguió alarmada.

—¿Recuerdas con qué palabras lo dijo?

—Sí: «Cuando vi que era una niña debí ahogarla, pero me faltó el valor».

—¿Estás segura?

—Según Jaime Arjona. Pero es que hay algo más... Lisardo Murrieta me contó que su esposa, la madre de Helena, también tuvo depresión posparto cuando ella nació, esa es la razón por la que quiero hablar con la mujer que trabajó en su casa, Gregori Andía, la amiga de tu tía. Según Murrieta la depresión fue tan grave que terminó en suicidio cuando la criatura tenía pocos meses. Irene Murrieta está enterrada en el cementerio de Elbete en la misma tumba que Andrea. Murrieta dice que su hija estuvo delicada de «los nervios» desde pequeña, y, consciente de que la depresión tiene aspectos hereditarios, cuando Helena se quedó embarazada contrató para ella los cuidados de una enfermera que atendió el parto y visitaba todos los días a Helena, hasta que la sustituyó su sobrina, Ederne Hidalgo.

—Fina Hidalgo —susurró Amaia afectada.

—Las Mitxelena me contaron que leyeron en los periódicos que formaba parte de la trama de la secta, y que podría haber estado implicada en la muerte de varios recién nacidos.

—Se probó su implicación en la trama, aunque se suicidó antes de que la detuviéramos, pero tuve ocasión de conocerla, y era una auténtica sociópata. Está probado que atendió demasiados partos en los que los bebés terminaron muriendo. Ella misma se jactó de ello mientras hablábamos. Descubrí que asistió a mi madre la noche en que nací yo.

Nash valoró las connotaciones que aquello tenía.

—¿Cuál era el perfil de la gente que aceptaba el pacto de matar a sus hijos cuando nacieran?

—De lo más variado. La secta original se estableció en los años ochenta en las proximidades de Lesaka. Entonces todos eran jóvenes estudiantes universitarios, el grupo lo formaban unas veinte personas, dos de los miembros tuvieron una bebé a la que criaron hasta los catorce meses para sacrificarla en una ceremonia que el miembro de la secta arrepentido que los denunció calificó como de carácter satánico. Los miembros se desperdigaron tras el crimen, y con el tiempo prosperaron. Médicos, abogados, profesores, muchos de ellos fueron padres. La práctica continuó en silencio. Cuando nacían sus bebés los asesinaban, generalmente al primer hijo o, como en mi caso, el primero tras llegar a la secta. La enfermera Hidalgo y el médico local eran hermanos, a ella no le costaba convencerle de que certificase muerte de cuna, no se pudo probar que él perteneciese al grupo, pero era sumiso a su hermana. Hubo algunos de los que habían acordado el pacto que no lo cumplieron, se arrepintieron a última hora o, como en mi caso, el otro cónyuge se interpuso evitándolo. Años después decidieron que antes de que las niñas dejaran de serlo tenían que recuperar sus ofrendas. En ese momento, tras el asesinato de la segunda adolescente, yo llegué de vuelta a Baztán.

—¿Y crees que alguien como Helena Murrieta encajaría en el perfil?

—No lo sé, no la conozco más que de vista. Que estuviera cerca esa bruja Hidalgo no me da buena espina, y desde luego esas palabras: «Cuando vi que era una niña debí matarla»... ¿Por qué el hecho de que fuera una niña?, si sólo fuera una pobre enferma bajo los efectos de la depresión posparto le daría igual el sexo del bebé.

—Lo mismo pensé, pero hay algo en ella, no sé, parece demasiado frágil y enferma como para hacer algo así.

—No te engañes, doctora Elizondo. Acercarse al mal hace perder la razón, pero hacerlo es una decisión cuerda. Todos tomamos decisiones, y es cierto que alguien con sus facultades mentales alteradas puede hacer el mal, pero todos los que coquetean con él creen que podrán dominarlo, hasta que acaba alienándote. El caso de mi madre no es el de una loca que hizo el mal: hizo el mal y eso la volvió loca.

—Estoy de acuerdo, y, por otra parte, incluso lo de la preocupación extrema por la seguridad de su hija adolescente encaja, si sabía que vendrían a cobrarse su ofrenda.

—Nash se mordió el labio inferior—. He hecho algo..., agitar un poco el avispero, aunque puede que te parezca una crueldad. Conseguí algunas de esas flores, las até como una coronita y las puse a secar sobre la cocina de leña de las Mitxelena. Hoy tenían un aspecto bastante parecido a ese —dijo señalando la pantalla—. Se las he enviado por correo a Helena Murrieta. Quiero ver cómo reacciona.

—Joder —le salió a Amaia.

—Ya, pero no se me ocurría cómo estimular su reacción. Está sobreprotegida, no sale de casa y toma mucha medicación. Cuando hablé con ella estaba colocada, me soltó un discurso que se notaba manido, como si lo hubiera repetido muchas veces, una especie de versión oficial, pero hubo un par de momentos en que fue sincera y resultó bastante perturbadora. Estuvimos a solas, pero tuve la sensación de que el marido estaba escuchando. Además, Helena tenía marcas en los ojos y en las muñecas, rojeces y moraduras bastante sospechosas.

—¿Crees que el marido la maltrata?

—O la enfermera Hidalgo, no sé cómo sería su tía, pero esta chica es detestable, aunque parece muy eficiente en su trabajo. Sin embargo, cuando le pregunté por las marcas, que de ninguna manera le han podido pasar inadvertidas, me salió con una disculpa floja.

Amaia sorbió su café y asintió pensativa.

—Supongo que habrás calculado los riesgos, me refiero a Helena Murrieta...

—No debería haber ninguno, si no tiene nada que ver..., sólo es un regalo. Y si ha tenido algo que ver, me da igual, yo sólo tengo una paciente y es Andrea Dancur, establecer cuál era su estado psicológico cuando le llegó la muerte es lo único que me importa.

—¿Le llegó la muerte? Se diría que no crees que la mataran...

—Código N.A.S.H., inspectora. De momento le llegó

la muerte. La labor de un psicólogo forense es llevar a cabo una autopsia psicológica, y esta aún no ha concluido. Cuando lo haga sabré de qué forma le llegó. Puedo descartar que haya sido natural, y hay pocas posibilidades de que fuera accidental, aunque aún no lo he descartado, pero estoy descubriendo que mi paciente se debatía en un inmenso mar de dudas, traiciones y presión. Era muy joven y se encontraba terriblemente sola. El suicidio es para mí la peor de las conclusiones.

—¿Peor que el asesinato? —preguntó Amaia extrañada.

—Ya sé que parece una salvajada, pero preferiría concluir que fue un homicidio antes que descubrir que ella misma puso fin a su vida de una manera tan cruel. Andrea estaba sufriendo mucho, y por desgracia los adolescentes no tienen las herramientas emocionales para enfrentarse a eso, ni la autonomía de un adulto para alejarse. En demasiadas ocasiones ven el suicidio como la única salida. De cualquier manera, debo mantenerme neutral para ser capaz de vislumbrar lo que Andrea tiene que contarme.

Salazar la miró con renovado interés. Y se preguntó si, al igual que ella, la doctora Elizondo también rezaba por el alma de las víctimas que acababan siendo sus pacientes.

—«La psicóloga de los muertos» —dijo Amaia con sorna.

—«La poli estrella de los cojones» —replicó Nash.

Rompieron a reír, y Nash observó que Amaia parecía mucho más joven cuando lo hacía, los ojos le brillaban, y su risa era franca, renovadora.

—¡Vaya! Ya veo que no soy la única que se ha informado.

Nash la miró sonriendo a su vez, valorativa, mientras concluía que le gustaba aquella mujer.

—¿Crees que aquí pasan más cosas raras que en cualquier otro lugar?

—Creo que hay lugares que son como una gran antena que emite y capta todo tipo de fenómenos, creo que hay lugares para los que es imposible la paz y creo que hay lugares donde la energía fluye de manera tan evidente como el río Baztán.

—¿Y eso es bueno o malo?

—Contéstame tú, ¿crees que toda la energía del universo es buena? Es tanto como afirmar que lo es la energía atómica. En ocasiones puede curar el cáncer, y en otras muchas causarlo, puede mantenerte con vida y puede destruirte. Pero si te atormenta tanto, lo único que debes hacer es no entrar en el juego.

—Eso es lo que me preocupa, creo que ya lo he hecho.

—¿Te refieres a la mujer del teléfono? No lo hagas. Te mortificas por haber caído en un momento en el que estás muy vulnerable por la muerte de tu madre.

Nash movió la cabeza negando.

—Me refiero a lo que hay ahí abajo. Yo quiero sacarlo, ella quiere que la saque, y también hay alguien que quiere evitarlo. Y ahora mismo no sé qué debo hacer, porque no sé si estoy haciendo lo que quiero realmente o estoy en una de esas partidas en las que hay preparado un jaque a la reina perfecto. Intento no caer en ningún sesgo cognitivo, creí que tenía el control, pero lo que ha pasado hoy me ha hecho tomar conciencia de algo que me está ocurriendo desde que llegué a Baztán, y es que no puedo quitarme de encima la sensación de que algo se me está escapando.

Amaia asintió comprensiva.

—No sé si está relacionado con mi madre, con Andrea, con la excavación, o es todo a la vez, pero me siento como Alicia cayendo por la madriguera de la liebre. —Sonrió señalando la boca de la sima—. Reconoce que es un buen símil.

—Lo es —dijo Amaia—. Y sé de qué hablas, yo lo he vivido. Escúchame, Nash, deja que te ayude. Conozco este lugar, y mi tía conoce a todo el mundo. Sé cómo te sientes. Y sé cuánto hubiera dado por poder compartir esas sensaciones en su momento con una profesional como tú. Pero es que, además, algunas de las cosas que me has contado hoy me devuelven al caso Basajaun, no oficialmente, claro. El caso Dancur es de la Guardia Civil, pero la presencia de las Hidalgo, y eso que dijo la madre sobre matar a su recién nacida, me resulta demasiado familiar como para poder desdeñarlo. Sabemos que los tentáculos de la secta llegaban mucho más lejos de lo que desarticulamos en aquella operación, entenderás que debo al menos comprobarlo. De momento, y por preservar tu discreción para seguir indagando, no lo comunicaría a los superiores. Y asumo que no me reveles datos ni conclusiones de tu investigación. Pero si me cuentas lo que descubras relacionado con esto, puedo facilitarte mucho las cosas.

Nash sonrió asintiendo.

—Sí, es lo que esperaba, por eso he traído todo el material.

Amaia Salazar la miró con creciente interés. Desde que le había dado la tarjeta aquella noche en el puente, había estado esperando su llamada. Sabía perfectamente lo que hacía en el pueblo y cuál era su cometido, y cuando por la mañana en casa de su tía la había inducido a admitirlo a cambio de su ayuda, había creído de verdad que estaba ante una mujer sobrepasada por las circunstancias. Pero ahora, y a pesar de que, en efecto, el síndrome del Baztán comenzaba a hacer mella en ella, descubría a una investigadora tenaz, una estratega consumada y un sabueso que no iba a perder el rastro de su presa, incluso mientras caía por aquella madriguera de conejo infinita. Se preguntó hasta qué punto había sido ella la que había manejado la propuesta o si, en el fondo, la doctora Nash Elizondo la había llevado a su terreno. Para terminar de desconcertarla, Nash añadió:

—Y respecto a la mujer del teléfono, lo que he experimentado ha sido aterrador e increíble. Siento que ha desencadenado el duelo por mi madre de un modo tan doloroso que no lo creía posible, pero no he dudado ni un instante: la que me ha hablado a través de ese teléfono no era mi madre. Era otra cosa.

Amaia volvió a llevarse un dedo a los labios pidiendo silencio. Bajó la ventanilla, escuchó y accionó la apertura de la portezuela sólo un instante antes de que atronasen los disparos.

13 de marzo de 2020
Viernes

El claxon del todoterreno acompañó al ruido del motor que se acercaba. Casi a la vez sonó el teléfono de Nash.

—Aquí llega el relevo —advirtió Gabriel riendo a través del auricular—, no disparéis.

—Haces bien en avisar, esta noche hemos tenido visita —contestó mientras veía aparecer el Land Rover traqueteando por el sendero y vislumbraba el rostro preocupado de Gabriel tras la luna delantera. Nash colgó cuando llegaban a su altura.

—¿Así que van en serio? —dijo Xabier bajando del vehículo.

—Muy en serio —contestó Nash señalando el equipo junto a la sima.

Gabriel se acercó al generador carbonizado y se volvió hacia ellas demandando respuestas.

—¡La madre que me...! ¿Qué ha pasado?

—Lo que ha pasado es que hay alguien muy interesado en que paremos. Si les damos la mínima oportunidad, volverán a cegarlo.

Julio se agachó junto al generador y pasó cauteloso los dedos por el lugar donde habían impactado las postas.

—Son disparos —dijo muy serio mientras se giraba para dirigirse a Amaia—. ¿Os han disparado? —Su voz transmitía verdadera preocupación.

Amaia Salazar, que había permanecido apoyada en el coche, fue hacia ellos.

—Calma, el coche es negro y con las luces apagadas resultaba invisible, no se dieron cuenta de que estábamos aquí. En mitad de la noche la carpa encendida brillaba como Venus, seguro que estuvieron observando un rato y, al no ver a nadie junto a la sima, pensarían que habíais dejado la luz encendida como disuasión, así que dispararon al generador. En cuanto activé la sirena y las luces huyeron.

—Pero han disparado —objetó Julio todavía consternado—. Han traído un arma.

—Aquí todo el mundo tiene armas —explicó la inspectora restándole importancia—, son postas de una escopeta de caza, apuesto a que la llevaba en el coche y disparar al generador fue una ocurrencia del momento.

—No me tranquiliza lo más mínimo —dijo Xabier—. Esto no es una broma. No me gusta nada. ¿Qué vamos a hacer, doctora?

—¿Doctora? ¿No deberíamos votarlo? Son nuestras cabezas —dijo Mikel mirando a los demás—. Esta mañana en el coche hablabais de parar ya para regresar a casa antes de que decreten el confinamiento... No os entiendo.

Nash hizo caso omiso.

—Tenemos el generador pequeño y estamos muy cerca. La inspectora va a quedarse con nosotros mientras trabajamos. Pondré una denuncia por los daños al equipo, y esta noche tendremos una patrulla —dijo echando el resto para intentar persuadirlos.

—Si decidís continuar, no me moveré de aquí —dijo Amaia.

—¿Qué me decís? —preguntó Nash mirando a su equipo.

Mientras se dirigían a descargar el material del Land Rover, Nash añadió:

—Y por supuesto, si alguien quiere irse es libre de hacerlo. Que ahora os estén pagando no varía el espíritu de este grupo. Hacemos esto porque nos gusta.

Mikel bajó la cabeza y no dijo nada, ayudó a descargar el equipo, pero Nash percibió la incomodidad del chico cuando pasó a su lado mientras él se alejaba unos metros para responder al teléfono.

Tardaron hora y media en sacar tres de los cuatro troncos, el último estaba cruzado y atorado, el peso de los otros al caer lo había embutido entre las paredes del pozo como una viga travesera, y gracias a eso el resto no había alcanzado tanta profundidad. Después de estudiarlo y calcular hasta qué punto estaba asegurado, Xabier concluyó que lo mejor era dejarlo donde estaba, no iba a moverse, y el modo en que había quedado dejaba suficiente espacio para pasar por los lados.

Nash se había cambiado de botas, llevaba el arnés puesto y apuraba un café sosteniendo la taza entre las manos ya enguantadas. Mientras, Gabriel y Julio comprobaban el nuevo juego de cuerdas con las que acababan de sustituir las usadas con los troncos. Mikel se acercó con el micro que acababa de probar cuando sonó el teléfono de Nash. Alzó las cejas, molesta al ver la pantalla. Era Herzog. En cuanto descolgó, sin saludar siquiera dijo:

—Nash, ¿tienes un momento?

—Pues no me pillas muy bien, en este mismo instante me disponía a bajar a la sima —dijo disculpándose—. Creía que estabas en Israel.

—Y así es, regreso esta tarde a España, desde la embajada están recomendando volver ya. Los rumores aseguran que el presidente decretará el cierre en las próximas horas, aunque me dicen mis amigos del Ministerio del Interior que esperará al fin de semana.

«Sus amigos del ministerio», oyó burlona la voz de su madre.

—Y de eso quiero hablarte. Ha habido importantes avances en el caso, y esperan poder realizar una detención antes del anuncio del cierre.

—¿Cómo? ¿Qué ha pasado? —dijo echando a andar lejos de la carpa para que los demás no pudiesen oírla.

—Han obtenido resultados del puño de camisa que Andrea sujetaba en la mano.

—Creí que habías dicho que esa muestra no iba a ser viable por la contaminación de los lixiviados.

—Y así era, los análisis preliminares sólo permitieron concluir que había presencia de ADN masculino, el resto estaba muy degradado, pero por lo visto han conseguido aislar una pequeña porción que quedó menos contaminada.

—Menos contaminada es contaminada, el juez no lo admitirá como prueba.

—Nash, no es lo único que tienen. Antes de detener a Salomé, todas las líneas de investigación estuvieron abiertas, interrogaron a todos los que habían tenido alguna relación con la chica, y hubo otros sospechosos. Esto no surge de la nada, retoman una línea de investigación que abandonaron en su momento y que con la aparición de estos nuevos indicios gana mucho peso.

—Aun así, creo que cometen un error al adelantarse al informe de la autopsia psicológica.

—No pretenden hacerlo, Nash, por eso mismo te llamo. Necesitamos que presentes en las próximas veinticuatro horas tu informe de conclusiones.

Nash se detuvo asombrada.

—No puedes estar hablando en serio.

—El otro día me dijiste que habías avanzado muchísimo y que ya te habías entrevistado con todos.

—No dije eso —respondió a la defensiva—, dije que avanzaba debidamente y que se mostraban colaboradores, pero aún estoy en una primera vuelta, con la mayoría suelo necesitar una segunda entrevista de careo, además he localizado testigos ajenos al círculo inmediato con los que hablaré mañana, y ni siquiera he conseguido una primera entrevista con Salomé Aduriz.

—Vamos, Nash, te conozco, y sé cómo trabajas —dijo él adoptando aquel tono de intimidad que tanto la molestaba—. A estas alturas ya debes de tener una idea bastante clara de a dónde te diriges, y olvídate de Salomé Aduriz, no lograrás nada de ella.

—Aunque ya no sea sospechosa, tuvo una estrecha relación con Andrea, y es probable que también con su asesino. Es imprescindible que hable con ella.

—No ha dejado de ser sospechosa, Nash. La línea de investigación que siguen establece una relación clara entre el hombre al que pertenecen la camisa y el ADN, y Salomé Aduriz. No olvides que la chaqueta ensangrentada de Andrea apareció oculta en el maletero de su coche.

Nash quedó en silencio mientras intentaba pensar.

—¿Quieres que te diga a quién detendrán? —preguntó Herzog.

—Ya sabes que no, podría contaminar mi trabajo. No sé cómo te atreves ni a proponerlo.

—Nash, no te enfades, estás matando al mensajero. Sólo quiero ayudarte —dijo conciliador—. Escúchame, estás cansada, olvídate hoy de la sima. Tengo respecto a eso una propuesta que te encantará, iré a verte directamente a Navarra en cuanto aterrice en Madrid y te contaré los detalles, pero ahora déjalo, ve al hostal, duerme un poco y después escribe ese informe. Nash, yo creo en ti, no olvides que fui yo quien te propuso, me juego mucho y me gustaría tener algo que mostrarles cuando se produzca la detención.

Nash se volvió a mirar a la sima mientras sentía cómo su mano ardía en el lugar donde se había cortado. La señal de otra llamada entrante la sacó de su abstracción, vio que era la doctora Kalo, se acercó de nuevo el auricular impelida por una sospecha creciente.

—¿Qué es eso que tienes que contarme?

Herzog soltó una risita nerviosa, pero pareció aliviado al poder cambiar de tema.

—Ya sabía que no podrías aguantar..., está relacionado con la sima, dije que compartiría contigo los resultados de las analíticas, pues bien, ha llegado la del hueso que «compartimos», Nash, la data se establece en algún momento durante la guerra civil. —Nash abrió la boca pasmada ante su desfachatez y, mientras escuchaba cómo le mentía, fue sintiendo cómo la furia aumentaba en su interior con cada palabra—. Pedí a mi equipo que investigase sobre esa historia que me contaste de una mujer desaparecida al inicio de la guerra, probablemente represaliada junto con sus hijos. Tengo que decir que de entrada sonaba bastante increíble por los seis niños pero, a la luz de los resultados de la analítica, creo que puede ser ella. Nash, el caso reúne todos los componentes para catalogarlo de recuperación de memoria histórica, voy a reclamarlo. En cuanto regrese, comenzaré con los permisos del ministerio. Y Nash, esto es lo más importante, y sé que va a hacerte muy feliz: voy a incluirte en mi equipo, participarás en la recuperación y tendrás una mención especial como artífice del hallazgo.

Más tarde, cuando volviera a repasar la conversación, seguirían sorprendiéndole dos cosas: la desvergüenza de Herzog y su templanza al responderle. Le resultaba imposible recordar sus palabras exactas, pero se sintió orgullosa por no haber dado rienda suelta a la indignación que sentía. Apretando los dientes había balbucido su agradecimiento, con conmoción contenida y parca, que él interpretó como emoción. Después debió de prometerle seguir todas sus instrucciones, porque parecía satisfecho cuando colgó.

Temblando de indignación respondió a las llamadas perdidas de la doctora Kalo, aliviada al poder compartir con alguien lo que acababa de pasar. La respuesta de Kalo no fue la que esperaba.

—Nash, Herzog no te ha mentido. Como solicité el análisis desde mi área, los de Nasertic me han puesto en copia en el envío. La data apunta a los años de la guerra civil.

—Es imposible, ¿dos resultados distintos con la misma muestra? ¿Cómo explicas eso?

—No es imposible, Nash, ¿recuerdas lo que te expliqué el día que trajiste el hueso? Hay que establecer un margen de búsqueda: si el informe preliminar del antropólogo establece un criterio sobre la edad del hueso, el laboratorio aplicará un análisis aproximado a la necesidad que establece el antropólogo. No se aplica carbono 14 a un hueso cuyas condiciones de hallazgo apuntan a la era moderna, igual que no se aplica un ADN normal a un hallazgo en el Valle de los Reyes porque está fuera de rango. Herzog pidió la analítica basándose en la primera estimación visual y los datos que tenía sobre la procedencia de la muestra. Le entusiasmaba la posibilidad de que fuera de la guerra y no ha abierto más el campo de acción.

Nash colgó el teléfono y se mantuvo inmóvil mientras barajaba todas sus opciones. Desde donde estaba alcanzaba a ver a la inspectora Salazar apoyada en el coche, que había aparcado al inicio del sendero. Levantó una mano a modo de saludo. Nash se giró hacia la carpa y encontró a todos esperando expectantes mirando en su dirección.

Echó a correr hacia ellos.

—¡Venga, no perdamos tiempo! ¡Vamos a bajar!

Como el día en que hallaron a Andrea, entró en la boca del pozo precedida por Gabriel.

Había intentado disimular su ansiedad mientras Julio

y Xabier comprobaban el arnés y sujetaban los mosquetones, pero en cuanto penetró en la oscuridad de la sima sintió cómo la rigidez se adueñaba de toda su musculatura, irradiando desde su estómago, atenazado por una náusea constante. Jadeó intentando dominar la angustia, y el resuello fue audible a través de la radio. La voz de Gabriel le llegó por los auriculares y por encima del ruidoso motor de la roldana.

—¿Estás bien?

—Perfectamente —contestó, aunque fue consciente de lo ahogada que sonaba su voz.

Superaron sin problemas el tronco que había quedado atorado y Gabriel la sujetó por la cintura ayudándola a equilibrarse cuando tocó el suelo de la sima.

Encendieron los focos, y casi de inmediato advirtieron cómo el aire helado del pozo se templaba. Nash se arrodilló en el hoyo mientras buscaba nerviosa el leve abultamiento que formaba la tierra bajo el que estaba su hallazgo la última vez.

—Dirige la luz hacia aquí —pidió a Gabriel bajando la voz hasta susurrar— y mira...

Usando las manos apartó la tierra suelta con mucho cuidado, mientras un pensamiento saboteador cruzaba por su mente torturándola con una visión en la que no había nada bajo aquel montón de polvo. Cuando las puntas huesudas de los dedos quedaron a la vista, Nash tomó un cepillo y terminó de retirar la suave tierra hasta que la mano entera estuvo al descubierto. Reconoció en un dedo, y en la zona que debería ocupar la palma, el tejido del sudario. Sólo entonces se permitió alzar la mirada para ver la expresión maravillada de Gabriel. Nash apagó su radio mientras le indicaba que hiciera lo mismo. Gabriel la miró perplejo mientras lo hacía.

—¿Confías en mí?

—Claro —respondió mirándola confundido.

—Esperemos a tener más al descubierto antes de

decírselo a los demás —dijo señalando al hipotético cielo sobre sus cabezas.

—Pero... ¿por qué? —preguntó.

—Sólo hasta que avancemos un poco más. Si tengo razón lo entenderás. Confía.

Él asintió, aunque se le veía incómodo. Nash encendió de nuevo su radio, y él la imitó.

—¿Estáis bien? —les llegó la voz de Mikel—. Durante un momento os he perdido.

—Nosotros te oímos perfectamente —contestó Gabriel—. Estamos abajo, todo está en orden. No hay equipo dañado. Vamos a empezar.

El entusiasmo inicial disminuyó a medida que iban cavando. La tierra aparecía más suelta alrededor del hueso, pero estaba compactada en el resto del perímetro. Desplazaron hasta en tres ocasiones las cuadrículas especulando sobre la posición lógica de los huesos, pero no hallaban el resto del cuerpo. Optaron por continuar descendiendo, dejando al descubierto la longitud del hueso, y entonces comenzaron a avanzar.

La tierra se desprendía alrededor del brazo con asombrosa facilidad. Cavaron en vertical siguiendo la posición erguida del hueso, mientras Gabriel negaba asombrado, mirando a Nash y vocalizando en silencio las palabras «es imposible».

El trasiego de cubos llenos y vacíos tomó ritmo. Tardaron menos de una hora en dejar al descubierto el brazo entero, rígido y erguido, que en mitad del agujero resultaba inquietante, como el de un ahogado surgiendo del agua. El estado de conservación era extraordinario. Teñidos del color de la tierra, los tejidos se habían sumido pegándose al hueso, y la piel presentaba un aspecto tirante y fibroso. Cuando Gabriel pasó una brocha suave para retirar los restos de polvo que quedaban, la piel se tornó brillante bajo la luz de los focos.

Los nervios de Nash se habían ido templando en la

misma medida en que aumentaba la desazón de Gabriel. Se inclinó hacia atrás hasta quedar sentado y le hizo una señal a Nash para que apagara la radio.

Cuando comprobó que no podían oírlos, señaló el brazo que emergía de la tierra en posición vertical y apuntaba al cielo invisible de la sima como si señalase la salida.

—Corificación cadavérica —dijo fascinado—. Nunca lo había visto más que en fotografías, pero es tan espectacular que sería imposible no reconocerla. Los músculos se han ceñido al hueso, y la piel parece curtida como cuero sometido a un proceso completo por un peletero. Se ha endurecido, y a la vez conserva cierta elasticidad, como cuero auténtico.

Gabriel se inclinó de nuevo sobre el agujero y usando las manos fue sacando puñados de tierra que arrojaba a un costado. Se detuvo de pronto y apuntó la linterna hacia el lugar donde se insinuaba la redondez de un hombro y la curva del cuello.

—La posición es imposible —dijo señalando el brazo.

—Espasmo cadavérico —dijo ella—. Está comprobada su vinculación con el estrés en el momento de la muerte. Recuerda cómo sostenía Andrea la tela a la que se había aferrado.

—Sí, pero el espasmo cadavérico desaparece a las horas, no es mi especialidad, pero creo que puede prolongarse a lo sumo cuatro días. La posición de Andrea no podía variar tras la muerte, por eso la tela seguía en su mano, pero en este caso la posición del brazo tendría que haberse relajado cayendo a la altura del resto del cuerpo. Pero está rígido, apuntando al cénit.

—¿Y si la rigidez fuera anterior al fallecimiento? Hace cuatrocientos años las fracturas soldaban sin recolocarse.

Gabriel apuntó la luz de su linterna recorriendo la extensión del miembro.

—Lo he pensado, pero no presenta los abultamientos, o recrecimientos callosos característicos de una fractura soldada.

—Quizá arrojaron tierra desde arriba mientras duraba el espasmo. Eso lo explicaría, ¿no? Si después de tirar el cuerpo echaron dentro gran cantidad de tierra, cuando se relajase el espasmo el enterramiento lo mantendría en la misma posición.

—¿Te has dado cuenta de que la tierra en contacto con el tejido está suelta?

—Sí, y no tengo explicación para eso.

—No es tierra como la del resto de la sima, es turba —aclaró él alzando un puñado de tierra mucho más oscura y ligera.

—¿Turba? No sé casi nada sobre su composición. Me suena a pantanos y marismas.

—Se forma como resultado de la putrefacción de vegetación, un proceso natural similar al del carbón vegetal, su formación es muy lenta, escasa actividad microbiana y falta de oxígeno.

—Eso explicaría su conservación.

—Sólo en parte, hasta donde sé, se necesita humedad para la formación de turba, y la corificación no se produce en medios húmedos.

—Bueno, tendremos que esperar a las analíticas para ver cómo se explica. Quizá un río subterráneo, la inundación parcial por capas porosas... —razonó Nash—. Lo importante es que esto nos va a facilitar sacarla. Si avanzamos a este ritmo la tendremos fuera hoy. ¿Seguimos? —dijo cogiendo las herramientas.

Gabriel no se movió.

—Se ha documentado en tratados de la época que tras dar muerte a una bruja debía cubrirse con turba, y en el análisis de la tierra había romero, caléndula, sal marina, ruda, estramonio, y esa tela ritual de la que nos habló Xabier; un conjuro de contención.

El ruido metálico de un golpeteo repetido llegó hasta ellos desde el exterior del pozo, un código de emergencia para cuando fallaba la radio.

—Tenemos que encender la radio o Xabier bajará a ver —apremió Nash.

Gabriel señaló en las paredes de la sima la marca que indicaba dónde llegaba la tierra la primera vez que bajaron. Estaba casi cuarenta centímetros por encima del lugar más profundo de la excavación.

—¿Cómo es posible que su dedo índice asomase por encima de la tierra entre el cabello de Andrea? Los de la Científica extrajeron quince centímetros de tierra, y nosotros hemos cavado estos días al menos veinte. ¿Por qué no la hemos encontrado hasta ahora?

Nash se irguió resuelta y le habló mirándole desde arriba.

—No lo sé, Gabriel, y no entiendo a qué viene esto. En otras excavaciones hemos hallado ofrendas en forma de monedas, semillas, flores, piedras e incluso restos que delataban antiguos sacrificios animales. Sabemos que se corresponden con rituales de petición o protección, y no es la primera vez que hallamos indicios de prácticas de brujería, así que no sé qué quieres que te diga. Recuerda que cuando bajamos aquí por primera vez valoramos la posibilidad de que lo que pisábamos no fuese el verdadero suelo de la sima, quizá hay una estructura reblandecida por debajo que ha comenzado a desplazarse por nuestra acción, tal vez un río subterráneo, o un terreno más blando que se está deslizando.

—Tienes razón —admitió él—. Lo siento. Supongo que estoy impresionado.

Nash encendió la radio.

—Cuéntales a nuestros compañeros lo que acabamos de encontrar —dijo mientras volvía al trabajo. Escuchó cómo Gabriel les daba las buenas noticias y la radio les devolvía una muestra estruendosa de la celebración de arriba.

Xabier insistió en sondear el suelo antes de permitirles continuar. Costó bastante bajar el penetrómetro geotécnico que cataba hasta quince metros de profundidad. La máquina ocupaba casi todo el espacio disponible obligándolos a permanecer pegados a la pared, soportando el intenso ruido. Después de estudiar las señales que enviaba al ordenador, los resultados no eran concluyentes, pero Xabier se inclinó por la teoría de Nash de una capa inestable allá abajo. Decidieron que trabajarían atados a una línea de vida, por si el suelo se hundía bajo sus pies. Tras subir la sonda, comenzó el inevitable trasiego para sacar los cubos llenos de tierra y bajar los vacíos, de uno en uno debido a la presencia del tronco cruzado. Nash suspiró desalentada al ver cómo transcurrían las horas sin avances, ya pasaba de mediodía. Sin poder apartar la mirada del fondo del enterramiento, la sensación de urgencia la invadía por momentos.

Tras los resultados del sondeo, Gabriel parecía haber recuperado su aplomo natural, la miró mientras resoplaba ansiosa. Estaba cubierta de sudor.

—¿Te encuentras bien? Estás temblando —dijo tomando una botella de refresco de su mochila y obligándola a beber—. No has dormido y no has comido nada, estás agotada, Nash, si te desmayas aquí no estarás ayudando. Bébetelo todo.

Obedeció, consciente de que tenía razón, y permaneció sentada. Observó sus manos hasta que los temblores y el mareo fueron cediendo.

—Gabriel, no me desmayaré, pero tenemos que sacarla hoy, creo que hay alguien que sabe que está aquí. Si la dejamos un día más cegarán la sima o la volarán con dinamita, estoy segura.

Él asintió.

—Despejar esto nos llevará un rato, pero después iremos muy rápido. Céntrate en descubrirla, yo me encargo de los cubos.

Gabriel tenía razón. Una vez eliminada la primera capa endurecida como una costra, la tierra se tornaba ligera, suelta, olorosa y muy seca, lo cual facilitaba cavar, pero complicaba más mantener estables los límites del agujero, que se deslizaban y hasta en tres ocasiones se derrumbaron hacia dentro. El contenido de la fosa era volátil, y se elevaba formando una nube de polvo marrón que se les metía en la nariz y en los ojos. Cuatro horas después, Nash se detuvo y reclamó la atención de Gabriel. Él se giró y la vio entre el velo de partículas en suspensión. Sin decir una palabra Nash señaló el cadáver. Estaba desenterrado por completo a excepción de la cabeza, no sabía por qué, pero había obedecido al instinto, que le dictaba que debía hacerse así. Gabriel se arrodilló junto a ella y enfocó la linterna mientras Nash usaba una brocha de pelos largos para barrer suavemente el polvo depositado sobre el rostro. Con el mismo cuidado que si la estuviera maquillando, fue eliminando los restos de turba y descubriendo aquella piel de cuero con la que la muerte la había revestido. La cabeza aparecía ligeramente inclinada hacia atrás, forzando que el cuello se hubiese estirado de un modo anómalo. En la boca abierta era evidente la falta de algunas piezas, las mejillas hundidas se veían lisas, y las cuencas de los ojos se habían hundido formando dos recipientes cóncavos, pero no vacíos, y a pesar de estar cubierta por aquella oscura capa de cuero amarronado, la frente delataba una espantosa fractura que había deformado el cráneo desfigurándolo hacia dentro, como un balón pinchado.

La observaron en silencio, incapaces de articular ni una palabra mientras recorrían su anatomía. No había rastro de cabello en su cabeza, y las orejas habían desaparecido dejando a la vista los canales auditivos. Reconoció restos de la mortaja que la había envuelto, pero, con la excepción del ligero lienzo mortuorio, no se veían más textiles, salvo un cordón ceñido en torno al cuello que había aprisionado allí la mayor concentración de gasa de lino. La corificación había consumido el cuerpo transformando la piel en cuero y pegándola a los huesos y a los órganos internos, lo que puso de manifiesto los múltiples abultamientos de los huesos fracturados, que en una de las piernas y en varias costillas habían perforado la piel para asomar al exterior. Estaba exactamente en la misma posición en la que habían hallado a Andrea.

—¿Y ahora qué? —susurró Gabriel sonriendo.

Nash abrió su mochila y sacó la bolsa de transporte de cadáveres que le había pedido a Susana y la sacudió ante los ojos fascinados de Gabriel, a la vez alzó la voz para que el mensaje llegara claro a los del exterior de la sima.

—Atención, bajad la camilla. Vamos a sacarla.

No habían transcurrido ni diez minutos cuando le comunicaron desde arriba que Herzog estaba al teléfono reclamando hablar con ella y que, a pesar de que le habían explicado que estaba a sesenta metros de profundidad, había insistido en que conectaran el teléfono al micrófono de la radio.

—Espero que sea importante —dijo Nash cuando Mikel le dio paso.

La voz de Herzog le sonó urgente y metálica a través de los auriculares.

—¿Qué estás haciendo, doctora Elizondo?

—No sé a qué te refieres —contestó con intención.

—Me refiero a que no puedes sacarla de la sima.

Gabriel abrió los ojos asombrado mientras entendía

por qué Nash le había pedido que retuvieran la información sobre los avances en la excavación. Ella asintió forzando una sonrisa amarga.

—Es nuestra excavación, es nuestro hallazgo, es nuestra, y vamos a sacarla.

—Creía que me había explicado con claridad esta mañana.

—Muy clarito —dijo ella—, pero muy equivocado también. Tengo el resultado de dos analíticas de hueso y una de tejidos que coinciden en la data: cuatrocientos años.

—Está claro que es un error, las posibilidades de que un esqueleto de cuatrocientos años se mantuviera entero en las condiciones de esa sima son remotas.

—No se ha esqueletizado, el cadáver se ha corificado por completo, está entero y muy bien conservado. Hemos encontrado un lienzo mortuorio ritual que lo cubre y que apunta a una ejecución por brujería.

—Piénsalo bien, vas a cometer un error. Si es un hallazgo de esa índole, un arqueólogo debe documentarlo paso a paso antes de extraerlo. Te estás saltando todos los protocolos. ¿Por qué tanta prisa? Espera, y si tienes razón yo te apoyaré.

—Respétanos y deja de tratarnos como a aficionados. Tengo aquí a un arqueólogo documentándolo, a un paleontólogo antropólogo y a la policía para atestiguar la urgencia de extraerla para evitar su destrucción. No necesito tu apoyo. Dos de las analíticas están firmadas por la doctora Ferretti de la Universidad de Bolonia, que ha usado el método de datación por colágeno publicado en la revista científica *H_2O*. La otra procede de la Universidad de Upsala. Afirman en su informe que se trata de una *andaizara* que, una vez sometida a carbono 14, arroja una data en torno al año 1600, colocándola al mismo nivel en cuanto a trama y urdimbre que el sudario de Nabarniz. Aparece estampado con tintura de carbón y se ha identificado una cruz celta y escritura en latín.

Un rumor de estática ocupó la línea, y por un momento pensó que la comunicación se había cortado.

Percibió el cambio en el tono de voz de Herzog. Se disponía a negociar.

—Está bien, Nash. Ferretti es una eminencia, y la Universidad de Upsala es la autoridad en cuanto a textil, si me lo hubieras dicho desde el principio te habría ayudado. Entiendo que quieras sacarla y no me voy a oponer. Tendrás toda mi colaboración. En cuanto cuelgue llamaré al Anatómico Forense de Pamplona para que te envíen un transporte adecuado, la trasladaremos allí. Estoy a punto de embarcar, llegaré a Pamplona esta noche, documentaremos juntos el hallazgo, haremos un examen exhaustivo y revisaré los informes que has recibido. Si tienes razón, que no lo dudo, convocaremos una rueda de prensa.

—No —respondió Nash.

—¿Qué has dicho?

—He dicho que no —respondió con firmeza.

Su tono cambió de nuevo. Una mezcla entre la regañina a una niña tozuda y la amenaza mafiosa.

—Escúchame bien, Nash. Si el hallazgo tiene la importancia que dices, no puedes tirarlo en la trasera del Land Rover como si fueran patatas. Discutiremos los detalles cuando llegue, pero no puedes saltarte los protocolos. Notificaré el hallazgo y antes de que logres sacarla tendrás ahí un transporte adecuado para trasladarla al depósito del Anatómico Forense de Pamplona. Si es necesario, con custodia policial. Tienes dos opciones, doctora: acompañar a tu bruja y esperarme en Pamplona o echarte a un lado y dejar a los mayores.

Nash pulsó la tecla roja de su teléfono. El silencio tras colgar fue su despedida.

La camilla había sido una exigencia de Xabier, siempre pendiente de la seguridad del grupo. Era un artilugio ligero y plegable que disponía de costados hinchables para inmovilizar fracturas y amortiguar los probables golpes que recibiría en el caso de un eventual rescate en un barranco. Nunca la habían utilizado.

Antes de levantarlo advirtieron que el cadáver presentaba una gran rigidez, la textura era consistente y parecía tan firme como un leño seco, pero Gabriel temió que se desgarrase al moverlo debido a las múltiples fracturas que se adivinaban bajo la piel. Aseguraron el cuello y la columna con las placas móviles de la camilla. Cuando retiraron a la mujer del lugar donde había reposado durante cuatro siglos se produjo un sonido entre un siseo y un suspiro, como cuando se arranca una planta de la tierra rompiendo miles de raíces finas como capilares. Nash miró a Gabriel y supo por su gesto que él también lo había oído. La colocaron suavemente sobre la bolsa abierta en la camilla, metieron dentro los restos del sudario y la cerraron dejando el brazo extendido por fuera de la cremallera. Nash lo protegió con su chaqueta asegurándolo con cinta americana. Ataron las cinchas, inflaron todos los protectores y le dieron un par de vueltas de cinta adhesiva antes de estar satisfechos. La mayor complicación radicaba en superar el estrecho paso entre la pared y el tronco. Lo había medido, en teoría cabía, y la camilla estaba diseñada para ser izada en vertical, pero el escaso peso la hacía oscilar y quedó trabada por los protectores hinchables. Tras un par de pruebas infructuosas decidieron que Gabriel ascendiera en primer lugar, y Nash, que pesaba menos, lo hiciera junto a la camilla para guiarla por el estrecho paso.

Nash alzó la mirada para seguir los pies de Gabriel hasta que se perdieron en la oscuridad. Escuchó con atención hasta que Mikel le confirmó que había salido y que estaban cambiando el sistema de mosquetones para poder sujetar a Nash y la camilla a la vez. Se fijó en los dos juegos de focos mientras pensaba que debía apagarlos antes de que la subieran. Se estiró para accionar la tecla y de pronto la invadió la aprensión. Miró la bolsa negra y retrocedió, consciente de que era un pensamiento absurdo, pero tan poderoso como suele serlo el miedo. Se obligó a sonreír mientras claudicaba. La idea de quedarse a oscuras con ella, iluminada tan sólo por la luz del casco, era perturbadora. Sintió un gran alivio al ver descender las cuerdas preparadas para izarlas. Atendió a las indicaciones de Xabier para enganchar la camilla, comprobó dos veces cada mosquetón y aseguró las cinchas antes de dar la orden.

—Arriba —dijo abrazándose a la camilla mientras sentía la presencia menuda del cadáver y el aroma terroso que emanaba de la bolsa. El brazo de la momia descansaba sobre su hombro como si fuera a abrazarla. Superó el tronco sin problemas y, cuando percibió la luz agrisada del cielo, suspiró de puro alivio, mientras en un último esfuerzo empujaba con todas sus fuerzas la camilla hasta asegurarse de que estaba fuera y a salvo. Después, de un empellón Gabriel la pescó y tiró de ella hacia la ladera. Cayó de rodillas, sobre la hierba, agotada y aliviada, sintiendo cómo el dolor se apoderaba de sus piernas con intensos calambres. Respiró agradecida el aire fresco dejando que entrase por su boca, y al alzar la cabeza vio que Salazar aún estaba allí, la saludó con un gesto mientras dejaba que Xabier la ayudase a desprenderse del arnés. Sin contestar ni a las felicitaciones, ni a las demandas del grupo que reclamaban ver la momia, fue hacia Mikel.

—¿Has sido tú quien ha llamado a Herzog?

Julio y Xabier la miraron primero a ella y luego al aludido, desconcertados, pero Mikel adoptó un gesto de sorpresa y chasco, como si acabase de perder en un juego de mesa. Hasta se permitió sonreír mientras alzaba las manos.

—Sí, he sido yo. No creí que hubiera nada de malo en que lo supiera. Es el vicerrector y el jefe de Antropología.

—Nuestra labor es ajena a la universidad. Él no pinta nada aquí, es nuestro hallazgo —intervino Gabriel.

—Bueno, eso es discutible —contestó Mikel.

—Pero ¿qué dices? —se acaloró Xabier.

Nash dio otro paso en su dirección.

—Pero no ha sido únicamente hoy. Llevas días informándole de todo lo que hacemos, de cada avance y de cada escollo —dijo—. Esta mañana me ha llamado para tratar un tema de mi área. Ha mencionado que debía de estar cansada y ha intentado que lo dejase por hoy. Así que deduzco que estaba al corriente de que había pasado la noche aquí y de que hoy bajaríamos sí o sí.

Mikel no contestó, tomó aire, se encogió de hombros y lo dejó salir muy lentamente.

—¿Por qué lo has hecho? —preguntó Julio. Su tono era el de la inocente incredulidad ante la traición.

—Voy a trabajar con él, en su equipo —contestó Mikel—. Es una gran oportunidad...

—Ten cuidado, Roma no paga a traidores —le advirtió Xabier asqueado—. A ver cuánto tarda en echarte.

—¿Has tenido algo que ver con los troncos? —preguntó Nash provocando que todos se alarmasen.

—Por supuesto que no —contestó acobardado.

—¿Y Herzog?

—¿No le conoces, doctora? Nunca se arriesgaría a dañar un yacimiento.

Nash admitió que tenía razón. Herzog era capaz de muchas cosas, pero no se arriesgaría a deteriorar un hallazgo.

—¿Y los disparos?

Él se encogió de hombros adoptando de nuevo aquella actitud displicente, como si no supiera de qué hablaba, o como si no tuviera importancia.

—La única intención era retrasar un poco los trabajos, hasta que llegase Herzog.

—¿Fuiste tú el que disparó a nuestro generador? —exclamó Julio indignado.

—Vamos, no es tan grave —se quejó Mikel—. El seguro lo cubrirá, sólo pretendía dilatar la extracción.

—Estábamos aquí, dentro del coche, pudiste herir a alguien —dijo Nash incrédula.

—¡Por el amor de Dios! Estabais a veinticinco metros, en plena noche y con las luces de la carpa encendidas, era imposible fallar.

Xabier fue hacia él, pero miró a Nash, como pidiendo autorización.

Ella levantó una mano y se acercó más a Mikel.

—¿Te lo ordenó Herzog?

Pareció dudar, pero finalmente lo admitió:

—No, fue cosa mía.

—Lárgate de aquí —dijo hastiada—, no quiero verte más.

—Encantado —respondió mientras se dirigía a recoger su equipo.

Xabier lo detuvo interponiéndose amenazante.

—Ya has oído, que te largues, yo te mandaré tu equipo cuando recojamos. Ahora vete.

Alzó las manos.

—De acuerdo, de acuerdo. No hay problema.

Miró a Julio y al Land Rover.

—Ni lo sueñes, tío, te vas andando —dijo Julio dándole la espalda.

—¿En serio me vais a hacer ir andando hasta Gaztelu? —preguntó agobiado de pronto—. Falta poco para que anochezca, y en algunos tramos del camino ni siquiera hay cobertura.

—Pues administra bien tus llamadas —dijo Xabier indicándole el sendero.

Mikel le dedicó una mirada despectiva.

—No me has soportado desde el primer día, habéis sido unos cabrones conmigo, con todo ese choteo de que no se le podía llamar Nash...

Julio y Xabier se miraron perplejos.

Mikel hizo un último intento con Amaia.

—Inspectora...

—Acabo de oír cómo admitías haber disparado. Seguro que eres tan listo que tienes un permiso de armas y una escopeta registrada a tu nombre, y seguro que coincide con las postas que hay incrustadas en el generador. Podría detenerte ahora mismo.

—Bueno —asumió indiferente—. ¿Y con qué cargos? ¿Matar a un generador?

Amaia se volvió a mirar a Nash.

—Doctora, ¿recuerdas que oímos ruidos, y entonces me identifiqué como policía y di el alto antes de los disparos?

—Perfectamente —respondió Nash.

—Así que disparaste contra un policía después de darte el alto. Si alcanzaste el generador fue accidentalmente. Hazte un favor y vete.

Mikel bajó la cabeza y echó a andar. Cuando ya se había alejado lo suficiente para sentirse seguro se volvió y dijo a gritos:

—Sabéis que es una venganza absurda e infantil, ¿verdad? ¡El transporte del Anatómico Forense está en camino! ¡Habéis perdido!

Cabreado, Xabier cogió una piedra y la lanzó con fuerza en su dirección.

—¡Puto payaso! —gritó. La piedra cayó muy cerca, Mikel huyó hacia la carretera y desapareció.

Nash resopló cansada, se inclinó hacia delante apoyando las manos en las rodillas mientras flexionaba las piernas tratando de disminuir la carga muscular. Se volvió a mirar hacia la camilla. Gabriel abrió la cremallera para que pudiesen ver a la momia. Todos, excepto

Nash, se congregaron a su alrededor para contemplarla. Oyó las exclamaciones y los silencios. La celebración era agridulce, las últimas palabras de Mikel habían quedado flotando en el aire como una amenaza de tormenta que había calado en todos los miembros del equipo. Nash se rezagó mientras hacía acopio de fuerzas y ensayaba mentalmente un discurso de reconocimiento y agradecimiento a cada uno, y su compromiso de luchar para que sus nombres aparecieran vinculados al hallazgo.

—Señores... —dijo reclamando la atención.

La inspectora Salazar la interrumpió con el teléfono en la mano.

—Tienes una llamada urgente.

Nash miró el teléfono como si fuera un objeto desconocido.

—Es el doctor San Martín, el jefe médico del Instituto Navarro de Medicina Legal, ya le conoces, ¿recuerdas? Te lo presenté aquí mismo, cuando iban a sacar a Andrea.

Nash lo tomó resignada.

—Soy la doctora Elizondo —dijo.

—Doctora, soy el doctor San Martín, es un placer volver a saludarla. La inspectora Salazar me ha dicho que está custodiando la excavación y ha llamado para interesarse por la petición del doctor Herzog. Me encantaría ayudarlos, pero por desgracia me va a ser imposible atender su solicitud. Esta misma mañana se ha publicado en el Boletín Oficial del Estado la normativa para hacer frente al COVID-19 que entra en vigor con efecto inmediato. Como sabrá, se han suspendido las clases en todo el país ordenando a los estudiantes volver a casa, se ha cerrado el espacio aéreo y en las próximas horas se decretará un estado de alarma. Los institutos anatómico forenses hemos recibido la prohibición de realizar autopsias de cadáveres, analíticas o manipulación de cuerpos o partes de cuerpos, así como de recibir, manipular o custodiar ningún cadáver en nuestras instalaciones. Hasta que se logre controlar la situación los fallecidos serán sepultados o incinerados de inmediato.

—Oh —contestó Nash impresionada—. No sabíamos nada. Llevamos muchas horas en la excavación y no hemos seguido las noticias.

—Ya me lo imagino, la felicito por su hallazgo, doctora, y entiendo perfectamente que el cadáver al que hacen referencia es de otra índole. Pero desde el ministerio han sido tajantes. He estado pensándolo y se me ocurre que, tratándose de un hallazgo que puede catalogarse como arqueológico, quizá el Museo de Navarra esté dispuesto a recibirlo en custodia. Discúlpeme con el doctor Herzog cuando hable con él.

—¿Él no lo sabe?

—Cuando llamó yo estaba reunido, cursó la petición y avisó de que embarcaba en un avión.

Nash le dio las gracias y colgó mirando con notable aprecio a la inspectora. Le devolvió el teléfono mientras preguntaba:

—¿Crees que habrá conseguido salir de Israel?

—No lo sé, parece que todos los países están cerrando su espacio aéreo, de cualquier modo, deberías darte prisa.

Nash sacó su propio teléfono y marcó. Cuando recibió respuesta dijo con voz ahogada:

—Susana, necesito que vengas a buscarme a la sima.

—Claro, ¿estás bien?

—Muy cansada, pero estoy bien. Luego te lo cuento todo.

—Salgo ya —fue su respuesta.

—Susana, ven con el coche fúnebre, tenemos una invitada que sólo puede viajar tumbada.

Las últimas reformas de modernización de las instalaciones de la funeraria de Elbete debieron de llevarse a cabo a mediados del siglo pasado, cuando el abuelo de Susana regentaba el negocio, y por entonces, el local debió de ser de los más modernos y mejor equipados de la región, en un tiempo en el que lo habitual era velar a los fallecidos en casa. La funeraria había estado dividida en dos secciones bien diferenciadas: una pública y una privada. En la primera se almacenaban y exhibían los ataúdes, y seguía destinada al mismo uso; había un garaje, con una zona de duchas y taquillas; y una pequeña lavandería. Aparcaban un utilitario de uso familiar y dos coches fúnebres, además del que dejaban frente al portón. En la parte privada, se mantenía una antigua mesa de autopsias de mármol veteado en el centro de la estancia, y cuatro cámaras frigoríficas con puertas forradas de madera oscura. Todas las superficies eran de piedra caliza pulida, excepto los fregaderos, que habían sido de porcelana blanca, ahora amarillenta y craquelada como la piel de un reptil. Del techo pendía una gigantesca lámpara de alabastro que bañó la habitación de luz rosada cuando Susana la encendió.

—Esto es un museo —exclamó Nash admirada—. Es precioso, Susana.

—Realmente impresionante —dijo Amaia—. Nunca había entrado aquí.

—Me alegra que os guste, no conozco a mucha gente capaz de apreciar la decoración funeraria Mid Century —dijo sonriendo—. Desde que aparecieron los tanatorios municipales, los lugares como estos cayeron en desuso.

Eva ayudó a Nash y a Amaia a empujar las andas con ruedas sobre las que habían colocado la camilla y la bolsa que contenía los restos. Se detuvieron en el centro de la estancia. Susana se acercó a las puertas de madera y, tirando de los gruesos cerrojos de palanca, abrió un par de ellas.

—Estas dos todavía funcionan, o funcionaban la última vez que las probé. Tú dirás, ¿prefieres que la pongamos en la cámara o sobre la mesa?

Nash se acercó tanteando el hueco.

—No creo que quepa por la puerta con el brazo en la posición en que está —opinó Amaia.

—Quizá si la ladeamos un poco... —sugirió Eva.

—No quiero arriesgarme a moverla más. Bastante meneo lleva hoy. Creo que lo mejor será la mesa. Aquí hace fresco, creo que estará bien.

—Puedo bajar más la temperatura, la sala está dotada con un sistema de refrigeración —dijo Susana desplazándose hasta un panel en el que accionó varios conmutadores.

—Eso sería perfecto, en la sima hacía mucho frío. Por lo menos hasta que se estabilice...

Beth había entrado tras ellas, sin decir una palabra las observó en silencio mientras las tres mujeres pasaban la camilla de las andas a la recia mesa.

—¿Quieres que la levantemos de la camilla? —propuso Susana.

—Por hoy no me atrevo a moverla más de lo imprescindible.

Con unas tijeras, cortó la cinta con la que había sujetado su plumífero para envolver el brazo. Retiró la prenda y comprobó que estaba intacto. Después, con mucho cuidado abrió la cremallera y separó a los lados el plástico dejando la momia al descubierto. Nash contuvo el aliento, impresionada por la visión, y fue consciente de que las demás mujeres retrocedían un par de pasos. Bajo la luz cenital de la sala, el cuerpo presentaba un color más brillante, como si estuviera cubierto de melaza oscura; detalles que en la sima le habían pasado desapercibidos resultaban ahora tan nítidos que no podía dejar de maravillarse. Las uñas redondas y alargadas, el ombligo sobresaliendo abultado en el vientre hundido.

La presencia redondeada de la lengua, y el modo en que el cordón que sujetaba el sudario había constreñido el cuello.

Nash sacó su teléfono para llamar al grupo Kondairak, pero antes eliminó a Mikel de entre los integrantes.

—Hola a todos —dijo una vez que se hubieron unido, mostrándoles por la pantalla dónde estaba—. Acabamos de llegar al tanatorio de Elbete. Creo que aquí estará bien de momento, y es todo a lo que podemos optar dada la situación.

—Yo haré unas llamadas en cuanto llegue a casa —dijo Xabier—, pero parece que lo del confinamiento es cuestión de horas, y eso complica las cosas.

—Yo estoy de viaje ya hacia el pueblo de mis padres, si nos confinan me quedaré con ellos —dijo Julio.

—Yo también me quedo en casa de mi hermana, en Pamplona —dijo Gabriel—. ¿Qué harás tú, Nash?

Nash se volvió a mirar a Amaia y a las Mitxelena.

—Uf, pues me temo que tendré que quedarme en Elizondo. No puedo dejarla aquí sin custodia.

Susana se retiró hacia el acceso a la casa para hablar con sus hijas, y Amaia aprovechó para despedirse.

—Tengo que irme.

—Muchísimas gracias por todo, no sé cómo pagarte este favor —le dijo Nash.

—Ya hablaremos —dijo Amaia sonriendo mientras se dirigía al portón abierto.

Nash despidió la llamada y se quedó inmóvil, sintiéndose tan agotada y polvorienta como la momia.

—¿Estamos seguras de que no murió de la peste, la gripe española o algo así? —preguntó Beth desde la puerta.

—Era una mujer joven y sana en el momento de su muerte. Tengo un extenso informe de un laboratorio italiano, y se corresponde con la opinión de nuestro antropólogo al examinar el cuerpo. El color se debe a la corificación, un proceso químico que se ha dado de modo natural, por eso la piel ha tomado una textura similar al cuero.

—¿Y era bruja? —preguntó de nuevo colocándose junto a Nash para poder verla.

—Todo apunta a que así lo creían los que la empujaron dentro de la sima.

—¿Por qué tiene el brazo levantado? —preguntó Eva.

—No estamos seguros, puede ser una deformidad previa, o un espasmo en el momento de morir, creemos que le arrojaron tierra encima, y la postura se mantuvo.

—Quizá estaba aún viva mientras la enterraban —sugirió Beth. Nash se volvió a mirarla, turbada. No habían pensado en esa posibilidad.

—Excepto por la posición del brazo, está en la misma postura que Andrea —dijo Eva.

—Y no sólo eso, estaba exactamente en el mismo lugar, pero unos noventa centímetros por debajo.

—¿Qué probabilidades hay de que dos personas queden en la misma postura al caer? —preguntó Beth.

Su hermana contestó.

—Si son de un peso y altura similares y se precipitan desde el mismo punto es probable que recibieran impactos y roces muy parecidos al caer, y que quedaran en una posición similar.

—¿Estaba desnuda? —preguntó Susana.

—Cuando cribemos la tierra que hemos sacado quizá hallemos textiles descompuestos, o botones, aunque parece que sólo llevaba una tela cubriéndola, una especie de mortaja, blanca y con símbolos dibujados con tintura de carbón. La mayor parte se ha descompuesto, pero aún se pueden apreciar algunos pliegues de lino aplastados bajo el cordón —dijo señalando el ceñidor.

—¿Se la ataron al cuello?

—Creo que le cubrieron la cabeza con la mortaja, y después la ciñeron.

—Le tenían miedo —opinó Beth—. No querían verle la cara, o que ella los mirase.

Se dio cuenta entonces de la carga cultural que aquello tenía. No había pensado en lo que podía suponer para ellas tener los restos allí. Nash dio la espalda a la momia para mirar a las mujeres.

—Escuchad. Hay una cosa que quiero preguntaros y espero que seáis sinceras.

Las tres asintieron.

—¿Estáis seguras de que no os supone ningún problema tenerla aquí?

Las tres negaron.

—Espero que sean sólo un par de días, mientras encontramos una institución que nos dé garantías. Mis compañeros ya están trabajando con sus contactos, y ya sé que me vais a decir que estáis acostumbradas, pero lo entenderé si os da reparo. —Se giró hacia una de las hermanas—: ¿Beth?

—Si no tiene la peste, por mí bien.

—¿Eva?

—Encantada, una vez tuvimos a un tipo que se había quemado en su coche. Estuvo aquí unas horas y apestó durante días. Ella huele bien.

—¿Susana?

—Sólo pongo una condición. Digamos que tú tienes la tutela legal de estos restos..., ¿no?

—Sí.

—El tipo ese que trabajaba con vosotros..., Mikel. Vio el coche fúnebre cuando bajábamos de la sima. —Nash rememoró su cara pasmada cuando pasó la comitiva—. Cuando llamen al Anatómico Forense y se enteren de la situación no será difícil que lleguen a la conclusión de que la bruja está aquí. No sé qué pueden hacer, pero no quiero líos legales por tener restos arqueológicos aquí. Nos la quedamos si tú también te quedas. Tenemos una habitación libre con una cama enorme y Beth ha hecho no sé qué de lenguado.

—*Paupiette* de lenguado al cava —apuntó la chica.

—¿En serio? Muchas gracias. Me quedaré encantada, sólo pensar en esa cama se me aflojan las rodillas.

—Se te ve agotada. ¿Cuánto hace que no duermes? —preguntó Eva.

—Demasiado —dijo Nash calculando la noche en la sima, la jornada entera cavando, lo poco que había dormido el día anterior—. Pero antes de pensar en descansar, hay algo que tengo que hacer sin falta —dijo mirando la hora. Sacudió un poco de polvo de su pantalón, se quitó del pelo la goma, que se había aflojado dejando escapar un mechón rojizo, con los dedos estiró su cabello y volvió a ceñirlo. Y miró el gurruño que formaba en el suelo su chaqueta llena de cinta adhesiva—. ¿Podéis prestarme una chaqueta?

Suspiró aliviada cuando, al cruzar las verjas del camposanto, distinguió la silueta oscura de Santy. Estaba frente al panteón de los Murrieta, como la tarde en que lo conoció. Miraba fijamente hacia el lugar donde estaba inscrito el nombre de Andrea. No pareció percatarse de su presencia hasta que pasó a su lado musitando un saludo. Nash se dirigió hacia la tumba de su madre. Incluso con la escasa luz que llegaba desde las farolas del camino, percibió que las flores de las coronas del entierro delataban el paso de los días y las lluvias recientes. Se veían descompuestas y aplastadas, como pulpa. Levantó una, notó por el peso que la espuma que sostenía las flores estaba anegada, y comenzó a chorrear agua en cuanto la movió. Se volvió buscando el contenedor que creía haber visto junto a la entrada mientras maldecía su ocurrencia.

Santy apareció a su lado.

—Está fuera, deja que te ayude —dijo quitándole la corona de las manos y llevándola en dos zancadas hasta el contenedor.

Regresó y se llevó otras dos. Nash le siguió portando un par de ramos marchitos envueltos en celofán. Él sostuvo la tapa abierta mientras ella los arrojaba dentro.

—Muchas gracias —dijo Nash sinceramente—. No ha sido una buena idea ponerme a hacerlo hoy, pero las he visto tan mal...

—Me extrañó no verte ayer.

—Vine por la mañana, pero hoy me he acercado sobre todo para hablar contigo.

—¿De Andrea? —preguntó el chico, un tanto aturdido.

—Sí.

—Te vi anteayer, en la terraza de Txokoto con Zuriñe, así que imagino que tiene que ver con ella y con lo que te haya dicho. Esa chavala es una mentirosa.

La relación de confianza con Santy había ganado muchos enteros desde su primer encuentro. Pero hoy, a pesar de su ofrecimiento de ayuda, y de que era él quien propiciaba la conversación, percibió la desconfianza y supo, en cuanto la nombró, que tenía que ver con Zuriñe. Evitaría mencionarla en la medida de lo posible, al menos hasta que fuera imprescindible.

Nash lo miró a los ojos y habló despacio.

—Pascal me dijo que alguien le contó que cuando Andrea desapareció ya no era tu novia, que habíais roto aquel mismo día porque ella se enteró de una infidelidad.

Santy abrió mucho los ojos.

—No es verdad. ¿Quién se lo contó?

—No quiso decírmelo —mintió—, pero alguien le fue con esa historia.

—No es verdad —repitió—. Pero ¿por qué Pascal no dijo nada?

—Por lo visto le caes tan bien como él a ti. Coincidió con la detención de Salomé, la Guardia Civil ya te había descartado, y consideró que para entonces ya habías sufrido bastante. Días después de su desaparición, Pascal encontró un mensaje que Andrea le dejó aquella noche en el contestador de su teléfono... Un audio.

Santy estaba lívido, la miraba sin pestañear, pero respiraba agitadamente. Nash dilató aposta el relato.

—He podido escucharlo, y es desolador...

Santy continuó en silencio, su lenguaje corporal era pura contradicción, sus ojos clamaban por saber qué decía.

—En él se oye a Andrea llorando desconsolada mientras dice que todo el mundo le ha fallado, sus amigos, su familia, su novio...

Se pasó las manos por el rostro como si quisiera ocultarse tras ellas y en vez de contestar preguntó:

—¿Hay alguna posibilidad de que... ella... se suicidara?

—Dímelo tú. ¿Qué pasó realmente cuando aquella tarde se presentó en tu casa?

—No pasó nada..., te lo conté el otro día —contestó sin mirarla.

Nash sacó el móvil, buscó algo y le mostró una imagen.

—Esta foto fue tomada aquella noche de ferias en Elizondo, estaba entre las que la Guardia Civil obtuvo del teléfono de Andrea, y creo que a ellos se les pasó por alto un detalle, que casi se me pasa también a mí. Cuando vi en el grupo a la chica que lleva la sudadera de plantas carnívoras creí que era Andrea, pero esta foto se recibió en su teléfono a las 4.36 de la madrugada, Andrea llevaba horas en casa —dijo usando el pulgar y el índice para aumentar la foto en la pantalla—. Entonces me di cuenta de que la chica de la foto es Zuriñe. Pensé en la posibilidad de que tuvieran dos sudaderas iguales, pero Andrea encargó ese diseño a una artista especialmente para ti, era una prenda única, pero eso tú ya lo sabes. Creo que cuando le llegó la foto y descubrió que Zuriñe la llevaba puesta, sumó dos y dos, por eso fue aquella tarde a tu casa.

La tensión que se había ido acumulando en el cuerpo del joven se quebró en su rostro mientras rompía a llorar. Ladeó el cuerpo y se inclinó apoyando los brazos sobre el contenedor, ocultando la cara. Su llanto era amargo y violento, sacudía el cuerpo en oleadas desde dentro, como una marejada de angustia, igual que la primera tarde en que Nash lo vio junto a la tumba de Andrea.

Nash dejó que llorara, sin decir nada, sin tocarlo. Debía esperar. Se dio la vuelta para concederle algo de intimidad mientras miraba hacia las luces de la gasolinera, al otro lado de la carretera. Al percibir que comenzaba a calmarse, sacó un paquete de pañuelos de papel y le tendió un par desdoblados. Tenía el rostro enrojecido y sudado. Esperó a que se limpiase y se sonara, y permaneció en silencio paciente.

—Fue una trampa —dijo con voz ronca—. La noche de ferias acompañé a Andrea a casa y después regresé, y me desmadré un poco. No solía beber mucho cuando estaba con Andrea, porque a ella no le gustaba. Me encontré con mis amigos y estuvimos por los bares, luego alguien propuso ir con unos litros al frontón. Estuvimos allí un rato, hablando, bebiendo, la mayoría se fue marchando, pero yo me quedé con una pareja de amigos, y Zuriñe también. Estaba borracho y un poco mareado, entonces me entraron ganas de mear. Salí por detrás hacia el río, estaba meando tan tranquilo y de pronto vi que Zuriñe estaba a mi lado. Me reí, terminé y le dije algo así como «¿Qué pasa, quieres verme la polla?». Entonces ella se puso enfrente y me dijo que sí. Yo pensé que era una broma, pero ella estiró la mano y comenzó a tocarme y a frotarse contra mí, me besó. Todo fue muy rápido, metió las manos por debajo de la sudadera y empezó a tirar de ella hacia arriba, y... —Apretó la boca despectivo antes de admitir—: Dejé que me la quitara. Entonces me di cuenta de lo que estaba pasando y me aparté. Le dije: «Tía, ¿qué estás haciendo? ¿Te has vuelto loca?». Me miró, se rio y salió corriendo, llevándose mi sudadera. Me vestí y volví al frontón, mis amigos dijeron que no la habían visto pasar. Te juro que se me bajó el pedo como si no hubiera bebido. Estuve la siguiente hora buscándola por todas partes, preguntando a la gente, de bar en bar, al final la encontré saliendo del Karrika. Me acerqué y cuando vi que la llevaba puesta casi me da un infarto. Le dije que me la devolviera y simplemente lo hizo, como si no pasase nada, se dio la vuelta y se fue. Yo me quedé flipando, sin entender nada.

—¿Por qué crees que lo hizo?

—¿Por qué? Fíjate en la foto. Tú misma lo has dicho, desde lejos podía pasar por Andrea porque eso era lo que pretendía. Zuriñe estaba obsesionada con Andrea, quería ser Andrea, y quería su vida, la madre a la que tanto criticaba, el padre, el abuelo y el novio, el lote completo. Empezó como un año antes de desaparecer Andrea, y fui el primero en darme cuenta, a veces la cazaba mirándome de un modo obsesivo, sobre todo cuando Andrea estaba cerca y yo la tocaba o la besaba. Lo hacía cuando creía que nadie se daba cuenta, pero un amigo mío también lo notó y la grabó mientras Andrea y yo nos besábamos. ¡Se la llevaban los demonios! Se lo dije a Andrea, pero ella la quería muchísimo, y siempre justificaba sus salidas de madre, decía que eran cosas mías, pero hubo un momento en que ella también lo vio.

—Pudo ser una fase adolescente, a menudo las chicas imitan a sus amigas en su forma de vestirse o de peinarse, es parte de la reafirmación y del crecimiento.

—Ella no se ha reafirmado en nada, en ella todo es mentira, es de esa clase de personas que encuentran siempre un atajo para lograr lo que quieren.

—La chica que he conocido tiene las ideas claras y la lengua afilada, estudia Diseño en Milán, y parece que Elizondo se le queda pequeño, se nota que tiene calle y parece sexualmente liberada, pero no difiere de cualquier otra chica de veintiún años, es guapa, lo sabe y saca partido a su físico, su imagen no puede estar más alejada de la de esa foto de hace tres años.

Santy la miró negando con una sonrisa amarga mientras dejaba salir el aire por la nariz.

—Zuriñe no consiguió acabar el instituto, repitió hasta que la echaron. Diseño es la carrera que quería estudiar Andrea, de todo lo que te ha dicho lo único que es verdad es que viene de Milán. Mi padre tiene una empresa de granito con mi tío, todos los años van a la feria del Diseño de Milán. Hace unos meses, cuando estuvieron allí los invitaron a una fiesta de un distribuidor italiano, uno de los socios se presentó con una chica que le acompañaba, una escort. Mi padre se quedó helado al verla, y ella fingió que no le conocía.

Nash lo miró desconcertada.

—Esa es Zuriñe —sentenció Santy—. Creo que en aquel momento se dio cuenta de cómo era su vida, y en qué dirección iba, y de pronto la de Andrea, con no ser perfecta, le pareció mejor.

—¿Y sus padres?

—Los padres de Zuriñe pasan de ella, siempre le han dejado hacer lo que le daba la gana. Andrea decía que Zuriñe había dormido más veces en su casa que en la de sus padres, y seguro que no exageraba. No digo que no tenga nada que ver su carácter, pero nunca tuvo normas, ni control, no tenía hora de llegada, no la reñían por las notas, la dejaban fumar, beber, teñirse el pelo, hacerse tatuajes, ponerse *piercings*, siempre estaba estrenando ropa, el carnet de conducir..., y supongo que en muchos momentos Andrea habría querido unos padres así, pero lo que no se imaginaba es que Zuriñe quería unos como los suyos, hizo todo lo posible por acercarse.

—Dudo mucho que Helena desarrollase una actitud maternal hacia Zuriñe, la soportaba porque era la única amiga de su hija, me lo dijo.

—No fue a por Helena, fue a por su padre. La vi varias veces acompañando a Pascal, tarde, en algún bar. Andrea me lo justificaba diciendo que Pascal conocía a Zuriñe desde que era una niña pequeña, que para ella era como su padre, no le hizo tanta gracia cuando se enteró de que también solía ir a su casa, y al menos una vez se quedó a dormir allí. Zuriñe le puso como excusa que se había olvidado las llaves, que era tarde y sus padres dormían fuera. Era un pretexto bastante absurdo para una chica que a menudo se presentaba a deshora en casa de Andrea.

Nash lo pensó. De momento Zuriñe había resultado ser una embustera de marca mayor, no iba a descartar el argumento de Santy, pero tanto Zuriñe como Pascal habían admitido que en aquella época se acostaban.

—Me preocupé cuando Zuriñe comenzó a cambiar su aspecto y a ir como Andrea, mismos vaqueros, sudaderas, ropa deportiva. Se quitó los *piercings* y se vistió de niña buena. Había llevado el pelo de todos los colores, pero de pronto se lo puso castaño. Al principio no me di cuenta, porque lo tenía mucho más corto, pero se puso extensiones, y un día apareció con una melena tan larga como la de Andrea y del mismo color. Era muy chocante verlas juntas. Hablé con Andrea, se lo dije: «Zuriñe te imita, ¿cómo eres la única que no se da cuenta?». Ella se rio, como si no le diera importancia, pero entonces fue cuando se hizo esas mechas blancas en el pelo. Era muy llamativo y diferente, le decían que parecía Morticia, pero estaba muy guapa, eso fue lo primero que le dije. Y lo segundo fue: «A ver cuánto tarda tu amiga en hacérselo». Pero Andrea me contestó: «No, no lo hará, le he advertido de que si lo hace la echaré de mi vida, y antes se moriría».

Nash sonrió mientras asentía admirada. Se había preguntado por aquellos mechones, los había tomado por una rebeldía ante el control de la madre, pero eran realmente un límite con el que señalaba dónde terminaba su paciencia. Quizá Santy se excedía en celo protector, pero con lo que dijo a continuación quedó patente para Nash que se esforzaba en entender a Andrea, que Santy la había amado.

—Me sorprendió, porque durante semanas había estado desdeñando todo lo que le decía sobre Zuriñe, pero en ese instante me di cuenta de que llevaba tiempo pensándolo, y lo más llamativo fue cómo lo dijo, estaba segura, decidida, pero también triste. Creo que Andrea sabía algo de Zuriñe, algo que le dolía. Nunca la había oído hablar así, hasta que vino a mi casa aquella tarde, y entonces me tocó a mí.

—¿Qué pasó? —preguntó Nash.

—Se presentó sin avisar, la oí saludando a mi madre en la puerta, y lo primero que pensé es que Zuriñe se lo había contado. Entró en mi habitación y miró alrededor como si fuera la primera vez, o como si se estuviese despidiendo. Yo todavía estaba acostado, apenas había dormido nada en toda la noche. La observé intentando distinguir si estaba enfadada, y recuerdo que pensé que parecía distraída, como si estuviera pensando en otra cosa. Dio una vuelta toqueteando las cosas, como solía hacer. Le pregunté un par de tonterías y me respondió vaguedades. Por un momento pensé que quizá había discutido de nuevo con su madre y por eso estaba así. Entonces me preguntó por la sudadera y yo me acojoné. Estaba sobre una silla, del revés, tal y como me la había quitado. La cogió, le dio la vuelta y se la puso. Yo le dije que seguro que apestaba, que tenía que lavarla. Pero ella no contestó, se sentó a los pies de mi cama mirándome. Le comenté que estaba muy guapa, y era verdad. Estaba preciosa. Tenía la cámara sobre la mesilla, la cogí y le hice esa foto. Y se quedó allí sin decir nada, dejando que yo me consumiese por dentro, mientras me fusilaba con esa mirada resuelta y triste, de adulta. Se puso en pie y dijo que se iba. Lo único que acerté a decir fue:

»—Quédate.

»Y sólo me dijo:

»—No.

»—Quédate —le rogué.

»—Tengo que hablar con Zuriñe —me dijo con toda la calma.

»—Paso a buscarte luego...

»—No.

»—¿Quedamos entonces en la plaza?

»—No.

»Estaba muerto de miedo. No sabía cómo retenerla y no me atrevía a preguntar. Cuando estaba llegando a la puerta le hablé:

»—¿Te llevas la sudadera?

»—Claro, Santy, es mía, siempre ha sido mía —me contestó.

»Yo no dije nada. Y esa fue la última vez que la vi.

Después de unos segundos de silencio, Nash preguntó:

—¿Qué fue lo primero que pensaste cuando la Guardia Civil se presentó en tu casa?

—Pensé muchas cosas... En lo rara y determinada que parecía la tarde anterior, esperaba que por fin hubiera cumplido su promesa y se hubiera largado. Y sé que lo pensaba porque no quería plantearme la otra opción: la de que además de decidida también estaba muy triste. Creo que al principio los guardias civiles también apostaban por que se hubiera ido voluntariamente. No me alarmó que su madre pusiera la denuncia, ya sé cómo es. En cuanto los policías se fueron, fui a su casa. Helena me dijo que no se había llevado dinero, ni su documentación, ni nada de ropa, y eso me inquietó un poco. Salomé me acompañó fuera, bajamos andando por el camino, y recuerdo que ella estaba muy tranquila, hasta me dijo que no me preocupara, eso más tarde me pareció un indicio claro de que sabía dónde estaba Andrea. Cuando llegamos a la valla de abajo vi que estaba descolgada, es una cerca de madera, pero medirá dos metros y medio de ancho. Le pregunté qué había pasado y me contestó que la noche anterior, cuando regresaba a casa en coche, se había cruzado con Zuriñe, que conducía a toda velocidad por el camino. El portón estaba abierto, pero al llegar al cruce había derrapado embistiendo el vallado de lado desencajándolo de sus goznes. Ni siquiera se había detenido. Había restos de pintura en la valla. Recuerdo que pensé: «¡Que se joda!». Pero fueron pasando las horas y nadie sabía nada. La Guardia Civil la estaba buscando oficialmente. Cuando salimos al monte para la primera batida no podía dejar de pensar en lo que había hecho Zuriñe, en el modo en que lo había orquestado y en que lo último que dijo Andrea fue que iba a hablar con ella y que la había advertido de que si se pasaba la sacaría de su vida, y estaba decidida a hacerlo.

«Zuriñe se moriría... si lo hacía», pensó Nash.

—¿Por qué no dijiste nada?

—Porque ya había mentido, y no soy idiota: el novio es siempre el primer sospechoso, si reconocía que Andrea y yo habíamos roto aquella tarde, hubiera sido como ofrecerles mi cabeza en una bandeja de plata. Y no me arrepiento, mira lo que hicieron con Salomé. No habrían investigado más, y yo me habría chupado los tres años de cárcel.

Nash suspiró vencida, tenía razón.

—La Guardia Civil ha reabierto el caso y está recuperando líneas de investigación que en su momento abandonaron.

—¿Vendrán a por mí?

—No lo sé, pero si lo hacen deberías buscarte un buen abogado, y tendrías que decirles toda la verdad. Hazlo por escrito para que no se te olvide nada, con todos los detalles que me has contado, todo. No me dijiste que habías trabajado en la empresa de Salomé Aduriz... ¿Se lo contaste a la Guardia Civil?

—Fue una campaña de Navidad. Estaban contratando a gente para empaquetar pedidos, cogieron a quince personas, yo entre ellos.

Nash pensó en las palabras de Herzog y la relación entre Salomé Aduriz y el hombre al que iban a detener.

—Tengo que hacerte dos preguntas.

Él la miró y asintió.

—¿Mataste a Andrea?

—No lo sé... —dijo abrumado—. Espero que no decidiese...

—Y si no se suicidó..., ¿quién crees que lo hizo?

En su voz no hubo rastro de duda.

—Zuriñe. Aquella noche Andrea iba a sacarla de su vida, como hizo conmigo, con la decisión y la calma propias de un cirujano extirpando un tumor.

Nash deseó la lluvia. Caminaba hacia la casa de las Mitxelena sintiendo a cada paso el peso de la ropa polvorienta que no se había quitado en dos días. Deseó la pureza del agua, el sonido quedo de la lluvia de Baztán y el aire cargado de humedad entrando en sus pulmones. Pulsó una tecla en su teléfono y vio que acumulaba veintitrés llamadas perdidas, la mayoría de Herzog, aunque había dos de su llamante habitual, que no se rendía, y dos de un número desconocido. Fue consciente de su ofuscación cuando se dio cuenta de que llevaba un rato mirando la pantalla.

«Ya es suficiente por hoy», oyó la voz de su madre.

Asintió accionando la tecla para apagar el teléfono. Reparó entonces en que sus manos estaban sucias. La turba del interior de la sima había tiznado su piel de aquel color coñac de cuero repujado. Había respirado tanto de aquel aire viciado que tenía el olor terroso de la sima pegado al paladar. Deseó la lluvia mientras notaba el polvo de la sima cubriendo sus dientes. Recorrió con la lengua las encías resecas y paladeó la sal, el romero y la amarga ruda mezclados con la tierra. Deseó la lluvia, y se dio cuenta de que estaba frente a la casa Mitxelena. Con un último ruego levantó la mirada al cielo nocturno, sintió una gota helada y pequeña que tocaba su piel. Detuvo el paso y permaneció inmóvil revestida por la absurda certeza de que no volvería a sentirla si se movía. Entonces cayó otra gota, y otra, y otra..., cerró los ojos abandonándose a la lluvia que limpiaba su piel barriendo la turba oscura, la sal y el amargor de la ruda. Oyó cómo la puerta de la cocina se abría. El aroma del pan recién hecho y de la leña ardiendo llegó cabalgando en las notas de la música.

—¿No vas a entrar? —preguntó una voz.

Sonrió resistiéndose a abrir los ojos mientras notaba una mano pequeña y fría que tomaba la suya y tiraba suavemente de ella.

No quería entrar aún. Le gustaba la lluvia.

Podía percibir entre sus dedos la presencia liviana y huesuda, y a la vez dura y tosca, del cuero sin curtir. Sin atreverse a abrir los ojos, acarició con su dedo pulgar los nudillos secos contando mentalmente los largos apéndices, meñique, anular, corazón... Percibió la presencia astillada del hueso roto en el lugar donde faltaba el índice.

Intentó abrir los ojos, pero sus pestañas pesaban preñadas de gotas de lluvia.

Haciendo un esfuerzo consiguió despegarlos y en el momento en que los abría oyó clara la voz de su madre diciéndole: «No abras los ojos».

Gritó y el grito se transformó en un gruñido ahogado que oyó mientras emergía de aquella pesadilla.

Abrió los ojos a la oscuridad luchando por desprenderse de los restos del sueño, que persistía en forma de aroma de pan recién hecho, de leña y de aquella música lejana pero perceptible que seguía oyendo con claridad.

Extendió la mano hacia la negrura buscando el interruptor de la lamparita y, mientras lo hacía, su cerebro cedió un segundo al recuerdo del tacto de los huesos, y casi estuvo segura de que había una mano tendida en la oscuridad. Alcanzó el conmutador y encendió la luz. Estaba en casa de las Mitxelena.

Tomó el teléfono móvil que reposaba sobre la mesilla. Eran las cuatro y treinta y seis de la madrugada. Miró alrededor complacida. La habitación era una mezcla de muebles antiguos y piezas ligeras que permitían respirar. La cama era grande, y la blancura del edredón de plumas contribuía a la ilusión de que se prolongaba mucho más allá. Aspiró el aroma de la casa, limpio, femenino, verde y algodonoso, y mezclado con el del pan en el horno, que ahora entendía que no provenía de su sueño.

Se levantó de la cama, llevaba las bragas y una camiseta con la cara de un rapero que nunca había oído nombrar, aportación de Beth. Se puso los pantalones del pijama navideño que Eva le había prestado, y antes de salir de la habitación se miró en el espejo comprobando satisfecha que su aspecto era tan lamentable como se había imaginado. Descendió las escaleras de madera guiada por la música y, cuando llegó a la planta baja, sonrió sorprendida mientras miraba de nuevo la hora en la pantalla de su móvil.

Todas las luces estaban encendidas. Duke Ellington

daba vueltas a treinta y tres revoluciones por minuto sobre el tocadiscos. Sentada en el suelo, rodeada de libros y otros objetos que habían llenado la estantería, Susana estaba entregada a la labor de quitar el polvo de los ejemplares que iba devolviendo a los estantes vacíos. Eva estaba tumbada en el sofá, tenía sobre el estómago un libro, que, aunque cerrado, seguía marcando con su dedo índice entre las páginas. Llevaba puestos unos auriculares y miraba absorta una película en blanco y negro, que se reproducía en la pantalla que ocupaba buena parte de la pared frente a ella. No había rastro de Beth, pero oyó el familiar trajín de cacharros en la cocina.

Susana percibió su presencia y sonrió saliendo de su abstracción, aunque inmediatamente su rostro se ensombreció.

—¿No me digas que te hemos despertado?

Nash negó.

—No, no, me he despertado sola. Tenía una pesadilla —dijo avanzando hacia el interior del salón cruzándose un segundo frente a Eva, que levantó una mano como saludo. Se sentó cerca de donde trabajaba Susana—. Ayer cuando salí del cementerio lo pensé, tendría que haber pasado por el hostal a buscar mis pastillas, pero estaba tan cansada que me convencí de que hoy no las necesitaría.

—Y no las necesitas —contestó segura la mujer.

—Las necesito, y la prueba es que son las cuatro y media de la madrugada, y aquí estamos.

Beth se asomó a la sala.

—Me había parecido tu voz... ¿Te hemos despertado?

—No, me he despertado sola...

—Nash toma pastillas para dormir —explicó Susana.

—¿Por qué? —preguntó Beth sorprendida.

—¿Por qué va a ser? Porque no duermo bien.

Madre e hija se miraron genuinamente extrañadas.

Nash las miró incrédula.

—¿Son las cuatro y media de la madrugada y me preguntáis por qué? Debería estar durmiendo, y vosotras también. ¿Qué hacéis levantadas?

—Sí que duermes, acabas de decir que te has despertado —dijo Beth.

—Pero no suficiente —objetó.

—Debe de ser suficiente para ti, o no te despertarías —dijo Beth—. ¿Estás cansada? ¿Has dormido mal?

Nash lo pensó.

—No, estoy bien, noto el cansancio en las piernas, pero me quedé dormida en cuanto cerré los ojos.

—Ahí lo tienes —dijo Beth—. Eran las diez y media, once, cuando te acostaste. Has dormido casi seis horas.

—Llevaba dos días sin dormir...

—Eso no va así.

—Pero con una pastilla habría dormido ocho, me habría levantado más descansada.

—Si necesitas descansar, hazlo, mira mi hermana —dijo señalando a Eva—. Pero no necesitas dormir, o estarías durmiendo.

Eva volvió a levantar una mano a modo de saludo y siguió con la película.

—¿Y siempre lo hacéis así? —preguntó Nash.

—Dormimos cuando tenemos sueño, si te refieres a eso —explicó Susana.

—Pero eso no es compatible con estudiar y trabajar... No podréis dormir siempre que os entre sueño...

Susana contestó:

—Por favor, has estudiado Medicina, nadie pasa más sueño que un médico interno durante las prácticas en un hospital. No se trata de que no duermas jamás, sino de que gestiones tus necesidades de sueño de una manera más eficiente, y más realista.

—Eso es —dijo Beth—, podríamos estar en la cama amargadas porque no podemos dormir, cuando realmente no lo necesitamos, o lo que es peor, recurriendo a pastillas para crear un sueño artificial a la hora que decide ¿quién?, ¿la sociedad?, ¿la costumbre?

Nash se rindió mirando alrededor.

—¿Y qué hacéis cuando no dormís?

—Lo que nos apetece. Deberías probar.

14 de marzo de 2020
Sábado

Había dejado de llover, y cuando cerró la puerta de la cocina a su espalda tuvo la sensación de que lo había hecho un segundo antes de tocar el picaporte. En el silencio de Elbete a primera hora de la mañana la presencia huidiza del agua se percibía con el rabillo del ojo. Del alero de la casa se desprendían gruesos goterones que marcaban el suelo formando un hoyuelo y delimitaban el *itxusuria*, por el que corrían las almas. Persistía un rumor de agua corriente, como buscando a dónde ir. Mezclado con el del aire húmedo, le llegó otro olor, que de inmediato la llevó a evocar el sueño de la noche anterior. Un escalofrío recorrió su espalda mientras volvía a sentir el tacto de los huesos en su mano. Había rechazado el ofrecimiento de Eva de prestarle ropa limpia y había vuelto a vestirse con la que llevaba el día anterior. Tomó el cuello de su chaqueta como si fuera a alzarlo, y lo olisqueó con desagrado, reconociendo el olor a tumba de la sima, y maldijo la propiedad evocadora de los recuerdos olfativos.

Cuando llegó al camino principal vio a Ederne Hidalgo dentro de la berlina oscura en la que le había llevado la otra noche, y en ese instante recordó que también la había visto parada un poco más adelante, la noche anterior, cuando regresaba desde el cementerio tras hablar con Santy. La enfermera había detenido el coche en el acceso al caserío Mitxelena, y con la ventanilla del copiloto bajada la observó cuando caminaba por el sendero desde detrás de sus gafas de sol. Llegaba a su altura decidida a decirle algo cuando arrancó el motor del coche y salió en dirección a la vía principal. Notó, fastidiada, que el teléfono vibraba de nuevo en su bolsillo, Herzog llevaba llamando desde primera hora de la mañana, así que había optado por quitarle el sonido, pero las constantes vibraciones eran casi más molestas. Comprobó la pantalla y vio que era la doctora Kalo.

—Chica, no hay manera de hablar contigo, ¿tampoco lees los mensajes?

—Lo siento mucho, estaba agotada, necesitaba descansar, y Herzog no para de llamar.

Kalo rio.

—Pues según he sabido sigue atrapado en Tel Aviv.

—Sí, eso parece.

—No te preocupes, pero creo que puede ser importante. Olvidé decirte que la doctora Ferretti me pidió tu número después de mandar su informe. Insistía en hablar personalmente contigo y pensé que no te importaría que se lo diera. Acaba de llamarme, dice que lleva días intentando comunicarse sin obtener resultado.

—Oh, lo siento mucho. He estado recibiendo muchas llamadas de números desconocidos y no suelo responder.

—Pues responde a esta, parece importante, empieza por treinta y nueve, es el prefijo de Italia...

Colgó y pasó rauda sobre el puente observando el color arcilloso que había teñido las aguas del Baztán tras las horas de lluvia ininterrumpida. Al entrar en la calle Braulio Iriarte miró hacia la ventana de la habitación que había ocupado durante aquellos días, y aunque supo que echaría de menos el rumor del agua en la presa, se alegró de no tener que hacerlo más. Entró en el portal silencioso y se precipitó escaleras arriba, pensando que, con un poco de suerte, evitaría a la propietaria del hostal. Introdujo la llave en la cerradura, y casi a la vez oyó un chasquido procedente del interior de la habitación que identificó sin dudarlo. Al abrir la puerta encontró a la mujer mirándola aterrada.

—¿Qué busca en mi armario?

—Nada.

—¿Cómo que nada? Acabo de oír cómo cerraba las puertas.

—Es que se las había dejado abiertas, sólo las he empujado.

—De eso nada, tengo aquí la llave —dijo Nash apartándola de un manotazo. Abrió las puertas y miró en el interior. La bolsa negra de basura estaba abierta, el contenido aparecía ladeado, como si lo hubieran estado removiendo para poder ver lo que había debajo. Nash no lo había revisado desde la primera noche. Recordaba haber retorcido el extremo de la bolsa como una soga introduciéndolo por la parte de abajo para que se sujetase con su propio peso.

—¡Maldita fisgona de mierda!

—Oiga, tenga cuidado con lo que dice. Se dejó las puertas abiertas, y si he mirado ha sido porque me ha llamado la atención que tuviera una bolsa de basura dentro del armario.

—Estoy completamente segura de que estaban cerradas, porque comprobé que así fuera, y lo que yo tenga o no tenga en mi armario es algo que a usted no le incumbe, ni siquiera debería estar aquí.

—Entré a dejarle una nota...

—¿Ah, sí? ¿Y dónde está esa nota?

—No me ha dado tiempo, iba a hacerlo cuando usted ha entrado.

Nash colocó su mochila sobre la cama y comenzó a meter la ropa mientras sonreía ante la desfachatez de la mujer.

—El boli —le dijo.

—¿Qué?

—Dónde están el boli y el papel. ¿Con qué pensaba escribirla, con sangre y en las paredes?

La mujer la miró sin inmutarse. Estaba claro que no iba a irse. Nash entró en el baño a buscar sus cosas mientras ella seguía hablando:

—El doctor Herzog ha llamado insistentemente al teléfono del hostal, ha dejado varios recados para usted y he venido a dárselos, pero al ver que no había dormido aquí pensé que quizá se había ido sin avisar y quise comprobarlo.

Nash salió del baño llevando su neceser.

—Perdón, ¿no era que me lo había dejado abierto? —dijo sarcástica.

—Trata de confundirme —contestó muy digna—. El doctor ha dicho que le llame urgentemente. También ha venido un periodista preguntando por usted, no he sabido qué decirle.

Nash puso sobre la cama la bolsa de deporte con la documentación del caso que le había traído Herzog, y retorciendo de nuevo el extremo añadió la bolsa de basura con los documentos. Nash revisó el contenido del armario y metió en la mochila cuatro prendas que había colgado. Sólo entonces la mujer pareció percatarse de lo que hacía.

—¿Se va?

Nash se detuvo para paladear aquel instante, sonrió y contestó.

—Eso es. —Cerró la mochila, agarró la bolsa de deporte y el fardo negro con los documentos y fue hacia la puerta rodeando a la mujer.

—Debería haberlo notificado con veinticuatro horas, tendré que cobrarle el día.

—Cóbreselo al doctor Herzog —contestó mientras salía.

—Viene mucha gente preguntando por usted —dijo maliciosa persiguiéndola hasta el rellano—, lo digo por si quiere dejar una dirección o un número de teléfono.

Nash bajó torpemente las escaleras mientras intentaba equilibrar el peso de los tres bultos. La mujer seguía farfullando en lo alto de la escalera. Oyó con alivio cómo la puerta del portal se cerraba tras ella impulsada por el cierre hidráulico y ahogaba definitivamente la voz de aquella arpía.

Una vez fuera, lo apoyó todo en el suelo, se tomó unos segundos pensando cómo iba a organizar los bultos para llevarlos hasta su coche. Reparó entonces en que había un hombre detenido frente a la puerta del hostal. Levantó la mirada del periódico que había estado ojeando y se irguió perceptiblemente dejando de manifiesto que la esperaba. Plegó el diario y lo sujetó en su mano junto a un paraguas negro. Su aspecto resultaba chocante en Baztán. Era joven, Nash calculó que podía tener su misma edad, pero vestía muy formal, con un abrigo de lana azul marino sobre un traje de tres piezas, camisa blanca y corbata a juego con rayas azules y rojas. Sonrió levemente, sin resultar intimidante, y se encaminó hacia ella mientras Nash decidía que de ninguna manera era un periodista, y pensaba que le resultaba familiar, como si lo conociera. Antes de que llegase a su altura ya había recordado de qué.

—Usted estaba en el funeral de mi madre.

—Buena memoria —dijo sonriendo de nuevo y tendiéndole la mano—. Robert Hetfield.

Cuando dijo su nombre, Nash no tuvo dudas de su origen británico.

—Lamento no haber podido saludarlo en aquel momento —se excusó Nash—, había tanta gente...

—No tiene que disculparse, debería haberme esperado, pero tenía que salir de viaje.

Nash estudió su aspecto. Era un poco más alto que ella y le había ofrecido un breve y firme apretón de manos cuidadas por la manicura, lo que le hizo recordar que ella llevaba al menos dos uñas partidas, que había nivelado mordiéndolas para evitar que se engancharan. El cabello corto y oscuro contrastaba con sus ojos azules y la palidez de su piel, perfectamente afeitado y un poco perfumado, no era guapísimo, pero el conjunto resultaba atractivo y algo petulante, como una suerte de agente 007.

—¿De qué conocía a mi madre?

—Siento decir que yo no la conocí, aunque había oído hablar mucho de ella. Quien la conocía es el hombre para el que trabajo. Se encuentra delicado de salud y me pidió que asistiera al funeral en su nombre.

—Oh, comprendo... —dijo ella a la defensiva mientras concluía que sería un abogado, uno de los caros. Podía entender hasta cierto punto que se asistiese a un funeral por encargo, pero no alcanzaba a explicarse qué hacía ahora en Baztán. El instinto de protección se impuso sobre la curiosidad y permaneció en silencio.

Él pareció intuirlo, sonrió de aquel modo encantador antes de decir:

—Le pido disculpas por presentarme así, llevo varios días tratando de ponerme en contacto con usted. Le escribí a la universidad, y la he llamado insistentemente por teléfono sin conseguir contactar. En la Secretaría de la universidad me confirmaron que disfrutaba de un permiso para continuar con las excavaciones, lo he seguido por la prensa. En otra circunstancia habría continuado insistiendo con el teléfono, pero, como sabrá, la declaración de un estado de alarma es cuestión de horas, y era urgente que hablase con usted.

Nash bajó la mirada azorada deduciendo que estaba ante uno de sus llamantes desconocidos. Si lo pensaba, las llamadas habían comenzado tras el funeral.

—Lo siento, he tenido mucho trabajo, y tengo la costumbre de no contestar a números desconocidos, aunque estoy pensando que quizá debería replantearme mi norma.

—No lo haga, me parece muy acertada, seguro que se libra de muchas molestias.

Nash sonrió. El estilo flemático y tan correcto de Robert Hetfield le resultaba extravagante y cautivador.

—No me ha dicho el nombre de su cliente.

—Oh, el señor Benedict Newman. Y no es mi cliente, es mi jefe.

Nash visualizó de inmediato el pliego donde aparecía impreso el nombre de la persona que había estado ordenando transferencias durante más de treinta años a una cuenta de la que ahora era la única titular.

Ante su silencio, Robert preguntó:

—¿Sabe quién es?

—¿El escritor? —dijo ella mientras él asentía.

Nash reparó en ese momento en un hombre de unos cincuenta años que se había detenido a dos metros escasos y los miraba con interés. Cuando sus ojos se cruzaron el tipo levantó una mano en una mezcla de saludo y disculpa acercándose.

—Doctora Elizondo, soy Antonio Luque, del periódico *Legitimidad*, quizá me recuerde, fui uno de los que subieron hasta la sima el día que reanudaron las excavaciones, claro que en aquel momento no podíamos imaginar que haría un hallazgo semejante.

Nash palideció sin saber qué contestar mientras admiraba la rapidez con que el hombre accionaba la grabadora en su teléfono y se lo aproximaba.

—Ayer se produjo un importante hallazgo arqueológico en la sima donde hace apenas dos semanas se hallaban los restos de la malograda Andrea Dancur.

Un atisbo de razón la llevó a responder.

—El caso Dancur está bajo secreto de sumario, no puedo hacer declaraciones.

—Lo sé, y no le haré ninguna pregunta sobre ese caso,

aunque no puedo dejar de mencionar que usted, doctora Elizondo, fue la que halló los restos de Andrea, eso es público. ¿Qué sintió al descubrir en el mismo lugar donde apareció Andrea una momia que confirma la leyenda de las *sorginkobak* o cuevas de brujas?

Nash no contestó, no iba a hacerlo, apretó los labios y negó levemente mientras maldecía a Herzog y se preguntaba cómo había podido llegar tan lejos.

—¿Es cierto que en torno a la momia aparecieron símbolos propios de brujería?

Nash levantó la mirada y vio que Robert permanecía sereno y expectante, pendiente de su reacción.

—Escuche...

—Doctora Elizondo, contésteme al menos a una pregunta, usted es la autora de un ensayo titulado *Etiología del crimen*, en el que sostiene que algunos lugares y emplazamientos concretos, cito sus palabras, «actúan como un imán para el crimen derivados de una memoria universal común a los humanos y que explicaría su comportamiento». ¿Cree que esa sima es uno de esos lugares malditos que subyacen en la memoria colectiva y por eso ha sido utilizada una y otra vez para arrojar mujeres a su interior? ¿O quizá es uno de esos otros lugares, a los que hace referencia en su ensayo, que actúan como templos pacificadores y purificadores adonde tradicionalmente se ha acudido para contener el mal?

—No haré declaraciones —acertó a decir—. Es demasiado pronto para sacar conclusiones.

El periodista asintió separando el teléfono y por un momento Nash pensó que se había rendido.

—Una última pregunta. Según algunas fuentes, la extracción de los restos se llevó a cabo con cierta premura y secretismo, pero usted no desconocerá que los hallazgos arqueológicos son patrimonio público, a menudo este tipo de extracciones precipitadas son sospechosas de que puedan derivar en el mercado negro. ¿Dónde se encuentra la momia de la bruja?

Robert se giró interponiéndose entre Nash y el periodista y contestó él mismo:

—Debido a la alerta sanitaria que vivimos, el ministerio ha habilitado medidas especiales. Los restos no pueden ser trasladados a lugares de uso público, donde podrían comprometer la complicada situación sanitaria a la que nos enfrentamos. Con el fin de no poner a nadie en peligro, los restos se encuentran en cuarentena hasta poder garantizar que no son portadores de ninguna enfermedad, y que su manipulación es segura. La doctora ofrecerá una rueda de prensa que les será anunciada desde nuestro despacho con debida antelación. Gracias. La declaración ha concluido.

El periodista arrugó la nariz, casi como si pudiera oler la proximidad de una demanda. Retrocedió un paso mientras se guardaba el teléfono y hasta inclinó un poco la cabeza antes de dar la vuelta e irse por donde había llegado.

Nash lo vio alejarse en el momento en que las primeras gotas de un nuevo chubasco comenzaban a caer.

—¿Cómo...? ¿A qué se dedica exactamente?

—Pues a facilitar la vida a las personas para las que trabajo evitándoles molestias de todo tipo —dijo abriendo el paraguas y cubriendo con él a Nash—. ¿Cree que podríamos hablar en otro lugar?

Nash asintió sin poder evitar mirar al fondo de la calle, donde aún se veía al tipo. Se inclinó a recoger los bultos que había abandonado a sus pies, pero él se adelantó y, sin hacer caso de sus protestas, le cedió el paraguas, cargó con todo y la miró esperando sus indicaciones.

El bar Txokoto estaba tranquilo a aquella hora. Eligieron una mesa al fondo del local y Nash observó a aquel extraño espécimen humano. Se había quitado el abrigo dejándolo pulcramente vuelto del revés y apoyado en uno de los bancos. Su cuerpo era delgado y atlético, su elegante traje de tres piezas y sus zapatos lustrados no podían desentonar más con la estética alternativa del bar, pero él se movía con destreza y seguridad mientras llevaba a la mesa dos cafés, sin prestar atención a las miradas curiosas de los escasos parroquianos. Se sentó frente a ella como lo habría hecho en un trono y la miró resuelto.

—Supongo que tendrá preguntas.

—¿Qué relación tenía el hombre para el que trabaja con mi madre?

—En los últimos tiempos ninguna.

—Alguna relación debían de tener, durante años ha estado realizando transferencias a una cuenta a nombre de mi madre.

—Benedict me advirtió de esta posibilidad.

—No le entiendo...

—Que su madre no le hubiera hablado del señor Newman.

Nash lo miró esperando.

—Benedict Newman es su padre.

Nash se quedó en silencio. Le habría gustado ser capaz de reírse a carcajadas, o de exclamar que aquello era una barbaridad, pero no lo hizo. La cuenta en la que Newman había estado realizando transferencias desde hacía treinta y dos años estaba a nombre de ella, y las imposiciones se habían hecho puntualmente el día 12 de cada mes, desde el 12 de febrero de 1987.

—Usted nació en el Hospital Materno-Infantil de Donostia-San Sebastián el 12 de febrero de 1987 y Lucía fue el nombre con el que la inscribieron en el registro, su primer domicilio fue...

—Pare —pidió ella—. ¿Qué es lo que quiere?

—Comprendo que es una noticia inesperada e impactante...

—No me ha contestado, ¿qué es lo que quiere?

—El señor Benedict Newman quiere conocerla y que usted le conozca.

—En primer lugar, no tengo por qué creerle, y no lo hago. Pero en todo caso, si conoce mi fecha de nacimiento sabrá que tengo treinta y dos años; dígame, ¿qué razón peregrina esgrime el señor Newman para no haber dado señales de vida durante treinta y dos años y hacerlo precisamente ahora?

—El señor Newman ha deseado conocerla desde que nació, pero su madre le hizo prometer que se mantendría al margen de su vida, y así lo ha cumplido, pero entiende que el día que su madre murió quedó liberado de esa promesa, y ahora la decisión de conocerle o no le compete sólo a usted.

Nash permaneció en silencio mirándolo con hostilidad.

—El señor Newman es consciente del impacto que puede suponer recibir una noticia de esta índole, y por supuesto no espera que conteste hoy, puede pensárselo...

—¿Que puedo pensármelo? ¿En serio? —dijo sintiendo cómo crecía su enfado—. Esto es increíble. Dígale de mi parte al señor Newman que tengo ganas de ponerme en pie y comenzar a buscar la cámara oculta, porque esto parece una broma, una de muy mal gusto. En el caso de que lo que me está diciendo fuera verdad, ¿cree que tiene alguna credibilidad que me envíe a un abogado para comunicarme que mi madre le pidió que se mantuviese al margen de mi vida?

—No soy su abogado.

Ella negó y contestó sarcástica.

—Sí, ya me he enterado: es el que le facilita la vida y le evita molestias. Ha quedado claro que esta molestia se la está evitando.

Él no perdió la paciencia.

—Es un subterfugio para explicar la magnitud de mi trabajo para el señor Newman. Me tomó a su servicio hace dos años. Cuido de muchos aspectos y suelo evitar decir de primeras cuál es mi cargo, porque fuera del Reino Unido mi empleo no se entiende igual. Soy su mayordomo.

Nash abrió los ojos asombrada, se habría reído de no ser por que él permaneció impasible. Robert se inclinó levemente hacia delante y la miró a los ojos.

—Doctora, el señor Benedict Newman es su padre, no me corresponde a mí revelarle las razones por las que su madre y él llegaron a ese acuerdo, pero el pacto expiró con el fallecimiento de su madre. El señor Newman no ha venido personalmente por dos razones: la primera es que no desea imponerle su presencia, prefiere que sea usted quien decida si quiere conocerle o no; en caso de que decline hacerlo se compromete a no molestarla nunca más. —Tomó su abrigo y del bolsillo interior sacó una tarjeta, que le tendió.

Nash no la cogió. Él la depositó sobre la mesa, ante ella, sin inmutarse.

—Voy a dejarle mi tarjeta para que me llame si lo desea, tómese su tiempo, haga sus indagaciones y decida. Está en su mano, pero mi consejo es que no lo dilate, porque la segunda razón para que él no esté aquí es que está muy enfermo. Hace poco menos de un año sufrió un ataque, físicamente está bien, pero al poco tiempo comenzaron a manifestarse daños cognitivos. Tuvo un periodo de rápido avance, y ahora la medicación lo mantiene estabilizado, pero es imposible saber cuánto durará así. Usted dispone de todo el tiempo que guste, a él se le acaba.

Se puso en pie y tomó su abrigo.

—Debo irme, doctora —dijo inclinándose para tenderle la mano—. Ha sido un placer conocerla.

La lluvia ya no cesó casi hasta el mediodía. La presencia húmeda del elemento que a primera hora había simbolizado el renuevo tomó un cariz de plomo según se oscurecía el cielo. Intentó justificar su melancolía por la ausencia de las Mitxelena. Beth había salido a comprar provisiones para abastecer sus intenciones de pasarse cocinando los próximos días, y al no ver el coche fúnebre, habitualmente aparcado frente al portón, supuso que Susana y Eva habían salido a trabajar y habían dejado una nota escrita en la pizarra de la cocina. La gata la saludó desperezándose con uno de aquellos maullidos mudos y la siguió por la casa hasta su habitación. Se duchó, se cambió por fin de ropa, volcó en la cama los documentos de la bolsa de basura, y metió en esta la ropa cuyo olor apenas podía soportar, anudándola antes de arrojarla a un lado. Dedicó la siguiente media hora a repasar uno a uno los papeles, los cuadernos y las notas, escritas con la diminuta letra de su madre, y tomando conciencia a cada minuto de que faltaban muchas piezas en aquel rompecabezas que sólo le hacía sentir frustración.

Miró con aversión la bolsa de plástico negro que ahora contenía su ropa sucia. Se arrodilló en el suelo y deshizo el nudo, buscando entre las prendas la chaqueta hasta recuperar del bolsillo la tarjeta que le había dado Robert. Volvió a anudar la bolsa, la bajó a la cocina, pero sintió que no podía dejarla allí, cogió el chubasquero de Eva del perchero y, seguida por la gata, salió de casa decidida a deshacerse de ella. Los contenedores estaban en el camino principal, y tuvo que reconocer que el alivio que sintió al cerrar de nuevo la tapa sobre aquella bolsa tenía más valor simbólico que otra cosa. Desde su conversación con el enviado de Newman se había sumido en un estado de confusión en el que casi no podía razonar. Tenía la sensación de haber estado vagando toda la mañana como un espíritu errante, o como una sonámbula. Todavía sujetaba la tapa del contenedor cuando oyó una voz a su espalda.

—¿Te has deshecho de un cadáver?

Nash se volvió sorprendida. Zuriñe la miraba con curiosidad bajo un paraguas rojo.

—Dicen que cuando alguien se deshace de un cadáver nunca lo tira en su barrio, se va a la basura de otro lugar —afirmó la chica.

—Sí, eso dicen, pero ahora soy de este barrio, al menos como invitada. Estoy en casa de las Mitxelena —dijo señalando el camino de acceso al caserío—. ¿Vives por aquí? —preguntó Nash extrañada.

—Mis padres viven en Maisternea, es una casa que está al fondo después de pasar la fuente.

—Sé cuál es. Está cerca de la de Andrea, pero no sé por qué había supuesto que vivías en Elizondo.

—Será porque no parezco de aquí, ¿a que no?

Nash observó la larga melena rubia, que tenía matices rojizos que le prestaba el paraguas. Llevaba una gabardina de cuero y botas de tacón fino. Nash era incapaz de reconocer ningún modelo de bolso, excepto quizá algún clásico de Chanel, pero vio que el que ella llevaba era de Hermès.

—Justo iba a llamarte para hablar contigo.

—Pues me pillas fatal, tengo sesión completa de uñas, peluquería, depilación, dicen que hoy decretarán el confinamiento, y...

Nash la interrumpió:

—¿Cómo le sentó a Andrea que intentaras quitarle el novio?

Ella alzó el mentón y sonrió levemente, provocadora.

—Eso no ocurrió jamás.

—Sí que ocurrió, fue justo la noche antes de que Andrea desapareciera, ¿te acuerdas?, eran ferias en Elizondo. Después de que tu amiga se fuera a casa, seguiste a su novio cuando fue a mear, le metiste mano y le besaste. Pero Santy te rechazó, y te largaste durante un par de horas por Elizondo con la sudadera que le había regalado Andrea. No te molestes en negarlo, tengo una foto extraída del teléfono de Andrea, que alguien le mandó de madrugada. En la imagen apareces tú y llevas la sudadera de su novio.

No lo sabía. Fue evidente por el modo en que durante una décima de segundo dejó caer los parpados lamentándolo. Pero se repuso de inmediato encogiéndose de hombros.

—No digo que eso no sea verdad, lo que nunca ocurrió es que yo quisiera quitarle a Santy. Andrea sospechaba que le había puesto los cuernos otras veces, así que lo planeamos entre las dos. El único objetivo de aquello era demostrarle a Andrea que su novio era un mierda.

—No te creo, Zuriñe. Pienso que querías hacerle daño y se lo hiciste. Envidiabas a Andrea, te vestías como ella, te peinabas como ella. Cuando te vi en esa foto creí estar viendo a Andrea. En algún momento ella te pidió que pararas.

—Eso es una gilipollez, todas las crías se visten y se peinan de manera muy parecida.

—¿Sí? ¿Y todas van contando por ahí embustes como que estudian en Milán, precisamente la misma carrera que quería hacer su amiga?

Su expresión había perdido todo rastro de osadía.

—¿Quién te ha dicho eso?

—¿Qué más da? Zuriñe, todo se acaba sabiendo. Lo que hagas con tu vida es asunto tuyo, pero llama la atención que sigas pretendiendo ser como ella. Envidiabas la conexión con su padre, y hasta la obsesiva atención de su madre, y creo que deseabas a su novio.

—Eso no es verdad —negó categórica.

—Santy dice que Andrea estaba realmente afectada cuando fue a su casa, no como alguien que ha visto confirmadas sus sospechas, sino como alguien que tiene el corazón roto. Cortó con él y lo último que Andrea le dijo fue que iba a hablar contigo. Le impresionó su actitud, de adulta defraudada pero resuelta a terminar con aquello. Y yo creo que lo hizo.

Zuriñe suspiró sobrepasada. Nash percibió el cambio en su tono de voz cuando volvió a hablar.

—Andrea y yo éramos amigas, sabía que podía confiar en mí, yo nunca le haría daño de ningún modo.

—¿Y por eso Andrea se pasó toda aquella mañana buscándote por Elizondo? ¿Y por eso te presentaste en su casa tan alterada que tuviste un accidente contra la valla de entrada? Sólo sé una cosa, y es que la Guardia Civil ha retomado la investigación, y les encantará saber que el día que Andrea murió había roto con su novio por tu culpa, ella te estaba buscando, y no creo que fuera para darte las gracias. Y tú te presentaste en su casa, muy alterada, en tu coche, a pesar de que eran ferias y la mayoría de las calles estaban cerradas al tráfico. ¿Quizá tenías intención de llevarla a algún lugar? Todo se reduce a si os encontrasteis o no.

Zuriñe apretó la boca conteniéndose. Dio un paso hacia la carretera como si pensara irse sin contestar. Cuando habló, las palabras salieron entre sus dientes.

—No vi a Andrea aquel día y no estuve en su casa. Pregunta a Helena Murrieta. Ahora tengo que irme.

—¿Mataste a Andrea?

—Dímelo tú —contestó mientras se alejaba.

Nash sintió que la gata se enredaba en sus pies y se agachó para levantarla del suelo. Se abrió el chubasquero, la resguardó de la lluvia y sacó contrariada el teléfono, que no había dejado de vibrar en su bolsillo mientras hablaba con Zuriñe. Sabía que era Herzog: antes de las nueve de la mañana ya tenía un montón de llamadas suyas. Lo comprobó disgustada y descolgó sin decir nada.

—Nash, gracias a Dios, te ruego que me escuches... No cuelgues, hay algo importante que debo decirte sobre la investigación y sobre los resultados del laboratorio de Huesca.

—Tu chico nos disparó —espetó.

—Disparó al generador, Nash, no tiene excusa, es un imbécil y te doy mi palabra de que no he tenido nada que ver. Le pregunté si podía retrasar un poco los trabajos, no tenía ni idea de que se le fuese a ocurrir...

—No tenías ningún derecho.

—Me equivoqué, entiendo que estés enfadada, pero él declarará que obró por cuenta propia...

«El doctor Herzog y su culo siempre a salvo», oyó con claridad la voz de su madre.

—¿Y lo del periodista también ha sido idea suya?

—No sé a qué te refieres...

—Esta mañana un periodista me ha abordado insinuando apropiación indebida de patrimonio y tráfico de arte en el mercado negro. Tenía todos los datos de la excavación, la momia, la brujería...

Herzog enmudeció al otro lado de la línea.

—¿No contestas?

—No reconoceré mi participación en eso. Digamos que hasta el infortunio juega a tu favor, sigo atrapado en Israel. Has tenido suerte con la normativa por COVID-19, pero es del todo irregular que no comuniques a ningún organismo oficial el paradero de los restos. Hemos recibido los resultados de Huesca y confirman la data de Ferretti. Y eso me preocupa aún más: son hallazgos arqueológicos y te los llevaste del escenario de un crimen.

—Error, doctor Herzog: me cercioré de que se hubiera levantado el precinto judicial. Cuando continué con la excavación había dejado de ser el escenario de un crimen. Y para tu información, el paradero de la momia ha sido notificado a la Policía Foral de Navarra, que custodió los restos hasta ponerlos a salvo tras sufrir distintos intentos de sabotaje.

—Has dejado el hostal Izarra... ¿Dónde te quedarás ahora?

«Vaya, el *ttuku-ttuku* de Elizondo es rápido de cojones», pensó Nash.

—No es asunto tuyo.

—Escucha, Nash, es sobre el caso Dancur... —rogó intentando retenerla—. Mi situación aquí es complicada, la embajada va a intentar repatriar a los españoles que quedamos en un avión militar, no sé cuándo llegaré. Pero acabo de hablar con la fiscalía y me han asegurado que la detención se producirá esta noche, antes de que entre en vigor el estado de alarma.

—Es un error —contestó indignada.

—Nash, necesito que determines la causa de la muerte y que me des un nombre.

—No he terminado —dijo firme.

—Nash... El tiempo se agota, lo que no hayas hecho ya no podrás hacerlo, van a decretar un confinamiento, de momento quince días, pero es probable que se prolongue.

Nash separó el teléfono de su oreja y lo mantuvo alejado mientras tomaba aire y recapacitaba. Aquella había sido una mañana de mierda, y la gratificante sensación del descanso en la cama de las Mitxelena y de amanecer en Elbete se había esfumado con cada uno de los desencuentros que había sufrido. El encontronazo con la dueña del hostal que podía haber terminado convirtiéndose en una anécdota había alcanzado el cénit del absurdo tras su entrevista con el mayordomo de Benedict Newman. Se había sumido en una mezcla de melancolía y enfado que la tenían desconcertada. Entendía la melancolía, pero era consciente de que su enfado provenía de la incapacidad de dirigirlo a quien podría darle respuestas. Su frustración no tenía receptor y, como consecuencia, no podía hacer nada. Mientras hablaba con Zuriñe, había sido consciente de lo dura que había sido con ella, de que se había lanzado a acusarla basándose tan sólo en el relato de Santy, que ni siquiera había sido testigo directo de algunas de las cuestiones que afirmaba. Pero ahora, con Herzog al otro lado de la línea, sintió que había encontrado a su *sparring* perfecto. Se acercó el teléfono a la oreja.

—¿Recuerdas las condiciones que puse cuando acepté el caso?

—Las recuerdo, pero las circunstancias han cambiado, el mundo entero se enfrenta a una crisis sin precedentes.

—Ah, no te atrevas. Hice un juramento deontológico al que me debo como psicóloga forense. Te dije que Andrea Dancur pasaba a ser mi paciente, que a partir de ese momento buscaría la verdad, la auténtica verdad, sin importarme que encajase o no con las conclusiones de la investigación. La autopsia psicológica no ha terminado. Presentaré mi informe cuando tenga mis conclusiones sobre la causa de la muerte.

—Creía que estábamos de acuerdo en que la causa era homicidio.

Nash carcajeó sarcástica.

—Claro, claro, y la culpable Salomé Aduriz. Pero resulta que en el transcurso de mi investigación he descubierto que la fiscalía pasó bastantes cosas por alto: el estado mental de la chica en el momento de su muerte era puro caos, tenía frentes abiertos casi con cada persona presente en su vida. Sospecho que la fiscalía no se molestó en investigar la posible relación de este caso con una serie de crímenes rituales que ocurrieron en el valle de Baztán en la misma época. Puedo señalar tres vías que decidieron no seguir porque ya tenían una sospechosa ideal.

Él se mantuvo en un silencio casi teatral.

—Nash, lamento mucho que vayamos a terminar así.

—¿Que vayamos a terminar, dices? ¿Estás seguro de que quieres jugar esta carta, doctor Herzog?

—Tenía la esperanza de que aún tuviéramos una oportunidad...

—Pues te equivocas, Laurent, nunca la tuvimos. Por

lo que a mí respecta sólo fue sexo, y ni siquiera memorable. Ahora voy a colgar, y si vuelves a llamar espero que sea para decirme que has hecho recapacitar a la fiscalía.

Volvió a apartarse el teléfono de la oreja para no tener que escuchar su respuesta y colgó.

No se movió, permaneció allí, quieta, parada bajo la lluvia, concentrada en el sonido que producían las gotas de agua en el gorro que cubría su cabeza, y en sentir la calidez del cuerpecillo de la gata pegado a su estómago. Miró alrededor y tomó aire profundamente antes de volver hacia la casa, convencida de haber superado la sensación de las últimas horas de haber dejado su vida en suspenso.

Buscó en su teléfono las llamadas perdidas hasta que localizó la que comenzaba por treinta y nueve.

La voz amable de una mujer le respondió en italiano.

—Doctora Ferretti, soy la doctora Nash Elizondo. Sé que ha tratado de ponerse en contacto conmigo en los últimos días, acepte mis disculpas.

—No sabe cuánto me alegro de poder hablar por fin con usted. Me consta que ha recibido los resultados de las analíticas que nos solicitaron, les agradecemos mucho que hayan confiado en nosotros y en nuestro innovador método para establecer esta data. Precisamente sobre los resultados es de lo que quiero hablarle.

—Dígame.

—Lo cierto es que no sé muy bien por dónde empezar. Cuando recibimos la muestra, la situación del COVID-19 en Italia ya era muy triste, pero nuestro laboratorio todavía estaba trabajando. A los pocos días nos llegó el requerimiento gubernamental para que lo pusiéramos al servicio de la lucha contra la pandemia, y así lo hemos hecho. Esto nos ha permitido también seguir trabajando, porque si hubiéramos estado cerrados habría sido imposible. En vista de que la muestra que nos enviaron era suficientemente grande, hicimos una primera analítica mediante nuestro método de datación por colágeno, que, como sabe, no es invasiva, ni deteriora la muestra. El resultado arrojó una edad en torno a ochenta y cuatro años, pero en esos días la doctora Kalo nos hizo llegar los resultados del laboratorio que había tratado la tela que acompañaba la muestra ósea. Al apuntar la data a más de cuatrocientos años decidimos repetir la analítica, que arrojó en esa segunda ocasión un resultado de cuatrocientos años.

—Increíble —dijo empezando a entender la magnitud del problema.

—Fue en ese momento cuando decidimos repetir todas las analíticas y, como seguíamos teniendo suficiente cantidad, realizamos de nuevo el análisis con el método de detección de colágeno, a la vez que otro miembro de mi equipo repitió la analítica de modo independiente. Y, a su vez, pedí a un colega que llevara a cabo un procedimiento mediante datación por radiocarbono, utilizando el isótopo radiactivo carbono 14. El resultado de la datación por carbono 14 fue en torno a cuatrocientos años, la analítica que hizo mi compañero confirmó lo mismo, y la que realicé yo de nuevo arrojó un resultado de ochenta y cuatro años. Evidentemente, cuando se da un baile de cifras tan extraordinario hay que pensar que la analítica se ha quedado corta para la datación y apostar por la de más alto rango. Y esto es lo que enviamos en nuestro informe oficial que le habrá llegado a través de la doctora Kalo, pero, como todavía teníamos restos de la muestra, repetimos de nuevo todas las analíticas, y de nuevo obtuvimos dos resultados distintos: uno en torno a cuatrocientos años y otro en torno a ochenta y cuatro años.

—¿Cómo es posible que dos dataciones arrojen resultados tan diferentes con las mismas muestras? Acabo de saber que el laboratorio Cetogén, de Huesca, ha confirmado la data en torno a cuatrocientos años.

—Sólo cabe una explicación. Contaminación por transferencia. Que la muestra que nos enviaron se hubiera contaminado al entrar en contacto con restos de data inferior.

—Entonces, ¿cuál es la oficial?

—Oh, no hay ninguna duda sobre esto, la más antigua. La que les enviamos, en torno a cuatrocientos años: una muestra de más edad puede arrojar un resultado inferior, una de menos edad nunca puede dar un resultado superior, y menos en la datación por carbono 14. Es sólo una curiosidad, pero la registraré en el estudio y escribiré un artículo técnico sobre la anécdota. Pensé que le gustaría saberlo, y quizá hasta explicar la transferencia por contaminación.

—Lo siento, pero no tengo ninguna explicación para eso. Hubo otro cadáver en el mismo lugar donde hallamos esa muestra, pero era un cadáver actual. Los lixiviados podrían haber calado, pero no coincide con la data de la que me habla.

—¿Pudo contaminarse en la universidad?

Nash lo pensó. En la sala que utilizaba la doctora Kalo hacían sobre todo datas de la guerra civil.

—Podría ser, aunque no lo creo... No se preocupe, repetiremos todas las analíticas cuando pase la pandemia.

—Si es que pasa... —contestó pesimista Ferretti.

—Esperemos que sí. Le agradezco infinitamente su trabajo y su tesón. Y, por favor, tengan cuidado.

Dedicó la siguiente hora a repasar las notas del caso Dancur, añadiendo las dudas que le había planteado su conversación con Zuriñe. Tenía que comprobar cuándo se produjo el accidente de coche contra la valla. La chica parecía muy segura de que Helena Murrieta ratificaría su versión, y Nash se preguntó por qué. Había algo en lo que Herzog tenía razón: si los rumores eran ciertos, quedaban pocas horas para que el Gobierno decretase un confinamiento que podía durar semanas, debía darse prisa. Repasó la lista de testigos con los que quería hablar, y la de implicados con los que era necesaria una segunda ronda.

—Será mejor que me esperes aquí —dijo dirigiéndose a la gata, que dormitaba hecha un ovillo sobre su cama. El animal emitió uno de aquellos maullidos mudos. Iba hacia la puerta cuando oyó a Beth, que la llamaba a gritos desde la planta de abajo.

—¡Nash! ¡Nash! ¡Baja a ver esto, rápido!

Entró en la cocina y vio asombrada que sobre la encimera alguien había dispuesto tres cabezas de oveja seccionadas desde la base del cráneo, desprovistas de piel, los ojos sin vida miraban al vacío. Había, además, algunos huesos largos y descarnados, seguramente las patas, y medio envueltas en un papel asomaban vísceras ensangrentadas de los animales, entre las que reconoció un corazón, los pulmones y el hígado. Sobre la tabla de cortar reposaba una sustancia blanca como una red de prieto enmallado, que supuso que era la telilla de grasa que había cubierto las vísceras.

Pero Beth no estaba allí y oyó de nuevo cómo la llamaba alarmada. Siguiendo su voz recorrió el pasillo que separaba la parte habitada de la casa de la que estuvo destinada a tanatorio. Distinguió al fondo del corredor la silueta de la chica recortada por la luz rosada de aquella lámpara de alabastro. Estaba inmóvil frente a la entrada, sin atreverse a pasar. Cuando Nash llegó a su altura, Beth señaló hacia el interior de la sala.

—Mira.

La gata, que había avanzado pegada a los tobillos de Nash, se quedó clavada en el sitio mientras su lomo y su cola se erizaban como por efecto de la electricidad estática y emitió a la vez un bufido siseante, al que siguió un ronquido gutural y contenido.

Nash avanzó fascinada hasta la mesa de mármol sobre la que reposaba la momia y observó de cerca lo que había llamado la atención de la chica. El brazo de la momia, que el día anterior apuntaba al cénit, había descendido hasta alcanzar una posición de unos cuarenta y cinco grados respecto al cuerpo. La piel corificada que cubría el hombro se veía algo más tirante, pero parecía haberse dilatado en la muñeca permitiendo que la mano tuviera un aspecto más relajado, como si aquella dama ofreciese su extremidad en un besamanos. Nash sacó su móvil, tomó varias fotos, las envió por WhatsApp a los miembros de la excavación y, sin esperar, hizo una videollamada grupal. Gabriel y Xabier se unieron enseguida, Julio les pidió un minuto para detener el coche, conducía hacia el pueblo de sus padres, ante el anuncio oficial del cierre.

—¿Qué os parece? —preguntó cuando todos estuvieron conectados.

—Es un efecto de la gravedad. Sustenta la teoría de que el enterramiento se produjo mientras sufría un espasmo cadavérico. Era la tierra, o más bien la turba que había a su alrededor, lo que la sostenía en esa posición —dijo Gabriel.

—Pues yo apostaría más por la humedad —disintió Xabier—. Doctora Elizondo, ¿tienes un higrómetro por casualidad?

—No lo sé —dijo volviéndose a mirar a Beth—. ¿Sabes si tenéis un higrómetro?

La chica negó sin acercarse.

Nash miró alrededor y fue hacia una estación de aparatos situados en la pared.

—Hay un termómetro que indica once grados de temperatura, y un barómetro que señala una presión atmosférica de uno con ocho milibares —dijo colocando la cámara del teléfono delante para que pudieran verlo—, pero ya te puedo asegurar que la humedad es altísima.

Ha estado lloviendo durante toda la noche y de forma intermitente durante la mañana.

—Vuelve a mostrarme la piel —pidió Xabier.

Nash hizo un minucioso recorrido de cámara por la anatomía de la momia. Algunos cambios eran perceptibles a simple vista. Toda la superficie se veía más brillante, como si alguien hubiera derramado miel o grasa sobre ella.

Venciendo su reparo inicial, Beth se había acercado, aunque aún se mantenía a cierta distancia.

—Está distinta, como más... jugosa.

Nash levantó la mirada hacia la chica, no era la palabra que ella habría utilizado, pero tenía razón.

—Doctora, ¿podrías palparla? Necesito saber si ha cambiado al tacto —pidió Xabier.

Abrió uno de los cajones, cogió unos guantes y se los puso.

—¿Qué zona te interesa?

—El cuello, la nuca y bajo la mandíbula, el pliegue de los codos, de las rodillas y de las ingles.

Nash había ido presionando levemente cada parte según se le iba indicando, mientras colocaba el móvil en una posición que les permitiera ver con claridad cómo las zonas se deprimían al tacto, como si hubiesen recuperado elasticidad.

—Es un fenómeno extraordinario, he leído algo sobre ello, está documentado que ocurrió en varias ocasiones al trasladar momias desde el museo de El Cairo al de Londres, por ejemplo. Incluso existe un caso grabado en vídeo de la momia de una niña de dos años, en Palermo, que, dependiendo de la luminosidad y la humedad, abre y cierra los párpados —dijo Gabriel.

—Sí, se está hidratando de modo natural, toma la humedad del aire, y eso no es nada bueno para su conservación —opinó Julio—. Doctora, es importante que consigas un deshumidificador para intentar mantener los niveles lo más parecidos a la sima posible, pero creo que en las próximas horas va a ser inevitable que el brazo termine de relajarse hasta quedar paralelo al cuerpo.

—Me preocupa que el hombro no lo resista y acabe por partirse —dijo Gabriel.

—Tenemos una cámara frigorífica, ¿creéis que sería mejor meterla dentro? Ayer dudamos, sobre todo por la posición del brazo, pero creo que ahora cabría —dijo Nash intranquila.

—No —razonó Xabier—, la turba actuaba como un desecante natural, pero también le aportaba calor, no estoy seguro ahora mismo de que el frío sea lo que más le conviene. Es mejor que consigas el deshumidificador, y esperemos a ver qué ocurre en las próximas horas. Si vemos que se fuerza mucho, podríamos pensar en la posibilidad de una especie de entablillado que ayude a sostenerlo. Dependiendo de cómo reaccione, podemos probar con la cámara frigorífica.

Una vez decidido cómo procederían a continuación, Nash les contó su conversación con la doctora Ferretti y los resultados del laboratorio de Huesca.

Xabier lo valoró:

—Cuando concluya el estado de alarma y podamos trasladar la momia a un lugar adecuado, repetiremos todas las analíticas de las muestras tomadas de manera aséptica del exterior, e incluso de los órganos. No creo que sea algo que deba preocuparnos ahora. De cualquier manera, Ferretti es una autoridad en datación, y su conclusión oficial es cuatrocientos años.

—Sí, pero no deja de ser llamativo el otro resultado: ochenta y cuatro es más o menos el valor que arrojaría la muestra si se tratase de la mujer a la que, según la leyenda, arrojaron a la sima en los primeros días de la guerra —razonó Gabriel.

—O puede que fueran las dos... —apuntó disruptivo Julio.

El silencio que siguió a sus palabras puso de manifiesto que todos entendían a qué se refería.

—Ya sé lo que vais a decir —continuó Julio—, ya sé lo que dice el sentido común, pero todas las leyendas relacionadas con el castigo ejemplar a una bruja mencionan, como principal temor, que pueda regresar. De hecho, la mayoría de las torturas y los procedimientos a los que se las sometía no iban destinados a causarles la muerte, sino a evitar dos aspectos: que pudieran transferir sus poderes a otra bruja antes de morir, y que pudieran regresar de entre los muertos. Son procedimientos de inmovilización, de reclusión.

—¿Lo que quieres decir es que la leyenda de una bruja que mortificó a esa población se mantuvo viva hasta el punto de que cuatrocientos años después pensaron que otra mujer era la reencarnación de aquella y la mataron por eso? —preguntó Gabriel.

—En la sima sólo había una, y ni rastro de niños. Tampoco parece que esta estuviera en avanzado estado de gestación. Y lo que es del todo imposible es que un cadáver arroje una data más antigua que su edad. La doctora lo ha dejado clarísimo —dijo Xabier.

—Tenemos un cadáver que arroja dos datas con más de trescientos años de diferencia —añadió Julio— y que, aunque sólo sea como anécdota, nos va a ayudar a documentar perfectamente el fenómeno de la brujería.

Nash dedicó unos minutos más a contarles su encuentro con el periodista y la posición de Herzog.

—Legalmente no tendrás problemas si la inspectora Salazar declara que los restos estaban en peligro, todos te secundaremos, pero yo que tú me iría buscando otro trabajo —dijo Xabier mientras los demás asentían.

Cerró la puerta del antiguo tanatorio y acompañó a Beth hacia la cocina.

—¿Te has asustado?

—Asustado no, pero no me hace gracia que se mueva.

—No se ha movido, más bien, se está reacomodando, atendiendo a la física. Su brazo tenía una posición forzada por la postura del enterramiento. Ya has oído a mis compañeros, ellos son expertos.

—También es experto el que dice que podrían haber arrojado dos veces a la sima a la misma mujer.

Nash se detuvo y miró a Beth mientras la sujetaba por el hombro. La chica que tenía enfrente distaba mucho de aquel cruce entre un rapero y una princesa Disney que solía ser.

—No, sabes que eso es imposible, una cosa es que sirva para adornar la historia de esa momia, pero no es verdad. Y ni el mismo Julio lo cree. Lo que sí podremos argumentar es que las personas que lo hicieron lo creyeran. Ese es el modo correcto de acercarse a la historia, a los mitos y a las leyendas. Y Julio tiene una gran sensibilidad para interpretar el pensamiento mágico. Pero la contaminación cruzada de pruebas es un hecho que se da con mayor frecuencia de la que a los científicos les gusta admitir, puede tener muchas explicaciones: que tirasen encima restos de un cementerio o que la muestra se contaminase en el laboratorio de la universidad.

La chica siguió avanzando en silencio, como si calibrase la lógica de su explicación.

—¿Estás bien? ¿Puedo dejarte sola? Tengo que conseguir un deshumidificador, y debería ver a un par de personas, pero si quieres puedes venir conmigo.

—No, me quedo, no te preocupes, voy a preparar un plato típico. Mantendré a Amy cerca, parece que a tu gata tampoco le ha gustado que haya cambiado de postura.

Con la conmoción por el estado de la momia había olvidado los restos de animales esparcidos sobre la encimera. Al entrar en la cocina se detuvo esperando la reacción de la chica, pero ella abrió la puerta del frigorífico y comenzó a seleccionar verduras que fue poniendo sobre la mesa como si nada.

—Cuando al bajar he entrado aquí, he creído que gritabas por esto.

Beth se volvió a mirar la encimera y se rio.

—Es oveja, para hacer *Baztán-zopa*.

—¿Sopa con cabezas, huesos y vísceras de oveja?

—Ya verás qué buena..., la *Baztán-zopa* es un plato tradicional que se hace para celebrar algo, he pensado que, con la que está cayendo, este podría ser un buen momento. La única sopa del mundo que se come con tenedor.

Nash dedicó una nueva mirada a las cabezas.

—De acuerdo, por lo mucho que confío en tus artes culinarias la probaré cuando vuelva, pero no te prometo mucho más que probarla.

—Voy a ponerla al fuego con las verduras y deberá hervir al menos cinco horas, y después tendré que colarla y terminarla con la grasita. La probarás por la noche. Hoy comeremos tú y yo solas, la *ama* y Eva no vendrán a comer, tenían varios avisos, así que pasarán por aquí a por las cajas, pero no podrán quedarse. Parece que la cosa se está poniendo fea.

Nash asintió notando el tono afectado con el que la chica había dicho las últimas palabras.

—Tu madre y tu hermana saben bien lo que hacen. Ayer me mostraron los trajes de protección personal y el protocolo que aplican. Tendrán mucho cuidado.

—Sí, lo sé —contestó. Estaba asustada, y Nash no podía reprochárselo—. He visto en televisión que un puto ministro holandés culpa a España y a Italia de los contagios por su modo de vida, y por no estar gestionando bien la crisis al admitir a personas mayores en los hospitales...

—Claro, ellos harán una gestión inteligente y un confinamiento responsable..., y como no abrazan a sus abuelos, ni a nadie, acabarán la pandemia sin un solo muerto, ya verás —dijo irónicamente Nash.

Se sintió bastante satisfecha al encontrar una tienda de electrodomésticos bien provista en la calle Santiago. Fue imposible conseguir un higrómetro, pero adquirió dos deshumidificadores, aunque de distinto modelo, y la promesa de que antes de las ocho de la tarde los entregarían en el caserío Mitxelena. Pasó por la oficina de correos para interesarse por el envío que había hecho días atrás. Una mujer muy amable le contó que los envíos que salían de Elizondo iban primero a Pamplona, aunque luego tuvieran que volver a un destinatario de Elizondo. Sin duda, eso lo explicaba todo. También la tranquilizó confirmando que el servicio de correos funcionaría bajo mínimos, pero no se detendría durante el estado de alarma. Su siguiente objetivo de la lista de tareas no salió tan bien. Había conseguido, a través de Amaia Salazar, el teléfono de su tía Engrasi, pero cuando la llamó para ver si era posible conocer a su amiga Gregori aquella tarde, la respuesta fue decepcionante.

—Lo siento, *maitia*, a Gregori le hacía ilusión conocerte, pero hemos suspendido la partida. A las chicas les da miedo quedar, dicen que el virus se contagia con la misma facilidad que la gripe y que hay que tener cuidado en los espacios cerrados.

—Es una decisión sabia y prudente. Gracias de todos modos, Engrasi. Cuídate mucho.

—Tú también, *maitia*.

Verse privada del encuentro con las ancianas la devolvió a la melancolía de las primeras horas, y se sintió afectada al pensar que en los próximos días tampoco podría visitar la tumba de su madre. El mismo desaliento sentía cuando caminaba en dirección a la residencia de ancianos. Al llegar a la entrada principal vio el coche fúnebre de Susana detenido junto a una rampa de acceso a la planta baja. Tras el mostrador de la recepción había una mujer cuya edad le costó definir. Tenía el cabello corto y teñido de varios tonos entre el rubio dorado y el naranja, vestía un pijama de auxiliar, tan holgado que la hacía parecer más corpulenta. Vio que llevaba guantes quirúrgicos, pero no mascarilla.

—Hola, querría saber si es posible visitar a una persona que reside aquí.

—¿A quién? —preguntó curiosa.

—A Goretti Alberdi.

—¿Eres familiar? —preguntó frunciendo el ceño.

Nash pensó que seguramente aquella mujer conocía a todas las personas que visitaban a Goretti, mentir no serviría. Decidió que un poco de verdad iría mejor.

—No, qué va. Mi madre y Goretti eran amigas de jóvenes, yo hace años que no la veo. Mi madre falleció hace pocos días, y me hizo prometer que vendría a verla.

La actitud de la mujer cambió por completo.

—Lo siento. ¿Ha sido por el virus?

—No están seguros.

—Pues lo lamento, mi chica, pero hemos decidido suspender las visitas. Esta semana se nos han muerto cuatro, dos entre ayer y hoy, y tenemos a otros dos muy pachuchos.

Nash asintió compadecida.

—De todos modos, no estoy muy segura de que Goretti te recuerde, son noventa y nueve años. De cuando era joven se acuerda, ahora, de lo que comió ayer... Es una de nuestras veteranas, no la más mayor, porque aún tenemos otras dos, de ciento uno y ciento dos años. Las mujeres en Baztán vivimos mucho.

—Lo sé —dijo sonriendo y volviéndose hacia la salida—. Muchas gracias. Sólo por curiosidad, ¿qué haréis cuando anuncien el confinamiento?

—Hoy estamos mandando con sus familias a los residentes que tienen a alguien, y aun así la mayoría se quedará aquí. Algunas hemos decidido confinarnos con ellos, yo no tengo marido ni hijos, y muchos son para mí como mis abuelos, así que me quedaré aquí.

—Mi madre también estuvo en los últimos tiempos en un centro asistencial, siempre estaré agradecida por el trabajo que hacéis. —Se volvió hacia la salida—. Espero que os vaya bien.

—Oye —dijo la mujer antes de que Nash llegase a la puerta—. Ahora no llueve... Si vas por el costado, a la verja del patio, puedo sacarla un rato. Estoy segura de que se alegrará de tener visita. Mantente a distancia, ¿vale?

Esperó junto a la verja hasta que vio abrirse una puerta. La auxiliar traía apoyada en su brazo a una anciana delgadísima envuelta en un abultado chaquetón, y en la otra mano portaba una silla ligera de plástico. Avanzó hasta quedar a unos dos metros de la valla. Dispuso la silla y acomodó a la anciana mientras le decía:

—Mira, Goretti, ha venido a verte la hija de una amiga tuya, ¿sabes quién es?

Para su sorpresa la anciana sonrió y dijo briosa:

—La hija de Mari Auxi, ¿cómo está tu madre, *biotz*?

Desconcertada por la reacción de la mujer, la auxiliar le hizo un gesto negando con la cabeza, que Nash entendió.

—Bien, bien, un poco delicada, pero me ha mandado a hablar contigo.

Satisfecha, la auxiliar se retiró tras comprobar que Nash apuntaba su número de teléfono.

—Diez minutos, que hace frío. Avísame cuando acabéis.

—Goretti, he hablado con tu primo Alfredo —empezó, pensando que un nombre familiar allanaría el camino.

—Sí, Alfredo, de joven se fue a México —respondió contenta la mujer.

—Me ha dicho que trabajaste en casa de los Murrieta.

—Serví doce años para la bermeana, pero no le gustaba que la llamasen así. Una vez se me escapó y me dio un tortazo... Era muy mala, muy orgullosa y envidiosa —dijo bajando la barbilla y ahuecando los hombros bajo el chaquetón. Su voz era ligeramente aguda, y hablaba como si canturrease, mezclando palabras en euskera y en castellano. Entre la distancia y su manera de hablar, Nash tuvo por momentos problemas para entender todo lo que decía.

—¿Por qué se fueron el marido y los hijos a México? Ellos eran ricos...

—¿No te lo ha contado tu madre? —dijo prudente.

—No tiene la memoria como antes, y le cuesta bastante hablar, le dio un ictus.

La mujer hizo un gesto de condolencia, pero después contestó recuperando la alegría.

—Pues yo me acuerdo perfectamente, tengo buena memoria, tengo noventa y nueve, cien los que haga. —Sonrió dejando ver una dentadura demasiado blanca y regular—. A ver, decían que fueron para hacer negocios, pero la verdad es que tuvieron que irse después de lo de Josefina. —Inmediatamente la mujer se cubrió la boca con una mano delgada y plagada de manchas violáceas—. Ya sabes que no se debe decir —advirtió del mismo modo que una niña que comparte un secreto.

Nash la imitó.

—Josefina era muy guapa, pelo negro, ojos grandes, buenas... —Levantó las manos poniéndolas a buena distancia de su pecho—. Decían que era, ya sabes, *sorgin*, de la antigua religión. No iba a misa, ni guardaba las fiestas. Se rumoreaba que una vez la alcanzó un rayo y que no le había hecho nada. Pero también que tenía un rayo grabado a fuego en la espalda, la habían visto una vez que se estaba bañando en el río. Yo eso no lo vi, pero tenía la piel muy blanca, sin pecas ni lunares, y eso decían que era señal de bruja.

—¿Qué pasó con Josefina? —preguntó Nash.

—La bermeana le tenía ojeriza, pero era porque su marido la miraba mucho cuando pasaba, ella siempre decía que andaba como una desvergonzada, pero es que la bermeana no era guapa, mucho dinero sí, pero era... —Repitió el gesto bajando la barbilla y hundiendo el cuello entre los hombros—. Si hasta a las que servíamos nos hacía ir como monjas de tapadas. Igual en invierno que en verano.

—Sí —dijo Nash—, eso ya me lo había contado mi *ama*, que le tenía envidia.

—A todo el mundo, creo yo, pero a ella, a la que más. Claro, mientras estuvo el marido, no se atrevían con ella, porque a pesar de que eran pobres, eran de buena familia, de Pamplona y de Madrid, militares, por lo visto. Vivían de renta en una casa vieja, pero tenían buenos muebles, que les habían regalado otros de su familia, me acuerdo de una vez que vinieron con un carro de dos caballos cargados de muebles buenos.

—Pero cuando empezó la guerra... —animó Nash.

—Entonces pasó. El marido se fue voluntario, antes de los reclutamientos, ya te digo que la familia eran militares de importancia. A los pocos días de irse el marido ya empezó la bermeana a calentar a estos, que si Josefina es bruja, que si es una vergüenza, que había que echarla del pueblo...

»Primero convenció al casero, por lo visto debían algunas rentas, y él tenía negocios con los Murrieta, la bermeana le metió en cintura y le amenazó con alguna cosa para que la echara, dijo mi padre que fue prometiéndole darle la deuda más una compensación. Todo se lo quedó la bermeana, muebles, ropa, hizo que unos chavales los pusieran en las cuadras, menos un aparador con espejo, que lo puso en el comedor. La ropa la quemó a los días después de lo de la sima. —Volvió a cubrirse la boca de aquel modo.

—¿Qué hizo Josefina?

—Pues qué iba a hacer: el marido en la guerra y ella sola. Decían que tuvo que ir con lo puesto a dormir a una borda de ovejas que había en Legarrea.

—Pero la bermeana no estaba conforme —se aventuró Nash.

La mujer negó cerrando los ojos con pesar.

—Fue un domingo, habían bebido mucho, el marido y los hijos mayores estaban borrachos, y las que servíamos teníamos fiesta para ir a casa a comer, pero por la noche ya teníamos que volver. Cuando yo llegué aún no habían vuelto y ella estaba toda nerviosa, pero contenta, satisfecha, así de mala era. Ella no estaba conforme con quitarle la casa y echarla del pueblo, los había convencido para ir a buscarla a la borda y obligarla a que se fuera lejos.

—Y eso es lo que dicen que pasó.

—Lo que dijeron, pero no lo que pasó. Dicen que había más hombres en ese grupo, de varias casas, de casas grandes. Ya muy tarde hubo quien oyó disparos, dicen que dispararon para asustarla, que la llevaron hasta la sima y le dijeron que si no se iba la tirarían allí. Dicen que sólo querían asustarla, que ella resbaló y se cayó al pozo. Pero también que la empujaron, y que después echaron encima ruda y sal, para que no pudiera salir. El pequeño vino todo nervioso, no paraba de hablar de eso, de lo que habían hecho, por eso se asustaron.

—Lisardo Murrieta, ¿cuántos años tenía?

—Cuatro o cinco.

—Era muy pequeño. ¿Crees que lo llevarían a ver algo así?

—Todavía me acuerdo de que se despertaba por las noches gritando. Dicen que ella los señaló a todos, apuntándolos con el dedo —añadió Goretti elevando el dedo índice y provocando que Nash quedara atrapada en aquel gesto y en la similitud de la mano de la mujer y la de la momia—. Los maldijo a todos, uno a uno, a todos los que rodeaban el pozo, y al niño también. La bermeana llenó la casa de cruces y de santos, rezábamos el rosario todos los días, y mandó venir al cura para bendecir la casa, teníamos los nervios deshechos porque el niño no dejaba de gritar por las noches, y todo el día diciendo que ella iba a salir del pozo, que vendría a por ellos.

Nash se preguntó cuánto de aquello pudo ser pura sugestión derivada de lo que le habían contado. Parte de aquel síndrome del Baztán por el que la gente estaba dispuesta a creer.

—Dicen que fueron a tirar dentro sal, y agua bendita, y estramonio para envenenar su alma, claro, yo no sé si es verdad. Porque decían que no era la primera vez que la tiraban, que eso ya había pasado antes, en otros tiempos, pero de alguna manera ella volvía. Entonces, antes de que los reclutaran, todos los hombres de la familia se fueron a México, y se llevaron al pequeño. Regresaron años después, pero yo ya no servía en esa casa, me casé y me alegré de irme de allí. Hace poco vinieron unos a medir la sima, tiraron metros y metros de soga, y una cámara, como de televisión, para ver el fondo, ¿y qué piensas? Allí no había nada. —Levantó las cejas mientras repetía el gesto de taparse la boca. Nash dedujo que se refería a la cata de la sima de la que había hablado el alcalde, pero había sido en los años ochenta.

Goretti continuó.

—Muchas veces han llegado rumores de que la habían visto por ahí, viva, joven, guapa. No sabes la cara que se les ponía a algunos al oír eso. Dicen que la bermeana murió encerrada en su casa, muerta de miedo, y rodeada de santos de yeso. Yo nunca fui a visitarla, no le tenía aprecio, la verdad. Sólo sé que toda esa gente, todos los que estaban allí, murieron mal. Les vinieron enfermedades y miserias, pero el pequeño se libró, a ese siempre le ha ido bien, dicen que se ha hecho más rico, que se ha casado hace poco con una chica muy guapa, y que está embarazada.

Nash inclinó la cabeza al darse cuenta de que no era consciente del tiempo transcurrido.

—Lisardo Murrieta es ahora un hombre viejo.

—No puede ser. Yo lo vi nacer, tendrá treinta como mucho... —afirmó convencida.

—¿Cuántos tienes tú? —preguntó Nash divertida.

—Quince más que él, cien los que haga en mayo. —De pronto a ella misma le sonó raro, frunció el ceño; aunque en su rostro arrugado apenas se notó, una nube gris cruzó por su mirada de niña.

Nash sonrió.

—Gracias por contarme la historia, Goretti.

—Pues ahora tú no la andes contando, ya sabes que de eso no hay que hablar.

A pesar de que la temperatura había ido en descenso según avanzaba el día, Nash se encontró la puerta de la cocina abierta de par en par cuando regresó a casa, y mientras se acercaba por el sendero no pudo evitar preguntarse hasta qué punto la presencia de la momia sobre la mesa de mármol del antiguo tanatorio había condicionado que Beth la mantuviera así. Entendió las razones de la ventilación en cuanto traspasó el umbral. Sobre la bruñida superficie de la cocina de leña hervía un puchero de dimensiones industriales, el vapor que desprendía se elevaba en volutas cargadas de un olor penetrante que a Nash le recordó al principio al de un carnero vivo. Se tuvo que tapar la nariz mientras cruzaba la estancia, pero fue suavizándose según avanzaba la cocción, y a última hora de la tarde, tras colarlo y deshacerse de los huesos y la casquería, el caldo presentaría un color dorado como la cúrcuma.

Habían compartido una comida frugal, e inusitadamente silenciosa. Nash estaba decidida a dedicar la tarde a la elaboración del informe, que de ningún modo pensaba entregar. Lo hizo más o menos durante una hora y media, después vagó por la casa hojeando los libros que las Mitxelena tenían casi en cualquier lugar y acabó en el sofá con un ejemplar de la última novela de Benedict Newman. Se titulaba *Millas por recorrer*. Según internet, se había publicado hacía apenas dos semanas, lo que hizo que se cuestionara el grado de daño cognitivo que había expresado Robert Hetfield. Ojeó la contraportada. Novela negra, un misterio en torno a un crimen y a la implicación de un investigador en el caso. No era el tipo de lectura que ella solía elegir. Abrió el libro y leyó una página al azar. La narración era fluida y amena, el investigador, algo tortuoso, había sido concebido con una profundidad emocional que la atrapó en pocas páginas. El modo en que argumentaba las motivaciones y el comportamiento de los implicados en la investigación le proporcionaba el calado psicológico que lo hacía plausible, y que tanto alababa la crítica. Sin darse cuenta quedó seducida por la voz narrativa mientras se adentraba en la historia y perdía por completo la perspectiva analítica que había pretendido al abrir el libro. Cuando despertó, las primeras señales del anochecer comenzaban a agrisar la luz que entraba por las ventanas. Oyó de nuevo el claxon que la había sacado del sueño. Se puso en pie torpemente mientras el libro que había estado leyendo caía al suelo con un golpe seco. Caminó siguiendo a Beth y juntas se asomaron a la puerta de la cocina, pero Susana alzó una mano enguantada en látex conteniéndolas mientras accionaba la apertura del garaje y bajaba la ventanilla lo justo para decirles:

—En adelante accederemos por el garaje, aún tardaremos un rato, vamos a desinfectar el coche. Y nos ducharemos y cambiaremos aquí.

A Nash no se le escapó la pesadumbre que nublaba las miradas de las mujeres y el silencioso pacto por el que rehusaron dar detalles de su jornada. Tras ducharse en las instalaciones del tanatorio, habían pasado envueltas en albornoces hacia el piso de arriba, donde volvieron a ducharse antes de bajar a reunirse con ellas.

Nash sacó de una bolsa su aportación a la sopa de Beth, un Ribera del Duero que había comprado durante su paseo por la población. Puso el vino en las copas y esperó a verlas beber y, poco a poco, recuperar su habitual calidez mientras Beth parodiaba su susto tras ver que la momia se había movido, y el de Nash pensando que un asesino en serie de ovejas *latxas* había entrado en la casa. Podría haberse tratado de un día cualquiera de no ser por el televisor encendido a la espera de la comparecencia del presidente del Gobierno.

Beth trajo una bandeja repleta de aquellos fritos crujientes y cremosos y tendió a Nash un plato con una hogaza de pan empapada de caldo y un tenedor.

Nash lo probó y asintió maravillada.

—La sopa que se come con tenedor. —Partió un trozo del pan empapado de caldo y saboreó la fuerza del plato, sorprendida por el modo en que los sabores habían eclosionado transformándose.

Guardaron silencio para escuchar al presidente. Como se esperaba, anunció el estado de alarma por quince días prorrogables, la suspensión de las clases, del comercio, excepto el de primera necesidad, del tránsito por las vías públicas y de las reuniones de cualquier tipo. Beth y Eva celebraron la suspensión de las clases y se levantaron. Nash observó a Susana cuando el presidente aludió a la normativa para entierros y funerales, y la vulnerabilidad de los mayores y las personas con enfermedades previas.

—Es horrible, Nash, muchos son mayores, pero también hay gente joven, más que yo, y sanos. Nosotras tenemos suerte, esta es una pequeña funeraria, y damos servicio al pueblo y a cuatro antiguos vecinos que ahora viven en otros pueblos, pero esta mañana he hablado con otros compañeros y el panorama es desolador. Tengo un empleado a tiempo parcial, ya le he llamado y en adelante él vendrá conmigo, no voy a dejar que Eva me acompañe.

Nash asintió.

—Si me pasara algo...

Eva regresó con el teléfono de su madre y Susana se detuvo asustada.

—¿Una llamada? No la he oído... —dijo.

—¿Qué estás diciendo? —contestó la chica olvidando el teléfono—. No va a pasarte nada.

Beth apareció tras su hermana y se quedó inmóvil a su lado, escuchando.

—Y Santos no irá contigo, iré yo, o no irá nadie. —Su tono era terminante—. Además, están a punto de tener un bebé, no debería trabajar ahora.

—Por eso mismo. Me llamó el otro día, necesita el dinero.

—Pues dáselo, a mí no tienes que pagarme, pero iré yo o no irá nadie. No necesitamos la funeraria para vivir, lo has dicho muchas veces. Si las cosas se ponen chungas la cerramos y a la mierda.

—No podemos hacer eso, y menos ahora. Sabéis lo importante que es para la gente recibir este servicio, sobre todo si las cosas se ponen muy feas. Es el último consuelo. Van a estar absolutamente solos.

—Pues entonces yo iré contigo. Tendremos todo el cuidado y la precaución, nos ducharemos con alcohol si es preciso, pero no te voy a dejar ir sin mí.

Susana avanzó hasta sus hijas y las tres se abrazaron con fuerza.

Nash las miró deseando secretamente unirse a ellas, echando de menos a su madre, y curiosamente, y por segunda vez en poco tiempo, a una hermana, alguien con quien compartir la pena por la muerte, el miedo a morir, y fundirse en un abrazo como aquel.

—De acuerdo —dijo Susana—. Y ahora dejadme ver el teléfono, no vaya a ser una emergencia.

—¡Qué va! —contestó Eva—. Son las Mari Champaña, así que ya sabes lo que te toca. Creo que hay una botella fría en el frigorífico.

Susana leyó el mensaje y sonrió mirando a Nash.

—Las Mari Champaña son mis amigas, cuando éramos adolescentes nos las arreglábamos para mangar botellas de champán a nuestros padres, por la noche nos reuníamos en el frontón y nos las bebíamos, la mayoría de las veces caliente, pero nos daba igual, nos parecía muy elegante beber champán. Solemos reunirnos una vez cada dos o tres meses; comemos en un restaurante y pasamos el resto de la tarde bebiendo champán. Acaban de convocarnos a aquelarre.

—Son las once y media. A las doce entra en vigor el cierre oficial. ¿A dónde vais a ir? —preguntó Beth.

—Hemos quedado en el frontón —contestó mientras se ponía en pie y se dirigía a la cocina—. Como en los viejos tiempos, no creo que nadie venga a molestarnos ahí, pero si llega la policía nos volveremos a casa.

Regresó a la sala y miró a Nash.

—Ven conmigo.

—No, no pinto nada ahí, vosotras sois amigas, tendréis cosas que deciros.

—Tú también eres mi amiga.

—Gracias de corazón —dijo Nash—. Pero no la de ellas, es un momento especial para vosotras, una tradición, disfrutadla. Me quedaré en casa.

—Está bien —asintió Susana.

Beth fue hacia la cocina.

—Espera a que te prepare un táper con *Baztán-zopa*, si no, os vais a agarrar una papa de las buenas.

Nash tomó a Amy en brazos y se apoyó en el grueso alféizar de la ventana que le permitía ver un tramo del camino principal de Elbete. El asfalto brillaba bajo la luz anaranjada y lejana de las farolas. Pasó una mano por el suave pelaje de la gata. Le gustaba sentir cómo el ronroneo se transmitía a su propia caja torácica mientras la gatita dormitaba en sus brazos.

Era la una y media de la madrugada, Susana todavía no había regresado, y Beth y Eva habían propuesto ver una película, pero Nash estaba demasiado melancólica y se disculpó para refugiarse en su habitación. Había vuelto a repasar todos los datos del caso Dancur y las revelaciones que cada uno le había hecho durante sus encuentros. Los acontecimientos se habían precipitado de un modo tan accidental en las últimas horas que apenas había tenido tiempo de pensar en su decisión de quedarse allí, en casa de Susana. Se preguntó si estaba haciendo lo correcto, aunque de cualquier modo debía custodiar a la bruja. No podía irse. Se planteó si la relación con las Mitxelena sería tan idílica si tenía que pasar quince días sin salir de aquella casa.

Algo llamó su atención en la calle: una figura solitaria caminaba despacio por la carretera hacia el corazón de Elbete. Había algo familiar en ella, los vaqueros ajustados, las deportivas blancas... Nash abrió la boca tomando aire cuando distinguió la sudadera con los gruesos e inconfundibles zarcillos de las plantas carnívoras que trepaban por los brazos. Se acercó al cristal con tal ímpetu que se golpeó en la frente, llenando de vaho la superficie fría de la ventana. Con dedos nerviosos lo limpió y entre los trazos húmedos vislumbró la oscura melena y los mechones blancos que enmarcaban el rostro de Andrea. Jadeó asombrada, pero sólo consiguió volver a llenar el cristal de vaho. Soltó a Amy sobre la cama y manoteó torpemente, intentando abrir el pestillo de la ventana. Cuando lo logró, la chica había desaparecido. Bajó corriendo las escaleras, atravesó la sala y salió por la puerta de la cocina sin siquiera ponerse un abrigo. Corrió cuanto pudo hasta el camino principal y miró en dirección al palacio. A lo lejos se adivinaba una figura, pero fue incapaz de distinguir quién era. Echó a correr tras ella, sintiendo que las piernas le ardían como consecuencia de los esfuerzos de los últimos días. Había descansado, pero la carrera puso dolorosamente de manifiesto que no estaba recuperada. Apretó el paso hasta que sintió la laceración del flato clavándose en su costado derecho, y en el punto del camino donde el muro del palacio se torcía levemente, la perdió. Aun así, siguió corriendo hasta que llegó al cruce, frente al abrevadero. No había rastro de Andrea. Se detuvo jadeando, sintiéndose ridícula, terriblemente asustada y confusa. Estaba persiguiendo a un fantasma en medio de la noche. Sopesó las opciones que se le abrían al frente: seguir penetrando en el corazón de Elbete, hacia la casa de Andrea, o torcer hacia el camino del molino en el río. La oscuridad no le dio opción. La seguridad o la insensatez, que la había empujado a salir tras la visión, hacían agua.

Regresó apresurada a la funeraria sintiéndose observada desde la antigua morada de Garbiñe. Prefirió no pensarlo. Al pasar junto a la casa de Salomé alzó la mirada hacia las ventanas iluminadas en la segunda planta, y se detuvo al vislumbrar la presencia de la mujer tras una de ellas. Esperó inmóvil unos segundos y entonces vio que ella manipulaba la manija y abría una de las hojas. No dijo nada, pero levantó una mano mostrando la palma abierta para pedirle que esperara. Desapareció de su vista y unos segundos después la puerta principal en la planta baja se abrió, llenando la calle con una porción triangular de luz que se derramó desde el interior.

—Venga —susurró haciendo un gesto para que se acercara.

La mujer le franqueó el paso y Nash entró en un recibidor bien iluminado. Un mueble recio y oscuro sostenía una voluminosa cornamenta de ciervo, de tamaño natural, que le suscitó serias dudas sobre si era real o una reproducción. Salomé llevaba el cabello castaño peinado hacia atrás y recogido en una coleta alta y pulida. Era evidente que había perdido peso durante su estancia en prisión, pero incluso le pareció más delgada que cuando la había visto en televisión durante la rueda de prensa. Era tan alta como Nash, pero se dio cuenta de que, si había pensado que era más corpulenta, era debido a que en la mayoría de las imágenes estaba junto a Helena Murrieta, y que era el cuerpo menudo de la madre de Andrea lo que, por comparación, la hacía parecer más grande. Conservaba la penetrante mirada de ojos claros que le había valido ser catalogada como una mujer fría, calculadora y capaz de matar a una niña, pero ahora esa mirada era huidiza, desconfiada y, cuando la tuvo delante, pudo comprobar que también era muy triste.

La condujo a una pequeña salita lateral cuya ventana daba a un costado de la casa. Sólo había dos sofás blancos, una gruesa alfombra de tono rosa empolvado y una recia mesa de centro, además de un televisor que en ese momento estaba apagado. El único adorno era una talla en madera de un caballito de feria. Todo parecía caro y de buen gusto.

Nash levantó la muñeca mirando la hora.

—Oficialmente ha comenzado el estado de alarma —dijo.

La mujer sonrió apesadumbrada y se encogió de hombros.

—¿Y qué pueden hacerme, meterme en la cárcel?

Nash palideció sin saber qué decir. Si supiera que la fiscalía aún perseguía volver a encerrarla... La mujer pensó que la broma no había sido del gusto de Nash y se disculpó.

—Ya sé que no tiene gracia, pero tengo el triste privilegio de poder hacer chistes carcelarios el resto de mi vida. Además, acabaríamos en la cárcel las dos, también estás fuera de casa.

—Estaba... He visto pasar a alguien que creía que conocía. ¿Has visto a alguien? —preguntó atropelladamente.

—Cuando me he asomado te he visto a ti corriendo y, al momento, pasar de vuelta.

Nash sintió en ese instante que, después de haber esperado tanto aquella oportunidad, estaba comportándose como una imbécil, ni siquiera se había presentado.

—Soy la doctora Nash Elizondo, yo la encontré, así que en parte soy responsable de que estés aquí. Quizá deberíamos darnos la mano, pero en vista de la que está cayendo será mejor que mantengamos las distancias.

Ella sonrió, indicándole que se sentara.

—Sé quién eres, y sé lo que haces, aparte de ser espeleóloga, me refiero. Mi abogado me comunicó que el juez había solicitado el informe pericial de un psicólogo forense, el resto fue buscarte en Google. Me dijo que querías hablar conmigo..., pero en ese momento no estaba preparada.

Nash pensó que Salomé iba a ser la primera de las entrevistadas que sabía cuál era su papel en aquella investigación. Lo merecía, después de todo lo que había pasado.

—¿Lo estás ahora?

—Sí... Estuve a punto de invitarte a pasar el otro día.

—¿Cuándo?

—Cuando saliste corriendo de casa de mi vecina, ahora que lo pienso siempre te veo corriendo.

—Oh. —Nash se cubrió el rostro con las manos abochornada—. Fue en... Fue muy desagradable, ¿la conoces?

—Sí, nos hablamos lo justo. Nunca le he caído demasiado bien, pero nos conocemos, siempre ha vivido ahí, ella sola con su teléfono de los muertos.

Nash prefirió no ahondar en ese tema.

—Me dijo que tenía una sobrina.

—Sí, es la dueña de uno de los hostales que hay en la calle Braulio Iriarte.

—¿El Izarra?

Salomé asintió.

Nash cerró los ojos ante la evidencia. Por supuesto que la anciana sabía que su madre había muerto. Ahora que lo pensaba, hasta creía haberlas visto juntas hablando frente a la puerta del hostal una mañana en la que pasó de largo evitando pararse a saludar. Maldito Herzog.

—¿Estás bien? Iba a tomarme una copa de vino tinto, es la una y media de la mañana y acaban de decretar un encierro. Creo que una copa de vino está justificada, ¿te pongo una?

Nash aceptó y aprovechó para elegir asiento. Lo hizo frente al lugar que evidenciaba, por un libro abierto sobre el apoyabrazos, que era el elegido de ella. Acertó. El modo en que incidía la luz en su rostro le permitiría ver perfectamente su expresión. Esperó que se hubiera acomodado, probó el vino, un Ribera del Duero excelente, y asintió antes de hacer la primera pregunta.

—¿Qué recuerdas de lo que pasó aquel día?

—Helena me llamó a primera hora de la tarde, estaba preocupada. Andrea había salido por la mañana nada más levantarse y no había regresado, tampoco contestaba al teléfono.

»Intenté tranquilizarla diciéndole que eran ferias, que se habría quedado a comer con cualquier amiga, y que quizá no tenía batería. Antes de ir hacia su casa probé a llamar a Andrea. Contestó mi llamada y enseguida me di cuenta de que le pasaba algo. No quiso decirme qué, pero no se encontraba de humor para hablar con su madre. Le pedí que, por favor, pasara por casa prometiéndole que yo estaría allí y que tranquilizaría a Helena, me dijo que lo haría. Pero más tarde todavía tenía algo que resolver.

—¿Le contaste a la Guardia Civil que ya no vivíais juntas?

—Sí, fue uno de los argumentos que utilizaron contra mí. Según ellos, Helena y yo habíamos roto por culpa de Andrea y por eso yo la odiaba. Todo eso de que Andrea y yo nos llevábamos mal es mentira. Claro que a veces la reñía, pero el noventa por ciento de las ocasiones lo que hacía era mediar entre Helena y ella. Fui a casa de Helena y le mentí, le dije que había conseguido localizar a Andrea en el número de una de sus amigas. Que no se preocupase, que después iba a pasar por casa. Me quedé acompañándola, estuvimos viendo la tele casi toda la tarde. Había anochecido cuando Andrea llegó. Llevaba una mochila pequeña, estaba empezando a refrescar y sólo llevaba una camiseta de manga corta. Estaba tranquila, casi demasiado serena. Escuchó toda la retahíla de reproches de su madre sin decir una palabra, pero no dio ninguna explicación, ni disculpa. Se fue a su habitación, salió unos segundos después. Se había puesto una bómber color verde y le dijo a Helena que tenía que volver a salir. Entonces Helena empezó a gritar, le preguntó a dónde iba y ella contestó que tenía que ver a Zuriñe, y Helena volvió a gritar, a insultarla, a decirle que estaba castigada, que no iba a permitirlo, que no podía salir, que no quería que volviera a ver a aquella chica, que era una perdida, una puta... Como de costumbre, yo intenté mediar. Y también como solía pasar en los últimos tiempos me dijo que allí no pintaba nada, que no me metiera en la educación que le daba a su hija. Era evidente que a Andrea le había pasado algo, al llegar me había parecido que estaba muy serena, pero según pasaban los minutos sospeché que estaba conmocionada, como en shock. Algo había ocurrido, algo terrible. Respondió con toda seguridad a su madre y le rearfimó que iba a salir de nuevo. Entonces su madre fue hacia ella y le dio un tortazo. Las dos se quedaron mirándose sobrepasadas. Que yo supiera, era la primera vez que Helena pegaba a Andrea. Tampoco es que el golpe hubiera sido muy fuerte, pero Andrea había tenido frecuentes hemorragias nasales durante toda la adolescencia, y al momento empezó a sangrar. Helena se quedó parada al ver lo que había hecho, siempre hacía lo mismo. Andrea salió corriendo hacia la calle y Helena me pidió que fuera tras ella. Me subí al coche y la alcancé casi al final del camino. Estaba sangrando muchísimo. Se había puesto la cazadora perdida y la ayudé a quitársela. Estuvimos presionando la nariz con un pañuelo de papel hasta que se detuvo la hemorragia. Echamos la cazadora al maletero de mi coche y no volví a pensar en la prenda hasta que la Guardia Civil la encontró. Andrea sacó una sudadera de la mochila y se la puso. Yo me daba cuenta de que algo había pasado más allá del tortazo de su madre. Era otra cosa. Por desgracia ya estábamos acostumbradas a las salidas de tono de Helena, no era ni mucho menos la primera vez que ocurría, Helena es violenta cuando se frustra. Me había pegado muchas veces. Pegaba a su primer marido y estoy segura de que pega a su nueva pareja. Normalmente, no pasaba de un tortazo, porque tampoco es que tenga mucha corpulencia, es relativamente fácil de contener, y ese es el punto culminante en el que explota su ira. Después de agredir a quien sea, se queda sobrepasada por lo que ha hecho y se echa a llorar durante horas.

Nash pensó en las marcas que tenía Helena en las muñecas, también cuadraban con las lesiones al intentar contenerla.

—Le pregunté a Andrea qué le pasaba. Me dijo: «Estoy harta, no puedo más. Tengo que irme, ¿lo entiendes? Tengo que desaparecer». No traté de retenerla, era mayor de edad, y tenía razón, la situación era insoportable. Le pregunté si se iba a ir con Santy y me dijo que no. Entonces le pregunté si se iría con Zuriñe, le dije que su madre estaba así porque la tarde anterior las había visto juntas, ella me contestó que no, tampoco con Zuriñe, que su madre no entendía nada, que no tenía ni puta idea de nada. «¿Por qué cree que todo tiene que girar en torno a ella? Lo que tengo que hacer, lo tengo que hacer sola.»

Salomé bebió un sorbo de la copa de vino y prosiguió:

—Te doy mi palabra de que en aquel momento pensé que simplemente quería alejarse de su madre. Entendí perfectamente lo que estaba ocurriendo. Sabía que conocía a gente en Pamplona. Le pregunté si tenía dinero y se llevó una mano a la cabeza, me dijo que había olvidado cogerlo. Miré hacia lo alto de la casa y vimos que Helena observaba desde la ventana. Le dije que yo le prestaría dinero. Me dijo que no hacía falta, pero insistí. Subió al coche, fuimos a mi casa, le di dos mil euros. Le hice prometer que me llamaría, yo me encargaría de tranquilizar a su madre, que se tomase su tiempo. Le pregunté si quería que la llevase a algún sitio. Y me dijo que primero tenía que hablar con Zuriñe. Esa fue la última vez que la vi.

—Dos mil euros es mucho dinero para una adolescente —dijo Nash un tanto sorprendida.

—Una mujer joven adulta. Era mayor de edad. Y para mí era una mujer huyendo del maltrato, de toda índole —dijo serena—. Andrea no era una alocada de las que se van por una rabieta, y estaba saliendo de su casa con lo puesto. Ni siquiera llevaba la cazadora, se quedó en mi coche llena de sangre. No llevaba más ropa que esa sudadera, debía pagarse el transporte y no quería que durmiese en cualquier sitio, o que no tuviese qué comer. Estaba muerta de miedo por ella, pero entendía que debía irse, como lo había hecho yo. Le dije que me llamase en cuanto se estableciese para enviarle más. Me da igual lo que pienses.

Nash asintió apretando los labios, asumiendo su situación.

—¿Por qué su madre la insultó de ese modo? ¿Qué era lo que no estaba dispuesta a consentir?

—Lo primero que tienes que entender es cómo son los Murrieta. Lisardo Murrieta educó a su hija a la antigua usanza, con unos valores sobre lo que está bien y está mal que son de otro siglo. Pero por mucho que te eduquen, uno no puede luchar contra su propia naturaleza. Helena y yo estuvimos catorce años juntas, y en todo ese tiempo Helena jamás admitió su homosexualidad. No es que nos prodigásemos mucho, pero cuando tenía que presentarme decía que éramos amigas, y yo la amaba demasiado para que eso fuera suficiente para terminar con ella.

—No sé qué puede tener eso que ver.

—La tarde anterior a la desaparición Helena vio a Andrea y Zuriñe juntas. Besándose. Las chicas estaban en la parte trasera de la casa y Helena se acercó a llevarles unos refrescos y entonces las vio. Quedó en shock, se escondió y no dijo nada. Cuando las chicas se fueron me llamó por teléfono y me pidió que fuera a su casa. La posibilidad de que su hija fuera lesbiana le pareció una aberración, se mostró terriblemente disgustada, intentó disfrazarlo de preocupación por las dificultades que tendría en la vida y terminó culpándome a mí por el ejemplo que le habíamos dado, como si ella no hubiera tenido nada que ver. Como era habitual en los últimos tiempos, acabamos discutiendo. Levantó la mano y me dio un tortazo. Para mí no era la primera vez. Me aparté, pero me arañó el rostro. Esa era la marca visible de lucha que yo tenía en la cara y que, días después, la Guardia Civil justificó como el modo en que Andrea se había defendido.

—¿No dijiste que Helena te pegó?

—Ya la has visto, no me llega al hombro, parece un suspiro a mi lado, nadie lo creyó.

—Y Andrea nunca te llamó.

—No, no lo hizo. Los primeros días estaba convencida de que se había ido a Pamplona o a Donosti y de que simplemente necesitaba tiempo para pensar y que ya llamaría. Intenté tranquilizar a Helena, aunque fue imposible disuadirla de que pusiera la denuncia. Le dije en varias ocasiones que le diera tiempo, que después de lo que había pasado entre ellas tenía que entender que se tomara unos días. Empecé a preocuparme cuando vi que no llamaba, y supe que le había ocurrido algo terrible cuando me detuvieron y siguió sin dar señales de vida. Quería a esa niña y ella me quería. Jamás habría dejado que me viese envuelta en un problema así.

—¿Qué pasó aquella noche después de que Andrea se fuera?

—Sonó el teléfono. Helena me pidió que llevase a la niña a casa, pero dije que la dejase en paz, que necesitaba tiempo, y entonces ocurrió algo que yo no creía posible. Estaba en mi casa como hoy, mirando por la ventana, y vi pasar el coche de Helena a toda velocidad por la calle hacia la salida a Elizondo.

Nash la miró sin entender qué era lo que le parecía tan raro.

—Helena no conduce. Debido a la medicación que toma desde que era una cría, ni siquiera tiene carnet. Tiene un coche, pero siempre lo llevaba su primer marido, y mientras estuve con ella lo hacía yo, y ahora conduce su nuevo marido, o esa horrible enfermera que tiene. Pero Helena no conduce. No lo había hecho jamás, ni siquiera sabía que supiera hacerlo, pero esa noche la vi pasar a toda velocidad en dirección a Elizondo.

Nash también bebió un sorbo de su copa de vino. El silencio en la casa era total.

—Helena dice que esa noche volviste a casa, estaba acostada y le llevaste una infusión y que la tranquilizaste respecto a Andrea.

—Cuando la vi pasar en coche me subí al mío y fui en su busca, estaba desquiciada, había tomado barbitúricos, yo creía que podía tener un accidente, la llamé por teléfono, pero no lo cogía. No sabía a dónde ir, di vueltas sin sentido, salí en dirección a Pamplona, fui a la estación de autobuses, en dirección a Arizkun, en dirección a Francia, al final regresé a casa y decidí volver a esperarla a la suya. Fui andando, y al llegar vi que el coche estaba allí, como si nunca se hubiera movido. Toqué el motor y estaba caliente. Entré en la casa y ella estaba allí, medio dormida, metida en la cama. Me preguntó qué había dicho Andrea. Yo le contesté que le diera espacio, que volvería. Le pregunté que a dónde había ido, y ella me contestó: «¿A dónde voy a ir? He estado aquí todo el tiempo». Le comenté que creía haberla visto pasar en coche: «Qué tontería, ya sabes que no conduzco, que no sé conducir». Salí de la casa y bajé por el camino, entonces vi un vehículo que venía a toda velocidad por la carretera, era Zuriñe. Subió hasta la casa, llamó a la puerta, a golpes, muy nerviosa. Helena abrió, pero ni siquiera la dejó entrar. Discutieron a gritos en la misma puerta. Zuriñe cogió el coche, y bajó tan rápido que embistió de costado la cancela sacándola de los goznes. No se detuvo ni dos segundos, pero pude verle la cara, y estaba fuera de sí, el rostro cubierto de lágrimas, asustada, desesperada. Sin detenerse siquiera, salió al camino principal y se fue a toda velocidad.

—Zuriñe lo niega.

—Lo sé. Y lo que es más alucinante es que Helena también lo negó. Aunque sí reconocieron el percance de la puerta, como un incidente sin importancia. Las dos estuvieron de acuerdo en que eso había ocurrido días antes.

—¿Dijiste a la Guardia Civil que habías visto a Helena seguir a su hija?

—En el momento no, lo dije en el juicio, pero entonces nadie se lo creyó.

—¿Por qué no antes?

—Al principio creía que Andrea volvería, cuando las cosas comenzaron a ponerse más serias, con las batidas por el monte y la investigación oficial, empecé a rezar para que lo hiciera, pero mi niña no podía llamar, porque entonces ya estaba muerta. —Los ojos se le llenaron de lágrimas y comenzó a temblar. Intentó hablar apretando los labios y tragando saliva para contener el llanto, pero ya fue imposible.

—¿Quién mató a Andrea?

Salomé negó pasándose un pañuelo por los ojos y la nariz para limpiarse el llanto.

—¿Oíste alguna vez a Helena hablar de que tenía que haber matado a su hija cuando era pequeña?

—No. Nunca.

—¿Os visitaba en casa la enfermera Hidalgo o anteriormente su tía?

Salomé dejó de llorar.

—Durante el tiempo en que viví con Helena, esa mujer no puso nunca los pies en nuestra casa. Al poco de empezar nuestra relación la convencí para que la viera un psiquiatra del Benito Menni, le redujo bastante la medicación y consiguió estabilizarla, dentro de lo que es para Helena estar estable.

Nash entendió lo que habían querido decir Pascal y Arjona respecto a que Salomé había conseguido lo que no había conseguido ninguno de los hombres de su vida.

—¿Cómo era la relación con el padre de Helena?

—Apenas tenían relación, como te he dicho es un hombre chapado a la antigua, las emociones y los sentimientos no son lo suyo. En cuanto supo que su hija vivía con una mujer no quiso volver a poner los pies en nuestra casa, y por mí estupendo. Durante ese tiempo, Helena tampoco aceptó su dinero, yo ganaba suficiente. Y tengo la sospecha de que si sigue manteniendo algún tipo de relación con él es sólo por el dinero que les proporciona.

Ahí estaba la otra cuestión a la que había apuntado Arjona. El dinero.

—Tenías una empresa.

—Un obrador de paté artesano, a medias con mi socio francés. Llegaron a insinuar que había hecho paté con el cuerpo de Andrea y en menos de dos meses estábamos arruinados.

—Pascal me ha hablado de cierta obsesión de Helena por la seguridad de Andrea. Me ha dicho que mientras vivía con ella le hacía cambiar constantemente la cerradura. ¿Y cuando estuvo contigo?

—Tuve que aprender algunas cosas sobre cómo funciona la mente de los paranoicos y cómo ayudarlos. Era una obsesa de la seguridad, pero lo solucionamos. A nuestra casa no venía nadie excepto Zuriñe... Cuando tenía que acudir un técnico o un obrero, las dos estábamos presentes, no lo dejábamos a solas jamás. Es verdad que nunca dejó que Andrea tuviera llave, a la niña le costaba bastante entenderlo, yo trataba de justificarlo, pero incluso con mi juego de llaves, o el suyo, le preocupaba que las perdiéramos, o nos las robaran, pero no me hizo nunca cambiar la cerradura.

—¿Por qué no dejaba que Andrea se quedara a dormir en casa de su padre ni de su abuelo?

—Con el abuelo simplemente no tenía relación desde antes de que llegara yo a sus vidas. Ese hombre ha estado toda su existencia centrado en los negocios, el trato entre ellos siempre había sido bastante aséptico, muy frío, y no sólo por parte de Helena, tampoco es que él hubiera fomentado mucho la relación con su nieta. Por supuesto, le mandaba regalos en Navidad, y en sus cumpleaños, vino a su comunión, aunque únicamente a la ceremonia, pero lo hacía del mismo modo en que daba el aguinaldo en sus empresas... No es la clase de hombre que uno se imagina recibiendo a su nieta, poniéndole sábanas de princesas y preparando nuggets para cenar. Pero con Pascal...

—¿Pasó algo?

—Pues la verdad es que no lo sé, sé lo que me contó Helena, pero lo cierto es que hasta el momento en que desapareció Andrea siempre había pensado que solamente eran paranoias suyas, quiero decir que como esa tenía docenas al cabo del día, cientos al cabo de una semana.

—¿Qué pasó?

—Fue mientras aún estaban casados. Él salía a beber, solía regresar tarde. Una mañana Helena se despertó, fue a la habitación de la niña y encontró a Pascal metido en la cama con ella. Ni siquiera lo dejó vestirse. Lo echó de casa en ese mismo momento.

Nash recordó el incidente que Zuriñe le había contado de la vez en que Pascal la llamó por el nombre de Andrea cuando iban a tener sexo.

—¿Le hizo algo a la niña? Quiero decir, ¿tenía pruebas de que hubiera habido algún tipo de abuso?

—La llevó a un médico, y evidentemente no encontró nada. Si no, se habrían encargado de que acabase en la cárcel. Pero no permitía que se quedara a dormir en su casa.

—¿Y cómo se tomaba eso Pascal?, ¿no protestaba?

—¿Has conocido a Pascal? —dijo como si eso en sí mismo lo explicase todo.

Nash asintió.

—¡Es un *gizajo*, por Dios! Él hacía lo que mandaba Helena, creo que todavía lo sigue haciendo.

Nash pensó que seguro que podía parecer muy pusilánime, pero desde que había aparecido el cadáver de Andrea, Pascal era un hombre muy torturado y asustado, tanto como para huir a la carrera.

—¿Quién mató a Andrea?

—No lo sé. —Suspiró sonoramente—. A veces creo que pudo ser Zuriñe. Andrea quería aclarar algo con ella, y era algo serio. Si hubieras visto su cara después de embestir la valla y el modo en que salió conduciendo hacia la calle principal... Esa sería la mejor opción.

—¿Cuál sería la otra?

Salomé volvió a negar y bajó la mirada.

—¿Aún la quieres? —preguntó Nash—. ¿La quieres tanto como para no ser capaz de acusarla a pesar de todo lo que dijo sobre ti, a pesar de todo lo que todavía dice sobre ti? ¿La quieres tanto como para volver otra vez a la cárcel por ella? Porque si es así, déjame decirte que estás de suerte: el fiscal no ha apartado sus garras de ti. Y yo aún no estoy en disposición de decir que no seas culpable. Pero sí te puedo asegurar que hay unos cuantos sospechosos, y lo verdaderamente lamentable es que uno de ellos mató a Andrea. Así que te repito la pregunta: ¿la quieres tanto como para seguir callando?

Salomé levantó la mirada, aterrorizada, desesperada. Nash reconoció aquel gesto que había visto en su madre, impotente e irreductible, en los últimos momentos luchando por tomar aire.

—No, no tanto —contestó desafiante—. Hubo un par de cosas: la primera tiene que ver con el teléfono móvil de Andrea. La Guardia Civil localizó su señal en el dormitorio de la niña, y fue uno de los aspectos sobre los que argumentaron que no se había ido voluntariamente. Pero es que yo recuerdo a la perfección que cuando se manchó la chaqueta de sangre, y yo fui a echarla al maletero de mi coche, sacó primero el teléfono. Sé a ciencia cierta que lo vi en su mano y que se lo guardó en el bolsillo de atrás de los vaqueros.

—¿Estás segura?

—Sí, solía reñirle por hacerlo así. Siempre le decía que se lo iban a robar o que lo perdería. Andrea no iba sin su teléfono ni al baño. Es imposible que saliera de casa sin él, aunque no fuera a salir de la finca. Cuando me dijo que iba a irse le pregunté si llevaba el DNI y el teléfono y me dijo que sí. Le pregunté si tenía dinero y me dijo que había olvidado cogerlo, y me pareció raro, porque cuando yo me ofrecí a dárselo, ella no puso demasiado interés. Me dijo que no hacía falta, eso fue lo que me hizo pensar que se iba con alguien, o al menos que contaba con apoyo y que por eso no le preocupaba. Finalmente, lo aceptó, pero creo que lo hizo casi para que la dejara en paz. Lo del teléfono no dejó de darme vueltas en la cabeza. En ese momento comenté con Helena que creía haber visto que la niña llevaba el teléfono, me contestó alguna tontería como que quizá el que yo vi era el de Zuriñe, o el de otra amiga...

—¿Cuál fue la segunda cosa?

Su mirada se tornó oscura, y su voz ahogada. Nash adelantó perceptiblemente el cuerpo para poder oírla.

—No tuvo significado para mí hasta el día en que mi abogado me comunicó que una espeleóloga había encontrado los restos de Andrea en el fondo de la sima de Legarrea. Cinco días después de su desaparición, Helena estaba desquiciada, había vuelto a tomar mucha medicación, y aun así apenas dormía. Vagaba por la casa como un alma en pena. Yo me había quedado dormida en el sofá, desperté y fui a buscarla..., la encontré parada frente a la puerta de la habitación de Andrea, llorando como si estuviese en sueños y hablando sola. En aquel momento lo achaqué a las drogas, lo entendí cuando tú encontraste a mi niña. Helena decía: «Debí solucionar esto hace mucho tiempo, Andrea ha sido una mala niña y acabará en el pozo».

Eran las dos y media de la madrugada cuando salió de casa de Salomé, y en cuanto superó el muro que circundaba el palacio Jarola en su parte más alta, pudo ver las luces provenientes de los reflectores azules que iluminaban la fachada del caserío Mitxelena y la trasera de la casa del cura. Por un instante se preguntó si las Mari Champaña habían armado tanta gresca en el frontón que la policía había terminado llevando a Susana a casa. Al acercarse un poco más, pudo ver que se trataba del coche que conducía la inspectora Salazar. Estaba estacionado frente a la puerta de la cocina, tenía la ventanilla del conductor abierta y las luces encendidas, pero no se veía ningún rastro de Amaia.

Entró en la cocina usando su llave y encontró a las Mitxelena tomando café con la inspectora Salazar. Vio que Amaia sostenía a Amy en su regazo.

—¡Joder, qué susto nos has dado! —dijo Beth al verla entrar—. ¿Dónde estabas?

Nash señaló hacia fuera.

—Había salido... Estaba dando un paseo.

—¿Dando un paseo? ¿Sin abrigo? Hace más de una hora que te vimos salir corriendo. ¿No contestas al teléfono? —dijo Eva.

Nash palpó sus bolsillos. Sonrió un poco al notar cómo se habían preocupado.

—Olvidé cogerlo. Vale, lo siento, perdonad, pero yo también me he asustado, sobre todo al ver las luces de la policía.

—La inspectora Salazar viene a detenerte por saltarte el confinamiento —dijo Susana.

Nash la miró preguntándose de nuevo qué hacía allí.

—Tienes que venir conmigo —dijo Amaia muy formal.

—¿En serio? —preguntó mosqueada.

Amaia sonrió.

—Pascal Dancur se ha entregado en la comisaría de la Policía Foral. —Consultó su reloj—. Hace media hora. Ha pedido hablar conmigo y creo que te interesará lo que tenga que decir.

—Coge tu teléfono —le dijo Susana sonriendo y tendiéndoselo mientras salía.

—Y llévate un abrigo —la riñó Eva.

—Y llama si vas a llegar tarde —secundó Beth muerta de risa.

La comisaría de la Policía Foral de Elizondo se alzaba sobre una loma desde la que, estuvo segura, de día se podría ver el río. El edificio era una estructura rectangular y moderna de acero y cristal. Accedieron por la parte trasera, que daba a la segunda planta, y vio que incluso contaba con un helipuerto.

Un policía uniformado las esperaba en la puerta.

—Hola, inspectora Salazar —dijo el hombre—. Nunca he visto a nadie tan ansioso por que le detuvieran. Todavía no lo hemos fichado porque no sabemos cuáles son los cargos. Insiste en hablar primero con usted, pero quiere esperar dentro de la celda.

Las condujo escaleras abajo, cruzaron las oficinas y la zona de detención hasta un moderno grupo de celdas acristaladas. Pascal Dancur estaba sentado con la espalda apoyada en un pequeño murete que separaba un sanitario sin tapa de la estructura de obra que hacía de cama y, aunque la puerta no estaba cerrada, él la había arrimado para que lo pareciera. Llevaba aquel jersey de cuello alto del que parecía no querer desprenderse, y había dejado su abrigo sobre el murete.

Se puso en pie en cuanto las vio entrar.

—Gracias por venir, inspectora, buenas noches, doctora. ¿Podrían cerrar la puerta? —dijo señalando el portón de cristal.

—No está usted detenido, señor Dancur, ¿por qué no sale y hablamos en un despacho?

—Prefiero que hablemos aquí.

—De acuerdo —dijo encogiéndose de hombros—. Mis compañeros me han informado de que hace poco más de media hora se ha presentado aquí para, según sus palabras, entregarse.

—Así es.

—Pero será usted consciente de que para que podamos detenerle tiene que haber algún cargo en su contra. ¿De qué se declara culpable?

—No he hecho nada.

—Pues, entonces, lo siento mucho, señor, pero esto no es un hotel.

—Escúcheme primero —rogó.

—Le escucho.

—La Guardia Civil va a detenerme por el asesinato de mi hija Andrea.

—¿Cómo sabe usted eso? ¿Se han puesto en contacto con usted? ¿Han ido a su casa?

—Digamos que lo sé y punto.

—Lo sé y punto, no, señor Dancur. Si quiere que le escuche va a tener que contestar a mis preguntas —dijo la inspectora impacientada.

Él levantó las manos y entornó los ojos, apaciguador.

—Alguien me lo dijo, ¿vale? No puedo revelar su nombre, pero sé que van a detenerme y yo no he hecho nada, doctora Elizondo. Sé que le he fallado a mi hija de muchas maneras, pero yo no la maté.

—¿Qué pueden tener en su contra? —preguntó Amaia.

—El mensaje —respondió afectado.

—¿El mensaje que Andrea te dejó en el contestador del teléfono? —intervino Nash.

—Les dije que lo encontré en el contestador días después de la desaparición de Andrea, pero la verdad es que lo escuché aquella misma noche.

—¿La misma noche? ¿Por qué mentiste?

—Yo estaba con Zuriñe, en mi casa, habíamos estado allí todo el día, en la cama. Entonces vi el mensaje, lo escuché y Zuriñe se volvió loca. Me dijo que todo era por su culpa, que, por favor, le dejase arreglarlo. La llamamos los dos, pero no contestaba, así que ella se fue, salió a buscarla, pero no la encontró. Luego me contó que Andrea había discutido con su novio porque él le había puesto los cuernos, y que seguramente se había ido harta de todo. Yo la creí. Estuve llamándola sin parar, dándome cuenta de que había sido un padre de mierda, mi hija me había llamado llorando, desesperada, a mí, pidiéndome ayuda..., y yo... —Sollozó cubriéndose el rostro con las manos. Estuvo así un rato—. Esperaba que volviera, pero cuando fueron pasando los días y Andrea no aparecía, llevé el mensaje a la Guardia Civil y les dije que apenas sabía cómo iba el contestador, que casi nunca lo usaba, y que no lo había oído en su momento. Justo entonces detuvieron a Salomé.

—Por eso te sentiste aliviado —dijo Nash.

—Dios me perdone, sentí alivio al pensar que alguien había matado a mi hija, que después de todo no había desaparecido porque yo le había fallado. Suena terrible, pero no soportaría que fuera por mi culpa.

—Y crees que ahora, al reabrir el caso, comprobarán que recibiste el mensaje de tu hija aquella noche, y que encontrarán bastante sospechoso ya no sólo que no le prestaras ayuda, sino que mintieras sobre haberlo escuchado, ¿no?

Pascal asintió desolado.

—Pascal, ¿te pegó Helena alguna vez? —preguntó Nash.

—Cuando se enfadaba, a veces, tampoco eran palizas..., pero tenía la mano ligera, decían que era por las pastillas.

—¿Por qué te echó Helena de casa?

—¿Qué?

—Cuando os divorciasteis, me dijiste que una mañana Helena se levantó de la cama y sin más te echó de casa, que ni siquiera te dejó recoger tus cosas.

Él asintió lentamente mientras lo pensaba.

—¿Quizá olvidaste darme algunos detalles? —insistió Nash.

—No sé a qué te refieres.

—Helena se despertó aquella mañana y te encontró medio desnudo metido en la cama de vuestra hija, te sacó a empujones hasta la calle sin dejar siquiera que te vistieras.

—Sí, pero no fue así, no sé qué estás insinuando.

—No estoy insinuando nada, pero ¿qué fue lo que creyó Helena?

—Helena está loca. Yo bebía mucho entonces, llegué tarde a casa, ella estaba durmiendo, yo estaba un poco borracho, y ya sabía que Helena me iba a reñir. Me acosté al lado de mi hija. Cuando me desperté estaba hecha una energúmena, no me dio tiempo ni a explicarme, pero no veo que hubiera nada que explicar, era su padre: ¿qué tiene de malo? Hay que ser muy pervertido para pensar que pudiera hacerle algo tan asqueroso a mi bebé.

—¿Por qué Helena no dejaba que vuestra hija se quedara en tu casa a dormir?

—Adivinar por qué cojones hace las cosas Helena es uno de los grandes misterios de la humanidad —dijo exhausto.

—¿Por qué no le cuentas a la inspectora que una vez mientras tenías sexo con Zuriñe la llamaste por el nombre de tu hija?

Él pareció asqueado.

—¡Joder, no estábamos follando, ni siquiera iba a acostarme con ella! Ese día estaba muy borracho, mucho, habría sido imposible, creedme. Me llevó a casa, me metió en la habitación con la luz apagada y me caí sobre la cama, salió un momento y cuando regresó la vi a contraluz y creí que era Andrea.

—Andrea quería irse de casa, lo intentó una semana antes de desaparecer, y no se lo contaste a la Guardia Civil. ¿No crees que eso habría ayudado a establecer que quizá sí que quería irse? —dijo Nash.

—Es que no se fue.

—No, porque tú lo frustraste. Quiero saber cómo te convenció Helena y cómo convenciste tú a tu hija —insistió ella.

Pascal se mantuvo en silencio. Pero Nash observó su reacción: apretó los labios y frunció la nariz mientras bajaba la cabeza negando, como si el mero recuerdo fuera insoportable y repugnante a la vez.

—Yo tengo otra pregunta —dijo la inspectora Salazar—. ¿Por qué no va a contarle todo esto a la Guardia Civil?

Él levantó la cabeza y dijo convencido:

—Porque sé que, si entro en prisión, apareceré colgado en mi celda, y juro por Dios que no tengo ninguna intención de suicidarme. Pero así será como me encontrarán. Así que, por favor, cierre esa puerta.

Amaia Salazar detuvo su coche en el camino de acceso al caserío Mitxelena, se soltó el cinturón de seguridad y se sentó de medio lado para mirar a Nash.

—Herzog me avisó esta misma mañana de que la fiscalía tenía planeado realizar una detención durante las próximas horas, lo más probable, antes de que se decretase el cierre —dijo Nash.

—De momento no hay ninguna orden de detención contra él, lo hemos comprobado, pero partimos de que puede ser verdad que alguien le haya avisado.

—Creo que me comentó que su cuñado es guardia civil.

—A menos que sea un mando, dudo mucho que lo supiera, si ni siquiera se ha emitido la orden. Puede ser que simplemente se lo huela, en mi experiencia he comprobado que en más de una ocasión es así.

—Es una paranoia muy extendida, el novio de Andrea me dijo lo mismo. Creo más bien que la detención arbitraria de Salomé ha producido en ellos un efecto terrorífico porque cualquiera puede ser acusado sólo por indicios, y existen algunos que apuntan a casi todos los que la conocían.

—¿En quién piensas?

Nash se puso en guardia.

—He discutido con Herzog precisamente porque me niego a apuntar en una dirección. Estoy en mitad de una disección y ni todas las detenciones del mundo me van a apremiar a correr más.

—No pretendo que me des conclusiones —dijo Amaia—. Y ya sé que en tu trabajo estás acostumbrada a estar sola. Pero yo suelo ponerlo en común con mi equipo y funciona. Prometimos ayudarnos mutuamente, y yo he cumplido mi parte.

—¿Te refieres a que lo que te cuente lo compartirás con alguien más?

—Doctora Elizondo, mi equipo eres tú. Te doy mi palabra de que no saldrá de aquí.

—¿Y no prefieres que te lo cuente mañana?, son las tres y media de la madrugada —dijo consultando su móvil.

—Eres como yo, de las que no duermen, y yo he cumplido mi parte —contestó tranquila, pero sin dejar lugar a interpretaciones.

Nash asintió, contarle los avances de su investigación era parte del *quid pro quo* que habían pactado. Comenzó a enumerar.

—La madre, Zuriñe, el padre, el novio y hasta la enfermera del abuelo. Cuando has venido a buscarme para ir a comisaría... Estaba hablando con Salomé Aduriz.

—¿Te llamó ella?

—No, las chicas tienen razón: salí corriendo detrás de una persona que había visto pasar, pero no quería decirlo delante de ellas.

—¿A quién viste?

No, joder, no iba a decir que había visto un fantasma. Sonrió nerviosa mientras lo valoraba.

—No tiene importancia. El caso es que, al pasar frente a su casa, me vio y me invitó a entrar. Ha sido una conversación muy fructífera. Siento que era la pieza que me faltaba para completar el rompecabezas y creo que es la única que no me ha mentido. Al fin y al cabo, esa mujer fue testigo de la vida de Andrea.

—¿Eso significa que todos los demás han mentido? —preguntó Amaia.

—Sí, no totalmente, claro, pero al menos en parte.

Nash cambió de posición en el asiento del coche y miró por la ventana como si buscara las palabras antes de seguir.

—Empecemos por Zuriñe: se obsesionó con Andrea, se peinaba y se vestía como ella, se acostaba con su padre, y la madre presenció cómo se besaban Zuriñe y su hija, y por eso le pegó cuando supo que iba a verla. Luego intentó, según ella, demostrarle a Andrea que su novio no la merecía, pero según el novio fue ella la que intentó trajinárselo, porque quería ser Andrea. Y su obsesión no terminó con la desaparición de Andrea. Finge que estudia la carrera que iba a estudiar Andrea, aunque realmente trabaja como escort.

—Uau —exclamó Amaia—. Y todo eso sin placa, sin detenciones ni interrogatorios, reconozco que eres eficaz, doctora Elizondo. Si algún día te quedas sin trabajo ven a verme.

—Luego está la madre. ¿Recuerdas las marcas que le vi y te mencioné? Probablemente, eran de intentar contenerla: es violenta, agrede a todas las personas a su alrededor, a Salomé, a su actual pareja, y ya has oído a Pascal. La sangre que había en la cazadora de Andrea, que la Guardia Civil encontró en el coche de Salomé, provenía de una hemorragia nasal que Helena le causó a su hija de un tortazo. Helena nunca ha admitido que es lesbiana, probablemente debido a su educación. Cuando hablé con su padre, también usó un subterfugio, y lo justificó diciendo que esa mujer la había confundido. Según Salomé, Helena montó en cólera cuando vio a las chicas besarse, y por eso le pegó. Su actual marido, Jaime Arjona, asegura que una vez dijo que tendría que haber matado a Andrea cuando nació, y hace un rato Salomé me ha dicho algo todavía más extraño: que cuando la niña llevaba desaparecida unos cinco días, se paró delante de la puerta de su habitación y dijo: «Andrea ha sido una mala niña y acabará en el pozo».

—«El pozo.» ¿Lo dijo así?

—Salomé dice que en el momento no le dio importancia, pensó que era un desvarío, estaba muy drogada, pero ella pudo arrojar esas pequeñas rosas en el interior de la sima.

Amaia escuchaba atentamente a Nash en medio del silencio.

—Salomé ocultó que vio a Helena salir conduciendo a toda pastilla para buscar a su hija aquella noche, a pesar de que no tiene carnet, y de que teóricamente no ha conducido jamás en su vida. Después Helena lo negó, igual que negó que Zuriñe se presentara completamente histérica en casa buscando a Andrea. Las dos niegan el accidente que tuvo contra la valla de la casa esa noche, y no sé por qué lo hacen, pero Salomé lo presenció y dice que Zuriñe estaba completamente desquiciada, fuera de sí.

»Y después tenemos al padre. El padre que se folla a la amiga de su hija que se parece un montón a su hija. El padre al que Helena echó de casa porque creía que su comportamiento con su hija era pervertido. El padre que le dijo algo tan terrible a su hija como para que regresara a casa de la madre y que la chica casi no pudiera caminar de pura angustia. El padre que borró el mensaje con las últimas palabras de su hija. El padre que había dejado de beber y llevaba una vida modélica, pero que vuelve a empinar el codo desde que apareció el cadáver de Andrea, y está convencido de que alguien se lo cargará en prisión. Dice que, cuando escucharon el mensaje, Zuriñe salió a buscar a Andrea. Me cuesta mucho creer que él no lo hiciera, así que tanto Zuriñe y Pascal como Helena e incluso la propia Salomé, que dice que salió detrás de Helena, anduvieron esa noche por ahí moviendo sus coches hasta lugares bastante remotos.

—¿Y el novio?

—Alguien le mandó a Andrea una foto en la que Zuriñe llevaba puesta la sudadera de las plantas carnívoras. Andrea se la había regalado a su novio como algo especial, se la encargó en exclusiva a una diseñadora de la Ribera. Según Santy, Zuriñe se le echó encima y consiguió quitarle la prenda, pero luego no pasó nada entre ellos. Él no le contó a nadie que, el día en que Andrea desapareció, esta se había presentado en su casa para llevarse la sudadera y terminar con él.

—Joder...

—Sí, pero él mismo alega que da el perfil de novio sospechoso y que no lo contó para no ponerse la soga al cuello. De hecho, yo habría apostado a que la detención de la Guardia Civil iba en esa dirección. A Herzog se le escapó que la Guardia Civil sigue queriendo procesar a Salomé, y que, aunque la sangre que había en el puño de camisa que Andrea tenía en la mano se corresponde con un hombre, podría ser un cómplice, y han establecido cierto vínculo con ella. No he encontrado ninguna relación de Pascal con Salomé, de Zuriñe con Salomé, del abuelo Murrieta con Salomé, que habría sido muy divertida teniendo en cuenta que no soporta a las lesbianas, pero Santy sí trabajó para ella, o más bien para la empresa de ella, él dice que nunca llegaron ni a verse, pero no sé.

—Lo de un cómplice me parece traído por los pelos, pero eso que ha dicho, lo de que cree que pueden cargárselo en prisión, es parte del *modus operandi* de la secta que investigué. Todos los que abrieron la boca, o siquiera hicieron mención, terminaron «suicidándose» en prisión. Entiendo que con todo lo que me has dicho es normal mantener todos los frentes abiertos: el novio, Zuriñe, pero eso de tener que matar a la niña cuando nació y no haberlo hecho, y suponer cuando desapareció que pudiera estar en el pozo... Nash, en el caso Tarttalo del que me ocupé, ya sabes, el asesino coleccionaba los huesos de sus víctimas en una cueva. Una cueva y una sima son lo mismo en distinta posición. Y lo que más me hace sospechar de todo es la relación primero con Josefina Hidalgo, que asistió a Helena en el parto de Andrea, y ahora con su sobrina Ederne, que la mantiene hasta arriba de drogas.

—Jaime Arjona no la puede ni ver, dice que siempre los está espiando. La primera vez que se lo oí decir creí que exageraba, pero hace unos días me esperó aquí mismo de madrugada para llevarme a ver al viejo Murrieta, aparcó su coche aquí y se quedó dentro, mirando la casa. Tiene una manera muy impertinente de poner de manifiesto que te está vigilando, y no dudo de que lo haga por encargo del viejo. Es uno de esos hombres de negocios a la antigua, y le gusta mantener todo bajo control, pero creo que ella es así, desagradable y detestable, se nota que adora ser tan cabrona.

—Igualita que su tía, una bruja de las malas.

—¿Es que hay de las buenas?

Amaia sonrió y señaló la puerta de la cocina de las Mitxelena.

—Esas, incluida tu gata.

—Sí —admitió Nash—. Y además he desvelado otro misterio: la dueña del hostal Izarra es la sobrina de la mujer que tiene ese extraño teléfono. Salomé vive enfrente y hoy me lo ha dicho, así que es normal que lo supiera todo de mí. La mujer del hostal es una fisgona natural. La sorprendí hurgando en mi armario, sospecho que en parte por encargo de Herzog. Creo que él le dijo que mi madre había fallecido.

—¿Qué te traes con Herzog? Lleváis un rollo muy raro, ¿no? —preguntó interesada Amaia.

Nash se echó hacia atrás en su asiento y bajó un poco la ventanilla para respirar el aire frío de la noche.

—Digamos que, aparte de haber entrado en competencia por el hallazgo arqueológico, no estoy llevando el caso como le gustaría —respondió eludiendo entrar en lo personal—. Acudió a la autopsia del cadáver de Andrea a petición del abuelo de esta, por lo visto se conocen desde hace años, pero habría dado igual: es un hombre rico y poderoso y a Herzog eso le huele a rosas.

—¿Qué sabes sobre ese hombre, el viejo Murrieta?

—Que cuando enviudó de la madre de Helena, que por lo visto se suicidó tras sufrir una terrible depresión posparto, él se volcó en la crianza de Helena, pero de una manera muy aséptica: un montón de niñeras, de cuidadoras, mientras él se ocupaba de sus negocios. Me contó que, cuando la escolarizó y la niña no se adaptó bien al colegio, decidió que hiciera el resto de sus estudios en casa.

Amaia alzó una ceja.

—Sí, con lo que, seguro, contribuyó al carácter enfermizo, débil e histérico de su hija. Es lo que podríamos llamar un proveedor, la clase de padre que casi siempre está ausente, pero que se cuida de que nada material falte.

—Pascal reconoce que los mantuvo desde que se casaron: aunque le consiguió un trabajo, era él quien corría con todos los gastos para que llevasen buena vida. Excepto en el periodo que estuvo con Salomé, ha mantenido siempre a Helena y a la pareja que estuviera con ella. Tienen una relación bastante fría, y con Andrea debió de ser algo parecido. Santy dice que siempre le daba la paga cuando la veía, pero igual que con Pascal, Helena nunca mandó a la niña a dormir a casa de su abuelo, claro que todos están de acuerdo en que no es un abuelo que encaje en ese perfil.

—Ya te entiendo. Hay muchos hombres de esa generación que son así.

—Sin embargo, cuando su nieta desapareció se volcó en su búsqueda, contrató medios fuera de la Guardia Civil, salía todo el tiempo al monte, y cuando por fin detuvieron a Salomé, se presentó como acusación particular. Su dinero dio fruto, consiguió que un jurado popular juzgase y condenase a Salomé. No sé si lo hizo por amor a su nieta o porque ese tipo de hombres consideran a su familia parte de su patrimonio. Aún tiene una tela negra ondeando sobre la fachada de su casa para cubrir el escudo de la familia, y ha puesto en marcha una iniciativa, que él financiará, para clausurar todos los pozos y grietas abiertos en Navarra. Eso por no mencionar que paga la analítica de ADN de todos los varones de la población que se presenten voluntarios, aunque no sé si servirá para algo.

—En algunos casos apunta a quien no quiere participar... Automáticamente pasan a ser sospechosos. Conozco un par de crímenes en Estados Unidos que se resolvieron así. De cualquier modo, eso supondrá una fortuna.

—El dinero no es problema. No es nada afectuoso cuando habla de su hija, como si fuese una especie de ser disminuido, incluso la llamó débil mental. Está muy enfermo, y en un momento mientras hablaba con él sufrió un episodio de ausencia. He podido ver imágenes de antes de que desapareciera Andrea, es cierto que es muy mayor, pero también se nota que esto lo ha devastado.

—Puesto que fue Murrieta quien llamó a Herzog, no es descabellado pensar que este le informe..., hasta cierto punto.

—No lo había pensado —dijo Nash tomando nota mental.

—¿Por qué no te dejó participar desde el principio? Siendo forense... —volvió a la carga Amaia.

Nash fue consciente de que se olía algo más en su relación, y no iba a parar.

—No soy esa clase de forense, y bueno, yo encontré el cadáver...

Amaia abrió las manos a los lados mientras se encogía de hombros a la espera de una respuesta más fundamentada.

Nash dejó caer la cabeza hacia delante mientras tomaba aire profundamente.

—Tuve una relación con él. Está casado. Fin. Lo hace para evitar que nos relacionen. Y ya sé que pensarás que soy tonta, no puede haber algo más patético que liarte con tu jefe casado.

—Sí que lo hay: tener al mejor hombre del mundo y pensar que se puede encontrar a uno mejor, así que no juzgo a nadie, al menos no hasta que vuelva a dormir en mi cama.

—¿Dónde duermes ahora?

—En el sofá —respondió llanamente Amaia—. Y doy gracias a Dios, mi marido estuvo de acuerdo en que continuara viviendo en casa.

—Tenéis un niño, ¿no?

—Sí, pero no fue por el niño, me dijo que en ningún momento había dejado de quererme, y que, si yo le amaba, debería quedarme y luchar. Y lo hice.

—Así que eso también era verdad...

—Sí, eso también —dijo de un modo que ponía de manifiesto que aquello era material sensible. De nuevo aquella mirada.

Nash lamentó inmediatamente haber llevado la conversación hacia aquel tema, pero no pudo evitar calcular que habían transcurrido más de cuatro años desde el desmantelamiento de la secta del caso Basajaun. Mucho tiempo para seguir en el sofá. Miró hacia fuera y consultó de nuevo su móvil.

—Hay una cosa que quiero preguntarte, no contestes si no quieres —dijo Nash armándose de valor.

Notó cómo Amaia se erguía levemente, a la defensiva, sin embargo, asintió autorizándola.

—No sé, no eres una *influencer* ávida de atención, ni

siquiera tienes redes sociales, lo he comprobado, no concedes entrevistas, también las he buscado, y resulta evidente que te cuesta hablar de algunos temas. Sin embargo, dejaste que esa escritora contase toda tu vida en esos libros, me cuesta entenderlo.

Amaia suspiró profundamente antes de contestar.

—No me preguntarías eso si la conocieras. Ella no me juzga.

—Pero si no te gusta que te juzguen, ¿por qué contribuir a que cualquiera pueda opinar sobre tu vida?

Amaia se ladeó para mirarla de frente.

—He sido siempre un bicho raro, la niña del pelo raro que vivía con su tía rara, jamás sentí que encajara aquí, y nunca pude evitar que opinaran sobre mí. Hice lo posible por construirme una vida en otro lugar, pero cuando regresé, Baztán estaba esperándome con todas las cuentas pendientes. Pasé mucho tiempo convenciéndome de que podía llevar una vida normal, de que el pasado había quedado atrás, una «poli estrella», el FBI, la primera inspectora de homicidios de la Policía Foral. Y cuando me puse al frente del caso Basajaun, tuve que aprender por las malas lo que dijo Barkley sobre el olvido: «Es un acto involuntario y, cuanto más quieres dejar algo atrás, más te persigue». Todos los errores que he cometido en mi vida parten de ahí, y contar mi historia, poner en valor los errores y saber que no son una condena, me ha liberado de algún modo, por eso hablo con ella, me libera que lo escriba.

—Las Mitxelena dicen que tiene una mirada de mil yardas. ¿Sabes lo que es?

—¿La Redondo o yo?

—Las dos.

—Sí —admitió—. Supongo que ella también ha tenido su ración de divergencias.

—Me gustaría conocerla —dijo Nash sinceramente.

—Escribirá un libro sobre ti, te lo advierto —sonrió Amaia.

—No lo creo, mi vida no es ni por asomo tan interesante —contestó mientras se abrochaba el plumífero—. ¿Me permite su majestad que me retire a mis aposentos? Hasta las que no dormimos necesitamos infusiones calientes y almohadas mullidas —dijo abriendo la puerta del coche.

Amaia imitó una reverencia con su mano derecha.

El caserío Mitxelena estaba oscuro y silencioso, Nash encendió la luz de la cocina al entrar y vio que Amy se desperezaba sobre la encimera junto a la cocina de leña.

—Buenas noches, Amy —dijo susurrando mientras se acercaba a ella para acariciarla—. Siento mucho llegar tan tarde —le dijo—, enseguida nos vamos a la cama, pero antes tengo algo que hacer. Será mejor que me esperes aquí. —La gata abrió la boca en uno de sus maullidos mudos.

Cruzó el salón y el distribuidor que daba a las escaleras, accionó el interruptor de las luces del estrecho pasillo que llevaba al tanatorio y avanzó hacia la puerta cerrada. La abrió a la oscuridad y, al introducir su mano en la estancia para encender aquella extraordinaria lámpara de alabastro, no pudo evitar que su cerebro le jugara una mala pasada imaginando la huesuda mano de la bruja recibiéndola en la oscuridad.

Alcanzó el interruptor y lo accionó. La rosada luz se extendió desde la lámpara a toda la estancia.

La momia seguía sobre la mesa de mármol. Desde la entrada pudo apreciar que el brazo había descendido hasta colocarse paralelo al cuerpo, como habían adelantado sus compañeros. Pensó que debería entrar y comprobar si, como había supuesto Xabier, se había producido algún daño en la musculatura. Se lo pensó mejor, suspiró, tomó de nuevo la manija de la puerta y, cuando casi la tenía cerrada, apagó la luz y la encajó del todo. Cuando se volvió hacia el pasillo gritó.

Las Mitxelena estaban de pie y en pijama junto a la escalera y sonreían mirándola.

—¿Te hemos asustado?

—¡Joder, sí! —admitió llevándose la mano al pecho—. ¡Creía que estabais dormidas!

—Ya sabes que no dormimos, se lo dijiste a Amaia —dijo Eva divertida.

—Vaya... ¿Os lo ha dicho? Sí que dormís, lo he comprobado, pero a deshora.

—¿Cómo está «ella»? —preguntó Beth señalando la puerta del antiguo tanatorio, quizá un poco aprensiva.

—¿«Ella»?

—Nuestra invitada —dijo Eva.

—No la llames así —pidió Beth.

Nash respondió:

—El brazo ha bajado hasta quedar paralelo con el cuerpo.

—Ha vuelto a moverse...

—Es la gravedad, Beth. Te aseguro que no se mueve.

—Pues has dudado demasiado si entrar o no como para que me sienta tranquila.

Fue hacia ellas y juntas entraron en la sala.

—Me quedaré sólo un ratito, ha sido una noche bastante movida y necesito dormir.

—Cuéntanos lo que te pasa —pidió Eva.

—Estás muy triste, y no tendrías por qué estarlo. Todo te ha salido bien. Has encontrado a la bruja, la tenemos aquí, has hecho morder el polvo al doctor Herzog, pero estás supertriste, entendemos que te falta tu *ama*, pero creemos que es otra cosa, estás triste y algo más... —dijo Susana.

—Un poco enfadada —añadió Eva.

Nash las miró de hito en hito y asintió. Suspirando.

—Tenéis razón, pero es que no sé por dónde empezar —dijo.

—Siéntate e inténtalo —le pidió Eva tocando suavemente el sillón a su lado. Nash se sentó, y Amy saltó a su regazo, bendecida por la sonrisa de las tres mujeres.

—Recordáis que os dije que mi madre me tuvo sola...

Ellas asintieron.

—Cuando era pequeña me contó que había recurrido a una clínica de donación de esperma, pero cuando fui mayor admitió que realmente había sido un rollo de una noche con un desconocido. Tras el entierro, después de estar en vuestra casa, regresé a Donosti y fui al piso de mi madre, tenía que recoger su DNI, lo necesitaban en la aseguradora para reclamar toda la documentación al Ministerio de Justicia.

—Sí, es el protocolo normal —dijo Susana.

—Claro, de sobra sabes cómo va. Bueno, el caso es que cuando llegué me encontré en el piso a una vecina, una amiga de toda la vida, íntima de mi madre, siempre ha tenido llaves de nuestra casa, solía cuidarme cuando era pequeña y mi madre estaba trabajando, quiero decir que era de máxima confianza. Me la encontré en el despacho de mi madre, con una gran bolsa de basura, la estaba llenando de documentos. Cuando le pregunté qué hacía allí no supo qué decir, intentó irse, pero llevándose la bolsa, creí que estaba robando, no tenía otra explicación, la detuve, y me dijo que lo estaba haciendo a petición de mi madre. Por supuesto no la creí, la eché de casa. Después cuando repasé los papeles me sorprendí bastante, había cuadernos de los que mi madre usaba durante sus sesiones con sus pacientes, y otros sin significado para mí, pero lo más llamativo era una vieja libreta de ahorros de esas que usaban antes en los bancos. Estaba a nombre de las dos, al de mi madre y al mío. Al día siguiente fui a esa entidad, y pedí el saldo de esa cuenta y entonces descubrí que alguien había estado haciendo imposiciones por medio de transferencias durante años y años siempre el mismo día de cada mes.

—Como un pago regular —apuntó Susana.

—Eso me pareció, pregunté quién había hecho los ingresos, pues aparecían unas iniciales: B. N. Le pregunté al del banco si podía decirme a quién correspondían y me dijo que sí, que correspondían a Benedict Newman.

—¿El escritor?

—Eso pensé yo, pero no tenía ningún modo de saberlo, aunque no hay tantos Benedict Newman, además la transferencia se hacía desde otra entidad en España.

—¿Qué hiciste?

—Nada, lo dejé correr, hasta que no estén en orden todos los documentos y se abra el testamento no puedo disponer de nada, y estaba demasiado ocupada con todo lo que tiene que ver con nuestra invitada —dijo inclinando la cabeza en dirección al pasillo—. Ya sabéis que han sido días de mucho trabajo, suponía que podría dejarlo para más adelante, y que en su momento todo tendría una explicación lógica.

—¿Y?

—Cuando salí de recoger mis cosas en el hostal un hombre me estaba esperando. Os habría encantado verlo, era como Daniel Craig en *007*, pero con cara de buena persona. Traje, chaleco, corbata, abrigo, paraguas, zapatos de piel, manicura... —dijo levantando las manos y recordando que sus uñas seguían teniendo un aspecto penoso—. Me dijo que era el mayordomo de Benedict Newman.

—¿El mayordomo? —corearon las tres.

—Sí, señoras, el mayordomo. Y os juro que parecía un auténtico mayordomo como recién salido de *Downton Abbey*, sólo que joven, y vestido de Tom Ford.

Las tres mujeres la miraban expectantes.

—Me contó que Benedict Newman, el escritor, es mi padre, que mi madre le pidió que se mantuviese al margen de mi vida desde que nací, pero que él siempre ha querido conocerme, que lleva todos estos años ingresando periódicamente una cantidad, y que una vez fallecida mi madre considera que el pacto entre ellos ha terminado, que espera que quiera conocerle, pero que lo deja a mi criterio.

Las tres abrieron la boca, estupefactas, sólo Beth alcanzó a decir:

—¡Tía...! ¡Qué fuerte!

—¿Qué más te dijo? —preguntó Susana.

—No mucho más, que el resto de las explicaciones me las daría él en persona, también me comentó que está delicado de salud, hace cosa de un año tuvo alguna especie de ataque, y que desde entonces viene presentando una degeneración cognitiva; pero eso no sé si creérmelo, ayer vi que su última novela se publicó hace apenas un par de semanas.

—Podría ser —dijo Eva—. Es verdad que acaba de publicar, pero no ha hecho promoción, no viaja y sólo concede entrevistas por escrito, no ha salido en televisión, ni en la radio, ni ha acudido a ningún festival, lo sé porque soy muy fan, ya te lo dije.

—Pero es que no es sólo que haga o no promoción, ¿cómo va a escribir si tiene daños cognitivos?

—Es que todo el mundo da por hecho que los escritores acaban de terminar de escribir la novela que publican, pero en ocasiones las tienen escritas desde hace mucho tiempo. Como ocurre en *Ventana secreta* de Stephen King —dijo Eva.

—No la conozco.

—Es la historia de un escritor que se encierra en una cabaña para intentar escribir porque está atravesando una crisis creativa, pero sigue publicando las novelas que hizo en el pasado. Nadie se da cuenta de lo que está ocurriendo excepto él.

Nash lo pensó.

—Ni siquiera le he preguntado dónde vive.

—Ah, es uno de los misterios de Benedict Newman: nadie sabe dónde vive, es un secreto que alimentan desde la editorial, porque tampoco se sabe dónde transcurren sus novelas. Es un lugar de ficción que se llama Ciudad y las descripciones que hace se podrían corresponder con varios lugares reales. Cada vez que publica una novela, hay debate en internet, sólo se sabe que es una ciudad costera —dijo Eva.

—¿Y qué vas a hacer? ¿Le vas a conocer? —preguntó Beth.

—No lo he pensado.

—¿No? ¿Por qué? Creo que tiene razón, aunque tu madre decidiera cuando naciste que él no estuviera en tu vida, ahora que ha fallecido la que debe tomar la decisión eres tú. Y me parece guay por su parte que no te lo imponga —dijo Susana.

—Ni siquiera sé si es verdad lo que dice, y además hay miles de preguntas por responder antes de siquiera poder planteármelo, y la persona que podría contestarlas ya no está.

—Es normal —dijo Eva mirando a su madre—. Si tú faltaras y no hubieras querido que yo conociera al *aita*, y de pronto él apareciera en mi vida, me preguntaría qué razón has tenido para decidir algo así.

—Eso es exactamente lo que me ocurre.

—¿Y tu madre nunca te dijo nada nada nada? Porque tú preguntarías...

—Claro que pregunté, pero me contó lo que os he dicho; primero, que había sido a través de una clínica, y luego, cuando fui más mayor y le dije que había leído que era posible contactar con los padres biológicos, me contó que era hija de un desconocido amable y guapo que se había encontrado en un bar.

—Podría ser que fuese así como se conocieron, pero está claro que no siguió siendo un desconocido, y que la decisión de no estar en tu vida no fue suya, no ingresas pasta en la cuenta de un hijo que no quieres. Está claro que tu madre te mintió —dijo Beth categórica.

Nash asintió y los ojos se le llenaron de lágrimas que se derramaron por su rostro sin que pudiera controlarlas.

Beth se levantó y fue a abrazarla.

—Lo siento, Nash, no quería herir tus sentimientos, lo he dicho sin pensar..., lo siento.

Susana y Eva se les unieron en el abrazo.

Nash pensó que no se había equivocado al desear esa clase de afecto. Las Mitxelena emitían una energía vital y cálida mientras la consolaban, la de hermanas, la de amigas. Cuando se calmó se sentaron a su lado, Beth le sostuvo la mano.

—Quizá esa mujer, tu vecina... Si tu madre confiaba en ella como para pedirle eso, sepa más —dijo Susana.

—Ya lo he pensado, pero esa noche le pregunté y me dijo que no era misión de ella contármelo. Además, debe de estar muy enfadada, la traté fatal.

—Es que si yo encuentro a alguien en mi casa desvalijando las cosas de mi madre le arranco la cabeza, por muy amiga suya que sea —dijo Beth—. Seguro que te entiende.

—Es muy triste que tu madre no esté para darte esas explicaciones, pero si encargó a la vecina que se deshiciera de esos documentos y esos papeles, es porque en ellos está la clave de todo lo que necesitas saber —razonó Susana.

—Creo que la pillé cuando empezaba con la limpieza, he revisado los papeles y no tienen demasiado significado para mí, supongo que faltan muchas cosas, pero ella también dijo algo parecido, que yo llegaría a mis propias conclusiones con lo que había allí. El despacho de mi madre es inmenso, no podéis imaginaros la de documentación que hay. Y eso que, cuando enfermó, transfirió casi toda la de sus pacientes a otro colega.

—Pues tu vecina es la clave. A ella le dijo dónde estaba lo que tenía que buscar, no iba a tirar todo el despacho —dijo Eva.

—Eres muy lista —respondió Nash impresionada—. ¿Lo sabías?

La chica sonrió.

—Ahora a esperar a que levanten el confinamiento, y que tu vecina no pille el virus y la palme mientras tanto —dijo Beth.

—Joder, Beth... —se quejó su hermana.

—Alguien tenía que decirlo. Eso y que si Benedict Newman está pachucho también es persona de alto riesgo —contestó Beth.

Nash las miró concentrada.

—A pesar de que es evidente que tu madre no quiso, o no necesitó tocar ese dinero, te pasó la pensión correspondiente —observó Susana.

—Es que no es una pensión de alimentos al uso, es muchísimo más.

Las tres mujeres se miraron, pero fue Beth quien dio el paso:

—Te mueres por decírnoslo.

—Más de un millón de euros. Que se han ido transfiriendo mensualmente desde el día en que nací, un doce de febrero, cada día doce de cada mes, desde hace treinta y dos años, hasta el día doce de este mes, imagino.

Beth silbó ante la cifra, pero fue Eva la que habló:

—Un millón de euros es mucho interés por parte de alguien como para que no sea cierto.

—Estoy de acuerdo —dijo Susana.

—¿Recordáis que os dije que mi madre no había tenido ningún reparo cuando decidí cambiar mi nombre por Nash?

Ellas asintieron.

—Pues a veces, cuando me obcecaba en algo, solía llamarme Nashi, me decía: «Mi pequeña Nashi nunca está conforme». Es un juego de palabras, porque a las cuatro causas de muerte hay que añadir una más, una que los forenses preferimos no adjudicar jamás: la «i» de indeterminado. En ocasiones no hay respuesta, es imposible establecer la causa, y, por más que eso sea odioso, hay que admitirlo como parte de la vida.

—¿Y crees que estás ante uno de esos casos en los que no hay respuesta y tendrás que adjudicar una «i» de indeterminado?

—No es tanto porque no tenga respuesta como porque no estoy segura de que quiera conocerla... Es por la voz de mi madre —explicó Nash—. La oigo en mi cabeza, es algo curioso que comenzó a ocurrir después del ictus. Como consecuencia del infarto sufrió afasia, no podía hablar, pero yo empecé a oírla en mi cabeza casi inmediatamente. Oía con claridad su voz, sus expresiones dándome consejos, haciendo apuntes a todo lo que ocurría en mi vida... Antes de morir hizo un esfuerzo tremendo para decirme algo, y no dejo de oírlo en mi cabeza.

Las tres mujeres la miraron expectantes.

—Me dijo: «Confía en mí».

15 de marzo de 2020
Domingo

A las diez de la mañana Nash todavía remoloneaba en la cama. Se habían acostado muy tarde, pero se sentía descansada y, de algún modo, quizá provocado por el estado de alarma vigente en el país, también liberada. No supo definirlo muy bien, era una sensación entre libertaria y perezosa. No sabía si se debía a que el mundo entero se hubiera puesto en pausa o a la influencia hedonista de la casa de las Mitxelena.

A pesar de que la temperatura había bajado en relación con el día anterior, abrió la ventana para dejarse envolver por la quietud reinante en el exterior. Escuchó maravillada los pájaros, el rumor constante del agua, que era una presencia tangible en Baztán; el tañer de cobre de las campanas de la iglesia dando la hora. Hacía un par de minutos creía haber oído el rumor de pasos descalzos sobre la madera de la escalera. Imaginó a Beth encendiendo el fuego y a su hermana ayudándola a preparar el desayuno. Oyó entonces el inconfundible crujido de los guijarros sueltos bajo los neumáticos de un coche que se aproximaba a baja velocidad. Prestó atención, y viajando por el interior de la casa le llegó el eco de los golpes en la puerta, el rumor de voces y la carrera precipitada de Beth escaleras arriba.

—Nash, hay un coche patrulla de la Policía Foral en

la puerta, dicen que la inspectora Salazar te pide que vayas a la comisaría. Nash, llevan guantes y mascarilla, no olvides la tuya.

Cogió su teléfono, que aún descansaba en la mesilla privado de sonido y de señales, y buscó en los mensajes. Era muy breve: «Esta mañana ha llegado la orden de detención, te mando un coche».

El coche patrulla se detuvo en el mismo lugar donde Amaia había dejado el suyo la noche anterior. Accedieron directamente a la segunda planta de la comisaría y el policía le acompañó hasta una oficina al fondo. La puerta estaba abierta y la inspectora Salazar, con su mascarilla puesta y vestida de calle, estaba sentada tras la mesa de un amplio y luminoso despacho que se asomaba sobre la arboleda y, como había supuesto la noche anterior, permitía ver un tramo del río.

—Esta mañana se ha hecho pública la orden de detención contra Pascal Dancur.

—Es increíble, ¿cómo podía saberlo?

—Tengo un amigo en la Guardia Civil, De Paula, que me echó un cable durante la investigación del caso Basajaun, y se ha comprometido a esperar a que lo interroguemos, y a que sea yo misma la que les notifique que está aquí. Créeme que es un enorme favor. Me ha dicho que, en efecto, tienen los datos confirmados del mensaje que Andrea envió a su padre y, aunque él lo marcó como no recibido, consta que se abrió la misma noche en que la chica desapareció.

—Eso ya nos lo explicó.

—Lo que va a ser más difícil es que tenga explicación de por qué es su sangre la que apareció en el puño de camisa que Andrea aprisionó en su mano.

Nash abrió los ojos asombrada.

—¿Es su sangre?

—Eso dicen los resultados del laboratorio.

—¿Has hablado ya con él?

—No, te estaba esperando —dijo poniéndose en pie y guiando de nuevo a Nash hasta los calabozos—. Pero hay otra cosa interesante que me ha dicho De Paula: esta mañana se ha presentado en las dependencias de la Guardia Civil un carísimo abogado de Pamplona para llevar la defensa de Pascal Dancur. Creo que es evidente que él no lo ha llamado. Sigue allí, esperando. Y eso también coincide con el *modus operandi* de la secta.

—¿Los abogados están exentos de cumplir el confinamiento?

—Si se detiene a alguien, se debe garantizar su defensa.

Nash reparó en la temperatura en cuanto atravesaron la puerta que separaba el área de identificación de las celdas.

—¿No hace demasiado calor aquí?

—Ha insistido toda la noche en que tenía frío.

El único calabozo ocupado tenía la puerta de cristal cerrada y estaba a oscuras. Amaia accionó la luz desde fuera a la vez que se inclinaba hacia el micro de un interfono.

—Buenos días, Pascal, tenemos que hablar, hay noticias que seguro que le interesan.

Pascal Dancur estaba tumbado sobre la cama en postura fetal y de cara a la pared. Se desperezó hasta quedar sentado, aunque mantuvo sobre sus hombros la manta azul que le habían proporcionado. Nash observó que llevaba puesta toda su ropa, el grueso jersey de cuello vuelto y la chamarra con un gorro de pelo.

El rostro se veía más pálido de lo habitual, pero además sobre su piel aparecían unas manchas rosadas que no tenían buena pinta. Su aspecto alicaído contrastaba con la agitación de la noche anterior.

—¿Te encuentras bien? —preguntó Nash.

—Sí, es sólo que no he dormido nada, y aquí hace frío.

Nash miró a Amaia extrañada.

—¿Crees que puedes tener fiebre? —dijo inclinándose hasta el interfono mientras pulsaba la tecla.

—No sé —contestó vagamente—. ¿Qué son esas noticias que tiene que darme? —dijo dirigiéndose a la inspectora.

—Lo lamento, pero no son buenas: se ha hecho pública una orden de detención contra usted emitida por la Guardia Civil.

Él asintió entristecido.

—Tal y como nos dijo ayer, tienen los resultados del mensaje, y en efecto el momento en que se abrió por primera vez no se corresponde con su versión. Ya le dije que eso podía constituir un indicio, pero necesitaban algo más sólido para detenerle, y lo tienen.

Él las miró asombrado. Fue Nash la que habló.

—Pascal, han analizado la sangre que apareció en el puño de camisa que Andrea sujetaba, habían determinado desde el principio que correspondía a un varón, pero ahora tienen los resultados y es tu sangre.

—No —dijo estupefacto. Miró alrededor como si no reconociera el lugar donde estaba y después hacia ellas—. No, no puede ser. —Se puso en pie dejando caer la manta, y se acercó a la puerta para estar más cerca del interfono—. Eso es imposible —dijo abriendo las manos a los lados—. Yo no maté a Andrea, ni siquiera estuve con ella ese día, no hay ningún modo de que mi sangre pudiera llegar allí.

—Lo siento mucho, Pascal, pero eso es lo que dicen los resultados de laboratorio —dijo la inspectora.

La cara de Pascal, que había sido un ruego hasta ese instante, se descompuso mientras abría la boca y las lágrimas mojaban su rostro. Un quejido gutural y ronco salió de su pecho. Cayó literalmente de rodillas dejando un rastro de lágrimas y babas en el cristal que los separaba. Nash se esforzó en intentar descifrar lo que decía.

—¡Dios mío, no! ¡Dios mío, no! ¿Qué está pasando? Voy a morir.

—Escucha, Pascal, tienes que calmarte, no sirve de nada ponerse así ahora.

—No lo hice, no lo hice, tenéis que creerme, me van a matar.

La inspectora Salazar se acuclilló hasta quedar a su altura, golpeó con los nudillos en el cristal para llamar su atención.

—¿Quién va a matarte, Pascal? —pregunto tuteándolo.

—Me matarán en la cárcel. Dios mío, van a matarme, y yo no hice nada, soy inocente.

Estaba entrando en bucle, las petequias rosadas que aparecían en su rostro se marcaban cada vez más, y de pronto comenzó a toser. Era una tos rara. Al principio, Nash pensó que estaba fingiendo, pero después de un rato se dio cuenta de que le resultaba imposible parar. Hizo una señal a la inspectora Salazar y le dijo algo al oído. Después sustituyó a Amaia agachada frente al detenido y con voz firme le llamó por su nombre.

—Pascal, Pascal, escúchame.

Él se detuvo y la miró con los ojos entornados y preñados de lágrimas.

—Quiero que cojas ese botellín de agua y bebas por lo menos la mitad, vamos a traerte un termómetro porque creo que estás enfermo, si estoy en lo cierto no te podemos trasladar, ¿lo entiendes? No te trasladaremos mientras estés enfermo. Y eso nos da un tiempo precioso para pensar en el paso siguiente. ¿Lo estás entendiendo?

Dejó de llorar y asintió compungido, como un niño pequeño en mitad de un berrinche. Se arrastró por el suelo, y de rodillas alcanzó el botellín que estaba sobre la cama, lo abrió y, obediente, se bebió más de la mitad del agua. La tos cesó. Miró a Nash como buscando su aprobación. Ella asintió otorgándosela.

—Un poco más —indicó.

Él bebió de nuevo.

Un policía entró con un termómetro digital, miró con aprensión al detenido desde detrás de su mascarilla. Nash se puso un nuevo guante de látex y entreabrió la puerta de cristal, lo justo para apuntar a la frente de Pascal, cerró y le mostró el resultado.

—Treinta y ocho. Tienes fiebre. Ahora quiero que te acuestes, voy a ordenar que te traigan más agua. Voy a cuidar de ti, y no irás a ninguna parte mientras yo lo diga. ¿Lo has entendido? —preguntó Nash.

Él se replegó sobre la cama asintiendo repetitivamente, como si se encontrase en trance.

—Muy bien, Pascal, lo estás haciendo muy bien, ahora dime, ¿quién te dijo que la Guardia Civil iba a detenerte?

Suspiró profundamente y todo su cuerpo se sacudió.

—Murrieta, él me aprecia, y sabe que yo no le haría daño a mi hija.

Nash salió a la explanada frente a la puerta principal de la comisaría en el momento en que los sanitarios volvían a subir a la ambulancia en la que habían llegado. Había sido terminante con la inspectora Salazar: una cosa era mostrar poder y seguridad ante alguien que está entrando en crisis, y otra que ella tuviera autoridad para detener un traslado. Debían solicitar la presencia de un médico, y atenerse a su criterio sobre si moverlo o no, pero, tal y como había pensado, los sanitarios decidieron que no estaba tan grave como para llevarlo a un hospital: era joven y sin antecedentes patológicos, no había vuelto a toser desde la crisis de llanto y estaba en relativo aislamiento. Dejaron instrucciones concretas sobre cuándo pasaría a ser perentorio su traslado y se despidieron. Se paró a observarlos, incapaz de asimilar verlos enfundados en los EPI blancos. Los saludó a distancia y esperó mirando a la ventana del despacho de la inspectora Salazar a que esta se asomase para confirmarle que había notificado a la Guardia Civil que Pascal Dancur se había entregado, pero no estaba en disposición de ser trasladado debido a su estado de salud. A través de la cristalera de la planta baja vio a cuatro policías que, manteniendo la distancia de seguridad, se sentaban en el comedor. Se alejó hasta salir de su vista, bordeando la comisaría y caminando sobre la hierba para poder quitarse la mascarilla mientras hablaba por teléfono.

Herzog contestó al segundo tono.

—Vaya, vaya, qué sorpresa, doctora Elizondo, todo son buenas noticias. Acabo de aterrizar en Madrid. ¿Has recapacitado?

Tomó aire antes de contestar y se obligó a usar un tono amigable.

—Sí, la verdad es que he tenido mucho tiempo para pensar. Dime, ¿dónde crees que estoy? —preguntó con fingido jugueteo.

—Sé dónde estás —dijo él jactancioso—. En la funeraria de Elbete. E imagino que es ahí donde escondes el hallazgo.

—Estás muy bien informado, supongo que ha sido esa horrible mujer del hostal Izarra. ¿Cómo te atreviste a contarle que mi madre había muerto?

—No empieces con tus dramas, sólo quería que cuidase de ti, que estuviese atenta por si necesitabas algo. Es la clase de cosa que se cuenta para obtener empatía. Si no fueras tan retorcida lo verías.

«Típico narcisista acusando a su víctima de ser la reina del drama.» Nash sonrió al oír en su mente la voz de su madre.

—Muchas gracias por cuidar de mí, doctor Herzog, pero te llamo por otra cosa: la Guardia Civil ha emitido hoy una orden de detención contra Pascal Dancur.

—Ya te avisé —dijo condescendiente. Podía notar cómo sonreía.

—A mí, ¿y a quién más?

—No sé qué quieres decir.

—Lo que quiero decir es que Pascal Dancur se entregó anoche, incluso antes de que cursaran la orden, por consejo de su suegro, que le avisó de que iban a detenerle.

Herzog se tomó un par de segundos para pensar.

—No veo el problema. Sabes desde el principio que Lisardo Murrieta encabeza y financia la acusación particular en el caso Dancur. No debió hacerlo, pero es excusable, le aprecia sinceramente y le dio un buen consejo.

—Entonces, ¿reconoces que le informaste?

—Sí, Nash, sí, lo reconozco —dijo como un crío incorregible—. Soy culpable, le informé de que se iba a producir una detención, y desde la Guardia Civil estuvieron de acuerdo en que lo hiciera.

—Debiste decírmelo. Lisardo Murrieta es uno de los investigados en la indagación que llevo a cabo.

—¡Oh, por Dios! —dijo con fingido sufrimiento—. ¿Y?

—Y que Pascal Dancur decidió entregarse, pero no lo hizo en la Guardia Civil, lo hizo en la Policía Foral. En este momento se encuentra bajo custodia en la comisaría de Elizondo. Ya ha declarado, dice que es inocente, que lo asesinarán en prisión en cuanto pase a disposición judicial, y que su suegro le avisó de que le iban a detener.

El silencio se podía cortar incluso a través de la línea.

—No importa, están obligados a entregarlo al cuerpo de policía que lleva el caso. Suponer represalias en la cárcel es lo menos que puede esperar el asesino de una niña, más si es su hija.

—Sí, pero ocurre que el detenido muestra síntomas de estar infectado por el virus del COVID-19 y va a tener que permanecer en cuarentena en estas dependencias. Un médico acaba de emitir el informe, que ya ha sido enviado a la Guardia Civil.

Esta vez el silencio fue aún más largo.

—¿A qué juegas, Nash?

—Ese es el tema: no estoy jugando, estoy investigando, y es muy serio que, por tu filtración a un investigado, un sospechoso no pueda ser interrogado y puesto a disposición judicial. Soy la psicóloga forense al frente de esta indagación y te aviso de que esta llamada está siendo grabada, como todas las relacionadas con la investigación. Asimismo te comunico que no tengo ninguna obligación de informarte previamente y de que la llamada puede ser presentada como prueba en una investigación judicial.

Herzog colgó sin contestar.

El resto del día transcurrió con una tranquilidad mortecina en casa de las Mitxelena. La comida estuvo más o menos animada, pero a primera hora de la tarde Susana y Eva tuvieron que salir a un servicio, y cuando regresaron estaban afectadas, apenas hablaron y dormitaron mientras veían películas u hojeaban alguno de aquellos libros que aparecían colocados de cualquier modo y por todas partes. Únicamente Beth permanecía activa en su cocina en las horas centrales del día, pero lo hacía de un modo silencioso, ensimismada en su actividad. Nash tomó un café mientras la observaba.

—¿Qué estás cocinando hoy?

—Un manjar del Baztán. —Sonrió—. *Txuri, ta beltz.*

—¿Blanco y negro? ¿Me lo explicas?

—El *txuri* se compone de tripas de cordero, perejil, ajo, sal y huevo. Hay que cocerlos en cuajo, después se pican, se hace una farsa y se embute en el intestino grueso del cordero hasta conseguir una morcilla blanca, después se pone a cocer de nuevo hasta que esté bien duro; el *beltz* es una mezcla de sangrecilla y cebolla...

—Para, para, es... absolutamente medieval —dijo alucinada—. ¿Es que no cocinas nada normal?

Beth rio.

—¿Normal como nuggets?

—Normal, como normal; sangre, tripas picadas, pulmones, cerebros, huesos..., es cocina brujeril. Tengo un amigo etnólogo que se moriría de gusto hablando contigo. Le viste el otro día en la videollamada, Julio.

—Invítale a que venga.

—Lo haré en cuanto levanten el estado de alarma, te lo prometo, os vais a caer muy bien. Me imagino al inquisidor Alonso de Salazar y Frías llegando a Baztán en 1610 y viendo a las mujeres de la zona añadir a los pucheros cabezas de oveja, huesos pelados, riñones, hígados y pulmones... Viéndoos rellenar tripas con sangre y cebolla, y decidiendo que erais todas brujas.

—Parece que a Salazar le gustó bastante nuestra comida. Gracias al señor inquisidor y su informe a la Santa Inquisición, nadie volvió a morir en la hoguera por brujería.

—Lo sé, lo sé...

—Y hay unas cuantas familias por aquí que se apellidan Salazar, yo no digo nada... Por cierto, ¿has visto hoy a la bruja? —preguntó Beth.

—Todas la llamamos la invitada menos tú...

—Protocolo vampírico —respondió muy seria.

—¿Crees que denominándola «la invitada» la autorizas de alguna manera?

—No quiero que crea que tiene permiso para andar

por toda la casa..., es una residente temporal y limitada a una zona.

Nash rio.

—Iba a ir a verla ahora, ¿quieres acompañarme?

Beth dejó sobre la tabla el cuchillo con el que picaba la cebolla, fue a la fregadera y comenzó a lavarse las manos.

—Pues iba a decirte que no, pero casi mejor voy y la veo, porque, si no, no puedo dejar de imaginármela moviéndose y eso es mucho peor.

Tomó de la silla a la gata dormida y la besó en el hocico para despertarla.

En cuanto la luz rosada de la lámpara de alabastro se derramó sobre la mesa de mármol las dos se detuvieron impactadas por la escena. La gata se revolvió en los brazos de Beth y saltó al suelo huyendo hacia la sala mientras emitía un maullido ronco y corto.

La mano izquierda, que el día anterior reposaba sobre la mesa paralela al cuerpo, hoy se había deslizado hacia el borde de la mesa, el pulgar aún descansaba sobre la superficie de mármol, pero los otros dedos habían resbalado por el costado y producían el efecto de que la mano estuviera agarrándose a la superficie. La sensación se veía acrecentada porque la pierna izquierda también se había deslizado fuera de la mesa y colgaba laxa, como la de alguien que se dispone a incorporarse.

—Bueno, y ahora me vas a decir que eso es normal, que se está reacomodando, ¿no? No sé si tiene que sentarse a desayunar con nosotras en la cocina para que deje de parecerte normal.

Nash avanzó hacia la momia mientras Beth convocaba a gritos a su madre y a su hermana.

Nash hizo una videollamada a su equipo para mostrarles el estado del cuerpo.

—No me explico cómo ha podido pasar, se supone que estaba atada a la camilla —dijo Gabriel.

—¡Joder! No me extraña que la chavala piense que se va a levantar, es que lo parece —dijo Julio.

—Dejad de hacer bromitas —los riñó Nash—. Hay un par de cinchas sueltas, me imagino que las soltaríamos para abrir la cremallera y olvidé cerrarlas. Me preocupa la conservación del cuerpo. Se ve más pringoso, incluso parece que estuviera sudado —dijo pasando la cámara sobre la piel cerosa del cadáver.

—Está muchísimo más hidratado, es verdad —coincidieron Gabriel y Xabier—. La musculatura está absorbiendo la humedad y eso la hace desplazarse de lugar.

—¿Cómo siguen ahí los niveles? —preguntó Julio.

Se dirigió a comprobar los deshumidificadores y vio que los dos se habían detenido al alcanzar el límite los depósitos.

—Debería haberlos revisado antes —lamentó—. Hay muchísima humedad en el aire.

Susana, que había entrado con Eva, estudió los aparatos.

—Las instalaciones de este lugar son muy antiguas y no hay suficientes enchufes, pero veo que estas máquinas tienen la opción de desagüe continuo, con un cable alargador quizá podríamos ponerlas a funcionar junto al fregadero para que viertan directamente —sugirió.

—Voy a buscarlos, están en el garaje, ¿no? —se ofreció Eva—. Y se me ocurre que quizá podríamos poner también unos saquitos desecantes.

Nash las miró dudando.

—Son unas bolsas de tela —explicó Susana—, contienen sílice de cuarzo, como las que suelen venir con algunos productos para que no cojan humedad, sólo que en grande. A veces las ponemos en los ataúdes para... Ya sabéis.

—Me parece buena idea —dijo Xabier a través de la cámara.

Eva las ayudó a vaciar los depósitos y a instalar los

deshumidificadores sobre la encimera. Una vez que estuvieron de nuevo en marcha, Xabier advirtió:

—Nash, es muy importante que vigilemos la humedad, va a ser un poco delicado, pero tienes que volver a colocarla como estaba. Y te diría que mejor dentro de la bolsa y que hasta la cierres para evitar que vuelva a resbalar. Si se cae podría ser terrible.

Nash se puso los guantes y, con la ayuda de Susana y mucho cuidado, dispusieron las manos como indicaba Xabier en cada una de las articulaciones de la momia, y con suavidad volvieron a colocar la pierna en su lugar.

—¡Qué fría está! —exclamó Susana.

—Pues qué quieres que te diga, a mí me tranquiliza, lo único que faltaba es que estuviera templadita —dijo Beth mientras las demás sonreían.

Introdujeron la mano paralela al cuerpo dentro de la bolsa y cerraron la cremallera cuidadosamente. En ese momento Nash advirtió que en un extremo de la mesa de mármol había un pequeño sumidero.

Decidieron colocar uno de los deshumidificadores allí y lo más cerca posible de la bolsa. Nash introdujo el tubo transparente en la rejilla de desagüe y miró el conjunto satisfecha. Hasta que vio a Beth detenida a su lado con un rollo de cinta americana.

—¿Qué quieres que haga con eso?

—Pega la bolsa a la mesa, así, por mucho que se deslice dentro por efecto de la humedad, será imposible que el peso la haga caer.

Por un instante estuvo a punto de decir que no era necesario que lo hiciera ella, pero la mirada de Beth no admitía negociación. Tomó la cinta y, pegando una punta al mármol, la pasó por encima de los pliegues de la bolsa en los dos extremos de la mesa.

—Ayer tuve la oportunidad de hablar con una anciana que me contó la leyenda de la mujer de Gaztelu, está relacionada con nuestra invitada —dijo Nash mientras pasaba la cinta adhesiva bajo la mesa.

—Cuenta, cuenta —animó Julio.

—La mujer tiene casi cien años y sirvió en casa de la bisabuela de Andrea Dancur, en Gaztelu. Se acuerda bien del pasado, pero en ocasiones cree que tiene de nuevo treinta años, así que lo que cuenta hay que cogerlo con pinzas. De todos modos, te habría encantado, Julio. Me habló de una historia de brujas clásica, y me dio la impresión de tradición oral, ya sabéis, una historia que se ha contado muchas veces. Aunaba sus propias experiencias con cosas que había oído, o le habían contado, o que incluso «se sabían» —remarcó estas últimas palabras—. Parecía una de esas narraciones recogidas en *Los tratados de mitología vasca* de Barandiaran, o de Caro Baroja.

—Habría matado por estar allí —dijo Julio soñador.

—Narra los celos de las mujeres de la población hacia una hermosa mujer que practicaba la antigua religión, y la envidia por su belleza y desvergüenza, pero yo descartaría la represalia ideológica, ya me lo dijo el alcalde, por lo visto tenían militares de alto rango en la familia, y el marido y el hijo mayor se alistaron en el Frente Nacional, así que las represalias no cuadran. Parece una cuestión de envidia y que aprovecharon que no estuvieran el marido y el hijo mayor para echarla del pueblo. Claro que hay otra versión en la que después de conseguir sacarla de su casa la condujeron en plena noche hasta la sima y la arrojaron dentro con todos los niños, y en avanzado estado de gestación. La parte que te habría gustado, Julio, es la que fusiona la historia de esta mujer que echaron del pueblo con la de una bruja medieval a la que ya habían arrojado a esa sima, y que volvía a salir una y otra vez de allí, hasta me explicó la costumbre de ir a ese lugar a tirar sal, ruda, agua bendita, *eguzkilorek* y todo tipo de simbología como protección contra el mal.

—¡Joder, es extraordinario! Creo que habría que hacer un nuevo recuento para bajar la data sobre la creencia en brujas que realizaron los etnólogos del siglo pasado. Parece que llega casi a nuestros días.

—De verdad, cuando termine el estado de alarma deberíamos darnos una vuelta por la residencia de ancianos para grabar esas historias, ayer me fue imposible, tuve que hablar con la señora a más de cuatro metros de distancia.

—No dudes que lo haré.

—De cualquier modo, parece que, en efecto, pensaban que esa mujer tenía algún tipo de poder, hablan de una maldición a todos los que la echaron del pueblo, y yo apuesto por esa teoría, porque es evidente que en la sima no está.

Como cada tarde, el anochecer pareció traer la fiesta a la casa. Las luces de cien pequeñas lámparas doradas se encendieron a la vez. La música llegaba desde el salón en notas cálidas que se desplazaban flotando en la voz de Aretha Franklin, los aromas de madera y fuego poblaron el aire. Abrieron una botella de vino tinto, Beth puso a freír chistorra y amasó, ante los ojos de Nash, talos de harina de maíz que asó hasta que tomaron un precioso color dorado sobre la superficie bruñida de la cocina de leña. Saboreó el gusto antiguo del maíz tostado, que le trajo reminiscencias de un placer de infancia ligado a la celebración de Santo Tomás y a la proximidad de la Navidad.

—Nash —comenzó Susana—, las chicas y yo hemos estado hablando...

—Ajá... —contestó.

—... sobre cómo te sientes, todo lo relativo a las noticias que has recibido sobre Benedict Newman y las cuestiones que tienes que resolver con tu madre...

Nash asintió gravemente.

—Escuchad, chicas, os lo agradezco mucho..., pero...

—Espera, espera. Se nos ha ocurrido algo que puede ayudarte. La tuya es una situación excepcional, como la que estamos viviendo, pero creemos que Beth tiene razón, no sabemos cuánto va a durar el confinamiento ni cómo estaremos cuando termine, y creemos que tienes que empezar a resolverlo ya, porque permanecer encerrada todo este tiempo con todo eso en la cabeza no augura nada bueno. Así que se nos ha ocurrido una idea para que empieces a resolver tus dudas y es que vayas directamente a la fuente, a quien te las puede resolver...

Nash escuchó atónita, hasta que su teléfono vibró sobre la superficie de madera de la mesa, emitiendo un sonido similar al de una sierra de calar que partiese el tablero por la mitad.

La voz de la inspectora Salazar le llegó lejana y mezclada con mucho ruido.

—Doctora, el coordinador de emergencias del 112 acaba de recibir un aviso desde Elbete. Se trata de Helena Murrieta. Su marido ha solicitado ayuda, dice que tiene una crisis y que ha ingerido gran cantidad de pastillas. Nash, la ambulancia más cercana tardará treinta y cinco minutos en llegar. Yo voy hacia allí con una patrulla, te recojo de camino.

La puerta estaba abierta, Jaime Arjona la había dejado de par en par. Aun así, al traspasar el umbral tanto Nash como Amaia percibieron el aire viciado, de aliento, alcohol y llanto, como si no hubieran ventilado en días.

Llamaron a Jaime Arjona, que contestó desde una habitación del fondo, avanzaron por el pasillo en penumbras hasta un dormitorio. Arjona estaba apoyado en la puerta que separaba el baño de la habitación.

—Se ha encerrado llorando, no quiere abrirme, y hace un rato que no la oigo.

—¿Qué ha tomado?

—No estoy seguro, tiene un montón de pastillas —dijo él, señalando la mesilla de noche.

Nash se giró hacia la estancia y vio que sobre la almohada había varios blísteres de distintos medicamentos vacíos. Les dio la vuelta para identificar las drogas, y en el cajón entreabierto distinguió al menos diez marcas de narcóticos, barbitúricos y sedantes. Por debajo de la cama asomaban las flores marchitas que componían la coronita que ella misma había enviado.

—¿Cuándo ha recibido las flores? —preguntó a Arjona.

—¿Qué?

Nash las levantó del suelo para mostrárselas. Amaia las miró entendiendo su pregunta.

—Ayer, pero no se las he dado hasta hoy, dicen que es mejor esperar veinticuatro horas con cualquier envío, por el virus. ¿Qué tiene eso que ver?

La inspectora Salazar llamó a la puerta de ese modo tan particular en que lo hacen los policías. Siete golpes secos, rápidos.

—Helena, soy la inspectora Salazar de la Policía Foral. Abra la puerta, sólo quiero comprobar que se encuentra bien.

No hubo respuesta, aunque a Nash le pareció oír un leve murmullo, como un lloriqueo sordo.

La inspectora Salazar repitió la llamada.

—Helena, si no abre forzaré la cerradura desde fuera, abra ya, o apártese de la puerta.

Comprobó la cerradura.

—Necesito un destornillador o un cuchillo sin punta.

Arjona salió raudo de la habitación. Nash aprovechó para susurrarle a Salazar:

—Su cajón está lleno de drogas fortísimas, parece la

farmacia de un hospital psiquiátrico, no sé quién ha podido recetarle todo eso, pero es una locura, algunos de sus medicamentos son incompatibles entre ellos.

Jaime Arjona estaba en la puerta de la habitación y Nash supo que lo había oído todo. Con rostro demudado tendió a Salazar un estuche de destornilladores que jamás se habían usado.

La inspectora saltó la roseta metálica dejando a la vista una chapa con cuatro tornillitos que desenroscó rápidamente, aflojó el perno de unión, desprendió la manilla exterior del cuadradillo e, introduciendo una tarjeta de crédito, empujó el resbalón, y la puerta se abrió.

Helena Murrieta estaba sentada en el suelo, encajada entre la bañera y un mueble bajo. Gimoteaba con los ojos cerrados, emitiendo un sonido que a Nash le recordó al de una muñeca llorona cuando se le estaban acabando las pilas. Su marido se precipitó dentro, pero Salazar lo retuvo.

—Déjenos a nosotras —pidió con amabilidad.

Él asintió.

Nash se arrodilló frente a ella.

—Helena, soy la doctora Elizondo, abre los ojos —ordenó mientras estiraba los párpados para comprobar el iris. La mujer protestó intentando levantar una mano hasta su rostro.

—Déjame —murmuró.

—¿Qué ha pasado, Helena? ¿Qué has tomado?

—Sólo quiero dormir, y parar...

—¿Qué es lo que quieres parar?

—De pensar, de sufrir...

—Escucha, Helena, yo voy a ayudarte, dejarás de sufrir, pero no es así como se hace, dime qué has tomado.

—Andrea ha venido a buscarme... —dijo somnolienta.

Un escalofrío recorrió la espalda de Nash mientras recordaba su visión de la noche anterior. Las piernas largas y delgadas embutidas en el pantalón ajustado, las deportivas blancas, la sudadera con las inconfundibles plantas carnívoras trepando por las mangas y el cabello oscuro enmarcado por las guedejas blancas que adornaban su cabeza. Se volvió hacia Amaia, que hablaba por teléfono.

—¿Dónde está la ambulancia?

—A veinticinco minutos, veintidós como mínimo.

—No podemos esperar tanto, vamos a provocarle el vómito. ¿Tenéis manzanilla? —dijo volviéndose hacia Arjona.

El hombre asintió.

—Prepara una taza con tres o cuatro bolsitas, bien cargada, y si tienes bicarbonato tráelo también.

Sujetó la frente de Helena para evitar que la cabeza se venciera hacia delante.

—Helena, ¿llevaste tú la corona de flores a la sima?

—Son... Son las flores de Andrea... Le gustaban tanto.

—¿Se las llevaste tú?

Helena asintió.

—Sí...

—Helena, ¿tiraste a Andrea a la sima?

—No, noooo... —gimió removiéndose como lo haría un durmiente en mitad de una pesadilla—. No..., mi niña.

—Helena, ¿cómo sabías que tu hija estaba allí?

—¿Qué?... No lo sabía... No lo sabía... Él me lo dijo.

—¿Quién te lo dijo, Helena? ¿Quién te dijo dónde estaba Andrea?

—Las niñas malas...

—¿Quién te dijo dónde estaba Andrea?

—... acaban en el pozo...

—Las niñas malas acaban en el pozo —repitió Nash recordando que Salomé le había oído decir esas mismas palabras tras la desaparición de Andrea.

—¿Quién te dijo dónde estaba Andrea?

—... Su padre... Su padre me lo dijo —gimió.

Nash se volvió a mirar a Amaia, que asintió haciéndole ver que lo había oído.

Jaime Arjona entró con la taza de manzanilla. Nash escurrió el contenido de las bolsitas y las arrojó al lavabo, después abrió el bote de bicarbonato, agregó a la taza cinco cucharadas bien colmadas, lo removió y añadió un chorro de agua fría para templar la infusión. Después extendió en la bañera una toalla grande y limpia.

—Amaia, tenemos que sacarla de ahí e incorporarla, y vais a tener que sujetarle las manos —dijo mirando a Arjona—. Esto no le va a gustar. Necesito que uno de vosotros le incline la cabeza hacia atrás y le tape la nariz cuando yo lo diga —dijo en susurros. Y luego elevó la voz para dirigirse a la mujer—: Helena, tienes que tomarte esto.

La mujer abrió la boca obediente, y Nash empujó el contenido de la taza mientras Arjona le inclinaba la cabeza hacia atrás sujetándole la nariz para impedirle respirar. Helena cerró la boca y tragó mientras la náusea llegaba casi de forma inmediata. Amaia le comprimió el estómago como en la maniobra de Heimlich, el vómito salió formando un arco que quedó depositado, en su mayor parte, sobre la toalla oscura. Nash se inclinó y contó las pastillas que brillaban entre el vómito como pequeños dientecillos de ratón.

—Si los blísteres estaban enteros, yo calculo que se habrá tragado entre setenta y cinco y noventa, aquí hay unas sesenta, y la mayoría están enteras, pero hay algunas que se han empezado a disolver, quizá las tomó antes, tenemos que repetirlo.

En el segundo intento costó muchísimo más que tragase, pero otra fuerte arcada la sacudió provocándole el vómito de nuevo. Nash contó quince pastillas enteras, y siete más en distintos grados de disolución.

Volvieron a sentar a Helena en el suelo y Nash se acuclilló ante ella.

—Helena, tienes que repetir lo que me has dicho. ¿Quién te dijo que Andrea estaba en la sima?

Abrió los ojos y volvió a cerrarlos antes de responder. Parecía muy cansada.

—Su padre...

—¿Quién tiró a Andrea a la sima?

—Él.

—¿Tuvo Salomé algo que ver?

Movió la cabeza negando.

—No.

—¿Por qué acusaste a Salomé?

—Me obligó...

—¿Quién te obligó?

—Me dijo que... acabaría en el pozo... con mi hija. —Su llanto se intensificó—. No quiero... —Abrió los ojos, y como si estuviera completamente sobria preguntó a Nash—: ¿Soy una mala madre?

—No, Helena, no lo eres.

Las luces azules de la ambulancia se colaron a través de la ventana del baño y Jaime Arjona salió corriendo en dirección a la entrada para guiarlos.

Los sanitarios entraron raudos. Escucharon la explicación de Nash mientras la estabilizaban y le colocaban una vía con suero salino. Helena seguía lloriqueando de aquel modo entre un ronroneo y un quejido, pero su actitud era completamente pasiva.

Estaban a punto de subirla a la camilla cuando entró en la habitación la enfermera Hidalgo.

—¿Qué está pasando? Jaime, ¿por qué no me has avisado?

—¿Qué haces tú aquí? —respondió él sin disimular su desagrado.

—¡Qué voy a hacer! Soy su enfermera. Yo me ocupo de ella.

Jaime miró a Nash en busca de ayuda.

—Ha ingerido una gran cantidad de barbitúricos, hemos provocado el vómito y creo que ha echado la mayoría todavía enteras, pero es evidente que ha digerido algunas, necesita un lavado de estómago y sería conveniente administrarle carbón activado para evitar que siga absorbiendo las sustancias —explicó Nash.

Con aire profesional, la enfermera Hidalgo se acercó a Helena y le tomó el pulso.

—No es la primera vez que esto ocurre, ¿verdad, Helena? —dijo sin esperar respuesta—. El pulso está bien y respira de manera regular, ahora lo importante es mantenerla despierta, desaconsejo trasladarla a un centro sanitario; teniendo en cuenta la situación que se está viviendo en este momento, es ponerla en un riesgo innecesario. Yo tengo carbón activado para administrarle, además de suero, y... permaneceré custodiándola por deseo de su familia.

Los sanitarios comenzaron a protestar. Ella abrió el maletín y sacó unos documentos.

—Como quieran, pero el señor Munguía, abogado de la familia Murrieta, insiste en que deben firmar estos documentos para hacerse completamente responsables de lo que pueda ocurrirle a la señora Helena Murrieta si la ingresan en un centro hospitalario. Soy su enfermera desde hace años, y certifico que en este momento no tiene COVID-19, ni presenta ningún síntoma compatible con estar infectada de esa enfermedad. Si se contagia por su decisión, deberán hacerse responsables ante la ley.

Los sanitarios miraron a Nash desconcertados, incluso con la mascarilla puesta eran evidentes sus gestos de incredulidad. Uno de ellos contestó:

—Escuchen, nosotros estamos aquí para ayudar, lo que está pasando ahí fuera es bastante serio y nos estamos jugando la vida. Ustedes nos han llamado, y no sé si lo saben, pero no es ninguna broma llamar a emergencias para hacernos perder el tiempo. Por supuesto ni yo ni mi equipo nos vamos a responsabilizar de nada.

Nash se llevó a Arjona al pasillo.

—Jaime, ¿Helena y tú estáis casados legalmente?

—Sí.

—Entonces tú tienes la última palabra sobre su traslado. ¿Entiendes lo que trato de decirte? Independientemente de que su padre financie sus cuidados, la decisión es tuya. Tu mujer ha intentado suicidarse, hay que trasladarla, no sólo para el lavado de estómago. Necesita ayuda profesional para lo que ocurre en su mente, necesita que la protejas, o puede que la próxima vez no lleguemos a tiempo.

Arjona se pasó las manos por el rostro con fuerza, casi como si quisiera arrancárselo. Nash notó que estaba haciendo acopio de un coraje que en él escaseaba.

—Te he oído antes. Ni siquiera debería tener acceso a la mitad de las drogas que hay en ese cajón —dijo Arjona.

—Así es. Tú decides, ¿quieres que la enfermera Hidalgo se haga cargo?

—No, de ninguna manera.

Nash sacó su cartera y le mostró su acreditación como médico.

—Soy médico psiquiatra y considero que tu mujer tiene que ser trasladada a un centro para el cuidado de la salud mental, urgentemente. Asígname como psiquiatra de Helena y la trasladaré al hospital Benito Menni.

Arjona asintió y le tendió la mano. Nash la aceptó y la aferró entre sus guantes, pero le dijo:

—No es suficiente con esto, tienes que entrar ahí y decirlo.

—Lo haré —dijo decidido—. Aborrezco a esa mujer.

Regresó a la habitación y se posicionó junto a la camilla, mirando a los sanitarios y evitando a la enfermera Hidalgo. Nash se dio cuenta, le tenía miedo.

—Soy el marido de esta mujer. La doctora Elizondo es la psiquiatra de mi esposa, así que sólo cuenta su opinión.

Nash miró a los sanitarios y a Amaia.

—Vamos al centro Benito Menni, he hecho una llamada y están esperándonos.

Los sanitarios se pusieron en marcha.

La enfermera se adelantó colocándose ante Nash. A pesar de la mascarilla, Nash advirtió la mueca despectiva de Hidalgo que iba de su boca a su mirada.

—Menuda sorpresa, doctora, ¿desde cuándo es la psiquiatra de Helena Murrieta?

—Desde que su marido me ha asignado.

—A Lisardo Murrieta no va a gustarle nada: es su hija, él siempre se ha ocupado de su bienestar, y usted no tiene ninguna autoridad para contravenir los deseos de la familia.

—Acabo de oír los deseos de su familia, su esposo está velando por ella —dijo superándola.

—Enfermera, apártese de nuestro camino, ya ha oído a la doctora —dijo la inspectora Salazar.

La enfermera los persiguió mientras salían y metían la camilla en la trasera de la ambulancia.

—Murrieta la demandará por esto, más les vale que no le ocurra nada malo a Helena.

Nash se volvió y le dijo:

—A Helena ya le ha ocurrido algo malo, y creo que en parte es usted responsable. La que debería temerse una demanda por mala praxis es usted. A ver qué justificación da ante un juez para la medicación que le ha estado administrando a su paciente. Perdón, mi paciente.

La enfermera debió de pensarlo, Nash vio cómo su mirada se dirigía hacia el interior de la casa.

—No la deje entrar —le indicó a Arjona.

—Ni de coña —contestó él crecido.

Nash subió junto a los sanitarios a la trasera de la

ambulancia. Lo último que vio antes de que el conductor cerrase la puerta fue a la inspectora Salazar tocando el hombro de la enfermera.

—Señora, no debería estar aquí. ¿No sabe que se ha decretado un estado de alarma? Vuelva a su domicilio inmediatamente o tendré que ordenar a la patrulla que la detenga.

16 de marzo de 2020
Lunes

Aunque no había amanecido Nash oyó el canto de un gallo que daba la bienvenida al albor, otro le respondió en la distancia, y al momento, el tañer de cobre de las campanas de la iglesia de Santiago anunció que eran las seis de la mañana. La inspectora Amaia Salazar detuvo su vehículo tras el coche fúnebre frente al caserío de las Mitxelena.

—¿Y ahora qué? —dijo Nash. La pregunta podía parecer simple, pero las dos eran conscientes de la complejidad de la respuesta.

—La revelación de Helena lo cambia todo. Evidentemente, ahora mismo no puede ser admitida, y aunque su marido, tú y yo fuimos testigos, habrá que tomarle declaración y tendrá que ratificarse en sede judicial, y las posibilidades de que eso pueda ocurrir en un corto periodo de tiempo me parecen bastante improbables. Por una parte, lo dijo bajo los efectos de un montón de drogas, y puede alegar que no se acuerda, o que fue parte del cuelgue. Y por otra, los jueces suelen brindarles bastante credibilidad a las cosas que dice la gente en sus cartas de suicidio o en sus últimas declaraciones antes de morir. Yo la creo.

—Yo también. No estaba mintiendo. Aun así, hay algo que no cuadra. No sé, pero necesito tiempo para transcribir todo lo que dijo y comparar mis notas. La creo y creo que cree lo que dice, pero no estoy tan segura de que no tuviera nada que ver. Hay muchas cuestiones que siguen en el aire, como el hecho de que ocultara que Zuriñe se presentó en la casa buscando como loca a Andrea, y que aquella noche salió y condujo su propio coche en dirección a algún lugar..., y sobre todo lo que todo esto implica de su relación con Pascal. No me encaja ese control por parte de un tío al que echó de casa en calzoncillos, al que nunca le permitió que Andrea durmiera en su casa y al que domina con una llamada.

—Voy a hablar con el comisario, porque veo indicios claros que nos llevan de vuelta al caso Basajaun.

Nash se bajó del Cayenne, pero mantuvo la puerta abierta. La necesidad de quitarse la mascarilla era acuciante. La apartó de su rostro para tomar un poco de aquel aire húmedo del Baztán y volvió a ajustarla antes de inclinarse hacia Amaia.

—¿Qué vas a hacer con Pascal Dancur?

—No depende de mí. De momento, ver cómo evoluciona, si hoy no tiene fiebre y un médico certifica que está bien, haremos el traslado a la Guardia Civil, y si la fiebre continúa, esperaremos para trasladarlo a un hospital si empeora o para entregarlo si mejora. Mientras tanto, me gustaría hacerle unas preguntas sobre la implicación de la enfermera. Tengo la sensación de que su presencia no puede ser casual, y si Pascal admitiese su pertenencia a la secta y que mató a su hija por eso..., podría reabrir el caso. Aunque por mi experiencia con otros miembros es improbable que confiese, y sin la declaración de Helena, no tengo nada. Pero ahora eso no debe preocuparte, duerme un poco. Vendré a recogerte a mediodía para que veas de nuevo a tu paciente.

Las primeras luces agrisaron el cielo cuando introdujo la llave en la cerradura, miró de reojo el vehículo fúnebre mientras las palabras de las Mitxelena volvían a su mente. Atravesó el umbral de la casa, que la recibió inusitadamente silenciosa. Cuando llegó a las escaleras vio a la gata Amy esperándola en lo alto, la saludó con un susurro y vio cómo el animal la imitaba con su maullido mudo. Dedicó una mirada al pasillo que se extendía en dirección al antiguo tanatorio. Se detuvo un instante mientras decidía, y decidió que no.

Cuando despertó eran las once de la mañana. Sintió el ronroneo de Amy transmitiéndose por contacto a su pierna derecha y estiró la mano para acariciarla. El rumor suave de la música y el aroma de la leña ardiendo en la cocina la hicieron sonreír mientras pensaba en lo rápido que se había acostumbrado a formar parte de aquel hogar, y en que, desde que había dejado la casa de su madre en la calle Urbieta, jamás había vuelto a sentirse así en ningún sitio. La sensación de bienestar duró lo que tardó el recuerdo de la noche anterior en constatar la realidad.

Bajó a desayunar, y aún quedaban restos de humedad de la ducha prendidos en su pelo cuando la inspectora Salazar detuvo su coche frente a la casa.

Visitó brevemente a Helena en el hospital Benito Menni, seguía sedada, había tomado un poco de caldo y agua y descansaba. Asumió que, por lo menos hasta el día siguiente, sería difícil conseguir algo de ella. Habló con los médicos del centro, pautó la medicación para las veinticuatro horas siguientes y salió de allí.

—Pascal sigue igual —dijo Amaia cuando Nash subió al coche—, ha tenido fiebre toda la noche, pero al menos no ha aumentado, aunque tampoco ha disminuido en ningún momento. Le han dado un par de accesos de tos que han cedido con el jarabe que le recetaron. De cualquier modo, yo creo que respira peor, tiene mal color y, aunque se pasa horas dormitando, parece agotado. Me ha llamado un teniente de la Guardia Civil, y se ha mostrado bastante comprensivo, entiende que la situación es la que es. Aun así, me ha pedido informes médicos diarios mientras dure la situación. El médico del ambulatorio de Elizondo me ha prometido pasar en algún momento del día a echarle una ojeada, así que por ahora todo controlado.

—Así que no sabe nada.

—He pasado a verle antes de ir a por ti. Le he dicho que Helena está ingresada y que intentó suicidarse, y juraría que le ha afectado sinceramente. Ha tenido palabras amables, de lástima y consideración.

—Tuve esa sensación cada vez que le oía hablar de ella —dijo Nash—. Asume su estado y lo lamenta, pero a la vez sabe que no se puede hacer gran cosa, aunque también te diría que forma parte de su carácter; Zuriñe le acusó de ser un cerdo por nombrar a su hija mientras tenían sexo, y lo describió literalmente como un mierda. Cuando se lo dije a él, contestó que era una pobre chica enfadada con el mundo.

—No le he interrogado. Supongo que querrás estar presente.

—No sé, Amaia, me faltan demasiadas piezas en el rompecabezas. Dame unas horas más para pensar; a pesar de las revelaciones de Helena, siento que estoy encallada en algún punto y debo repasarlo todo.

Amaia asintió.

—Llama cuando estés lista.

Nash atravesó la cocina de las Mitxelena sin prestar apenas atención al entusiasmo con el que Beth le mostraba un cesto lleno de hongos *boletus*. Recorrió el pasillo hasta la pequeña puerta que separaba la casa del tanatorio, encendió la luz y permaneció quieta observando el bulto inmóvil que continuaba sobre la mesa, en el mismo lugar donde lo habían dejado. Comprobó los deshumidificadores, que seguían funcionando y desaguando correctamente, uno en la fregadera y el otro en el sumidero a los pies de la momia. El modo en que la humedad había descendido era palpable en el ambiente. Se puso un par de guantes limpios, deslizó la cremallera y comprobó que el aspecto de la momia no había sufrido cambios. Hizo un par de fotos con su móvil, las mandó al grupo y volvió a cerrar la cremallera. Se dirigió entonces a la puerta que separaba el garaje del tanatorio, encendió la luz y avanzó hasta su coche. Dejó que su mano se deslizase suavemente sobre la superficie pulida del capó y se detuvo allí, observando los dos vehículos de transporte mortuorio mientras pensaba en la propuesta que las Mitxelena le habían hecho la tarde anterior. Sus palabras no habían dejado de dar vueltas en su cabeza ni un solo instante desde aquel momento.

Percibió la presencia de las mujeres a su espalda. Podía adivinarlas allí, quietas, silenciosas, en pie, observándola y, sin volverse, dijo:

—No sé si me estoy volviendo loca o es la influencia de esta casa. Decidme qué tengo que hacer.

La rodearon sonriendo.

—Lo tenemos todo pensado —dijo Susana abriendo una de las taquillas—. Lo primero es la ropa. Eres casi de la misma talla que Eva, es indispensable que te pongas el uniforme completo. Pantalón, camisa, corbata, calcetines y zapatos de seguridad —fue detallando según los sacaba y los colocaba en las manos de Nash.

—Excepto la americana —apuntó Eva—, porque llevarás encima un buzo blanco de protección personal. —Le tendió el envoltorio que contenía un EPI nuevo—. Normalmente, nos los ponemos cuando llegamos al lugar de recogida. Según la normativa, no hay por qué llevarlo durante el traslado, los cadáveres van dentro de una bolsa especial de alta seguridad, o en doble bolsa. En caso de que no se tenga la seguridad, una vez cerrado el ataúd, sólo son obligatorios los guantes y la mascarilla, pero he visto otros compañeros con el EPI puesto todo el tiempo. En tu caso es mejor que lo lleves, es infinitamente más intimidante.

—En el baño encontrarás gomas elásticas. Recógete el pelo de modo que nada sobresalga del gorro, tienes que llevar puestos todo el tiempo los guantes, la mascarilla y estas gafas —dijo Susana colocando sobre el montón unas gafas de protección bastante parecidas a las de ventisca.

»Y te llevarás el Mercedes —añadió señalando la majestuosa berlina de más de cinco metros y medio—. Es nuestra joya, pero ahora usamos más el de fuera, porque es híbrido. Este hace meses que no se usa, así que puedes estar tranquila, está desinfectado y no ha llevado a nadie enfermo, pero ha pasado la ITV, y toda su documentación está en regla. La única complicación que te puede plantear es el tamaño. Conduce despacio, y ten cuidado sobre todo en las curvas. Las primeras veces da la sensación de llevar el Titanic, tiene un trasero muy grande y pesado, son casi dos toneladas, así que debes moverlo con mucho cuidado, pero te acostumbras enseguida. Conduces un Mustang, así que ya sabes lo que es tener que dominar la conducción. La otra complicación se puede presentar al aparcar, y por la circunstancia que vivimos ahora no tendrás que enfrentarte a esa. Llevarás una identificación de la funeraria, vamos a sujetarla a la ventanilla con cinta adhesiva, según la norma establecida para personal sanitario, médicos y funerarios. Si alguien llegara a preguntarte, di que eres una conductora, así no es necesario que hayas hecho el curso de manipulación de cadáveres. Y nos consta que con la enorme demanda de este momento muchas empresas funerarias están contratando personal extra, así que es perfectamente posible. Pero si llegas a tener algún problema no digas nada, simplemente que me llamen a mí. Créeme, tengo infinitos recursos para explicar tu presencia en cualquier lugar.

—Vamos a poner un ataúd en la trasera... —explicó Eva.

—Lo he elegido yo. —Sonrió Beth formando una uve con dos dedos—. Uno italiano que es una chulada, con rosas de nácar en los costados.

—Y dejaremos las cortinillas abiertas para que sea visible. No tenemos flores, pero ayer recibimos una circular avisando de que el negocio se ha interrumpido internacionalmente por el COVID-19, la flor nacional se está agotando, y en los próximos días ningún entierro tendrá flores.

—¿No es raro que vaya en el coche una persona sola? —preguntó Nash mirando hacia el vehículo.

—Es cierto que la mayoría de las veces vamos dos, facilita las cosas. Pero estamos entrenados para poder hacerlo solos, siempre llevamos un anda con ruedas, que se acopla directamente a un sistema de deslizado para desplazar el ataúd. A nadie le va a parecer raro, puede que tu compañero te esté esperando en el lugar de destino, o en el domicilio del finado.

Susana descolgó de un panel en la pared las llaves del coche y se las tendió a Nash, que las miró como si recibiera un arma cargada.

—No bajes la ventanilla, no hables con nadie, si te cruzas con la policía, saluda y continúa muy despacio, si vas a pie, sepárate dos o tres metros. Si por una remota casualidad te encuentras con alguien en el portal, por ejemplo, sanitarios, o compañeros funerarios, cédeles el paso, y espera un minuto antes de entrar. No uses el ascensor, no toques los pasamanos. Y cámbiate de guantes cuando regreses al coche. Hay un depósito de residuos peligrosos bajo el asiento del copiloto. Si tienes que llevarte algo, transpórtalo en el maletín de aluminio. Tenemos uno nuevo para ti.

—¿Qué hago si la policía me para en un control?

Susana y Eva intercambiaron una rápida mirada y sonrieron comprensivas ante su candidez.

—Nash, créenos, nadie va a pararte. Cuando nos ven llegar es como si vieran a los cuatro jinetes del apocalipsis: con un féretro dentro del coche y vestida con un equipo de protección personal, no te pararían aunque llevaras en el regazo una ojiva nuclear.

Aunque el día anterior y aquella misma mañana había hecho pequeños recorridos en coche con la inspectora Salazar por un Elizondo vacío, no estaba preparada para lo que supuso salir a una vía principal. No encontró un solo vehículo en todo el trayecto por la N-121. Había imaginado que conducir por carreteras desiertas tendría un efecto relajante, carente de la presión que supone estar pendiente de los demás vehículos, y permitiría centrar toda la atención en la conducción. Nada más lejos. Había algo postapocalíptico en aquel viaje. Ni un vehículo desde que dejó atrás los aparcados en Elizondo, durante kilómetros nadie. Las gasolineras permanecían abiertas y solitarias, vacías de vehículos y de los habituales camiones en una ruta que conectaba con la frontera francesa. Su propio aliento le calentaba el rostro, y debía forzarse en dirigirlo suavemente hacia abajo para evitar que se le empañasen las gafas de seguridad. Accionó el aire acondicionado, pero las manos le sudaban dentro de los guantes de látex negro, y sentía cómo todo su cuerpo transpiraba contenido por el buzo blanco. No ayudaba el hecho de que cada vez que dirigía una rápida mirada al retrovisor viera el ataúd que Beth había elegido para que la acompañase en aquel viaje. Y si bien las palabras de Susana y Eva le habían parecido exageradas, cuando estuvo vestida y dentro del coche entendió a qué se referían. Con aquella pinta no habría nadie que la parara.

Eva tenía razón en cuanto a la conducción: nunca como hasta ese momento había sido tan consciente del peso y la dimensión de un coche. A pesar de la dirección asistida, el símil del Titanic resultaba de lo más acertado, y era evidente sobre todo al dar las curvas, cuando veía cómo la trasera del vehículo invadía el otro carril. Encontró el primer control policial de la Ertzaintza al llegar a Irún, a la altura del polígono Zaisa, en la bifurcación hacia Hendaia. Redujo la velocidad, pero en cuanto el policía la vio, le indicó rápidamente que siguiera su camino. Saludó levantando la mano derecha y recibió a cambio un considerado saludo por parte del policía, que elevó la mano hasta tocar la gorra.

Pasó el peaje por la barrera automática, que detectó el sensor de pago del coche. Condujo por la AP-8, y allí sí que vio un par de camiones de reparto de alimentos, dos distribuidores de productos farmacéuticos y una ambulancia. Accedió a Donostia por la variante de Amara, entrar en la ciudad desierta le produjo una reminiscencia de quietud dominical, extraña y triste. El segundo control, esta vez de la policía municipal, lo encontró nada más girar delante del hotel Amara Plaza, para continuar junto al río Urumea por el paseo de Bizkaia. Habían estrechado los dos carriles hasta dejar en el centro una especie de embudo que habilitaba el espacio suficiente para un coche. Frenó la marcha y fue consciente de cómo los conductores de los otros vehículos dirigían miradas horrorizadas hacia el coche fúnebre. Tratando de calmarse, se fijó en el río y, a pesar de la grisura del día, apreció los botones verde claro que despuntaban en las ramas de los árboles medio desnudos. Cuando llegó su turno, los policías le dieron paso sin que llegara a detenerse. La sensación de fin del mundo que había sentido por la carretera nacional y la autopista se multiplicó cuando llegó al centro de la ciudad. Al menos en Baztán los coches aparcados en la calle podían llegar a simular que transitaban a una hora muy temprana en la que todavía la gente no había salido de casa. Ver San Martín, la calle Fuenterrabía, la avenida de la Libertad, la calle Zubieta o la calle Urbieta desiertas de gente y coches, con todo el comercio cerrado, y un sol empobrecido del mediodía, que brillaba en el envés de las primeras hojas que brotaban de los árboles, fue desolador. Le produjo una tristeza angustiosa y una sensación de miedo antiguo que justificaba perfectamente que se llamase «estado de alarma», porque alarma era lo que producía.

Siguiendo los consejos de Susana detuvo el vehículo frente al portal. Se tomó unos segundos agarrada al volante, infundiéndose valor y sintiendo que el corazón latía muy fuerte bajo el buzo blanco. Notó cómo la respiración se le aceleraba nublando por completo su visión con el vaho producido por su propio aliento. Verificó que tenía la llave, tomó el maletín del asiento contiguo, abrió la puerta del vehículo y puso un pie en la calle desierta y silenciosa. Una suave brisa la recorría, llevando el salitre del mar desde la playa de La Concha. Incluso con las protecciones puestas logró captar las notas salinas que cabalgaban a lomos del viento. Desde que era pequeña, había cultivado el hábito de visitar la bahía cuando se sentía abrumada por la vida. Había un tramo, entre el ayuntamiento y la primera rampa de acceso a la playa, que ella adoraba. Se detenía allí a mirar la bocana por la que la bahía se abría al mar, y era como si dejara que suavemente las presiones la abandonaran flotando a la deriva. Los ojos se le nublaron de llanto mientras pensaba cuánto daría hoy por volver a asomarse a La Concha, que, teniéndola tan cerca, le resultaba tan inalcanzable como la luna. Comprobó tres veces que el coche estuviera bien cerrado y, mientras introducía la llave en la cerradura del portal, se dio la vuelta para verlo. Casi sonrió mientras caía en la cuenta de que, si había pocas posibilidades de que la policía la parara en un control, había casi menos de que alguien robara un furgón funerario con un ataúd dentro en plena pandemia del COVID.

Acompañó la puerta con las manos evitando que hiciera ruido al cerrarse, con aquel gesto se sintió más furtiva aún. Alzó la mirada para poder admirar el artesonado del techo y deseó con todas sus fuerzas quitarse la mascarilla para aspirar la mezcla de olores de madera, limpiametales y cera, que iban unidos en su memoria al momento de entrar en el portal. Miró de soslayo hacia el primoroso ascensor detenido en la planta baja, pero, siguiendo los consejos de Susana, subió por la escalera evitando tocar el pasamanos. Superó la entreplanta, donde estaba la academia de ballet, el primer piso y el segundo. Introdujo rápidamente la llave en la cerradura y nada más traspasar el umbral los pitidos de la cuenta atrás de la alarma la obligaron a buscar rápidamente en su memoria el código que había cambiado precipitadamente y que le costó dos intentos antes de desarmarla. Después, se apoyó en la puerta de la que había sido su casa, levantó la mano hacia el rostro, se subió las gafas hasta la frente y se bajó la mascarilla, para aspirar las reminiscencias del aroma de su madre, la fragancia del papel, de los libros bien encuadernados, de las alfombras de seda. Conducida por un guía invisible, se dirigió al dormitorio de su madre. Se detuvo en el umbral e inhaló de nuevo buscando en el aire un atisbo de su presencia, suspiró profundamente y sus pasos la dirigieron casi sin querer hasta el ropero, abrió las puertas y encontró colgando de las perchas los vestidos largos que ella había adorado. Se quitó los guantes, estiró las manos hacia ellos buscando un abrazo etéreo, y sin saber por qué, se los llevó al rostro, los pegó a su cuerpo y respiró hondo hasta encontrar de nuevo un vestigio de la mezcla del aroma de la piel, el perfume y el cabello de su madre, comprobando que seguían milagrosamente prendidos a la trama del tejido.

Sintió cómo los ojos le ardían y la angustia escalaba su pecho hasta aflorar por la boca en una palabra: «*Ama*». Se dejó vencer hasta quedar arrodillada en el suelo, con el orillo del vestido entre los dedos. Dejó que las lágrimas lo empaparan y estuvo así mucho rato, mirando al vacío y dejando que sólo los suspiros desplazaran el aire en la habitación.

Cuando recuperó la fuerza se puso en pie, cerró las puertas del armario y fue al baño anexo al dormitorio de su madre, retiró el gorro del buzo que cubría el caoba de su cabello. Tomó la pastilla de jabón mientras pensaba que la última vez la había usado ella. Se enjabonó las manos aspirando el perfume familiar, las aclaró y después llevó el agua fresca hasta el rostro mientras encontraba en el espejo y en los ojos irritados por el llanto el más fiel retrato de su madre. Con el cabello recogido pegado al cráneo, y el rostro terso por los depósitos salobres de las lágrimas, le pareció estar viendo a su madre cuando tenía casi su misma edad. «Necesito respuestas, *ama*», le dijo. «Confía en mí», la oyó con claridad en su mente. Suspiró de nuevo y apartó la mirada.

Al pasar por el dormitorio reparó en la lamparita de noche, cubierta con un pañuelo verde. Los colores habían variado, pero en sus recuerdos estaría para siempre la luz de su madre encendida toda la noche. Nunca había tomado somníferos, pero era una de las que no duermen. Dejó la habitación y se dirigió al despacho, el que había sido el pequeño reino de su madre. Estaba segura de que si guardaba un secreto no lo habría hecho en ningún otro lugar de la casa, ni siquiera en su dormitorio, donde, como sabe la policía de todo el mundo, la gente tiene tendencia a guardar sus secretos. Recorrió con dedos curiosos los lomos de piel de las ediciones príncipe, apreció la capa de polvo que se había posado en las superficies, probó los cajones de la mesa y encontró dos cerrados, buscó la llave en una colección de botes de cuero, en el interior de un tibor de porcelana, y movió al pasar la tela vaporosa de las cortinas mientras reconocía que no sabía por dónde empezar. Se detuvo ante el espejo veneciano y volvió a colocarse las gafas de seguridad, la mascarilla y el gorro, tomó un nuevo par de guantes del maletín, depositó los usados en una bolsa para residuos y abrió despacio la puerta del domicilio.

Miró desmotivada hacia la puerta de su vecina, reuniendo valor y sin saber cómo acometer aquella petición, ni siquiera estaba segura de que Enri estuviera en casa, podía ser que hubiera optado por confinarse con alguno de sus sobrinos. Dio dos pasos y vio que la mirilla de rejilla se desplazaba unos milímetros.

—¡Oiga! ¿Qué está haciendo en esa casa?

—Enri, soy yo, Nash...

—Nash, Dios mío, no te había conocido vestida así, ¿estás bien? ¿Ha pasado algo en el piso? —le llegó clara la voz a través de la mirilla.

Manteniéndose a distancia, Nash contestó:

—No, Enri, tranquila... He venido... a buscar respuestas...

Enriqueta se mantuvo en silencio.

—Enri, ya sé que fui muy injusta contigo, pero unas buenas amigas me han dicho que, si fuiste amiga de mi madre durante tantos años, tienes que entender en qué situación estaba yo, y que encontrarte en casa como lo hice sólo podía llevarme a pensar lo que pensé.

—Lo entiendo...

—Aun así, te pido perdón, fui injusta contigo, y no quise escucharte porque estaba dolida, y porque me costaba mucho asumir que mi madre hubiera guardado un secreto así.

—No te preocupes, por mí está olvidado.

—¿Cómo tienes el hombro? —preguntó avergonzada.

—Me dolió un par de días, pero soy una vieja muy fuerte.

—Lo siento... Tenías razón en algo... Con lo que hallé tuve suficiente para empezar a ver que debía buscar muchísimo más, y hace un par de días una persona del pasado de mi madre se puso en contacto conmigo para contarme su versión, pero antes de decidir si quiero escucharla, necesito saber, y para eso tengo que encontrar las respuestas.

La mujer no contestó.

—Enri, he venido desde muy lejos, corriendo muchísimo riesgo, pero el despacho de mi madre es para mí el laberinto del Minotauro, y a ti te dijo exactamente dónde buscar. Necesito que me digas qué debo hacer.

Ante su silencio, pensó que tendría que rogar, pero, cuando iba a dar un paso en dirección a la puerta, la mujer habló:

—Espero que tu madre pueda perdonarme, pero ya no tiene objeto ocultártelo. Ahora que sabes que está ahí, tarde o temprano lo encontrarías; aunque tuvieras que desmontar ese despacho entero, acabarías por encontrar lo que buscas, y ella aborrecería que desordenaras sus cosas.

Regresó al piso. Localizó la llave en el lugar que Enriqueta le había indicado: bajo el forro acolchado de un estuche para plumas que descansaba sobre el escritorio.

En el primer cajón había documentos legales: las escrituras de aquel piso, del de Zarautz y del garaje, una copia del testamento, el libro de familia y el pasaporte de su madre. En el cajón inferior había dos carpetas de cuero con más documentos. Nash las sacó y las abrió sobre la mesa. La primera contenía un documento que inicialmente confundió con un diploma de estudios. Estaba protegido por una funda de plástico transparente y cuando lo leyó comprobó que era un certificado de matrimonio a nombre de Natalia Elizondo y Benedict Newman expedido en Donostia-San Sebastián.

Debajo, un sobre grande que contenía veinticinco fotos de trece por dieciocho centímetros. A pesar de que eran en color, presentaban un ligero tono sepia. No eran las típicas fotos de boda, pero aun así se podía distinguir perfectamente que habían sido un encargo pagado a un profesional, y conmemoraban una ocasión especial. Su madre llevaba un vestido beige de manga larga y cuello cerrado con un pequeño volante, rematado con un cinturón de terciopelo marrón, que colgaba cuan largo era el vestido. Se adornaba la cabeza con una pamela terminada con la misma cinta. El hombre a su lado iba con un traje castaño, casi en los mismos tonos, y una flor en el ojal de su chaqueta. Se sonreían entre ellos y al fotógrafo. Nash las miró detenidamente, estudiando las facciones del hombre que posaba junto a su madre, y fascinada al descubrir gestos en el rostro de ella que no había visto jamás. Bajo las fotos, un libro de familia de tapas verde oscuro y letras blancas. En el primer apunte constaba el matrimonio entre Natalia Elizondo y Benedict Newman, pero en el apartado donde debían aparecer los hijos no había ninguna inscripción.

Dentro de un sobre con membrete del juzgado estaba la querella de divorcio, presentada dos días antes de que ella naciera, y la sentencia firme ratificada dos años después.

En el fondo del cajón, un álbum de fotos de color azul, tamaño medio y atestado de fotos pequeñas, cotidianas, incluso algunas polaroids que se mantenían en buen estado, aunque algo desvaídas. Eran en su mayoría escenas cotidianas, de su madre y Newman, en la playa, navegando, posando ante monumentos y en plazas que reconoció de la ciudad, frente al Quijote en Alderdi Eder; junto al León en Lasala, ante la fachada de Santa María; en el puerto, junto al cañón de la entrada del Aquarium o en el Cementerio de los Ingleses de Urgull. Otras eran puramente domésticas: cocinando, sentados en el sofá o a la mesa, besándose..., incluso había dos o tres en las que se los veía en la cama leyendo, riéndose. Cerró el álbum y lo guardó junto con los demás papeles dentro del maletín de aluminio que le habían prestado las Mitxelena. Se puso en pie y localizó la escalera apoyada en el extremo más lejano de la librería. La deslizó hasta el centro de la estancia y fue subiendo peldaños hasta que su cabeza rozó el altísimo techo. Con precaución, apartó los pesados tomos de antiguos vademécums e introdujo la mano al fondo hasta que tocó un par de gruesos paquetes envueltos en papel de estraza. Incapaz de volver a bajar con ambos en las manos, los dejó caer con cuidado sobre el mullido sofá de terciopelo. El primero lo hizo con un golpe sordo y amortiguado por el tejido, pero el segundo reventó desparramando su contenido, que se deslizó en parte sobre el mueble y en parte en el suelo. Nash bajó de la escalera y vio que eran cartas manuscritas con una caligrafía fluida y elegante, trazada con pluma, y siempre con tinta azul. Las cartas no tenían remitente, pero estaban dirigidas a su madre. Todos los sobres aparecían rasgados por la parte superior, sacó una y leyó el encabezado.

Amor mío:

Recogió todas las cartas que estaban por el suelo, las envolvió de nuevo en el papel de estraza y las añadió al maletín. Tomó el paquete que había quedado intacto y deslizó la cinta que lo sujetaba comprobando que también había cartas. La diferencia era que ni una sola había sido abierta. Tampoco tenían remitente e iban dirigidas a Nash. Permaneció unos segundos inmóvil con una de ellas en la mano, ojeó las demás y vio que todas eran para ella, aunque nombrándola por el nombre que recibió al nacer y que llevó hasta los dieciocho años. Sintió cómo su pulso se aceleraba, jadeó intentando calmarse. Sobreponiéndose al deseo de abrirlas, aunque fuera una. Las guardó en el maletín. Se recompuso ante el espejo veneciano: mascarilla, gafas, gorro, guantes, cerró el maletín y suspiró llenando de vaho sus gafas. Antes de abandonar la casa de su madre, entró de nuevo en el dormitorio y cogió el pañuelo de seda, verde salvia, que cubría la tulipa de la lámpara de noche.

Ninguna de las tribulaciones que la habían asaltado mientras se dirigía a casa de su madre la acompañaron de vuelta a Elizondo. De vez en cuando lanzaba furtivas miradas al maletín que transportaba en el asiento del copiloto, era consciente de que lo que contenía engendraría tantas preguntas como las que iba a responder, pero condujo segura, como alguien que emprende un largo viaje después de haber empacado todo su pasado. A su mente acudió un verso de Robert Frost: «Tengo promesas que cumplir y millas que recorrer antes de dormir». Sintió una suerte de calma que no abrazaba desde hacía días, y fue consciente de que parte de las piezas que había echado en falta para completar el rompecabezas de la investigación del caso Dancur estaban directamente conectadas con las piezas que le faltaban para completar su propia vida. Mientras sostenía aquellas cartas dirigidas a la niña que fue, se había revelado ante ella, y con toda claridad, lo que no terminaba de cuadrarle en el caso Dancur. La pregunta atronaba en su mente: ¿qué es tan poderoso para obligar a un padre a renunciar a su hija? Y aquella incógnita, que estaba segura de que se convertiría en la cuestión central de su propia vida, era también la cuestión sobre la que giraba la resolución de aquel caso.

Se lo había dicho a la inspectora Salazar: creía a Helena Murrieta, de una manera instintiva sabía que no mentía, y aceptaba lo que decía, pero a la vez había algo que no terminaba de encajar, que no se correspondía entre la mujer que sollozaba sometida por el miedo y aquella con los redaños suficientes como para amenazar a Pascal de una forma tan terminante como lo hizo la noche en que le convenció de no acoger a Andrea en su casa. Simplemente, no concordaba la mujer que decía haber vivido sometida por la amenaza de acabar en el pozo junto a su hija con la que había echado a su marido a la calle en calzoncillos y sin ningún miramiento. Helena no estaría en condiciones de hablar hasta el día siguiente, pero en cuanto llegase a Elizondo le haría una pregunta a Pascal, y esta vez no se iría sin la respuesta.

Entró en Elizondo por la calle Santiago, vio de reojo algún supermercado abierto, y a las personas que bajo sus paraguas aguardaban su turno para poder acceder. Al adentrarse en la villa vio luces encendidas en las farmacias, y alcanzó a percibir las miradas cargadas de temor y desasosiego que le dedicaron los escasos transeúntes que había por la calle. Desaceleró suavemente el coche para torcer por el desvío hacia el interior de Elbete e inmediatamente a la izquierda tras la casa del cura, hasta llegar al portón que las Mitxelena franquearon en cuanto la vieron.

No le dieron tiempo ni a abrir la puerta del coche. Susana tiró de ella desde fuera, mientras Eva y Beth levantaban el portón trasero y sacaban el ataúd vacío que la había acompañado en su viaje.

—¡Gracias a Dios que estás aquí! —exclamó Susana.

—¿Qué pasa? —preguntó Nash alarmada retirándose las gafas de la mascarilla.

—No te quites nada, tenemos que irnos, cámbiate de asiento, conduzco yo.

Nash obedeció mientras veía cómo Susana se colocaba la mascarilla y Eva y Beth subían a la trasera del vehículo tumbándose donde un minuto antes iba el ataúd. Cerraron las cortinillas haciendo invisible el contenido y estirándose para pasar desapercibidas.

—¿Vais a explicarme algo, por favor?

—Vamos a casa de Santos, él es el técnico funerario que trabaja conmigo cuando Eva está fuera estudiando.

Nash asintió, recordaba que lo habían mencionado.

—Su mujer, Sofía, está embarazada a término, creen que ha llegado el momento, han llamado a una ambulancia, pero tardarán aún cuarenta y cinco minutos. Y se están asustando bastante.

Nash asintió preocupada.

Tardaron apenas dos minutos en llegar a una pequeña casa unifamiliar en la carretera de Lekaroz. Santos era un tipo grande como un castillo, que esperaba con la puerta abierta que daba a un pequeño recibidor y un amplio salón. Indicó a las cuatro mujeres que subieran a la segunda planta mientras él arrancaba el coche.

Sofía estaba acompañada por su hermana, que sostenía el móvil con un cronómetro activado en la pantalla. Sentada a los pies de la cama de matrimonio, se había recogido el cabello en una coleta alta, llevaba un vestido largo y una chaqueta ligera, parecía tranquila y preparada para salir hacia el hospital, a su lado un bolso, una carpeta con la documentación y una bolsa acolchada de color rosa que seguramente contenía todo lo necesario para el bebé. Nash vio los ojos aterrados de las mujeres cuando la vieron entrar de aquella guisa.

—Sofía, no te asustes, es mi amiga Nash —explicó Susana tranquilizándola—, está vestida así por razones que nada tienen que ver, pero te aseguro que está completamente higiénica, ella es médico. Nash, estas son Sofía y su hermana Celia.

Nash entendió de pronto las connotaciones de su presencia allí. Iba a protestar, a decir que no era de esa clase de médico, pero entonces la mujer tuvo una contracción. Susana se colocó a su lado y le sostuvo la espalda. Nash no era una experta, pero le pareció intensa, corta y potente. Cuando hubo pasado se dirigió a la hermana.

—Celia, ¿cada cuántos minutos las tiene?

—Hasta hace un momento, irregulares. Cada cinco, cada siete, pero las dos últimas cada tres.

Nash se dirigió a la madre.

—Sofía, necesito verte, tengo que ver cómo estás ahí abajo.

La mujer se recostó hacia atrás y separó las rodillas. Nash observó la zona inflamada que evidenciaba la cercanía del parto.

—Yo diría que aún falta un poco, ¿puedes andar? No sé si dará tiempo a que llegue la ambulancia, pero al menos podemos trasladarte hasta el centro de salud de Elizondo.

—Sí —respondió temblorosa.

Entre Nash, Susana y Celia la ayudaron a ponerse en pie. Eva tomó su bolso y las cosas del bebé, y la sujetaron mientras bajaban las escaleras. Acababan de llegar al rellano de la entrada cuando tuvo otra contracción, literalmente se fue al suelo, y entre todas tuvieron que sostenerla para que no se golpease. Quedó a cuatro patas, sobre las rodillas y las manos, y su aullido de dolor llenó la casa.

—... Quiero..., quiero empujar —jadeó.

—¡Oh, Dios mío! —dijo Nash.

Celia y Susana parecieron entender lo que eso significaba. Eva y Beth la miraron intranquilas.

La contracción se prolongó durante un minuto en el que todos los sentidos de Nash se aturdieron mientras en alguna parte de su mente una vocecita infantil rezaba «no por favor, no por favor, no por favor, no quiero hacer esto».

—Sofía, ¿estás segura de que quieres empujar?

—No es que quiera —dijo resollando—, es que no puedo evitarlo.

—Tengo que verte otra vez.

La mujer asintió asustada mientras separaba las rodillas para que Nash pudiera examinarla. Nunca había asistido un parto, pero no tuvo ninguna duda de que estaba viendo la parte superior del cráneo de un bebé.

Acallando la voz que en su interior gritaba «No, no, no», miró a las otras mujeres, que esperaban instrucciones.

—Beth, sal a llamar a Santos, dile que entre, y vosotras ayudadme a llevarla al sofá. Sofía no va a ir a ninguna parte, el bebé va a nacer aquí —dijo Nash.

—Leire —jadeó la madre—. La niña se llama Leire.

Nash miró de nuevo a las chicas y, con toda la calma que logró concentrar en su voz aterrada, dijo:

—Leire va a nacer aquí, en su casa.

No era capaz de calcular cuánto tiempo había transcurrido, el justo para ponerla sobre la *chaise longue* del sofá, para que Santos entrase con los ojos desorbitados, para pedir que trajeran toallas. Había extendido un par de ellas bajo las piernas de Sofía cuando sobrevino la siguiente contracción. Nash se arrodilló ante ella sin dejar de oír aquella vocecita en su mente que decía «No quiero hacer esto, no quiero hacer esto, no quiero hacer esto...», mezclada con la voz de Santos, que sosteniendo el teléfono no se rendía y seguía reclamando la ambulancia: «Por favor, por favor, mi mujer va a dar a luz», y que pronto fue ahogada por los crecientes sollozos de Sofía, que comenzaron con un jadeo mezcla de dolor y de miedo, y que fueron en aumento hasta que la cabecita del bebé asomó por completo, bocabajo y en silencio. Sin ser muy consciente de por qué lo hacía pasó los dedos por el cuello de la criatura comprobando que no trajera una vuelta de cordón umbilical, obedeciendo quizá al recuerdo de algo que había leído en alguna parte, el eco de un consejo escuchado, o de parte de una lección.

Se elevó sobre las piernas de la mujer y le dijo:

—La cabeza ya está fuera, ya casi está, ya casi lo tienes.

Y tan pronto acabó de decirlo sobrevino otra contracción. Sintió cómo la mujer se concentraba en empujar mientras jadeaba sometida por el dolor. El bebé se ladeó levemente y un hombro redondo y perfecto asomó junto a su cabeza. Nash tiró con suavidad del brazo, e inmediatamente todo el cuerpo de la criatura se deslizó sobre sus manos derramándose, como si fluyese de la misma fuente de la vida. Sonriendo bajo su mascarilla, Nash sujetó el cuerpecillo por las axilas. Cuando la bebé rompió a llorar, Nash la levantó, como se levanta un cáliz, para que su madre pudiera verla.

Fue consciente en ese instante de la presencia de las demás mujeres, de lo primitivo y nuevo que era aquel gesto, de la belleza salvaje que encerraba un nacimiento. Y se dio cuenta de que en pocos días le había tocado acompañar a su madre mientras se iba, y a aquella pequeña mientras llegaba al mundo: aunque todos nacemos y morimos, no deja de ser sorprendente que no sepamos ayudar a nacer ni acompañar en la muerte.

Susana envolvió a la recién nacida en una toalla y la colocó sobre el pecho de la madre, incrédula todavía por lo que acababa de pasar. El llanto, el miedo y la angustia fueron sustituidos como por ensalmo por una risa nerviosa, eufórica y festiva, que se contagió a todas las mujeres. Hubo algo tribal, salvaje y muy muy hermoso que se movía como una energía entre las mujeres presentes y la memoria de las que habían partido, unidas en una ceremonia que, alcanzó a entender, era sólo de ellas. El modo en que las chicas sonreían, el olor de la vida nueva, la sangre, los sonidos, las palabras, la oxitocina en el aire, la fuerza visceral, uterina y femenina, la emoción, pero sobre todo la euforia vital. Nash se sintió agotada, renovada, aterrada y agradecida.

Una contracción más para recibir la placenta, como el mapa antiguo de un tesoro legendario, carnal y sagrado.

Nash se sentó, casi se dejó caer, en el suelo a los pies de la mujer; su cuerpo temblaba, como si le hubieran aplicado un cable de alta tensión en la base de la columna vertebral. Después, mientras las chicas la rodeaban, mientras Santos se inclinaba para besar a su mujer y a su hija, mientras volvía al teléfono para reclamar aquella ambulancia que no llegaba, Nash se puso en pie y caminó hacia la cristalera que separaba el salón de una pradera que se tornaba invisible por momentos mientras anochecía en Baztán.

La ambulancia aún tardaría otros veinte minutos en llegar, y para entonces la euforia creciente de Nash ya no cabía en aquella habitación. Creía que ya no podía estar más nerviosa, pero su cuerpo lo desmentía al minuto siguiente. Paseaba como una fiera presa en el interior de una jaula, miraba a la sonriente madre que sostenía a la bebé, el momento de las miradas cómplices, las sonrisas satisfechas de Beth y Eva, de Susana, Sofía y Celia y de la pequeña criatura.

—Nash —la llamó la joven madre.

Ella se acercó.

—Quítate la mascarilla, quiero verte la cara. —El tono sereno, tranquilo de la mujer la sorprendió, quizá porque sólo la había oído sufrir hasta aquel instante—. Y, por favor, hazte una foto conmigo, nos has salvado la vida.

Evitando respirar, Nash se apartó la mascarilla y sonrió a aquella mujer y a la pequeña Leire, a la que siempre estaría unida. Después se recostó un instante a su lado y dejó que Beth les hiciera una foto. Inmediatamente volvió a cubrirse el rostro con la mascarilla y preguntó a Eva:

—¿Qué dicen los de emergencias? ¿Cuánto tardará la ambulancia?

—Yo no pienso ir a ningún hospital —contestó la madre—. Estoy bien y la niña está perfecta. No voy a correr ese riesgo después de que ya ha pasado lo peor. No hace falta que vengan.

—Están a veinte minutos al menos, pero ahora ya está, ¿no? —dijo Eva.

—Me quedaría más tranquila si revisaran que la placenta esté entera. Pero hay que pinzar el cordón, no voy a esperar, porque ya ha pasado bastante tiempo —dijo Nash—. Escúchame, Santos: necesito que me traigas algo con lo que atar el cordón umbilical.

El hombre asintió y salió a la carrera en dirección a la habitación contigua, que debía de ser la cocina, volvió tras unos segundos con el cargador de un móvil.

—Es lo único que he encontrado...

Nash miró alrededor tomando conciencia del lugar en el que estaba. Un salón amplio, con sofás rojos y muebles claros. Coloridos cuadros que alternaban los tonos adornaban las paredes, y un montón de juguetes de colores primarios delataba la presencia de otro niño, o niña, muy pequeño en la casa. Sobre la mesita de café que había frente a los sofás vio un tambor de juguete, de caja roja y parches blancos, un cordel recorría los costados dibujando triángulos perfectos, y pendía más amplio en un lado para permitir colgarlo del cuello, o atarlo a la cintura.

—¿De quién es el tambor?

—De nuestra otra hija, es increíble que a pesar de los gritos siga dormida.

—Tráeme unas tijeras y un poco de alcohol.

Cortó un trozo del cordel del tambor, lo lavó entre sus manos con alcohol, y calculando un tramo que dejase espacio para que después los sanitarios lo hiciesen bien, ató el cordón umbilical de la pequeña Leire con el cordel de un tambor que donó su hermana.

Nash se puso en pie de nuevo, incapaz de permanecer quieta, y se desplazó hacia la puerta de la casa para esperar a la ambulancia. El hombre la siguió.

—Quiero darte las gracias —le dijo emocionado.

—No hay de qué, no puedo decir que haya sido un placer, al menos inicialmente, pero es lo más puto extraordinario que me ha pasado en la vida —dijo sinceramente.

—Pues a ti han debido de pasarte cosas... Sé quién eres...

Nash asintió como si fuese una carga, o un honor.

Se acercó más a ella para susurrar:

—Ya sabes cómo es el pueblo, se oyen muchas cosas, he oído que han detenido a Pascal por el asesinato de su hija, ¿es verdad?

Nash pensó en negarlo, pero no tenía sentido.

—Está detenido, sí, pero todavía no se han presentado cargos.

—No puedo concebirlo, que un padre dañe a sus criaturas, yo haría lo que fuera, hasta morirme, por mi mujer y mis hijas —dijo con lágrimas en los ojos—. De verdad, no puedo creerlo, estuve hablando con él hace poco, iba delante de mí en la cola para la extracción voluntaria de sangre en la serrería Murrieta.

—¿Te refieres a la extracción que se organizó tras la aparición de los restos de Andrea?

—Sí. Murrieta financió la analítica, dicen que puede haber supuesto cientos de miles de euros.

—No sabía que se había llevado a cabo en su empresa.

—Tienen una enfermería estupenda, nada que envidiar a las de las zonas madereras de Canadá. Por lo visto en los setenta hubo algún accidente serio, y los del sindicato presionaron hasta conseguirla. Imagino que, con esas máquinas, los accidentes pueden ser amputaciones y cosas graves, así que tienen un pequeño quirófano, y hasta una ambulancia, por si hay que hacer un traslado, como un pequeño hospital, ya lo quisiera el centro de salud de Elizondo.

A la mente de Nash acudió la imagen del rostro colorado de Sebastián el sindicalista diciendo: «Murrieta siempre me ha tenido enfrente».

Cuando los sanitarios entraron por la puerta quince minutos más tarde la miraron sorprendidos.

—¿Doctora Elizondo?

—Me temo que sí, y parece que la madre ha decidido que no quiere ser trasladada. Aun así, os he dejado más trabajo que ayer, la he atado con el cordel de un tambor, así que al menos una pinza vamos a necesitar.

—Pues estamos en racha, acabamos de recibir un aviso para una evacuación en la comisaria de la Policía Foral, así que una pinza y nos vamos para allá.

El teléfono de Nash sonó obligándola a bajar la cremallera de su buzo blanco.

Era la inspectora Salazar.

—Pascal está grave, hace tres horas dijo que se encontraba mal, y en este tiempo ha empeorado muchísimo, casi no puede respirar. El médico de guardia en Elizondo acaba de pedir una ambulancia, van a evacuarlo al hospital de Pamplona.

—Voy para allá, llegaré con la ambulancia.

Colgó el teléfono, y fue hacia Santos.

—Una pregunta: ¿quién llevó a cabo la recogida de muestras de sangre aquel día? ¿Lo recuerdas?

—Pues..., la Guardia Civil, bueno, y los ayudaba esa enfermera de la empresa...

—Ederne Hidalgo.

—Esa.

Accedieron con la ambulancia por la planta principal, donde se encontraban los garajes y el ingreso a las celdas. La inspectora Salazar se extrañó al verla vestida con el

EPI, pero no dijo nada. Los acompañó hasta la zona de detención y abrió la celda para que pudieran estabilizar a Pascal. Estaba consciente, las petequias rosadas que en días anteriores aparecían por su rostro eran hoy rojas, igual que las gruesas líneas que se habían dibujado bajo sus ojos. El resto de la piel, extraordinariamente pálida. Jadeaba para respirar, boqueando como un pez, incluso después de que le pusieran la mascarilla con oxígeno. Tras un par de minutos pareció aliviado, su respiración se estabilizó y cerró los ojos mientras lo colocaban en la camilla.

Con una mirada, Nash pidió autorización y se situó al lado de Pascal.

—Doctora, estoy muy mal —dijo el hombre con gran esfuerzo.

Y para sorpresa de todos ella le contestó:

—Sí, Pascal, es grave, creemos que es el virus.

Él la miró aterrorizado.

—Pascal, ¿cómo te convenció Helena aquella noche? ¿Qué te dijo para obligarte a hacer volver a Andrea a su casa?

Su respiración se aceleró de nuevo, comenzó a jadear y rompió a llorar, pero no dijo nada.

—Tenemos que llevárnoslo —avisó el sanitario.

Nash caminó a su lado mientras lo empujaban hacia la salida.

—Pascal, ¿qué te dijo?

Él redobló su llanto apretando más los ojos.

El sanitario la miró impacientado. Estaban cerca de la ambulancia.

—¡Pascal, te estás muriendo, joder! —exclamó furiosa—. Todos creen que mataste a tu hija. ¿Quieres irte a la tumba así? ¿Qué te dijo? ¿Qué es tan fuerte como para hacer que un padre renuncie a su hija?

Él abrió los ojos.

—¡Que no era mi hija! —chilló.

Nash agarró con fuerza la camilla deteniendo su avance y lo miró a la cara.

—Que no era su padre, que lo había sabido siempre..., desde que se quedó embarazada, y que mi suegro también lo sabía. Ella se lo dijo, que yo había sido un títere, y que Murrieta aceptó que nos casáramos para evitar el escándalo —jadeó.

—Tenemos que irnos —apremió el sanitario volviendo a empujar la camilla.

—¿Te dijo quién era el padre?

Él negó.

Entonces lo entendió.

—Se lo dijiste a Andrea... —afirmó Nash superada por la carga de aquello.

Él gimió de pura angustia.

—No debí hacerlo, estaba borracho...

Nash se quedó clavada en el sitio. Pudo ver con claridad a Andrea regresando de vuelta a la casa de su madre tan acongojada que por momentos no podía ni caminar y tenía que detenerse para que el dolor que brotaba de lo más profundo de su alma saliese por su boca y por sus ojos en forma de llanto desesperado.

—Hablé con ella después..., le dije que no sabía qué decía..., que estaba borracho, la quería.

Nash no tuvo piedad:

—Para entonces ya le habías roto el corazón.

Continuó oyendo los alaridos de Pascal después de que cerraran las puertas del furgón, sólo el ulular de la sirena de la ambulancia consiguió acallarlo.

Nash se deshizo del buzo blanco en cuanto se llevaron a Pascal, y Amaia Salazar la acercó en su coche a casa de las Mitxelena sin hacer preguntas por su atuendo de funeraria.

—¿Qué quieres hacer ahora? —le preguntó cuando detuvo el coche delante del caserío.

Nash comprobó la hora en su teléfono: eran las doce y diez de la noche.

—Darme una ducha para quitarme esta sensación de llevar toda la mierda del mundo encima.

Amaia asintió lenta y pesarosamente.

—Sé a qué te refieres. No se quita con una ducha, pero te sentirás mejor.

Nash cerró dos segundos los ojos.

—Me he comportado como una puta furia del infierno con Pascal, ¿verdad?

—Hacer lo que hay que hacer —contestó sentenciosa—. Repetiré la pregunta: ¿qué quieres hacer ahora?

Nash enumeró:

—Hablar con Helena Murrieta en cuanto sea de día. Hay un par de cosas que quiero comprobar. Pero creo recordar que la comparativa de ADN que se hizo a los restos de Andrea se realizó con una muestra de la madre. También estaría bien saber el nombre del abogado que se presentó ayer en la Guardia Civil...

—Eso te lo digo inmediatamente —dijo sacando el teléfono y seleccionando uno de sus contactos.

Salazar escuchó, y Nash la vio asentir ante la obviedad.

—Munguía —dijo después de colgar—, el abogado con el que amenazó la enfermera Hidalgo cuando íbamos a llevarnos a Helena al psiquiátrico. El abogado de la familia Murrieta.

—Pascal me contó que su suegro siempre ha salido en su defensa cuando ha tenido problemas, que cuando Helena lo echó de casa y quiso divorciarse de él, Murrieta fue muy comprensivo. Le dijo que no era por su culpa, que su hija nunca había sabido lo que quería, incluso que cuando Andrea desapareció y él bebía tanto y se vio implicado en un accidente de tráfico su ya exsuegro corrió a cargo de los costes de su defensa. A pesar de que se ha casado con otra mujer sigue trabajando en su empresa, en el aserradero de Murrieta.

—¿Dirías que son amigos?

—No diría que son exactamente amigos; de hecho, diría que son dos hombres diametralmente opuestos, pero a la vista de lo que hemos sabido hoy, de ser cierto, se explica solo. Creo que de alguna manera Lisardo Murrieta intenta compensar el hecho de haber utilizado a Pascal durante toda su vida tratándolo como un pelele.

—¿Y la sangre, Nash? Su sangre apareció en el cadáver, eso es incontestable, tú la viste.

Nash salió del coche y caminó hacia el portón del garaje quitándose las gafas, la mascarilla y odiando cómo los guantes le hacían sudar las manos. La inspectora Salazar bajó el cristal de la ventanilla para decirle:

—Has traído una vida al mundo, Nash, mi tía Engrasi diría que has nacido a Leire. Celébralo.

Nash la miró sorprendida.

—¿Cómo... lo has sabido?

—Los de la ambulancia... —contestó mientras Nash asentía sonriendo.

Se rezagó en la cochera tras usar el método de desinfección que las Mitxelena aplicaban cuando llegaban de los servicios funerarios. Después de ducharse, se miró en el espejo del baño y estudió las marcas que las gafas y la mascarilla habían dejado impresas en su rostro, y que el agua caliente no había conseguido borrar. Volvió a ponerse la ropa que había dejado allí. Sacó del coche fúnebre el maletín con todos los documentos que se había llevado de la casa de su madre y atravesó el tanatorio dedicándole una mirada al bulto inmóvil de la momia sobre la mesa de mármol. En cuanto abrió la puerta que separaba el antiguo tanatorio de la casa fue como aterrizar en un ambiente extraterrestre. Las Mitxelena habían abierto cava y bailaban *Be my baby* de The Ronettes entre el salón y la cocina. Dejó el maletín en el suelo, tomó en brazos a Amy, aceptó la copa que Susana le tendía y aspiró el delicioso aroma del rape con hongos que Beth había preparado para cenar, segura de que a *Be my Baby* le seguiría la banda sonora de *Dirty Dancing* entera.

17 de marzo de 2020
Martes

Habría jurado que podía dormir un mes seguido. Eran las cuatro de la mañana cuando se acostaron. Muchas risas tras la botella de cava y otras dos de Heroica. Sin embargo, después de un sueño inquieto de un par de horas, se había despertado con una especie de resaca de nervios por la tensión vivida, por el miedo a no saber y al vértigo ante la responsabilidad, superado por unos acontecimientos que la habían arrastrado como la marea. Rememoró el momento en el que había tenido en sus manos el cuerpecillo pequeño de Leire, y se sorprendió sonriendo y pensando en su carita, y en el deseo irrefrenable e inexplicable de volver a verla.

Las primeras luces del amanecer se colaban entre los portillos entornados. Encendió la lamparita, sabiendo que no podría volver a dormirse, y sonrió al ver cómo la luz se derramaba, verde, desde la tulipa cubierta con el pañuelo de su madre. Se sentó en la cama y dedicó una mirada pensativa al maletín de aluminio. Tenerlo allí le provocaba una mezcla de sensaciones. Sentía curiosidad, sí, pero reconoció que poseerlo colmaba la urgente necesidad que había sentido hasta ese momento, que no era tanto de constataciones como de presencias necesarias. Lo tenía, podía abrirlo en ese instante si lo deseaba, las respuestas estaban ahí, pero entendía que, si lo hacía, debía estar preparada para asumir su contenido; no podría ya echarse atrás. Movió la cabeza hacia el maletín, como si lo saludase, o le dedicase una reverencia. Se ocuparía de él y de su contenido en cuanto Andrea Dancur pudiera descansar.

Tomó su ordenador de la mesilla y comenzó a repasar de nuevo todos sus apuntes, mientras casi a la vez abría la puerta a la posibilidad de haberse equivocado, y decidía con quién le faltaba hablar.

La despertaron los gritos, abrió los ojos a la habitación bañada por la luz verdosa que se desbordaba desde la lámpara, el ordenador encendido había resbalado a un lado de la cama, y aún sostenía en la mano derecha el ratón inalámbrico. Era más de mediodía.

—¡Nash! ¡Nash! ¡Dios mío, Nash! —gritaba Susana desde la planta baja.

Nash apartó el ordenador y salió de entre las sábanas enredándose con el cable que lo mantenía enchufado a un costado de la cama y por poco acaba en el suelo. Descendió las escaleras descalza y, al llegar a la planta baja, percibió sorprendida el frío y la humedad del exterior, recorrió a trompicones el tramo que separaba la vivienda del antiguo tanatorio mientras percibía la corriente de aire que campaba por el pasillo robando todo el calor de la casa. Las tres mujeres estaban de pie mirando desoladas hacia el centro de la sala.

Pasó entre ellas y llegó hasta la mesa de mármol. La bolsa negra tenía la cremallera intacta, pero el plástico aparecía rajado, como si alguien lo hubiera rasgado con un afilado cuchillo. Dentro, se mezclaban las bolsas de gel de sílice que habían colocado para contener la humedad y los despojos de la sábana mortuoria con la que alguien había cubierto la cabeza de la bruja, estaban abandonados como jirones sucios de piel; el cordón oscuro, que durante cuatrocientos años la había ceñido a su cuello, colgaba de los restos de la bolsa, pero el cuerpo no estaba. Alguien había desplazado el panel corredizo que separaba el tanatorio del garaje, el portón verde que daba al exterior estaba abierto hasta su máxima altura y el viento empujaba la lluvia dentro.

Tres horas más tarde, sentadas junto al fuego en la cocina, y tras unos cuantos cafés calientes, Nash miraba incrédula a la inspectora Salazar.

—Ha sido Herzog. Me da igual lo que digas.

—Escucha, sé lo que te dice el instinto, y me fío de ti, porque probablemente tengas razón, pero lo hemos comprobado. El doctor Laurent Herzog está ingresado en el hospital Gómez Ulla de Madrid desde que llegó a España. Antes de salir del aeropuerto de Tel Aviv detectaron que tenía fiebre. Al igual que otras personas que venían en ese vuelo, al tratarse de un transporte militar los trasladaron directamente al hospital.

—¿Y su esbirro qué?

—Hemos llamado al domicilio de Mikel Fernández: estaba confinado con sus padres en Castellterçol, un pueblo cerca de Barcelona. Era imposible que pudiera llegar hasta aquí burlando todos los controles, pero es que también está en urgencias del Hospital Clínic de Barcelona desde ayer.

—Qué buena coartada...

—Nash, lo hemos comprobado, son ellos y están enfermos.

Nash la miró obcecada.

—Han sido ellos, ha sido Herzog. La última vez que hablé con él me dijo que sabía dónde estaba yo y dónde tenía la momia. Reconoció que esa mujer del hostal le informaba. Intentan dejarnos en ridículo y lo van a conseguir, vamos a ser el hazmerreír de la comunidad científica...

—Nash —dijo Amaia—, he montado dos controles en la carretera, tengo a la Policía Científica buscando huellas, hemos dado aviso a todos los cuerpos de seguridad, a todos los controles de seguridad, no es tan fácil, tienen que habérsela llevado en un vehículo especial, como él mismo te dijo, no son patatas que puedas tirar a un maletero. Sea quien sea quien se la ha llevado, lo atraparemos.

Beth, que hasta el momento había permanecido en inusitado silencio, preguntó:

—¿Habéis visto cómo está rajada la bolsa?

—Unos salvajes —respondió Nash enfadada.

—¿Por qué le quitarían el sudario?

—No lo sé.

—Julio dijo que era una fórmula de contención, una especie de ritual mágico de inmovilización —expuso.

—¿Qué estás diciendo, Beth? —preguntó su hermana.

—Lo que digo es que se movió sola...

Nash se levantó de la mesa negando, pero Beth continuó:

—Se estuvo moviendo hasta que el nudo se aflojó... lo suficiente como para librarse del sudario.

—¿Crees que se puso en pie y se largó ella solita? —preguntó Nash enervada.

Beth contestó calmada:

—¿Por qué no abrieron la bolsa? O mejor: ¿por qué no se la llevaron con bolsa y todo? Habría sido lo suyo...

—La bolsa estaba pegada con cinta americana, arrancarla de la mesa y de la propia bolsa habría hecho ruido —explicó la inspectora.

—Le importó una mierda hacer ruido, deslizó el panel, abrió el portón, ¿y tengo que creer que tuvo reparos con la bolsa?

—En los robos se hace uso de una violencia que casi

nunca es necesaria, es debido al estado de nerviosismo de los ladrones —añadió Amaia.

—Y, sin embargo, no oímos nada.

—Mucha fiesta anoche —dijo Nash señalando las botellas vacías sobre la encimera.

—La bolsa parece rasgada desde dentro. ¿Cómo explicas eso? —lanzó la chica.

—Bueno, eso es bastante difícil de establecer, tendríamos que enviarla a un laboratorio forense... —dijo prudente.

—Pero lo parece —insistió Beth.

Nash suspiró rendida.

—Beth, lamento mucho que estés tan afectada, pero créeme, la han robado. Yo creo que ha sido Herzog, o alguien relacionado con él. No se ha ido andando, Beth, se la han llevado porque hay gente dispuesta a pagar un dineral por ella en el mercado negro. Las últimas momias que se incautaron, en 2008, antes de ser vendidas de forma ilegal, habrían alcanzado un precio de más de dos millones y medio de euros. Esta no es una momia egipcia, pero hay coleccionistas que seguro que estarían dispuestos a pagar cientos de miles de euros por ella.

Amaia miró a Beth.

—Aparecerá, estamos barajando todas las posibilidades y no descartamos que sea una broma de mal gusto. En este pueblo se han hecho gamberradas bien gordas, pero desde luego no podrán llevarla muy lejos en pleno estado de alarma.

—Bueno, lo mejor de todo es que, si se ha ido por su pie, hay posibilidades de que vuelva del mismo modo, ¿no? —bromeó Susana.

—No volverá —dijo Beth—. No mientras tengamos aquí ese sudario.

—Estaba bromeando, hija —contestó Susana.

—Yo no —dijo la chica solemne—. ¿Por qué no le

cuentas a Nash la historia de Garbiñe que te dejaste a medias?

Nash se volvió a mirar a Susana.

—No creo que sea el momento —contestó evasiva esta.

—Pues yo creo que es el momento perfecto para que Nash entienda dónde está.

Amaia levantó su taza vacía.

—¿Hago café? —preguntó Eva.

Susana asintió y miró a Nash.

—Ya te conté que, la noche en que murió Garbiñe, su nieta quedó en coma, y fue imposible sacarla de la habitación, porque cada vez que lo hacían se le paraba el corazón... La transformación de la casa comenzó tan pronto como se llevaron el cuerpo sin vida de la abuela, y lo primero en desintegrarse fueron unas enormes jardineras amarillas que ocupaban todo el largo de las ventanas, y que Garbiñe siempre había mantenido llenas de flores. Las flores se marchitaron y las jardineras se resquebrajaron, abriéndose y dejando salir la tierra en pedazos que cayeron a la calle. Entonces alguien que pasaba lo vio. De Garbiñe siempre se habían contado muchas cosas... Había rumores de que había matado a su marido, que debía de ser bastante rico, envenenándolo, pero supongo que muchas jóvenes viudas de la época tuvieron que cargar con esa sospecha. A ella le costó mucho tener a su primer hijo, y lo pasó muy mal en el embarazo y el parto. Pero el sufrimiento se transformó en adoración en cuanto el niño nació, se volcó en él y decidió que no quería tener más hijos, pero el marido no estaba de acuerdo, a riesgo de la salud de Garbiñe, e incluso de su vida. Dicen que por eso lo mató. Tenía un jardín extraordinario en el que cultivaba todo tipo de hierbas, muchas venenosas. Algunas mujeres acudían a su casa cuando no querían tener hijos. Por lo visto, ese tema lo dominaba. Por supuesto sólo eran rumores, cosas que se contaban. Hasta el día en que las jardineras que adornaban sus ventanas comenzaron a descomponerse, y mezclado entre la tierra que caía a la calle apareció un paquetito envuelto en tela. La mujer que lo encontró supo inmediatamente lo que era. Ya sabes que en el pasado, en el País Vasco, las mujeres bordaban mortajas como parte de su ajuar. La vecina reconoció lo que estaba viendo. Avisó a la Guardia Civil. Hallaron nueve esqueletos enterrados en las jardineras. La mayoría eran fetos en distinto estado de gestación, pero también había dos recién nacidos. La noticia apareció minimizada en la prensa, como el hallazgo de un antiguo cementerio familiar. Pero los *itxusuria* se emplazan alrededor de la casa, pegados a los cimientos y bajo el alero, no en maceteros. Cuando reformamos casas muy viejas, a menudo encuentran uno de esos cementerios familiares, no se suele hacer público, porque la normativa obliga a trasladarlos, la mayoría los vuelven a cubrir, y no se menciona.

—Cuando comenzamos la reforma del caserío de mi abuela Juanita apareció uno, y volvimos a cubrirlo —dijo Amaia.

—El tema es que no se le dio más bombo, los esqueletos no eran recientes, así que se silenció. Bueno, hasta donde se pueden silenciar las cosas en Baztán: el rumor de que era algo maléfico creció, si esas criaturas pertenecían a las mujeres que pedían sus servicios a Garbiñe, si se los traían para hacerla depositaria de alguna manera de esos cadáveres, o la más extendida, que su riqueza provenía de que se dedicaba a algo oscuro como el tráfico de huesos en el mercado negro con fines mágicos, vudú, brujería —siguió Susana.

—Os aseguro que ese tipo de tráfico existe y es lucrativo. Cada pocos meses nos llega una alerta de Interpol para estar pendientes en las fronteras —apuntó la inspectora.

—El caso es que sin ninguna explicación esa casa sigue descomponiéndose, excepto por la habitación en la que está esa chica en coma.

Las cinco mujeres quedaron en silencio.

—¿Por qué? —preguntó Nash.

Fue Beth la que contestó:

—Porque Garbiñe era una *belagile*, una mujer con un terrible pacto sobre su alma. Cuando una bruja va a morir, y ella lo sabe, debe buscar a otra mujer que reciba su pacto. En el mismo momento de su muerte, dándole la mano le transmitirá su maldición, pero la otra debe aceptarla para asumir así sus poderes. Puede que esa pobre chica estuviera ilusionada con la posibilidad de recuperar la relación con su abuela, pero no aceptó su regalo envenenado, y por eso está atrapada. Sólo tiene una manera de salir de su estado de coma, y es aceptar.

Nash miró a las cuatro mujeres.

—¿Creéis eso? Perdón —dijo consciente de lo petulante que había sonado—. ¿Creéis que es eso lo que le pasa?

Beth respondió:

—En Baztán sabemos que el río no se puede coger con las manos, y hay hechos, acciones y consecuencias que siguen su curso con la misma fuerza que el río Baztán, y no voy a preguntarme si están vivas o están muertas, o si pueden o no pueden ser, porque a esas cosas la respuesta les da igual.

Nash suspiró sobrepasada.

—¿Qué ocurre si una *belagile* muere sin hacer ese traspaso de poderes?

—Que su alma no descansa, queda atrapada en su cuerpo, y sólo tiene la opción de regresar y acabar el trabajo.

Eran más de las cuatro de la tarde cuando los de la Científica se retiraron del caserío Mitxelena sin haber hallado una sola huella válida en el interior, y ni una sola rodada que no se correspondiera con los vehículos de la casa o el de Amaia Salazar. Nash se puso la mascarilla y subió al coche de la inspectora.

—¡Pobre Beth! Me arrepiento de haber traído la momia aquí, no ha estado tranquila desde que llegó la invitada, ni siquiera quería llamarla así.

—La encontraremos, Nash, seguro. No tiene pinta de robo profesional en el Museo de Historia Natural de Londres, es una chapuza —opinó Amaia.

—Una chapuza sin una huella —le recordó Nash.

Se detuvo y la miró como si acabase de darse cuenta de algo.

—¿Tú nunca llevas uniforme? —preguntó Nash.

—Ya era hora de que te dieras cuenta —dijo Amaia divertida—. Digamos que estoy en un momento de tránsito.

—¿Tránsito entre qué?

—Entre el grupo que dirigía y el que quiero dirigir. Estoy formando un equipo de investigación, eligiendo yo a los profesionales.

—La oferta de trabajo no era coña... —dijo Nash.

—No.

—La poli estrella de los cojones y la psicóloga de los muertos —afirmó Nash.

—«La estrella de los muertos» suena a *Star Wars*. Creo que George Lucas nos demandaría.

—Pues «la psicóloga de los cojones» no lo veo.

Rieron.

Nash la miró afable.

—Bueno, pues me lo pensaré, porque si sobrevivimos a la pandemia creo que pasaré a engrosar las filas del paro.

—Fuera bromas, es completamente en serio, me vendría muy bien contar con alguien como tú. Piénsatelo.

—Lo haré —dijo Nash—. Pero hay una cosa, una pregunta que quiero hacerte desde hace días.

—Adelante —dijo Amaia bajando las manos del volante.

—Dijiste que dormías en el sofá desde... lo que pasó.

Amaia asintió.

—Me llama la atención, porque ha pasado mucho tiempo, quiero decir que... ¿Tu marido y tú no habéis estado juntos como pareja en todo ese tiempo?

Amaia sonrió.

—Claro que sí, a menudo James viene a verme en mitad de la noche, si veo que tarda, le mando un mensaje.

—Pero sigues durmiendo en el sofá... —dijo Nash confusa.

—Me ha pedido muchas veces que vuelva, pero no puedo, porque para hacerlo James me puso una condición... y aún no estoy segura de poder cumplirla.

Nash la miró en silencio, consciente de que no podía preguntar nada más.

Amaia se encargó de poner fin a la conversación.

—¿Al hospital Benito Menni? —preguntó encendiendo el motor del coche.

—No. A casa de Gregori, la prima del sindicalista, ¿sabes dónde vive?

—En una villa frente al bar Labayen, pero no podemos ir a su casa. La pandemia, el virus, ¿recuerdas? Además, en el hospital cenan temprano, si no vamos ahora quizá pongan más pegas.

—Hay algo que no deja de darme vueltas en la cabeza, y no estaré tranquila hasta que lo descarte. Y respecto a las limitaciones, no voy a reconocer un delito, pero ayer tuve una conversación muy clarificadora con una persona con una puerta de roble por medio, creo que hoy podría repetirlo.

—¿Y por teléfono no vale?

—No es lo mismo. Hace poco que he descubierto lo importante que es la presencia, aunque sea en efigie.

—¿La llamo primero? —preguntó Amaia.

—Menuda policía estás hecha si llamas antes de ir a casa de alguien —se burló Nash.

Amaia golpeó la puerta con los nudillos, y Nash observó la diferencia con la otra noche en la puerta de Helena Murrieta.

—Gregori, soy Amaia, la sobrina de Engrasi.

Amaia sujetó la puerta tirando de ella, mientras sentía cómo la mujer intentaba abrir.

—No puedes abrir, Gregori, es por seguridad, tendremos que hablar así.

—Oh —sonó amable y frustrada—. ¡Ya ves tú, qué maneras!

—Es mejor así, Gregori. Estoy aquí con una amiga, la tía te habló de ella. Se llama Nash.

—Uy, sí, la que encontró a la niña Murrieta.

—Dancur —corrigió Amaia.

—Hola, Gregori, soy Nash, siento mucho molestarte, pero me han dicho que trabajaste en la casa de Lisardo Murrieta cuando aún vivía su esposa, la madre de Helena.

—Sí, señora. Yo creo que con mucho he sido la que más ha durado en esa casa. Cuatro años. Pagaban bien, pero exigían mucho.

—¿Estabas en la casa cuando ella murió?

—Se suicidó. La pobrecita estaba desquiciada.

—¿Querrías contármelo?

A pesar de tener la puerta separándolas, la voz de Gregori se oía con claridad.

—Claro —dijo la mujer—. Yo escuché toda la conversación, Murrieta nunca se privaba de discutir con ella en público, todos los del servicio estábamos al tanto de todo. Irene había sido novia de mi primo, antes de estar con Murrieta, y yo le tenía rabia por dejarlo, aunque luego hasta me dio pena. Ella había estado muy mal todo el embarazo, y aunque cuando nació la niña se fue recuperando poco a poco, seguía muy delicada de los nervios. Empezó a verse con mi primo, y ahí fue como si floreciera de nuevo. La oí hablando con Murrieta, le dijo que iba a dejarle, que total él no la quería, que iba a irse. Él no puso objeción, reconoció que no la quería, que le parecía repulsiva. Eso dijo. Y que podía irse cuando quisiera, pero no iba a permitir que se llevara a su hija. Irene no había contado con eso, pero él la amenazó, le advirtió que establecería vigilancia en la casa para asegurarse de que no tocaba a la niña, que a partir de ese momento sólo podían sacarla a la calle las niñeras, que ella podía irse a hacer su vida, pero que, si se le ocurría llevarse a la pequeña, haría que los persiguieran y los mataran a los dos. Eran otros tiempos, todo el mundo sabía que Murrieta estaba muy bien relacionado, y se sabía que no tenía escrúpulos en los negocios, y que en más de una ocasión había conseguido hacerse con pequeños aserraderos de la competencia usando la fuerza y sin mancharse las manos, seguro que me entiendes. Se decía que entre los trabajadores de sus serrerías tenía a matones capaces de hacer cualquier cosa por dinero.

»Así que la dejó libre, pero condenada, ella volvió a caer en la depresión, daba pena verla. Siempre sola, mirando desde la ventana mientras las niñeras paseaban a su hija.

—Tengo entendido que cambiaba mucho de niñeras... No sólo entonces, sino durante toda la infancia de Helena —dijo Nash.

—Nadie le parecía lo suficientemente buena, estaba obsesionado con el cuidado de esa niña, y las mujeres de aquí tenían una manera distinta de ver y hacer las cosas, y la niña siempre estaba pachucha. Sé que al menos en una ocasión echó a una por hacerle «remedios».

—¿Remedios?

—La niña tenía pesadillas, terrores nocturnos, se despertaba de noche diciendo que había alguien en su habitación, alguien que quería hacerle daño, y se seguía haciendo pis en la cama cuando los niños ya dejan de hacerlo. Ya sé que te parecerán tonterías, pero son síntomas de embrujo, de *begizko*. Esas mujeres sólo pretendían ayudar. Le ponían símbolos mágicos, ruda, cruces bajo la almohada, agua bendita, incluso hubo una que la quería llevar a Lourdes, pero al señor Murrieta eso no le gustaba nada. Decía que eran cosas de paletos y que sólo le metían tonterías a la niña en la cabeza. Por eso las niñeras no duraban. Bueno, la verdad es que no duraba nadie, no he visto hombre más exigente en el mundo.

Nash pensó que era curioso, y que quizá había cambiado con los años, pero cuando se refirió a la sima, Murrieta dijo que aquel lugar estaba «maldito», había usado aquella palabra concretamente.

—Engrasi me dijo que querías ver una foto de ella, ¿verdad? De Irene —dijo la mujer detrás de la puerta.

—Si fuera posible... —contestó Nash.

—Sí, sí, la busqué el otro día. Ahora te la enseño.

Se oyó un roce bajo la puerta y Nash apartó la alfombrilla para coger la foto en blanco y negro que apareció desde el otro lado. Se veía a una niña, de unos once o doce años, con un vestido claro, delgada y sonriente.

—Guárdala, por favor, que no se pierda, y ya me la devolverás si es que esto del virus se acaba.

—Por supuesto. ¿Qué edad tendría aquí? —preguntó Nash sin dejar de mirar la foto.

—Diecisiete o dieciocho, fue justo antes de dejarlo con mi primo.

—¿En serio? —dijo tendiéndosela a Amaia para que la viera—. Parece una niña de diez o doce años, como mucho.

—Irene siempre fue así, muy menuda. Decían que había tenido la tosferina de pequeña. Algunos no crecían bien por eso. Hasta que tuvo a la niña. Helenita se parece bastante, pero nunca ha sido tan menudita como su madre.

»Pero, a pesar de ser tan delgadita, en el embarazo Irene se puso tremenda, cambió mucho, a muchas les pasa. Yo también era delgada, y mírame ahora. —La oyeron reír—. Y en parte yo creo que al marido le dejó de gustar, fíjate lo que te digo. Amor verdadero no era. Sin embargo, mi primo ya decía que a él no le importaba, que la encontraba más mujer, que para todo hay gustos. Ella sufría muchísimo, lo intentó todo, le rogó, le pidió, y al final, desesperada, un día le dijo que la niña no era suya, que ya estaba embarazada cuando se casaron. Aquello le dolió, lo sé porque cerró la puerta antes de contestarle, así que no te puedo decir qué fue lo que le dijo. Él salió muy serio y ella se quedó. Él se fue de viaje y cuando volvió la encontró colgada de la viga, y Helenita llorando, solita, en la cuna.

—Gregori, ¿cómo puede ser que se quedara sola en casa con la bebé si él no lo permitía? —preguntó Nash.

—Hubo una confusión: ella iba a viajar con él y se llevarían a la niña, así que los empleados teníamos fiesta, la enfermera nos lo comunicó, luego, por lo visto, discutieron y ella no quiso ir. Se quedó, pero a la enfermera se le olvidó avisar de nuevo. Así que estuvo sola y, claro, yo supongo que, encontrándose así, hizo esa barbaridad.

—Estamos hablando de Josefina Hidalgo, ¿verdad?

—La misma.

Nash tomó aire profundamente a través de la mascarilla.

—Gregori, ¿se lo has dicho alguna vez a tu primo, que quizá Helena Murrieta fuera su hija?

La mujer hizo una pausa y Nash la oyó suspirar antes de contestar:

—Mira, cariño: mi primo siempre ha sido un bruto, es de esas personas a las que es mejor no calentarles la cabeza, y total, ¿para qué? Murrieta adoraba a esa cría, Helenita tiene una buena vida y mi primo es... un loco.

Mientras el coche avanzaba en dirección al hospital Benito Menni, Nash sostenía ante sus ojos la fotografía en blanco y negro de Irene Murrieta.

Parecía una niña pequeña, y, teniendo en cuenta que Lisardo era bastante mayor que ella, no podía dejar de preguntarse si era su apariencia de niña lo que le había fascinado hasta el punto de decidir abandonar su soltería y contraer matrimonio con una mujer desconocida en menos de dos meses. «Yo creo que al marido le dejó de gustar.» Las palabras de Gregori resonaban en su mente. «Amor verdadero no era.»

Si se había enamorado de su aspecto infantil, tenía lógica que cuando maduró, cuando sus pechos, sus caderas, sus piernas se transformaron con el embarazo, dejara de gustarle. «Me pareces repulsiva.» Se casaron dos meses después de conocerse, y estaba embarazada cuando regresó de la luna de miel. Pudo ser algo que dijo a la desesperada para que Murrieta la dejase ir. Pero ¿estaba seguro Lisardo Murrieta de que la niña era suya? «Aquello le dolió.» ¿Quién querría quedarse a la hija de una mujer a la que no amaba sospechando que no era suya? La cabeza de Nash era pura ebullición de pensamientos y datos. Los cambios constantes en el servicio, las docenas de niñeras que Helena había tenido durante su infancia, «aún recuerda el nombre de cada una», había dicho su marido. La niña enfermiza que no había ido a la escuela, los tutores privados, «Los papás y sus niñas, nadie es demasiado bueno». Las niñeras le preparaban remedios, sufría terrores nocturnos, se hacía pis...

El modo en que Helena se había vuelto de espaldas en la sima al verlo llegar. «Cuando vi que era una niña, debí ahogarla.» El modo en que había echado a Pascal de casa, sólo porque se le ocurrió echarse a dormir al lado de su hijita. «Una mañana me despertó hecha una furia y me echó de casa, no me dejó ni vestirme.» Los cambios constantes de cerradura, que sólo habían cesado mientras vivía con Salomé, y después de que Andrea desapareciese.

—¡Para el coche!

—¿Qué? —contestó Amaia sorprendida.

—¡Para el coche! —dijo cubriéndose con la mano la mascarilla que le tapaba la boca.

Amaia echó el coche a un lado y, casi a la vez, Nash abrió la puerta, se inclinó hacia delante y vomitó, una y otra vez, hasta que sacó todo lo que había dentro de su estómago. Se limpió la boca con la misma mascarilla y se recostó hacia atrás con los ojos llenos de lágrimas y la frente perlada de sudor.

—¿Estás bien? ¿Quieres que te lleve a casa?

—Vamos al hospital Benito Menni.

Helena Murrieta estaba sentada frente a una ventana tras la que por momentos el verde de Baztán se iba tornando oscuro y melancólico.

No habían permitido entrar a Amaia. Accedieron a que lo hiciera Nash sólo porque era su psiquiatra, y porque Helena Murrieta ocupaba una habitación individual, pero aun así la obligaron a cubrirse las manos con otro absurdo par de guantes, y a no tocar nada, aunque nadie llevaba mascarilla excepto Nash. Apenas podía respirar y debía hacer esfuerzos para sobreponerse al olor del vómito que había quedado prendido al tejido, pero no se la quitó.

Observó a Helena a través de los cristales. Se había peinado pulcramente, pero vestía pijama y un albornoz sin cinturón. Nash sintió la náusea escalando de nuevo su esófago y la presión como una patada en el estómago;

apretó los labios asumiéndolo como un acto de penitencia: el precio que debía pagar por el dolor causado, porque, si estaba en lo cierto, las víctimas de aquel caso se multiplicaban ante sus ojos. A su mente regresaron las palabras de Amaia. «¿Has calculado los riesgos con Helena?» Me da igual, había contestado, sólo tengo una paciente y un objetivo: Andrea Dancur y saber cómo murió. Planeó durante unos segundos cómo abordarla. No estaba segura de cuánto recordaría de lo que había dicho la noche en que fue ingresada, debía ir con cuidado.

—Helena, soy Nash Elizondo —se vio obligada a decir por si no la reconocía con la mascarilla—. Me han dicho que has dormido mucho.

—Quiero quedarme aquí —dijo asustada, intentando ponerse de pie, dirigiendo su mirada en rededor.

—Tranquila —levantó las manos para contenerla—, ahora yo soy tu médico, te quedarás aquí mientras yo lo diga.

—¿Puedes decir que sea para siempre?

—Sí.

—¿Lo harás?

—Sí, si es eso lo que quieres.

—Necesito ayuda, estoy muy mal.

—Aquí te ayudarán.

Helena asintió mirando al vacío y de pronto se volvió hacia ella.

—Vi a Andrea, pero eso es imposible, ¿verdad?

La imagen de la adolescente caminando en dirección al corazón de Elbete pasó clara por su mente. Nash se sentó frente a Helena para poder ver su rostro.

—Pascal está enfermo, lo han trasladado al hospital.

—Oh, lo siento mucho. ¿Se pondrá bien?

—Está detenido, Helena, todos creen que él mató a Andrea.

—Es lo que tienen que creer —respondió con calma,

del modo en que se dicen las cosas que se saben a ciencia cierta.

—Antes tenían que creer que había sido Salomé, ¿eso es lo que tienen que creer ahora?

Helena no contestó.

—Pero no fue ella, ni Pascal, él no lo hizo —dijo Nash muy despacio y sin dejar de observar su reacción—. Lo hizo el padre de Andrea.

Helena quedó inmóvil durante largos segundos en los que Nash se debatió entre volver a preguntar o seguir tirando de aquel silencio. Entonces, Helena asintió.

—Y no le contaste a la Guardia Civil que Zuriñe fue a tu casa aquella noche porque habría sido la otra opción..., una que se guardaba por si culpar a Salomé no salía bien. En algún momento él fue a tu casa, te entregó el teléfono de Andrea y te dio instrucciones exactas de lo que tenías que decir. Odiaba a Salomé, así que fue fácil, habíais roto, tú viste cómo Salomé guardaba la chaqueta ensangrentada de tu hija en el maletero, sólo había que sembrar la sospecha de que ella culpaba de vuestra ruptura a Andrea, del resto se encargaría él.

Helena cerró los ojos y permaneció inmóvil. Nash fue consciente de lo muchísimo que estaba sufriendo a pesar de su pasividad externa. A menudo, las víctimas de abusos huían a ese lugar oscuro, la única manera que conocían de sustraerse a su tortura era cerrar los ojos, fundirse a negro, enterrarse en la oscuridad.

—Voy a protegerte, Helena, voy a acabar con esto.

—Nadie puede protegerme, y yo no pude proteger ni a mi hija. Lo intenté, cambié la cerradura mil veces, pero ella comenzó a hacer preguntas...

—Sobre su verdadero padre, sobre tu relación con el tuyo...

—No debería haber dejado que las cosas llegaran tan lejos. Habría sido más piadoso ahogarla cuando nació, debería haberlo hecho, debería haberlo hecho cuando vi que era una niña, pero no tuve valor, porque era mi niña y yo la quería, la quería.

Los párpados apretados no fueron suficiente para contener el llanto, que se derramó desde sus ojos sin emitir ningún sonido, lento, rodando por su rostro de santa del Medievo.

Nash dejó salir todo el aire de sus pulmones, y el aliento le calentó el rostro de un modo tan agobiante que deseó arrancarse la mascarilla. Apretó los puños en un intento, frustrado por los guantes de látex, de sentir sus propias uñas clavándose en la carne, de hacerse presente, mientras entendía el calado del hecho de que Andrea hubiera sido una niña y no un varón.

—Voy a terminarlo, te lo prometo.

Sin abrir los ojos, Helena se encogió de hombros, como si le diese igual el discurso, como si lo considerara una pérdida de tiempo.

—Él te dijo dónde estaba, por eso supiste dónde tenías que ir a llevar flores. Pero tú ya conocías ese lugar...

Un respingo, la entrada rápida de aire que fue audible, mientras su cuerpo se envaraba de un modo que habría sido perceptible para cualquiera.

—Cuando comencé a ir a la escuela...

—¿Qué ocurrió?

—Le conté a una niña cómo jugaba con papá, ella me dijo que los papás no juegan así con las niñas. Cuando fui a casa se lo dije... Le dije que lo contaría. Me llevó allí en su coche, me enseñó el agujero del infierno, me dijo que una vez habían tirado allí a una *sorgiña*, que me tiraría allí si era una niña mala... A veces sueño que me tira allí... Y nunca volví a la escuela. Me gustaba la escuela.

Nash recordó la frase que había oído Salomé: «Debí ocuparme de esto hace tiempo, las niñas malas acaban en el pozo».

—No te enfadaste con ella por besar a Zuriñe, fue porque lo sabías, de algún modo supiste que él la estaba viendo.

—Me he equivocado siempre. Quería que Pascal me salvase, quería que Santy la salvara a ella, pero era yo la que tenía que hacerlo. Cuando le advertí que no se acercase a él me dijo: «Tú eres el problema, no te llevas bien con nadie, te has alejado de Pascal, de Salomé y de tu propio padre, vas a acabar sola y quieres que yo acabe como tú». Y entonces lo supe, aquella noche quería evitar a toda costa que fuera a verle, pero no conseguí retenerla a mi lado, creí que Salomé podría, pero cuando me dijo que se había ido, fui en su busca...

«Una razón tan poderosa que la obligó a subirse a un coche y conducir, sin carnet, sin saber apenas», pensó Nash.

—¿Era allí adonde ibas aquella noche, cuando saliste tras Andrea?

Asintió.

—Pero ya no estaba allí, se la había llevado al pozo.

Había anochecido por completo cuando salió de nuevo a la calle. Amaia la esperaba dentro del coche, en el parking del hospital, y Nash tuvo que contener sus deseos de echar a correr bajo la lluvia, de arrancarse aquella mascarilla que olía a vómito y los guantes tan llenos de sudor que comenzaba a notar cómo las yemas de sus dedos se inflamaban marcando los surcos digitales, como las de un niño que se ha quedado demasiado tiempo en el agua.

—¿Cómo está tu paciente? —preguntó Amaia en cuanto subió al coche.

—Estable, tranquila, y tan a gusto que quiere quedarse para siempre.

—Es increíble.

—Les ocurre a muchos pacientes psiquiátricos. Por fin en estos lugares encuentran la calma y la paz que no han tenido en meses, en ocasiones en años.

—¿Te ha dicho algo más?

—No —mintió—, está muy sedada, probaremos de nuevo mañana.

—De acuerdo, ¿y tú cómo estás? ¿Te encuentras mejor?

—La verdad es que no. Algo ha debido de sentarme mal, o quizá es el disgusto de la momia esta mañana. Creo que voy a tomarme una manzanilla y a meterme en la cama.

Las Mitxelena fumaban cobijadas bajo el tejado junto a la puerta de la cocina, y la gata Amy saltó del banco de piedra en cuanto vio a su dueña salir del Cayenne. Nash se despidió de Amaia levantando la mano, se disculpó con las chicas y entró en casa.

—Voy a subir a ducharme, después hablamos.

Amaia paró el motor del coche y contestó una llamada que llevaba días esperando, un hombre muy amable que, aun estando confinado, resolvió sus dudas. Bajó del vehículo y se acercó a hablar con las Mitxelena antes de irse.

Tras la ducha, Nash se reunió con sus amigas en la cocina, rechazó la manzanilla que le ofrecieron y, aunque apenas cenó, aceptó acompañarlas con una copa de vino.

Después les dijo a las chicas que no se encontraba bien, mientras rezaba para que hoy las Mitxelena se retirasen más temprano. Y quizá fuera porque aquella tarde habían tenido dos servicios funerarios, o porque todavía estaban afectadas por el saqueo de la noche anterior, pero cenaron pronto, y antes de las doce estaban dormitando silenciosas en la sala frente a una película.

Esperó una hora más antes de bajar sigilosa las escaleras. No podía pasar ante ellas para salir por la cocina, y no tenía la llave de la puerta principal, así que optó por recorrer el pasillo que separaba la casa del antiguo tanatorio. Se metió allí a oscuras, alumbrada únicamente por la linterna de su móvil, y no pudo evitar un suspiro al ver los restos de la bolsa expoliada, que aún colgaban de la mesa de mármol. Deslizó con cuidado el panel que separaba la sala del garaje y, tras desconectar el automático de la puerta, levantó manualmente el portón lo suficiente para poder colarse por debajo.

La lluvia caía suave, con un efecto de regadera fluida que apenas hacía ruido al tocar el suelo. Se colocó la capucha del chubasquero de Eva, sobre todo para cubrir los auriculares que llevaba puestos. En su mente resonaba la voz de Andrea en aquel audio, que durante la última hora había reproducido en bucle hasta grabar en su cabeza cada una de las palabras, hasta entender la gravedad de lo que decía, hasta explicarse su desesperación.

Cruzó la carretera de Francia que dividía Elbete en dos pueblos que eran el mismo. Superó la iglesia y la posada, caminó junto a la pradera, en la que aquel día que parecía tan lejano había visto galopar a tres caballos preciosos, y, antes de llegar al puente que los viejos llamaban Perrukete, se metió por el camino arbolado que separaba la calle del palacio de Lisardo Murrieta. Se desvió a un lado, y caminó por el césped mullido, junto a la hilera derecha de altos tilos, mientras sentía cómo el agua depositada en la hierba empapaba los bajos de sus pantalones vaqueros. Pensó en sus botas de agua, y casi pudo verlas en la trasera del Land Rover, como aquella tarde en que descendió a una sima para buscar a una bruja y encontró a una princesa.

Frente a la puerta principal había detenida una ambulancia de transporte, pequeña, bastante similar a un coche fúnebre, excepto por que era completamente blanca. Sobre el techo, una antigua sirena de color naranja, de la que no estuvo segura que todavía fuera reglamentaria. Nash apuntó la linterna de su móvil al interior y vio que en la camilla había restos oscuros de polvo suelto y volátil que aparecían desperdigados, como la turba que cubría el fondo de la sima. Apagó la linterna y subió las escaleras hasta la puerta principal, giró con fuerza el picaporte, que cedió silencioso y sin ofrecer resistencia. Empujó la puerta y entró en el palacio. Las luces tenues de los candelabros que iluminaban la escalera estaban encendidas, el inmenso pez espada se veía negro en las sombras. No se percibía ninguna otra luz en la planta baja. Prestó atención durante unos segundos y le pareció oír un siseo, como el de un grifo abierto en alguna parte. Nash subió las escaleras hasta la segunda planta. La habitación donde había hablado con Lisardo Murrieta estaba abierta y permanecía en penumbra, aunque el fuego ardía en la chimenea como la otra noche. Murrieta estaba acostado en la gran cama con dosel de medallón. No había más luces en la estancia, que olía a leña y a tierra.

Nash tuvo que acercarse hasta los pies de la cama para ver que Murrieta descansaba con los ojos cerrados, semiincorporado, seguramente para poder respirar mejor. El siseo que había oído mientras subía y que tomó por agua corriendo procedía de un respirador que estaba ubicado junto a la cama. Se acercó muy despacio, y entonces él abrió los ojos y, alzando una mano, se quitó la mascarilla de plástico del respirador que le cubría la boca.

—¿Qué hace aquí? —preguntó contrariado.

Nash sonrió bajo su mascarilla quirúrgica azul al oír su tono de voz. Sólo le había faltado añadir «estúpida insolente».

—Sé que mataste a Andrea.

Murrieta la miró con renovado interés, pero aun así contestó:

—Tú no sabes nada. —Hasta se permitió cerrar los ojos, como si Nash sólo fuera una pequeña perturbación en su sueño.

—Sé que la mataste, y sé que abusaste de Helena desde que era una niña muy pequeña. Sé que mataste a tu esposa, aunque no pueda probarlo, y no sé cómo, pero te las arreglaste para dejar la sangre de Pascal en el puño que sostenía Andrea. El puño de tu camisa, de eso estoy segura.

Lisardo Murrieta sonrió.

—Ves como no sabes nada...

Le sobrevino un ataque de tos y se puso de nuevo la mascarilla, hasta que cesó.

Abrió el cajón de la mesilla y se metió en la boca una pastilla que tragó con dificultad.

—No sabes nada, sólo crees que sabes, os creéis muy listas las jodidas lesbianas. ¿Te has vuelto tan espabilada comiéndole el coño a la de la funeraria? —Rio a carcajadas y un nuevo episodio de tos le obligó a cubrirse la boca y a respirar con la mascarilla hasta que cesó—. Yo amaba a mi esposa, renuncié a mi soltería. Le di una vida extraordinaria y ella me pagó volviéndose un monstruo. En ese momento me percaté de que había cometido un error, pero cuando quiso dejarme me di cuenta de que no tenía que seguir buscando mujeres por el mundo, podía tener una para mí solo moldeándola a mi gusto desde pequeña. Y ahora vienes tú y pretendes que puedes quitarme lo que es mío llevándotela a ese puto manicomio.

—No es tuya, ni siquiera es tu hija —espetó.

Murrieta asintió con una sonrisa.

—A su padre le encantaría saber lo complaciente que fue la hija del sindicalista.

—Ahhh —jadeó Nash de puro asco—. Puto degenerado. Declarará contra ti, vas a morir entre rejas, asqueroso.

—No entiendes nada, no sabes nada... Lo que ignoras es que, después de morir Andrea, conseguí que un juez declarase incapaz a mi hija, incapaz siquiera de adjudicarse un psiquiatra. El idiota de Arjona no pinta nada, lo echaré mañana mismo de esa casa si quiero, y comerá mierda el resto de su vida si eso me complace. Hace unos minutos, una ambulancia ha trasladado a Helena a una clínica privada, de donde me encargaré que no vuelva a salir. Y mi abogado ya ha redactado una orden de alejamiento contra ti, jodida entrometida. Lo último que he sabido de Pascal es que le indujeron un coma y lo pusieron bocabajo para que no se ahogase, pero no ha resistido el mierdecilla, ha muerto hace una hora.

Recordó la desesperación de Pascal gritando mientras le metían en la ambulancia.

—Le tenía aprecio al desgraciado —prosiguió Murrieta—. A pesar de que, como dices, su sangre apareció en el cadáver de mi pobre nieta. Me alegro de que haya muerto en el hospital, me facilita las cosas. Me habría ocupado de él en la cárcel, pero dicen que a los que mueren de esa mierda no les hacen ni la autopsia. Mi enfermera ya ha llamado a su mujer para decirle que correremos con todos los gastos de la incineración. A primera hora de la mañana será ceniza. Bastante generoso estoy siendo, teniendo en cuenta que mató a mi nieta.

—¿Cómo conseguiste implicarle?

Él chascó la lengua en señal de desagrado y fue audible a pesar de la mascarilla.

—Dejaste embarazada a Helena, buscaste a Pascal para que hiciera de pelele, lo que no sé es cómo conseguiste acercarte a Andrea. Su madre la mantuvo lejos, y además creo que era demasiado mayor para ti, ¿no?

—Sí, era mía, y de algún modo debía saberlo porque no tuve que hacer nada, fue ella la que se presentó en mi casa un día. «Eres mi abuelo, deberíamos hablar», dijo afinando la voz para imitar a una niña.

—Dudo mucho de que se prestara a tus juegos. Me dijiste que Andrea se parecía a ti, y sé que la conozco mejor que nadie, y puedo afirmar que Andrea no se parecía a ti lo más mínimo, pero reconociste en ella la fuerza. Andrea no se doblegó, no era una pobre niña sometida desde la cuna, como Helena.

Murrieta la escuchaba sin mirarla, con el desdén propio del poder. Nash siguió hablando.

—Ninguna niñera podía permanecer a su lado demasiado tiempo, ¿verdad? Creían que tenía mal de ojo, terrores nocturnos, un monstruo iba a verla por la noche, pero no el que ellas creían. Tú eras su maldición. La torturaste toda su infancia hasta dejarla hecha un despojo, embarazaste a tu propia hija y la desquiciaste tanto que la pobre pensó hasta en matar a su bebé antes de que tú la tocaras. Pero aun así lo consiguió, la protegió de ti, cuando creyó que Pascal había fallado se buscó a Salomé, y ella te mantuvo a distancia.

Murrieta hizo tres largas inspiraciones de la mascarilla antes de hablar.

—Y esa jodida lesbiana... No pudo hacer nada —murmuró.

—Sí, imagino lo mucho que la odiabas, fuiste a por ella, pero, ahora que está libre, le toca el turno a Pascal, el pelele perfecto. ¿Cómo pusiste su sangre en la tela? ¿Lo hiciste cuando pediste quedarte a solas con el cadáver?

—Allí había cámaras —contestó apartando la mascarilla de oxígeno—. Le habían cubierto las manos con bolsas, y el imbécil de Herzog no se apartaba de mi lado. Cuando revisen esas imágenes verán a un abuelo muerto de dolor llorando ante el cadáver de su nieta, nada más, ni siquiera me acerqué lo suficiente para tocarla.

—¿Cómo lo hiciste? La sangre estaba allí antes de la descomposición...

Seguía siendo algo que no encajaba, y que acusaba a Pascal sin ningún género de duda, pero estaba segura de que sólo era un ardid.

—¿Hacer qué? Maldita pirada. ¿Ves como no te enteras de nada? ¿Sabes dónde hay cámaras también? En esta casa. Te verán entrar furtivamente, colarte en mi casa y amenazarme junto a mi cama. A la opinión pública no le caen bien las lesbianas, lo tengo comprobado. —Hizo un par de aspiraciones en la mascarilla y la apartó para decir—: Les va a encantar lo de la jodida chiflada lesbiana que se coló en mi casa.

Levantó un revólver con el que la apuntó y Nash dedujo que seguramente lo había sacado del cajón mientras fingía coger las pastillas.

—Andrea vino a mí, se presentó aquella noche. Me dijo que su padre le había fallado, también su madre, su novio y su mejor amiga, y no recurrió a Salomé, no se lo contó a nadie, recurrió a mí. Iba a irse del pueblo y vino a despedirse, pero la convencí para llevarla a mi casa de Las Landas, allí estaría tranquila, y su madre no podría encontrarla... Digamos que se me ofreció en bandeja de plata.

Nash entornó los ojos y frunció la boca dejando salir por la nariz el aire de sus pulmones, asqueada y a la vez consciente de que lo decía para provocarla, mentía, al menos en parte. Debía averiguar por qué.

—Pero no pudiste esperar a llegar allí..., por el camino dijiste algo, o hiciste algo, y ella descubrió cómo eras, un ser abyecto y pervertido, y lo entendió todo, con una nitidez y lucidez brutales.

Nash accionó la grabación que había estado escuchando en bucle y subió el volumen al máximo. La voz de Andrea regresó de ultratumba y resonó con claridad entre aquellas paredes.

«[Ininteligible, sollozos]... *Aita*, ha pasado algo... [Sollozos. Ininteligible]... todo el mundo me ha fallado..., todos... y la *ama*... Estoy sola, no tengo a nadie. [Ininteligible] ... Y no sé a quién recurrir, porque creo que es verdad, tienes que ayudarme, *aita*, porque si no, si no tienes familia... [Llanto] ... Si no sabes quién eres... Y la *ama*... [Ininteligible] ... ¿Te das cuenta? No hemos entendido nada. Todo es mentira... y es lo más espantoso. Yo necesito que tú... [Ininteligible].»

El rostro de Murrieta se descompuso. Jadeó en el interior de la mascarilla de plástico.

—La Guardia Civil tiene esa grabación, implica a Pascal —dijo agobiado. Nash lo ignoró, y siguió apretando.

—Fue así, ¿verdad? Estabas tan ansioso por dañarla que no pudiste esperar. ¿Se bajó del coche? ¿Te dijo lo que pensaba de ti? ¿Cuánto asco le dabas? ¿Te dijo, como Helena muchos años antes, que lo contaría? ¿También la amenazaste con tirarla a la sima por ser una niña mala?

Su esfuerzo por respirar era audible, incluso por encima del siseo del oxígeno. Apartó la mascarilla.

—Se parecía mucho a mí...

—¿Te refieres a eso? Te plantó cara, no se amilanó. Te escupió llena de desprecio y te juró que iría a por ti.

Murrieta habló entre jadeos.

—Llevaba un absurdo jersey..., con esas plantas que se comen a sus víctimas..., trepaban por sus brazos y abrían las bocas sobre sus hombros. Y no tuvo miedo..., me apuntó con el dedo, como una *sorgiña.* —Volvió a ponerse la mascarilla y resopló asfixiado.

—No pudiste soportarlo y la empujaste, pero ella era fuerte, en todos los sentidos, cuando caía se agarró a tu brazo, arrancándote la piel y llevándose el puño de tu camisa con tu sangre.

—No sabes nada. Se parecía mucho a mí... —susurró.

—Deja de decir eso, no se parecía a ti, era todo lo contrario —dijo Nash indignada.

—Era como esa planta...

—¿Qué estás diciendo, maldito bastardo hijo de puta?

Él se apartó la mascarilla del rostro y la miró con una mezcla de orgullo y fascinación.

—Ella me empujó.

Nash lo miró desconcertada.

—No sabes nada. —Volvió a toser. Y cerró los ojos, presa del agotamiento—. Se parecía mucho a mí... No tenía miedo, me amenazó, y cuando la agarré intentó tirarme dentro... —jadeó extenuado.

Nash abrió la boca.

—Era como esa planta carnívora —repitió fatigosamente—. Y mientras caía me arañó la mano, igual que a ti.

Nash levantó la mano. El rastro del corte resultaba invisible con la escasa luz proveniente de la chimenea, pero recordó su impresión cuando aquella noche, mientras hablaban, Murrieta había reparado en él.

Nash retrocedió un paso, pero preguntó:

—¿Qué habéis hecho con la momia?

—¿Qué?

—La *sorgiña* de la sima, he visto los restos de turba en la camilla de la ambulancia. Tu enfermera estuvo vigilando la casa de las Mitxelena, me ha estado siguiendo, y creo que fue a la sima un par de veces.

Se incorporó apoyándose en un codo.

—¿La encontraste? —Su sorpresa pareció genuina.

—No me jodas, Murrieta, estás apuntándome con un arma, ¿qué necesidad tienes de negarlo? Estaba en esa sima, justo debajo del cadáver de Andrea, casi en la misma postura, pero eso tú ya lo sabías.

Murrieta no contestó. Volvió a cubrirse la boca con la mascarilla y jadeó boqueando. Parecía estar pensando, y la sombra de la preocupación cruzó por su frente.

—¿Quién es ahora el que no sabe nada? Resulta que esa momia es patrimonio cultural del país, os van a empapelar a ti y a tu arpía.

Murrieta se descubrió el rostro, estaba demudado.

—¿Dónde está? —preguntó.

Nash lo miró confusa. Pensó que se burlaba, pero tomó dos bocanadas de oxígeno, apartó de nuevo la mascarilla y volvió a preguntar ahogado:

—¿Dónde está? —Había temor y ansiedad en su voz.

Pensó en el rostro simpático de la anciana que le había descrito al pequeño Murrieta gritando de puro terror cada noche.

Supo exactamente qué decir.

—Saqué la sal, el estramonio y la ruda, las *eguzkilorek* y la turba. La saqué de la sima, la traje a Elbete, la coloqué sobre la mesa del antiguo tanatorio Mitxelena.

El rostro de Murrieta se iba descomponiendo.

—Al principio no me di cuenta de lo que pasaba, pensé que era natural. El brazo que había tenido levantado apuntando a la boca de la sima y maldiciendo a los que la habían arrojado allí comenzó a bajar hasta que quedó paralelo al cuerpo.

La mano de Murrieta que sostenía el revólver temblaba, y con la otra apretaba la mascarilla contra su rostro, como si de ese modo fuera a extraer más oxígeno, pero sus ojos estaban totalmente abiertos. Nash se fue desplazando mientras hablaba, buscando poner uno de aquellos enormes sillones orejeros entre los dos.

—Una mañana —dijo Nash—, cuando entramos, vimos que tenía una mano en el borde de la mesa y una pierna colgando, parecía que quisiera bajarse de esa mesa de autopsias. Pero no podía, había algo que la retenía, los restos de un sudario casi descompuesto, pero aún ceñido a su cuello. Un sudario que llevaba escrita en carbón una plegaria de contención para el mal.

Murrieta había bajado el arma hasta hacerla descansar sobre sus rodillas. La escuchaba aterrado y Nash tendría que reconocer que eso la hizo disfrutar.

—Pero esta mañana no estaba, ha venido la policía, has tenido que enterarte, han montado una buena. La Científica, dos patrullas... Han estado horas intentando sacar alguna huella, algún rastro, una rodada que explicara cómo se la podían haber llevado, pero no han encontrado nada, excepto los restos del sudario, como si alguien los hubiera arrancado de su cuello, como si alguien la hubiera liberado.

Se apartó la mascarilla del rostro. Los ojos se le salían de las órbitas.

—¿Dónde está?

—Hay turba en la ambulancia... y en la escalera.

—Dios mío, Dios mío —gimió soltando el arma y santiguándose.

—Dios te odia —susurró Nash con rabia.

Entonces, Lisardo Murrieta abrió más los ojos, arrojó a un lado la mascarilla y alzó de nuevo el revólver, pero, en lugar de apuntar a Nash, desplazó su brazo cuarenta y cinco grados a la izquierda, a un punto en tinieblas de la habitación. Nash se lanzó tras uno de los sillones y oyó cómo los disparos atronaban mientras descargaba el arma una, dos, tres..., ocho veces, hasta que se quedó sin balas, aun así, siguió apretando el gatillo, clic, clic, clic, clic. Nash oyó la carrera apresurada de Ederne Hidalgo por la escalera, llamando a gritos a Murrieta.

—¿Qué ocurre? ¿Qué ha pasado? ¡Lisardo!

Casi a la vez, una voz conocida resonó en el hueco de la escalera seguida de los pasos precipitados de alguien que subía a todo correr:

—¡Policía Foral!

Nash esperó a que la enfermera hubiera entrado en la habitación y a estar segura de que le había arrebatado el arma a Murrieta para ponerse de pie.

Ederne Hidalgo la miró alarmada.

—¿Qué hace usted aquí?

—He venido a traer un mensaje —dijo mientras la inspectora Amaia Salazar llegaba a la segunda planta. Desde la puerta se identificó de nuevo como policía y entró con una Glock 19 en las manos, conminando a la enfermera a dejar el revólver en el suelo.

Nash la saludó asintiendo con una sonrisa.

—Las Mitxelena, supongo —dijo algo avergonzada—. Lo siento. No..., ni siquiera sabía por dónde empezar a contártelo.

Sin dejar de vigilar a la enfermera, Amaia hizo un gesto de complicidad.

—No te preocupes, tenía unas llamadas que hacer a un tipo muy agradable de la Asociación de Investigación Técnica Industrial de la Madera. Es una especie de instituto de calidad para la industria maderera, lo que me ha contado te va a encantar. ¿Recuerdas las fotos que hice a las marcas en los troncos del sabotaje?

Aunque se dirigió a las dos, Hidalgo miró a Amaia interrumpiéndola.

—No pueden entrar aquí, es un domicilio privado. Espero que tenga una orden o que salgan inmediatamente —dijo la enfermera mientras sacaba un teléfono y marcaba un número.

—Ahórrese el abogado, sí que puedo; comisión de delito flagrante, la puerta estaba abierta, he oído disparos, seguro que todo el barrio los ha oído, y estoy viendo un arma humeante, es de manual. Además, tengo unas preguntas para Lisardo Murrieta.

—Pues es evidente que no se está cometiendo ningún delito, este hombre tiene neumonía, está delirando por la fiebre, así que me temo que será imposible que responda a nada. Una ambulancia va a trasladarlo al hospital, están de camino, y no es seguro para su salud estar aquí. Les tengo que pedir que se vayan.

Murrieta parecía presa de una de aquellas crisis de ausencia que Nash ya había presenciado. Con los ojos entornados permaneció inmóvil, las manos laxas. Un hilo de baba chorreó por fuera de la máscara de oxígeno.

—¿Dónde está la momia? —preguntó Nash acercándose a la enfermera.

—No sé de qué mierda hablas —respondió perdiendo toda compostura—. Salga de aquí, inspectora —dijo dirigiéndose a Amaia—. Saque a esta mujer de aquí, se ha colado, a saber con qué intención.

—Primero conteste a su pregunta —dijo Amaia guardando el arma.

—¿Qué?

—Ya me ha oído. Estuvo en las proximidades de la sima espiando los trabajos del grupo... Tanto el cura de Elbete como las Mitxelena declararán que vieron su coche detenido frente a la funeraria en varias ocasiones. Acabo de recibir una confirmación de la AITIM, han identificado el número que aparecía en algunos de los troncos que se utilizaron para sabotear la sima con la maderera Malerreka, propiedad de Lisardo Murrieta.

—¿Murrieta saboteó la sima? —preguntó Nash extrañada. Aunque en un momento había barajado aquella posibilidad, no entendía con qué fin. ¿Acaso creía que había algo más en la sima que pudiera incriminarle?

—Vigilaba a la doctora Elizondo por orden de Lisardo Murrieta, no tiene nada de malo, quería saber qué estaba haciendo esta mujer. Es un anciano y es mi paciente. Como sabrá, en ocasiones cuidar de alguien de su edad requiere una implicación algo más personal. En cuanto al sabotaje, yo no he tenido nada que ver con eso —dijo Hidalgo recuperando su templanza habitual.

La voz de un hombre resonó en la entrada de la casa y viajó por el hueco de la escalera.

—Son los sanitarios, los estaba esperando, ya os he dicho que van a trasladarlo al hospital, por eso estaba abierta la puerta.

Salazar se asomó al corredor y gritó hacia la escalera.

—¡Subid, es aquí arriba!

—¿Qué has transportado en la ambulancia? —insistió Nash acercándose a la enfermera.

—La bombona de oxígeno. La he traído de nuestra enfermería —contestó calmada.

—¿Y esa tierra oscura que mancha la sábana de la camilla?

—La bombona estaba polvorienta..., llevaba tiempo en el almacén.

La alusión a aquella enfermería tan bien equipada, como la de la mejor empresa maderera de Canadá, le trajo a la memoria la mención de Santos de la fila para extraerse sangre, justo detrás de Pascal Dancur.

—Tú la cambiaste —dijo Nash comprendiéndolo todo—. No hizo falta manchar la tela con sangre, sólo tenías que intercambiar las etiquetas. El abuelo abnegado gastándose cientos de miles de euros para financiar los análisis de ADN de toda la población masculina con un único objetivo: intercambiar las etiquetas de su muestra con la de Pascal Dancur. La sangre que Andrea arrastró al fondo de la sima era en efecto la de su padre, pero no la de Pascal, porque el padre de Andrea era Lisardo Murrieta, su abuelo. Embarazó a su propia hija, Pascal solo fue un pelele, un chivo expiatorio hasta el final.

—No sé de qué hablas, pero en el caso de que eso fuera así, yo no he tenido nada que ver —dijo mirando al anciano, que luchaba por respirar.

—Me asombra tu lealtad. ¡Menuda rata! —se asqueó Nash.

Ella sonrió tras la mascarilla y le hizo una reverencia.

Tres sanitarios, dos hombres y una mujer, totalmente equipados con EPI blancos, mascarillas y gafas de protección, entraron en la habitación empujando una camilla sobre la que llevaban los maletines. La mujer se dirigió directamente a tomar el pulso a Murrieta, y otro buscó el panel de las luces mientras indicaba que debían salir de la habitación. Una gran lámpara de lágrimas de cristal se encendió a la vez que cuatro apliques que, desde las paredes, inundaron la estancia de luz.

Fue entonces cuando la inspectora reparó en el armario, un inmenso ropero de ocho puertas que recorría la mitad de la pared frente a la cama. La madera oscura, que no supo identificar, aparecía astillada en al menos seis boquetes que las balas habían abierto, todos en la misma puerta, y la del extremo de la derecha había quedado entreabierta.

Amaia hizo un gesto a Nash para llamar su atención mientras se dirigía hacia el ropero.

—Tienen que salir ya, este hombre está muy mal, creo que es COVID —apremió un sanitario.

La inspectora abrió la puerta del armario y se quedó helada un par de segundos antes de apartarse para que Nash pudiera ver el contenido. Alguien había echado a un lado los trajes de Lisardo Murrieta para dejar sitio a la momia de Malerreka, que, embutida entre la ropa, se sostenía milagrosamente en pie medio oculta entre las sombras.

—Tienen que salir ya —exigió el médico—. Se está ahogando, va a entrar en parada de un momento a otro.

Nash dejó abierta la puerta del armario y, antes de salir de la habitación, se inclinó hacia Murrieta procurando controlar los nervios que le atenazaban la voz, y disfrutó de su pavor mientras susurraba con convicción:

—Viene a por ti, y las balas no te servirán.

Los gritos se prolongaron hasta que la tos le robó el aire necesario para chillar.

Amaia empujó a Nash fuera de la habitación y le pidió que esperara abajo mientras ella avisaba a una patrulla y detenía a la enfermera Hidalgo, que no dejó de gritar que no tenía nada que ver con aquello.

Nash temblaba como una hoja cuando salió fuera. Alzó la cabeza hacia la fachada de la casa y vio el pendón de seda que ondeaba en señal de luto y cubría el escudo de la familia Murrieta. Incapaz de estarse quieta, casi deseó ser fumadora, para tener algo que hacer. Pasó junto a la ambulancia medicalizada que los sanitarios habían detenido justo detrás de la otra y dejó que sus pasos la guiaran sobre el césped mojado, oscuro y mullido, como una alfombra que parecía respirar bajo sus pies cada vez que alzaba uno. Deseó la lluvia, levantó el rostro para recibirla, como si comulgara. El agua caía silenciosa, como queriendo unirse al mutismo del mundo. Dirigió la mirada hacia la avenida de tilos por donde había llegado, y entonces la vio acercarse por el sendero.

Andrea caminaba despacio por el centro de la senda. Llevaba aquellos vaqueros, las zapatillas blancas y la sudadera por cuyas mangas trepaban plantas carnívoras. Su melena se había mojado bajo la lluvia, pero aun así distinguió perfectamente las dos guedejas de cabello cano que le caían a los lados del rostro. Nash permaneció petrificada, oculta entre los arbustos hasta que la chica llegó a su altura. Entonces dijo su nombre.

—Andrea...

La joven se detuvo y, cuando la miró, incluso bajo la lluvia, Nash distinguió que lloraba. Las lágrimas habían dibujado regueros oscuros de rímel que contrastaban con la palidez de su rostro. Era la tristeza personificada.

—No soy Andrea —contestó Zuriñe.

—¡Por el amor de Dios! ¿Qué haces vestida así?

—Lo que todos quieren..., que sea Andrea —respondió calmada.

—No te entiendo, ¿qué haces? ¿A dónde vas? —la acosó preguntándole, desconcertada. La chica no contestó. Casi como si tuviera necesidad de probar que era real, Nash extendió las puntas de los dedos hacia ella, advirtió entonces la mano oculta bajo la sudadera. Levantó la prenda y vio un cuchillo.

—¿Qué ibas...? ¿Ibas a matarlo?

Ella respondió sosegada.

—Te lo dije, te dije que mataría con mis propias manos al que me quitó a Andrea.

Nash la miró acongojada sintiendo que los ojos se le llenaban de lágrimas.

—¿Cómo lo has sabido?

—Contrató mis servicios. Me pidió que me vistiera de niña... A mí me da igual, los tíos piden cosas mucho más raras, pero la segunda vez quiso que me vistiera como Andrea.

—Te vi esa noche —dijo Nash—. Supongo que regresabas a casa... No puedo imaginar cómo has podido...

—Creí que la echaba de menos, y es cierto que nos parecemos, pero entonces me obligó a que jugara a su juego. No sabes lo que...

Nash se llevó las manos a la cabeza, las sintió frías, mojadas, y deseó la lluvia, más lluvia, deseó una lluvia capaz de limpiarla de todo aquello.

—Tú no querías ser Andrea, estabas enamorada de ella. Su madre vio cómo os besabais la tarde antes de que desapareciera.

Zuriñe suspiró.

—Su madre es imbécil, sólo yo la besé, ella no sentía lo mismo —dijo sonriendo entristecida—. Intentó ser amable, me dijo que quizá..., si no estuviera con Santy. Y yo lo entendí todo mal. Creí que si hacía desaparecer a Santy de la ecuación tendría una oportunidad, y lo único que logré fue hacerle daño. Ella le quería de verdad y se sintió traicionada por los dos. Aquel día, al oír el mensaje en casa de Pascal, supe que era por mi culpa, yo lo provoqué todo, salí a buscarla, pero no la encontré.

—¡Oh, Dios mío! Y pensaste...

—Durante estos años creí que se había suicidado. Sólo esperaba a que el cadáver apareciese para tener la confirmación... Y entonces...

—Cuando me dijiste que matarías a la responsable de la muerte de Andrea te referías a ti misma...

Ella asintió.

—¡Dios mío, cuánto dolor, Zuriñe! —dijo Nash sobrepasada—. Lo que haces es peligroso. ¡Para ya! El modo en el que vives... ¡Deja de torturarte! Deja que te lo cuente, por favor, tú no has tenido nada que ver, te juro que no tuviste la culpa...

—Reconocer que has sido una mierda no borra todos los errores del pasado, ¿recuerdas? Primero tengo que hacer lo que he prometido, voy a arrancarle el corazón y me entregaré a la policía.

Nash la agarró del brazo intentando retenerla.

—No te acerques mucho a mí —le advirtió la chica—. Creo que he pillado el virus ese. A mí no me produce más que tos y estornudos, pero creo que se lo he pegado a Pascal y no quiero contagiarte a ti también.

Nash llevó su mano helada hasta la frente de Zuriñe, e incluso bajo la lluvia percibió el calor. Lo había tomado por fatiga la primera vez que la vio en la terraza de Txokoto, recién llegada de Milán. Y recordaba que cuando hablaron junto al contenedor de basura la encontró débil y ojerosa. Se había acostado con Pascal, se había acostado con Murrieta y Pascal había muerto. Decidió que no iba a decírselo, pero, aprensiva, se separó unos pasos de ella. Las luces de la policía destellaron en la distancia colándose entre los troncos de los árboles.

Nash la miró de frente y le habló con franqueza:

—Escucha, Zuriñe, creo que no te hará falta el cuchillo. Lisardo Murrieta está conectado a oxígeno, el médico dice que es COVID-19, y no creo que pase de esta noche. Si ha ocurrido lo que creo, has llevado a cabo tu venganza: ya has matado al que mató a Andrea y no tendrás que ir a la cárcel por ello.

Oyeron voces y se volvieron hacia la casa, los sanitarios salían por la puerta principal del palacio Murrieta. Nash retrocedió hacia la oscuridad arrastrando a Zuriñe, aun así ambas pudieron ver con claridad que la camilla estaba vacía.

Nash distinguió la voz del médico dirigiéndose a su equipo, los tres resultaban extravagantes e indefinidos dentro de los buzos blancos. Vio cómo acomodaban los maletines y plegaban las andas de la camilla, oyó el sonido de las puertas al cerrarse y el motor poniéndose en marcha, y en ese instante y en mitad de aquella quieta noche baztanesa de lluvia silenciosa, una potente racha de aire arrancó el pendón de seda que durante tres años había cubierto el escudo de los Murrieta, en señal de luto por Andrea Dancur.

Descendió lentamente descolgándose por la fachada y cayó sobre el techo de la ambulancia cubriendo parcialmente la luna delantera.

El conductor se bajó y lo arrancó de un tirón arrojándolo al suelo. Las ruedas de la ambulancia pasaron sobre la tela cuando maniobró para salir de la propiedad; se cruzaron con la patrulla de los forales, que llegaba convocada por la inspectora Amaia Salazar. En cuanto los policías entraron en la mansión, Nash empujó a Zuriñe hacia el camino de tilos en dirección a la calle principal.

Epílogo

El confinamiento duró hasta el 21 de junio de 2020 y Nash Elizondo permaneció todo ese tiempo en casa de las Mitxelena.

La *sorgiña* de la sima no volvió a ser admitida como invitada en la funeraria. La Policía Foral la registró como prueba de robo y quedó bajo custodia en el armero de la comisaría de Elizondo mientras duró el confinamiento. Cuando, meses después, por fin pudieran estudiar el hallazgo, se confirmaría que tenía cuatrocientos años y ocho balas, provenientes del revólver de Lisardo Murrieta, alojadas en el pecho.

Nash aprendió algunas recetas nuevas y otras tan antiguas como el valle de Baztán. Se hizo incondicional de los vinos de la Ribeira Sacra gallega. Aprendió a dormir cuando tenía sueño y no volvió a tomar somníferos. Pasó algunas noches bailando y otras esperando a que Susana y Eva regresaran a casa, siempre con la moral por los suelos y el rostro marcado por la tristeza, las mascarillas y las gafas de protección.

Tomó café de madrugada, sin que eso le impidiera dormir por la mañana abrazada a su gata.

Leyó mucho, casi siempre con el etéreo cuerpecillo de Amy encima: las seis novelas de la Redondo, buena parte de las veintitrés novelas de Benedict Newman, las ochenta cartas que le había enviado a su madre y las treinta y una que le había mandado a ella.

Cubrió el interior de la puerta del armario de su habitación con las fotos de la vida en común de «sus padres» y las observó bajo la luz tintada por el pañuelo verde que se había llevado de la casa de su madre.

Estudió minuciosamente el cuaderno de notas de las sesiones psiquiátricas de su madre con el paciente Noah Scott Sherrington, y el de aquel otro paciente cuyo nombre aparecía tachado.

Tomó cientos de notas.

Y por supuesto se hizo muchas preguntas, pero, por más que lo intentó, no volvió a oír la voz de su madre durante los cien días que duró el confinamiento. La vieja doctora Elizondo parecía haberse retirado a un segundo plano, como si juzgase que decidir era cosa suya, o como si esperara a un momento oportuno.

Cuando el 21 de junio de 2020 se levantó el confinamiento, la primera salida de Nash fue para dar un paseo hasta el cementerio. Intentó hablar con la vieja doctora, pero no obtuvo respuesta. Se inclinó y tomó un trozo de laja que se había soltado de las dañadas piedras de la tumba. De vuelta fue hasta las ruinas del caserío Elizondo, y dejó una petición escrita, de su puño y letra, entre las piedras que una vez fueron la casa de su familia, mientras depositaba como ofrenda la piedra que había traído desde el cementerio.

Al día siguiente, Nash recibió una llamada de un número que esta vez sí que identificó. Era Robert Hetfield. Contestó azorada y, al oír su voz educada con aquel deje inglés, fue como tenerlo de nuevo delante:

—Espero que haya llevado bien el encierro, he leído en la prensa que resolvió el caso Dancur... y...

—Escuche, no quiero ser desagradable —cortó ella—. Pero creí que había dicho que esperaría a que, en todo caso, fuera yo quien diera el paso.

—Y así es. Con mi llamada no deseo interferir en su decisión, pero hay algo que debe saber. La policía acaba de realizar un registro en el despacho de Benedict Newman. Se llevan a su padre a comisaría para ser interrogado en relación con un asesinato que se produjo unos días antes de que se decretase el confinamiento y que... aparece en su última novela.

Nota de la autora
Sobre el verdadero hallazgo

Estimado lector, en esta novela no he abordado un crimen real. La familia Murrieta y Andrea Dancur son producto de mi imaginación, como lo son Nash Elizondo y Amaia Salazar. Sin embargo, habrás hallado en estas páginas ecos de algunos crímenes de la historia reciente, pero no se trata de ninguno en concreto, de ninguna historia en particular, tan sólo de lo que a menudo hago como escritora, que es cribar esas realidades, en ocasiones descarnadas e insoportables, para intentar mediante la escritura entender los mecanismos de crueldad de nuestro mundo. Aun así, siento que lo que voy a contarte a continuación complementa un interés que es absolutamente central en mis novelas y que deseo justificar, quizá por su condición mística.

En diciembre de 2014, un grupo de espeleólogos descendió a la sima de Gaztelu en el valle de Malerreka. Su intención era confirmar, o refutar, una leyenda que durante años había afirmado que una mujer embarazada y seis de sus hijos habían sido arrojados al interior de aquella sima en los primeros días de la guerra civil española, en 1936. La historia tenía todos los visos de ser falsa. Las fechas podrían haber apuntado a un crimen por pertenencia, o represalia, pero la mujer estaba vinculada a una familia de poderosos militares navarros, y su propio marido y su hijo mayor se habían alistado en el bando que apoyaba masivamente el pueblo. Descartadas las razones de represalia por ideología, la otra explicación era la de la venganza personal, que en muchos casos se justificó como represalias ideológicas, pero que en realidad ocultaba rencillas personales y envidia. La historia tenía poca credibilidad por tratarse de una mujer sola, embarazada, con seis niños: el mayor de tan sólo catorce años, el menor en sus brazos, niños y niñas de dos, cuatro, seis, nueve años...

Cuando el grupo del profesor Paco Etxeberria Gabilondo descendió a la sima, halló un cadáver, pero no el que esperaban, sino el de un joven de una localidad cercana que llevaba desaparecido unos años. He pasado de puntillas sobre este caso porque en su momento se abrió una investigación, se celebró un juicio y el caso está cerrado. Cuando se levantó el cordón policial y permitieron que el grupo de espeleólogos liderados por el profesor Etxeberria regresara a la sima, se produjo un segundo hallazgo: los restos de Josefa Sagardía Goñi y sus seis hijos, más el que llevaba en el vientre.

La historia de Josefa Sagardía Goñi está recogida en varios libros, artículos periodísticos y entrevistas al grupo que realizó el hallazgo, pero lo que motivó mi interés, la cuestión sobre la que he basado la novela, es el hecho de que quedaron sin fundamento las razones ideológicas o de represalia, y la que prevalece es que fuera un crimen de odio porque existía el rumor, el firme rumor, de que esa mujer era bruja, que practicaba la antigua religión, que no iba a la iglesia. Se decía que otros miembros de su familia también lo eran, sobre todo las mujeres.

Es bien conocido que buena parte del País Vasco, del País Vasco francés y de los Pirineos sufrieron los procesamientos, por parte de la Inquisición española, de muchos de sus vecinos por presuntas prácticas de brujería, aunque no debería decir presuntas, puesto que fueron probadas en juicio y existen condenas firmes por ello.

Las ejecuciones por brujería han aparecido habitualmente ligadas a prácticas de la Inquisición, pero los datos revelan que los ajusticiamientos por brujería llegan hasta nuestros días, siguen siendo frecuentes en algunos lugares de África donde los niños albinos son abandonados a su suerte según nacen, o en la India, donde algunas mujeres son ahorcadas, quemadas y ahogadas para impedir que puedan regresar de la muerte para vengarse.

Encontraréis mucha documentación respecto al caso Sagardía Goñi y el vergonzoso episodio que supone para nuestra historia. Todavía hoy no se ha encontrado ninguna teoría plausible que justifique la ferocidad que se ejerció contra esta mujer y, aunque parezca sacada de una de mis novelas, la hipótesis más fundamentada es que se tratase de una ejecución por brujería, y en aquella remota sima ligada a una leyenda en un valle tranquilo de Navarra no había uno, sino ocho cadáveres.

Glosario

amaiketako: literalmente traducido como «lo de las once», hace alusión a la hora de almorzar. Existe otra expresión para los que almuerzan a las diez, *amarretako*, «lo de las diez».

andaizara: mortaja tradicional y ritual de la cultura vasca. Se usaba sólo durante el velatorio, después se lavaba y se guardaba para el siguiente difunto.

begizko: aojamiento. Mal de ojo, maldición que la bruja consigue sobre su víctima con el poder de su mirada.

belagile: mujer que tiene un pacto con el mal sobre su alma. Bruja. Plural, *belagilek*.

biotz: corazón.

busti: platillo típico de Baztán que consiste en mojar una hogaza de pan en la salsa de un guiso.

egun on: buenos días.

eguzkilore: literalmente «flor del sol». Es la flor del cardo, a la que se atribuyen poderes para defender a los humanos de los maleficios de las brujas. Tradicionalmente se coloca en la puerta de la casa para impedir la entrada del mal y sus obras. Es una especie protegida.

gizajo: pusilánime, hombre sin valor, *coitado*, tímido.

itxusuria: tradicionalmente, lugar destinado alrededor de la casa familiar para sepultar los cadáveres de los niños sin bautizar que la Iglesia impedía enterrar en suelo sagrado en el interior del cementerio. Aparece en la novela *Legado en los huesos* de la «Trilogía del Baztán».

katu beltz: gato negro. En la tradición brujeril se cree que el gato negro que acompaña a las brujas es lo que se llama un «espíritu familiar», aunque en otras ocasiones es otro animal: un cuervo, un perro o un ternero, siempre negro, una suerte de entidad maligna que acompaña a la bruja. Pueden hablar como los humanos, y a veces es la propia bruja quien usa su facultad para convertirse en un animal.

latxas: raza de oveja de los Pirineos.

maitia: cariño, querida.

mutilzahar: solterón.

nekazar: casero, o el que está al frente de una explotación ganadera o agraria.

normala da: en euskera coloquial, es normal, no me sorprende, lo entiendo.

putzu: charco.

serora: no estoy segura de que sea euskera, navarro sí. *Serora* o *freila* eran las mujeres que se dedicaban a cuidar las iglesias y al párroco, con cierto poder. Como un ama de llaves. Se las sigue llamando así.

sorginkoba: literalmente, cueva de brujas.

sorgiña: bruja, de una manera más coloquial.

ttuku-ttuku: palabra propia del Baztán para definir la transmisión oral de noticias, chismes o cotilleos.

txirimiri: de origen euskera, su versión en castellano con *ch* significa lo mismo: lluvia suave, calabobos.

txuri, ta beltz: receta gastronómica propia del Baztán y los Pirineos. Literalmente, blanco y negro, elaborada con tripas de cordero y sangrecilla como morcilla.

Agradecimientos

A Patxiko Burguete, que fue alcalde de la localidad y mi guía por Elbete, por compartir el orgullo de haber nacido en un lugar mágico.

Al laboratorio Nasertic y a Gonzalo Ordoñez por su inestimable colaboración en todas las cuestiones genéticas, ADN, analíticas, y por la paciencia para explicarme su trabajo.

A la Policía Foral de Navarra por ser la mejor casa que podía haber imaginado para la inspectora Salazar. Gracias por vuestra generosidad y afecto. Jamás olvidaré cómo me acompañasteis el día en que recibí el Premio Príncipe de Viana de la Cultura. Gracias de corazón.

Al profesor Paco Etxeberria Gabilondo, por inspirarme con su trabajo y dedicación, y por el importantísimo papel que desempeñó en la historia real que inspiró esta. Gracias.

A Alicia del Castillo, la periodista que siguió de cerca los hallazgos en la sima de Legarrea y que me puso tras la pista de esta historia.

A Mari Paz Vázquez Fernández, de la funeraria Curroliño de Rodeiro, Pontevedra, por ayudarme en lo relacionado con el mundo de las funerarias rurales, por ser una extraordinaria profesional y por saber hacer un trabajo tan delicado con compromiso y orgullo.

A Juan Mari Ondikol y Beatriz Ruiz de Larrinaga, que en 2013 comenzaron a guiar por Elizondo a los lectores que de modo espontáneo se presentaban en Baztán buscando las huellas de Amaia Salazar, y que ahora tendrán que añadir a sus rutas una nueva por Elbete. Gracias por vuestra amistad.

A Aitor Bazterrika, alcalde de Baztán, porque conoce a todo el mundo y el mundo entero debería conocerle. *Milesker*.

A la Guardia Civil, por su labor y su eficacia en tantos casos de nuestra historia reciente. Si alguna vez estoy en peligro, que vengan los GREIM, los GEO, o la Virgen del Pilar.

A Juanjo Leiza, por ser nuestro amigo, y el puente imprescindible hacia gentes e historias que valen oro.

A Lander Santamaria, por su conocimiento de Elizondo y su generosidad al compartirlo.

A Tomás Sánchez Gallego, por enseñarme a distinguir un tornillo Parabolt y un candil Fisma, por todo lo relativo a la espeleología, la escalada y la seguridad, por tu generosidad, que sólo se iguala con tu amabilidad.

A Esther Redondo, por todo lo relacionado con los seguros de decesos, y por ser puente e inspiración siempre.

Al hospital Benito Menni, que menciono en esta novela y que cuida de la salud mental de quien lo precise en el corazón de Baztán.

A mis editores Emili Rosales y Anna Soldevila. Coraje, temple y curiosidad, me quedo en Gryffindor.

A Juan Luis Méndez Rojo y la bodega Vía Romana, por impulsar un sueño desde el territorio de la ficción hasta la realidad.

A Donosti, mi ciudad. Mientras me quede aliento maldeciré a Berwick y a Wellington.

A mi parroquia, Santa María la Mayor, y a su cristo de la paz y la paciencia. Estamos trabajando en ello.

A Anna Soler-Pont, mi *personal trainer* de la escritura y mi «poli mala» favorita. Gracias por estar, una vez más, y seguimos.

A la diosa Mari, es lo justo, soy su cronista.